I
MAM

COEDEN DEULU'R D'ORLÉANS

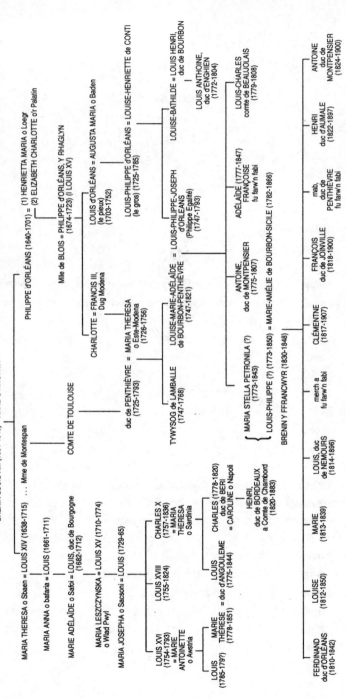

O.N. Sylwer ar ddeitlau meibion Louis-Philippe, sy'n brawf o'r holl ddeitlau a berthynai i'r teulu d'Orléans

Barato

gan

Gwen Pritchard Jones

Gwen Pritchard Jones 2011
Gwasg y Bwthyn

ISBN: 978-1-907424-24-3

Mae'r cyhoeddwyr yn cydnabod cefnogaeth ariannol
Cyngor Llyfrau Cymru

Cyhoeddwyd ac argraffwyd yng Nghymru
gan Wasg y Bwthyn, Caernarfon

Prolog

Ochneidiodd yr hen ddiplomydd yn ddiamynedd iddo'i hun, er nad oedd hynny'n amlwg o'i wyneb: arhosodd y wên ysgafn yn gadarn ar ei wefusau, a daliai osgo'i gorff i awgrymu tawelwch disgwylgar a diymhongar. Roedd wedi gorfod gadael cyfarfod pwysig, cyfrin er mwyn rhuthro yma mewn ymateb i alwad brys Adélaïde, Mademoiselle d'Orléans, dim ond i ddarganfod mai achos yr holl gynnwrf, wedi'r cyfan, oedd llythyr roedd y dug, ei brawd,wedi ei dderbyn oddi wrth hen ffrind yn Lloegr!

'Mae'r peth yn wrthun!' poerodd y wraig fawreddog, gan chwifio'r darn papur fel cleddyf uwch ei phen. 'Wn i ddim beth i'w feddwl o Ardalyddes Bute! Mi faswn i wedi taeru du yn wyn ei bod hi'n ffrind rhy dda i ni i anfon rwts fel hyn!'

Ceisiodd y diplomydd ei thawelu.

'Efallai nad yw hi, fel Saesnes, yn hyddysg yng nghymhlethdodau teitlau ein teuluoedd brenhinol, a heb sylweddoli'r cysylltiad rhwng yr enw de Joinville a theulu'r Orléans.'

Llwyddodd yn ei fwriad. Bron nad allai weld y dymer ddrwg yn diflannu o'i llygaid, ond er hynny ni fynnai'r foneddiges ffarwelio â'i dicter yn rhy fodlon – nid un hawdd ei throi oedd Adélaïde. Wrth ei gweld yn ildio i'w resymu, daeth cynhesrwydd i wên a llygaid yr hen ddiplomydd: onid oeddynt yn hen ffrindiau, ac wedi gweld llawer tro ar fyd ers y dyddiau braf cyn y Chwyldro, y dyddiau pell hynny pan ddychmygai ei fod mewn cariad â hi?

7

'Ie, ond hyd yn oed os wyt ti'n iawn,' ysgydwodd Mademoiselle d'Orléans ei phen yn negyddol, ei llais ychydig yn dawelach wrth iddi suddo'n osgeiddig i'w chadair gyferbyn ag ef, 'allwn ni ddim goddef y fath sarhad!'

'Ga' i ddarllen y llythyr?' holodd yn gwrtais, ac wedi ei dderbyn yn ei law, darllenodd yn gyflym. Adnabyddai'r Ardalyddes a'i theulu'n dda, a gwyddai fod ei thad, y bancwr Coutts, yn ogystal â'i gŵr, wedi bod yn gefn ariannol a chymdeithasol i duc d'Orléans a'i deulu yn ystod blynyddoedd maith eu halltudiaeth yn Lloegr. Gallai ddweud o arddull yr Ardalyddes druan nad oedd hi'n bwriadu taflu unrhyw sen ar enw da teulu'r Orléans. Yn ei thyb hi, ni ofynnai am ddim amgenach nag ychydig o gymorth i'w ffrind, Arglwyddes Newborough, oedd am ddod o hyd i'w theulu yn Ffrainc. Gwraig galon-gynnes, ddiffuant oedd yr Ardalyddes, gwraig a gredai'n llwyr mewn ffyddlondeb i'w chyfeillion. Ni allai fod yn ymwybodol o'r goblygiadau tywyll y tu ôl i'w chais, ac yn sicr ni allai'r hen ddiplomydd weld unrhyw fwriad yn y llythyr i greu annifyrrwch i'w ffrindiau Ffrengig, sef teulu'r Orléans. Ond yr huddygl yn y potes, y maen tramgwydd, oedd enw'r teulu yr ymchwiliai Arglwyddes Newborough iddo: de Joinville.

'Ydych chi'n gwybod rhywbeth am hyn – rhyw hanes teuluol?' holodd yr hen ddiplomydd wrth roi'r llythyr yn ôl i Adélaïde.

'Nac ydw siŵr, Maurice!' oedd yr ateb swta. 'Doedd 'na 'rioed comte de Joinville yn amser fy nhad. Mi fuasai'r teitl hwnnw wedi disgyn i'r ail neu'r trydydd mab – a doedd gan fy nhad ddim brodyr. A beth bynnag,' ychwanegodd yn chwyrn, 'duc de Joinville yw'r teitl, nid comte.'

'Ie, debyg iawn,' cytunodd yntau. 'A wyddoch chi ddim byd am y wraig hon, Arglwyddes Newborough?'

'Dim ond yr hyn sydd yn y llythyr – mai Eidales yw hi. Ond nid dyna'i henw hi, nage? Yn ôl y llythyr mae hi wedi ailbriodi, a Barwnes Ungern-Sternberg yw hi bellach.'

'Ac mae hi'n honni mai'r comte de Joinville yw ei thad,'

meddai'r hen ŵr yn feddylgar. Ond pan welodd fod ei eiriau wedi ailgynnau'r tân yn llygaid Mademoiselle, ychwanegodd, 'Gadewch y cyfan i mi, Adélaïde. Mi wna i ymholiadau.'

Y noson honno, yn nhawelwch ei lyfrgell glyd, gwyliodd y fflamau'n llyfu'r coed masarn yn y lle tân, ei feddwl yn gwibio 'nôl i'r blynyddoedd a fu. Cofiodd amdano'i hun yn y flwyddyn dyngedfenol honno, 1789, ac yntau newydd ei benodi'n Esgob Autun, pan ddechreuodd y gyflafan yn yr États-Général. Cofiodd yr ysgwyd pennau, y clebran a'r dilorni yn y seremoni agoriadol – ac am flynyddoedd wedyn – pan ddewisodd Louis-Philippe Joseph, duc d'Orléans, cefnder y brenin, eistedd gyda'r Drydedd Gradd, sef y bobl ddi-dras, yn hytrach nag eistedd ar ddeheulaw'r brenin. Cofiodd sut yr anfonodd y dug ei fab hynaf, Louis-Philippe, duc de Chartres bryd hynny, i eistedd wrth ochr y brenin yn ei le, a'r ffordd y cafodd y bachgen druan ei anwybyddu'n llwyr gan yr holl uchelwyr wedi hynny, fel cosb am weithred ei dad. Faint fyddai oed y llanc bryd hynny, tybed? Rhyw ddeunaw? Roedd yn anodd cofio manion fel yna mor bell yn ôl!

Diolchodd i'r drefn – ni chredai mwyach, os gwnaeth o erioed, mewn duwdod hollalluog, hollwybodus – ei fod wedi cilio i Loegr ar ddechrau'r Medi gwaedlyd hwnnw ym 1792 pan ddechreuodd dyddiau Teyrnasiad y Braw. Diolchodd fwy-fwy nad oedd yn bresennol yn y Confensiwn Cenedlaethol pan bleidleisiodd y mwyafrif – a duc d'Orléans yn eu mysg – i anfon y Brenin Louis XVI i'r gilotîn. Bu'r enw Orléans dan sen ymysg y boneddigion byth ers hynny, ac er i duc d'Orléans newid ei enw'n ddiweddarach i Philippe Égalité, doedd hynny ddim yn ddigon i blesio'r bobl. Cael ei anfon i'r gilotîn gafodd yntau, rhai misoedd ar ôl ei gefnder, y brenin.

Torrwyd ar draws ei synfyfyrio gan wayw yn ei goes ddrwg, a chododd i'w draed i geisio cerdded ychydig i'w hystwytho. Roedd y boen yn ei goes yn gwaethygu wrth iddo heneiddio, gwaetha'r modd, ac nid am y tro cyntaf melltithiodd ei anffawd o fod wedi ei eni â'r nam hwn, nam a'i rhwystrodd rhag dilyn gyrfa filwrol fel pob aelod gwrywaidd arall o'i deulu, nam a achosodd i'w deulu benderfynu rhoi ei etifeddiaeth i'w frawd iau, er mai ef oedd y cyntaf-anedig. Ond dyna fo, efallai na fyddai wedi cyrraedd oed yr addewid fel hyn, yn holliach, heblaw am y goes. Cerddodd at y ffenestr ac edrych allan ar dywyllwch eang Place Louis XVI, ond doedd dim enaid byw i'w weld yno: roedd yn rhy hwyr i unrhyw ddyn gonest fod yn cerdded y strydoedd. Croesodd yn boenus at y gloch i alw ei was.

Wedi iddo'i osod ei hun yn gyffordddus yn ei gadair unwaith eto, a gwydraid o champagne yn ei law er mwyn gallu meddwl yn gliriach, ceisiodd ddadansoddi oblygiadau'r llythyr oddi wrth Ardalyddes Bute. Nid oedd wedi crybwyll y ffaith pan oedd yng nghwmni Adélaïde, ond gwyddai'n bendant yr arferai Philippe Égalité a'i wraig ddefnyddio'r enw de Joinville pan fyddent am deithio'n incognito yn y dyddiau cyn y Chwyldro. Beth oedd bwriad Arglwyddes Newborough, tybed, a beth oedd hi am geisio'i brofi? Ei bod hi'n blentyn gordderch i'r dug? Os felly, fyddai hi fawr elwach. Un hael â'i had fu'r dug erioed, ac mewn tlotai y cafodd y rhan fwyaf o'i epil eu geni. Os oedd hon yn arglwyddes, roedd hi'n fwy ffodus na'r rhelyw.

Serch hynny, byddai'n rhaid gwneud ymchwiliadau manwl. Roedd sefyllfa wleidyddol Ffrainc yn llawer rhy fregus ar hyn o bryd i allu goresgyn sgandal a ffrwgwd o fewn rhengoedd y teulu brenhinol. Prin fis oedd yna ers marwolaeth Louis XVIII, a'i frawd, Charles X, heb ei goroni eto. Gwyddai'r hen ddiplomydd – a llawer un arall – am ddaliadau ceidwadol y brenin newydd, daliadau a oedd yr un mor geidwadol â'i frawd hynaf, Louis XVI, a gredai'n llwyr yn hawliau dwyfol brenhinoedd Ffrainc. Ofnai llawer y byddai Charles yn ceisio ailsefydlu'r hen drefn honno, gan anwybyddu'r siarter a luniwyd mor ofalus yng Nghyngres Vienna pan drechwyd Napoléon. Oherwydd hynny roedd y perygl o chwyldro arall yn flaenllaw yn eu meddyliau. Roedd y ffaith mai ei ŵyr, bachgen pedair oed, oedd etifedd Charles, yn ychwanegu at yr ymdeimlad o ansicrwydd ynglŷn â'r dyfodol oedd i'w deimlo dan yr wyneb drwy'r deyrnas gyfan. Roedd posibilrwydd cryf y gallai Charles, ac yntau'n chwe deg saith oed, syrthio'n farw ar unrhyw adeg, heb adael olynydd cadarn i sicrhau parhad y frenhiniaeth. Gosodai hyn deulu'r Orléans yn agos iawn at y frenhiniaeth – a'r olyniaeth – a gallai unrhyw sgandal am y teulu achosi niwed i Ffrainc gyfan. Chwyldro arall, hyd yn oed.

Mwythodd yr hen ddiplomydd ei ên yn feddylgar. Roedd gormod o waed Ffrengig wedi ei dywallt eisoes yn y blynyddoedd diwethaf, ac roedd pobl Ffrainc bellach yn haeddu cyfnod o heddwch a sefydlogrwydd. Ochneidiodd, gan rwbio'i lygaid yn ysgafn a melltithio'i henaint. Doedd ganddo bellach ddim o'r egni meddyliol a'i galluogodd i oroesi cyfnod y Chwyldro a theyrnasiad Napoléon, a hynny fel aelod blaenllaw o'r llywodraeth. Wrth gwrs, nid oedd carfan hŷn y Bourboniaid ddim wedi maddau iddo. Dyna pam na dderbyniodd alwad i wasanaethu Louis XVIII, er iddo wneud gwaith clodwiw yn Vienna yn sicrhau'r frenhiniaeth i Louis, a dyna pam na fyddai'n derbyn unrhyw alwad gan y Brenin Charles ychwaith. O safbwynt ei fuddiannau personol, felly, byddai'n talu iddo warchod enw da duc d'Orléans a'i deulu. Beth pe byddai damwain neu salwch yn rhoi terfyn ar fywyd yr etifedd brenhinol ifanc? Byddai'r dug, wedyn, yn agosach fyth i'r etifeddiaeth frenhinol – ac ef o bosib fyddai'r cyntaf o deulu'r Orléans i fod yn frenin ar Ffrainc.

Ond faint o fygythiad a pherygl i'r teulu oedd Arglwyddes Newborough mewn gwirionedd? Nid oedd modd pwyso a mesur hynny heb yn gyntaf gael rhagor o wybodaeth amdani hi a'i bwriad. Tybed a fyddai modd iddo ddod â'r mater i sylw gwarchodwyr cudd y Brenin? Yna ysgydwodd ei ben. Na, fe fyddai hynny'n gwneud y mater yn rhy gyhoeddus, meddyliodd, a gormod o bobl yn gwybod am y cyfnewid, yr union beth roedd yn ceisio'i osgoi. A ph'run bynnag, ni allai ymddiried yn llwyr yn ymateb y brenin i'r fath newydd. Roedd Charles yn ddigon drwgdybus o'r dug – ac ohono yntau hefyd, o ran hynny – fel yr oedd hi, ac ni allai'r hen ddiplomydd fod yn sicr na ddefnyddiai'r Brenin y wybodaeth i geisio erlid a bychanu'r dug.

Wrth i'r cloc aur ar y pentan daro dau o'r gloch y bore, anfonodd yr hen ddiplomydd ei was i godi'r ysgrifennydd o'i drwmgwsg. Roedd yn rhaid trafod tactegau a dechrau ar eu ymholiadau.

I

**Hôtel Britannique, 18 rue de Vivienne, Paris.
Hydref, 1829**

'Mama! Mama!'

Roedd ei lais yn pellhau oddi wrthi, ond i ba gyfeiriad? Rhythodd o'i hamgylch yn wyllt, ond yn ofer. Roedd yr eira a ddisgynnai mor llethol o ddistaw yn creu llen rhyngddi hi a phopeth o'i hamgylch, ac yn lladd pob smic o sŵn a fyddai o gymorth iddi ddarganfod ei mab. Ble roedd o? Yn enw'r Fair Forwyn, *ble roedd o?* Teimlai fod yr arswyd yn bygwth ei goresgyn, a brwydrodd yn ei erbyn.

'Edward? Edward, ble rwyt ti? *Ateb Mama!'* Er gwaethaf ei hymdrechion i ddal ei gafael ar ei rheswm, roedd ei llais yn codi, a thinc dagreuol i'w glywed yn ei hymbiliad olaf.

Dechreuodd y goedwig gau amdani, a chafodd yr argraff fod y boncyffion eu hunain yn ymlusgo'n fygythiol tuag ati, eu canghennau mileinig yn chwipio'i breichiau wrth iddynt ddynesu gan grafangu am ei dillad nes eu rhwygo'n stribedi mân. Anwybyddodd hwy. Anwybyddodd yr eira oedd yn gafael am ei fferau ac yn ceisio'i sugno dan ei fantell wen. Anwybyddodd y cyrff oedd yn crogi o'r canghennau uwch ei phen a'u coesau meirwon yn dal i hercian yn erbyn ei hwyneb fel petai eu dawns angheuol yn parhau hyd dragwyddoldeb.

Roedd ei lais bach wedi distewi, er iddi ddal i alw'i enw, a chododd hyn fwy o arswyd fyth arni. Suddodd i'w gliniau mewn anobaith. Ble roedd ei hannwyl Edward? Beth fyddai'n digwydd iddo, a hithau'n methu ei arbed? Drwy ei dagrau, daeth yn ymwybodol fod dyn yn sefyll o'i blaen, dyn mewn gwisg ddu o'i gorun i'w sawdl, dyn golygus ond mor oeraidd ei lygaid: ei gŵr. Wrth iddi syllu i fyny i'r llygaid gleision dideimlad, gwelodd fod gwên fach greulon ar ei wefusau. Yna, daeth yn ymwybodol fod Edward yno o'i blaen, yn gwingo ym mreichiau ei gŵr, yn ceisio dianc rhagddo. Estynnai ei ddwylo bach tuag ati, ei geg ar agor ac yn gweiddi 'Mama!' er na allai hi glywed yr un gair. Estynnodd hithau ei breichiau i geisio'i gymryd oddi ar ei gŵr, ond rywfodd neu'i gilydd, ni allai ei gyrraedd. Er iddi godi ar ei thraed a symud tuag ato, roedd y bachgen yn dal allan o'i gafael, yn ang-hyffyrddadwy er gwaethaf ei hymdrechion.

'Edward!'

Pan waeddodd ei enw, daeth newid dychrynllyd dros wyneb ei gŵr. Dechreuodd y cnawd doddi oddi ar ei benglog fel talpiau o gŵyr ar gannwyll olau, ei lygaid yn dal i'w gwatwar wrth iddynt lithro o'u tyllau yn y benglog a chychwyn ar eu siwrnai i lawr ei ruddiau tuag at ei geg a'i ên. Ond cyn iddynt fynd heibio'r trwyn dawnsient yn ddieflig gyda'r pleser o weld y braw ar ei hwyneb wrth i raff crogwr ymddangos o'i blaen, a dwylo'i gŵr yn ei gosod am wddf Edward.

'Na! NA!!'

Sgrechiodd yn ddi-baid nes i'r sŵn lenwi pob tamaid ohoni, a'i phen yn cael ei sgytian nes iddi ei deimlo'n disgyn oddi ar ei hysgwyddau.

'Meistres! Meistres, deffrwch, neno'r tad!' clywodd lais ei morwyn yn ymbil arni, ac yn raddol deffrodd o'i hunllef.

'Ydych chi'n iawn, meistres?' Roedd llais ei morwyn yn llawn pryder.

'Ydw,' atebodd yn araf, er, mewn gwirionedd, bod ei meddwl yn dal yng ngafael yr hunllef. Edrychodd o'i chwmpas yn ddryslyd ar y gwrthrychau cyfarwydd yn ei hystafell wely: ei bwrdd gwisgo a'r stôl, ei chadair esmwyth ger y lle tân, y portread ohoni hi ei hun yn ddeg ar hugain oed a grogai ar y wal uwch ei ben, y papur wal o stribedi porffor ac aur, a'r portreadau miniatur o'i bechgyn annwyl o boptu'r lle tân. Ceisiodd eu defnyddio i angori ei meddwl yn y presennol. Rhedodd cryndod drwyddi. Roedd hi mor oer! Roedd fel petai eira'i hunllef wedi treiddio drwy ei dychymyg ac wedi ei hoeri hyd at fêr ei hesgyrn.

'Rydych chi'n wlyb diferyd!' ebychodd ei morwyn. 'Ydych chi'n sâl? Ydi'r dwymyn arnoch chi?'

'Rydw i mor oer,' sibrydodd wrthi. 'Mae'r eira wedi fy rhewi.' Gallai weld fod ei morwyn yn syllu'n hurt arni, felly gwnaeth ymdrech i egluro. 'Yr eira ... yn fy mreuddwyd.'

'Mae dillad y gwely wedi tampio hefyd!' torrodd y forwyn ar ei thraws, ei llais yn llawn siom. 'Rhaid i mi newid y gwely. 'Rhoswch funud, i mi gael rhoi proc i'r tân, yna mi gewch chi godi a chnesu o'i flaen tra bydda i'n ail-wneud y gwely.'

Gwyliodd ei morwyn yn procio ag arddeliad nes bod fflamau'n codi o'r marwydos, yna'n ychwanegu talpiau bychain o lo i'w bwydo. Yn fodlon ar ei hymdrechion, aeth y forwyn i estyn gŵn nos lân o'r drôr cyn troi ati a'i chynorthwyo i godi o'r gwely. Gwnaeth iddi godi ei breichiau er mwyn tynnu'r ŵn laith; yna cymerodd y forwyn liain i sychu'r chwys oddi ar ei chorff. Wedi iddi wisgo'r gŵn nos lân, gosodwyd hi i eistedd ger y tân, a siôl gynnes dros ei hysgwyddau.

15

'Fasech chi'n hoffi i mi alw Miss Clarissa atoch chi?' gofynnodd y forwyn.

Rhedodd cryndod drwy ei chorff. Y peth olaf y dymunai ei gael oedd wyneb sorllyd ei 'chydymaith' yn syllu'n gegrwth arni yn ei chyflwr presennol.

'Na,' atebodd yn gyflym, a sylweddolodd fod ei hateb wedi plesio'r forwyn.

'Fasech chi'n hoffi *tisane*, 'ta? Fyddwn i ddim dau funud yn paratoi un i chi.'

Nodiodd ei phen. Wedi i'r forwyn ei gadael ar ei phen ei hun, meddyliodd, nid am y tro cyntaf, pa mor ddiolchgar oedd hi i'w mab, Thomas John, am anfon y Gymraes yn forwyn iddi. Ei syniad ef oedd y cyfan, wedi iddi gwyno mewn llythyr am anwadalrwydd ei morwyn Eidalaidd. Eglurodd Thomas John, wrth gyflwyno'r syniad iddi, fod merch ifanc un o'i denantiaid mwyaf dibynadwy wedi dechrau gweithio yng ngheginau plas Glynllifon. Ond roedd gan y ferch ddoniau arbennig, fel yr eglurodd Sophie Jones iddo. Roedd Sophie, cyn-forwyn bersonol annwyl ei fam, Ffrances oedd wedi priodi ag un arall o denantiaid stad Glynllifon, wedi rhoi gwersi Ffrangeg i'r ferch fach chwim ei meddwl, ac wedi ei haddysgu yn nyletswyddau morwyn bersonol. Felly roedd ei chyflogi fel morwyn cegin yn wastraff o'i doniau. Oni fyddai ei fam yn hoffi ei chael yn forwyn bersonol iddi? Mi fyddai ef, Thomas, yn talu costau teithio'r ferch. Atebodd hithau ei lythyr yn syth, a derbyn ei gynnig. Roedd hynny bellach ryw chwe mis yn ôl.

Daeth y forwyn yn ei hôl yn cario hambwrdd bychan ac arno gwpan tseinia llawn o *tisane* a phlât bach â thameidiau hirsgwar o dôst Ffrengig.

'Fasech chi'n hoffi rhywbeth arall?' holodd y forwyn wrth osod yr hambwrdd ar ei glin.

'Na. Mae hwn i'r dim.'

Gwnaeth y forwyn gwrtsi bychan cyn cychwyn am y drws.

'Aros funud,' galwodd Maria Stella arni. 'Eistedd fan hyn i gadw cwmni i mi am ychydig.' Nid oedd am fod ar ei phen ei hun eto, nid hyd nes y byddai'n sicr ei bod wedi goresgyn ei hunllef. Estynnodd y forwyn y stôl oddi wrth y bwrdd gwisgo ac eistedd arni gyferbyn â'i meistres. Bu distawrwydd rhwng y ddwy wrth i Maria Stella lymeitian ei diod. Roedd ei meddwl yn crwydro'n ôl at yr hunllef, er gwaetha'i hymdrechion i'w anghofio. Ceisiodd ymresymu â'i hun. Nid oedd 'rioed wedi cael unrhyw arwydd mai dyn fel hwnnw yn ei hunllef oedd ei gŵr, ac eto, roedd wedi dwyn ei mab oddi arni, ac wedi ei lusgo'n ôl i Rwsia heb ddweud dim wrthi, heb roi cyfle iddi wrthwynebu na'i wrthsefyll.

Ond hanes ei deulu, a'i phrofiad hithau ohonynt, oedd y peth gwaethaf amdano: teimlai'n sicr fod gorffwylltra'n llechu yno, ac yn ei amlygu ei hun ymysg rhai ohonynt. Onid oedd ei thad yng nghyfraith wedi marw yn Siberia, ar ôl cael ei ddedfrydu i garchar am oes yno am ladd ei bartner busnes? Ac onid oedd aelod arall o'r teulu wedi crogi ei hun yn ddiweddar? Torrodd llais ei morwyn ar draws ei meddyliau.

'Fasech chi'n hoffi siarad am eich breuddwyd? Mi fyddai Mam bob amser yn dweud ei bod hi'n well rhannu gofidiau. Yn ôl Mam, roedd hynny'n eu hanneru.'

Teimlodd Maria Stella fflach o ddicter am eiliad. Gwendid mawr ei morwyn Gymreig oedd nad oedd hi eto'n gwybod ei lle. Roedd tueddiad ynddi i gymryd gormod arni hi ei hun, a siarad fel petai hi'n rhywun uwch na'i safle. Ond roedd ei geiriau wedi gosod temtasiwn fawr o flaen ei meistres. Oni fyddai'n braf cael siarad am ei hen fywyd yn Rwsia, ac egluro'i hofnau ynglŷn ag Edward? Ond byddai hynny'n golygu ail-fyw ei hunllef. Yn ddisymwth, teimlodd yr arswyd yn dechrau dychwelyd, a chaeodd y drws yn glep ar y demtasiwn.

'Na,' atebodd yn fwy siarp nag y bwriadai. 'Mi fydda i'n iawn rŵan.' Gwyddai, serch hynny, na fyddai cwsg yn dychwelyd am oriau. Roedd ei phryder ynglŷn ag Edward yn ei chorddi, a gorau po gyntaf y gwnâi rywbeth yn ei gylch. Cododd, a rhoi'r hambwrdd i'r forwyn. 'Rydw i'n mynd i sgwennu at Edward. Rho'r stôl wrth fy mwrdd. Rhaid i mi ddechrau ar unwaith.'

Cododd y forwyn, a rhoi'r stôl yn ei lle yn anfodlon.

'Ydych chi'n siŵr eich bod chi'n iawn? Fyddai hi ddim yn well i chi aros tan y bore? Ga i'ch helpu i fynd 'nôl i'r gwely?'

'Na, dos i dy wely dy hun!' Ond wrth groesi'r ystafell at ei bwrdd ysgrifennu, teimlodd yn benysgafn. Yn ddirybudd, roedd ei meddwl yn troi'n niwlog, a'i hamrannau'n teimlo'n drwm. O fewn eiliadau, roedd y forwyn wedi sylwi ar ei chyflwr, ac aeth ati a gafael yn ei braich.

'Wir, meistres, well i chi orffwys rŵan.'

Nid oedd ganddi'r nerth i anghytuno. Gadawodd i'w morwyn ei thywys at y gwely, ei rhoi i orwedd ar y cynfasau glân, a chodi'r cwrlid yn gynnes at ei gwddf. Er mawr syndod iddi ei hun, teimlodd ei llygaid yn cau, ei chorff cyfan yn ymlacio, ac o fewn eiliadau, syrthiodd i drwmgwsg.

II

'Maria!' Yna eiliadau wedyn, 'Maria! Maria!!'

'Iawn, dwi'n dŵad!' atebodd y forwyn dan ei gwynt. 'Dim ond un pâr o ddwylo s'gen i!' Roedd cael ei galw'n Maria'n codi'i gwrychyn mewn eiliad. Elin Mair oedd ei henw bedydd, felly pam na allai pobl ei galw hi'n hynny? Pam fod raid goddef gorfod ateb i'r enw *Maria*, neu weithiau *Marie*? Pam na allai pobl ddangos digon o barch at berson a defnyddio'i enw yn ffurf ei famiaith? Ei hunig gysur oedd fod 'Maria', o leiaf, yn well na 'Mary', sef yr hyn a'i gelwid ym mhlasdy Glynllifon: 'Mary, the scullery maid', yna 'Mary, the kitchen maid'! Wrth i'r atgof o'r dyddiau hynny groesi ei meddwl, diflannodd ei chynddaredd yn ddisymwth. Pa hawl oedd ganddi i gwyno, mewn gwirionedd? Onid oedd hi'n gymaint gwell ei byd rŵan? Onid oedd ei dyletswyddau'n bleserus o ysgafn o'u cymharu â'r dyddiau hynny? Dylai fod yn fodlon derbyn unrhyw enw dan haul y dymunai'r arglwyddes ei galw, fel arwydd o ddiolchgarwch am gael ei hachub o ddiflastod llwyr ei bywyd yng Nglynllifon a thafod llym, didrugaredd yr hen g'nawes 'na, Mrs Simkinson, yr howscipar. *'Mary, you haven't scrubbed properly under the sinks – do it again!'* neu *'Mary, there's dust still on the stairs – do them again!'* A'r cwyno diddiwedd amdani hi ei hun: *'Mary, your cap's crooked ... there's a mark on your nose ... your hair is in a frightful state ... your apron is smudged ... clean your shoes ... wash your hands ... scrub your fingernails!'* Doedd dim diwedd ar ei chwynion hi, fel rhegen rug ddydd a nos. Diolch i'r drefn, roedd wedi gallu dianc o'r byd hwnnw, neu'n hytrach, diolch i'r arglwyddes – a Tante Sophie!

Pan gerddodd i'r *boudoir* roedd Arglwyddes Newborough yn ysgrifennu'n wyllt wrth ei bwrdd ger y ffenestr. (Roedd hithau'n mynnu galw ei meistres wrth ei henw o'i phriodas gyntaf, er mwyn talu'r pwyth yn ôl. A ph'run bynnag, roedd Baronne Ungern-Sternberg yn llawer gormod o lond ceg – roedd Arglwyddes Newborough yn ddigon drwg! Maria Stella oedd hi i bawb yng Nghymru.)

'Maria, dos i anfon y rhain at fanc Coutts – ti'n gwybod y drefn. Yna, dos i brynu ychydig o *brioches d'amandes* o siop Claudette – y rhai bach.' Plygodd yr arglwyddes y llythyr roedd newydd ei lofnodi, ac ysgrifennu'r cyfeiriad mewn llythrennau bras. Goleuodd Elin y gannwyll ar y bwrdd a dal y cwyr coch ati i'w gynhesu er mwyn selio'r llythyr; yna, wedi i'r arglwyddes osod ei sêl ar y cwyr, cymerodd yr amlenni a mynd i nôl ei chlogyn.

Wrth sefyll ar ben y grisiau y tu allan i ddrws yr adeilad, edrychodd o'i hamgylch gan dynnu'i chlogyn yn dynnach amdani. Roedd yr hydref yn dirwyn i ben a gwynt y gaeaf eisoes wedi cyrraedd, yn chwyrlio i lawr y stryd gan ysgubo'r dail meirwon a'r sbwriel o'i flaen tuag at afon Seine. Trodd i'r chwith allan o'r adeilad a brasgamu i gyfeiriad y gogledd. Roedd wedi cyfarwyddo bellach â strydoedd y brifddinas, ac ni phoenai o gwbl am yr holl hwrlibwrli: y synau, y prysurdeb a'r bobl – y miloedd ar filoedd o bobl! Mwy o bobl mewn un diwrnod nag a welodd o'r blaen drwy gydol ei holl fywyd. Gwir, roedd wedi teithio drwy Lundain ar ei ffordd i Baris, ond erbyn iddynt gyrraedd tŷ'r Arglwydd Newborough yno, lle roeddynt i dreulio nos, roedd wedi dechrau nosi, ac roedd yn rhaid cychwyn ar doriad gwawr bore trannoeth i deithio i Dover ar gyfer y fordaith i Calais, felly ni chafodd amser i weld prifddinas ei gwlad ei hun. Cofiodd ddryswch ac undonedd y siwrnai, y dyddiau blinderus, diddiwedd o deithio yn y goets gyhoeddus. Roedd wedi cychwyn ar ei thaith yn llawn brwdfrydedd a diddordeb yn yr hyn a welai drwy'r ffenestr, gan wneud i Tante Sophie wenu wrth wrando ar ei sylwadau diniwed, ond buan iawn y pallodd y diddordeb hwnnw wrth i'r daith rygnu yn ei blaen, ddydd ar ôl dydd. Cofiodd, hefyd, iddi weddïo bob nos mewn diolchgarwch fod yr Arglwydd Newborough wedi caniatáu i Tante Sophie gyd-deithio â hi i Baris, a'i fod wedi trefnu'r holl siwrnai. Buasai'r daith wedi bod yn hunllef, os nad yn amhosib, heb bresenoldeb profiadol Tante Sophie.

Cyrhaeddodd gornel y stryd wedi ymgolli yn ei meddyliau, ac felly roedd y chwa o wynt a chwythodd i'w hwyneb yn gwbl annisgwyl. Teimlodd ei boned yn cael ei fwrw'n ôl ar ei phen ac ymylon ei chlogyn yn codi bob ochr iddi fel adenydd rhyw hen fran. Wrth geisio arbed ei boned a thynnu'i chlogyn yn dynnach amdani, gollyngodd y llythyrau, ac oni bai am ymateb cyflym gŵr ifanc oedd yn digwydd cerdded heibio, byddent wedi diflannu am byth i gyfeiriad afon Seine. Diolchodd i'r dieithryn am eu hachub, a phrysurodd yn ei blaen.

Wedi mynd o'i olwg i fyny'r rue des Filles St Thomas, edrychodd ar y cyfeiriadau ar yr amlenni. Roedd y llythyr cyntaf at Edward Ungern-Sternberg ar ynys Dago yn Rwsia. Felly, meddyliodd, roedd yr arglwyddes wedi sgwennu at ei mab y peth cyntaf y bore hwnnw. Ochneidiodd. Nid oedd hithau wedi cysgu ychwaith ar ôl yr helynt ganol nos, a'r arglwyddes mewn cymaint o wewyr. Beth oedd yn ei phoeni, tybed? A pham na fuasai hi un ai'n mynd i fyw gyda'i meibion yng Nghymru – doedd 'run ohonynt wedi priodi – neu'n dychwelyd at ei gŵr ac Edward yn Rwsia? Os oedd hi'n poeni cymaint am Edward, oni fuasai'n well iddi fyw yn agos ato, i gadw llygad arno? Ni allai Elin ddeall y peth.

A dweud y gwir, roedd wedi cael cryn fraw wrth weld cyflwr yr arglwyddes y noson cynt. Dyna pam roedd hi wedi rhoi diferyn o *laudanum* yn niod yr arglwyddes, heb ddweud dim wrthi, er mwyn sicrhau y byddai'n cysgu'n esmwyth weddill y noson. Roedd Tante Sophie wedi ei dysgu sut i'w ddefnyddio. Roedd potel fach o *laudanum* yn rhan bwysig o offer morwyn bersonol, dywedodd wrthi, ac roedd potelaid fechan o'r hylif peryglus yn y blwch a roddodd Sophie i Elin cyn iddi ymadael â Pharis er mwyn teithio 'mlaen i ymweld â'i theulu yn Nantes. Nid oedd Elin wedi mentro'i ddefnyddio cyn hyn, er bod yr arglwyddes wedi dioddef hunllefau ddwywaith neu dair yn ystod y chwe mis ers i Elin ddod i weini arni. Ond roedd hunllef neithiwr wedi gadael ei meistres mewn gwaeth cyflwr na'r troeon cynt. Beth oedd yn achosi'r holl hunllefau, tybed? Ceisiodd Elin ddyfalu beth fyddai'n debygol o achosi hunllefau mor ofnadwy iddi hi ei hun, ond methodd. Ar y llaw arall, roedd gan Elin Mair ei phroblemau ei hun, ac roedd byw ym Mharis yn deillio'n uniongyrchol o'r broblem honno.

Wrth sylwi ar gyfeiriad yr ail lythyr, daeth ton o hiraeth drosti. '*The Rt. Hon. Thomas John Wynne, Lord Newborough, Glynllifon, Carnarvonshire* ...' Collodd ei hunan-hyder arferol, a dechreuodd amau dilysrwydd ei phenderfyniadau. Be gebyst oedd hi'n ei wneud fan hyn, ynghanol bwrlwm a helyntion Paris? Pa ffwlbri wnaeth iddi feddwl y buasai'n gallu dod o hyd i'w brawd ynghanol dinas enfawr Paris? Ble roedd ei synnwyr cyffredin? Roedd y cyfan wedi ymddangos mor hawdd, mor naturiol, pan ddaeth Tante Sophie draw i Benbonc gyda'r newyddion fod yr Arglwyddes Newborough am gynnig gwaith i Elin. Cofiodd y cynnwrf a'r pleser a

deimlodd pawb wrth eistedd o amgylch y tân: Tante
Sophie yn y gadair orau, hen gadair ei thad; Lisi,ei
chwaer a hithau ar y setl gyferbyn, a'i mam yn tynnu
cadair oddi wrth y bwrdd i gwblhau'r hanner cylch.
Cofiodd amdanynt yn trafod beth fyddai ei angen arni, pa
ddilladau, pa offer, sut y byddai'n cyrraedd pen ei thaith.
Ond roedd Tante Sophie'n amlwg wedi ymorol am
bopeth. Y hi oedd wedi mynd at yr arglwydd ifanc a
thynnu ei sylw at Elin, a'r ffordd roedd ei doniau'n cael
eu gwastraffu fel morwyn lanhau yn y plas. Roedd Sophie
wedi bod yn forwyn bersonol i'w fam ers cyn iddo gael ei
eni, ac wedi rhannu'r gofal amdano yn ystod ei
blentyndod. Teimlai'n ddigon cyfforddus yn ei gwmni i
fentro bod mor hy ag ef a siarad yn blaen. Eglurodd
wrtho ei bod newydd dderbyn llythyr oddi wrth ei chyn-
feistres ym Mharis yn cwyno am ei morwyn bresennol, a'i
bod wedi gorfod ei hanfon ymaith. Nid oedd hyn yn
newyddion i'r arglwydd, gan ei fod yntau wedi derbyn yr
un gŵyn gan ei fam. Yna soniodd Sophie am Elin, ac fel
roedd y ferch wedi derbyn hyfforddiant trylwyr ganddi hi
ynglŷn â dyletswyddau morwyn bersonol, ei bod hi'n
ferch beniog, ddibynadwy, ei bod hi'n gallu darllen ac
ysgrifennu, nid yn unig yn ei mamiaith a Saesneg, ond
hefyd yn Ffrangeg, ac yn siarad yr iaith honno'n rhugl.
Gofynnodd iddo a fuasai'n fodlon cynnig enw Elin i'w fam
fel merch addas i gymryd lle'r hen forwyn, a chytunodd
yntau ar unwaith.

Er bod ei mam yn bryderus ynghylch colli ei merch,
hefyd, i wlad Ffrainc, roedd yn fodlon gadael i Elin fynd.
Sylweddolai fod cynnig yr arglwyddes yn un llawer rhy
werthfawr i'w ddiystyru, ac ni allai rwystro'i merch rhag
gwella'i safle mewn bywyd. Roedd y ffaith fod ei ffrind
pennaf, y Ffrances Sophie, am deithio gyda'i merch yr
holl ffordd i Baris, a bod yr Arglwydd Newborough am
drefnu popeth, hefyd wedi dylanwadu arni. Ond y ddadl

gryfaf o bell ffordd dros adael i Elin fynd oedd hon: byddai cael swydd ym Mharis yn galluogi Elin i chwilio am ei brawd coll, Wiliam. Wedi i Tante Sophie eu gadael, mor frwdfrydig oedd y tair ohonyn nhw, ac mor obeithiol, wrth drafod y sicrwydd o ddod o hyd i Wiliam! Wrth gofio'r sgwrs, prin y gallai Elin gredu pa mor ddiniwed oedden nhw. Doedd gan yr un ohonyn nhw unrhyw syniad o faint dinas fel Paris. Roeddynt wedi cymryd yn ganiataol, rywsut, mai tasg debyg i chwilio am ei brawd yng Nghaernarfon oedd yn wynebu Elin, yn hytrach na'r gwir sefyllfa. Byddai dod o hyd i'w brawd fel darganfod gronyn o halen ymysg llond bwced o dywod!

Brwydrodd i atal ei llygaid rhag llenwi â dagrau, ac roedd yn falch o gyrraedd y banc a throsglwyddo'r llythyrau i'r clerc yno. Roedd hwnnw wedi sylwi ar leithder ei llygaid, ac wedi cydymdeimlo â hi am feinder y gwynt oedd yn ddigon i ddod â dŵr i lygaid unrhyw un. Roedd gweithwyr y banc wedi hen arfer gofalu am lythyrau'r arglwyddes a'u hanfon ymlaen i ben eu taith, a hynny ar gost y banc oherwydd i Arglwyddes New-borough fod yn ffrind mor dda i un o deulu'r sefydlwyr, sef Ardalyddes Bute.

Wedi cyflawni rhan gyntaf ei dyletswydd, pleser pur oedd cael cerdded i mewn i siop Claudette. Arhosodd Elin ar y trothwy am rai eiliadau i werthfawrogi pob arogl a ddeuai i'w thrwyn: arogleuon pobi, coffi a siocled yn drwm yn yr awyr, ac yna, wedi i'w synhwyrau gynefino ar ôl ychydig eiliadau, darganfod elfennau o sitrws, cnau almwn, mafon a hyd yn oed fenyn melys. Roedd y demtasiwn yn ormod. Gwyddai na fyddai ar yr arglwyddes ei hangen am y ddwy awr nesaf gan fod ei ffrind, Madame Dumourrier, yn ymweld â hi, felly wedi archebu'r *brioches* aeth i eistedd wrth un o'r byrddau bychain yng nghefn y siop ac archebu cwpanaid o siocled a'i hoff gacen: *oreillette d'abricots.* Gallai deimlo'r dŵr yn dod i'w dannedd wrth wylio'r weinyddes fach yn dod â'r hambwrdd tuag ati.

Cymaint oedd ei bryd ar y pleser disgwyliedig fel na welodd hi'n iawn beth ddigwyddodd nesaf. Y canlyniad, fodd bynnag, oedd i'r hambwrdd a'i gynnwys lanio'n glewt ar ei harffed, ond, drwy drugaredd, disgynnodd y rhan fwyaf o'r llefrith poeth ar gyfer y siocled ar y bwrdd yn hytrach nag arni hi. Roedd y gŵr ifanc oedd wedi achosi'r ddamwain yn faith ac uchel ei ymddiheuriadau, a'r weinyddes wedi ffrwcsio'n llwyr. Daeth Claudette ei hun allan o'r cefn gyda chlytiau i lanhau'r llanast. Mynnodd y gŵr ifanc dalu am y difrod, a gofynnodd i Elin a fuasai hi'n fodlon iddo dalu am gacen a siocled arall iddi. Roedd golwg mor ddiffuant ar ei wyneb fel na allai ei wrthod – a ph'run bynnag, roedd hi'n benderfynol o beidio ymwrthod â'r pleser o fwyta cacennau Claudette!

Heb gynhyrfu dim, eisteddodd y gŵr ifanc wrth ei bwrdd a galw ar y weinyddes i ddod â siocled poeth a chacen i'r ddau ohonynt.

'Christophe de la Tour,' meddai wrth estyn ei law dros y bwrdd, gan ei gorfodi, o ran cwrteisi, i ysgwyd llaw ag ef a chyflwyno'i hunan.

'Elin Mair Tomos,' atebodd, a sylwodd fod ei lygaid yn crychu wrth glywed y synau anghyfarwydd.

'*Pardon? Vous n'êtes pas française?*'

'Na, Cymraes,' atebodd hithau.

'Ond rydych chi'n siarad Ffrangeg yn wych!' meddai mewn rhyfeddod.

Teimlodd ei bochau'n gwrido. Roedd hwn yn ddyn deniadol iawn, sylweddolodd am y tro cyntaf, ac roedd dynion deniadol bob amser yn gwneud iddi deimlo'n swil a lletchwith. Wrth lwc, cyrhaeddodd y weinyddes unwaith eto gyda'u harcheb. Sylwodd Elin â gwên fod y ferch yn cadw'r ochr draw i'r gŵr ifanc, gan osod y llestri'n ofalus iawn o'u blaenau cyn ymadael yn gyflym.

'Rhaid i chi faddau i mi,' meddai Christophe wedyn wrth droi ei flocyn o siocled yn ei lefrith poeth i'w doddi. 'Rydw i wedi bod yn rhuthro drwy'r bore, ac roeddwn i'n dal i ruthro pan benderfynais ddod i'r siop i gael hoe fach! Roeddwn i'n ddiofal tu hwnt! Ond dwedwch i mi,' ychwanegodd gan blygu ychydig tuag ati, 'sut wnaethoch chi ddysgu Ffrangeg? A pham ydych chi yma ym Mharis? Beth ydi'ch hanes chi?'

Teimlai Elin yn anghysurus. Nid oedd wedi arfer rhoi atebion i gwestiynau mor bersonol, yn enwedig gwestiynau gan ddieithryn llwyr. Sylwodd yntau ar ei hanniddigrwydd, a dechrau ymddiheuro eto.

'Ond 'da chi'n gweld,' meddai wedyn, 'rydw i fy hun wrthi'n dysgu Saesneg, ac yn ei chael hi'n iaith anodd iawn. Mi faswn i'n gwerthfawrogi unrhyw gyngor gennych ar ddysgu iaith dramor. Ydych chi'n gallu siarad Saesneg hefyd?'

Pan ddywedodd ei bod, roedd ar ben ei ddigon. Curodd ei ddwylo mewn llawenydd, a threuliwyd y munudau nesaf mewn sesiwn cwestiwn ac ateb: y fo'n gofyn beth oedd peth a'r pheth yn Saesneg, a hithau'n rhoi'r geiriau iddo. Wrth iddi roi'r tamaid olaf o'r *oreillette* yn ei cheg, daeth y gŵr ifanc yn ôl at ei gwestiwn gwreiddiol. Erbyn hyn roedd Elin wedi ymlacio, a theimlai'n eithaf cartefol yn ei gwmni. Clywodd ei hun yn ei ateb yn ddiffwdan.

'Ffrind i Mam ddysgodd fi. Ffrances ydi hi, wedi dod i Gymru fel morwyn bersonol i Arglwyddes Newborough ac wedi priodi un o denantiaid y stad wedi i'r arglwyddes ailbriodi a symud i Rwsia gyda'i gŵr newydd. Roeddwn i'n cael mynd i'w chartref bob dydd i gael te, a hithau'n mynnu siarad dim byd ond Ffrangeg efo mi. Roeddwn ar goll yn llwyr i ddechrau, ond buan iawn y dois i adnabod geiriau.'

'Faint oedd eich oed chi'n dechrau?'

'Rhyw bump i chwech, decini,' atebodd gan godi ei hysgwyddau.

'A! Dyna'r ateb, rwy'n siŵr! Dysgu iaith dramor yn eich plentyndod! Llawer rhwyddach! Llawer mwy naturiol.' Yna edrychodd braidd yn swil arni, er bod ei lygaid yn pefrio. 'Fasech chi'n fodlon rhoi ychydig o ymarfer i mi ar siarad Saesneg? Fasech chi'n fodlon fy nysgu fel y gwnaeth ffrind eich mam, a chyfarfod dros baned a chacen fan hyn – neu yn rhywle o'ch dewis – a siarad dim byd ond Saesneg efo mi? Mi dalwn i chi, wrth gwrs!'

Ei hymateb greddfol oedd dweud gwnaf, siŵr iawn, unrhyw beth i gael rhagor o'i gwmni – a hynny heb dderbyn tâl! Ond yr un eiliad trawyd hi gan yr anawsterau ymarferol. Er bod ganddi bnawn rhydd bob wythnos, un anwadal oedd yr arglwyddes, yn anfodlon caniatáu iddi gael yr un pnawn bob tro. Ceisiodd egluro hynny wrth Christophe – roedd wedi mynnu ei bod yn ei alw wrth ei enw cyntaf o'r dechrau bron – ond ni welai ef unrhyw broblem yn hynny. Tynnodd ddarn o bapur a phensel o'i boced ac ysgrifennu ei gyfeiriad yn gyflym.

'Dim ond i chi anfon neges ataf y diwrnod cynt, neu hyd yn oed ar fore'ch pnawn rhydd, ac fe ddof i'ch cyfarfod,' meddai wrth roi'r papur yn ei llaw. 'Fe gewch chi ddewis y fan a'r amser.'

Yn fuan wedyn, ymddiheurodd y byddai'n rhaid iddo'i gadael. Gwnaeth y ddau addewidion i gadw mewn cysylltiad cyn iddo fynd at y cownter i dalu. Bu'n siarad â Claudette am rai munudau, yna gwelodd Elin hi'n rhoi nifer o gacennau mewn pecyn iddo. Cododd ei law arni wrth ymadael â'r siop, a sylweddolodd hithau rai eiliadau'n ddiweddarach ei bod yn dal i wenu'n wirion wrth i'w gefn ddiflannu i lawr y stryd. Teimlai'n flin gyda'i hun. Nid rhyw laslances benchwiban oedd hi, ond merch gall, un ar hugain oed!

Pan gododd o'r bwrdd ymhen ychydig funudau, galwodd Claudette arni a rhoi dau becyn yn ei llaw. Archeb yr arglwyddes oedd un ohonynt, ac wrth roi'r ail iddi, eglurodd Claudette:

'Y gŵr ifanc am i chi gael hwn fel ymddiheuriad am ei flerwch.'

Ceisiodd Elin anwybyddu'r winc fawr a roddodd Claudette iddi, ond roedd ei gruddiau ar dân wrth iddi gerdded allan. Pan agorodd y pecyn wedi iddi gyrraedd diogelwch ei gwely yn yr ystafell wisgo, gwelodd fod dwy *oreillette d'abricots* yn gorwedd yno mewn nyth o bapur sidan. Lledodd gwên o bleser ar draws ei hwyneb. Byddai'n cadw'r rhain i'w blasu'n ddirgel cyn mynd i gysgu, a châi fwynhau eu cnoi wrth freuddwydio am wên ddireidus a llygaid pefriog Christophe de la Tour.

III

Cododd Elin y bais wlân yn ddiamynedd o'r llawr. Roedd
wedi laru ar dacluso annibendod Miss Clarissa,
cydymaith yr arglwyddes. Fel morwyn i'r arglwyddes y
cawsai ei chyflogi, meddyliodd yn chwyrn, ac roedd
ganddi ddigon o waith i'w wneud gyda honno heb sôn am
gael ei llwytho â gwaith ychwanegol, yn arbennig gorfod
twtio ar ôl hen ferch mor ddiflas â Miss Clarissa. Ac fel
petai hynny ddim yn ddigon, roedd disgwyl iddi wisgo a
thrin gwallt y ddynes hefyd! Sylwodd ar rwyg fechan yn
y sgert a gododd nesaf o'r llawr, a gosododd hi o'r neilltu
i'w thrwsio'n hwyrach yn y dydd. Teimlai ar adegau fod
yr arglwyddes yn cymryd mantais ohoni, yn gofyn iddi
wneud llawer mwy nag oedd yn arferol i forwyn bersonol
ei wneud. Cartref bychan iawn oedd gan yr arglwyddes
mewn gwirionedd, dim ond un *salon*, neu barlwr, fel y
byddai mam Elin wedi ei alw, ystafell fwyta a chyntedd,
cegin a chegin gefn a thair ystafell wely: un i'r
arglwyddes, ag ystafell wisgo'n agor ohoni, lle cysgai
Elin, un i Miss Clarissa, ac un ystafell wely fechan iawn
ar gyfer gwesteion. Felly, mae'n siŵr, tybiodd Elin, doedd
dim pwrpas i'r arglwyddes gyflogi nifer fawr o bobl, a
dyna pam roedd yn rhaid i Elin droi ei llaw at dasgau
ychwanegol o bryd i'w gilydd. Dim ond y hi, yr
arglwyddes a Miss Clarissa oedd yn byw yno'n barhaol:
gweithwyr dyddiol oedd pawb arall, gan gynnwys
Suzanne, y gogyddes, a'i hwyres fach, Annette, oedd yn
gwneud y glanhau. Cael ei gyflogi gan yr *hôtel* yr oedd

Richard, y ffwtmon, fel rhan o'r gwasanaeth a gynigid i westeion y lle. Buasai'r *hôtel*, hefyd, wedi gallu cynnig prydau bwyd i'r arglwyddes o'u ceginau hwy, ond roedd yn well ganddi gyflogi'i chogyddes ei hunan, ac roedd wedi dewis ei hystafelloedd oherwydd bod cegin fechan yno. Gweithiai Suzanne am ddeuddeg awr bob dydd, ag un prynhawn rhydd bob wythnos, ac ar y pnawn hwnnw, byddai'n rhaid i Elin baratoi'r bwyd. Ond roedd hi a Suzanne wedi bod yn ffrindiau o'r dechrau cyntaf, ac roedd y gogyddes yn ddigon caredig i forol bod danteithion wedi eu paratoi'n barod ar gyfer ei phnawn rhydd, ac na fyddai raid i Elin wneud dim, mewn gwirionedd, ond eu gweini.

Pan welodd gyfeiriad yr arglwyddes am y tro cyntaf, roedd Elin wedi dychmygu y byddai'n byw mewn gwesty tebyg i'r gwestai y buont yn aros ynddynt ar eu ffordd i Lundain. Yna eglurodd Tante Sophie fod ystyr ychydig yn wahanol i'r gair yn Ffrangeg. Fel arfer, meddai honno, roeddynt yn adeiladau mawrion oedd yn cynnig ystafelloedd i bobl fyw ynddynt, a'r drytaf yr *hôtel*, y mwyaf o wasanaethau a gynigid. Mewn rhai, gellid bwyta yn eu hystafelloedd bwyta fore, pnawn a nos, a chael gwasanaeth gan forynion a gweision y lle. Mewn eraill, gellid cael mwy o annibyniaeth, a'r gwesteion yn cyflogi gweision eu hunain.

Wrth ddechrau clirio pentwr arall o ddillad Miss Clarissa a adawyd yn flêr ar y llawr, gresynodd Elin nad oedd yr arglwyddes yn fodlon talu am well gwasanaeth gan ei landlordiaid. Dechreuodd blygu *chemise*, cyn sylweddoli bod angen ei golchi. Rhegodd dan ei gwynt. Ni allai'r gnawes ddioglyd hyd yn oed wahanu'r dillad budron oddi wrth y rhai glân! Mewn ymdrech i reoli ei hwyliau drwg, trodd ei meddwl at ei ffrind newydd, Christophe. Ceisiodd benderfynu beth i'w wneud ynglŷn â'i wahoddiad i roi gwersi Saesneg iddo bob wythnos.

Roedd yr aglwyddes newydd gyhoeddi y câi hi bnawn rhydd y diwrnod canlynol, ond a ddylai hi anfon nodyn at Christophe ai peidio? Os byddai'n gwrando ar lais ei chalon, yna anfon nodyn oedd yr ateb, ond os oedd am gael ei rheoli gan ei phen, yna gwell fyddai ymatal. Roedd elfen o euogrwydd yn llechu yng nghefn ei meddwl hefyd. A ddylai hi dynnu sylw Christophe at y ffaith y gallasai ddysgu Saesneg efo clamp o acen Gymreig pe byddai hi'n athrawes arno? A fyddai'n diolch iddi o ddifrif calon pan sylweddolai hynny? Roedd yn ceisio penderfynu beth fyddai orau i'w wneud pan ddaeth Miss Clarissa i'r ystafell.

'Mae'r arglwyddes dy eisiau di,' meddai'n swta. 'Dos.'

Doedd dim heddwch i'w gael! Lluchiodd y pentwr dillad oedd yn ei breichiau ar y gwely a cherdded allan o'r ystafell, gan daflu golwg ddirmygus at Miss Clarissa, ond roedd honno'n syllu allan drwy'r ffenestr a heb sylwi. Llithrodd Elin yn dawel drwy'r cyntedd ac anelu am y gegin. Roedd yn rhaid iddi reoli ei thymer cyn ateb galwad yr arglwyddes. Anadlodd yn ddwfn. Sut ar y ddaear fawr yr oedd Mills, twrnai'r arglwyddes, wedi llwyddo i'w pherswadio i gyflogi ei chwaer yng nghyf-raith fel ei *dame de compagnie*? Cyflogi dynes mor ddioglyd, dwp, a ffroenuchel â Miss Clarissa? Ni faliai Elin yr un botwm corn amdani hi na'i brawd yng nghyfraith. Ar y llaw arall, gallai edmygu, mewn ffordd ddirmygus, y ffordd y llwyddodd Mills i drosglwyddo Miss Clarissa o'i gartref a'i ofal ef i gartref yr arglwyddes, a hynny heb fynd i unrhyw gostau ei hun. Yn ôl yr hyn a ddeallai Elin gan Suzanne, yr arglwyddes oedd wedi talu am y cyfan – hyd yn oed y gost o ddilladu'r ddynes – gan na allai hi oddef cael cydymaith a edrychai mor ddi-raen.

Ysgydwodd Elin ei phen mewn anobaith. Nid oedd hi'n deall yr arglwyddes, er iddi dyfu'n hoff ohoni er gwaethaf ei mympwyon. Wrth gerdded yn ôl tua'r *salon*, ystyriodd Elin bersonoliaeth ei chyflogwraig. Sut oedd hi mor barod i ymddiried yn y bobl anghywir? Yn fuan ar ôl iddi gyrraedd Paris, roedd Elin wedi clywed hanes yr achos llys a ddygwyd gan yr arglwyddes yn erbyn y twyllwr hwnnw, Cooper-Driver, twrnai Seisnig arall. Yn ôl yr hanes, roedd wedi cymeryd blynyddoedd iddi ennill, ac yn ôl Suzanne, roedd hynny ar draul 28,000 *franc* i'r arglwyddes druan! Synnwyr cyffredin, felly, yn nhyb Elin, fyddai i'r arglwyddes gadw hyd braich rhyngddi ei hun a Saeson a thwrneiod, ac yn sicr fe ddylai ochel rhag ymrwymo unwaith eto i gyfuniad o'r ddau: twrnai o Sais. Ond dyna fo. Fel yr eglurodd yr arglwyddes iddi un noson wrth i Elin gribo'i gwallt cyn noswylio, a hithau'n teimlo'n arbennig o unig, roedd yn rhaid cael dyn i'w chynrychioli yn y llysoedd wedi i'w gŵr ei gadael yma ym Mharis a mynd yn ôl i Rwsia gyda'u mab, Edward.

Roedd Mills yn y *salon* gyda'r arglwyddes, a golwg digon piwis arno. Trodd wrth i Elin gerdded i mewn a chymryd arno astudio'r darn papur oedd ar y bwrdd o'i flaen.

'Maria, edrych ar hwn,' meddai'r arglwyddes gan estyn y papur hwnnw iddi. 'Mae Mr Mills yn credu y byddai'n syniad da ei roi yn y papurau newydd. Edrycha dros y Ffrangeg. Gwna'n siŵr ei fod yn gywir.'

Dyna beth oedd yn corddi Mills, felly! Roedd yn gas ganddo'r ffaith fod yr arglwyddes yn dangos mwy o ffydd yn ei gallu ieithyddol hi na'i allu ef. Deilliai'r diffyg ffydd hwn o'r diwrnod pan ddarllenodd yr arglwyddes lythyr Ffrangeg y bwriadai'r twrnai ei yrru i'r llysoedd, a chanfod gwallau a diffyg synnwyr ynddo oedd yn amlwg hyd yn oed iddi hi gyda'i gallu prin yn yr iaith ysgrifenedig. Ar y llaw arall, roedd ganddi berffaith ffydd yn Ffrangeg ei morwyn. Ni faddeuodd Mills fyth i Elin am y diwrnod hwnnw, a manteisiodd ef a'i chwaer yng nghyfraith ar bob cyfle i wneud bywyd yn anodd iddi o hynny allan.

Darllenodd Elin yr ysgrifen yn gyflym. Hysbysiad ydoedd, yn amlinellu cefndir achos yr arglwyddes, ac yn cynnig gwobr 'sylweddol' i unrhyw berson a allai gyflwyno tystiolaeth, ar lafar neu ar bapur, a fyddai'n cefnogi'r achos hwnnw. Gwnaeth Elin yn fawr o'i chyfle i bryfocio Mills drwy fynd ati i ochneidio'n ddiamynedd cyn gafael yn ysgrifbin yr arglwyddes a gwneud cywiriadau mwy blodeuog eu harddull nag oedd ei angen – gwallau bychain iawn oedd ynddo mewn gwirionedd – er mwyn cythruddo Mills fwyfwy. Llwyddodd, wrth gwrs. Wrth drosglwyddo'r papur yn ôl i'w meistres sylwodd gyda phleser fod ei wep yn fflamgoch. Gan guddio'i phleser y tu cefn i wyneb sychlyd, gofynnodd a oedd ar yr arglwyddes angen rhywbeth arall. Atebodd hithau nad oedd, ac anfon Elin yn ôl at ei dyletswyddau eraill. Wrth adael yr ystafell, clywodd Mills yn cwyno – unwaith eto – am y Gymraes bowld a gyflogai'r arglwyddes. Roedd ymateb chwyrn a diamynedd yr arglwyddes i'w gwynion yn gwneud iddi wenu'n braf. Yna clywodd yr arglwyddes yn anfon y twrnai i ffwrdd yn ffwr-bwt gyda'r gorchymyn i ddodi'r hysbysiad yn y papur newydd i'w gyhoeddi fore trannoeth.

Y noson honno treuliodd Elin oriau meithion yn troi a throsi wrth geisio penderfynu a ddylai anfon neges at Christophe ai peidio. Syrthiodd i gysgu rywbryd yn ystod yr oriau mân, a phan ddeffrodd bore trannoeth sylweddolodd fod ei meddwl wedi dod i benderfyniad yn ystod ei chwsg. Gwell oedd ymatal. Nid oedd am ymddangos yn rhy awyddus i'w weld eto, nac am roi'r argraff ei bod angen yr arian a gynigiai. Câi Christophe aros tan yr wythnos nesaf, neu hyd yn oed yr wythnos ganlynol. Doedd hi ddim yn syniad da gadael i ddyn feddwl eich bod yno i'w wasanaethu.

Roedd y penderfyniad yn codi cwestiwn arall, wrth gwrs. Os nad oedd am gyfarfod Christophe, beth a wnâi ar ei phnawn rhydd? Roedd wedi ymweld droeon â'r gadeirlan anferth, Notre Dame, a'r adeiladau hynafol ar yr Île de la Cité, wedi syllu droeon ar ryfeddodau'r Louvre ac wedi cerdded droeon drwy erddi'r Tuileries. Pan arhosodd Tante Sophie gyda'r arglwyddes a hithau am wythnos gyfan wedi iddynt gyrraedd Paris, roedd yr arglwyddes mor falch o gael cwmni ei hen forwyn unwaith eto – roedd y ddwy'n fwy o ffrindiau mewn gwirionedd na meistres a morwyn – fel ei bod wedi mynnu galw am ei choets bob prynhawn er mwyn i'r tair ohonynt deithio ynddi i weld golygfeydd y ddinas. Bryd hynny, roedd Elin wedi dotio at odidowgrwydd popeth, wedi rhyfeddu at yr adeiladau hynafol a chywrain. Roeddynt hyd yn oed wedi teithio am ddiwrnod cyfan allan i Versailles a chael cip ar balas enwog yr hen frenin, Louis XIV. Ond y prynhawn hwn, nid oedd ar Elin awydd fynd i lygadrythu ar y ddinas. Doedd dim cymaint o bleser i'w gael wrth grwydro ar ei phen ei hun heb neb i sgwrsio â hi, i rannu sylwadau a meddyliau.

Allai hi fentro anelu am y Faubourg St Antoine unwaith eto? Allai hi fentro i strydoedd garw, brwnt yr ardal honno i chwilio am ei brawd? Wedi iddi orffen ei chinio gyda Suzanne, y gogyddes, gadawodd ystafelloedd yr arglwyddes gyda'r bwriad selog o fynd i chwilio, ond prin roedd hi wedi cerdded canllath cyn dechrau gwangaloni. Trodd tuag at y Palais Royal.

Ychydig wythnosau ar ôl iddi gyrraedd Paris, aethai'r arglwyddes â hi i'r Palais Royal i weld y rhannau ohono oedd ar agor i'r cyhoedd. Tywyswyd hi at ddarlun arbennig, portread o'r dug presennol, Louis-Philippe.

'Pan welodd Edward, fy mab, y llun hwn,' meddai'r arglwyddes wrthi, 'cafodd ei synnu ar unwaith. "Darlun o Granpapa Chiappini!", meddai. "Pam mae darlun o

Granpapa mewn dillad crand fan hyn, Mama?" A dweud y gwir, roeddwn innau wedi cael cryn ysgytwad. Dyna'r eiliad pan y sylweddolais heb unrhyw amheuaeth fod fy achos yn un cyfiawn. Gan y gwirion y ceir y gwir, medden nhw, a dim ond deuddeg oed oedd Edward ar y pryd. Wyddai o fawr ddim am yr achosion llys.'

Tybiodd Elin mai hysbysiad yr arglwyddes oedd wedi ei hatgoffa o'r ymweliad hwnnw, a daeth ysfa drosti i weld y llun unwaith eto. Talodd am ei thocyn a threulio awr neu ddwy ddigon tawel, diysbryd yn edrych ar y cyfoeth o drysorau yn yr orielau cyhoeddus. Syllodd yn arbennig o hir ar y darlun o duc d'Orléans. Gwyddai'r hanes am ymweliadau teulu'r Chiappini â Glynllifon drwy straeon ei rhieni, ond roedd hynny cyn ei geni hi. Tybed a fyddai ei brawd Wiliam yn cofio'r dyn? A fyddai ef yn gallu gweld y tebygrwydd rhwng yr ymwelwyr Eidalaidd yng Nglynllifon a'r portread hwn?

Wrth feddwl am ei brawd daeth ton o ddiflastod drosti. Llusgai ei thraed wrth iddi adael yr adeilad, heb wybod yn iawn i ba gyfeiriad yr anelai nesaf. Dilynodd ei thrwyn ar hyd yr arcedau heb sylwi dim ar ffenestri'r siopau a'u nwyddau ysblennydd, ei meddwl yn ddwfn yn ei thrafferthion. Yr unig wybodaeth oedd ganddi am ei brawd oedd ei fod wedi priodi â Ffrances ac yn cadw tŷ tafarn a berthynai i'w theulu yn ardal Faubourg St Antoine o Baris. Ychydig wythnosau wedi iddi ddechrau gweithio i'r arglwyddes, roedd wedi holi sut i fynd i'r ardal honno ac wedi dechrau cerdded ei strydoedd. Ond roedd wedi rhoi'r gorau i'w bwriad yn fuan iawn. Roedd y tlodi a'r budreddi'n amlwg: puteiniaid yn ei gwatwar ar gornel pob stryd; plant yn eu carpiau, eu wynebau'n welw a main, yn syllu arni o ddrysau adeiladau. A'u llygaid! Dyna oedd wedi'i dychryn fwyaf. Pob llygad mor galed, mor arw. Llygaid chwerw oedolion o fewn wynebau plant bychain yn rhythu arni, yn ei herio am fentro o'i byd cyfforddus i'w byd hwy o galedi, ac er na chyfrifai ei hun yn gyfoethog o bell ffordd, sylweddolodd pa mor foethus, mewn gwirionedd, oedd ei chlogyn o frethyn Cymreig a'i cadwai mor glyd rhag gwyntoedd creulon y gaeaf. Ar ôl llai na phum munud o gerdded strydoedd trist Faubourg St Antoine, roedd wedi troi ar ei sawdl a phrysuro'n ôl i ddiogelwch yr Hôtel Britannique. Nid oedd wedi gallu perswadio'i hunan i ddychwelyd byth ers hynny.

A beth, mewn difrif calon, oedd ffawd ei brawd os oedd o'n byw ymysg y fath drallod? A pha obaith oedd ganddi o ddod o hyd iddo os nad oedd hi'n ddigon dewr i fentro unwaith eto i'r ardal honno? Roedd yn ffieiddio at ei llwfrdra ei hun. Mor drwm oedd pwysau'r euogrwydd ar ei hysgwyddau wrth iddi droi o gyfeiriad y Palais Royal fel na chlywodd y llais yn galw ei henw nes yr oedd yn bloeddio'n ei chlust, gan wneud iddi neidio allan o'i chroen.

'Christophe!' ebychodd mewn syndod wedi iddi droi i gyfeiriad y llais.

'Ma'mselle Thomas! *Enchanté!* Eich pnawn rhydd?'

Tybiodd iddi synhwyro tinc cyhuddgar yn ei lais, ond roedd ei wên yn gynnes a'i law wedi ei hymestyn iddi ei hysgwyd.

'Ie,' atebodd yn ddryslyd, yn sylweddoli ei cham gwag ar yr un pryd. 'Ar fyr rybudd ... chefais i ddim gwybod tan ...'

'Peidiwch â phoeni,' cysurodd Christophe hi. 'Mae ffawd wedi'n taflu at ein gilydd er gwaethaf popeth! Mae Duw am i ni dreulio gweddill y pnawn gyda'n gilydd, *n'est-ce pas?*' Roedd ei freichiau'n siarad cymaint â'i geg wrth iddo ynganu'r geiriau, a cheisiodd hithau wenu mewn ymateb i'w sirioldeb. 'Beth am fynd *chez* Claudette unwaith eto, a chael tamaid bach blasus?'

Cytunodd hithau, gan fod hynny'n haws na gwrthod. Wrth iddynt gydgerdded, mynnodd Christophe eu bod yn dechrau ar y wers Saesneg yn y fan a'r lle: yntau'n gwneud ei orau glas i ddisgrifio'r siopau a'u ffenestri yn yr iaith fain wrth gerdded heibio iddynt, a hithau'n cywiro lle roedd angen. Roedd ei gwmni'n afieithus, a'i bleser ym mhopeth a welai yn ddigon i godi calon unrhyw un – heblaw calon Elin. Wedi i'r cacennau a'r coffi gyrraedd eu bwrdd yn siop Claudette, edrychodd yn graff arni.

'Beth sy'n eich poeni, *ma'mselle*? Rydych yn edrych yn drist, er i chi wneud ymdrech ddewr i chwerthin ar fy nghellwair gwan.'

Edrychodd Elin i fyw ei lygaid, a gweld y fath bryder ynddynt nes gwneud iddi fwrw'i bol.

'Mae fy mrawd yn byw rywle ym Mharis, ac ers misoedd bellach rydw i wedi methu dod o hyd iddo.'

'A dydych chi ddim wedi clywed gair ganddo yn ystod yr amser yna?' holodd gan godi ei aeliau.

'Nac ydw.' Ysgydwodd ei phen yn drist. 'Fu Wiliam 'rioed yn un da am ysgrifennu. Ei ffrind Robat oedd yn anfon gair drosto bob amser.'

Gwelodd y dryswch ar wyneb Christophe, a sylweddoli y byddai'n rhaid iddi adrodd yr hanes o'r dechrau. Eglurodd sut yr oedd Robat Wiliams, Rhedynogfelen – yn sir Gaernarfon, Cymru – wedi ymuno â'r milisia, ac wedi denu Wiliam i'w ganlyn. Roedd hynny yn ôl ym 1814. Clywsai'r teulu rai misoedd yn ddiweddarach fod y ddau wedi ymuno â byddin y Dug Haearn, Wellington ei hun, ac yn mynd i gwffio mewn gwledydd tramor. Ymhen amser, daeth si am frwydr fawr Waterloo, a dychmygodd Elin y byddai Robat a Wiliam druan ynghanol y gyflafan. Gweddïai bob nos am i Dduw eu cadw'n ddiogel. Am fisoedd wedyn, bu hi a'i chwaer a'i mam yn disgwyl yn eiddgar am unrhyw newydd am y ddau, ond yn ofer. Wrth i'r distawrwydd ymestyn o fisoedd i flwyddyn, ac wedyn yn flynyddoedd, roedd pawb yn y tŷ wedi digalonni. Bu farw ei thad yn ddyn trist, ac fe dorrwyd calon ei mam druan. Roedd hi'n grediniol nad oedd ei mab wedi marw, ac roedd cynnal y ffydd honno yn ei bwyta'n fyw.

'Mam druan,' meddai wrth Christophe, gan geisio atal ei dagrau. 'Mae Tante Sophie – yr un ddysgodd Ffrangeg i mi – a'm chwaer hynaf yn edrych ar ei hôl hi, ac mi fydda i'n cael newyddion amdanyn nhw gan Sophie. Hi gafodd y swydd i mi efo'r arglwyddes – a hi ddysgodd ddyletswyddau morwyn bersonol i mi yn ogystal â Ffrangeg, er mwyn i mi gael gwell swydd na morwyn fach yn y gegin gefn, neu waith yn glanhau gratiau'r lloftydd. Cefais lythyr ganddi echdoe, yn dweud bod Mam yn gofyn amdanaf bob dydd.' Cafodd drafferth i gadw'r dagrau o'i llygaid wrth i'r hiraeth ei llethu unwaith eto.

Estynnodd Christophe ei hances boced iddi a gofynnodd i Claudette ddod â *tisane* i dawelu ei nerfau. Diolchodd Elin iddo am ei garedigrwydd.

'Wn i ddim be dwi'n da yma, wir,' ceisiodd egluro wrtho. 'Mae rhan ohona i eisiau bod adref yn edrych ar ôl Mam, a'r rhan arall eisiau dod o hyd i Wiliam, achos rydw i'n gwybod mai dyna beth fyddai'n mendio Mam orau.'

'Ond dwedwch i mi,' holodd Christophe wedi i'r *tisane* gael ei roi o'i blaen, 'sut ydych chi'n gwybod mai yma ym Mharis mae eich brawd?'

'Rhyw ddeunaw mis yn ôl, cafodd teulu Rhedynogfelen sioc aruthrol pan gerddodd dieithryn i'r buarth a gweiddi am ei fam. Robat druan oedd o, wedi dod adref o'r diwedd.'

Roedd y ddau wedi hen roi'r gorau i ymarfer siarad Saesneg gan fod pwnc eu sgwrs mor gymhleth ac emosiynol. Cymerodd Elin lymaid o'r ddiod chwilboeth cyn egluro ymhellach. 'Roedd o wedi sgwennu atom, medda fo, ond mae'n rhaid fod ei lythyrau wedi mynd ar goll, neu'n fwy tebygol wedi cael eu taflu o'r neilltu gan ryw swyddog ffroenuchel. Yna roedd Robat wedi cael damwain gyda'i bowdwr gwn, a cholli bysedd ei law dde fel na allai sgwennu rhagor.'

'Yn Waterloo?' holodd Christophe.

'Na, flynyddoedd wedyn, yma ym Mharis. Roedd y ddau yn aelodau o'r fyddin ddaeth gyda Wellington i hebrwng yr hen frenin, Louis XVIII, i'w goroni. Roedd eu catrawd yma am flynyddoedd wedyn, ac yna cafodd Robat ei ddamwain. Fe'i hanfonwyd adref ar ôl hynny, er iddi gymryd blynyddoedd iddo gyrraedd ei gartref.'

'Ac fe arhosodd eich brawd yma?'

'Do. Fe ddywedodd Robat ei fod wedi syrthio mewn cariad â merch i dafarnwr, merch o'r enw Francine Marceau. Roedd y ddau ar fin priodi pan ddigwyddodd damwain Robat.'

'A wyddoch chi ddim ble mae'r dafarn hon?'

Ysgydwodd ei phen.

'Y cyfan ddywedodd Robat oedd fod y dafarn yn Faubourg St Antoine.'

Chwibanodd Christophe yn dawel.

'Nid yw'n lle addas i chi fynd i chwilio.'

'Na,' cytunodd Elin. 'Mi es i yno unwaith, ond ...'

Gafaelodd Christophe yn ei llaw yn gyflym.

'Peidiwch chi *byth* â mynd i'r fath ardal ar eich pen eich hun eto, dach chi'n addo?'

'Ond sut arall alla i ddarganfod fy mrawd?'

Anwybyddodd Christophe ei chwestiwn, ond roedd yn dal ei afael yn ei llaw. Synnai pa mor gysurlon oedd ei gyffyrddiad, a sylweddolai yr un pryd nad oedd hi'n dymuno tynnu ei llaw yn ôl. Eisteddodd Christophe yn fud am rai munudau, ei lygaid ymhell i ffwrdd, fel petaent yn edrych ar strydoedd dilewyrch St Antoine.

Yna plygodd ymlaen tuag ati a gofyn yn dawel,

'Ydych chi'n caru eich brawd yn fawr iawn?'

Nodiodd ei phen.

'Rydych chi'n ferch ddewr, yn mentro ar eich pen eich hun i wlad dramor fel hyn,' ychwanegodd. 'Oedd y ddau ohonoch chi'n agos?'

'Mae Wiliam yn llawer hŷn na mi,' eglurodd, 'ond y fo oedd haul fy mywyd. Dim ond chwech oed oeddwn i pan aeth o i'r fyddin, ac mae pob un diwrnod ar ôl hynny wedi bod yn llawn cymylau.'

Fel petai wedi ei fodloni, daeth Christophe i benderfyniad.

'Rydw i am eich helpu chi,' cyhoeddodd. 'Mae gen i ffrind – newyddiadurwr – sy'n adnabod pob mathau o bobl o bob haen o gymdeithas. Os gall rhywun ein helpu, Émile ydi'r dyn hwnnw. Mi gaf i air gydag ef. Beth am i ni gyfarfod eto ymhen yr wythnos, ac fe gewch chi ei gyfarfod yntau? Fe anfonaf neges atoch.'

Gyda'r geiriau hyn, cododd ar ei draed a thalu i Claudette am y bwyd. Chwifiodd ei fraich yn galonnog tuag ati cyn diflannu drwy'r drws.

Roedd Elin wedi ei syfrdanu. Digwyddodd y cyfan mor gyflym. Un munud roedd hi'n digalonni ar ei phen ei hun, a'r munud nesaf, dyma hi â chynorthwywyr – cyfeillion – i rannu'r baich. Chlywodd hi ddim o'r 'Au revoir, Ma'mselle' siriol gan Claudette wrth iddi adael y siop gan na allai beidio â meddwl am eiriau Christophe. Ond roedd un peth cyn wired â phader: gyda phob cam a'i cariai tuag at yr Hôtel Britannique, roedd ei chalon yn ysgafnhau.

IV

Curodd yr hen ddiplomydd flaenau'i fysedd yn erbyn pren cain y bwrdd cardiau wrth ddarllen y ddogfen yn ofalus. Safai ei ysgrifennydd yn amyneddgar wrth ei ochr.

'Hmm, ydi hi'n ddoeth, tybed, gadael i ryw benbwl penchwiban fel St Aubin geisio twyllo Arglwyddes Newborough?'

'Mae o'n ffyddiog ei fod o'n llwyddo, syr.'

'Mae gan hwnna fwy o ddawn i'w dwyllo'i hun nag sydd ganddo i dwyllo neb arall,' atebodd yr hen ddiplomydd yn sychlyd. 'Cyw o frid ydi o wedi'r cyfan – er nad ydi o chwarter mor glyfar a chyfrwys â'i fodryb.' Oedodd uwchben y ddogfen i'w hystyried ymhellach. 'Ac rwyt ti'n sicr,' aeth yn ei flaen yn y man, 'nad yw'r fodryb, comtesse de Genlis, wedi gweld llythyrau Arglwyddes Newborough? Mae hynny'n hollbwysig, neu Duw a ŵyr beth fyddai ei hymateb.'

'Rydw i'n sicr, syr. Yn ôl ein dyn, cafodd comte St Aubin ei ddwylo arnynt tra oedd ei fodryb yn ymweld â ffrindiau. Nid yw'r hen wraig yn gwybod dim am fodolaeth yr arglwyddes.'

'Ble mae'r llythyrau rŵan?'

'Yn fy ngofal i, syr.'

'Gwna'n sicr eu bod nhw'n cael eu hanfon yn ôl i'r arglwyddes – negesydd oddi wrth Mme. de Genlis, efallai? Gyda nodyn i'r perwyl nad oes gan yr hen wraig ddim i'w ddweud wrth yr arglwyddes?'

Moesymgrymodd y gŵr, yna disgwyliodd drachefn. Roedd yn adnabod ei gyflogwr yn bur dda erbyn hyn, a gwyddai nad

41

oedd yr hen ddiplomydd wedi gorffen rhoi ei orchmynion. Cyfnodau o feddwl yn ddwys oedd unrhyw ddistawrwydd ar ran ei feistr, yn hytrach na dull o anfon ei ysgrifennydd i ffwrdd. Ond bu'n rhaid iddo ddisgwyl am amser maith.

Tra safai ei ysgrifennydd yn amyneddgar, aeth meddwl yr hen ddiplomydd yn ôl unwaith eto drwy'r blynyddoedd i'r cyfnod pan oeddynt i gyd mor ifanc cyn y Chwyldro. Mor brydferth oedd Stéphanie de Genlis bryd hynny, ac mor ddawnus. Roedd adeg pan gredai ef ei hun ei fod mewn cariad â hi, er mai dim ond rhyw bymtheg oed oedd o ar y pryd, a hithau yn ei hugeiniau. Gwenodd wrth gofio'i hun yn ŵr ifanc – onid oedd o wedi tybio'i fod mewn cariad â phob merch brydferth a gyfarfu? Ond nid oedd yn syndod iddo fod yr hen duc d'Orléans wedi cymryd Mme de Genlis yn feistres. Cofiodd wedyn am yr holl fân siarad a'r gwgu pan aeth y dug gam ymhellach, a rhoi ei blant i gyd yng ngofal de Genlis i gael eu haddysgu ganddi, ymhell o reolaeth a dylanwad eu mam. Roedd y fath benderfyniad yn anghredadwy ar y pryd – rhoi addysg bechgyn yn nwylo dynes – ond o edrych yn ôl heddiw ar ganlyniadau'r addysg honno, gallai'r hen ddiplomydd werthfawrogi'r penderfyniad blaengar. Roedd y dug presennol, Louis-Philippe, a'i chwaer, Adélaïde, yn glod i ddulliau addysgol avant-garde de Genlis. Roedd y ddau'n gryf o gorff a meddwl, yn ddisgybledig, yn ddiwylliedig ac yn ddeallus.

Ochneidiodd cyn llusgo'i feddwl yn ôl i'r presennol. Bellach, wrth gwrs, doedd teulu'r Orléans a Mme de Genlis ddim ar delerau da. Roedd hynny'n anochel yn sgil ei hymddygiad yn ystod eu halltudiaeth, yn arbennig y modd roedd y ddynes wedi ochri gyda'r émigrés eraill gan droi ei chefn ar Louis-Philippe a'i chwaer: gan gosbi'r plant am gamweddau eu tad. Gwyddai'r hen ŵr na faddeuai Adélaïde byth iddi hyd ddiwedd ei hoes.

'Cadwa lygaid barcud ar St Aubin,' meddai o'r diwedd wrth ei ysgrifennydd. 'Rydw i am wybod holl fanylion ei symudiadau.' Yna trodd ei sylw at y papur newydd oedd yn gorwedd wrth ochr y pecyn dogfennau ar ei fwrdd. Roedd hwn wedi ei blygu ar agor ar dudalen yr hysbysiadau, ac un hysbysiad ynddo wedi ei amlinellu'n goch. 'A beth am hwn?' Pwyntiodd at yr hysbysiad. 'Pwy sydd gennym ni'n cadw llygaid ar y papurau newydd?'

'Bachgen addawol iawn, syr. Rwy'n siŵr y bydd o fudd mawr i ni. Mae o'n llanc hirben, o gwmpas ei bethau. Mae gen i ffydd mawr ynddo fo.'

'Dywed wrtho am gadw'i glustiau ar agor a gadael i ti wybod os bydd un o'r papurau newydd, neu newyddiadurwr annibynnol, yn dilyn trywydd stori'r hysbysiad. Bydd yn rhaid eu hatal ar unwaith. Ydi dy asiant yn sicr nad oes neb wedi ateb yr hysbysiad hwn?'

'Does neb dieithr wedi galw i weld y ddynes,' atebodd yr ysgrifennydd. 'Wrth gwrs, allwn ni ddim bod yn sicr am lythyrau. Dyw ein dyn yn yr hôtel ddim yn cael cyfle i edrych ar ddim ond yr amlenni cyn iddynt gael eu trosglwyddo i forwyn yr arglwyddes.'

Rhoddodd yr hen ŵr y papurau yn ôl yn ofalus yn y pecyn cyn codi a chroesi at ei hoff safle wrth y ffenestr. Er mawr ddifyrrwch iddo'i hun, gwyddai fod pawb oedd ar berwyl drwg neu gyfrinachol yn y ddinas yn osgoi croesi'r Place Louis XVI rhag cael eu gweld ganddo. Er ei fod bellach yn drigain a phymtheg, roedd ei olwg yn dal mor graff â'r hebog, diolch i'r drefn. Treuliodd rai munudau'n edrych i lawr a gwylio'r prysurdeb yn y sgwâr enfawr, y ffiguraeu bychain yn gwau drwy'i gilydd wrth iddynt fyw eu bywydau bach pwysig, ond nid oedd neb o ddiddordeb iddo yn eu mysg. Trodd yn ôl at ei ysgrifennydd.

'Rhaid i ni gael rhywun ar staff yr arglwyddes i adrodd yn ôl inni. Allwn ni ddim dibynnu ar St Aubin. Fedri di drefnu hynny?'

'Mi wnaf fy ngorau, syr. Mae 'na un person a fyddai o fudd i ni, efallai. Rydym eisoes yn gweithio ar hynny.'

'Iawn. Mae dyfodol y wlad yn y fantol, gyda'r Brenin Charles X yn ymddangos yn benderfynol o ailsefydlu'r hen drefn. Yr unig ffordd o osgoi chwyldro gwaedlyd arall yw cynnig olynydd gwahanol i'r frenhiniaeth, olynydd fyddai'n plygu i drefn brenhiniaeth gyfansoddiadol.' Llusgodd ei goes ddrwg yn ôl at ei fwrdd a gostwng ei gorff yn ofalus i'w gadair. Edrychodd i fyw llygaid ei ysgrifennydd. 'Dyna pam mae'n rhaid cadw unrhyw sgandal ymhell oddi wrth enw duc d'Orléans, wyt ti'n deall? Y dug yw unig obaith y garfan gymedrol. Gwna beth bynnag sydd raid i gau ceg Arglwyddes Newborough.'

V

Taflodd Maria Stella ei hysgrifbin i lawr ar y bwrdd yn ddiamynedd. Allai hi ddim canolbwyntio â cur pen arall yn bygwth ei llethu, a ph'run bynnag, roedd hi'n hanner disgwyl clywed cnoc ar y drws ac ateb yn cyrraedd ynglŷn â'i hysbysiad yn y papur newydd. Roedd hi'n hanner disgwyl, hefyd, clywed cnoc wahanol ar y drws, cnoc fyddai'n rhagflaenu neges oddi wrth y gŵr ifanc, St Aubin. Neu a oedd hwnnw, eto, yn mynd i'w siomi? Dyna a wnaeth pob dyn arall o'i flaen. Cododd oddi wrth y bwrdd ysgrifennu a dechrau camu'n anfodlon yn ôl ac ymlaen ar draws y carped o flaen y lle tân. Sawl un oedd 'na bellach, meddyliodd yn chwerw. Bwriodd ei chof yn ôl dros y pum mlynedd diwethaf a cheisio rhoi enw ar bob un ohonynt: Massa, Montara, Alquier-Caze, y gau Duc de Normandie a'r gau Baron de Saint-Clair, a'r dieflig Henry Driver-Cooper wrth gwrs. Oedd St Aubin yn enw arall i'w ychwanegu at y rhestr? A beth am ei chyf-reithiwr presennol, Mills? Rhyw llugoer iawn oedd hwnnw yn ei ymdrechion ar ei rhan.

Ochneidiodd Maria Stella'n dorcalonnus. Roedd St Aubin yn ŵr ifanc mor hawddgar yr olwg, ei foesau'n berffaith, ei wyneb mor agored. Ai celwydd oedd dweud wrthi fod Mme de Genlis wedi dangos ei llythyr iddo, gan honni fod y foneddiges honno wedi ei chyffwrdd i'r byw gan anghyfiawnder sefyllfa Arglwyddes Newborough, a'i bod hi'n dymuno'r gorau i'r arglwyddes? Os felly, roedd hi

45

wedi ei thwyllo'n llwyr. Sut allai hi fod wedi gwneud y fath gamgymeriad eto? Pam na allai hi fyth ddarllen cymeriad dyn o'i ymddangosiad? Oedd pawb yn chwerthin am ei phen? Rhwbiodd ei thalcen yn ysgafn i geisio lliniaru'r cur oedd bellach yn gwaethygu. Wrth gofio iddi wrthod talu'r swm a fynnai'r gŵr ifanc – tair mil *franc* – teimlodd ychydig yn llai anfodlon. Er hynny, roedd hi *wedi* talu mil a hanner iddo. Oedd hwnnw'n swm arall i'w anghofio, heb ddim i'w ddangos amdano?

Teimlai mor ddiymadferth, a'i chur pen yn gwaethygu. Roedd effaith yr hunllef a gawsai'r noson o'r blaen yn dal i'w phoeni. Roedd ar fin canu'r gloch am ei morwyn, fel y gallai honno dylino'i phen i wella'r cur, pan ddaeth cnoc bach eiddil ar y drws, cnoc oedd yn debycach i grafiad adain aderyn, mewn gwirionedd, na chnoc gan law ddynol, ac wrth i'r drws gael ei agor ymddangosodd wyneb gwelw Miss Clarissa. Dymunodd honno '*Good morning, madame*' mewn llais llipa cyn croesi'r ystafell a'i gosod ei hun yn y gadair freichiau ger y tân. Roedd ganddi ddarn o frodwaith yn ei llaw, a heb yngan yr un gair arall, dechreuodd weithio'i nodwydd drwy'r defnydd. Arhosodd Maria Stella yn ei hunfan, yn syllu ar yr hen ferch. Mae'n rhyfedd, meddyliodd wrth wylio'i 'chyd-ymaith' fel petai hi'n wrthrych mewn sioe hynodion, mai ei bysedd yw'r unig ran o gorff hon sy'n dangos unrhyw arwydd o fywiogrwydd. Gwyliodd y nodwydd yn fflachio i mewn ac allan o'r defnydd, yr edau liwgar yn gadael ei hôl mewn patrwm cymhleth. Dim ond peiriant i yrru'r bysedd oedd gweddill ei chorff. Doedd dim pwrpas arall iddo. Yn sicr ddigon nid oedd yr ymennydd yn gweithio'n galed, a barnu o sgwrs yr hen ferch, sgwrs oedd yn ddim ond rhestrau o ystrydebau ail-law yn cael eu hailadrodd hyd syrffed. A doedd gweddill y corff yn gwneud dim amgenach na bwyta ac yfed a chysgu er mwyn cynnal y bysedd. Gwyddai'n dda nad oedd Miss Clarissa'n codi bys bach i gadw trefn ar ei hystafell na'i dillad, ac mai Maria oedd yn gwneud y cyfan drosti, er nad oedd y forwyn wedi edliw hynny i'w meistres. Ac i feddwl ei bod hi, Maria Stella, yn talu'n ddrud am y fraint o gael hon wrth ei hochr ddydd a nos! Roedd cadw at y confensiwn na ddylai gwraig barchus fyw ar ei phen ei hun yn gostus, a hynny heb i unrhyw fudd amlwg ddeillio o'r sefyllfa.

Trodd ei chefn ar Miss Clarissa a chychwyn yn ôl tuag at ei bwrdd ysgrifennu. Byddai'n well iddi wneud ymdrech arall i dwtio'i llythyr at Thomas John. Ochneidiodd. Mor braf fyddai cael gorffen ei hanes drwy ddweud bod y gŵr ifanc, St Aubin, wedi bod yn llwyddiannus yn ei ymdrechion, ac wedi profi ei stori hi. Ond cyn iddi ailgydio yn ei hysgrifbin, clywodd sŵn drysau'n clepian, a'r eiliad nesaf daeth Maria i mewn i'r ystafell fel corwynt, yn amlwg wedi ei chynhyrfu'n llwyr.

'Madame, meistres!' gwaeddodd heb arafu ei chamau. Roedd hi'n anelu at y ffenestr fawr, ond trodd ei phen a chwifio'i braich i gyfeiriad ei meistres. 'Dowch i weld! Brysiwch, cyn iddo fo ddiflannu! Dowch!' Ac wedi i Maria Stella ymuno â hi wrth y ffenestr ac edrych allan, pwyntiodd ei bys tuag at ryw ddyn amheus iawn yr olwg, oedd yn gwisgo carpiau budron. "Drychwch! Ydych chi'n nabod y dyn yna?'

Crychodd Maria Stella ei thrwyn a throi'n ddiamynedd oddi wrth y ffenestr.

'Pam ddyliwn i adnabod cardotyn?' atebodd yn ffroenuchel.

'Mi ddaeth o i'r drws funud yn ôl, meistres, eisiau i mi roi hwn i chi. Roedd o'n gwybod eich enw chi, meistres, ac yn gwybod eich cyfeiriad!'

Estynnodd amlen flêr, dreuliedig o boced ei gwisg a'i chynnig i'r arglwyddes. Edrychodd hithau arni'n syn.

'Beth ydi o?'

Pan nad atebodd ei morwyn, cododd ei llygaid o'r

amlen i edrych arni. Sylwodd yn syth fod golwg annifyr ar Maria, a'i bod yn ciledrych yn awgrymog i gyfeiriad Miss Clarissa, oedd yn dal i eistedd ger y tân, er bod ei bysedd am unwaith yn llonydd. Gwyliai'r hen ferch hwy'n eiddgar, a gallai Maria Stella ei dychmygu'n ailadrodd yr hanes i'w brawd a'i wraig, gan ymhyfrydu mewn unrhyw ddigwyddiad a fyddai'n achosi annifyrrwch i'r arglwyddes.

'Miss Clarissa,' galwodd arni, 'wnewch chi fynd i ddweud nad ydw i am gael cinio am awr arall – ac yna fe gewch chi fynd i chwilio am Mr Mills a gofyn iddo ddod ataf.'

Wedi i'r hen ferch eu gadael, trodd yr arglwyddes at ei morwyn unwaith eto ac ailofyn ei chwestiwn gwreiddiol.

'Eich llythyr chi at Mme de Genlis, meistres,' atebodd Elin.

Cipiodd ei meistres yr amlen o'i llaw a rhythu arni. Yna fe'i hagorodd a thynnu'r cynnwys allan. Roedd y papur wedi cael ei grychu ar un adeg, fel petai rhywun wedi ei wasgu'n belen, a'i lyfnhau wedyn. Roedd marciau budron arno hefyd, a diferion o ddŵr wedi disgyn arno rywbryd gan wneud i'r inc redeg. Sut ar y ddaear fawr oedd ei llythyr parchus wedi dirywio i fod yn y cyflwr hwn? A phwy oedd y cardotyn?

'Dwêd yn union beth ddigwyddodd,' gorchmynnodd.

Disgrifiodd Elin Mair sut y bu iddi glywed lleisiau'r ffwtmon a dyn arall yn codi'n gwerylgar wrth ddrws yr ystafelloedd, ac iddi fynd i weld beth oedd yr helynt. Pan welodd y cardotyn hi, roedd wedi gwthio heibio i'r ffwtmon gan wasgu'r amlen hon i'w llaw.

'Rho hwn i dy feistres,' meddai wrthi, 'a dwêd wrthi y dylai fod ganddi gywilydd o'i hun! Mae hi'n gwneud ei hun yn destun sbort i bawb. Lol botas ydi'i stori hi, ac mae pawb yn chwerthin ar ei phen. Chaiff hi neb i'w chymryd o ddifrif, felly waeth iddi fynd yn ôl i Rwsia ddim!'

'Aeth y dyn allan o'r adeilad wedyn, a rhedais innau atoch chi i weld a oeddech chi'n ei adnabod'.

Syllodd yr arglwyddes ar y papur yn ei llaw unwaith eto, cyn croesi'n gyflym at y tân a'i daflu i'r fflamau. Gwyliodd y llythyr yn sychu a chrimpio cyn i'r fflamau ei lowcio. Wrth iddi droi i ffwrdd, trawyd hi gan boen sydyn yn ei thalcen a theimlodd ei phen yn dechrau siglo'n ysgafn, ac ofnai ei bod yn mynd i lewygu. Ond daeth ei morwyn ati a gafael yn ei braich a'i hebrwng i'w chadair; yna rhedodd y ferch allan o'r ystafell. Dychwelodd o fewn eiliadau, a photel fach yn ei llaw. Agorodd y botel o *sal volatile* a'i dal dan ffroenau'r arglwyddes.

'Anadlwch hwn. Mi fyddwch chi'n well wedyn.'

Cafodd yr arogl chwerw, brathog yr effaith ddisgwyliedig, a theimlai Maria Stella ei phen yn clirio. Ymhen ychydig funudau, roedd hi'n dawelach ei meddwl, a llwyddodd ei morwyn i'w pherswadio i fynd i fwyta ei chinio.

Y noson honno, roedd Elin wrthi'n paratoi'r arglwyddes ar gyfer noswylio. Diolchai mai bywyd tawel oedd ganddynt, heb fawr o gymdeithasu, oherwydd golygai'r bywyd tawel hwn lawer llai o waith iddi hi. Roedd wedi sylwi, o'i dyddiau cyntaf ym Mharis, na fyddai'r arglwyddes druan yn cael ei gwahodd i bartïon a digwyddiadau'r gymdeithas fonheddigaidd. Roedd hi *beyond the pale*, chwedl y Sais. Ond roedd Elin yn falch o gael mynd i'w gwely ar amser cristnogol yn hytrach na gorfod aros ar ei thraed tan berfeddion yn disgwyl i'w meistres ddychwelyd o barti neu ddawns.

Roedd golwg flinedig ar yr arglwyddes – blinedig a dihwyl. Doedd ganddi mo'r egni i geryddu ei morwyn, hyd yn oed pan drawodd honno yn erbyn ei phot colur ar y bwrdd gwisgo, a'r powdwr coch, mân a arferai roi lliw i'w gruddiau yn creu staen fyddai'n golygu oriau o waith glanhau i Elin yn y man. Wrth lwc, nid oedd y pot wedi cracio, a dododd Elin ef yn ofalus yn ôl ar y bwrdd. Ond roedd diffyg cerydd yr arglwyddes wedi ei chynhyrfu fwy na'r ddamwain ei hun. Fel arfer, roedd unrhyw flerwch ar ei rhan yn tynnu llid yr arglwyddes ar ei phen, a llawer o ddwrdio a bygwth.

Wrth dynnu'r pinnau o wallt Maria Stella a'i gribo cyn rhoi clytiau i'w gadw'n fodrwyog dros nos, penderfynodd Elin geisio codi ysbryd ei meistres. Roedd unrhyw fân siarad yn well na'r distawrwydd llethol hwn. Dechreuodd adrodd hanes ei phnawn rhydd, a'r cyfarfod gyda Christophe – er iddi smalio mai merch oedd ei ffrind newydd – Christine. Terfynodd drwy ddweud bod ei ffrind newydd am gael cymorth gan ffrind arall i ddod o hyd i Wiliam. Synhwyrai Elin mai rhyw hanner gwrando wnâi'r arglwyddes, ac nad oedd hi, mewn gwirionedd, yn cymryd sylw o'r un gair, ond parablodd ymlaen serch hynny nes gorffen trin ei gwallt a'i hebrwng at ei gwely. Wrth iddi sythu'r dillad gwely dros goesau'r arglwyddes, fodd bynnag, sylweddolodd ei bod wedi gwneud camgymeriad.

'Bydd yn ofalus, Maria,' rhybuddiodd yr arglwyddes. 'Paid â rhoi dy ffydd yn rhywun rwyt ti prin yn ei hadnabod.'

Roedd cael ei galw'n 'Maria', ar ben holl helyntion eraill y dydd, wedi codi gwrychyn Elin unwaith eto. Pwy oedd hon i ddweud y fath beth? Biti na fyddai'n gwrando ar ei chyngor ei hun, meddyliodd. Wrth iddi dacluso'r dillad a gosod ei llyfr a'i gwydraid o ddŵr wrth wely'r arglwyddes roedd hi'n corddi'r tu mewn, a methodd ei hatal ei hun. Wrth godi'r teclyn i gymoni'r canhwyllau, gofynnodd Elin i'w meistres, a'i llais yn hollol ddiniwed,

'Ydych chi wedi clywed rhywbeth gan comte de St Aubin?'

Cyn gynted ag y daeth y geiriau o'i cheg, roedd hi'n

difaru. Roedd y boen yn amlwg yn llygaid yr arglwyddes, y blinder a'r anobaith yn dwysáu nes gwneud i'w hwyneb grebachu ac ymddangos yn hŷn o lawer na'i hanner cant a phedair oed. Ddywedodd hi'r un gair, a cheisiodd Elin wneud iawn am ei geiriau creulon.

'Mae'n siŵr y cewch chi atebion calonogol i'ch hysbysiad fory. Mi ddaw daioni ohono, gewch chi weld!'

Cafodd wên wantan, a gadawodd Elin yr ystafell wely gan ddymuno noswaith dda i'w meistres.

Wedi iddi gyrraedd diogelwch ei llofft ei hun, daliai Elin i'w chystwyo'i hun. Hen dric slei oedd dweud y fath beth am St Aubin, a hithau'n gwybod yn iawn fod yr arglwyddes wedi dechrau anobeithio clywed dim ganddo. Ond dyna fo. Doedd hi ei hun ddim wedi cymryd at St Aubin o'r munud yr agorodd y drws iddo dros fis ynghynt. Roedd ganddo ormod o feddwl o'i hunan, yn ei thyb hi, ac edrychai'n ormod o ddandi i'w gymryd o ddifrif. Ond roedd yr arglwyddes druan wedi ei dallu gan grandrwydd ei ddillad, ei foesau blodeuog, gor-gwrtais a'i addewidion gwag. Welodd hi ddim o'r olwg slei yn ei lygaid y sylwodd Elin arni wrth ei hebrwng allan o'r *salon*. Gallai ei ddychmygu'n cael hwyl am ben yr arglwyddes druan gyda'i gyfoedion crachaidd, ac yn gwario'i harian prin ar slotian a chwarae cardiau. Doedd o ddim yn synnu Elin mai'r unig air a gawsai'r arglwyddes ganddo oedd nodyn yn gofyn am ragor o arian – i dalu tyst gwerthfawr, fe honnai – a hithau'n ddigon gwirion i anfon pum can *franc* arall iddo! Tro sâl ar ei rhan hi, felly, oedd atgoffa'r druan fach o'i siom. Byddai'n rhaid iddi ddysgu ffrwyno'i thafod cyn iddo achosi helynt iddi.

Yn rhyfedd iawn, roedd Elin yn llygad ei lle oherwydd daeth ymateb calonogol i hysbyseb yr arglwyddes fore trannoeth, ac ar ben hynny cyrhaeddodd llythyr i godi'i chalon hithau. O weld ei henw ar yr amlen, cuddiodd ef ar unwaith ym mhoced ei ffedog, a mynd â'r gweddill i'r arglwyddes. Cyn iddi adael y *salon*, fodd bynnag, fe'i galwyd hi'n ôl gan yr arglwyddes, a'i llais yn llawn cynnwrf.

'Maria, rwyt ti'n wrach! Roeddet ti'n iawn, dyma fo!' Chwifiodd un o'r llythyrau yn yr awyr i'w ddangos iddi, gan ddal i siarad yn gynhyrfus. 'Gwranda!' Darllenodd ei gynnwys. Llythyr oddi wrth gŵr o'r enw M. Laurentie ydoedd, golygydd papur newydd *Le Quotidienne*. Roedd wedi gweld yr hysbyseb, ysgrifennodd, ac yn chwilfrydig ynglŷn â'i hachos. Gofynnodd a fyddai'n bosib iddi alw i'w weld yn ei swyddfa, gan nodi amser a dyddiad, a dod â phopeth oedd ganddi'n dystiolaeth gyda hi. Roedd yn awyddus iawn i ysgrifennu erthygl yn dweud ei hanes, meddai, er mwyn ceisio sicrhau cyfiawnder iddi.

'Rhaid i mi ateb ar unwaith,' cyhoeddodd yr arglwyddes, 'ac mi gei di ei roi i'r ffwtmon i'w anfon. Tyrd yn ôl ymhen deg munud.'

Manteisiodd Elin ar y cyfle i'w chau ei hun yn ei hystafell wely a chael darllen ei llythyr hithau. Nodyn oddi wrth Christophe ydoedd, yn dweud y byddai ei ffrind Émile Martineau yn falch iawn o'i chyfarfod, ac yn fodlon gwneud unrhyw beth o fewn ei allu i'w chynorthwyo i ddarganfod ei brawd. Ar ddiwedd y llythyr holodd pa bryd y byddai'n cael ei phnawn rhydd nesaf, fel y gallai roi gwybod i'w ffrind.

Nid oedd ei gwestiwn yn un hawdd ei ateb, gwaetha'r modd. Newydd gael pnawn rhydd oedd hi, ac fe fyddai o leiaf saith diwrnod yn mynd heibio cyn y byddai'n cael un arall. Allai hi ddim byw cyn hired â hynny heb gyfarfod Christophe a'i ffrind a chael dechrau o ddifrif ar y dasg o chwilio am Wiliam! Daeth fflach o ysbrydoliaeth iddi: mi fyddai'r arglwyddes yn treulio dwy awr yng nghwmni ei ffrind, Mme Dumourrier, bob bore. Wrth gwrs roedd ganddi hithau ei dyletswyddau morwynol i'w cyflawni bryd hynny, ond tybed a allai ddianc o'r adeilad a chyfarfod y dynion, yna dychwelyd o fewn y ddwy awr heb i neb ei cholli? Brathodd ei gwefus wrth geisio dod i benderfyniad. Oedd hi'n ddigon dewr – neu'n ddigon taer – i fentro gwneud y fath beth? Pe byddai'r arglwyddes yn darganfod ei thwyll, ar y clwt fyddai ei hanes hi, mewn dinas estron heb neb i'w chynnal. Ond daria un waith, doedd dim modd ennill heb fentro'n gyntaf! Fodd bynnag, cyn iddi allu sgwennu nodyn yn awgrymu cyfarfod bore drennydd, yn siop Claudette fel arfer, clywodd gloch yr arglwyddes yn canu yn y *salon*, a phrysurodd i'w hateb.

Thalai hi ddim iddi stelcian a phoeni, dywedodd yn gadarn wrthi ei hun dros y deuddydd nesaf. Os am fentro, mentro, ac wynebu'r canlyniadau'n ddisyflyd. Felly gadawodd ystafelloedd yr arglwyddes i gyfarfod Christophe ac Émile heb wneud unrhyw ymdrech i gadw'n dawel, nac ymddwyn yn llechwraidd mewn unrhyw ffordd. Roedd ganddi fasged ar ei braich, mae'n wir, ond dyna'r unig ymdrech a wnaeth hi i daflu llwch i lygaid y gweision eraill. Mynd allan ar neges i'r arglwyddes oedd hi, petai rhywun wedi holi – rhywbeth roedd hi wedi ei wneud sawl tro o'r blaen. Cawsai ateb byr i'w llythyr y bore cynt, a chytunodd Christophe i'w chyfarfod yn y *patisserie*.

Roedd hi ychydig yn gynnar yn cyrraedd yno, mor eiddgar oedd hi i'w gweld nhw, ond roedd y ddau wedi cyrraedd eisoes, ac yn disgwyl amdani.

VI

'Tyrd yn d'laen,' meddai Christophe. 'Wnaiff o'm cymryd mwy na rhyw awr o d'amser di!'

Edrychodd Émile yn ddiamynedd ar ei ffrind.

'Dwi'n brysur, a does gen i ddim amser nac amynedd i roi help llaw i ti i ddenu rhyw ferch fach ddiniwed arall i dy grafangau.'

'Ar fy llw, Émile,' atebodd Christophe yn ddramatig, a'i law ar ei galon er bod ei lygaid yn fwrlwm o chwerthin, 'mae fy nghymhellion ymysg y puraf. Mae hi am roi gwersi Saesneg i mi, a byddaf innau'n rhoi ychydig o gymorth iddi hithau, merch ddieithr mewn gwlad dramor, y druan fach. A ph'run bynnag,' ychwanegodd yn dawelach, a'i lygaid yn caledu, 'peth fach ddigon plaen ydi hi.'

Ochneidiodd Émile yn ddiamynedd, ond roedd geiriau Christophe, a thôn ei lais yn arbennig, wedi pigo'i gydwybod. Gwyddai'n rhy dda am lwyddiannau ei ffrind gyda'r merched – ac am y canlyniadau trist y llwyddai ei ffrind i'w hanwybyddu'n ddigydwybod – a theimlodd ryw ddyletswydd sydyn, afresymol i geisio arbed y ddiweddaraf rhag ei ffawd anochel. Ond nid cellwair oedd o wrth fynnu ei fod yn brysur. Roedd ei feistr, Louis-Adolphe Thiers, wrthi'n sefydlu papur newydd yn y ddinas, ac wedi addo gwaith iddo fel gohebydd cyn gynted ag y dechreuid cyhoeddi'r papur ar ddechrau'r flwyddyn newydd, ymhen ychydig wythnosau. Yn y cyfamser, cawsai'r gwaith o redeg yn ôl a blaen rhwng ei feistr, y siop argraffu fyddai'n printio'r papur, a pherchnogion yr adeilad yn rue Neuve-St-Marc lle byddai eu swyddfa

'Yli, mi bryna i'r gacen orau yn siop Claudette i ti – a chwpaned o siocled a hufen – os doi di,' ychwanegodd Christophe i geisio'i demtio.

Chwarddodd Émile. 'O'r gorau,' ildiodd, 'ond dim mwy nag awr, cofia! Dyna'r cyfan alla i ei gynnig i ti. A chofia, coffi, nid siocled.'

Cymerodd Émile ei amser yn archwilio pob cacen oedd ar y silffoedd yn siop Claudette, a Christophe yn gwingo'n ddiamynedd wrth ei ochr, cyn dewis clamp o *gâteau praliné* yn byrlymu o hufen castan a siocled. Sylwodd gyda boddhad fod Christophe wedi cael cryn ysgytwad pan ddywedyd y pris wrtho, ond talodd yn ddiffwdan. Eitha gwaith iddo fo, meddyliodd Émile yn faleisus. Byddai'n meddwl ddwywaith cyn chwarae rhyw driciau gwirion fel hyn eto.

Eisteddodd y ddau wrth fwrdd bach i aros am eu coffi. Doedd y ferch ddim wedi cyrraedd eto, yn amlwg, ond ni fu raid iddynt ddisgwyl yn hir. Gwelodd Émile ferch mewn clogyn o frethyn gwlan anarferol yn cerdded i mewn ac edrych o'i chwmpas. Pan welodd Christophe, dechreuodd wenu a cherdded tuag at eu bwrdd. Cododd y ddau yn gwrtais i'w chyfarch, a chyflwynwyd hi i Émile. Edrychodd Émile arni yn llawn diddordeb. Gwelai ferch eithaf tal yn sefyll o'i flaen, a thybiai ei bod yn fain ei chorff o dan y clogyn trwm. Cafodd amser i astudio'i hwyneb wrth i Christophe archebu coffi iddi. Er na ellid ei disgrifio fel merch brydferth, eto roedd rhywbeth deniadol iawn yn ei llygaid glas. Edrychai fel merch yr hoffai ei chael fel chwaer yn hytrach na chariad, meddyliodd. Roedd elfen o hiwmor o gwmpas y geg a'r llygaid, a'i thalcen llydan, uchel a llyfn yn tynnu'r llygad tuag at doreth o wallt gwineugoch o dan ei boned a'i chap les. Penderfynodd fod cadernid a gonestrwydd yn ei gên ac yn osgo'i chorff. Ar y cyfan, er ei diffyg prydferthwch, gwnaeth argraff ffafriol arno, nid fel y rhelyw o gyn gariadon Christophe oedd wedi ei ddiflasu â'u gwamal-rwydd a'u chwerthin gwirion.

Sylwodd fod y ferch yn llygadu ei *gâteau*, a theimlodd yn annifyr. Gobeithiodd na fyddai hon yn meddwl ei fod yn folgi, â'r fath felysfwyd enfawr o'i flaen. Wrth lwc, gosodwyd y gacen ar blât mawr ynghanol y bwrdd, a phlât llai a chyllell a fforc iddo'i bwyta. Cafodd gyfle, felly, i gynnig tamaid ohoni i'r ferch, a derbyniodd hithau'n awchus. Gofynnwyd i'r weinyddes am ddau blât arall a dechreuodd Christophe drafod pam roedden nhw'n cwrdd.

Suddodd calon Émile pan ddeallodd beth oedd ei ran ddisgwyliedig ef yn y berthynas hon rhyngddynt. Teimlai'n flin efo Christophe unwaith eto. Beth oedd ar ben y dyn yn awgrymu y byddai ganddo ef, Émile, well siawns nag unrhyw ffŵl arall ar y stryd o ddod o hyd i frawd y ferch? Gwnaeth ei orau i guddio'i siom, fodd bynnag, ac wedi iddi roi yr ychydig wybodaeth oedd ganddi iddo, addawodd geisio meddwl am ffordd i'w helpu. Ni allai, gyda chydwybod glir, addo rhagor iddi. Trodd y sgwrs at bynciau mwy cyffredinol cyn gynted ag y gallai, a'i holi am ei gwaith.

'Morwyn bersonol i Arglwyddes Newborough, Baronne Ungern-Sternberg ydw i,' atebodd ag acen fach od oedd er hynny'n ddeniadol iawn i glust Émile . 'Newyddiadurwr ydych chi, yn ôl Christophe?'

'Ia. Wel, dyna beth fydda i ymhen wythnos neu ddwy.' Aeth ati i egluro bod ei gyflogwr wrthi'n sefydlu'r papur newydd *Le National*, papur a fyddai'n ceisio cadw at y llwybr canol a bod yn gymedrol ei agwedd wrth adrodd am ddigwyddiadau'r dydd.

'Ydych chi'n adnabod dyn o'r enw Laurentie?' gofynnodd iddo. 'Mae yntau'n olygydd papur newydd, rwy'n credu.'

'Rydw i'n gwybod amdano,' atebodd yntau'n syn. 'Ef yw golygydd y *Quotidienne*, papur digon ceidwadol ei ddaliadau.' Sut gebyst oedd hi'n adnabod dyn yn y byd newyddiadurol, a hithau'n ddim ond morwyn? 'Pam dach chi'n holi?'

Gwridodd y ferch cyn ateb.

'Mae'n ddrwg gen i,' ymddiheurodd. 'Ddyliwn i ddim siarad fel hyn am fusnes fy meistres.'

'Dydi hynny ddim yn deg,' gwamalodd Christophe. 'Allwch chi ddim dweud rhywbeth mor ogleisiol heb egluro ymhellach. Sut ydych chi'n gwybod am Laurentie?'

Edrychai'r ferch yn bur anniddig, a buasai Émile wedi bodloni ar adael i'r mater fynd heibio, ond roedd Christophe yn fwy penderfynol. Er ei fod yn dal i wenu arni, roedd ei lygaid yn mynnu ateb.

'Mae'r dyn wedi ateb hysbysiad roddodd fy meistres yn y papurau,' eglurodd o'r diwedd. 'Dyna'r cyfan. Esgusodwch fi, mae'n bryd i mi fynd yn ôl.'

Cododd yn sydyn a rhoi arian ar y bwrdd i dalu am y coffi, ond gwrthododd Christophe ei dderbyn. Fflachiodd ei lygaid am ennyd, ac ofnai Émile y byddai'n troi'n ffrae rhwng y ddau, ond ildiodd y ferch yr un mor gyflym. Wrth iddi ddiolch i Christophe, addawodd hwnnw, heb air o ymgynghori â'i ffrind, y byddent yn cyfarfod yn yr un fan ac ar yr un amser ymhen yr wythnos, pryd y byddai ganddynt newyddion iddi, ychwanegodd yn obeithiol.

Wedi iddi fynd, trodd Émile ato'n ddig.

'Sut ddiawl wyt ti'n meddwl cael hyd i'w brawd mewn wythnos – neu o gwbl o ran hynny?' holodd yn wyllt.

'Sgen i ddim o'r amser i holi a chwilota, na'r awydd chwaith. Yli, Christophe, dy botas di ydi hyn i gyd. Wnelo fo ddim â mi, cofia di hynny. Gei di fynd i ganu os wyt ti'n disgwyl i mi dreulio fy amser prin yn cerdded strydoedd y ddinas – yn arbennig ardal St Antoine – yn chwilio am rhyw Gymro di-nod a ddiflannodd dros ddeuddeng mlynedd yn ôl!'

'Hei, cym bwyll!' protestiodd Christophe. 'Does dim angen i ti golli dy limpin! Mi ddaw rhywbeth i'r fei, gei di weld. Mae 'ngwas i'n dod o ardal St Antoine. Rydw i wedi'i anfon o i chwilota'n barod. Gawn ni weld beth ddeudith o.'

'Ond dydi o ddim yn deg codi gobeithion y ferch druan fel yna,' mynnodd Émile. 'Duw'n unig a ŵyr beth yw hanes ei brawd bellach. Mae'n debyg y bydd o wedi marw.'

'Twt lol, Émile. Rwyt ti fel cadach gwlanan gwlyb. Tyrd yn d'laen.'

Gadawodd y ddau'r *patisserie* a ffarwelio ar y palmant. Wrth i Christophe ddechrau cerdded i ffwrdd, galwodd Émile ar ei ôl.

'Beth ydi'r ferch i ti, Christophe? Pam wyt ti'n gwneud hyn?'

'Am fod gen i galon feddal,' oedd yr ateb ysgafn.

Cerddodd Émile yn araf tuag at ei waith, ei feddwl ar y cyfarfod a'i oblygiadau. Ni allai ddirnad bwriad Christophe yn hyn i gyd. O'r hyn wyddai Émile amdano, nid oedd yn enwog am ei ddyngarwch na'i haelioni. Beth oedd y tu ôl i'w ysfa i helpu'r ferch, felly? Doedd o ddim mewn cariad, doedd bosib! Fe'i cafodd ei hun yn edrych yn ôl dros gyfnod eu cyfeillgarwch - cyfnod cymharol fyr, sylweddolodd, fawr mwy na rhyw ddwy flynedd. Cofiodd y diwrnod y bu iddynt gwrdd am y tro cyntaf. Newydd deithio o'i gartref yn Marseilles i weithio ym Mharis yr oedd o, ac yn teimlo'n unig a dieithr yn y ddinas enfawr.

Roedd wedi mynd i wylio'r rasys ceffylau ger St Cloud ar ei ddiwrnod rhydd cyntaf, ac wedi cael ei dynnu i sgwrsio gan y gŵr ifanc a safai wrth ei ochr ger y postyn terfynol. Trafod y ceffylau oedd wedi ennill, wrth gwrs, a'r nodweddion corfforol oedd eu hangen i greu ceffyl rasio o fri. Y sgwrs yn troi'n naturiol wedyn i drafod ffyrdd o guro'r ods ac ennill betiau. Cael eu hunain yn yfed yn yr un tafarndai, yn dal i fwynhau sgwrsio, ac yna'n penderfynu teithio'n ôl i Baris gyda'i gilydd. Byth ers hynny, roeddynt wedi cyfarfod yn weddol reolaidd, er nad oeddynt mewn gwirionedd yn symud yn yr un cylchoedd. Mynd allan i dafarn neu theatr gyda'i gilydd, weithiau gyda chriw bychan o gyfeillion eraill, dro arall yn cael paned o goffi, sgwrsio, rhoi'r byd yn ei le, dadlau am hyn a'r llall, yn arbennig dadlau am wleidyddiaeth.

Sylweddolodd yn sydyn na wyddai fawr am fywyd personol Christophe (heblaw am y rhestr o ferched yr hoffai hwnnw frolio amdanynt, ei goncwestau, chwedl yntau) nac am ei gefndir. Gwyddai nad oedd angen iddo weithio i ennill ei damaid, yn wahanol iawn i Émile, felly roedd arian yn y teulu'n rhywle.

Pan gyrhaeddodd ei swyddfa, roedd neges oddi wrth ei feistr yn disgwyl amdano, yn gofyn iddo gasglu papurau pwysig o gartref y Tywysog Talleyrand-Périgord yn Place Louis XVI, a mynd â nhw i gartref Louis-Adolphe Thiers, felly ni chafodd gyfle i bendroni rhagor am Christophe a'i fympwyon.

VII

Teimlai Elin yn fwyfwy anghysurus wrth adael y siop gacennau. Byddai wedi bod yn ddoethach iddi ffrwyno'i thafod gwirion. Pa hawl oedd ganddi i drafod achos yr arglwyddes gyda dieithriad – neu un dieithryn o leiaf? Efallai na fyddai'r arglwyddes wedi digio wrthi, gan ei bod hi bob amser yn awyddus i ddweud ei hanes wrth unrhyw un a fyddai'n fodlon gwrando, yn y gobaith o gael ychydig o gydymdeimlad, os nad cefnogaeth bendant. Ond credai Elin mai'r gwir amdani oedd y dylai'r arglwyddes fod yn fwy gofalus. Go brin fod duc d'Orléans yn croesawu honiadau ei meistres – siawns ei fod o'n gwybod amdanynt bellach! Doedd dim disgwyl iddo ef eu derbyn yn llywaeth a diniwed. Beth petai o'n anfon milwyr i'w taflu nhw i gyd i garchar, neu rywbeth ofnadwy felly? Yn nhyb Elin, byddai hwnnw'n fodlon defnyddio unrhyw ddull i gael gwared o'r gwybedyn bach trafferthus – ei meistres – oedd yn ei boenydio bob cyfle a gâi.

Nid ei bod hi'n amau'r ddau ŵr ifanc o unrhyw anfadwaith, wrth gwrs, meddyliodd wrth gerdded i lawr y stryd. Roedd gan Christophe wyneb mor agored a didwyll, a'i chwerthin mor barod ac iachus, fel na allai dwyllo dyn dall. Dyn dengar, llawn hiwmor a hwyl, a phe byddai hi'n onest, cyfaddefodd wrthi'i hun gan wenu, roedd hi eisoes hanner mewn cariad ag ef, ac ni fyddai'n cymryd rhyw lawer i'r hanner arall ddilyn! Ac yna, dyna'i ffrind, Émile. Yn sicr, roedd y ddau'n wahanol iawn eu hymddangosiad: Christophe yn dal a chadarn o gorff, ei groen yn welw fel llawer o bobl y ddinas, ei lygaid brown fel petaent bob amser yn barod i chwerthin, a'i geg yn barod iawn i wenu. Roedd Émile yr un mor dal, tybiai, ond yn eiddil yr olwg, fel corsen, ei groen yn dywyll fel pobl de Ffrainc, ei lygaid bron yn ddu. Ac eto, roedd rhywbeth yn ei gylch a wnâi i Elin deimlo'n anesmwyth. Roedd wedi sylwi, yn ystod eu sgwrs, fod Émile yn taflu ambell i edrychiad digon anodd ei ddehongli at ei ffrind Christophe, a hynny, tybiai Elin, heb i Christophe fod yn ymwybodol ohonynt. Beth oedd y tu ôl i hynny, tybed? Annoddefgarwch, rhyw ddiffyg amynedd, neu hyd yn oed atgasedd cudd? Ochneidiodd Elin. Efallai ei bod hi'n darllen gormod i mewn i bethau. O leiaf roedd ymddygiad Émile tuag ati hi yn gwrtais, ond gallai weld yn ddigon amlwg nad oedd ganddo fawr o ddiddordeb yn ei chyrch, er iddo geisio cuddio hynny. Teimlai braidd yn drist wrth sylweddoli ei bod hi, unwaith eto, ar ei phen ei hun yn ei gorchwyl o ddod o hyd i'w brawd. Doedd dim pwrpas trafferthu i gyfarfod â'r ddau ymhen yr wythnos, meddyliodd: ni fyddai unrhyw wybodaeth newydd ar gael.

Cododd Maria Stella yn gynt nag arfer ar fore'r cyfarfod rhyngddi hi a Monsieur Laurentie. Roedd hi wedi bod yn troi a throsi drwy'r nos, meddai wrth Elin ar ôl galw amdani cyn i'r wawr dorri. Felly, roedd am i Elin ei hymolchi a'i gwisgo, a chymryd gofal arbennig wrth baratoi ei gwallt. Roedd am wneud yr argraff mwyaf ffafriol posib ar y newyddiadurwr, ychwanegodd, felly rhoddodd orchymyn i Elin i ddefnyddio bob tamaid o'i gallu trin gwallt i'w osod yn unol â'r ffasiwn ddiweddaraf. Roedd yn llawer rhy gynnar yn y bore i Elin allu canolbwyntio, ond gwnaeth ei gorau, er ei bod yn dylyfu gên bob pum munud, ac yn ceisio rhwbio'r cwsg o'i llygaid, ac ymhen dwy awr, roedd yr arglwyddes yn fodlon ar ei hedrychiad. Yn y cyfamser, anfonwyd y forwyn fach i ddeffro a chodi Miss Clarissa, oedd i gadw cwmni i'r arglwyddes ar ei hymweliad â M. Laurentie, ac anfonwyd neges arall i'r osleriaid i baratoi ei choets. Ond llwyddodd Elin i ddal llygaid y ffwtmon oedd wedi derbyn y neges hon, a sibrydodd yn ei glust, allan o olwg yr arglwyddes, y byddai'n hen ddigon buan i alw am y goets pan fyddai'r arglwyddes yn dechrau ar ei brecwast. Ychwanegodd y byddai hi, Elin, yn cymryd y cyfrifoldeb o ddweud wrtho pryd i gario'i neges i'r stablau.

O'r diwedd, cerddodd yr arglwyddes i mewn i'r ystafell fwyta i gael ei brecwast. Rhoddodd Elin ochenaid o ryddhad, ond cyn iddi gael cyfle i ddechrau tacluso'r llanast yn yr ystafell wely, galwodd yr arglwyddes arni drachefn. Nid oedd hanes o Miss Clarissa wrth y bwrdd bwyd, felly byddai'n rhaid iddi hi, Elin, fynd i ofyn iddi frysio, a rhoi help iddi orffen gwisgo, pe bai angen. Pan gnociodd Elin ar ddrws ystafell wely'r hen ferch, a tharo'i phen i mewn, gwelodd fod pobman yn dywyll, a'r llenni heb eu hagor. Roedd Miss Clarissa yn amlwg yn dal yn ei gwely. Aeth Elin ati a rhoi ysgytwad ysgafn i'w hysgwydd, gan alw'i henw.

'Miss Clarissa? Rhaid i chi frysio. Mae'r arglwyddes yn disgwyl amdanoch chi yn y stafell fwyta.'

'Dos o 'ma. Rydw i'n sal,' oedd yr ateb cwta. Yna griddfanodd yr hen ferch yn ddramatig. 'Alla i ddim mynd i unman heddiw.'

Syllodd Elin ar dop ei phen – yr unig ddarn o Miss Clarissa oedd i'w weld y tu allan i'r dillad gwely – a theimlo'n llawn amheuaeth.

'Be sy'n bod, Miss Clarissa? Oes gennych chi boen?'

Atebodd yr hen ferch drwy riddfan yn uwch eto, cyn ychwanegu,

'Mae pob man yn brifo! Mae'n rhaid fod twymyn arna i.'

Gwthiodd Elin ei llaw o dan y dilladau gwely i deimlo talcen yr hen ferch, a phenderfynu nad oedd gwres anarferol arni, ond trodd Miss Clarissa a dweud,

'Dos o 'ma, ddwedes i! Paid ti â meiddio 'nghyffwrdd i fel'na eto, y gnawes fach bowld!'

Gadawodd Elin hi a mynd yn ôl at yr arglwyddes, gan benderfynu bod llais yr hen ferch yn llawer rhy gryf i wraig glaf, ac nad oedd fawr ddim byd yn bod arni. Lol botes maip oedd y cyfan. Gan geisio cadw pob elfen o ragfarn allan o'i llais, eglurodd wrth ei meistres fod yr hen ferch yn wael. Ond roedd rhywbeth yn ei llais neu ar ei hwyneb yn amlwg wedi codi amheuon yr arglwyddes, oherwydd aeth hithau i ystafell Miss Clarissa i weld drosti ei hun.

Pan ddychwelodd i'r ystafell fwyta, lle roedd Elin yn disgwyl amdani, prin y gallai reoli ei thymer. Roedd hithau, yn amlwg, wedi gweld drwy dwyll ei *dame de compagnie*.

'Dos i baratoi dy hun,' meddai wrth Elin. 'Mi fyddi di fwy o fudd i mi, p'run bynnag, na'r *vieille fille* ddiflas acw!'

Roedd llais ei meistres mor uchel fel y credai Elin y byddai Miss Clarissa wedi ei chlywed hefyd. Daeth ysfa i chwerthin drosti, a rhuthrodd o'r ystafell cyn iddi ddechrau pwffian. Aeth i wisgo ei chlogyn a'i boned, yn llawn cynnwrf wrth edrych ymlaen at gael bod yn bresennol yn y cyfarfod rhwng yr arglwyddes a'r newyddiadurwr.

Cawsant eu hebrwng i ystafell Monsieur Laurentie gyda pharch mawr, a chyfarchwyd yr arglwyddes yn gynnes ganddo. Gwahoddodd hi i eistedd mewn cadair esmwyth ger y tân, ac aeth Elin i eistedd ar gadair galed ger y drws. Cynigiwyd diod o goffi neu siocled i'r arglwyddes, ond gwrthododd.

'Rydw i wedi cael fy synnu, Madame la baronne, os ca'i ddweud,' meddai'r golygydd wedi i bawb eistedd. Cymerodd ysbaid i syllu'n graff ar wyneb yr arglwyddes, ac yna ysgydwodd ei ben. 'Maddeuwch i mi am ymddangos mor anghwrtais, ond rydych chi'r un ffunud ag Adélaïde, Mademoiselle d'Orléans.' Ysgydwodd ei ben unwaith eto. 'Mae eich gweld yn ddigon i berswadio pawb fod eich achos yn un cyfiawn. Dim ond drwy waed y gellid cael y fath debygrwydd.'

Roedd yr arglwyddes ar ben ei digon o glywed hyn wrth gwrs, a chyfaddefodd Elin wrthi ei hun ei bod hithau wedi ei hargyhoeddi gan eiriau'r newyddiadurwr. Am y tro cyntaf ers iddi ei hadnabod, ystyrioedd Elin o ddifrif tybed a oedd gan yr arglwyddes waed brenhinol yn ei gwythiennau. Nid oedd hynny wedi ei tharo cyn hyn; roedd y cyfan wedi bod yn rhy ddisylwedd ac afreal.

Gofynnodd M. Laurentie am gael gweld y papurau oedd gan yr arglwyddes i gefnogi ei hachos, a gosododd hithau hwy o'i flaen. Edrychodd yntau'n gyflym arnynt, cyn dweud y byddai'n cymryd amser i'w hastudio'n fanwl er mwyn gwneud cyfiawnder â'u harwyddocâd. Yna treuliwyd ychydig amser yn trafod manion cyffredinol a chymdeithasol cyn i'r arglwyddes godi a chyhoeddi ei bod yn ymadael. Hebryngodd M. Laurentie hi at ddrws yr adeilad, ac estyn ei law i godi'r arglwyddes i'w choets cyn cusanu'i llaw yn foesgar. Wrth iddo ffarwelio â hi, addawodd roi ei holl sylw i'w hachos dros y dyddiau nesaf. Roedd am gyhoeddi hanes ei bywyd, meddai wrthi'n frwd. Ni ddylai neb ddioddef y fath gam.

O'r diwedd, meddyliodd Maria Stella wrth i'r goets adael y palmant, roedd rhywun yn ei chymryd o ddifrif! Roedd pethau ar i fyny! Byddai'r byd cyfan yn cael gwybod ei hanes, ac yn ei chydnabod fel gwir etifedd stadau'r teulu Orléans. Ochneidiodd yn ddwfn mewn rhyddhad a bodlonrwydd, ac wrth ddal llygad ei morwyn, dechreuodd chwerthin yn ysgafn.

'Wel, Maria, beth wyt ti'n feddwl rŵan?'

Gwenodd Elin yn ôl ar ei meistres.

'Campus, Madame. Mi fydd eich achos yn siŵr o lwyddo ar ôl hyn.'

'Bydd, rwyt ti'n iawn.' Pwysodd ei phen yn ôl yn erbyn cefn sedd y goets, ei chorff yn rhydd o'r tensiwn oedd wedi bod ynddo ers iddi godi'r bore hwnnw. 'Mi wnaiff fyd o wahaniaeth i mi. All neb fy anwybyddu i wedyn.'

Treuliodd weddill eu siwrnai fer yn synfyfyrio ynghylch y newidiadau – y gwelliannau, heb os – a fyddai'n digwydd i'w bywyd yn dilyn cyhoeddi erthygl y newyddiadurwr. Dychmygodd y drysau fyddai'n agor iddi, y llongyfarchiadau calonnog gan bobl oedd gynt wedi troi eu cefnau arni, y gwledda, ac yn fwy na dim arall, y rhyddid rhag gorfod poeni byth a beunydd am arian! Mi fyddai hi'n gwrtais wrth bawb, penderfynodd, yn maddau'n hawddgar i'r rhai fu'n ei dilorni, yn agor drysau ei thŷ – na, ei phalas – led y pen i artistiaid ac ysgrifenwyr, cantorion a cherddorion, a phawb o'r *beau monde*. A'r gwahaniaeth i'w phlant! Wrth feddwl amdanynt hwy, ysgytiwyd hi o'r newydd gan wefr o gynnwrf. Byddai'n rhaid iddi ysgrifennu'n syth i Gymru ac i Rwsia! Daeth cwmwl bach i darfu ar ei hapusrwydd wrth iddi sylweddoli y byddai ei llwyddiant yn sicr o ddenu ei gŵr o'i ynys bell yn Rwsia, i sefyll wrth ei hochr ym Mharis – a hawlio'i harian i gyd! Ond byddai'n rhaid iddi sefyll yn gadarn y tro nesaf. Doedd o ddim yn mynd i gael gwneud smonach o bethau fel y gwnaethai gyda'r Henry Driver-Cooper felltigedig yna! Ei fai o i gyd oedd tynnu'r twyllwr hwnnw i mewn i'w busnes hi, cyn iddo fynd â'i gadael hi yng nghrafangau'r dihiryn, a gadael iddi ymdrechu i ddianc oddi wrtho orau y gallai ar gost mor arswydus, ac ar ei phen ei hun bach!

Sylweddolodd y byddai dilyn y trywydd meddyliol hwn yn difetha'i diwrnod, felly gwnaeth ymdrech i sirioli. Canolbwyntio ar y pethau da, dyna oedd raid iddi ei wneud. Meddwl am Thomas John a Spencer ac Edward, a'r gwelliannau i fywydau'r tri a fyddai'n sicr o ddigwydd yn sgil ei llwyddiant. Prin y gallai amgyffred bod yn berchen ar y fath gyfoeth! Sut oedd hi'n mynd i'w reoli? Byddai angen dyn – na, dynion – busnes arni i redeg ei stadau. Pwy fyddai hi'n ymddiried ynddo? Mr Robert Mills? Roedd yr amheuaeth ddaeth i'w meddwl yn syth wrth ei ystyried yn ddigon i roi ateb iddi. Na, byddai'n rhaid iddi gael rhywun arall, rhywun llawer mwy tebol ...

Sylweddolodd unwaith eto fod hwn yn drywydd arall a fyddai'n tarfu ar ei hwyliau da. Peth mor frau oedd hapusrwydd! Mor hawdd ei ddinistrio! Pleser. Roedd yn rhaid iddi ganolbwyntio ar y pleserau i ddod. Dyma sut i gadw'n hapus! Felly treuliodd weddill y siwrnai'n trafod ffasiynau gyda'i morwyn, gan geisio penderfynu ar y rhestr enfawr o ddillad newydd y byddai'n rhaid iddi eu cael ar gyfer ei statws dyrchafedig.

Gadawyd hwy i mewn i'w hystafelloedd yn yr *hôtel* gan y ffwtmon, ond wrth gerdded heibio drws y *salon* tuag at ei hystafell wely, clywodd leisiau'n sgwrsio oddi mewn. Safodd yn stond, Elin yn dynn ar ei sodlau. Llais Mrs Mills, chwaer Miss Clarissa, oedd i'w glywed! Ai wedi dod i ymweld â'r claf oedd hi? Ond yn y *salon* oedden nhw, nid yn ystafell wely'r hen ferch. Trodd at ei morwyn a gweld ei bod hithau, hefyd, wedi ei synnu. Daeth geiriau Mrs Mills yn fwy amlwg i'w clustiau.

'... wrth gwrs, does dim modd disgwyl gwell gan werin bobl yr Eidal – merch i blismon, o bob dim! – mwy na chan werin Gymreig. Tebyg at ei debyg ydyn nhw.'

Yna clywsant lais Miss Clarissa'n ateb.

'Rydw i'n gweld bai ar yr hen Arglwydd Newborough fy hun, yn priodi cymaint is na'i safle! A does neb byth yn galw yma, na gwahoddiadau'n cyrraedd i ni ymweld ag aelodau gwâr cymdeithas! Wir i ti, mae byw yma fel bod mewn carchar. Does gen i neb ond ti a Robert i sgwrsio â nhw, a chael sgwrs gall. Rydw i'n dweud wrthyt ti, Arabella ...'

Y fath haerllugrwydd! Y gnawes anniolchgar! Teimlai Maria Stella'r gwrid yn codi i'w hwyneb, a'i thymer yn tanio. Roedd gwaed yr Orléans yn rhedeg drwy ei gwythiennau, ac roedd hon wedi meiddio'i sarhau! Mi fyddai'n edifar gan y *vieille fille* am ei geiriau, ac fe fyddai'n darganfod hynny'r eiliad honno! Taflodd ddrws y *salon* ar agor led y pen a dal y ddwy'n eistedd yn gyfforddus ger ei thân, â gwydraid yr un o'i gwin Marsala yn eu dwylo.

'Allan!' oedd yr unig air a ddaeth o'i genau. Safodd un ochr i'r drws agored gan bwyntio'n ddramatig tuag at y grisiau. 'Ewch o ngolwg i y funud yma!'

Syllodd y ddwy'n gegrwth arni am eiliad, yna agorodd Miss Clarissa ei cheg i geisio achub ei cham, ond o weld yr olwg ar wyneb yr arglwyddes, caeodd hi drachefn a chadw'n fud. Cododd y ddwy gyda chymaint o urddas ag oedd yn bosib o dan yr amgylchiadau, eu hwynebau'n fflamgoch, a cherdded allan heb edrych ar yr arglwyddes na'i morwyn. Roedd y gwydrau gwin yn dal yn eu dwylo, cymaint oedd eu dryswch, a chymerodd yr arglwyddes hwy oddi arnynt wrth iddynt gerdded heibio heb edrych arni. Yna trodd at ei morwyn.

'Maria,' gorchmynnodd mewn llais uchel, 'dos i ddweud wrth y ffwtmon am gasglu eiddo Miss Clarissa o'i hystafell a'u hanfon i gartref ei brawd. Nid wyf am weld 'run o'r tri byth eto. Yna tyrd yn ôl i'r *salon*.'

Roedd ei chalon yn curo'n gyflym, a chyn gynted ag yr oedd y ddwy chwaer wedi mynd o'i golwg, aeth i eistedd yn ddiolchgar. Gosododd y gwydrau hanner gwag ar y bwrdd wrth ei hochr. Byddai'r forwyn fach yn eu clirio yn y man, ynghyd â phob un arwydd arall o arhosiad Miss Clarissa yn ei chartref. Caeodd ei llygaid, a'u cadw ynghau nes iddi glywed ei morwyn yn dychwelyd.

'Maria, tyrd i eistedd gyferbyn â mi.'

Gwenodd wrth weld y forwyn yn petruso, yna arwyddodd arni i eistedd yn y gadair gyfforddus.

'Rydw i wedi cael syniad,' dechreuodd egluro. 'Rydw i am i ti gael merch ifanc i dy helpu, ac rydw i am i ti ddysgu'r gwaith o fod yn forwyn bersonol iddi.' Wrth weld y syndod ar wyneb y ferch, teimlodd wefr o bleser. Dyma beth oedd grym! Gallu gwneud fel a fynnai â bywydau pobl eraill, eu codi neu eu gostwng yn ôl ei mympwy ei hun! Roedd yn deimlad mor felys, a chyn bo hir byddai'n deimlad y gallai hi ymbleseru ynddo drwy'r amser. Teimlai'n hael tuag at y Gymraes fach hon, a daeth awydd drosti i wella byd y ferch. 'Dos i 'mofyn dau wydr glân, ac mi gawn ninnau wydraid bach o Marsala cyn cinio.'

Roedd wedi gwirioni o weld y dryswch ar wyneb y forwyn wrth iddi estyn y gwin, ac wedi i'r ddwy fwynhau'r llymaid cyntaf ohono, eglurodd ymhellach.

'Mae gen i well gwaith i ti. Dydw i ddim eisiau neb fel Miss Clarissa dan fy nho byth eto, ac rydw i'n meddwl y byddai'n llawer mwy dymunol i mi dy gael di yn *dame de compagnie* yn ei lle. Mi wnawn ni drefnu i ti gael dillad newydd addas, ac mi wna i dy hyfforddi yn yr hyn y bydda i'n disgwyl i ti ei wneud i mi.'

'Ond ... meistres ...'

'Rhaid i ti fy ngalw i'n *Madame la baronne* o hyn ymlaen – ac mi wnaf innau dy alw di'n Mademoiselle Hélène – dyna'r ffurf Ffrangeg ar Elin, ynte?'

'O'r gorau, Madame ...' petrusodd y ferch am eiliad cyn ynganu'r geiriau '... la baronne'. Roedd hi'n amlwg wedi ei thaflu oddi ar ei hechel. Yna oedodd eto. 'Ond ... ond fyddai hi ddim yn rheitiach ichi gael rhywun o deulu da i gadw cwmni i chi? Rhywun uwch ei stad na fi?'

Wfftiodd yr arglwyddes.

'Mae dy deulu di'n onest ac yn grefyddol, yn tydyn? Pa well teulu na hynny? Na, mi fyddai'n llawer mwy dymunol i mi dy gael di'n gydymaith nag unrhyw ferch ffroenuchel sy'n gwarafun derbyn cyflog am ei chwmnïaeth. Rwyt ti'n gwybod mai bywyd tawel sydd gennym ni.' Yna gwenodd yn gam. 'Roedd Miss Clarissa'n iawn yn hynny o beth, yn toedd? Dydw i byth yn cael gwahoddiad i unman.'

'Ond mi fydd hynny'n newid cyn bo hir, bydd? Pan fyddwch chi'n cael eich cydnabod fel un o'r Orléans?'

Petrusodd yr arglwyddes am eiliad. Roedd hon yn iawn: byddai bywyd yn llawer prysurach o hyn ymlaen. Ond anwybyddodd yr amheuon. Onid oedd hi, funudau ynghynt, wedi ymhyfrydu yn ei grym ei hun?

'Gawn ni weld. Rydw i'n siŵr dy fod ti'n ddigon galluog i ddysgu ffyrdd newydd – bu'n rhaid i mi wneud hynny, a minnau ond ychydig yn iau na ti. Ti'n siŵr o ymdopi. Rŵan, dos i nôl papur a phin, ac fe wnawn ni restr o'r dillad y byddi di eu hangen. Rwyt tithau, fel fi, wrth dy fodd yn trafod ffasiwn.'

Erbyn diwedd y dydd, cawsai'r arglwyddes syniad arall. Mentrodd drafod hwnnw, hefyd, gyda'i chydymaith newydd.

'Rydw i wedi hen flino ar ddibynnu ar ddynion i'm cynrychioli yn y llysoedd. Mae pob un ohonynt wedi bod yn aneffeithiol – a gwaeth,' cyhoeddodd. 'Felly dydw i ddim am gyboli rhagor gyda chyfreithwyr.'

'Dydw i'n gweld dim bai arnoch chi, Madame.'

'Yn hollol. Ond mae'n rhaid i mi gael cyfiawnder, serch hynny.'

Edrychodd y Gymraes arni'n chwilfrydig, a phrysur-
odd i egluro'i syniad diweddaraf.

'Rydw i am sgwennu fy hunangofiant, a'i gyhoeddi fel
bod pawb drwy Ffrainc yn gwybod fy hanes, ac yn
gwybod am y cam wnaethpwyd â mi ar ddydd fy ngeni.
Bydd hynny'n fwy effeithiol o lawer na gorfod bod ar
drugaredd rhes o farnwyr sychlyd, a'r rheini, mae'n
debyg, ym mhocedi'r brenin a'i ddilynwyr.'

Cafodd ei bodloni gan ymateb brwdfrydig y ferch, a
phenderfynodd fynd ati'r peth cyntaf fore trannoeth i
ddechrau ar y gwaith.

VIII

Plygodd yr hen ddiplomydd ymlaen er mwyn i'w was allu gosod y clustogau'n gyfforddus y tu cefn iddo, yna pwysodd yn ôl yn fodlon a thynnu'r dillad gwely i fyny at ei ên. Y dyddiau hyn roedd yn teimlo'r oerfel, er bod tanllwyth o dân yn ei ystafell wely. Safai ei ysgrifennydd yn amyneddgar nes byddai ei feistr yn barod i'w holi. Daeth y gwas â hambwrdd brecwast i'r diplomydd, a gwenodd yr hen ŵr gyda boddhad. Tra oedd yn alltud yn Lloegr a'r Unol Daleithiau, roedd wedi magu cariad at y dull tramor hwn o frecwasta ar fwydydd poeth. Gosododd y gwas y napcyn o dan ei wddf a rhoi'r gyllell a'r fforc yn nwylo'i feistr. Gydag awch, cythrodd yr hen ŵr at y dafell dew o gig moch, wy a thatws wedi'u ffrio.

'Mae Laurentie wedi'i setlo, felly?' gofynnodd i'w ysgrifennydd, a'i geg yn llawn.

'Ydi, syr. Mi lwyddon ni i ddwyn perswâd arno i roi'r gorau i achos Arglwyddes Newborough.'

'A beth am y papurau a roddwyd i Laurentie? Ydi'r rheini yn ein meddiant?'

'Yn anffodus, syr, roedd y golygydd wedi'u cloi mewn cwpwrdd, ac wedi'u hanfon yn ôl ati cyn i'n asiant allu cael gafael arnynt,' atebodd ei ysgrifennydd.

'Wedi'u cloi mewn cwpwrdd?' holodd yn anghrediniol. Gosododd ei gyllell a'i fforc yn ddiamynedd ar ei blât, ei bleser yn ei frecwast wedi diflannu mewn amrantiad. 'Pa fath o esgus ydi hwnnw? Ydi'n gweision ni mor ddi-glem fel na allan nhw dorri i mewn i gwpwrdd syml?'

'Roedd y cwpwrdd yn ystafell fyw'r golygydd, syr, ac ni adawodd yr ystafell drwy gydol yr amser roedd ein hasiant yn yr adeilad. O dan yr amgylchiadau, tybiai ein hasiant ei bod yn rhy beryglus i geisio'u dwyn, ac nid oedd ganddo'r hawl i orfodi Laurentie i'w trosglwyddo iddo.'

'Hmm!' Ailgydiodd yr hen ddiplomydd yn ei gyllell a'i fforc a dechrau cnoi'n fyfyriol. Roedd ei ysgrifennydd wedi dechrau chwysu, nid oherwydd gwres yr ystafell, oedd ynddo'i hun yn llethol, ond oherwydd ei annifyrrwch cynyddol.

'Rydw i angen cael gafael ar ei thystiolaeth!' meddai'r diplomydd yn y man. 'Rhaid i mi wybod beth yn union sydd ganddi er mwyn gwybod sut i dynnu ei dannedd, fel nad yw hi mwyach yn fygythiad i'r dug. Rydw i angen gweld y papurau o'r Eidal y soniodd St Aubin amdanynt. Rwy'n amau'n gryf mai'r rheini yw ei harf cryfaf, felly dylem ganolbwyntio'n ymdrechion ar y rheini.'

Cliriodd yr ysgrifennydd ei wddf yn betrusgar.

'Allwn ni ddim ...? Beth am ...?' Cliriodd ei wddf am yr eildro cyn mentro cynnig yr awgrym fyddai'n ateb eu gofynion i gyd ac yn rhoi taw ar yr holl helynt unwaith ac am byth. 'Beth petai Arglwyddes Newborough yn cael damwain fach, syr? Damwain angheuol?'

Gwywodd o dan yr edrychiad a daflodd yr hen ddiplomydd ato wrth i hwnnw'n ddisymwth roi'r gorau i fwyta a gwthio'r hambwrdd oddi wrtho. Cymerodd ei was yr hambwrdd yn frysiog a chilio i gornel yr ystafell. Parhaodd yr edrychiad treiddgar, oeraidd mor hir nes peri i'r ysgrifennydd ysu am gael suddo a diflannu i'r carped moethus o dan ei draed.

'Ers pa bryd yr ydym ni'n llofruddion, dywed?' Roedd y coegni yn llais y diplomydd yn ddeifiol. 'Ers pa bryd yr ydym ni'n ymosod ar ferched er mwyn ennill y dydd? Un syniad gwirion arall fel yna, ac mi fydda i'n chwilio am ysgrifennydd newydd.' Trodd yr hen ŵr at ei was ac amneidio am ei goffi. Tywalltodd hwnnw'r coffi du o botyn arian i gwpan Sèvres a'i gludo at ei feistr. Pan siaradodd y diplomydd drachefn, roedd ei lais yn naturiol, fel pe bai'r ysgrifennydd erioed wedi mynegi syniad mor wrthun.

'Rhaid defnyddio Laurentie, wrth gwrs. Rhaid pwyso arno i gyhoeddi erthygl fach yn ei bapur newydd, erthygl sy'n taflu sen ar yr arglwyddes, yn gwadu ei honiadau i gyd ac yn ei phortreadu fel siawnswraig ddiegwyddor.' Edrychodd i fyny o'i goffi, ei lygaid yn treiddio drwy lygaid y dyn anffodus o'i flaen. 'Dyna sut mae trechu'r gelyn: yn ddi-waed, di-anaf. Lladd ei enw da, ei hygrededd o fewn cymdeithas, ac mae'r frwydr drosodd, waeth faint bynnag o weiddi a bytheirio a wna'r gelyn wedyn. Fydd neb yn ei gymryd o ddifrif.'

'Iawn, syr. Mi af i weld Laurentie fy hunan. Oes rhywbeth arall yr hoffech i mi ei wneud, syr?'

Ysgydwodd yr hen ŵr ei ben ac amneidio ar ei ysgrifennydd i'w adael, ond wrth iddo fynd drwy'r drws, galwodd ef yn ei ôl.

'Cofia bwysleisio wrth Laurentie fod yn rhaid iddo roi tystiolaeth yn ei erthygl – neu o leiaf gyfeirio at fodolaeth y fath dystiolaeth – tystiolaeth ddigamsyniol sy'n chwalu dadl yr arglwyddes.'

Syllodd ei ysgrifennydd arno â chwestiwn yn ei lygaid.

'Syr? Oes gennym ni dystiolaeth o'r fath?'

Ochneidiodd y diplomydd, er fod gwên fach faleisus yn chwarae ar ei wefusau.

'Gwna di'n sicr fod Laurentie yn datgan yn ei erthygl fod duc d'Orléans a'i wraig yma ym Mharis drwy gydol y cyfnod sydd dan sylw – gwanwyn 1773. Fe ddaw dystiolaeth i ganlyn.'

Wedi i'w was ei adael, pwysodd yr hen ddiplomydd yn erbyn ei glustogau plu moethus a chau ei lygaid. Hedfanodd ei gof yn ôl dros y blynyddoedd meithion i'r gwanwyn arbennig hwnnw. Gallai gofio bod y dug – er mai duc de Chartres oedd ei deitl bryd hynny, cyn i'r hen ddug ei dad farw – yn ôl ac ymlaen o'r Palais Royal, y llys brenhinol a'i stadau yn y wlad, a bod y dug ifanc a'i gefnder y brenin ym mhennau'i gilydd y rhan helaethaf o'r amser, ond ni allai gofio'r manylion. Pa flwyddyn oedd hi pan fu farw'r hen ddug, tybed? Ni allai gofio. Byddai'n rhaid iddo chwilota ymysg ei ddyddiaduron am gymorth. Wrth i'w feddwl ddilyn y trywydd hwn, daeth cnewyllyn o syniad i'w ben. Duc d'Orléans, duc de Chartres, comte de Joinville! Cynifer o deitlau'n perthyn i'r un teulu – na, i'r un person: Philippe Égalité! A fyddai modd cymysgu pawb gyda'r amrywiol enwau? Tybed? Daeth i benderfyniad. Cyn gynted ag y byddai'r wybodaeth am symudiadau duc de Chartres (oherwydd dyna deitl Philippe Égalité ym 1773) o'i flaen, gellid creu amserlen ffug gredadwy fyddai'n chwalu honiadau Arglwyddes Newborough yn chwilfriw.

IX

Buan iawn y daeth Elin i ddygymod â'i newid byd, gan gynnwys ei hystafell wely newydd, foethus – hen un Miss Clarissa – gerllaw ystafell ei meistres. Er y byddai'n ysgrifennu'n wyllt bob bore wrth iddi roi ei hanes ar bapur, cadwodd yr arglwyddes ei haddewid, gan fynd ati ag arddeliad bob prynhawn i roi'r gwniadwragedd ar waith, ac o fewn yr wythnos roedd gan Elin ddwy wisg newydd, un ar gyfer y prynhawniau ac un, ychydig bach mwy ffansi, ar gyfer gyda'r nos. I un a oedd wedi arfer gwisgo unwaith yn y bore, ac yna gwisgo'r dilledyn hwnnw drwy'r dydd wedyn, roedd gorfod mynd i newid o leiaf ddwywaith yn ychwanegol braidd yn fwrn. Ond dyna fo, roedd ei safle mewn bywyd wedi codi, ac roedd y manteision yn llawer mwy na'r anfanteision, a doedd ganddi ddim lle i gwyno. Roedd ei llythyr at ei mam, yn adrodd hanes ei dyrchafiad, yn llawn bwrlwm a chynnwrf. Gwyddai y byddai ei mam yn rhyw led ymfalchïo yn ei llwyddiant, ond na fyddai'r newydd da yn ei chyffwrdd o ddifrif. Yr unig newydd oddi wrth Elin fyddai'n codi calon ei mam fuasai gallu dweud bod Wiliam yma ym Mharis, ei fod yn fyw ac yn iach, a bod Elin wedi ei gyfarfod. Roedd hynny'n gysgod ar hapusrwydd Elin hefyd, gan nad oedd hi fymryn agosach i'r lan yn ei gorchwyl o geisio dod o hyd iddo. Bellach, o leiaf, roedd ganddi eraill i'w chynorthwyo, er gwaethaf ei hamheuon am eu heffeithiolrwydd, ac wrth i'r wythnos brysuro ymlaen, teimlai gynnwrf cynyddol wrth obeithio y byddai gan Christophe ac Émile newyddion da.

Gwyddai Elin mai edrych ymlaen yn ddisgwylgar yr oedd yr arglwyddes hefyd. Bob bore cyn brecwast anfonid y ffwtmon i brynu copi o *Le Quotidienne*, papur newydd M. Laurentie, a phob bore anwybyddai'r arglwyddes ei brecwast wrth droi'r tudalennau'n awchus i chwilio am yr erthygl addawedig. Erbyn hyn, wrth gwrs, roedd Elin yn eistedd gyda hi wrth y bwrdd bwyd, a theimlai hithau'r un siom â'r arglwyddes bob tro y byddai'r chwilio'n ofer.

Y bore cyn ei hail gyfarfod ag Émile a Christophe, fodd bynnag, ni thaliai Elin fawr o sylw i'r arglwyddes, oedd yn troi tudalennau'r papur newydd yn wyllt. Roedd ganddi ei phroblem ei hun bellach. Mor hawdd oedd hi i Christophe gynnig bore arall ymhen yr wythnos! Onid oedd o'n sylweddoli mor anodd ydoedd hynny iddi hi? Wedi iddi ddechrau ei gwaith newydd fel cydymaith i'r arglwyddes, nid oedd yn sicr beth oedd y drefn ynglŷn â chael amser rhydd. Yr wythnos cynt, roedd wedi llwyddo i ddianc allan – a dychwelyd – heb i neb ofyn amdani. A feiddiai hi wneud yr un peth eto? Mewn un ystyr, roedd yn anoddach iddi gael gwneud fel a fynnai, oherwydd disgwyliai'r arglwyddes iddi fod wrth law bron yn ddi-dor, fore, pnawn a nos. Ac ar ben hynny, disgwylid iddi hyfforddi Annette, y forwyn fach a ddyrchafwyd i fod yn forwyn bersonol i'r arglwyddes yn ei lle hi. Pa esgus a allai ei roi er mwyn gadael yr ystafelloedd am ychydig oriau? Feiddiai hi ddweud y gwir wrth yr arglwyddes, sef ei bod yn mynd i gyfarfod dau ddyn oedd yn mynd i'w chynorthwyo i ddarganfod ei brawd? Nid oedd hynny'n apelio ati o gwbl. Pe gwrthodai'r arglwyddes, yna roedd Elin yn hollol gaeth i'w dyfarniad. Go brin y gallai hel esgus arall i fynd allan wedyn. Ei hunig obaith oedd y byddai Madame Dumourrier, ffrind yr arglwyddes, yn galw heibio am sgwrs yn ôl ei harfer, a chadw'r arglwyddes oddi wrth ei hysgrifennu, a'i gofynion diddiwedd ar amser Elin, am awr neu ddwy.

Torrodd llais yr arglwyddes ar draws ei myfyrdod, yn gweiddi fel petai'r byd ar ben.

'Na! Na, na, na!'

Dychrynwyd Elin, a syllodd yn gegrwth ar yr arglwyddes. Gwelodd fod y papur newydd yn cael ei sgytian gan y cryndod ym mreichiau ei meistres, a bod dagrau'n dechrau llifo i lawr ei gruddiau claerwyn.

Neidiodd Maria Stella i'w thraed.

'Pa dystiolaeth sydd ganddo fo, y *mierda di pero* diawl!' gwaeddodd, gan chwifio'r papur yn wyllt i gyfeiriad Elin. 'Y celwyddgi diegwyddor! *Il batardo diabolico!* Sut all o wneud hyn i mi, wedi'r holl seboni a'r addewidion ffug? *O mio dio! Che faro, che faro?*' Disgynnodd y papur newydd o'i gafael wrth i'r arglwyddes suddo'n ôl i'w chadair a gorchuddio'i llygaid â'i dwylo cyn dechrau wylo'n chwerw.

'Be sy, Madame? Be sy wedi digwydd?' Ni allai Elin gadw'r ofn a'r pryder o'i llais. Cododd yn frysiog a rhoi ei dwylo ar ysgwyddau'r arglwyddes, a theimlodd y cryndod a redai drwy ei chorff wrth i'r druan fach igian crio. Dechreuodd Elin sibrwd geiriau cysurlon yn ei chlust, gan fwytho'i hysgwyddau a'i breichiau yr un pryd. Yn raddol, ymdawelodd yr arglwyddes ddigon i Elin geisio'i chodi i'w thraed. Llwyddodd i'w chael oddi wrth y bwrdd bwyd, ond yna fe syrthiodd yr arglwyddes mewn llewyg i'r llawr. Bloeddiodd Elin ar i'r ffwtmon ac Annette ddod i'w chynorthwyo i gario'r arglwyddes at y *chaise longue* yn yr ystafell nesaf. Erbyn iddynt ei rhoi i orwedd yno, roedd pob aelod o staff yr arglwyddes yn llawn ffwdan, pawb yn ceisio gweld beth oedd yr holl helynt. Anfonodd Elin hwy i ffwrdd yn ddiseremoni, a rhoi gorchymyn i'r gogyddes wneud *tisane* i'w meistres, i'r ffwtmon i 'mofyn y doctor, ac i Annette i gyrchu'r *sal volatile*. Yn ystod yr holl gynnwrf, ac er eu holl ymdrechion gyda'r *sal volatile*, ni ddeffrodd yr arglwyddes o'i llewyg.

Gan adael Annette i gadw llygad ar ei meistres tra oeddent yn disgwyl am y doctor, aeth Elin yn ei hôl i'r ystafell fwyta i weld y papur newydd drosti ei hun. Cafodd hyd i'r erthygl tramgwyddus o fewn eiliadau. Teimlodd hithau ei chalon yn cyflymu wrth ei ddarllen.

'*Une femme honteuse et perfide*' oedd y pennawd: gwraig gywilyddus a dichellgar. Dyna ddisgrifiad Laurentie o'r arglwyddes! Ond sut allai hynny fod? Roedd y dyn mor ddiffuant o gefnogol yn eu cyfarfod – buasai Elin yn fodlon mynd ar ei llw am hynny. Beth oedd wedi digwydd? Doedd ryfedd i'r arglwyddes druan syrthio i lewyg. Prin y gallai Elin ei hun gadw'i phwyll wrth ddarllen ymlaen. Yn ôl yr erthygl, twyll oedd honiadau'r arglwyddes i gyd. Roedd gan *Le Quotidienne*, meddid, brawf digamsyniol fod duc d'Orléans ym Mharis yn ystod y cyfnod yr honnai Arglwyddes Newborough ei fod yn yr Eidal. Daeth yr erthygl i ben drwy ddweud na ddylai unrhyw un wrando ar y dywyllodwraig, na rhoi unrhyw gred yn ei honiadau.

Ni allai Elin amgyffred yr hyn a ddarllenodd. Arhosodd yn ei chadair am funudau meithion, yr erthygl ar ei glin, yn syllu tuag at y ffenestr. Rhedai'r geiriau 'druan fach' drwy ei phen fel tôn gron, ac ar yr un pryd, ceisiai ddyfalu sut y gallai'r dyn fod wedi newid ei diwn mor sydyn. Tybiodd iddi glywed yr arglwyddes yn griddfan yn yr ystafell nesaf, felly cododd yn syth a mynd i deimlo'i thalcen: roedd hwnnw'n annaturiol o boeth. Anfonodd Annette i gyrchu basn o ddŵr oer a chlwt, yna dechreuodd ddabio wyneb Maria Stella'n dyner. Ymdawelodd yr arglwyddes drachefn, ond ni ddaeth allan o'i llewyg. Arhosodd Elin wrth ei hochr nes y cyrhaeddodd y doctor, yna gadawodd yr ystafell tra oedd y doctor yn gwneud ei archwiliad.

Bu'r doctor gyda'r arglwyddes am amser maith ac, wrth iddo adael, dywedodd wrth Elin fod yr arglwyddes wedi dod ati'i hun o'r diwedd, ond ei fod wedi rhoi diferion o *laudanum* iddi, ac y byddai'n cysgu'n dawel am weddill y bore a'r prynhawn. Rhoddodd y botel fechan o wydr brown yn ei llaw, gyda chanllawiau manwl sut i ddefnyddio'r *laudanum*. Dylai'r arglwyddes gymryd peth eto pan fyddai hi'n amser noswylio, meddai, i sicrhau noson dda o gwsg. Siarsiodd Elin i'w chadw'n dawel yn ystod y dyddiau nesaf, ac i alw amdano'n syth pe byddai unrhyw newid yn ei chyflwr. Ni feiddiai Elin gyfaddef bod ganddi eisoes botel o *laudanum*, a'i bod yn gwybod sut i'w ddefnyddio, felly gwrandawodd yn dawel ar ei eiriau.

Yn ystod y prynhawn, cyrhaeddodd pecyn o swyddfa'r papur newydd, gydag amlen dan sêl. Petrusodd Elin am rai eiliadau pan roddwyd y pecyn yn ei llaw, yna penderfynodd y byddai'n cadw'r cyfan yn ei hystafell ei hun nes byddai'r arglwyddes wedi gwella digon i'w dderbyn.

Drwy gydol y dydd, arhosodd Elin neu Annette wrth wely'r arglwyddes i gadw llygad arni. Bu Maria Stella yn troi a throsi'n anniddig ar adegau, ond ar y cyfan roedd ei chorff yn llonydd. Wrth i'r prynhawn ddirwyn i ben, sylwodd Elin fod gwres y claf yn codi unwaith eto. Aeth ati'n syth i geisio atal y dwymyn drwy osod clytiau llaith, oer ar ei hwyneb, ac ar y dechrau, roedd Elin yn ffyddiog fod y driniaeth yn llwyddo. Ond erbyn amser swper, roedd plorod browngoch wedi ymddangos ar gorff a wyneb y claf, a gwaethygodd y dwymyn nes roedd Maria Stella'n troi a throsi'n wyllt, ei chorff yn chwys diferol, a hithau'n gweiddi a sgrechian wrth iddi frwydro'n erbyn pa ddiafoliaid bynnag oedd yn ei phlagio yn ei gwendid. Ni allai Elin nac Annette ei chadw'n dawel, felly gadawodd y gogyddes ei chegin i'w cynorthwyo.

Anfonwyd y ffwtmon unwaith eto am y doctor, a daeth hwnnw ar frys.

Bu'r doctor gyda hi am weddill y noson, gydag Elin ac Annette yn ei gynorthwyo am yn ail. Yn ystod oriau mân y bore, datganodd y doctor, gyda rhyddhad, fod y gwaethaf drosodd, ac y gallai pawb ymlacio. Gadawodd yr ystafelloedd gan addo dychwelyd yn ddiweddarach y prynhawn hwnnw. Wedi iddi ei hebrwng i'r drws, dychwelodd Elin at wely'r claf. Gallai weld drosti ei hun fod y plorod eisoes yn llai amlwg, a bod golwg llai dolurus ar wyneb Maria Stella. Eisteddai Annette wrth ei hochr, yn dylyfu gên yn ddiddiwedd.

'Dos i dy wely,' meddai Elin wrthi. 'Mi arhosa i yma tan wyth o'r gloch, yna tyrd ti'n ôl i minnau gael seibiant.'

Ufuddhaodd y forwyn yn ddiolchgar, gan adael Elin yn synfyfyrio'n flinedig. O leiaf, sylweddolodd, go brin y gallai'r feistres ei rhwystro rhag mynd i gyfarfod Christophe ac Émile – hynny yw, os nad oedd hi ei hun yn rhy flinedig i gyrraedd siop Claudette! Roedd wedi sylweddoli'n syth, pan lewygodd yr arglwyddes, fod y gweision a'r morynion eraill yn fodlon iawn derbyn ei hawdurdod hi, felly ni fyddai neb yn ei chroesholi nac yn ei hatal rhag gwneud fel a fynnai yn ystod y dyddiau nesaf tra oedd yr arglwyddes yn ei gwely. Ni allai hithau rwystro'i hun rhag dylyfu gên, ond doedd dim ots am hynny. Doedd neb yno i'w gweld, a'r arglwyddes yn ymddangos yn cysgu'n esmwyth. Caeodd ei llygaid yn fodlon. Fel y dywed y Sais, mae ymyl arian i bob cwmwl du.

X

Ceisiodd Émile dynnu cyfnas y gwely dros ei drwyn, ond wedyn ni allai anadlu'n iawn, felly rhaid oedd gadael ei drwyn allan yn yr oerfel; ac oherwydd bod ei drwyn mor oer, roedd ei gorff cyfan yn oer, ac oherwydd bod ei gorff cyfan yn oer, roedd yn methu cysgu. Doedd ganddo ddim rhagor o ddillad i'w gwisgo nac i'w rhoi ar ei wely. Roedd ei fenig ar ei ddwylo, ei gap gwlân ar ei ben a'i gôt fawr fel amdo am ei gorff. Yr unig bethau roedd wedi eu diosg wrth ddringo i'w wely oedd ei esgidiau. Roedd y tu mewn i'r rheini'n wlyb oherwydd y tyllau yn eu gwadnau fel nad oeddynt fawr o gymorth iddo yn ystod y dydd, heb sôn am y nos. Cwpanodd ei ddwylo o amgylch ei drwyn yn y gobaith y byddai, drwy anadlu, yn cynhesu'r cnawd. Sut deimlad fyddai ceisio dioddef yr oerfel heb gôt wlân, heb flanced, heb do uwch ei ben ...? Na, nid oedd am ddilyn y trywydd hwnnw.

Gorweddai yno'n dalpyn o drueni yn gwrando ar y gwynt yn ysgytian ffrâm y ffenestr a'r cenllysg yn bwrw yn erbyn y cwareli â'r fath egni nes iddo ofni y byddai'r gwydr yn malu'n deilchion. Mor ddiolchgar ydoedd! Diolchgar am y to uwch ei ben, ei waith, ei le tân – er na allai brynu rhagor o lo nes câi ei gyflog nesaf – ac am gael ei fwydo'n sylweddol unwaith y dydd fel rhan o'i dâl. Roedd yr hyn a welsai ar ei siwrnai gyda Christophe wedi gwneud iddo sylweddoli pa mor dda ei fyd yr oedd, ac nad oedd ganddo ddim i gwyno yn ei gylch mewn gwirionedd. Cyfaddefodd wrth ei hun nad yr oerfel oedd y prif reswm dros ei ddiffyg cwsg, ond y darluniau erchyll o'r tlodi a'r dioddefaint a welsai wrth chwilio am frawd Elin Mair – am enw od! – darluniau y ceisiai mor daer eu dileu o'i feddwl. Ond mynnu fflachio o flaen ei lygaid oedden nhw, a hynny mor gyflym a didrugaredd, er gwaethaf ei holl ymdrechion.

Pa fath gymdeithas roedd o'n rhan ohoni oedd yn fodlon caniatau'r fath anghyfiawnder heb wneud unrhyw ymdrech i'w unioni? Roedd wedi cwyno digon ei hun yn ystod yr wythnosau diwethaf am brisiau bara'n codi allan o bob rheswm, ond doedd effaith y dirwasgiad amaethyddol a'r cynaeafau gwael arno ef yn ddim i'w gymharu â'r effaith ar y bobl druenus a welsai yn St Antoine. Ac eto, beth allai ef ei wneud ynglŷn â'r sefyllfa? Pa ddiben oedd yna iddo droi a throsi fan hyn yn un poendod mawr o gydwybod? Pam na allai fod fel Christophe, oedd yn gallu cerdded y strydoedd fel pe bai dim o'i le, yn gweld dim – neu o leiaf yn gwrthod cyfaddef iddo weld dim – o'r dioddefaint? Dyna ganlyniad cael arian yn y teulu, mae'n debyg. Hunan-fodlonrwydd yn creu cragen gyfforddus o'ch hamgylch fel nad oedd modd i chi weld caledi bywyd, ac yn sicr nad oedd modd i chi ei deimlo. Oedd ef ei hun yn wahanol oherwydd bod amgylchiadau ei deulu'n agosach o lawer at gyflwr pobl St Antoine? Roedd yn ymwybodol iawn o aberth ei rieni wrth iddynt gasglu pob *sou* brin i dalu am ei addysg. O leiaf cawsant eu gwobrwyo am eu hymdrechion ar ei ran a theimlo'n falch o'i lwyddiant pan enillodd ysgoloriaeth i'r *lycée* ym Marseilles. Ychwanegwyd at y balchder hwnnw pan gafodd ei gymeradwyo gan ei athrawon i swydd ym Mharis wedi i gyn-ddisgybl o'r ysgol, yr hanesydd a'r awdur Louis-Adolphe Thiers, anfon llythyr gyda chais am ddisgybl addawol fel ymchwilydd fyddai'n ei gynorthwyo yn ei waith o ysgrifennu hanes y

Chwyldro. Er i'r gwahanu fod yn ddagreuol o'r ddwy ochr, roedd balchder ei rieni yn ddigon i'w cynnal, ac anfonwyd ef i Baris yn llawen.

Ond efallai ei bod hi'n haws ddioddef tlodi pan mae'r hinsawdd yn gynnes, meddyliodd drachefn. Yn sicr, roedd cael gardd yn yr hinsawdd honno'n fendith, yn amddiffyniad bach rhag newyn, waeth pa mor dlawd oedd y teulu. Gyda llain fach o dir, gellid cadw'r teulu cyfan yn fyw. Crwydrodd ei feddwl yn ôl i Baris y bobl gyffredin â'i strydoedd culion, ei fudreddi a'i ddiffyg gwyrddni. Beth pe byddai modd rhoi llain fach o dir i bob teulu? Am freuddwyd ffôl!

Yr oerfel oedd yn lladd, penderfynodd, yn gymaint â'r newyn. Roedd angen y corff am gynhaliaeth yn llawer uwch mewn tywydd oer. A phan nad oedd bwyd maethlon ar gael, roedd y corff yn gwanhau, yn fwy agored i heintiau ac afiechydon. Ac os oedd gwendid yn y corff eisoes, megis mewn hen bobl a phlant bach ... Y plant bach! O, y plentyn bach hwnnw a welsai yn St Antoine! Bron na allai deimlo poen corfforol ei hun wrth i'r darlun ohono lenwi ei gof unwaith eto. Brathodd ei wefusau a gwasgu ei lygaid ynghau wrth geisio'i ysgubo'n ôl i ddifancoll, ond doedd dim yn tycio.

Taflodd y dillad oddi ar y gwely a chodi'n wyllt. Roedd y ffenestr yn dod yn fwy amlwg wrth i'r wawr nesáu; serch hynny roedd angen goleuo'r gannwyll. Chwythodd ei anadl cynnes ar flaenau ei fysedd cyn gafael yn ei bapurau. Darllenodd yn gyflym drwy'r ddrama roedd yn ceisio'i hysgrifennu, a sylweddoli'n chwerw pa mor ddiffygiol ydoedd o ran argyhoeddiad, o ran diffuant-rwydd. Roedd ei stori'n arwynebol ac ystrydebol, a'i gymeriadau'n fwy arwynebol fyth. Pobl wirion mewn cymdeithas wirionach, a phwy fyddai'n malio'r un botwm corn am eu helyntion? Yn sicr nid y fo. Gwasgodd y bwndel papurau yr oedd wedi treulio cymaint o amser yn chwysu drostynt yn un belen fawr ddiwerth a'i thaflu i gornel bellaf yr ystafell. Rhoddodd ei ben yn ei ddwylo mewn anobaith.

Ni allai ei arbed ei hun bellach rhag y darlun a seriwyd ar ei feddwl. Wrthi'n holi dwy o ferched y stryd yr oedd Christophe, holi a wyddent am leoliad tŷ tafarn yn perthyn i deulu o'r enw Marceau. Roedd un o'r meched yn llygadu Émile mewn ffordd awgrymog iawn, ac mewn pwl o swildod, roedd yntau wedi troi ei olwg oddi wrthi. Dyna pryd y sylwodd ar y bachgen bach yn cysgu yn nrws hen adeilad caeedig yr olwg. Roedd rhywbeth ynglŷn ag osgo'r corff eiddil, ei lonyddwch, a hoeliodd ei sylw, a thra oedd Christophe yn dal i sgwrsio'n gellweirus â'r merched, cymerodd Émile gam neu ddau'n agosach at y plentyn, er iddo ofni yn ei galon y gwyddai eisoes beth oedd yn bod arno. Plygodd i lawr a chyffwrdd yr ysgwydd denau yn ysgafn. Llithrodd y corff fel petai'n ceisio osgoi ei gyffyrddiad, ond nid agorodd y llygaid wrth i'r pen daro'r palmant didostur. Estynnodd Émile ei fys i deimlo'r foch welw, ac er y gwyddai fod y plentyn yn farw, roedd oerni'r cnawd yn sioc corfforol iddo.

'Mae'r plentyn wedi marw!' gwaeddodd yn wyllt ar Christophe a'r puteiniaid, gan neidio ar ei draed a chilio oddi wrth y corff.

Edrychodd un o'r puteiniaid i gyfeiriad y corff cyn troi i ffwrdd gan godi ei hysgwyddau, cystal â dweud: 'Dyna beth yw bywyd!'

'Christophe!' bloeddiodd ar ei ffrind. 'Mae'r plentyn yma wedi rhewi i farwolaeth.'

Ysgydwodd Christophe ei ben yn drist, er i Émile gael y teimlad pendant nad oedd ei ffrind yn malio dim mewn gwirionedd.

'Mae'n rhaid i ni wneud rhywbeth!' Gallai glywed y taerineb yn ei lais ei hun.

Trodd yr ail butain ato a dweud, fel petai'n ceisio'i

dawelu, 'Mi fydd yr heddlu yma cyn bo hir i glirio'r strydoedd.'

Syfrdanwyd Émile gan y fath ddifaterwch. Plentyn yn gorwedd yn farw yn y stryd, a doedd o ddim pwysicach na thamaid o sbwriel oedd wedi ei ollwng yn ddi-hid gan deithiwr blêr! Rhuthrodd at y butain a dechrau ei hysgwyd gerfydd ei breichiau. Teimlodd freichiau Christophe yn clymu amdano yntau ac yn ei lusgo i ffwrdd.

'Tyrd yn d'laen!' sibrydodd Christophe yn ei glust. 'Nid dyma'r lle ...!'

'Does gennych chi ddim cywilydd?' bloeddiodd ar y puteiniaid. 'Plentyn bach yn gorwedd yn gelain fan hyn a dydach chi'n malio dim mwy na phetai'n dalpyn o gachu ci! Lle mae'i fam o? Ei dad?' Teimlodd ddagrau o gynddaredd yn cronni yn ei lygaid. 'Oes 'na ddim un enaid byw fydd yn ei golli, yn galaru amdano?'

Tro'r butain ydoedd hi i wylltio.

'Be wyddost ti am ein bywydau ni, y cachgi bach digywilydd!' Nesaodd ato'n fygythiol a'i orfodi i gamu'n ôl oddi wrthi. 'Fedra i ddeud yn union wrthat ti lle ma'i fam o: mewn bedd dienw ynghanol cannoedd o feddau dienw eraill ym mynwent y tlodion! Wedi marw o newyn am ei bod hi'n rhy wael i allu cerdded y strydoedd yn y gobaith y byddai rhyw goc oen fel chdi'n talu *sou* neu ddwy am ddefnyddio'i chorff, er mwyn iddi allu prynu bara iddi'i hun a'i phlentyn!'

'Ond ... ond pam na fyddai rhywun yn gofalu am ei phlentyn?' gofynnodd mewn dryswch. Syllodd y butain arno gyda chymysgedd o drueni ac atgasedd.

'Am fod gen i dri o rai bach fy hun, a'u bolia i gyd yn wag!'

Daeth y gwrîd i'w wyneb a chywilyddiodd oherwydd ei ddiffyg dealltwriaeth a sensitifrwydd. Teimlodd Christophe yn tynnu yn ei lawes, a sylwodd fod torf fechan wedi dechrau ymgasglu o'u hamgylch. Chwiliodd yn ei boced a dod o hyd i ddarn hanner *franc*. Rhoddodd hwnnw i'r butain.

'I'r plant,' eglurodd wrthi. Derbyniodd ei offrwm heb air o ddiolch, ond meddalodd ei llygaid.

'Ewch, da chi!' meddai hi. 'Mi ofalwn ni am Pierre bach nes daw'r swyddogion.'

Dilynodd Émile ei ffrind drwy weddill y prynhawn heb gymryd fawr o ddiddordeb yn eu hymgyrch. Ymhen hir a hwyr, daethant o hyd i dŷ tafarn o'r enw *Les Trois Charretiers*, a fu unwaith yn berchen i deulu Marceau, yn ôl un hen ŵr, ond nid oedd hwnnw wedi gweld unrhyw aelod o'r teulu wedi marwolaeth y tad. Oedd, meddai, mewn ateb i gwestiwn Christophe, roedd *Anglais* yn byw efo nhw, yn edrych ar ôl y ceffylau. Na, ni wyddai eu hanes bellach. Roedd y tad wedi marw ers chwe, saith mlynedd. Ond roedd yr *Anglais* yn un arbennig o dda efo ceffylau. Efallai ei fod wedi cael gwaith fel ostler yn rhywle arall, neu'n was stabal gydag uchelwr.

Wedi cael yr wybodaeth hon, rhoddwyd y gorau i'r chwilio, a dychwelodd y ddau i'w cartrefi eu hunain. Teimlai Émile yn llawn euogrwydd wrth fwyta'i swper o fara a chaws, ac aeth i'w wely yn isel iawn ei ysbryd.

Roedd yr ystafell yn goleuo'n raddol wrth iddo ail-fyw ei brofiadau yn St Antoine. Syllodd ar y pentwr o bapurau gwyn, glân ar y bwrdd o'i flaen, a daeth llygedyn bach o obaith iddo. Gyda'r gobaith rhedodd gwefr o gynhesrwydd annisgwyl drwy ei wythiennau, er gwaethaf y wawr ddi-haul. Na, cynnwrf yn y gwaed oedd yn ei gynhesu wrth i'r syniad egino a thyfu'n gyflym. Roedd yn syniad mor amlwg, mor anochel, fel na allai ddeall pam nad oedd wedi ei daro ynghynt. Ei destun fyddai'r tlodion yn St Antoine, ac yn benodol, y plant bach yn eu trueni. Dyna beth allai ef ei wneud drostynt! Tynnu sylw at eu cyflwr drwy ysgrifennu amdanynt, a chyhoeddi'r cyfan i godi cywilydd ar y cyfoethogion bodlon eu byd!

Agorodd ei botel inc a pharatoi'i ysgrifbin. Cymerodd dudalen lân a gwlychu blaen yr ysbgrifbin yn yr inc. Ond atalwyd ei law yn syth gan ansicrwydd sydyn. Beth a ysgrifennai? Sut yr ysgrifennai am bwnc mor enfawr? Beth oedd o'n mynd i'w ysgrifennu: drama, nofel, ysgrif? A sut ar y ddaear fawr oedd cyfleu mewn geiriau yr holl enbydrwydd, yr holl drallod?

Rhoddodd ei ysgrifbin i lawr yn araf. Sylweddolodd na allai ysgrifennu'r un gair am Pierre na'i debyg. Roedd y briw yn rhy amrwd yn ei galon. Plygodd ei ben nes gorwedd ar y papur gwyn. Wylodd yn chwerw dros y bachgen bach, dros yr holl ddioddef, a throsto'i hun.

Roedd wedi trefnu i gyfarfod Christophe yn siop Claudette fel y tro diwethaf, ac roedd yno'n brydlon. Roedd y ferch, Elin Mair, wedi cyrraedd o'i flaen, ond doedd dim hanes o Christophe. Gwelodd fod cwpanaid fach o goffi o'i blaen, ac archebodd yntau yr un peth. Gwenodd y Gymraes yn swil arno pan eisteddodd gyferbyn â hi wrth y bwrdd marmor bychan, a dymunodd yntau 'Bonjour, Ma'mselle Thomas' iddi.

Gallai weld pa mor eiddgar ydoedd i dderbyn newyddion am ei brawd, a chadarnhawyd hyn pan ofynnodd hithau, heb unrhyw ymdrech at gynnal sgwrs agoriadol:

'Ydych chi wedi darganfod rhywbeth? Ydych chi'n gwybod lle mae Wiliam?'

Gwenodd iddo'i hun wrth ei chlywed yn mynnu dweud yr enw Wiliam yn hytrach na'r ffurf Ffrengig Guillaume.

'Mi fu Christophe a minnau'n chwilio, Ma'mselle, a chawsom un pwt bach o'i hanes.' Ni theimlai'n gysurus yn trafod y pwnc heb i Christophe fod yn bresennol. Wedi'r cyfan, ei botes ef oedd hyn i gyd.

'O? Beth oedd hwnnw, felly?'

Cipedrychodd at ddrws y siop i weld a oedd unrhyw hanes o Christophe, ond doedd dim golwg ohono. Edrychai'r ferch mor awyddus, mor obeithiol, nes iddo deimlo'r rheidrwydd i ddweud y cyfan a wyddai wrthi. Soniodd am y tad yn marw, y dafarn yn nwylo eraill a gweddill y teulu wedi gwasgaru. Eglurodd fod ei brawd, yn ôl y sôn, yn gofalu am y ceffylau yn y tŷ tafarn, a'r tebygolrwydd ei fod wedi cael gwaith gyda cheffylau yn rhywle arall, gan ei fod mor gelfydd wrth eu trin. Gwenodd y ferch wrth glywed hyn.

'Ceffylau oedd ei bethau 'rioed,' meddai wrtho. 'Roedd o byth a beunydd i fyny yn stablau'r lord. Dyna lle roedd o am gael gwaith, efo 'Nhad, petai heb ymuno â'r fyddin.' Ochneidiodd yn drwm, ac roedd rhyw dristwch mawr yn ei hwyneb. 'Wn i ddim pam gebyst na wnaeth o ddim aros yno efo ni. Mi fuasai wedi cael bywyd da a gwaith diogel.' Yna trodd hithau ei phen i gyfeiriad y drws, ei thalcen yn crychu. 'Lle mae Christophe, tybed? Alla i ddim aros yn hir iawn.'

'Mae'n siŵr y bydd o yma cyn pen dim.'

Hoffai Émile wrando arni'n siarad, gwrando ar yr acen fach ryfedd oedd ganddi. Gofynnodd gwestiwn er mwyn cael clywed ei llais eto. 'Roeddech chi'n hoff o'ch brawd?' Daeth y wên siriol yn ôl i'w hwyneb.

'O ydw!'

Roedd wedi cywiro'i ddefnydd o'r ffurf gorffennol, sylwodd.

'Er mai bychan iawn oeddwn i pan aeth i ffwrdd,' aeth yn ei blaen, 'a phawb yn credu mod i'n rhy ifanc i'w gofio'n iawn, nid dyna'r gwir o bell ffordd.' Plygodd ymlaen yn ei sedd, a chafodd Émile yr argraff ei bod yn agor ei chalon iddo. 'Wiliam oedd y person pwysicaf yn fy mywyd i. Fy ffrind, fy mhartner, fy ngwarchodwr, fy eilun.' Eisteddodd yn ôl fel petai'n sylweddoli ei bod yn rhy ddwys a chwerthin yn ysgafn. 'Roeddwn i'n arfer ei ddilyn fel cynffon i ble bynnag yr âi, a doedd yntau fymryn dicach! Doedd o byth yn fy hel adref. Yn hytrach, byddai'n fy nghodi ar ei 'sgwyddau ac yn chwarae ceffylau efo fi, yn carlamu a llamu hwnt ac yma nes byddai'r dagrau'n llifo o'm llygaid, cymaint roeddwn i'n chwerthin a mwynhau. Hyd yn oed pan fyddai'n cyfarfod â'i ffrindiau, doedd wiw i'r un ohonyn nhw gwyno am fy mod i yno. Byddai hynny wedi codi gwrychyn Wiliam, ac roedd o'n llanc rhy fawr a chyhyrog iddyn nhw ei dynnu i'w pennau.'

Tawodd yn sydyn, a gwelodd Émile y gwrid yn codi i'w bochau. Yn amlwg credai'r ferch iddi siarad gormod. Ond roedd wedi mwynhau ei sgwrs a'r diffuantrwydd yn ei hwyneb wrth sôn am ei chariad at ei brawd. Taflodd gipolwg at y drws unwaith eto, ond nid oedd hanes o Christophe byth. Sylwodd hithau ei fod wedi edrych draw at y drws.

'Wir, alla i ddim aros fawr hirach,' meddai hi wedyn. 'Mi fydd yr arglwyddes yn gweld fy ngholli.'

Ar y gair, ymddangosodd Christophe yn nrws y siop. Heb air o ymddiheuriad, bwriodd i mewn i'r sgwrs.

'Wyt ti wedi dweud wrthi?' gofynnodd i Émile.

'Do,' atebodd yntau.

'Be wnawn ni rŵan, 'ta?'

Roedd hwn yn gwestiwn tyngedfennol, un oedd wedi bod yn poeni Émile, ac Elin Mair hefyd yn ôl yr olwg ar ei hwyneb.

'Bron nad ydi hi'n waeth arnon ni,' meddai hithau. 'Sut mae dod o hyd i was ceffylau mewn dinas mor enfawr heb gael enw o unrhyw fath, na chyfeiriad? Mae'r dasg yn amhosib!'

'Rydyn ni'n gwybod enw'ch brawd,' ychwanegodd Christophe, ond doedd hynny'n gysur i neb. Bu'r tri'n eistedd mewn distawrwydd am rai munudau nes i goffi Christophe gyrraedd.

Rhoddodd ymweliad y weinyddes â'u bwrdd broc bach i'r ferch. Cododd yn frysiog.

'Rhaid i mi fynd!' Estynnodd becyn bach o gacennau Claudette oedd ynghudd dan ei chadair a chodi i'w thraed. 'Alla i ddim ond diolch yn fawr i chi am eich ymdrechion. Wna i ddim gwastraffu mwy o'ch amser.'

'Peidiwch ag anobeithio!' gwaeddodd Christophe ar ei hôl. Ysgwyd ei phen yn negyddol wnaeth y ferch. 'Mi ddaliwn ni ati. Beth am gyfarfod eto'r wythnos nesaf?'

Ond ysgwyd ei phen a wnaeth eto. 'Na, peidiwch â thrafferthu.'

Synnodd Émile o glywed Christophe yn dal i gynnig dilyn y fath sgwarnog. Beth oedd pwrpas codi gobeithion y ferch pan nad oedd gobaith mewn gwirionedd? O leiaf roedd hi ei hun yn ddigon call i sylweddoli hynny. Byddai angen gwyrth arnynt rŵan i allu darganfod ei brawd.

'Ylwch,' meddai Christophe drachefn, 'mi ysgrifenna i nodyn atoch pan fyddwn ni wedi dod o hyd i unrhyw wybodaeth.'

Cododd y ferch ei llaw i'w cydnabod; yna gwyliodd Émile hi'n diflannu drwy'r drws a phrysuro i lawr y stryd.

XI

Daeth yn ymwybodol o fod mewn poen, poen arteithiol na allai mo'i oddef. Ceisiodd guddio rhagddo, a chilio'n ddiolchgar yn ôl i'r tywyllwch.

Ni fu mor ffodus yr eildro y deffrodd. Daliai i fod yn ymwybodol o'r poen, ond ni allai ei gysylltu ag unrhyw ran arbennig o'i chorff. Roedd y poen fel niwl trwm yn cuddio popeth ond eto'i gyd yn cyfuno'r corfforol a'r meddyliol mewn haenen drwchus o ofid blinderus. Agorodd ei llygaid yn araf a gweld Annette, ei morwyn, yn eistedd wrth y gwely. Roedd y ferch yn trwsio rhwyg mewn pais, a'i meddwl yn canolbwyntio'n llwyr ar ei llafur. Wrth i Maria Stella ei gwylio'n ddistaw, dododd y ferch ei nodwydd i lawr i rwbio'i llygaid cyn ailgydio ynddi drachefn. Roedd golwg flinedig arni, sylweddolodd yr arglwyddes.

'Ble mae Maria?' sibrydodd, a'i llais yn wantan, ond roedd yn ddigon i wneud i'r ferch druan neidio mewn braw, a phigodd y nodwydd ei bys fel bod raid iddi ei sugno rhag i'r gwaed lifo a staenio'r bais wen.

'Wedi mynd allan, meistres,' atebodd yn frysiog.

'Allan?' Ni allai wneud synnwyr o'r gair. Rywle yn ei meddwl gwyddai nad oedd reswm i'w chydymaith fod allan heb ei chaniatâd hi, ond ni allai ddirnad pam yr oedd hynny'n bod. Roedd y goleuni yn yr ystafell yn creu cur creulon yn ei phen, a chaeodd ei llygaid drachefn.

Ochneidiodd. Yma, wrth ei hochr, roedd lle Maria. Pam, felly, nad oedd hi yma, ar yr adeg pan oedd ei hangen fwyaf arni? Roedd yr ymdrech i resymu'n ormod iddi, a'i phen yn hollti. Suddodd unwaith eto i ddinas noddfa ei chwsg.

Wyddai hi ddim faint o amser oedd wedi mynd heibio, er iddi fod yn ymwybodol rywsut fod yr ystafell weithiau'n olau, weithiau'n dywyll. Roedd yn ymwybodol fod rhywun yn eistedd wrth ochr ei gwely, ddydd a nos, Maria weithiau ac weithiau Annette, a hyd yn oed y gogyddes ambell waith, a'r cyfan yn un hwrlibwrli o olygfeydd dryslyd. Roedd yn ymwybodol o leisiau'n ceisio'i chael i fwyta, ond nid oedd arni chwant bwyd: roedd yr arogl yn unig yn ddigon i godi cyfog arni. Ac nid oedd arni chwant meddwl chwaith. Roedd osgoi meddwl yr un mor bwysig ag osgoi bwyta: roedd y ddwy weithred yn ei galluogi i osgoi'r gwirionedd.

Pan ddeffrodd i ddarganfod yr ystafell yn llawn cysgodion o'r canhwyllau oedd wedi eu goleuo, a sylwi bod y gadair wrth y gwely'n wag, roedd ei meddwl yn glir, a gwyddai na allai bellach osgoi ffeithiau syml ei sefyllfa. Brad! Twyll a brad! Pawb yn llawn ystryw, pawb yn cynllwynio yn ei herbyn! Sut oedd hi'n mynd i ymdopi? Sut allai hi fyw o ddydd i ddydd, yn gorfod deffro bob bore a wynebu'r ffaith ei bod yn hollol unig, bod ei gelynion ymhobman? Sut oedd hi'n mynd i fagu'r nerth a'r dygnwch i frwydro ymlaen yn erbyn y fath wrth-wynebwyr pwerus? Onid oedd unrhyw un y gallai hi ymddiried ynddo? Teimlodd gymaint o anobaith fel y dyheai am allu troi ei chefn ar y byd a suddo i anymwybod parhaol. Ond gwyddai, gyda chwerwedd, nad oedd hynny bellach yn bosib.

Gwenodd Elin yn fodlon pan welodd ei meistres yn effro,

a'i llygaid yn glir. Rhoddodd ei hambwrdd, ac arno swper ysgafn, ar fwrdd cyfagos cyn croesi at y claf.

'Ydych chi'n well, Madame? Hoffech chi rhywbeth i'w fwyta? Mae'r gogyddes wedi gwneud cawl cyw iâr ysgafn – mae gen i beth yma, os hoffech chi ei flasu?'

Edrychodd yr arglwyddes arni heb ynganu gair, a chafodd Elin fraw wrth sylwi pa mor bell ac oeraidd yr oedd yr edrychiad yn ei llygaid.

'Be?' atebodd Maria Stella yn y man, a sylweddolodd Elin nad oedd ei meistres yn iach wedi'r cyfan.

Heb drafferthu i ailadrodd ei chwestiwn, aeth Elin i gyrchu'r hambwrdd a'i osod ar y bwrdd bach ger y gwely. Fel petai hi'n trin plentyn, cynorthwyodd yr arglwyddes i godi ar ei heistedd, a gosododd nyth o glustogau y tu cefn iddi i'w chynnal. Yna cymerodd y llwy a dechrau bwydo'r arglwyddes. Byddai'n ddigon hawdd iddi hi nôl rhagor iddi ei hun yn nes ymlaen.

Derbyniodd yr arglwyddes y bwyd heb wrthwynebiad. Yn raddol, gwagiodd y bowlen, ond pan gynigiodd Elin damaid o fara iddi, gwrthododd hwnnw.

'Fasech chi'n hoffi rhywbeth arall, yntê?'

Ysgydwodd yr arglwyddes ei phen.

'Dydw i angen dim byd ond llonydd.'

Fore trannoeth, cododd yr arglwyddes o'i gwely am y tro cyntaf ers pum diwrnod, a chyda cymorth Annette, llwyddodd Elin i'w hymolchi a'i gwisgo a'i rhoi i eistedd yn ei chadair esmwyth ger tanllwyth o dân. Rhoddwyd brecwast bach ysgafn ar hambwrdd o'i blaen, ac roedd Elin yn falch o'i gweld yn bwyta ychydig ohono cyn ei wthio o'r neilltu.

Tawedog iawn oedd yr arglwyddes o hyd, ond roedd y cyfrifoldeb am y pecyn oedd wedi cyrraedd ddyddiau ynghynt oddi wrth y papur newydd wedi bod yn poeni Elin. Penderfynodd yn y fan a'r lle mai gwell fyddai i'w meistres gael gwybod amdano, felly aeth i'w 'mofyn o'i hystafell wely. Wrth roi'r pecyn yn nwylo'r arglwyddes, eglurodd sut y daeth i'w meddiant. Syllu arno wnaeth hithau, heb wneud unrhyw ymdrech i'w agor nac i agor yr amlen oedd gydag o.

'Fasech chi'n hoffi i mi agor y llythyr i chi?' cynigiodd Elin.

Gan nad atebodd yr arglwyddes, mentrodd Elin gymryd yr amlen oddi arni a'i hagor, cyn ei rhoi'n ôl iddi.

'Darllen di o,' atebodd yr arglwyddes gan estyn y llythyr i Elin, fel petai ganddi ddim diddordeb yn y byd yn ei gynnwys.

Rhedodd Elin ei llygaid yn gyflym dros y geiriau. Ffromodd am eiliad cyn mentro'i ddarllen yn uchel.

'*Ma chère Madame la baronne,*

Rwyf yn amgáu eich papurau yn y pecyn hwn gydag ymddiheuriadau. Daeth tystiolaeth i'm llaw sy'n dangos yn ddigamsyniol fod duc de Chartres yma ym Mharis adeg eich genedigaeth yn yr Eidal, ac nid ym Modigliani fel yr ydych chi, Madame, yn ei honni.

Mae'n wir ddrwg gen i am hyn.

Yr eiddoch yn ddiffuant,

Alphonse Laurentie.'

Gan na chafwyd unrhyw adwaith gan yr arglwyddes, mentrodd Elin gynnig ei sylw ei hun.

'Dydych chi ddim yn gweld y peth yn od, Madame?' Pan nad oedd ymateb, aeth yn ei blaen. 'Y geiriau mae o'n eu defnyddio. Maen nhw'n rhoi'r argraff fod y dyn o ddifrif yn ei ymddiheuriad. Ac eto, sut allai o ymddwyn felly ac yntau wedi ysgrifennu geiriau mor gas amdanoch chi? Mae o'n gwneud i chi feddwl, yn tydi?'

'Be?'

O'r diwedd roedd wedi llwyddo i hawlio sylw'r arglwyddes. Edrychodd honno i fyw llygaid ei chydymaith, a holi unwaith eto. 'Beth wyt ti'n feddwl?'

'Wel, dydi o ddim wedi'ch taro chi? Rydw i'n teimlo bod y dyn yn ceisio dweud rhywbeth wrthych chi, rhywbeth mwy nag sydd yn y llythyr, fel petai'n rhoi neges gudd i chi.'

Syllodd Maria Stella arni'n ddryslyd, ond yn llawn diddordeb hefyd.

'Eglura'n fanylach i mi.'

'Wel,' meddai Elin eto. 'Fe wnaeth fy nharo i ei fod o'n ceisio dweud nad o'i wirfodd yr ysgrifennodd yr erthygl yna – o leiaf o ran arddull yr erthygl, oedd mor sarhaus ohonoch chi. Efallai mai wedi'i orfodi i'w sgwennu fel'na roedd o, bod rhywun wedi dylanwadu arno fo.'

'Ond mae o'n sôn am dystiolaeth gadarn.'

'Ydi, gwaetha'r modd,' cyfaddefodd Elin. 'Mi hoffwn i wybod beth ydi'r dystiolaeth honno – a sut y daeth y dystiolaeth i'w law mor hwylus, rhyw ddiwrnod neu ddau yn unig ar ôl eich ymweliad chi. Pwy oedd yn gwybod ei fod yn bwriadu'ch cefnogi chi yn ei bapur newydd? A sut oeddan nhw'n gwybod?'

Ysgytiwyd Maria Stella gan eiriau ei chydymaith. Roeddynt yn gwneud synnwyr perffaith! Pan adawyd hi ar ei phen ei hun ar ôl cinio, cafodd amser i feddwl. Roedd yn amlwg iddi bellach fod bradwr yn agos iawn iddi, yn gwybod am bob symudiad a wnâi. Pwy oedd o, tybed? Neu'n hytrach, pwy oedd *hi*? Roedd yn rhaid i'r person hwnnw fod yn gwybod am ei symudiadau i gyd, ac yn ddigon cyfrwys i guddio'i gwir anian. Doedd bosib mai'r gogyddes neu'r ffwtmon, neu hyd yn oed Annette a'r forwyn fach newydd, oedd yr un euog, oherwydd go brin fod ganddyn nhw'r gallu ymenyddol i'w thwyllo fel hyn. Ond roedd hynny'n gadael un person yn unig: Maria, neu'n hytrach Hélène – roedd hi wedi anghofio'r enw newydd yn ystod ei salwch! Onid oedd y ffaith ei bod hi'n mynnu cadw at ei henw gwreiddiol, Elin Mair, yn arwydd ei bod yn gymeriad pen-galed, cyfrwys a dichellgar? A hithau wedi bod yn ddigon gwirion i roi enw arall eto iddi – Mademoiselle Hélène! A beth am yr adeg pan ddeffrodd hi yn ystod ei gwaeledd a chael gwybod gan Annette fod Maria wedi mynd allan heb ganiatâd? I ble roedd hi wedi mynd? Oedd hi wedi cyfarfod rhywun o'r heddlu cudd?

Ni allai eistedd yn llonydd eiliad yn hwy. Cododd o'i chadair esmwyth a dechrau camu'n wyllt i fyny ac i lawr y carped. Y gnawes fach! Roedd angen dysgu gwers i'r Gymraes 'na! Pwy oedd hi'n feddwl oedd hi? Roedd yn haeddu colli ei swydd yn y fan a'r lle! Ac wfft iddi os byddai'n disgwyl cael arian i dalu am docyn yn ôl i Gymru! Nid oedd Maria'n mynd i gael cyfle i fanteisio ar ei meistres fel pawb arall, wir!

Stopiodd yn stond wrth iddi sylweddoli'n sydyn pa mor ddiflas fyddai bywyd heb gwmni'r Gymraes. Sylweddol-odd cymaint yr oedd wedi dod i ddibynnu ar Maria. Roedd hi mor llawn bywyd fel y teimlai Maria Stella ar adegau mai dim ond drwy arfer hunan-ddisgyblaeth lem yr oedd y Gymraes yn gallu ffrwyno'i hunan i fod yn forwyn wylaidd – a doedd hi ddim wastad yn llwyddo i wneud hynny, er engraifft ar adegau fel heddiw! Mewn llawer ffordd, fe fyddai Maria Stella wedi dymuno bod o'r un anian â'i morwyn. Pe byddai'r ddwy wedi bod yr un oed, ac o'r un cefndir, byddai'r ddwy wedi gallu bod yn ffrindiau pennaf. Ond yna fe'i trawyd hi gan syniad arall. Os Maria oedd wedi ei bradychu a fyddai hi wedi tynnu sylw at y posibilrwydd hwnnw? Na, doedd hynny ddim yn gwneud synnwyr chwaith.

Wrth ystyried hyn, penderfynodd Maria Stella y byddai'n well iddi gymryd amser i benderfynu beth i'w wneud ynglŷn â'r Gymraes yn hytrach na gweithredu'n fyrbwyll. Yn sicr fyddai hi ddim yn ymddiried ynddi mwyach – yn hytrach, gwell fuasai gosod trap i'w maglu.

Yn ara' deg mae dal iâr, fel yr arferai Ziannamaria, ei hen fodryb, ddweud ers talwm. Pwyll piau hi. A bod yn deg â'r Gymraes, doedd dim tystiolaeth yn ei herbyn. Ddim eto, beth bynnag. Penderfynodd Maria Stella y byddai'n talu iddi ymddwyn mor naturiol â phosib tuag at y ferch, ond ar yr un pryd yn cadw llygad barcud arni, er mwyn ei rhwydo yn ei thwyll ei hun.

Wrth gyflawni ei dyletswyddau arferol, yn arbennig wrth roi hyfforddiant pellach i Annette, ceisiai Elin gadw llygad ar yr arglwyddes. A dweud y gwir, teimlai Elin yn eithaf bodlon â'i hun: roedd wedi llwyddo i dynnu'r arglwyddes allan o'r cyflwr o lonyddwch annaturiol roedd hi wedi bod ynddo ers y bore bach. Distaw fu hi weddill y dydd, hefyd, fel petai hi'n cnoi cil ar eiriau Elin. Erbyn y prynhawn roedd wedi agor y pecyn papurau a ddychwelwyd gan Laurentie, wedi mynd at ei bwrdd ysgrifennu, wedi ailgydio'n ei hysgrifbin ac yn bwrw 'mlaen â'i hunangofiant. Bob tro y deuai Elin i'r ystafell, gallai glywed gwichiadau'r ysgrifbin wrth i honno symud yn gyflym ar draws y papur a thudalen ar ôl tudalen yn cael ei llenwi â geiriau. Torrwyd ar draws y gwaith pan ddaeth y doctor i'w gweld, ac roedd hwnnw'n falch o'i gweld ar ei thraed, er ychydig yn bryderus am ei bod hi'n amlwg wedi cynhyrfu. Cafodd air bach tawel gydag Elin cyn ymadael.

Pan oedd hi'n amser noswylio'r noson honno, aeth Elin i roi'r *laudanum* iddi yn ôl cyfarwyddiadau'r doctor. Roedd Annette eisioes wedi rhoi'r arglwyddes yn ei gwely, ac wedi adrodd yn ôl wrth Elin fod ei meistres yn gorwedd yn dawel. Syndod i Elin, felly, pan aeth i'r ystafell wely, oedd gweld yr arglwyddes yn beichio crio. Nid oedd hyn yn hollol annisgwyl, fodd bynnag, oherwydd roedd y doctor wedi ei rhybuddio y gallai hyn ddigwydd. Byddai i'w groesawu, eglurodd hwnnw wrthi, gan y byddai'n rhyddhau'r tensiwn amlwg oedd yng nghorff a meddwl yr arglwyddes. Byddai'r wylo yn arwydd ei bod wedi derbyn yr hyn oedd wedi digwydd, ac yn fodlon symud ymlaen â bywyd.

Petrusodd Elin am eiliad, gan y gwyddai na fyddai'n waith hawdd cael yr arglwyddes i lyncu'r moddion yn y cyflwr hwn. Ond a ddylai hi ei gadael a dod yn ei hôl yn hwyrach, neu geisio'i chysuro? Edrychai'r arglwyddes mor druenus o ddiamddiffyn nes bod calon Elin yn gwaedu drosti. Ni allai ei gadael fel hyn, ddim mwy nag y buasai'n gallu gadael plentyn neu anifail mewn poen heb gynnig ymgeledd. Croesodd at y gwely, gan alw 'Madame?' yn dawel. Ni chafodd ateb, felly eisteddodd ar erchwyn y gwely ac estyn ei llaw i fwytho ysgwydd ei meistres. Ac ymhen hir a hwyr gallai Elin deimlo'r cyhyrau yn yr ysgwydd yn ymlacio, er i'r wylo barhau. Arhosodd yno'n rhwbio a mwytho'i chefn nes i'r wylo arafu, ac i law'r arglwyddes ymestyn a gafael yn ei llaw hithau.

'Rwyt ti'n f'atgoffa o fy hen fodryb, heddwch i'w llwch,' meddai'n dawel. 'Roedd hithau'n arfer mwytho fy nghefn os oedd rhywbeth yn fy mhoeni pan oeddwn i'n blentyn bach.'

'Yn yr Eidal oeddech chi?' holodd Elin.

'Ie, yn Firenze.' Ochneidiodd yr arglwyddes. 'Mae cymaint o flynyddoedd wedi mynd heibio ers hynny, a'r byd wedi newid yn llwyr.'

Bu'r ddwy'n ddistaw am ysbaid hir wedyn, y ddwy ohonynt yn dilyn trywydd ei meddyliau ei hun. Toc, dechreuodd yr arglwyddes siarad eto.

'Mae pawb yn fy nghasáu i, Hélène!' Roedd ei llais yn dawel a thrist. 'Does gen i ddim un ffrind yn y byd.'

'Ust, rŵan, Madame! Peidiwch â siarad fel'na.'

'Ond mae o'n wir, yn tydi? Mae fy ngŵr wedi mynd a'm

gadael, ac wedi mynd ag Edward gydag ef. Wnaiff fy mechgyn hoff i yng Nghymru ddim teithio i Baris i weld eu mam. Rydw i'n unig fach yn yr hen fyd 'ma, yn da i ddim ond i bobol gael gwneud sbort ohonof a chymryd fy arian, ac mae fy ngelynion i'n frith.'

Wyddai Elin ddim sut i ateb, na beth i'w ddweud i'w chysuro. Onid oedd y cyfan yn wir? Ailddechreuodd dylino'r ysgwyddau'n ysgafn i geisio rhyddhau'r tyndra oedd wedi dechrau hel unwaith eto, gan wneud synau tawel, cysurlon, fel petai hi'n cysuro baban. Heb feddwl, dechreuodd suo ganu geiriau'r hen gân, *'Huna, blentyn, ar fy mynwes, Clyd a chynnes ydyw hon ...'* Ni allai esbonio pam y daeth y geiriau hynny i'w phen, ond sylweddolodd yn ddisymwth mai dyna'r gân yr arferai ei mam ei chanu iddi i'w suo i gysgu.

Lloriwyd hi gan yr atgof, a phan gyrhaeddodd y geiriau *'Ai angylion fry sy'n gwenu?'* dechreuodd hithau wylo'r un mor chwerw ag y gwnaethai'r arglwyddes yn gynharach. Ymatebodd hithau drwy gofleidio'i morwyn, a dyna lle bu'r ddwy yn siglo 'nôl a 'mlaen ym mreichiau'i gilydd nes bod y don o ofid a hiraeth wedi gadael Elin, a phob emosiwn wedi ei wasgu o'i chorff.

Sychodd y ddwy eu dagrau yn y man, gan deimlo braidd yn wirion. Dechreuodd Elin godi, ond fe'i rhwystrwyd hi gan law'r arglwyddes.

'Diolch, Hélène,' meddai. 'Rwyt ti'n ferch hynod garedig.' Cododd a chroesi at ei bwrdd gwisgo. Eisteddodd i lawr o flaen y drych. 'Wnei di frwsio fy ngwallt i? Mae Annette mor llawdrwm nes peri cur pen i mi.'

Aeth Elin i estyn y brws gwallt. Gwenodd yr arglwyddes arni drwy'r drych. 'Rwyt tithau'n hiraethu am dy gartref, ond wyt ti? Mam a thad cariadus, brodyr a chwiorydd caredig ...'

Meddyliodd Elin am ennyd fod yr arglwyddes am

ddechrau wylo eto, ond ymwrolodd y wraig, a gwenu unwaith eto ar Elin.

'Caredigrwydd gefais i gan y Cymry erioed. Dyna gyfnod hapusaf fy mywyd i,' meddai'n dawel. 'Bod yng Nglynllifon, yr hogiau'n fach, pawb yn garedig.' Ochneidiodd. 'O! am gael troi'r cloc yn ôl.'

Disgynnodd distawrwydd hiraethus rhyngddynt wrth i Elin dynnu crib drwy'r tresi cyn dechrau eu clymu mewn clytiau.

'Glywaist ti am yr adeg pan aeth fy ngŵr â fi adref am y tro cyntaf?' gofynnodd Maria Stella wrth i Elin orffen ei gwaith. 'Adref i Lynllifon rwy'n feddwl.'

'Byddai Tante Sophie'n hoff iawn o ddweud yr hanes wrthyf,' atebodd Elin. 'Roedd 'Nhad yn un o'r dynion oedd yn tynnu'r goets.'

Chwarddodd yr arglwyddes yn ysgafn.

'Dyna ddiwrnod oedd hwnnw! Roeddem wedi aros yn nhŷ cyfeillion ar y Maes yng Nghaernarfon, cyn gorffen y siwrnai i'r Glyn, ac yn disgwyl i'r goets gael ei harwain at y drws. Wrthi'n ffarwelio â'n lletywyr oedden ni, pan gyrhaeddodd criw o ddynion a dechrau tynnu'r ceffylau o'r tresi. Roeddwn i wedi dychryn am fy mywyd! Ond chwerthin wnaeth Thomas a'i ffrindiau – chwerthin am ben fy nryswch i'n fwy na dim! Pan ddeallais beth oedd ar fin digwydd, roeddwn innau wedi gwirioni. O fewn munudau, roedd rhaffau wedi'u clymu i'r llorpiau, a dwy res hir o ddynion yn sefyll yno'n barod i ddechrau tynnu cyn gynted ag yr oedd Thomas a minnau yn y goets.'

Arhosodd am ennyd, yn amlwg yn ail-fyw'r digwyddiad yn ei chof. Ysgydwodd ei phen yn araf.

'Am siwrnai oedd hi,' meddai wedyn. 'Rydw i'n siŵr iddi gymryd llai o amser wrth i ni gael ein tynnu gan y dynion na phetaem ni'n cael ein tynnu gan y ceffylau! A'r bloeddio a'r cymeradwyo! Welais i 'rioed y fath beth cynt na wedyn!'

'Ddywedodd 'Nhad wrthyf ryw dro fod holl denantiaid y stad, a thrigolion y dref a'r pentrefi, wedi troi allan i'ch croesawu i Gymru.'

'Mae hynny'n wir. Pob cam o'r ffordd o Gaernarfon i Lynllifon roedd pobl yn chwifio'u capiau ac yn gweiddi 'Hwrê!' Ac mi roedd staff y tŷ wedi paratoi gwledd enfawr ar ein cyfer, a theuluoedd bonedd yr ardal yno i gyd i'n croesawu, a phawb yn aros yno gyda ni am ddyddiau. Doedd dim diwedd ar y dathliadau – mi aethon nhw 'mlaen am fisoedd! Roeddwn i wrth fy modd.'

'Ac yna'r tân gwyllt gyda'r nos! Byddai Mam yn ceisio'u disgrifio nhw i mi, fel roedd yr awyr uwchben Penbonc yn sêr amryliw, a'r clecian yn dychryn yr anifeiliaid a'u gyrru o'u co'!' Chwarddoddd Elin wrth i eiriau ei mam ddod yn ôl iddi. 'Ac fe gafodd Wil hwsmon a'i hogia waith a hanner y diwrnod wedyn yn cael trefn ar eu buchesau! Mi faswn i wedi bod wrth fy modd yn eu gweld nhw.'

'Ie, dyddiau dedwydd yn wir. Roeddwn i'n credu fy mod i wedi cyrraedd fy nefoedd.'

Gorffennodd Elin ei gwaith mewn distawrwydd, ac wrth roi'r brws a'r grib a'r clytiau o'r neilltu, mentrodd ofyn yn dawel,

'Pam nad ewch chi'n ôl yno, Madame? Pam nad ewch chi'n ôl i Gymru lle roeddech chi'n hapus? Rydw i'n siŵr y byddai Thomas John a Spencer wrth eu boddau.'

Gwelodd fod yr arglwyddes yn syllu arni drwy'r drych, â dwy linell fach yn ymddangos rhwng ei haeliau wrth iddi ddechrau ffromi.

'Dwyt ti ddim yn deall eto, Maria?' Roedd ei llais wedi caledu. 'Nid er fy mwyn fy hun rydw i'n brwydro yn y ddinas estron hon, ond er mwyn fy meibion. Er mwyn John a Spencer ac Edward.' Dechreuodd ei llais godi. 'Rydw i'n benderfynol! Does neb yn mynd i'm rhwystro, yn arbennig rhyw drychfilod fel Laurentie! Wyt ti'n meddwl 'mod i'n mynd i roi'r gorau iddi ar ôl yr erthygl honno? Go brin! Dydyn nhw ddim yn mynd i 'nhrechu i mor hawdd â hynny, rydw i'n dweud wrthyt ti rŵan! Wna i ddim ildio iddyn nhw a throi fy nghefn ar fy nghyfiawn le yn y byd! Meddylia am y cyfoeth sy'n ddyledus i'r hogiau: holl stadau a buddiannau teulu'r Orléans!' Erbyn hyn roedd hi'n gweiddi, a'i migyrnau'n wyn wrth i'w bysedd wasgu ar ymyl y bwrdd gwisgo.

'Wrth gwrs, Madame,' atebodd Elin yn frysiog. Ceisiodd gadw'i hwyneb yn ddifynegiant, ond roedd wedi ei brifo i'r byw pan ddefnyddiodd yr arglwyddes yr enw atgas 'Maria' arni unwaith eto. Mor anwadal oedd hon â'i ffafrau a'i hymdrechion at gyfeillgarwch! Wel, os mai fel yna roedd ei deall hi, yna gallai hithau, Elin, ymateb yn yr un modd. Morwyn oedd hi, a morwyn fyddai hi, hefyd, beth bynnag fyddai'r teitl ffansi a roddid ar ei gwaith, a doedd hynny'n ddim problem yn y byd. Peth gwirion oedd disgwyl y fath ddyrchafiad mewn bywyd.

Roedd ei llais yn oeraidd ond cwrtais pan ofynnodd a hoffai'r arglwyddes rywbeth arall. 'Dysglaid o lefrith cynnes, efallai, Madame?'

Diflannodd y storm o wyneb yr arglwyddes mor gyflym ag yr ymddangosodd.

'Diolch, Hélène. Rwyt ti'n garedig iawn,' atebodd. 'Mi fyddai'n dda gen i rywbeth cynnes, ysgafn fel yna.'

Wrth iddi baratoi'r llefrith, ychwanegodd Elin y *laudanum* ato, a chuddio'i flas gyda siwgr a nytmeg. Doedd hi ddim am faddau mor hawdd â hynny i'w meistres, a welai hi ddim rheswm pam y dylai hi ofyn a oedd yr arglwyddes am gymryd y ffisig ai peidio. Onid oedd y meddyg wedi rhoi ei orchmynion? Ac roedd storm fach heno wedi dangos ei fod yn llygaid ei le. Roedd angen ei thawelu ar Maria Stella.

Pan gerddodd i'r ystafell wely â'r llefrith ar ham-bwrdd, suddodd calon Elin o weld ei meistres yn brysur

yn mynd drwy bentwr o bapurau. Oedd noson arall ddi-
gwsg yn gwylio dros ei meistres o'i blaen?

'Wnei di fy helpu?' gofynnodd yr arglwyddes iddi.
'Wnei di ddarllen dros yr hyn rydw i wedi'i ysgrifennu'n
barod? Hanes fy mhlentyndod yn Firenze ydi hwn, a sut
y bu i mi briodi Arglwydd Newborough.' Chwifiodd y
papurau o dan drwyn Elin, a rhoddodd hithau'r ham-
bwrdd i lawr er mwyn eu cymryd yn ei llaw.

Anghofiodd Elin am y dicter a deimlodd yn gynharach
wrth i chwilfrydedd newydd afael ynddi. Byddai wrth ei
bodd gyda gwaith o'r fath.

'Syniad campus! Diolch yn fawr, Madame. Mi fydd yn
fraint.'

'Dos i dy wely rŵan, i ti gael dechrau arni,' gorch-
mynnodd yr arglwyddes, gan chwifio'i llaw mewn ystum
ddiystyriol, a gadawodd Elin yr ystafell.

XII

A hithau ar ei phen ei hun unwaith eto, diflannodd pob arwydd o fywiogrwydd o gorff Maria Stella. Edrychodd ar y pentwr papurau ar ei bwrdd ysgrifennu, ond sylweddolodd nad oedd ganddi awydd mynd drwyddynt eto. Roedd y felan wedi dychwelyd, ac aeth yn ôl i'w gwely. Wedi gwneud ei hun yn gyfforddus ynddo, gwelodd fod ei llefrith cynnes yn dal ar y bwrdd bach wrth ei chadair ger y tân, a bod y canhwyllau i gyd yn olau. Wir, doedd ganddi ddim amynedd i godi unwaith eto i mofyn y llefrith nac i ddiffodd y canhwyllau, na hyd yn oed i ganu'r gloch a chael Annette i wneud y dyletswyddau hyn. Pwysodd ei phen yn erbyn ei gobennydd a syllu ar y nenfwd, â geiriau'r Gymraes yn atsain yn ei phen, yn ei gwatwar. Petai ond yn gallu eu credu! *'Rydw i'n siŵr y byddai Thomas John a Spencer wrth eu bodd.'* A fyddent wir? Ychydig a wyddai ei chydymaith, meddyliodd yn chwerw. Dihoeni ar ei phen ei hun bach yn ei thŷ agweddi yn nyffryn Conwy fyddai ei hanes, a'r bechgyn yn brysur yn teithio rhwng Llundain a Chymru.

Oedd, roedd pethau wedi gwella yn ystod y blynyddoedd diwethaf, ac roedd pawb yn sgwennu'n ddigon cyfeillgar at ei gilydd, ond roedd y gwenwyn a ledaenodd ei chefnder-yng-nghyfraith amdani adeg ei hail briodas wedi gadael ei ôl ar ei pherthynas gyda Thomas John a Spencer fel staen nad oedd modd ei gannu, yn graith ar eu heneidiau na allai Thomas John, o leiaf, beidio â'i chrafu. Doedd hi ddim wedi ei weld ers blynyddoedd bellach, er nad oedd Paris mor bell â hynny o Lundain, lle y treuliai lawer o'i amser. Pam na fuasai'n neidio ar long a chroesi i'w gweld hi, fel y gwnâi Spencer?

Crychodd ei thalcen. Oedd hi'n bod yn deg? Sawl blwyddyn oedd yna ers ymweliad diwethaf Spencer? Tair? Na, pedair blynedd sylweddolodd, pedair blynedd bron i'r diwrnod. Daeth gwên i'w hwyneb wrth iddi gofio'r hwyl a gawsai'r ddau ohonynt yn ystod yr ymweliad hwnnw. Arhosodd Spencer ym Mharis am yn agos i dri mis, y ddau ohonynt yn crwydro'r ddinas, yn mynd allan i weld y wlad, at y Roches des Cancales, ger Montorgueil, lle gwelodd Spencer arddangosfa o gartwnau, a'r chwerthin wrth iddo brynu nifer ohonynt, a chael cinio yno cyn dychwelyd i'r ddinas a hithau'n nosi. Buont yn ôl yno ddwywaith neu dair wedyn, a Spencer yn prynu rhagor o'r gwawdluniau bob tro. Cofiodd y pleser a gafodd am y tro cyntaf wrth rannu profiadau mor bleserus gydag enaid arall, cytûn, yr ymweliadau â'r theatr a'r opera. A'r ciniawa! Ochneidiodd yn drist. Dyna'r peth amlycaf roedd yn ei golli o fod yn wraig ar ei phen ei hun. Mor hoff oedd hi ers talwm o gael mynd allan i fwyta mewn gwestai moethus neu ym mhlastai bonedd Llundain. Roedd y tri mis hynny yng nghwmni Spencer wedi ei galluogi i brofi'r pleser hwnnw unwaith eto. Cofiodd fel y bu iddyn nhw ar y dechrau fynd i'r Palais Royal, i'r Café de la Paix, a chwerthin wrth i'r gweinyddion edrych ddwywaith arnynt mewn syndod a phenbleth, yn amlwg yn amau mai teulu d'Orléans oedden nhw, ond eto heb fod yn sicr. Beth bynnag, cawsant wasanaeth heb ei ail yno. Ond wedyn darganfyddodd Spencer y Café Hardy, ac ar ôl hynny prin oedd modd ei berswadio i fentro i unrhyw fwyty arall. A'r hwyl a'r chwerthin pan ddaeth yn amser iddo ddychwelyd i Brydain! Bu raid iddo brynu sawl cist i gario'r holl luniau'n ddiogel dros y Sianel, a hurio coets ychwanegol i'w cludo.

Atgofion mor felys, meddyliodd, cyn sylweddoli'n sydyn mai chwerw-felys oeddynt mewn gwirionedd, oherwydd codwyd hiraeth poenus arni am gael cwmni Spencer unwaith eto. Pa bryd y deuai yn ôl ati? Roedd wedi ei wahodd sawl tro wedi hynny, ond roedd ganddo ryw esgus neu'i gilydd bob amser. Tybed a oedd Thomas John wedi dylanwadu arno? Neu a oedd Wynn-Belasyse wedi lledaenu'i wenwyn unwaith eto?

Daeth dicter i'w chalon wrth gofio am ei chefnder-yng-nghyfraith, a'r ffordd roedd wedi cael ei thwyllo ganddo. Mae'n rhaid ei fod o wedi ei chasáu o'r diwrnod cyntaf y gwelodd hi, er nad oedd hi wedi sylweddoli hynny ar y pryd. Doedd wiw iddo ddweud na gwneud dim yn ei herbyn tra oedd Thomas ei gŵr yn fyw, a hyd yn oed yn y blynyddoedd cyntaf yn dilyn ei farwolaeth roedd y diawl wedi dal ati i smalio bod yn ffrind da iddi. Ac roedd hi wedi gwrando ar ei eiriau ffals, wedi gwrando ac wedi eu derbyn heb amau o gwbl nad oedd o'n dweud y gwir.

'Rwyt ti'n ferch ifanc, brydferth,' dywedodd wrthi, 'gyda rhan orau dy fywyd o'th flaen. Ni fyddai Thomas am i ti fod yn weddw drist. Dos, a phrioda'r Rwsiad. Mae ganddo stadau mawr yn Rwsia, yn ôl pob sôn, a digon o fodd i'th gynnal yn anrhydeddus. Be wnei di ar ben dy hun bach yn Abaty Maenan? Prioda Ungern-Sternberg, ac fe fyddwn ni i gyd yn gefnogol i ti.'

Er mor hoff oedd hi o Abaty Maenan, ei thŷ agweddi, onid oedd o'n lle unig i ferch ifanc?

'Ond beth am ewyllys Thomas?' holodd hithau yn ei thro. 'Mae arna i ofn colli'r hogia. Mae cymal yn yr ewyllys yn dweud na fyddaf yn cael fy ystyried fel eu gwarchodwraig os byddaf yn ailbriodi. Dydw i ddim eisiau i hynny ddigwydd.'

'Wnaiff o ddim, siŵr iawn. Mi fydd yr ymddiriedolwyr

106

yn deall i'r dim, ac yn anwybyddu'r cymal. Mi ga' i air efo nhw.'

A Duw a'i helpo, roedd wedi derbyn ei eiriau â chalon ysgafn. Onid oedd ei darpar ŵr yn ddyn mor olygus? Roedd wedi syrthio dros ei phen a'i chlustiau mewn cariad ag ef, ac roedd ei ddisgrifiadau o Rwsia, a dinas St Petersburg a llysoedd godidog y Tsar, wedi ei chyfareddu. Breuddwydiai am deithio ar long ei gŵr – ie, roedd ganddo ei long ei hun – gyda'i bechgyn hoff a gweld y byd. Am addysg i'r bechgyn! Mi fyddai'n llogi tiwtor personol i roi addysg ffurfiol i'r ddau ar eu teithiau, fel eu bod yn cael y gorau o bopeth.

Roedd Wynn-Belasyse wedi cynnig ei gartref yn swydd Efrog ar gyfer y briodas, ac wedi hebrwng y briodasferch at yr allor. Er yr holl flynyddoedd ers y digwyddiad hwnnw, roedd yr atgof amdano'n dal i'w chorddi. Pam na fyddai wedi gweld mai dyn o'r un anian â Lorenzo Chiappini, ei thad honedig, oedd ei chefnder-yng-nghyfraith, a bod ei hail briodas mor ffals â'r gyntaf? Honni ei fod mewn cariad â hi, ei harwain i'w thranc â geiriau teg, ac yna, gynted ag yr oedd y weithred wedi ei chyflawni, wedi troi arni fel anifail rheibus, meddiannu ei harian a mynnu ei bod yn gadael ei bechgyn a hwylio i Rwsia gydag ef.

O fy meibion annwyl, wyddwn i ddim, wir i chi, wyddwn i ddim, wylodd yn ei gwely. Faswn i byth wedi'ch bradychu chi'n fwriadol, wedi'ch gadael chi ar ôl yng ngofal y diawl hwnnw pe bawn i wedi sylweddoli ei frad. Ond doedd dim y gallwn i ei wneud. Roedd yr ym-ddiriedolwyr mor gadarn, mor ddi-droi'n-ôl, yn mynnu cadw at lythyren yr ewyllys fel nad oedd gen i ddim dewis ond eich gadael chi ar ôl. Wylais ac ymbiliais, gan grefu arnyn nhw i dosturio wrthym ni'n tri. Ceisiais eu darbwyllo nad oedd hi'n iawn rhwygo mam oddi wrth ei phlant, ond roedden nhw'n fyddar a chalon-galed. Fy mhlant bach annwyl, chi oedd y pethau pwysicaf yn fy mywyd, chi oedd wedi gwneud fy mywyd yn werth ei fyw. Ceisiwch ddeall nad wedi troi cefn arnoch chi oeddwn i, gan ddewis fy mhlesio fy hun ar draul eich hapusrwydd chi. Y diawl Wynn-Belasyse 'na wnaeth bardduo f'enw da i er mwyn eich cael chi yn ei grafangau. A beth wnaeth o wedyn? Ie, ceisio honni eich bod yn blant siawns, nad oedd y briodas rhwng eich tad a minnau'n un ddilys, ac wedi i hynny fethu, ceisio dweud nad Thomas *oedd* eich tad, mai plant anghyfreithlon rhyw gariad ifanc i mi oeddech chi'ch dau. A'r cyfan er mwyn hawlio'ch stadau iddo ef ei hunan! Pan ddychwelais i Brydain rai blyn-yddoedd yn ddiweddarach, a sylweddoli eich bod yn fy nghasáu, bu bron i mi dorri 'nghalon. Ceisiodd y diawl fy nghadw rhag eich gweld bryd hynny hefyd, ond roedd yr ymddiriedolwyr yn gefnogol i'm cais, gan nad oedd dim yn ewyllys eich tad i awgrymu nad oeddwn i gael eich gweld. Spencer bach, roeddet ti'n gyflym i faddau i'th fam, yn doeddet? Ond cadw draw oeddet ti, Thomas John, yn ddrwgdybus ohonof, dy gorff bach yn stiff a di-ildio fel piler marmor wrth i mi geisio dy gofleidio, yn tynnu dy ben yn ôl wrth i mi geisio plannu cusan ar dy foch. Ond o leiaf roeddet ti'n fodlon chwarae â'th hanner brawd, Edward, ac yn ofalus iawn o'r crwtyn bach, ac yn y ddwy flynedd fendigedig honno a gefais i gyda chi, daeth pethau'n well, yn do, Thomas John? Wyt ti'n cofio'r hwyl gawsom ni'n chwarae yng ngerddi Maenan? Ac yn marchogaeth o Lynllifon i Belan cyn teithio o amgylch arfordir Môn yn un o gychod dy dad? Faswn i byth wedi eich gadael chi wedyn, chwaith, oni bai fod fy ngŵr wedi dod â'm llusgo'n ôl i Rwsia ar ei long.

Oedd yna unrhyw ddyn yn y byd nad oedd wedi cymryd mantais ohoni? Wel oedd, sylweddolodd yn sydyn, er iddo'i gorfodi i'w briodi. Thomas, Arglwydd Newborough, oedd y dyn hwnnw. Roedd wedi fy ngosod ar bedestal, meddyliodd, ac yn fodlon fy addoli fel petawn i'n dduwies fach, byth yn fy nghyffwrdd ond yn dangos parch a charedigrwydd tuag ataf. Er i mi ffieiddio at y gwahaniaeth oedran rhyngom, deuthum innau i'w barchu yntau, a theimlo rhyw fath o gariad mamol tuag ato yn ei wendid ar ddiwedd ei oes. Wnaeth o 'rioed geisio mynnu'i hawliau efo fi, er i mi eu gwrthod iddo am yn agos at ddeunaw mlynedd. Ofnais i 'rioed y byddai'n fy nhreisio. Mae hynny'n rhywbeth sydd wedi bod yn anodd i rai pobl ei dderbyn, yn arbennig pobl fel y Wynn-Belasyse felltigedig yna oedd yn cael ei yrru gan ei ysfa rywiol.

Nid oedd nifer o ferched llys y Brenin Siôr yn gallu credu hynny chwaith. Cofiodd y chwerthin tu ôl i'w chefn (ond yn ddigon uchel iddi allu ei glywed) wedi iddi gyfaddef yn ddiniwed hollol wrth un ohonyn nhw nad oedd hi'n ... wel, nad oedd hi a'i gŵr yn rhannu gwely – byth. Doedd yr un ohonyn nhw'n fodlon credu ei bod yn dal yn wyryf. Cofiodd am dair merch, ciwed fach sbeitlyd, wedi annog un o *gigolos* y llys i'w llathruddo, ac wedi i hwnnw fethu, yn denu un arall i roi cynnig arni, ac yna un arall ac un arall nes yr aeth hi'n gystadleuaeth i weld pwy fyddai'r cyntaf i ddwyn ei gwyryfdod oddi arni. Doedden nhw ddim yn gallu deall, meddyliodd yn chwerw, nad oedd gen i ddim tamaid o ddiddordeb mewn rhyw, bryd hynny nac yn y blynyddoedd wedi i Thomas farw. Efallai fod Ziannamaria wedi fy nysgu'n rhy dda, wedi fy argyhoeddi mai dim ond ar gyfer cenhedlu plant y dylid ymgymryd â'r weithred rywiol. Ond roedd yn amau mai fel yna roedd hi'n naturiol. Chawsai hi erioed ei themtio i chwarae'r gêm rywiol gydag unrhyw ddyn, hyd yn oed â'i hail ŵr. Bodlonodd ar roi etifedd iddo, ac ar ôl hynny – ac oherwydd ei ofynion rhywiol ffiaidd ac annaturiol – collodd bob diddordeb yn agwedd gorfforol eu priodas. Yr unig bleser a roddodd rhyw iddi oedd cael dal y plentyn newydd-anedig yn ei breichiau am y tro cyntaf, a'i anwesu.

Cofiodd am y teimladau roedd wedi eu profi ar enedigaeth Thomas John, am y don enfawr o gariad a oedd wedi ffrydio drosti ac wedi llenwi ei chalon. Nid oedd wedi profi'r fath gariad cyn hynny. Cofiodd yr eiliad y gwasgodd ei baban newydd at ei bron am y tro cyntaf, ac iddi dyngu na fyddai ef yn dioddef y plentyndod di-gariad a gawsai hi, na fyddai ef byth yn brin o gariad ei fam. Brwydrodd yn erbyn y dagrau chwerw wrth gofio am y ffawd greulon a'i rhwystrodd rhag cyflawni ei haddewid.

Roedd yn rhaid iddi geisio meddwl am ddigwyddiadau hapusach! Sychodd ei dagrau wrth gofio'r tro cyntaf y gwelodd ei gŵr ei fab, a'i fod wedi gwirioni'n lân. Roedd wedi mynd allan i brynu anrhegion drudfawr iddi hi a Thomas John, ac nid oedd dim yn ormod iddo. Pe byddai wedi gofyn am eliffant o India bell y dyddiau hynny, buasai Thomas wedi gwneud ei orau glas i gael gafael ar un iddi. Newidiodd eu perthynas ar ôl y diwrnod hwnnw. Na, meddyliodd, pe byddai'n onest, roedd eu perthynas wedi newid ryw flwyddyn neu ddwy ynghynt, wedi marwolaeth John, ei fab o'i briodas gyntaf. Dyna pryd y tosturiodd wrth ei gŵr. Roedd ei alar ar ôl colli John wedi cyffwrdd ei chalon, a phan ddechreuodd drafod dewis etifedd newydd o blith ei berthnasau, roedd wedi cynnig ei chorff iddo.

Doedd hi ddim wedi mwynhau'r profiad, ond roedd y ffrwyth yn werth yr aberth. O leiaf roedd Thomas yn ddyn profiadol, ac wedi gwneud ei orau glas i roi pleser iddi, neu'n hytrach i leihau ei diflastod. Roedd yntau'n dad mor ofalus, yn wahanol iawn i'r argraff roedd o wedi ei rhoi iddi o'i ofal am John yn yr Eidal ers talwm. Daeth i ddeall ei gŵr ychydig yn well wedi hynny a ganwyd Spencer flwyddyn ar ôl Thomas John. Roedd eu perthynas yn blodeuo o'r diwedd, ond fel blodyn, byr fu ei hoes. Pan oedd Thomas John yn ddim ond pedair oed, dechreuodd ei dad waelu. Cofiodd am yr oriau meithion y bu hi'n ei ymgeleddu, y dyddiau'n llifo i'r nosweithiau, a'i ffrindiau'n ei chynghori i orffwyso mwy rhag iddi hithau waelu. Ond roedd hi eisiau gwneud iawn am yr holl flynyddoedd y bu iddi ei wrthod, ei anwybyddu, a'i drin fel hurtyn pan nad oedd o yn haeddu hynny mewn gwirionedd. Roedd hi am fwynhau pob eiliad o'i gwmni yn yr amser oedd yn weddill iddyn nhw, ac am iddo yntau sylweddoli pa mor gynnes oedd ei theimladau tuag ato.

Mi lwyddais yn hynny, beth bynnag, meddyliodd. Os oes modd dweud bod person yn marw'n hapus, dyna wnaeth Thomas. Cofiodd ei funudau olaf, hithau'n gafael yn dynn yn ei law, ac yntau'n gwenu arni am y tro olaf cyn cau ei lygaid am byth.

Daeth ton o hiraeth ac anobaith i'w llethu, hiraeth am yr hyn roedd wedi ei golli ym marwolaeth Thomas a'i phriodas ag Ungern-Sternberg, ac anobaith ynglŷn â'i sefyllfa bresennol. Wylodd yn hir nes teimlo'i chorff yn hollol egwan. Roedd yn dyheu am allu cysgu, ond doedd dim arwydd y gallai gael rhyddhad yn y modd hwnnw. Cofiodd am y llefrith, oedd fel arfer yn ei helpu, a chododd i'w nôl. Pan gododd y gwpan i'w gwefusau, fodd bynnag, sylwodd fod croen wedi ffurfio ar ei wyneb, a chymerodd un llymaid bach gofalus. Ych, roedd yn llugoer! Beth am alw Annette neu Hélène i baratoi cwpanaid arall? Na, penderfynodd, nid oedd am wynebu neb yn ei chyflwr presennol. Chwiliodd am y diffoddwr canhwyllau a mygodd pob fflam heblaw fflam y gannwyll wrth ei gwely. Unwaith yr oedd hi'n ôl yn y gwely, diffoddodd hwnnw hefyd.

Caeodd ei llygaid yn erbyn y tywyllwch, ond ni allai gau ei meddwl rhag ei phlant. Daeth y dagrau i'w llygaid eto. Efallai na elli di gredu hyn, Thomas John, meddyliodd yn daer, ond wnes i 'rioed beidio â'th garu di. Nid o ddewis y bu raid i mi dy adael. A rŵan, mae'r tri ohonoch yn estron i mi, Duw a'm gwaredo! Alla i byth adennill eich gwir gariad a'ch ymddiriedaeth, y cariad diamod hwnnw y dylai pob plentyn fod yn sicr ohono. Dinistriais eich ffydd ynof fy hun, er nad oeddwn yn ymwybodol o hynny ar y pryd. Maddeuwch i mi, os gallwch chi. Pe byddai modd troi'r cloc yn ôl ... ond sawl ffŵl sy'n dyheu am allu gwneud hynny? Ymddwyn yn wahanol, gwneud dewisiadau gwahanol. Mae'r pethau hyn mor amlwg o edrych yn ôl ond ar fy ngwir, ar y pryd ...

Yr unig orchwyl y gallaf ei cyflawni i wneud iawn am hyn ydi sicrhau eich gwir etifeddiaeth i chi. Dyna pam mae'n rhaid i mi frwydro 'mlaen yn erbyn Chiappini ... peidio ag ildio ... mynnu fy hawliau ... doed a ddelo ...

O'r diwedd, syrthiodd i gwsg anesmwyth.

XIII

'Wyt ti wedi gorffen ei ddarllen?' holodd Maria Stella'n eiddgar. Nodiodd Elin ei phen. 'Wel, beth wyt ti'n ei feddwl ohono?'

Petrusodd Elin cyn ateb. Er i rai dyddiau fynd heibio ers iddi dderbyn y llawysgrif, a'i bod wedi ei darllen yn eiddgar, weithiau hyd oriau mân y bore, daliai'n bryderus ynglŷn â chyflwr meddyliol ei meistres. Sawl tro yn ystod y dyddiau diwethaf roedd wedi dal yr arglwyddes yn ei gwylio mewn ffordd ryfedd, rhyw edrychiad gwyllt yn ei llygaid oedd yn gwneud i Elin deimlo'n anghysurus iawn. Ond efallai mai ei salwch oedd yn achosi iddi ymddwyn yn od. Wedi'r cyfan, rhybuddiwyd Elin gan y doctor i geisio cadw'r arglwyddes mor dawel ei meddwl â phosib, felly ceisiodd anwybyddu'r annifyrwch a deimlai. Meddyliodd yn gyflym: oedd o'n beth doeth iddi fentro trafod yr hunangofiant? Oni fyddai hynny'n ymfflamychu teimladau ei meistres? Ar y llaw arall, roedd cymaint o gwestiynau wedi codi yn ei meddwl, cwestiynau yr oedd yn dyheu am gael ateb iddynt, fel na wyddai sut i ymateb. O'r diwedd, mentrodd wneud y sylw fod y stori'n un ryfeddol. 'Wyddwn i ddim eich bod chi'n gantores,' ychwanegodd. 'Ydych chi'n dal i ganu?'

Ysgydwodd Maria Stella ei phen yn ddiamynedd.

'Na. Rydw i'n rhy hen bellach. Ond nid dyna sy'n bwysig. Ydi o'n darllen yn iawn? Wnest ti sylwi ar unrhyw wallau iaith, unrhyw ddywediadau od? Rydw i'n

113

hapus yn ysgrifennu yn Saesneg ac Eidaleg, ond dydw i ddim mor sicr ohonof fy hun yn Ffrangeg. Ti'n gwybod cystal â minnau fod yn rhaid i'r cyfan fod yn berffaith. Camgymeriad neu ddau, ac mi fydda i'n destun sbort unwaith eto,' ychwanegodd yn chwerw.

Oedodd Elin eto. Felly, nid angen barn ar ei hanes roedd yr arglwyddes, ond ar yr orgraff a'r ramadeg. Teimlai Elin braidd yn siomedig.

'Y gwir amdani, Madame, ydi nad ydw i'n gallu sgwennu Ffrangeg cystal ag rydw i'n gallu ei siarad.' Cododd ei hysgwyddau. 'Mi alla i sillafu'n gywir, a chywiro pethau felly, ond does gen i ddim digon o brofiad i roi cyngor i chi ynglŷn ag arddull ac ati.'

Eisteddai'r ddwy yn y *salon*, yn gysurus o flaen y tân. Roedd y tywydd wedi troi'n oer a stormus, ac wedi eu cadw dan do ers tridiau. Gallai Elin weld o wyneb ei meistres ei bod wedi ei siomi. Dechreuodd yr arglwyddes graffu arni eto, a theimlodd Elin yn anghysurus.

'Oes gen ti unrhyw sylw i'w wneud o gwbl?' gofynnodd yr arglwyddes yn y man. 'Unrhyw gwestiwn?'

Cododd Elin ei llygaid o'r llawysgrif oedd yn ei dwylo.

'Oes,' atebodd yn araf. 'Rydych chi'n disgrifio'ch plentyndod ac ati, a'r ffordd y cawsoch eich gorfodi i briodi Arglwydd Newborough. Ond does dim sôn – o leiaf yn y darn rydw i wedi ei ddarllen – eich bod chi wedi eich cyfnewid fel baban. Oeddech chi'n sylweddoli beth oedd wedi digwydd pan oeddech chi'n blentyn?'

'Na,' atebodd Maria Stella gan ysgwyd ei phen. 'Wyddwn i ddim. Drwy gydol fy mhlentyndod – ac ar ôl hynny – credwn mai merch i Lorenzo Chiappini a'i wraig oeddwn i. Dim ond wedyn, ar ôl clywed am y cyfnewid, y daeth y rheswm dros ymddygiad fy "rhieni" yn amlwg i mi. Y creulondebau bychain, yr anghysondebau, a'r syndod wrth gwrs fod plismon yn Firenze yn ennill digon o arian i ni allu byw cystal ag yr oedd ein teulu ni'n byw.'

'Felly sut cawsoch chi wybod am y cyfnewid?'

Roedd llygaid Maria Stella wedi bywiogi wrth iddi siarad, sylwodd Elin yn falch. Roedd hyn yn rhyddhad mawr iddi.

Adroddodd Maria Stella ei hanes ag arddeliad.

'Drwy lythyr gan fy nhad – fy nhad honedig, Chiappini. Mi fydda i'n adrodd hyn i gyd yn ail ran y llyfr.

'Yn Rwsia roeddwn i'n byw ar y pryd, ar ynys Dago. Daeth llythyr yn dweud fod fy nhad yn wael, ac am fy ngweld am y tro olaf cyn iddo farw. Wrth gwrs, roedd yn ddyletswydd arna i i fynd ar unwaith, a daeth Edward gyda mi – dim ond wyth oed oedd o – ac allwn i ddim o'i adael ar ei ben ei hun yn Rwsia.' Nid oedd am egluro pam ei bod yn bendant na fyddai hi byth yn gadael ei phlentyn yn Rwsia gyda'i gŵr – er mai dyna lle roedd o bellach, atgoffodd ei hun yn chwerw. Ond o leiaf roedd yn dipyn hŷn erbyn hyn, ac yn debol, siawns, i edrych ar ôl ei hunan, a barnu drosto'i hun.

'Erbyn i ni gyrraedd yr Eidal, roedd fy nhad – rwy'n ei alw'n hynny er mwyn cadw pethau'n syml – wedi gwella ychydig, ac yn gallu eistedd yn ei wely a sgwrsio.'

'Felly roeddech chi wedi cael siwrnai wag?' holodd Elin.

'Oeddwn, a nac oeddwn. Roedd yn braf dianc rhag oerfel Rwsia a mwynhau tywydd hyfryd Firenze a Fiesole.' Nid oedd am egluro chwaith fod y rhew a'r eira, ac yn bennaf oll, yr oerni llethol, wedi bod yn fwrn ar ei bywyd yn Rwsia ers blynyddoedd. Dyna pam, mae'n debyg, ei bod yn breuddwydio cymaint amdano, ac yn y breuddwydion hynny yn ceisio dianc oddi wrtho. 'Beth bynnag, gwaelu oedd fy nhad, ac ymhen rhyw ddeunaw mis ...'

'Fuoch chi yn yr Eidal yr holl amser yna, felly?' torrodd Elin ar ei thraws, ond maddeuodd Maria Stella iddi.

'Do, am dros ddwy flynedd i gyd. Ta waeth, gallwn

weld nad oedd llawer rhagor o amser gan Lorenzo Chiappini cyn iddo fynd at ei Waredwr, felly arhosais yno i'w ymgeleddu – nid yn ei dŷ ef, wrth gwrs, ond mewn *penzione* cyfagos. Roedd o wedi newid, rywsut,' ychwanegodd yn fyfyriol. 'Siaradai â mi fel petawn i'n feistres arno, fel petawn i'n uwch fy stad o lawer nag ef.'

'Ond mi roeddech chi, Madame! Yn llawer uwch.'

'Ond nid fel yna y dylai tad a merch ymddwyn tuag at ei gilydd! Rydw i'n dweud wrthyt ti, Hélène, doedd o ddim yn naturiol. Beth bynnag, a'r diwedd yn agos iawn, roedd twymyn wedi dod arno. Ni allai siarad yn rhesymol, ac ymhen dim, ni allai siarad o gwbl. Rydw i'n cofio'r diwrnod olaf i mi ei weld. Gorweddai yno'n hollol lonydd, ei lygaid ynghau, ac anfonais am yr offeiriad i ddod i roi'r sagrafen olaf iddo. Ond cyn i'r dyn gyrraedd, agorodd llygaid fy nhad, ac o 'ngweld i yno, cynhyrfodd drwyddo. Dechreuodd weiddi 'Baranto! Baranto!' arnaf, a gafael yn wyllt yn fy llaw, ei lygaid yn daer, fel petaent yn ceisio trosglwyddo neges i mi na allai ei dafod ei hynganu.

'Roedd yn dal i geisio dweud rhywbeth wrthyf pan gyrhaeddodd yr offeiriad gyda'm "brawd" honedig. Gadewais ef i gyffesu orau y gallai, ac i'r offeiriad wneud ei waith. Welais i byth 'mohono wedyn.' Ochneidiodd ac ymdawelu. Roedd wedi ymgolli yn ei hatgofion pan glywodd lais Hélène yn holi cwestiwn arall.

'Madame, allwch chi ddweud wrthyf fi beth yw ystyr y gair "baranto"? Dydw i ddim yn deall Eidaleg.'

'Hyd y gwn i, does dim ystyr iddo,' atebodd yr arglwyddes gan godi ei hysgwyddau. 'Mae gair tebyg iawn i'w gael, "barato", ac ystyr hwnnw yw cyfnewid rhywbeth. Alla i ddim ond meddwl mai 'barato' roedd o'n ceisio'i ddweud. Wrth edrych yn ôl, gyda'r wybodaeth sydd gen i rŵan, rwy'n hollol sicr mai dyna roedd yn ceisio ei gyfleu.'

Roedd Hélène wedi ailddechrau darllen y llawysgrif, sylwodd Maria Stella, ond penderfynodd adael llonydd i'r ferch. Roedd hi'n amlwg angen amser i gnoi cil ar yr hyn a glywsai, ac y byddai'n ymateb yn y man. Gwenodd Maria Stella'n dawel iddi ei hun pan ynganwyd yr ymateb hwnnw ymhen rhyw bum munud.

'Ai'r gair hwnnw yn unig sydd gennych chi fel tystiolaeth eich bod wedi eich cyfnewid?' Roedd tinc o amheuaeth yn llais y ferch, a chafodd Maria Stella y boddhad o roi rhagor o ffeithiau iddi. Doedd dim drwg mewn rhoi mwy o ffeithiau i hon. Byddai'r cyfan yn gyhoeddus cyn bo hir, ac ni allai ddirnad fod yna unrhyw reswm i geisio atal yr wybodaeth rhag cyrraedd clustiau ei gelynion. Roedd ei ffeithiau'n gywir a thu hwnt i amheuaeth.

'Nage, siŵr. Fyddwn i ddim mor wirion â dibynnu ar un gair gan ddyn ar ei wely angau! Na. Mi ddweda i weddill yr hanes wrthyt ti.

'Fel y soniais i, welais i mo fy nhad wedyn, a disgwyliwn am air bob dydd i ddweud ei fod wedi marw, a bod angen trefnu'r angladd. Mi fuaswn i wedi mynd i'w weld eto, wrth reswm, ond bod fy mrawd honedig wedi anfon neges i ddweud y byddai'n well i mi gadw draw, gan fod fy ngweld wedi cynhyrfu cymaint ar ein tad. A ph'run bynnag, meddai'r twyllwr o "frawd" 'na oedd gen i, roedd ein tad bellach yn anymwybodol. Felly, yn ei arch y gwelais i Lorenzo Chiappini wedyn. Ar ôl ei gladdu, mi es i ac Edward i aros yn Siena, oherwydd mae ysgol dylunio enwog yno, ac roeddwn am i Edward fynychu'r ysgol honno. Roedd yn bryd iddo gael addysg fwy ffurfiol na'r tiwtor personol oedd ganddo tan hynny.

'Ar ôl i ni fod yno am ryw wythnos, anfonwyd llythyr ataf. Rwy'n credu mai fy hen fodryb, Anna Maria, anfonodd o. Dywedodd Anna Maria wrthyf yn ddiwedd-arach fod ei brawd wedi rhoi'r llythyr iddi beth amser ynghynt, a'i fod wedi'i siarsio i'w gadw'n ddirgel, ac yna'i anfon ataf yn dilyn ei farwolaeth. A dyna beth wnaeth hi. Aros am funud,' ychwanegodd Maria Stella gan godi o'i chadair, 'mi gei di ei weld o rŵan. Mae o gen i fan hyn.' Aeth at ei bwrdd ysgrifennu ac agor un o'r droriau. Estynnodd ddarn o bapur o blith pentwr, a'i roi i Elin. 'Darllena hwn.'

Edrychodd Elin yn frysiog drosto, a sylweddoli mai llythyr ydoedd, ond roedd y cyfan mewn Eidaleg.

'Alla i mo'i ddarllen, Madame. Dydw i ddim yn deall yr iaith.'

'O, beth sydd ar fy mhen i!' ebychodd yr arglwyddes. 'Wrth gwrs dwyt ti ddim.' Cymerodd y papur o law Elin a dechrau ei gyfieithu.

'Miledi,

O'r diwedd rwy'n cyrraedd diwedd fy nyddiau, a hynny heb ddatgelu fy nghyfrinach i unrhyw berson: cyfrinach sy'n ymwneud yn uniongyrchol â chi a minnau.

Dyma'r gyfrinach:

Ar ddiwrnod eich genedigaeth, i berson na allaf ei enwi, ac sydd eisoes wedi symud ymlaen i'r bywyd nesaf, fe aned bachgen bach i minnau. Rhoddwyd cynnig i mi, cynnig a fyddai'n gwella fy myd a'm safle'n sylweddol o'r diwrnod hwnnw ymlaen, a chytunais innau i fabwysiadu ei ferch ef fel fy merch fy hun, ac iddo yntau fagu fy machgen i fel ei blentyn ei hun.

Mae'r nefoedd wedi maddau i mi fy mhechod oherwydd mae eich safle chi mewn cymdeithas, erbyn hyn, yn uwch na safle eich tad – er ei fod yntau hefyd o dras uchel – ac oherwydd hynny gallaf ddiweddu fy oes â'm cydwybod yn dawel.

Rwy'n erfyn arnoch, peidiwch â'm dal yn llwyr

gyfrifol am yr hyn a ddigwyddodd. Serch hynny, rwyf yn gofyn am eich maddeuant. Erfyniaf arnoch hefyd i gadw ein cyfrinach, fel na fydd y weithred hon, na ellir bellach ei hunioni, yn destun siarad i'r byd i gyd. Ni anfonir y llythyr hwn nes y byddaf wedi marw.

Lorenzo Chiappini

Cafodd y llys barn yn yr Eidal esiamplau eraill o lawysgrifen Chiappini i'w cymharu â'r llythyr, ac mae gen i ddogfen, â sêl y llys arni, sy'n tystio mai yn ei lawysgrifen ef y mae'r llythyr, felly mae'n hollol ddilys.'

Plygodd Maria Stella'r llythyr gan fwriadu ei roi'n ôl yn y drôr. Oedodd am eiliad. Oedd hi'n ddoeth gadael i hon weld lle roedd y llythyr hollbwysig hwn yn cael ei gadw? A ddylai hi ei symud i le mwy diogel, rhywle dan glo? Byddai'n rhaid iddi ei guddio pan fyddai hon allan o'r ystafell. Yn y cyfamser, gwell oedd ymddwyn yn naturiol. Edrychodd ar wyneb Hélène a gweld bod rhychau bach ar ei thalcen wrth iddi feddwl am y llythyr. Meddwl sut i gael ei dwylo arno, efallai? Byddai'n rhaid ei guddio'n gyflym, heb oedi.

Erbyn iddi ddychwelyd i'w chadair ger y tân, fodd bynnag, roedd wedi llwyddo i ymlid pob amheuaeth o'i hwyneb, rhag ofn i'r Gymraes ei hamau. Edrychodd yn ddisgwylgar ar ei chydymaith. Roedd talcen Hélène yn dal wedi crychu mewn penbleth.

'Ond does dim sôn am duc d'Orléans yn y llythyr,' meddai honno'n araf. 'Sut wnaethoch chi gysylltu'ch genedigaeth gydag enw'r teulu yna?'

'Mae ngheg i'n grimp,' atebodd yr arglwyddes. 'Dos i ofyn am de i ni, ac wedyn mi wna i egluro'r gweddill.'

Ufuddhaodd y Gymraes, ac wedi i ddrws yr ystafell gau ar ei hôl, rhuthrodd Maria Stella am ei drôr a thynnu'r llythyr allan. Plygodd ef yn llai fyth a'i wthio i gefn gwregys ei sgert. Byddai'r llythyr yn ddiogel a chuddiedig yno nes y gallai feddwl ble fyddai orau i'w gadw. Pan ddychwelodd ei chydymaith gyda'r forwyn fach, roedd Maria Stella'n eistedd yn gyfforddus yn ei chadair, heb unrhyw arwydd ei bod wedi codi oddi yno. Gosododd y forwyn fach hambwrdd y te wrth ymyl Hélène, a thywalltodd hithau'r hylif euraid i gwpanau, gan gynnig un i'w meistres. Erbyn hynny, roedd Maria Stella yn barod i ateb ei chwestiwn.

'Mae'n hawdd i ti ddychmygu fy ymateb i'r wybodaeth yn y llythyr, mae'n siŵr gen i. Mi gymerodd rai dyddiau i mi allu dygymod fy hunan. Ond roedd yn gwneud mwy a mwy o synnwyr i mi wrth ystyried y peth. Roedd yn ateb yr holl gwestiynau oedd wedi fy nrysu cyn hynny, ac ...'

Torrodd ei brawddeg yn fyr wrth glywed twrw lleisiau dynion o'r cyntedd, a chyn iddi hi na Hélène allu symud, agorwyd drws y *salon* yn ddiseremoni a cherddodd dyn dieithr i mewn i'r ystafell, a'r ffwtmon yn dynn ar ei sodlau'n ceisio gafael yn ei fraich i'w rwystro. Trodd y dieithryn i wynebu'r ffwtmon a rhoi hergwd i'w ysgwyddau. O fewn eiliadau roedd y ddau'n ymrafael â'i gilydd o flaen llygaid y merched.

'Hélène! Gwna rywbeth!' sgrechiodd Maria Stella.

Mewn amrantiad roedd Elin ar ei thraed, ei chwpan de yn un llaw a'r tebot yn y llall, a thaflodd cynnwys y gwpan i wynebau'r ddau ddyn. Mae'n rhaid nad oedd ond ychydig ddiferion ar ôl yn ei chwpan, a glaniodd y cyfan ar wyneb y dieithryn, gan ei orfodi i roi'r gorau i'w gwffio a thynnu hances boced o'i siaced i sychu ei wyneb.

'Rhowch y gorau iddi,' dwrdiodd Elin, 'neu mi fydda i'n taflu cynnwys y tebot atoch! Richard, cama'n ôl oddi wrth hwn, ond bydd yn barod os ydi o'n codi twrw eto!' gorchmynnodd wrth y ffwtmon.

Safai'r dyn dieithr yn syfrdan o flaen y merched, yna ceisiodd sythu ei siaced, a moesymgrymodd i'r arglwyddes, ond cyn iddo allu yngan gair, roedd y ffwtmon yn byrlymu o ymddiheuriadau.

'Mae'n ddrwg gen i, Madame, Ma'mselle Hélène, *je vous en pries*, ond roedd hwn yn mynnu gwthio'i ffordd drwy'r drws. Mi geisiais i 'ngorau glas ond wnai o ddim gwrando arna i'n gofyn iddo aros nes i mi gael gwybod eich dymuniad ...'

'Cau dy geg, y penbwl!' meddai'r dieithryn wrtho cyn troi unwaith eto i wynebu'r arglwyddes. Cliciodd ei sodlau at ei gilydd fel petai'n filwr, yna camodd ymlaen a gafael yn llaw'r arglwyddes, ei chodi at ei wefusau, a'i chusanu. 'Madame la baronne Newborough et Ungern-Sternberg, *enchanté*.'

Teimlai Maria Stella ei phen yn troi. Allai hi wneud dim ond syllu'n gegrwth ar y dyn, oedd bellach yn gwenu'n ddisgwylgar arni. Cododd ei llaw at ei bron ac edrych tuag at ei chydymaith am gymorth. Fe'i siomwyd o weld honno'n syllu ar y dyn dieithr fel petai'n hanner ei adnabod, ond heb fod yn sicr ym mha gyswllt. Yna, cliriodd yr amheuaeth o wyneb y Gymraes wrth iddi gofio'r dyn, a gwenu'n gynnes arno.

'M'sieur Hugo!' cyfarchodd Elin y dyn. 'Beth ydych chi'n ei wneud fan hyn?' Trodd at ei meistres. 'M'sieur Hugo ydi hwn, Madame. Y fo fydd yn derbyn eich llythyrau chi ym manc Coutts, ac efo fo y bydda i'n delio ar eich rhan.' Yna trodd at y ffwtmon. 'Mae popeth yn iawn, Richard. Mi gei di fynd rŵan.'

Teimlai Maria Stella'n benwan wrth i'w chydymaith gymryd yr awenau. Roedd hi'n gymysgedd o deimladau: yn llawn edmygedd o'r ffordd roedd ei chyn-forwyn wedi achub y sefyllfa, ond roedd hefyd yn teimlo dicter. Pwy oedd hon i reoli pawb? A phwy oedd hwn i dorri ar draws eu heddwch? Rhyw glerc pitw mewn banc? Pam oedd o'n mynnu cael dod i'w hystafelloedd hi, ac yn ddigon haerllug i ddechrau ymladd â'i ffwtmon? Gyda rheolwr y banc yr oedd hi'n arfer trafod materion, nid rhyw glerc di-nod! Pan geisiodd y Gymraes ei chael i eistedd i lawr, gwthiodd hi i ffwrdd.

'Beth yw ystyr hyn?' mynnodd wybod gan y dieithryn. 'Gyda'r rheolwr, Monsieur Dupré, y bydda i'n delio!'

Moesymgrymodd Hugo unwaith eto. Gyda'r ffwtmon allan o'r ystafell, ymddangosai'n llawer llai ymosodol. Yn wir, pan ddechreuodd siarad, roedd wedi troi'n wylaidd iawn.

'Mae'n wirioneddol ddrwg gennyf, Madame la baronne, fy mod wedi achosi'r fath gynnwrf. Gobeithio y gwnewch chi faddau i un sydd ond yn ceisio'i orau i gyflawni ei ddyletswyddau.' Moesymgrymodd unwaith yn rhagor. 'Monsieur Dupré, yn wir, sydd wedi fy anfon i yma i siarad â chi heddiw. Mater pwysig iawn sydd wedi dod i'w sylw. Yn anffodus, mae ef ei hun yn dioddef o anhwylder iechyd ar hyn o bryd, neu y fo fyddai yma'n sefyll o'ch blaen, Madame la baronne, nid ei was ffyddlon. Gallaf eich sicrhau o hynny. Mae'n ymddiheuro am nad yw'n gallu bod yma'n bersonol, ond mae'n gobeithio y gwnewch chi faddau iddo am fy anfon i yn ei le. Ni all y mater hwn aros nes y bydd wedi gwella.'

Roedd yr araith faith wedi codi braw ar Maria Stella. Eisteddodd i lawr yn ddisymwth, a chymryd llymaid o'i the. Roedd hwnnw bellach yn llugoer. Daeth ofn sydyn i'w meddwl.

'Oes rhywbeth wedi digwydd? Ydi Ardalyddes Bute yn iawn? Dydi hi ddim yn wael, gobeithio? Neu oes newydd gwaeth gennych chi?' Roedd yr ofn olaf hwn, sef y posibilrwydd fod ei ffrind pennaf wedi marw, wedi anfon iasau i lawr ei chefn.

'Dim byd o'r fath, Madame la baronne. Hyd y gwn i, mae Ardalyddes Bute yn mwynhau iechyd campus. Gallaf eich sicrhau o hynny – byddai unrhyw newydd i'r gwrthwyneb yn sicr o fod wedi cyrraedd clustiau swyddogion y banc yma ym Mharis. Na, nid dyna fy neges i chi.'

Wrth weld y dyn bach yn oedi cyn dweud rhagor, ac yn edrych o'i gwmpas fel petai'n anghyfforddus, trugarhaodd Maria Stella wrtho ac amneidiodd arno i eistedd. Dewisodd yntau gadair gefnuchel ac fe'i gosododd ei hun i lawr yn betrusgar ar flaen y sedd. Roedd fel petai wedi colli ei hyder a'i osgo ymosodol blaenorol, ac yn gwingo'n annifyr. Edrychodd i lawr tuag at ei esgidiau fel petai'n chwilio am frycheyn o lwch arnynt. Amneidiodd Maria Stella ar ei chydymaith, a chynigiodd hithau gwpaned o de i'r dyn. Gwrthododd ei chynnig a chliriodd ei wddf.

'Madame la baronne, mater dwys ac anodd sydd gen i i'w drafod gyda chi.' Cododd ei olwg ac edrych ar Elin cyn troi'n ymholgar tuag at Maria Stella. 'Ydi hi'n iawn i mi drafod y mater mewn cwmni? Neu hoffech chi i ni fod yn fwy preifat?'

'Does gen i ddim i'w gelu rhag fy nghydymaith,' atebodd hithau wedi ysbaid fer wrth iddi bwyso a mesur a oedd hi'n ddoeth gadael i'r Gymraes glywed beth bynnag oedd gan hwn i'w ddweud. Gwell oedd peidio â dangos ei bod yn ddrwgdybus ohoni. 'Aros efo ni, Hélène,' ychwanegodd. Amneidiodd y dyn.

'O'r gorau. Y rheswm dros fy ymweliad yw eich cyfreithiwr, Robert Mills.'

'Cyn-gyfreithiwr,' torrodd Maria Stella ar ei draws. 'Does a wnelo fo ddim â'm busnes i bellach.'

'D'accord, Madame. Eich cyn-gyfreithiwr. Yn anffodus, Madame la baronne, mae'r dyn wedi gadael nifer o faterion heb eu cwblhau. Hynny yw,' cliriodd y dyn ei wddf yn nerfus, 'mae nifer o faterion heb eu setlo ganddo – eu setlo'n ariannol ...'

'Ceisio dweud bod arnaf fi arian i'r banc ydych chi?'

torrodd Maria Stella ar ei draws unwaith yn rhagor, a min ar ei llais.

Gwridodd y dyn yn anghysurus.

'Wel, nid yn union, Madame la baronne, ond ...'

'Ond rydych chi'n gwybod yn iawn fod fy nghredyd i'n dda, a does dim cwestiwn na dderbyniwch chi'ch arian yn y man!'

'Mae'r banc yn hollol ffyddiog o hynny, gallaf eich sicrhau! Na, does dim problem o gwbl gyda'r banc. Teimlo roedd Monsieur Dupré y dylech chi gael gwybod am y sefyllfa, Madame la baronne, er mwyn i chi allu gwneud trefniadau perthnasol.'

'Mae Monsieur Dupré yn gwybod cystal â minnau ar ba ddyddiad mae fy lwfans yn cyrraedd y banc bob mis. Dydw i ddim yn deall pam fod raid i chi ddod yma fel hyn i 'mhlagio i!'

Edrychodd y dyn yn fwy anghysurus fyth. Rhedodd fys ei law dde rhwng ei goler uchel a'i wddf, fel petai'n cael trafferth anadlu. Roedd haenen o chwys wedi ymddangos ar ei dalcen.

'Yn anffodus, Madame la baronne,' meddai'n ymddiheuriol, 'mae mater bach arall i'w drafod – eto'n ymwneud â'ch cyn-gyfreithiwr.'

Llanwyd Maria Stella ag amheuon a phryder. Ofnai'r gwaethaf, ac wrth i'r dyn bach egluro ymhellach, gwireddwyd ei holl ofnau.

'Daeth neges i Monsieur Dupré gan bennaeth ein banc yn Llundain yn dweud fod M. Mills wedi bod yn trafod busnes ar eich rhan – a hynny'n dra aflwyddiannus. O'r hyn rydw i'n ei ddeall, mae ...'

'Faint?' Roedd ei llais yn wan wrth iddi dorri ar ei draws am y trydydd tro. Gwasgai ei dwylo am freichiau ei chadair nes roedd ei migyrnau'n wyn. Ni allai dynnu ei llygaid oddi ar wyneb y dyn, er bod ei meddwl yn crwydro'n wyllt. Dduw mawr hollalluog, onid oedd terfyn fyth ar y rhes o dwyllwyr oedd yn ei blingo'n fyw? A faint oedd y ddyled y tro hwn? Oedd hi'n ddigon i'w dinistrio'n llwyr? Gallai deimlo'i chorff yn dechrau crynu, ac ymdrechodd i'w reoli. A'i llygaid yn dal wedi'u hoelio ar ei wyneb, gofynnodd ei chwestiwn am yr eildro. 'Faint yw'r ddyled y tro hwn?'

'Chwe mil *franc*, a dau gan punt Seisnig,' atebodd y dyn yn syml cyn prysuro ymlaen. 'Nid fod raid i chi bryderu ar hyn o bryd, Madame, oherwydd mae gan ein sefydlwyr berffaith ymddiriedaeth ynddoch chi a'ch teulu. Does dim problem ar hyn o bryd, 'da chi'n deall, ond bod angen i chwi fod yn ymwybodol o'r hyn sydd wedi digwydd, a'r effaith y bydd hyn yn ei gael ar eich gwariant yn y dyfodol.'

Parhaodd y dyn i barablu, ond ni thalai Maria Stella sylw i'r hyn roedd yn ei ddweud mwyach. Chwe mil *franc*! Dau gan punt! A hyn oll ar ben yr hyn roedd newydd ei golli drwy ymddiried yn St Aubin! Sut oedd hi'n mynd i ymdopi â'r fath ddyled? Fyddai ei chredydwyr yn ceisio adennill eu harian drwy fygwth ei meibion yng Nghymru? Oedd yna unrhyw ffordd ar wyneb daear y gallai hi gadw'r drychineb ddiweddaraf hon iddi hi ei hun heb orfod galw am gymorth stad Glynllifon?

Sylweddolodd yn y man fod y dyn bach wedi rhoi'r gorau i siarad, a'i fod yn edrych yn ddisgwylgar i'w chyfeiriad hi. Llusgodd ei meddwl yn ôl i'r presennol a'i gorfodi ei hun i wynebu'r gwaethaf.

'Faint o amser sydd gen i i dalu'r arian yn ôl?' gofynnodd yn dawel.

'Does dim pwysau ar y funud,' atebodd yntau. 'Gall y banc ddelio â nifer o'r materion – talu'r credydwyr mwyaf a rhoi amser i chi ad-dalu'r banc yn ôl eich gallu, fel rydan ni wedi arfer ei wneud dros y blynyddoedd. Ond rhaid wynebu'r ffaith y bydd yn rhaid i chi, efallai, gwtogi ar eich gwariant arferol er mwyn gallu clustnodi arian i glirio'ch dyled.'

Caeodd Maria Stella ei llygaid am rai eiliadau, gan ddiolch i Ragluniaeth ei bod wedi gwneud ffrind cystal yn yr Ardalyddes Bute, a'i bod hithau'n gallu dylanwadu cymaint ar ei thad, y bancwr Coutts, i fod yn gefn ariannol mor gadarn i'w ffrind. Gwyddai'n iawn na chynigiai'r banc y fath gefnogaeth i'r rhan fwyaf o'u cwsmeriaid. Ond roedd y symiau mor enfawr! Byddai'n cymryd misoedd o gwtogi ac arbed gwario iddi allu talu'n ôl. Melltith ar Mills a'i debyg! Ni fyddai'n ymddiried yn unrhyw ddyn byth eto. Clywodd y dyn bach yn clirio'i wddf, ac edrychodd arno.

'Os nad oes unrhyw beth pellach y gallaf ei wneud i chwi, Madame la baronne, gwell i mi ffarwelio â chi. Cofiwch fod y banc yno i'ch gwasanaethu bob amser. Os oes rhywbeth y gallwn ni ei wneud ...' distawai ei lais wrth iddo godi a moesymgrymu iddi. Cododd ei chyd-ymaith hefyd a hebrwng y dyn o'r ystafell. Gadawyd Maria Stella i synfyfyrio.

Pan ddychwelodd y Gymraes i'r ystafell, roedd ei hwyneb yn llawn cynnwrf.

'Dyna'r ateb, Madame!' ebychodd yn eiddgar. 'Dyna pwy sydd wedi eich bradychu!'

Syllodd Maria Stella arni mewn dryswch. Ni allai ymdopi â rhagor o brofedigaethau. Cododd ei thymer yn wyllt.

'Pa lol wyt ti'n siarad rŵan, ferch? Am beth wyt ti'n sôn?'

'Erthygl Laurentie, Madame, a'i lythyr! Mae'n amlwg i mi rŵan mai Mills oedd wedi'ch bradychu chi i'r heddlu cudd. Meddyliwch am y peth!' Eisteddodd Elin yn ei chadair a phlygu ymlaen yn eiddgar. 'Dach chi'n cofio'r diwrnod yr aethon ni i ymweld â Laurentie? Y diwrnod hwnnw, ar ôl i ni ddychwelyd, y gwnaethoch chi anfon

Miss Clarissa i ffwrdd heb rybudd, a dweud wrthi fod ei brawd-yng-nghyfraith wedi colli ei swydd hefyd! Roedd hi'n gwybod i ble roeddech chi wedi mynd y bore hwnnw, a pham. Mi ddaru yntau weld ei gyfle i ddial arnoch chi yn y fan a'r lle! Mae'n gwneud synnwyr perffaith!'

Roedd y ferch yn llygad ei lle, sylweddolodd Maria Stella. Roedd y peth yn gwneud synnwyr perffaith! Ac felly a oedd y ferch yn ddieuog o'i bradychu? Gollyngodd ochenaid o ryddhad a theimlodd fel petai pwysau wedi eu codi oddi ar ei hysgwyddau.

XIV

Mewn un ystyr, roedd Elin yn ddiolchgar iawn fod yr arglwyddes yn sâl. Yng nghanol yr holl brysurdeb o ofalu amdani, ni chafodd amser i hel meddyliau am ei sefyllfa ei hun. Bu'n isel iawn ei hysbryd am wythnosau wedi'r cyfarfod gyda Christophe a'i ffrind Émile. Yr unig beth da a ddeilliodd ohono oedd iddi benderfynu siarad â'r gweision oedd yn edrych ar ôl ceffylau a choets yr arglwyddes. Roedd y prif was yn garedig ond nid yn obeithiol; cytunodd i sôn am ei brawd wrth yr ostleriaid, a dechrau holi ymysg dynion ceffylau eraill y ddinas. Roedd ei frawd yn gweithio gyda'r *diligence*, coets fawr y post, meddai, ac yn teithio i bob cwr o Baris a thu hwnt, ac yn adnabod mwy o ostleriaid nag oedd ganddi o wallt ar ei phen. Addawodd ofyn i hwnnw am ei gymorth. Wedi'r cyfan, ychwanegodd mewn llais ychydig bach mwy calonogol, doedd bosib fod llawer o Gymry yn ostleriaid ym Mharis: roedd yn ffyddiog y byddai rhywun wedi clywed amdano.

Cawsai gyfle i gyfarfod â Christophe ryw deirgwaith ers hynny, ond nid oedd Émile, ei ffrind, yn bresennol yr un o'r troeon hynny, felly lleihau roedd gobaith Elin o ddod o hyd i'w brawd. Ceisiodd Christophe ei darbwyllo i beidio â phoeni gormod am absenoldeb Émile ac i ymwroli. Eglurodd fod gan Émile alwadau trwm ar ei amser ar y pryd, gan ei fod wrthi'n cynorthwyo'i feistr i sefydlu'r papur newydd oedd i'w gyhoeddi am y tro cyntaf yn fuan yn y flwyddyn newydd. Sicrhaodd

Christophe hi, fodd bynnag, fod ei ffrind yn dal i holi a chwilio, ac y byddai'n cysylltu â hi pe bai ganddo wybodaeth newydd. Nid oedd Elin mor sicr o ymroddiad Émile i'w hachos, ond cadwodd yn dawel rhag brifo teimladau Christophe.

Ynghanol ei gwaith a'i gofidiau, roedd y cyfarfodydd hynny'n uchafbwyntiau o hwyl a chwerthin. Roedd gan Christophe y gallu i'w thynnu allan o'i chragen wrth iddi ymdrechu i ddysgu Saesneg iddo, a gwnâi sylwadau chwim, doniol a brathog am bob dim. Gwyliai Claudette eu cyfarfodydd – oherwydd yn ei siop gacennau hi y byddent yn cyfarfod bob tro – â gwên oddefgar, er iddi ffromi ambell waith pan oedd eu chwerthin yn bygwth tarfu ar y cwsmeriaid eraill. Ond prin iawn oedd yr adegau hynny. Ni chawsai Elin hi'n hawdd erioed i allu chwerthin o waelod ei bol, chwedl ei nain, fel rhai pobl.

Ond roedd elfen o dristwch ynghanol ei chwerthin, hefyd. Yn nyfnder ei chalon roedd ganddi ofn mentro ymddiried yn yr hwyl hwn. Oedd, roedd hi y tu hwnt o hapus yng nghwmni Christophe, ond gwyddai mai peth bregus ydi hapusrwydd, a'i fod yn gallu diflannu ar amrantiad. Ac yn y pen draw, sut oedd cysoni eu cyfeillgarwch â'u safleoedd mewn bywyd? Roedd yn ymwybodol o'r ffaith nad oedd Christophe wedi sôn unwaith am ei deulu a'i gefndir, er ei fod yn amlwg yn gyfforddus ei fyd, ac nad oedd yn gorfod gweithio i ennill ei damaid. Beth oedd o'n ei weld ynddi hi, felly? Doedd hi'n ddim ond Cymraes fach ddi-nod, ac er ei bod yn edrych yn well na'i safle, oherwydd bod yr arglwyddes yn ei gwisgo mewn dillad ffasiynol, morwyn fach oedd hi wedi'r cyfan. Ochr yn ochr â'i hapusrwydd yn ei gwmni, felly, rhedai elfen o ofn: ofn mai byrhoedlog oedd y cyfan, ac y byddai Christophe yn blino arni mor ddisymwth ag yr oedd wedi dechrau eu cyfeillgarwch. Ofnai Elin fentro galw eu perthynas yn unrhyw beth mwy na chyfeillgarwch. Tybiai y byddai hynny'n temtio ffawd yn ormodol, er iddi gyfaddef, yn niogelwch oriau tywyll y nos yn ei gwely clyd, ei bod mewn cariad â Christophe.

Roedd y Nadolig yn prysur agosáu. Syndod mawr i Elin, wedi ymweliad M. Hugo o'r banc, oedd gweld pa mor gyflym yr ymwrolodd yr arglwyddes. Aeth drwy gyfrifon ei chartref â chrib mân, ac Elin yn ei chynorthwyo, ac arbed arian yma ac acw. Anfonwyd neges i'r gwniadwragedd nad oeddynt i weithio rhagor ar ddillad i'r ddwy, er i'r arglwyddes addo talu iddynt am y gwaith a wnaethpwyd eisoes, gan ofyn iddynt anfon unrhyw ddilledyn oedd heb ei gwblhau i'w hystafelloedd, lle byddai ei morwyn yn eu gorffen. Treuliwyd pnawn hwyliog wrth i'r tair ohonynt, yr arglwyddes, Elin ac Annette, ymlwybro i giaretydd yr *hôtel* lle cedwid hen drynciau'r arglwyddes. Roedd rhai ohonynt yn llawn o hen ddillad, ac wedi taenu cynfas lân ar y llawr i arbed y dillad rhag y llwch, tynnwyd pob un dilledyn allan a'i archwilio'n fanwl cyn cynnal trafodaeth fywiog ar y posibiliadau o addasu'r dillad yn wisgoedd newydd. Roedd un wisg yn arbennig y syrthiodd Elin mewn cariad â hi: sgert a siaced felfed lliw gwinau cyfoethog, fel cneuen castan, â blew bele trwchus, du'n addurno'r gwddf a'r garddyrnau, yn ogystal â gwaelod y siaced a'r sgert, a'r cyfan wedi ei leinio'n swmpus. Wrth eu harchwilio'n fanwl gallai Elin weld bod trwch o ffelt meddal hyd yn oed rhwng y melfed a'r leinin sidan.

'Mae'r rhain yn hyfryd!' ebychodd, gan eu dal i fyny i'r golau. 'Mi fuasai'r rhain yn gwneud gwisg ardderchog i chi ar gyfer y gaeaf 'ma,' ychwanegodd wrth yr arglwyddes. 'Ychydig o newidiadau yma ac acw, a fyddai neb yn gwybod y gwahaniaeth. Lwcus fod ffasiwn heddiw mor debyg i steil y rhain.'

Edrychodd yr arglwyddes yn amheus wrth i Elin eu dal i fyny.

'Efallai,' atebodd yn ddiystyriol. 'Mi gefais i'r dilladau yna ar gyfer oerfel Rwsia.' Cododd ei hysgwyddau cyn ychwanegu'n ddi-hid. 'Gawn ni weld.' Aeth ymlaen â'i chwilota tra rhoddodd Elin y wisg i un ochr, gan deimlo'n siomedig.

Gadawyd y giaretydd â breichiau Elin ac Annette yn llawn dillad – er nad oedd y wisg o felfed gwinau yn eu plith – a rhan helaeth o waith y ddwy dros yr wythnosau i ddod fyddai addasu'r dillad ar gyfer eu meistres. Roedd hithau hefyd wedi dewis ambell wisg i'w newid ar gyfer Elin, ac roedd hi'n ddiolchgar am hynny.

Ond cyndyn, ar y cyfan, oedd yr arglwyddes i ddangos ei hwyneb yn gyhoeddus. Roedd y tywydd yn eu herbyn, wrth gwrs, glaw oer a gwyntoedd ddydd ar ôl dydd. Doedd dim modd yn y byd ei pherswadio i fynd am dro yn ei choets a chael awyr iach pan oedd hi'n amlwg y byddai'r ddwy ohonynt yn wlyb ac yn oer os mentrent allan. Yr unig berson y tu allan i gylch ei chartref a welai'r arglwyddes yn rheolaidd oedd ei ffrind Mme Dumourrier. Ond gwawriodd un bore braf tua chanol fis Rhagfyr, a llwyddodd Elin i berswadio'r arglwyddes i alw am y goets. Aeth y ddwy am dro drwy'r ddinas, gan deithio heibio'r Tuileries ac yna croesi'r afon a dychwelyd ar hyd y glannau chwith tuag at Notre Dame. Eu bwriad oedd croesi'r Pont Neuf drwy'r Île de la Cité a dychwelyd i'r *hôtel*, ond wrth ddynesu at yr ynys, gwelsant dyrfaoedd yn croesi'r pontydd ac yn anelu at y sgwâr o flaen y gadeirlan anferth.

'Y ffair Nadolig! Roeddwn i wedi anghofio popeth amdani!' ebychodd yr arglwyddes.

'Ydych chi am i ni fynd yno, Madame?' holodd Elin yn obeithiol. Doedd hi 'rioed wedi gweld y fath beth. Am eiliad, tybiodd Elin fod ei meistres am gydsynio, a'i llygaid yn edrych yn fwy bywiog nag a welsai Elin ers peth amser, ond yna disgynnodd y difaterwch arferol yn ôl ar ei hwyneb.

'Na, mae 'na ormod o bobol yma.' Bu Maria Stella'n ddistaw am rai munudau wrth i'r goets ymlwybro dros y bont ymysg yr holl drafnidiaeth, ac yna newidiodd ei hwyneb unwaith eto. 'Dydw i ddim am adael i Mills na neb arall ddinistrio'n Nadolig ni,' cyhoeddodd ag arddeliad. 'Rydw i wedi bod yn rhy esgeulus o lawer! Rhaid i mi ddechrau 'morol am anrhegion i'r hogiau – ond nid yn y ffair. Mae'r amser yn mynd yn brin i'w hanfon i Rwsia ac i Gymru.'

Anfonwyd pecyn anrhegion yr arglwyddes at ei theulu yng Nghymru yn fuan wedyn, ac roedd hi'n ddigon caredig i ganiatáu i Elin gynnwys ei hanrhegion hithau i'w mam, ei chwaer Lisi a'i modryb Sophie yn y pecyn. Ers peth amser bellach, roedd Elin wedi dod i'r casgliad fod yr arglwyddes wedi gwella'n llwyr o'i salwch, gan ei bod wedi rhoi'r gorau i'r rhythu od a wnâi cynt, pan oedd hi yng ngafael ei salwch, a'r edrychiad drwgdybus a daflai tuag at Elin ac a wnâi iddi deimlo'n anghysurus. Roedd Elin mor ddiolchgar am hyn, ac am garedigrwydd cyffredinol yr arglwyddes tuag ati, fel y penderfynodd roi anrheg Nadolig arbennig i'w meistres – anrheg a fyddai'n rhoi pleser iddi, ond un y gallai hi ei fforddio, er hynny.

Daeth yn ben set ar Elin wrth iddi sylweddoli, ychydig ddyddiau cyn y Nadolig, nad oedd hi byth wedi dod o hyd i'r anrheg delfrydol, er iddi dreulio oriau yn ystod ei phnawniau rhydd yn chwilota'r siopau yn arcedau'r Palais Royal a'r rue de Rivoli. Roedd y dewis ynddynt yn hyfryd, mae'n wir, ond roedd pob un ohonynt ymhell o'i chyrraedd. Efallai, wedi'r cyfan, y byddai'n rhaid iddi fodloni ar anrheg mwy cyffredin, megis sebon persawrus, meddyliodd yn siomedig. Gallasai fod wedi mynd i'r ffair fawr ger Notre Dame pe byddai ganddi goets i'w chludo, ond roedd yn rhy bell iddi gerdded yno ac yn ôl o fewn ei phnawn rhydd.

Pan awgrymodd yr arglwyddes y dylai gymryd pnawn rhydd, gadawodd Elin yr adeilad mewn cyfyng gyngor. Roedd yn glir ond yn oer, a dechreuodd gerdded drwy erddi'r Palais Royal i geisio datrys ei phroblem. Roedd mwy o bobl nag arfer yn cerdded y gerddi, a thybiodd Elin fod rhywbeth arbennig yn mynd i ddigwydd yno. Rhyw sioe Nadolig, efallai, neu berfformiad cerddorol. Roedd y rhan fwyaf o'r bobl yn cerdded i'r un cyfeiriad. Aeth ei chwilfrydedd yn drech na hi, a phenderfynodd fynd i weld drosti ei hun beth oedd yn digwydd.

Anelu at y rhan o'r palas lle roedd ystafelloedd preifat duc d'Orléans yr oedd y dorf, a denwyd hithau i'w dilyn. Holodd hwn ac arall i gael gwybod beth oedd yn digwydd, a chael ar ddeall mai ymadawiad y dug a'i deulu i dreulio'r Nadolig yn eu palas yn Neuilly oedd yr achlysur, ac y byddai'n arferiad gan ferched teulu'r dug i daflu elusen i'r dorf wrth fynd allan o'r Palais Royal yn eu coets. Gwthiodd Elin ei ffordd orau y gallai drwy'r holl bobl oedd yn prysur ymhel, nes iddi gyrraedd y rhengoedd blaen, a chyn hir cododd bloedd o'r dorf. Roedd y dug wedi ymddangos ar gefn ei geffyl gwyn a'i feibion yn marchogaeth y naill ochr iddo. Er ei bod wedi edrych ar y portreadau ohono yn oriel gyhoeddus y palas, dyma'r tro cyntaf iddi ei weld yn y cnawd. Gwenai'r dug yn siriol ar y dorf, ac hawdd oedd gweld eu bod yn hoff ohono. Chwifiai ei het ambell waith, a phob tro y gwnâi hyn, rhuai'r dorf eu cymeradwyaeth. A dweud y gwir, roedd rhywbeth digon cartrefol yn wyneb y dug, ac nid oedd yn edrych mor ffroenuchel â'i dri mab. Marchogai'r rheini fel petaent yn warchodlu i'w tad, yn cadw eu ceffylau rhyngddo a'r bobl gyffredin.

Y tu ôl iddynt marchogai aelodau o'r lluoedd arfog, ac

yna daeth dwy goets i'r golwg. Aeth y dyrfa'n gynddeiriog weld y ddwy goets, a theimlodd Elin ei hun yn cael ei gwthio ymlaen a'i gwasgu yn erbyn y cyrff o'i hamgylch. Wrth lwc, safai pladras o ddynes enfawr o'i blaen, ei thraed wedi eu plannu mor gadarn ar y ddaear fel na ellid ei siglo, mwy na derwen mewn storm. Roedd Elin yn ddiolchgar am ei chadernid, ond roedd ei sefyllfa yn dal yn fregus a simsan. Roedd yn demtasiwn rhoi ei breichiau am gorff y bladras, ond teimlai'n weddol sicr na fyddai honno'n fodlon ar hynny. Dechreuodd ddifaru ei bod wedi ymuno â'r dorf. Ar y llaw arall, roedd mewn safle delfrydol i weld y teithwyr yn y ddwy goets. Gan ei bod hi ben ac ysgwydd yn dalach na'r bladras, gallai weld popeth yn glir ond ar yr un pryd teimlai'n weddol ddiogel wedi ei hangori y tu ôl i'r corff enfawr ynghanol llanw a thrai cythryblus y dorf. Aeth yn anoddach iddi weld beth oedd yn digwydd, fodd bynnag, pan gododd y bladras blentyn bach oedd ganddi yn ei breichiau, ei chwifio uwch ei phen wrth i'r goets gyntaf ddynesu, a'i ysgwyd fel baner, ei llais yn codi'r un mor uchel â'i breichiau. Tybiai Elin i ddechrau mai bloeddio'i chymeradwyaeth i'r teulu brenhinol oedd y wraig ond sylweddolodd mai ceisio tynnu sylw'r teulu ati hi a'r plentyn yr oedd y ddynes mewn gwirionedd, a thrwy hynny dderbyn elusen. Beth bynnag ei chymhellion, fe lwyddodd. Gwelodd Elin wyneb main y dduges yn edrych i'w cyfeiriad, ac ar yr un pryd gwelodd gawod ysgafn o arian yn tasgu o ffenestr y goets a disgyn ymysg y dorf. Gollyngwyd y plentyn yn ddiseremoni i'r llawr, a gwenodd Elin wrth ei weld yn gwibio rhwng y goedwig o goesau i chwilota am yr arian. Plygodd y bladras drosodd hefyd i geisio bachu beth bynnag oedd wedi rholio i gyfeiriad ei thraed, ac felly llwyddodd Elin i weld trigolion yr ail goets yn hollol glir. Am amrantiad, cyfarfu llygaid Elin â llygaid y wraig fawreddog a syllai'n syth ati. Roedd fel edrych ar Arglwyddes Newborough ei hunan!

Cafodd y fath ysgytwad nes iddi gamu'n ôl yn frysiog, heb dynnu ei llygaid oddi ar yr wyneb rhyfeddol o gyfarwydd, ond fe'i taflwyd hi ymlaen unwaith eto gan y pwysau o bobl y tu ôl iddi. Dim ond cefn y bladras a'i harbedodd rhag syrthio a chael ei sathru dan draed. Llwyddodd i sadio'i hun, a chan iddi ddal i fod yn rhythu tuag at y goets, gwelodd law y wraig yn codi a thaflu dyrnaid arall o arian yn syth tuag ati. Yn hollol reddfol, gan na allai feddwl am ddim ond ei syndod, cododd Elin ei braich a chipio darn o arian o'r awyr cyn iddo ddiflannu i ganol y dorf. Daliai'r wraig fawreddog hithau i syllu i'w chyfeiriad pan symudodd y goets yn ei blaen a'i hebrwng o olwg Elin.

Ciliodd o'r fan cyn gynted ag y gallai, ei meddwl yn chwilfriw ac yn hollol anymwybodol o'r hyn a oedd yn ei llaw. Llwyddodd i gyrraedd rhan dawelach o'r gerddi ac eisteddodd ar fainc wag gyfagos. Ebychodd yn dawel. Gallai Elin ddeall bellach y syndod yn llygaid M. Laurentie pan welodd yntau ei meistres yn ei swyddfa'r diwrnod hwnnw. Roedd y tebygrwydd rhyngddi hi a'r wraig fawreddog yn anhygoel. Y hi oedd chwaer y dug, felly: Adélaïde, Mademoiselle d'Orléans!

Yn raddol daeth yn ymwybodol o'r hyn oedd yn ei llaw. Agorodd ei dwrn yn chwilfrydig a chafodd ysgytwad arall o weld bod darn *louis* aur yn gorwedd yno'n glyd. Roedd yn ddigon call i gau ei dwrn yr un mor sydyn, a throsglwyddo'r arian i boced fewnol ei sgert, o olwg pawb. Edrychodd o'i chwmpas rhag ofn fod rhywun yn ei gwylio, ond doedd neb ond merch fach ar ei chyfyl. Cerddai'r ferch yn araf ar hyd y llwybr tuag ati. Cariai hambwrdd bychan wedi ei glymu â ruban o amgylch ei gwddf, a sylweddolodd Elin mai gwerthu nwyddau oedd y fechan. Roedd yn ddarlun cyfarwydd: roedd miloedd o'r gwerthwyr ifainc hyn yn crwydro strydoedd Paris. Wrth i'r fechan agosáu, sylwodd Elin fod golwg ddigon destlus arni: tlawd, ond glanwaith. Er mai carpiau oedd am ei chorff, roeddynt yn garpiau glân, y rhwygiadau wedi eu pwytho'n ofalus, gan greu argraff o ofal a thynerwch. Gwisgai ffrog o ffustian oedd wedi troi'n las golau drwy ei gor-olchi, barclod a fu unwaith yn wyn ond oedd bellach yn lliw hufen, a gorweddai ei thraed mewn nyth o wellt yn ei chlocsiau pren. Roedd ei hwyneb yn welw, ond nid oedd mor denau â rhai o wynebau plant y stryd yn ardal St Antoine. Pwy bynnag oedd y fam, a pha mor bynnag dlawd oedd hi, roedd wedi gwneud ymdrech arwrol i ofalu am ei phlentyn.

Daeth y fechan at Elin yn betrusgar, a gwthio'r hambwrdd o dan ei thrwyn. Gwnaeth Elin sioe o edrych drwy'r nwyddau, a gwelodd mai ffigyrau bychain oedd yno, rhai wedi eu plethu o wellt a rhai o wiail. Gafaeloddd mewn doli fach i'w harchwilio'n fanylach, a sylwodd fod y gwaith yn grefftus a chadarn. Gwnaed y ffigwr o wellt aur yr ŷd. Gosododd ef yn ôl yn ofalus ar yr hambwrdd a chodi darn bach arall oedd wedi dal ei sylw. Dau aderyn tebyg i adar y to oeddynt, wedi eu plethu o wiail oedd mor denau â charrai ei hesgid. Safent ar fwrdd bychan, hefyd o wiail, fel pe baent yn pigo briwsion bara oddi arno. Daeth atgof sydyn i'w meddwl: darlun o ddiwrnod heulog, cynnes, a hithau'n eistedd ynghanol y brwyn ar lan afon Llifon. Gwelai ddwylo anferth ei brawd yn dangos iddi sut i hollti brwynen, a chofiodd y rhyfeddod o weld y pabwyr oddi mewn mor wyn a glân. Roedd ei brawd wedi rhedeg ei fawd i fyny'r frwynen i ryddhau'r pabwyr, a rhyfeddodd hithau wrth iddo osod y stribyn hir, bregus yn ei dwylo; ond yna'r siom wrth i'w dwylo lletchwith afael ynddo a'r pabwyr yn chwilfriw ar amrantiad. Ei brawd wedyn yn sychu ei dagrau gan chwerthin, ac yn mynd ati i blethu rhugl iddi, yn plycio brwyn un ar y tro ac yn eu gweithio i'w gilydd gyda'r fath gyflymder nes y gallai weld siap y rhugl yn ffurfio o flaen ei llygaid. Yna Wiliam yn taflu ychydig o gerrig mân o'r afon i'r canol cyn plethu'r cyfan ynghyd a'i gyflwyno iddi gan ei ysgwyd yn ysgafn, a hithau'n gwirioni o glywed y cerrig caeth yn clecian yn erbyn ei gilydd yn eu cawell wyrdd.

Daeth i benderfyniad sydyn. Heb os nac oni bai, fe wnâi hwn anrheg campus i'r arglwyddes. Roedd hi'n arbennig o hoff o adar bach, er na fynnai gadw un mewn caets. Rhyddid yw eu bywyd, meddai wrth Elin un tro.

'Faint ydi hwn?' holodd, ond ni chafodd ateb. Syllu i'w hwyneb wnâi'r fechan, a'i llygaid wedi eu hoelio arni, ond arhosodd yn fud. Edrychodd Elin ar yr adar unwaith eto, a sylwi bod label fechan oddi tanynt, a'r pris arno. Gallai ei fforddio'n hawdd, a chwiliodd am ei phwrs. Ond yna, petrusodd. Roedd newydd dderbyn *louis* aur, a chyda hwnnw gallai fynd i brynu anrheg drud yn y siopau. Gwibiai ei meddwl yn ôl ac ymlaen yn wyllt. Oddi wrth yr Orléans y daethai'r arian: fyddai'r arglwyddes yn gweld hynny'n eironig, ac yn chwerthin, neu a fyddai'n ffieiddio ati, ac yn gwrthod yr anrheg? Wrth gwrs, gallai Elin ddewis i beidio â dweud yr hanes wrth yr arglwyddes, ond roedd yn ysu am gael rhannu ei syndod gyda hi. Wedi gweld Mademoiselle d'Orléans drosti ei hun, teimlai'n fwy sicr fyth mai rhyw ddylanwad allanol oedd wedi gorfodi Laurentie i newid ei stori, ac roedd am bwysleisio hynny wrth ei meistres. Efallai, wedyn, na fyddai hithau wedi ei siomi cymaint gan y dyn, na chan ddynion yn gyffredinol.

Sylweddolodd gydag euogrwydd fod y ferch fach yn dal i sefyll yn ddisgwylgar o'i blaen. Wrth iddi gofio'i bwriad gwreiddiol i fynd i weld y farchnad Nadolig daeth syniad beiddgar i'w meddwl. Agorodd ei phwrs a chyfrif yr union arian a'i roi ar gledr ei llaw. Dechreuodd estyn yr arian i'r ferch, ond cyn ei roi i'r fechan, gofynnodd Elin yn dawel:

'Ar dy ben dy hun wyt ti?'

Daliai'r eneth i syllu arni'n fud, ac ofnai Elin am eiliad nad oedd hi'n deall ei hacen. Ond wedyn dechreuodd ysgwyd ei phen yn araf. Cipedrychodd dros ei hysgwydd chwith, ac wrth ddilyn cyfeiriad yr edrychiad, sylwodd Elin am y tro cyntaf fod bachgen tua deg i ddeuddeg oed yn stelcian wrth goeden rhyw ugain llath oddi wrthynt.

'Dy frawd?' holodd, gan amneidio tuag at y bachgen.

Dim ateb eto. Oedd hi'n fudan, efallai? Chwifiodd Elin ei braich ar y bachgen i weld beth fyddai ei ymateb: os oedd ar berwyl drwg, fe fyddai'n ei hanwybyddu neu'n rhedeg i ffwrdd. Os oedd hi'n iawn, a bod y bachgen gyda'r ferch fach, efallai y byddai'n cael atebion ganddo fo. Ar ôl sylwi arni'n chwifio, syllodd y bachgen arni am rai eiliadau, yna, wrth iddi ddal i chwifio arno, cerddodd yn araf tuag atynt.

'Dy chwaer di ydi hon?' holodd Elin wedi i'r bachgen sefyll wrth ochr y ferch fach. Cododd ei ysgwyddau mewn ystum a allai olygu 'ie' neu 'nage'.

'Fi sy'n edrych ar ei hôl hi,' atebodd.

'Fyddwch chi'n mynd adref yn fuan?'

Cododd yr ysgwyddau eto. Roedd golwg ddestlus ar y bachgen hefyd, er ei fod yntau yn amlwg yn dlawd. Gallai Elin weld bod ei lygaid yn llawn drwgdybiaeth ohoni. Gwenodd arno.

'Eisiau prynu hwn ydw i,' eglurodd wrtho, gan bwyntio at yr adar bach gwiail.

'Dwy *franc*,' meddai'n syth.

'Ia, mi wn i,' atebodd hithau, gan osod yr arian ar yr hambwrdd. Cododd y bachgen yr arian a'i roi mewn pwrs bach oedd ganddo ar linyn dan ei grys. Yna gwthiodd y pwrs o'r golwg.

'Ond eisiau rhoi anrheg Nadolig bach i chi ydw i,' aeth

Elin yn ei blaen. Roedd yn falch o weld mor gall oedd y bachgen yn cuddio'i arian. 'Rhywbeth i chi fynd adref efo chi'n ofalus. Fyddwch chi'n cerdded y strydoedd am yn hir eto?'

'Na,' atebodd y bachgen gan ysgwyd ei ben. 'Mi fydd Jean-Pierre yn cyrraedd mewn 'chydig bach i fynd â ni adref. Ar ein ffordd i'w gyfarfod o ydan ni rŵan,' ychwanegodd.

Sylwodd Elin fod sôn am anrheg wedi ennyn diddordeb pendant yn y bachgen. A oedd hi'n gwneud peth doeth? Allai hi ymddiried yn y bachgen i fod yn onest? Penderfynodd roi min yn ei llais.

'Rydw i'n dibynnu arnat ti i fod yn hogyn da,' meddai wrtho'n llym. 'Hogyn da a gonest. Mi rydw i am roi anrheg i chi, ond mae o ar gyfer pawb yn eich teulu, nid chi'ch dau yn unig. Rhaid i chi fynd â fo adref yn syth, wyt ti'n deall?'

Nodiodd y bachgen ei ben. Roedd hi wedi llwyddo i fynnu ei holl sylw. Edrychai arni'n awr yr un mor ddwys ag y gwnâi'r ferch fach. Estynnodd Elin y *louis* aur o'i phoced a'i roi yn llaw'r bachgen, gan gymryd yr adar bach â'i llaw arall.

Agorodd ei lygaid led y pen a syllodd ar y darn arian mewn syndod am eiliad neu ddau. Yna caeodd ei ddwrn yn gyflym am yr arian a thynnu ei bwrs allan. Diflannodd y darn gloyw i'r pwrs, a diflannodd hwnnw wedyn i ddyfnderoedd ei wisg. Trodd i edrych ar Elin a syllu arni gyda pharch. Dechreuodd hithau deimlo'n annifyr dan bwysau llygaid y ddau blentyn.

'Ewch!' meddai wrthynt. 'Mi fydd Jean-Pierre yn disgwyl amdanoch!'

Gafaelodd y bachgen yn hambwrdd y ferch fach a'i gymryd oddi arni, yna gafaelodd yn ei llaw gyda'i law rydd. Heb ddweud gair o'u pennau, ymadawodd y ddau'n frysiog tuag at y Place du Palais Royal. Ceisiai'r bachgen gael ei chwaer i redeg, ond nid oedd ei choesau'n ddigon hir i gadw i fyny â'i gamau, felly bu'n rhaid iddo fodloni ar hanner cerdded, hanner rhedeg i lawr y llwybr.

'Nadolig Llawen!' gwaeddodd Elin ar eu holau.

Trodd yr eneth fach ei phen, a daeth gwên fach swil i'w hwyneb cyn i'r bachgen roi plwc yn ei llaw i'w hannog i gyflymu.

Llanwyd meddwl Elin yn sydyn â drwgdybiaeth, a phenderfynodd eu dilyn. Roedd wedi ymddwyn yn fyrbwyll. Nid oedd amheuaeth ganddi nad oedd hi'n gwneud y peth iawn drwy roi'r arian i ffwrdd, ond oni fyddai'n well iddi fod wedi disgwyl i roi'r arian i oedolyn? I Jean-Pierre, er enghraifft, pwy bynnag oedd hwnnw? Beth petai plant mwy yn ymosod ar y ddau fach ac yn dwyn y cyfan? O leiaf fe ddylai hi wneud yn sicr fod Jean-Pierre yno i'w cyfarfod, a'u bod yn cychwyn am adref yn ddiogel. Ond erbyn iddi gyrraedd giatiau pellaf y gerddi, sylweddolodd nad oedd ganddi obaith o'u dilyn. Roedd y stryd yn orlawn o stondinau a phobl, a'r twrw'n fyddarol. Er iddi chwilio ym mhob cyfeiriad, doedd dim hanes o'r plant.

Dechreuodd gerdded yn araf i lawr y stryd. Gan ei bod hi yma bellach, meddyliodd, waeth iddi weld beth oedd ar werth ddim. Roedd yr angen am anrheg wedi ei ddiwallu, ond byddai'n ffordd ddigon dymunol o dreulio gweddill ei phnawn rhydd. Roedd un peth yn sicr, beth bynnag: doedd dim angen elusen arni hi. Nid iddi hi a'i thebyg y bwriadwyd arian yr Orléans. Pont oedd hi, a dyna'r cyfan. Pont i drosglwyddo'r arian o'r rhoddwr i'r un a oedd ei angen. Teimlodd ryw gynhesrwydd digon pleserus wrth feddwl am y gwahaniaeth y byddai'r darn arian yn ei wneud i un teulu bach dros gyfnod Nadolig mewn gaeaf oedd mor eithriadol o oer.

'O, dyna hyfryd! Diolch yn fawr, Hélène!' oedd ymateb yr

arglwyddes i'r adar bach gwiail wrth i'r ddwy ohonynt eistedd ger tanllwyth o dân noswyl Nadolig. Gwenodd yn rhadlon ar ei chydymaith, ei llygaid yn llawn pleser.

Gallai Elin ddweud o'i hwyneb fod yr arglwyddes yn hollol ddidwyll ei diolch. A ph'run bynnag, roedd wedi deall bellach mai Hélène oedd hi i'w meistres pan fyddai pethau'n dda rhyngddynt, ond Maria oedd ei henw os byddai'r arglwyddes mewn tymer wael. Edrychai Maria Stella ar ben ei digon ynghanol ei phentwr bychan o anrhegion, a gwres y tân yn gwrido'i bochau. Rhannwyd ei anrhegion yn ddau bentwr: anrhegion Ffrainc, gan ei ychydig ffrindiau ym Mharis, a'r anrhegion o dramor, gan gynnwys un bocs mawr o Lynllifon ar waelod y pentwr. Ar wahan i'r ddau bentwr roedd bwndel bach o lythyrau ar y bwrdd wrth ei hochr, a chadwai'r arglwyddes y rhain tan y diwedd cyn eu hagor. Cododd a gosod y ddau aderyn to gwiail ar y pentan cyn dychwelyd at ei phecynnau.

Dim ond dau anrheg oedd ym mhentwr Elin: un yn fawr ac un yn fach, ac roedd yn eu magu'n ofalus er mwyn ymestyn y pleser o'u hagor cyn hired â phosib. Tra oedd yr arglwyddes yn mynd drwy'r pentwr Ffrengig, penderfynodd Elin agor yr anrheg oddi wrth ei meistres. Roedd hwn yn focs helaeth, ac roedd ganddi amcan mai dilledyn oedd ynddo. Wedi iddi dynnu'r caead, gwirionodd yn lân o weld y wisg felfed a welodd wythnosau ynghynt yn nhrwnc yr arglwyddes.

'Wyt ti'n ei hoffi?' holodd ei meistres yn eiddgar. 'Mi gefais Annette i'w haddasu – roedd hi'n gwybod dy fesuriadau eisoes o'r gwisgoedd eraill! Mae hi wedi gwneud gwaith campus, yn tydi?'

Roedd dagrau yn llygaid Elin. Cododd yn frysiog a chofleidio'r arglwyddes yn ysgafn cyn rhoi cusan ar ei boch.

'Diolch i chi, Madame. Alla i ddim dweud wrthoch chi cymaint mae hon yn ei olygu i mi.'

'Rhaid i ti ei thrio ar unwaith, i wneud yn siŵr ei bod yn ffitio,' ychwanegodd Maria Stella, ond wrth sylwi ar Elin yn cipedrych ar ei hail anrheg, tosturiodd wrthi. 'Ar ôl i ti orffen agor dy anrhegion, wrth gwrs. Cofia, efallai fod rhywbeth i ti o Gymru fan hyn.' Pwyntiodd at y bocs o Lynllifon yr oedd hi ei hun ar fin ei agor. 'Ond agor di'r llall gyntaf.'

Roedd yr ail anrheg wedi ei lapio'n ofalus a'i gau â ruban coch. Gallai Elin deimlo mai rhywbeth meddal oedd ynddo, felly dyfalodd mai ddefnydd o ryw fath ydoedd. Nid oedd enw ar y tu allan heblaw ei henw hi, felly ni wyddai pwy a'i hanfonodd. Ni wyddai, chwaith, sut y cyrhaeddodd y pecyn, na phryd. Efallai, tybiodd, mai anrheg arall gan yr arglwyddes ydoedd. Ond roedd honno'n amlwg yr un mor eiddgar â hithau iddi ei agor. Go brin y byddai mor chwilfrydig pe gwyddai beth oedd yn y pecyn. Bron nad oedd ofn ar Elin ei agor, gan fod rhywbeth newydd ei tharo, syniad oedd yn peri pleser a phroblem ar yr un pryd. Os oedd hi'n gywir, sylweddolodd, byddai'n anodd iawn iddi egluro i'r arglwyddes.

Ymwrolodd, a rhwygo'r pecyn ar agor. Hances sidan gwyn oedd ynddo, ei hymylon wedi eu brodio â sidan gwyrdd golau, a brodwaith mewn un gongl o'r llythrennau E ac M wedi eu plethu yn ei gilydd. Ynghanol plygiadau'r hances sylwodd fod cerdyn bychan. Cipedrychodd ar yr arglwyddes, a cheisio gorchuddio'r cerdyn â'i llaw. Oedd ei meistres wedi ei weld? Gobeithiai nad oedd, oherwydd yn yr eiliad y gwelodd y cerdyn roedd wedi gallu darllen y geiriau 'Nadolig Llawen oddi wrth Christophe'. Teimlai'r gwrid yn ymledu dros ei hwyneb fel ton boeth. Ceisiodd guddio'i dryswch drwy dynnu sylw'r arglwyddes at yr hances.

'Edrychwch, Madame, mi fydda i'n teimlo fel boneddiges go iawn rŵan, efo hon. Sylwch ar lythrennau fy enw wedi'u brodio arni.' Estynnodd yr hances er mwyn i'r arglwyddes ei gweld yn well, ac ar yr un pryd llithrodd y cerdyn o'r golwg dan ei choesau.

'Gan bwy gest ti honna?' holodd Maria Stella wedi iddi astudio'r hances.

'Fy ffrind, Christine,' atebodd Elin yn frysiog. 'Wyddoch chi – mi ddwedais wrthych fy mod i wedi gwneud ffrind newydd pan oeddwn i'n siop Claudette sbel yn ôl.' Roedd yn ffieiddio'i hun am allu dweud celwydd mor rhwydd. Allai hi ddim egluro rŵan am fodolaeth Christophe, na'u cyfarfodydd yn siop Claudette. Fe'i synnwyd hi gan ymateb ei meistres wrth i honno ddechrau chwerthin yn sydyn.

'Mae gen ti edmygydd, yn does?' holodd, a thybiodd Elin fod tinc cyhuddgar yn ei llais. 'Mae gan Maria fach gariad!' meddai wedyn yn gellweirus. 'Pwy fyddai'n credu'r fath beth! Christine, wir! Pa mor hen wyt ti'n meddwl ydw i na alla i adnabod anrheg gan gariad?' Roedd ei llais bellach yn sbeitlyd. 'Ydi o'n olygus? Ydi o'n dal ac yn dywyll? Ydi o'n *gyfoethog?*'

'Wir i chi, Madame la baronne,' atebodd Elin yn ddryslyd. 'Gan Christine ges i'r hances. Mi anfonais innau flwch o sebon iddi hithau.' O'r nefoedd, meddyliodd Elin wrthi ei hun, rhaid iddi fy nghredu, neu wn i ddim beth i'w wneud! Roedd ei mwynhad o'r Nadolig, a'i gwisg newydd, wedi diflannu'n llwyr.

Syllodd Maria Stella arni am ennyd, yr hen olwg ddrwgdybus yn ei llygaid unwaith eto, sylwodd Elin, a'i chalon yn suddo. Onid oedd gan yr arglwyddes gyfiawnhad perffaith yn ei amau'r tro hwn? Dechreuodd y dagrau lifo o'i llygaid. Ond yr un mor sydyn, gwelodd fod yr arglwyddes wedi dechrau gwenu arni, fel petai hi wedi penderfynu derbyn ei heglurhad.

'Gwell i ni agor ein anrhegion o Gymru, felly,' meddai ei meistres yn siriol, fel pe bai dim wedi digwydd. Ac aeth ati gyda chyllell boced ysgafn i dorri drwy'r llinynnau ar y pecyn o Lynllifon.

Teimlai Elin yn llipa. Fyddai dim raid iddi ddweud rhagor o gelwyddau. Roedd yr arglwyddes wedi derbyn ei heglurhad, diolch i'r drefn, er y teimlai, yng ngwaelod ei chalon, mai dim ond dros dro roedd y storm wedi cilio. Diau y dychwelai maes o law, a byddai'n rhaid iddi forol am atebion gwell erbyn hynny. Wyddai hi ddim am unrhyw feistres oedd yn falch o glywed fod ei morwyn yn canlyn, hyd yn oed os oedd y forwyn wedi ei dyrchafu i statws cydymaith.

Roedd yn rhaid iddi hithau wneud ymdrech arwrol i ymddangos yn ysgafn ei chalon, a pharhau i fwynhau ysbryd yr ŵyl. Diolchodd i'r nefoedd am natur gynhyrfus ei meistres, oedd bellach wedi ymgolli'n llwyr yn y pleser o agor ei hanrhegion gan ei meibion. Wrth ei gwylio'n datod clymau'r llinynau a rhwygo'r papur, roedd meddwl Elin wedi dychwelyd at anrheg Christophe. Roedd ganddi hi gariad, tybiai'r arglwyddes. Dim ond cariadon fyddai'n anfon anrhegion personol i'w gilydd. Felly, oedd Christophe yn gariad iddi? Petrusai rhag meddwl y fath beth. Yn sicr, nid oedd wedi croesi ei meddwl i roi anrheg iddo ef. Nid oedd o wedi rhoi unrhyw arwydd iddi ei fod mewn cariad â hi, a bod yn gwbl onest. Oedd hi mewn cariad ag ef? Roedd hynny'n fater hollol wahanol. Ond oedd hi'n canlyn? Nag oedd, siŵr. Roedd y syniad yn chwerthinllyd, gwawdiodd ei hun. Ac eto, onid dyna ddyhead ei chalon? Onid oedd honno wedi llamu pan welodd hi'r enw ar y cerdyn? Ond pam roedd Christophe wedi rhoi anrheg iddi? Onid oedd hynny'n beth hy i'w wneud? Oedd o'n ei chymryd hi'n ysgafn? Oedd hi wedi bod mor hy ei hun nes rhoi'r argraff anghywir iddo? Beth oedd o'n ei feddwl ohoni mewn gwirionedd?

'Edrych, Maria! Mae anrhegion i ti fan hyn!' Torrodd llais yr arglwyddes ar draws ei myfyrdodau, a cheisiodd hithau wenu ac edrych yn awyddus. Nid oedd hynny mor anodd, chwaith, oherwydd roedd meddwl am ei theulu'n cynhesu'i chalon.

Derbyniodd Elin ddau becyn o ddwylo'r arglwyddes, ac nid oedd raid iddi ffugio'i llawenydd. Agorodd hwy'n eiddgar. Oddi wrth Tante Sophie roedd y cyntaf, llyfryn bychan yn llawn cynghorion ar foesau cymdeithasol, a hwnnw wedi ei ysgrifennu yn Ffrangeg. Agorodd yr ail anrheg yn fwy gofalus. Defnydd ydoedd eto, ond tipyn mwy na maint hances boced: cotwm bras wedi ei frodio â chroesbwyth, a'r adnod *Duw Cariad Yw* wedi ei gweithio mewn edafedd coch arno, a blodau glas bychain a dail gwyrdd yn fordor iddo. Ar y gwaelod yr oedd y llythrennau GT ac ET, a'r flwyddyn 1829, wedi eu gweithio mewn edafedd ddu. Ei mam, a'i chwaer Elisabeth. Llifodd yr hen hiraeth drosti ar ben holl emosiynau'r munudau diwethaf. Teimlodd y dagrau'n cronni, a defnyddiodd hances Christophe am y tro cyntaf.

XV

O na allai Mam fy ngweld i yma!' meddyliodd Émile yn llawn rhyfeddod, gan eistedd wrth fwrdd yr ysgrifenyddion. 'Fi, y crwt tlawd o Marseilles, yn eistedd yn ystafell fwyta plasty crand Monsieur le comte de Talleyrand-Périgord, prince de Bénévent, ar Place Louis XVI!' Gwenodd yn nerfus ar ei gyd-ysgrifenyddion, ond un yn unig a ymatebodd drwy wenu'n ôl. Gosodwyd lle i chwech ohonynt wrth y bwrdd; roedd pump yno eisoes, ac yntau nawr yn eistedd yn yr unig gadair wag. Gwibiai ei lygaid yn wyliadwrus i weld sut roedd y gweddill yn ymddwyn. Dyma'r tro cyntaf iddo wneud gwaith o'r fath, o leiaf mewn man gweddol gyhoeddus, ac nid oedd am dynnu sylw ato'i hun drwy wneud rhywbeth od neu wahanol i'r lleill. Bwriadai efelychu popeth a wnaent hwy, i osgoi unrhyw *faux pas*.

Roedd yn falch mai rhybudd byr a gawsai gan ei feistr, Louis-Adolphe Thiers, yn gofyn iddo fod yn ysgrifennydd iddo mewn cyfarfod pwysig o gefnogwyr eu papur newydd. Y noson cynt, roedd Thiers wedi gorchymyn iddo wisgo'i ddillad gorau fore trannoeth, gan fod gwaith pwysig o'i flaen. Roedd hefyd i ddod â'i flwch ysgrifennu symudol gydag ef, a chyflenwad digonol o bapur ysgrifennu, ysgrifbinnau ac inc, oherwydd roedd i gofnodi popeth a ddywedid yn y cyfarfod. Ni ddywedwyd wrtho bryd hynny ymhle y cynhelid y cyfarfod, meddyliodd yn ddiolchgar, neu fe fuasai wedi troi a throsi drwy'r nos, heb gysgu'r un winc.

Sylwodd fod y dynion eraill yn gosod eu hoffer yn ddestlus o'u blaenau, a gwnaeth yntau'r un fath. Craffodd yn fanwl ar bob pìn ysgrifennu, rhag ofn fod un diffygiol yn eu mysg, ond roeddynt i gyd yn newydd ac yn ddi-fai. Rhywbeth i basio'r amser oedd hyn, mewn gwirionedd, a gwneud iddo ymddangos yn brysur, oherwydd roedd wedi edrych dros bopeth cyn cychwyn am y goets a'u cludodd nhw yno. Roedd yr ysgrifenyddion eraill yn amlwg yn adnabod ei gilydd ac yn rhyw fân sgwrsio, ond ni wahoddwyd Émile i ymuno yn eu sgwrs.

Pan na allai wneud rhagor â'i offer ysgrifennu, edrychodd dros ei ysgwydd ar y bwrdd mahogani enfawr a lenwai ganol yr ystafell hardd. Safai'r bwrdd ar garped Aubusson anferth o liwiau hufen, gwyrdd golau a phinc, a lle gorffennai'r carped, roedd y llawr pren wedi ei gwyro nes ei fod yn disgleirio, a'r graen yn creu patrwm naturiol, hyfryd. O blith y chwe wyneb a eisteddai o amgylch y bwrdd, dau yn unig a adnabyddai Émile: ei feistr, Thiers, yn y gadair agosaf at gadair wag Talleyrand yn y pen pellaf, ac Armand Carrel, un o gyhoeddwyr eraill y papur newydd. Roedd y gweddill yn ddieithr iddo. Rhyw fân siarad ymysg ei gilydd oedd pawb wrth y bwrdd hwnnw hefyd wrth iddynt ddisgwyl dyfodiad eu gwahoddwr.

Trodd Émile ei sylw at yr ystafell gan edmygu'r holl bortreadau, portreadau teuluol mae'n siŵr, a addurnai'r muriau, yn gymysg â drychau mewn fframiau euraid. Roedd yna dair ffenestr hirsgwar, helaeth, â'u llenni o sidan drudfawr, tybiai Émile, o'r un lliwiau â'r carped, yn disgyn yn blygiadau moethus i'r llawr. Ymestynnodd Émile ei wddf i geisio gweld yr olygfa drwy'r ffenestri, ond y cyfan a welai oedd ychydig o las y nen a chymylau'n teithio'n osgeiddig drosto. Ond roedd y golau a ddeuai drwy'r ffenestri'n cael ei adlewyrchu gan y drychau mawrion, gan greu ymdeimlad pleserus o ofod a

147

goleuni. Roedd seidfwrdd anferth yn llenwi un ochr i'r ystafell, a'i wyneb wedi ei orchuddio gan gostreli, canwyllbrennau a dysglau, a'r cyfan wedi eu gwneud o arian. Roedd tri drws dwbwl i'r ystafell, a dau ffwtmon mewn perwig yn sefyll ger pob un.

Wedi iddo archwilio popeth oedd yn yr ystafell, trodd ei sylw'n ôl at ei offer ysgrifennu. Roedd yr holl ddisgwyl hwn yn ddiflas, meddyliodd wrth wylio'r ysgrifenyddion eraill yn sgwrsio'n braf ac yn ei anwybyddu'n llwyr. Cawsai ei ddysgu yn yr ysgol fod prydlondeb yn bwysig, mai arwydd o barch at y sawl a'ch gwahoddodd, neu'ch cyflogwr, neu hyd yn oed eich ffrindiau, ydoedd. Oedd y ffaith fod Talleyrand bellach mor hwyr i'r cyfarfod hwn yn arwydd o'i ddiffyg parch tuag at ei westeion? Ai ffordd o ddangos i bawb oedd yn bresennol mai ef oedd y meistr oedd hon, mai ei weision oeddynt hwythau, a'u dyletswydd hwy oedd dygymod â phob mympwy a ddeuai iddo? Ond roedd elfen arall i annifyrrwch Émile: dyheai am gael gweld Talleyrand yn y cnawd. Roedd wedi darllen cymaint am y dyn wrth gynorthwyo Thiers yn ei ymchwil i hanes y Chwyldro, ac roedd ei hanes wedi ennyn chwilfrydedd Émile. Pa fath o gymeriad oedd gan rywun a fu mor ddylanwadol ym mhob llywodraeth o 1789 hyd nes bu'n rhaid iddo ffoi yn nyddiau'r Braw ym 1793, ond a ddychwelodd i safle o rym a dylanwad unwaith yr oedd Napoléon wedi cymryd yr awenau? Mae'n rhaid ei fod yn gawr o ddyn.

O'r diwedd gwelodd Émile y ffwtmyn yn styrio, a dau ohonynt yn agor y drysau dwbl ym mhen pellaf yr ystafell. Plygodd yn ôl yn ei gadair i geisio cael gwell golwg ar y dyn pwysig wrth iddo gerdded i mewn i'r ystafell, ond yna sylweddolodd, wrth glywed sŵn coesau cadeiriau'n crafu'r llawr, fod pawb yn codi i'w draed. Prysurodd yntau i wneud yr un fath. A ddylai wynebu'r tywysog, neu syllu yn ei flaen fel milwr, neu beth?

Cipedrychodd ar ei gyd-ysgrifenyddion a gweld eu bod i gyd yn moesymgrymu'n isel, a'u llygaid tua'r llawr, ac unwaith eto efelychodd hwy. Gwyliai bob symudiad a wnâi'r ysgrifenyddion wrth iddo glywed y Tywysog Talleyrand yn eistedd a phawb arall wrth y bwrdd mawr yn dilyn ei esiampl. Yna eisteddodd ei gyd-weithwyr, a gwnaeth yntau'r un modd. Yn yr ychydig eiliadau tra oedd pawb yn gwneud ei hunain yn gyfforddus, mentrodd astudio'r dyn, a chafodd siom. Roedd wedi disgwyl dyn llawer mwy, am ryw reswm, nid yr henwr hwn. Ond roedd ei geg yn fain a chadarn, a'r llygaid yn fyw a threiddgar. Synhwyrodd Émile fod grym yn dal i orwedd yn rhwydd yn nwylo'r dyn, ac nad ar chwarae bach y gellid cael y gorau ar M. le comte Talleyrand-Périgord, prince de Bénévent. Yna dechreuodd y cyfarfod, ac ni chafodd amser i astudio'r dyn ymhellach.

Yn fuan iawn ar ôl dechrau ar ei waith gyda Thiers, dyfeisiodd Émile ddull o dalfyrru geiriau er mwyn gallu cymryd cofnodion yn gyflymach. Roedd y dull hwn yn talu ar ei ganfed iddo'n awr. Sylweddolodd yn sydyn y byddai ei ddiffyg adnabyddiaeth o rai o'r wynebau'n anfantais iddo, felly gwnaeth fraslun o'r bwrdd, a gosod llythrennau ar gyfer lleoliad pob wyneb: T am Talleyrand, Th am Thiers, C am Carrel, a llythrennau yn nhrefn yr wyddor i'r gweddill. Gallai gael yr enwau gan Thiers wedi i'r cyfarfod orffen.

Cofnodai'r cyfan ar ddull sgript drama, gan nodi enw (neu lythyren) y siaradwr mewn colofn ar y chwith, yna'r hyn a ddywedodd. Trafodaethau sut yr oedd eu papur newydd, *Le National*, wedi llwyddo yn ystod pythefnos cyntaf ei fodolaeth a gofnododd i ddechrau: yr ymateb iddo, y nifer a werthwyd ac yn y blaen. Derbyniwyd ambell awgrym sut y gellid gwella'r diwyg, cynyddu'r cylchrediad ac ati cyn i'r sgwrs droi i drafod materion oedd o ddiddordeb mawr i Émile: y sefyllfa wleidyddol, a beth fyddai safbwynt y papur newydd mewn ymateb i'r sefyllfa honno.

Th: Ac mae'r llywodraeth yn paratoi i yrru milwyr i Algeria, felly?

T: Yn ôl yr wybodaeth gefais i. Maent i hwylio ddiwrnod olaf y mis.

B: Ceisio tynnu sylw'r cyhoedd oddi wrth eu bwriad ynglŷn ag Erthygl 14, decini.

T: Yn union. Does dim byd gwell na rhyfel llwyddiannus oddi cartref i ennill cefnogaeth y bobl. Maen nhw'n cael eu cyfareddu wrth glywed bloeddio teyrngarol a gweld baneri'n chwifio yn yr awyr las.

D: Beth petai'r fyddin yn aflwyddiannus?

T: Dydi hynny ddim yn debygol. Byddin fechan iawn sydd gan y Dey Hussein, arweinydd Algeria, a fawr ddim llynges heblaw am ei fôrladron direol.

Th: Ond ydych chi'n meddwl o ddifrif y byddai'r brenin yn ddigon ffôl i ddefnyddio Erthygl 14?

T: Nid mater o fod yn ddigon ffôl, fy ffrind, ond o fod yn ddigon ofnus. Cofiwch, mae Charles X yn gweld yr anniddigrwydd sydd ym Mharis ar hyn o bryd fel digwyddiadau '89 yn cael eu hailadrodd. Mae'n credu â'i holl galon mai gwendid mawr ei frawd, Louis XVI, oedd ildio i ofynion yr États-Général. Nid oes ganddo'r bwriad lleiaf o wrando ar ofynion y bobl, heb sôn am blygu iddynt.

Th: Ond diddymu'r Siarter!

B: Dychwelyd i'r *ancien régime!*

Th: Mae'n rhaid i ni wrthsefyll y brenin! Beth bynnag ydi gwendidau'r Siarter, mae'n well na dychwelyd at unbenniaeth llwyr yr hen goron.

C: Ie, un cyfrwys iawn oedd yr hen frenin, yn cynnwys y cymal sy'n rhoi hawl iddo'i hun – neu unrhyw frenin sy'n ei ddilyn – i ddiddymu'r

Siarter heb orfod torri amodau'r Siarter hwnnw! Tric clyfar iawn!

Wrth gofnodi'n wyllt, ceisiai Émile wneud synnwyr o'r hyn a glywai. Gwyddai am y Siarter a baratowyd yn Vienna fel y gellid gwahodd brawd yr hen frenin Louis XVI, sef Louis XVIII, i ailafael yn y frenhiniaeth unwaith eto yn Ffrainc. Siarter oedd hon a osodai amodau ar y darpar frenin, er mwyn sefydlu brenhiniaeth gyfansoddiadol fel brenhiniaeth Lloegr. Ond ni wyddai lawer am yr Erthygl 14 roedd pawb yn ei drafod. Yn ôl pob golwg, roedd y cymal hwn yn galluogi'r brenin i dorri amodau'r Siarter a hynny o fewn cyfansoddiad y Siarter ei hunan! Roedd rhywun wedi bod yn esgeulus iawn, meddyliodd Émile, neu'n glyfar iawn. Sylweddolodd yn sydyn nad oedd yn talu digon o sylw i'r drafodaeth, a bod perygl iddo golli darnau ohoni, felly canolbwyntiodd ar ei waith.

T: Dyna wendid y Siarter, wrth gwrs. Ond ar y pryd, doedd neb yn rhag-weld sefyllfa'n codi lle byddai angen i'r Siarter ei ddiddymu ei hun.

C: Neb ond Louis XVIII, mwy na thebyg! Un cyfrwys fu o 'rioed, yn wahanol i'w frawd Charles. Rydw i'n sicr fy meddwl mai Louis fynnodd ychwanegu'r cymal hwn i'r Siarter.

O, dyna sut mae pethau'n gweithio, meddyliodd Émile. Ei ddealltwriaeth ef oedd mai Talleyrand ei hun oedd yn bennaf cyfrifol am lunio'r Siarter yng Nghyngres Vienna. Gwyddai pawb a eisteddai wrth y bwrdd hynny hefyd, ond eu bod yn rhy gwrtais, neu'n rhy daeogaidd, i edliw hynny i'r dyn mawr ei hun.

Th: Ac rydych chi'n sicr fod Charles X yn bwriadu defnyddio Erthygl 14?

T: Gyda Polignac fel ei brif weinidog, beth arall all ddigwydd?
(Chwerthin)

D: Dyn sy'n honni derbyn gweledigaethau oddi wrth y Forwyn Fair ei hun!

C: A'r brenin yn gwrando ar bob gair o'i wefusau! Mae'r un mor gyfriniol â'r llall!

Th: Felly, beth yw safbwynt y *National*? Sut fyddwn i'n mynegi ein gwrthwynebiad?

Roedd garddwrn Émile ar dân, ac roedd yn falch pan ddaeth y cyfarfod i ben yn fuan wedyn. Safodd pawb a moesymgrymu wrth i'r tywysog godi ar ei draed gyda chymorth ei ffon emog, a gadael yr ystafell drwy'r un drysau ag y daethai i mewn drwyddynt.

'Émile!' galwodd Auguste Sautelet arno.

Rhuthrodd Émile i'r llyfrgell fasnachol ym mlaen yr adeilad lle roedd y golygydd yn gweithio ar ei bapurau. Wrth adael ei fwrdd gafaelodd mewn pensel a bwndel o bapur ysgrifennu glân. Nid oedd eto wedi gorffen copïo nodiadau'r cyfarfod y bore hwnnw yn ei lawysgrif orau ar gyfer Thiers, ond gwaith digon diflas oedd hwnnw. Byddai'n falch o unrhyw dasg newydd y gallai'r golygydd ei chynnig iddo.

'Ha, Émile,' cyfarchodd Sautelet ef. 'Mae gen i waith i ti. Rydw i'n deall bod criw o ddynion ifainc yn cyfarfod bob wythnos yn y Café d'Auvergne, i drafod materion y dydd.' Cymerodd ennyd i sgriblo rhywbeth ar bwt o bapur, a'i roi i Émile. 'Dyma gyfeiriad y *café*. Rydw i eisiau i ti ddarganfod ar ba noson y cynhelir y cyfarfodydd, a mynd iddyn nhw.'

'Ydych chi am i mi gymryd cofnodion?' holodd Émile gan afael yn y darn papur.

'Ydw siŵr, ond paid â gwneud hynny'n amlwg. Bydda'n gyfeillgar, gwna ymdrech i ddod yn un ohonyn nhw, cael dy dderbyn ganddyn nhw. Ceisia gofio popeth, serch hynny, a'i ysgrifennu ar bapur ar ôl cyrraedd adref. O beth rydw i'n ei ddeall, mae ganddyn nhw syniadau diddorol iawn. Efallai y gwnaiff y papur gyhoeddi erthygl amdanyn nhw.'

'Ydych chi am i mi sgwennu'r erthygl?'

Gwenodd Sautelet ar ei brentis newyddiadurwr.

'Efallai. Gawn ni weld sut hwyl fyddi di'n ei chael arni hi cyn penderfynu.'

Roedd hyn yn ddigon i Émile. Gadawodd yr ystafell yn llawn brwdfrydedd. Gallai orffen ei waith yn fuan y noson honno, a chychwyn am y *café*. Edrychodd ar y cyfeiriad ar y darn papur, a cheisio lleoli'r stryd. Sylweddolodd y cymerai awr reit dda iddo gerdded yno o'i ystafell, ond pe byddai'n mynd yn syth o'r swyddfa, gallai haneru'r siwrnai.

Prysurodd Émile i orffen ei waith copïo. Roedd Sautelet am roi cyfle iddo ysgrifennu'i erthygl gyntaf! Ymddiriedai'n llwyr yng ngair y golygydd: os oedd ei waith yn ddigon da, yna fe fyddai'n cael ei gyhoeddi. Er mai gŵr cymharol ifanc oedd Sautelet, dim ond blwyddyn neu ddwy yn hŷn nag ef ei hun, tybiai Émile, roedd yn ddwys ei agwedd, yn ddwfn ei lygaid, yn ffurfiol gywir ei ymddygiad ac yn ddiwyro ei foesau. Edmygai Émile ef, ac yn fwy na hynny, roedd yn llawn parchedig ofn tuag ato. Roedd Sautelet eisioes yn fawr ei barch ymysg y deallusion llenyddol, oherwydd ei fod wedi golygu nifer o awduron y mudiad Rhamantaidd, ac wedi cyhoeddi nifer o gyfrolau, gan gynnwys y cyfieithiad cyntaf i Ffrangeg o *Faust* gan Goethe. Un o drysorau pennaf Émile oedd y gyfrol honno, â'i lluniau bendigedig o waith Delacroix. Roedd wedi ei phrynu gyda'i gyflog cyntaf, ac wedi byw heb fara am dridiau o'r herwydd.

Edrychodd i fyny i'r awyr wrth adael y swyddfa, ac er ei bod yn nosi, sylwodd fod cymylau efydd yn gorffwys yn drwm ar doeau'r ddinas. Roedd yn falch o'r gôt fawr o frethyn trwchus a gawsai'n anrheg Nadolig gan wraig ei gyflogwr, Thiers – hen gôt ei brawd, meddai wrtho ar y pryd. Gyda'i het wedi ei gwasgu'n isel ar ei ben, a'r mwffler am ei geg a'i glustiau, teimlai'n weddol gysurus. Serch hynny, ofnai y byddai'n eira cyn iddo gyrrraedd ei wely. Unwaith yn unig y bu raid iddo holi'r ffordd a hynny gan hen wreigan oedd yn chwilota gyda ffon mewn tomen sbwriel, a chan ddilyn ei chyfarwyddiadau, cyrhaeddodd y stryd briodol a gweld golau canhwyllau'r café yn denu'r cerddwyr i'r dedwyddwch oddi mewn. Roedd y lle'n weddol brysur, ac aeth i holi'r perchennog y tu ôl i'w gownter a oedd y dynion ifainc yn cyfarfod y noson honno.

'Pa ddynion ifainc?' gofynnodd hwnnw'n swta.

Roedd agwedd y dyn mor ddrwgdybus fel y penderfynodd Émile nad oedd wiw iddo gyfaddef mai newyddiadurwr ydoedd. Ar y llaw arall, ni wyddai a oedd enw ar y criw yr oedd i fod yn rhan ohonynt. Gwyddai am rai cymdeithasau oedd yn rhoi enwau aruchel – os nad ffroenuchel – iddynt eu hunain. Gweithiai ei feddwl yn gyflym.

'Y dynion ifainc – wyddoch chi, y myfyrwyr sy'n cyfarfod yma bob wythnos. Roeddwn i yn yr ysgol gydag un ohonyn nhw, a phan ddeallodd fy mod yn dod i Baris fe ddywedodd wrthyf am ddod i'w gyfarfod fan hyn.' Gwenodd Émile yn ymddiheuriol ar y dyn. 'Yn anffodus, dydw i ddim yn cofio pa noson maen nhw'n cyfarfod.'

'Rwyt ti wedi eu colli,' daeth yr ateb swta. 'Roeddan nhw yn yr ystafell gefn echnos. Rhaid i ti ddisgwyl tan yr wythnos nesa bellach.'

Penderfynodd Émile na fyddai'n rhoi busnes i'r surbwch, er ei fod yn dyheu am baned o goffi. Trodd a chychwyn am y drws pan alwodd y perchennog ar ei ôl.

'Be 'di dy enw di, i mi gael deud wrthyn nhw os daw rhywun i mewn cyn hynny?'

Anwybyddodd Émile y cwestiwn, gan gogio nad oedd

wedi ei glywed, a phrysuro allan i'r stryd. Roedd ganddo daith hir a blinedig o'i flaen cyn cyrraedd ei ystafell, ac roedd yr eira wedi dechrau disgyn yn ysgafn. Erbyn iddo gerdded rhyw hanner milltir, roedd y gwlybaniaeth wedi treiddio drwy wadnau ei esgidiau nes bod ei draed yn wlyb diferol ac yn teimlo fel talpiau o rew. Biti na fuasai gwraig Thiers wedi gweld yn dda i roi hen esgidiau ei brawd iddo hefyd! Gwelodd siop fwyd ar agor, a phenderfynodd droi i mewn am damaid, a phan ddaeth allan drachefn wedi ei ddiwallu, roedd yr eira wedi peidio. Rhyw gawod ysgafn oedd hi wedi'r cwbwl. Gorffennodd ei daith â mwy o egni ar ôl iddo fwynhau'r powlennaid anferth o *bouillabaisse* oedd yn ei atgoffa o'r siopau bwyd ger ei gartref ym Marseilles.

Dychwelodd i'r *café* rai dyddiau'n ddiweddarach, ar y noson briodol. Adnabu'r perchennog ef, ac amneidio arno fynd i fyny'r grisiau ac i ystafell yng nghefn yr adeilad. Teimlai'n anghysurus pan sylweddolodd fod y perchennog yn ei ddilyn. Wedi agor y drws, prin y gallai weld y dynion ynghanol yr holl fwg sigarennau a'r golau gwantan o'r canwyllbrennau ar y waliau. Safodd ar y trothwy i geisio ymgynefino â'r duwch. Er mawr syndod iddo, clywodd lais yn galw ei enw.

'Émile! Émile, beth wyt ti'n da yma?'

Llais Christophe ydoedd, ond chafodd Émile fawr o gyfle i ryfeddu na dirnad pam roedd ei ffrind yn y fath gwmni. A dweud y gwir, roedd yn hynod falch fod rhywun o'r cwmni wedi ei gyfarch mewn ffordd mor gyfeillgar: roedd rhagluniaeth wedi ei achub rhag drwgdybiaeth y perchennog.

Ymddangosodd Christophe o wyll y mwg sigarennau a gafael yn ei fraich.

'Tyrd i mewn, i mi gael dy gyflwyno di i rai o'r hogiau. Be' gymri di i'w yfed?' Cyn iddo allu ateb, roedd

Christophe wedi troi at y perchennog ac wedi galw am gostrelaid arall o'i win gorau, a gwydrau glân. Trodd hwnnw ar ei sawdl a diflannu.

Yn y munudau nesaf, cyflwynwyd Émile i fôr o wynebau nad oedd modd iddo'u cofio. Wedi i'r gwin a'r gwydrau gyrraedd, ac i'r cyflwyniadau ddod i ben, cafodd Émile gyfle bach tawel i sibrwd yng nghlust ei ffrind.

'Fi ddylai ofyn beth wyt ti'n ei wneud yn y fath gwmni,' meddai. 'Wyddwn i ddim fod gennyt ti unrhyw ddaliadau politicaidd!' Nid oedd Émile wedi gweld Christophe ers cyn y Nadolig. Gwir, roedd wedi bod y tu hwnt o brysur yn yr wythnosau diwethaf, ond yn fwy na hynny roedd wedi pellhau oddi wrth Christophe yn dilyn y digwydd-iad yn Faubourg St Antoine. Teimlai fod difaterwch Christophe ynglŷn â'r holl dlodi a'r dioddef a welsent y diwrnod hwnnw wedi creu agendor rhyngddynt, ac nad oedd ganddo'r un parch at Christophe ag o'r blaen. Dyna paham, efallai, ei fod wedi synnu cymaint o weld Christophe yn y cyfarfod hwn.

'Dyna lle rwyt ti'n camgymryd,' atebodd Christophe. 'Mae gan y rhain syniadau diddorol, gei di weld. Mi fydd un o'r arweinwyr yma cyn bo hir, a dyna pryd y bydd y trafodaethau'n dechrau o ddifrif.'

Edrychodd Émile o'i gwmpas. Roedd ei lygaid wedi cynefino erbyn hyn, a gallai weld mai dynion ifainc oedd yn yr ystafell. Myfyrwyr, yn ôl Christophe, ond nid myfyrwyr tlawd iawn, ychwanegodd Émile yn ddistaw iddo'i hun. Rhyw chwarter awr yn ddiweddarach, cyrhaeddodd y gŵr a ddisgwyliai Christophe, oherwydd plygodd drosodd i sibrwd wrth Émile mai hwn oedd Lamarolle, yr arweinydd. Cyn gynted ag yr ym-ddangosodd y dyn, torrodd llu o leisiau allan i'w gyfarch. Chwifiodd ei law'n ddifater mewn ymateb iddynt, ac anelu'n syth am gadair wag ger y lle tân. Roedd Émile eisoes wedi sylwi ar y gadair honno, ac wedi rhyfeddu nad oedd neb wedi dewis eistedd ynddi: roedd yn amlwg yn y safle mwyaf cyfforddus yn yr ystafell. Nawr fe ddeallai pam y gadawyd hi'n wag.

Hwn oedd canolbwynt y criw, meddyliodd Émile gyda diddordeb. Roedd pob pen a chorff wedi troi'n reddfol yn eu seddau i wynebu'r dyn hwn, fel blodau at yr haul. Ymddangosodd tancard o gwrw o'i flaen, a drachtiodd ohono. Nid oedd wedi yngan yr un gair wrth neb.

'Hei, André,' galwodd un o'r myfyrwyr wedi i'r tancard gwag gael ei osod yn ôl ar y bwrdd. 'Ti 'di iro dy lwnc bellach?'

'Mae'n cymryd mwy nag un,' atebodd Lamarolle yn sychlyd. Chwarddodd pawb wrth i ail dancard ymddangos yn ei law o fewn eiliadau. Roedd fel petai ymddangosiad yr ail dancard yn arwydd, a dechreuodd y sgwrsio a'r dadlau brwd y disgwyliai Émile a Christophe amdanynt.

Roedd Émile wedi ei gyfareddu. Roedd y dynion hyn yn trafod materion oedd mor agos i'w galon yntau! Tlodi'r gweithwyr, anobaith y di-waith, trueni sefyllfa'r gwragedd a'r plant, salwch a budreddi'r ardaloedd tlotaf, a diffygion y llywodraeth a chymdeithas yn gyffredinol yn gadael i'r fath annhegwch fodoli. Erbyn i'r cyfarfod ddirwyn i ben, roedd ei ben yn llawn syniadau, ac addawodd yn daer iddo'i hun ac i rai o'r dynion eraill y byddai'n ôl yr wythnos ganlynol. Gadawodd y *café* yng nghwmni Christophe, a gyd-gerddodd ychydig o'r ffordd adref gydag ef.

'Wel,' dechreuodd Christophe, 'beth oeddet ti'n ei feddwl o'r cyfarfod?'

Ysgydwodd Émile ei ben yn araf cyn ateb. Rhuthrai cymaint o eiriau, cymaint o syniadau drwy ei ben fel nad oedd yn hawdd rhoi trefn arnynt.

'Un peth sy'n sicr,' meddai o'r diwedd, 'rydw i am

157

glywed rhagor. Wyt ti'n adnabod y criw yn dda, Christophe?'

'Ddim yn arbennig. Does dim llawer ers pan ydw innau wedi dechrau mynd i'w cyfarfodydd.'

Atgoffwyd Émile o'i gwestiwn gwreiddiol i Christophe, cyn i André Lamarolle gyrraedd, a sylweddolodd nad oedd Christophe mewn gwirionedd wedi ei ateb. Agorodd ei geg i ofyn unwaith yn rhagor pam roedd Christophe yno, ond cyn iddo ddweud gair, dechreuodd Christophe siarad eto.

'Mae 'Nhad am i mi fynd i fyd gwleidyddiaeth, a gwneud rhywbeth ohonof fy hun.' Chwarddodd yn ysgafn. 'Wn i ddim a fyddai'n cytuno â'm dewis o safbwyntiau gwleidyddol, chwaith! Mae o'n un o'r *Ultra-royalistes!*'

Gwrandawodd Émile yn llawn diddordeb. Ni allai gofio Christophe yn trafod ei fywyd personol na'i deulu o'r blaen. Roedd wedi derbyn, rywfodd, fod Christophe o deulu *bourgeois* uwch, teulu cefnog oedd yn berchnogion ar ddiwydiannau hwnt ac yma. Gallai ddychmygu'n hawdd y byddai teulu o'r fath yn cefnogi Charles X a'i ddyhead i droi'r cloc yn ôl i'r blynyddoedd cyn y Chwyldro. Siaradodd Christophe yn rhwydd ac agored am y gwahaniaethau rhwng daliadau ei dad a'i rai yntau nes iddi ddod yn amser iddynt wahanu.

'Wela i di'r wythnos nesaf, 'ta?' gofynnodd Émile.

'Siŵr o fod. Ond yli, dydan ni ddim wedi gweld llawer ar ein gilydd yn ddiweddar. Beth am gyfarfod dydd Sul? Rydw i wedi gofyn i Elin Mair ddod am dro drwy erddi'r Tuileries i'r Champs de Mars efo fi, a gweld y Gwarchodlu Cenedlaethol yn ymarfer. Pam na ddoi di efo ni? Gallwn fynd am de i un o'r tai bwyta yn y wlad.'

Petrusodd Émile.

'Dydw i ddim eisiau bod yn y ffordd,' atebodd yn sychlyd. Chwarddodd Christophe.

'Fyddi di ddim, 'rhen gyfaill. Mwynhau sgyrsiau'n gilydd mae Elin Mair a minnau, dyna'r cyfan, ac mi rydw i'n mwynhau dangos Paris iddi. Mae ganddi agweddau mor ddirodres a chartrefol. Mae'n newid mor ffres, ac mor wahanol i siarad gwag ac arwynebol y merched ifainc eraill rwy'n eu hadnabod.'

Daliodd Émile i betruso, ond llwyddodd Christophe o'r diwedd i'w gael i gytuno i ddod.

Ffarweliodd y ddau, a chyn iddo gymryd dau gam roedd meddwl Émile yn ôl yn ystafell y *café*. Roedd y drafodaeth ar addysg, ac yn arbennig addysg i'r gweithwyr a'r tlawd, wedi ei gyfareddu. Dyna'r ffordd ymlaen! Teimlai ei fod wedi gwybod hynny ym mêr ei esgyrn ers blynyddoedd, ac mai dim ond crisialu'r cyfan yn ei feddwl wnaeth y cyfarfod. Ond yr hyn a'i cynhyrfai fwyaf oedd yr wybodaeth, y sicrwydd, mai dyma faes y gallai ef ei hun gyfrannu tuag ato. Doedd ganddo mo'r arian na'r wybodaeth i wneud dim ynghylch newyn a salwch, ond roedd addysg yn fater gwahanol iawn.

Beth petai'n gallu sefydlu rhwydwaith o wirfoddolwyr i ddysgu'r sgiliau sylfaenol o ddarllen, ysgrifennu a rhifo? Pobl o'r un anian ag yntau fyddai'n fodlon rhoi ychydig oriau'r wythnos yn rhad ac am ddim i gynnal dosbarthiadau? Pobl fyddai'n ymfalchïo mewn taflu goleuni ar dywyllwch anwybodaeth y gorthrymedig. Pobl fyddai'n gorfoleddu wrth weld y gorthrymedig yn derbyn yr arfau fyddai'n eu galluogi i daflu baich eu gorthrwm oddi ar eu hysgwyddau a sefyll yn unionsyth a balch ochr yn ochr â'u cyd-ddyn!

A phwy fyddai'r disgyblion? Dynion? Merched? Plant? Pawb? Ie, wrth gwrs, pawb fyddai'r ateb delfrydol, oni bai nad oedd hynny'n ymarferol. Na, camau bychain i gychwyn. Byddai'n rhaid meddwl yn ofalus cyn penderfynu pwy fyddai'r bobl gyntaf i'w helpu. Roedd anghenion pob un dosbarth o bobl mor ddilys a dwys â'i gilydd, meddyliodd, fel na allai benderfynu. Byddai'n well ymgynghori gyntaf.

Cyrhaeddodd ei ystafell yn gynt o lawer na'r disgwyl, ei goesau wedi ei gario adref yn reddfol tra oedd ei feddwl wedi ymgolli ynghanol ei holl syniadau cyffrous. Gwyddai na fyddai'n hawdd iddo gysgu'r noson honno, felly aeth ati ar ei union i lunio drafft cyntaf ei erthygl ar gyfer M. Sautelet, ac yna, ar bapur gwahanol, ei holl feddyliau ynglŷn ag addysgu'r dyn cyffredin.

XVI

Ceisiodd Maria Stella gadw'i dwylo'n llonydd. Roedd yn rhaid iddi reoli'i nerfau; doedd hyn yn da i ddim! Edrychodd ar y cloc unwaith eto a gwelodd gyda siom mai prin roedd wedi symyd ers y tro diwethaf iddi edrych arno. Chwarter awr arall cyn y byddai'r dyn yn cyrraedd. Chwarter awr arall o ddisgwyl. Roedd hi eisiau sgrechian!

Yr eira, wrth gwrs, oedd y rheswm dros ei nerfau drwg. Byddai'n dioddef o'r un broblem bob tro y caent aeaf oer. Roedd ei nerfau cynddrwg neithiwr fel y bu iddi fethu cysgu, yr hen ofnau'n codi eu pennau hyll, nes iddi orfod gofyn i Annette alw Hélène i gadw cwmni iddi. Chwarae teg i'r Gymraes, fe ddaeth yn ddirwgnach, a gwneud dysglaid o lefrith poeth a nytmeg i'r ddwy ohonynt. Roedd Hélène yn gallu gwneud llefrith poeth a nytmeg mewn ffordd arbennig a fyddai bob amser yn gwneud iddi ymlacio, a doedd neithiwr ddim yn eithriad. Ond cyn iddi syrthio'n ôl i gysgu, roedd Hélène a hithau wedi bod yn siarad. Teimlodd reidrwydd i egluro pam roedd gweld eira'n cael y fath effaith ar ei nerfau. Roedd wedi ceisio disgrifio ynys Dago ym môr y Baltig, yn drwm o eira am chwe, ac weithiau saith, mis y flwyddyn. Ceisiodd egluro sut roedd hi wedi dod i gasáu'r gaeafau yno, y rhwystredigaeth o fod ynghlwm wrth y tŷ a'i gyffiniau am yr holl amser, y diffyg cymdeithasu, yr unigedd. Y dynion yn mynd allan i hela, ond y gwragedd yn segur yn ceisio pasio'r amser. A'r tywyllwch! Dyna oedd waethaf! Sut i egluro i ferch o Gymru mai prin teirawr oedd yna o olau dydd? A rywsut, doedd y ffaith fod dyddiau'r haf yn para am dros ugain awr ddim yn gwneud iawn am y gaeafau. A'r effaith a gâi'r gaeafau hynny ar y bobl. Sawl un oedd yn mynd yn wallgof bob gaeaf! Sawl un oedd yn crogi ei hun - brawd ei gŵr yn eu plith. Teimlodd ei chorff yn dechrau crynu eto, dim ond wrth iddi feddwl am y peth.

Adroddodd hanes ei thad-yng-nghyfraith wrth Hélène, a sut yr aeth hwnnw'n wallgof, a lladd ei bartner busnes oedd yn gapten llong ac yn llochesu yn harbwr Kärdla dros y gaeaf, ac iddo yntau wedyn gael ei ddedfrydu i garchar yn Siberia, lle bu farw. Roedd hynny cyn ei hamser hi ar yr ynys, diolch i'r drefn, ond roedd hen nyrs y teulu'n ymhyfrydu mewn dweud yr hanes wrthi ddechrau pob gaeaf. Gan yr hen nyrs, hefyd, y clywodd hanes arall am ei thad-yng-nghyfraith. Roedd llong fechan wedi cael ei chwythu ar draethau'r ynys gan storm enfawr, a rhai teithwyr wedi boddi er i'r rhan fwyaf gyrraedd y lan yn ddiogel. Teithwyr ar eu ffordd i Sweden neu Ddenmarc oeddynt, Iddewon yn ffoi rhag *pogrom* arall yn Rwsia yn y gobaith o ddechrau bywydau newydd mewn gwledydd mwy goddefgar, os oedd y fath wledydd yn bod. Rhoddwyd lloches i'r trueiniaid ar y dechrau, nes i dad ei gŵr glywed mai Iddewon oeddynt. Yna fe heliwyd pob copa walltog ohonynt drwy'r coedwigoedd, eu hela fel anifeiliaid, a'u crogi bob un o ganghennau'r coed, yn fabanod a phlant, yn wŷr a gwragedd – gweithred ddu ynghanol yr eira gwyn. Y stori hon oedd sail ei holl hunllefau, eglurodd wrth Hélène. Weithiau, cyfaddefodd Maria Stella wrthi ei hun (ond nid, wrth gwrs, wrth Hélène), roedd yn hawdd ganddi gredu nad er mwyn yr hogiau yr arhosai yma ym Mharis yn ceisio profi ei hachos, ond er mwyn osgoi gorfod dychwelyd i'r ynys. A dim ond y posibilrwydd y byddai hi'n llwyddo i ennill ffortiwn y d'Orléans oedd yn rhwystro'i gŵr rhag mynnu ei bod yn dychwelyd i Rwsia ato ef ac Edward, fel roedd wedi mynnu eu bod yn dychwelyd ato un waith o'r blaen, ychydig flynyddoedd ar ôl iddynt briodi, pan oedd hi wedi dianc i Loegr gyda'r esgus o weld ei bechgyn. Roedd wedi aros gyda hwy am ddwy flynedd nes i'w gŵr gyrraedd ar ei long ei hun a mynnu ei bod yn dychwelyd gydag ef. Doedd ganddi ddim lloches rhagddo nac esgus i'w wrthod.

Edrychodd ar y cloc unwaith eto. Pum munud i fynd. Cododd i fynd at ei bwrdd ysgrifennu ac edrychodd dros ei phapurau am y canfed tro. Roedd wedi gosod popeth allan mor ddestlus ag y gallai, wedi rhannu'r papurau'n bentyrrau synhwyrol. Dim ond gobeithio y gallai ddwyn perswâd ar y dyn i'w helpu. Dychwelodd i'w chadair, gan wneud yn siŵr fod ei lyfr mewn lle amlwg ar y bwrdd bychan wrth ei hochr. Roedd am iddo wybod ei bod wedi darllen ei waith, ac yn ei gymeradwyo. Gafaelodd yn y llyfr a'i fyseddu: '*Mémoires Secrets Et Universels Des Malheures Et De La Mort De La Reine De France*', gan Gaspard Louis Lafont d'Aussonne. Roedd wedi hoffi ei arddull, ei gydymdeimlad â'i destun. Rhyw ymdriniaeth fel hon oedd ei hangen ar ei hunangofiant hithau. Byddai'n rhoi mwy o hygrededd i'w hachos os byddai wedi ei gyflwyno'n dda gan berson annibynnol.

Wrth droi'r llyfr drosodd yn ei dwylo, meddyliodd am ei pherthynas, gwrthrych y llyfr: Marie Antoinette druan. Meddyliodd unwaith eto am gysylltiadau ei theulu: ei hen, hen, hen daid hi, sef y duc d'Orléans cyntaf, mab i Louis XIII a brawd iau Louis XIV, a'i wraig Liselotte o'r Palatin, oedd hen daid a nain Marie Antoinette. Mam y frenhines druan oedd Maria Theresa, ymerodres Awstria. Brawd Marie Antoinette oedd Leopold, dug Twsgani, pan oedd hi'n blentyn yn Firenze, er iddo ddychwelyd i Awstria yn ddiweddarach yn ymerawdwr wedi marwolaeth ei frawd Joseph. Cofiodd am ei hymweliad â Pisa gyda Ziannamaria ac iddi gael gweld y teuluoedd brenhinol yn cyrraedd eu palas yn y ddinas honno. Ychydig a wyddai bryd hynny ei bod yn cael edrych ar aelodau o'i theulu ei hun! Trawyd hi gan syniad newydd: ai'r dug oedd wedi rhoi'r tocynnau mynediad i'r achlysur yn nwylo'i thad honedig, ac wedi siarsio'r dyn ei bod hi, Maria Stella Petronilla, i gael teithio i Pisa? Oedd o'n gwybod am ei bodolaeth hi felly? Mae'n rhaid ei fod o! Onid y fo – yn ôl Lorenzo Chiappini beth bynnag – oedd wedi rhoi caniatâd i Arglwydd Newborough ei phriodi yng nghapel y Ruccelai yn Santa Maria Novella?

Cafodd ei llusgo'n ôl i'r presennol gyda braw pan glywodd gnoc ar y drws, a'r ffwtmon yn cyhoeddi, 'Monsieur l'abbé Lafont d'Aussonne'.

'Enchanté, Madame la baronne,' meddai'r dyn llychlyd, eiddil a gerddodd i mewn i'r ystafell, gafael yn ei llaw a'i chusanu. Edrychai fel gwawdlun o'r syniad poblogaidd o academydd ac ymchwilydd tlawd, ei ddillad du wedi troi'n wyrdd-las o oed, ei groen yn welw fel pe na byddai byth yn gweld golau dydd, a phrin fod ganddo ddigon o gnawd i orchuddio'i sgerbwd main.

Amneidiodd Maria Stella yn osgeiddig a chwifio'i llaw i awgrymu ei fod yn eistedd gyferbyn â hi. Eisteddodd yntau yn ei sedd gan daflu cynffonnau ei got naill ochr i'w gorff, ac am eiliad bu bron i Maria Stella chwerthin: roedd y cynffonnau mor hir ar y corff bychan nes eu bod yn edrych fel adenydd gwan yn curo'n aneffeithiol. Mygodd yr ysfa, a bwrw'n syth at fusnes. Eglurodd sut yr oedd ei gofiant i Marie Antoinette wedi gwneud argraff mor ffafriol arni, ac fel yr hoffai i M. Lafont d'Aussonne edrych ar ei hunangofiant hithau a'i godi i safon dderbyniol. Rhoddodd fraslun iddo o'i hachos, a gwrandawodd yntau'n astud. Wedi iddi orffen, syllodd y gŵr arni'n ddwys.

'Gallaf weld y tebygrwydd o ran pryd a gwedd, wrth gwrs,' meddai'n araf. Yna bu'n dawel am rai eiliadau cyn ychwanegu, 'Ac rydych chi wedi cwblhau eich hunangofiant? Ac am i mi ei ddarllen a'i wella?' Moesymgrymodd yn sydyn. 'Os yw hynny'n bosib, wrth gwrs.'

Amneidiodd Maria Stella ei phen yn gadarnhaol a chanu'r gloch fach ar y bwrdd wrth ei hochr.

'Os ymgymeraf â'r gwaith, Madame la baronne, bydd yn rhaid i mi weld y dogfennau gwreiddiol i gyd.'

'Wrth gwrs,' atebodd hithau. 'Maen nhw gen i fan hyn, os hoffech chi eu gweld nhw rŵan.'

Gwelodd y diddordeb sydyn a ddaeth i lygaid y gŵr wrth iddi bwyntio at y papurau ar ei bwrdd ysgrifennu. Roedd wedi hanner codi i'w gweld yn well nes iddo gofio'i foesau a ffrwyno'i chwilfrydedd. Roedd hi'n sicr yn y fan a'r lle y byddai'r dyn yn ymgymryd â'r gwaith. Dyma hanesydd o'r iawn ryw, yn llawn cynnwrf pan ddôi tystiolaeth newydd, gwreiddiol i'w law.

Mewn ymateb i'r gloch, daeth y ffwtmon i'r ystafell yn cario hambwrdd arian a gwydrau bychain a chostrel o sieri arno, a'r tu ôl iddo cerddai Hélène.

'Gymerwch chi sieri, Madame la baronne?' holodd Hélène yn gwrtais wedi i'r ffwtmon ymadael. 'Monsieur Lafont d'Aussonne?' Wedi iddi ddiwallu anghenion y ddau, aeth i eistedd mewn cadair gyfagos. Bodlonwyd Maria Stella wrth weld ei chydymaith yn dilyn pob cyfarwyddyd a gawsai'r bore hwnnw gan ei meistres. Roedd Hélène i fod yn bresennol fel tyst i bopeth, ac i gynorthwyo pan fo'r angen. Er bod y confensiynau cymdeithasol yn cael eu parchu, gallai weld fod y dyn bach ar bigau'r drain eisiau bwrw 'mlaen â'r busnes o weld ei phapurau. Ond yn gyntaf, roedd am egluro rhai pethau ei hunan.

'Gan fy nhad honedig ar ei wely angau y clywais i gyntaf fy mod wedi fy nghyfnewid am fachgen bach ar ddiwrnod fy ngeni,' dechreuodd adrodd ei hanes wrtho. 'Cewch weld ei lythyr yn y man, ond y broblem yw nad ydi o'n enwi fy ngwir rieni. Dim ond drwy chwilota a holi nifer o drigolion Modigliani – tref fy ngenedigaeth – a gweision a morynion teulu pwysicaf yr ardal, y darganfyddais yr enw de Joinville. Wedi casglu'r dystiolaeth, cefais fy nghynghori i fynd â'r achos i'r llys eglwysig yn Faenza. Rhoddodd pob un o'm tystion eu tystiolaeth ar lŵ o flaen yr esgob a'i weision, ac i dorri stori hir yn fyr, dedfrydodd y llys y dylid newid fy nhystysgrif geni, ac yn hytrach na nodi fy rhieni fel Lorenzo a Vincenta Diligenti Chiappini, dylid eu nodi fel y comte a'r comtesse de Joinville. Gwnaethpwyd hynny, ac mae fy nhystysgrif geni – sydd yn y pentwr cyntaf acw,' a phwyntiodd at ei bwrdd ysgrifennu 'yn dangos yn swyddogol mai fy enw bedydd yw de Joinville. Felly, fe welwch fod gen i'r hawl cyfreithiol i'm galw fy hun yn de Joinville.'

Roedd wedi penderfynu mai dyna'r cyfan roedd hi am ei ddatgelu yn ystod y cyfarfod cyntaf hwn. Craffodd ar wyneb Lafont d'Aussonne, a theimlai'n fodlon wrth weld syndod yn gymysg â chwilfrydedd. Roedd ei stori'n amlwg wedi gwneud argraff arno. Bwriodd ymlaen.

'Ac yn awr rydw i am eich gadael chi yng ngofal fy nghydymaith, Mademoiselle Hélène. Mi gaiff hi'ch cynorthwyo i fynd drwy'r pentwr o bapurau o'r Eidal. Mae'r cyfan ar y bwrdd ysgrifennu, yn nhrefn amser, ac mae croeso i chwi wneud nodiadau, ond nid i fynd â'r papurau allan o'r ystafell hon. Oherwydd eu natur, gallwch ddeall fy mhryder naturiol ynghylch eu diogelwch.'

Gan deimlo'n hollol fodlon, gadawodd yr ystafell, ac wrth basio Hélène, rhoddodd nod fach a rhyw hanner gwên iddi.

Roedd Elin eisoes ar ei thraed pan gerddodd yr

arglwyddes o'r ystafell. Ni allai lai nag edmygu'r ffordd roedd ei meistres wedi ymddwyn fel gwraig fusnes gadarn. Gan ddal i ddilyn y strategaeth roedd y ddwy ohonynt wedi ei thrafod, gwahoddodd y gŵr i ddod at y bwrdd ysgrifennu a'r pentwr papurau. Gosododd gadair gefnsyth ychwanegol wrth ochr yr un oedd yno'n barod, ac amneidio ar y gŵr i eistedd yno.

Heb ofyn ei chaniatâd na gwastraffu'r un eiliad, dechreuodd y dyn fyseddu drwy'r pentwr. Cafodd hithau gyfle i astudio nifer o'r papurau nad oedd hi wedi eu gweld o'r blaen. Ond doedd hi fawr elwach oherwydd roedd y rhan fwyaf ohonynt mewn Eidaleg. Daeth ar draws bentwr o bortreadau mewn pensel ysgafn. Craffodd arnynt yn chwilfrydig.

'Beth sydd gennych chi fan yna?' holodd yr hanesydd yn eiddgar.

'Portreadau o deulu'r Chiappini yn yr Eidal, rydw i'n meddwl,' atebodd Elin, 'er nad ydw i'n siŵr.'

Gofynnodd yr hanesydd a gâi eu gweld, a dangosodd Elin hwy iddo. Astudiodd hwy'n fanwl.

'Wyddoch chi pwy oedd yr arlunydd?' holodd yn y man.

Ysgydwodd Elin ei phen. Doedd hi ddim yn sicr, er ei bod yn cofio'r arglwyddes yn sôn am ei modryb yn yr Eidal yn casglu arian er mwyn talu i arlunydd ifanc wneud portread ohoni hi, Maria Stella, fel un o'r merthyresau.

'Rydw i'n meddwl mai cyfaill i'r arglwyddes oedd o, neu efallai gyfaill i fodryb yr arglwyddes – hynny ydi, ei modryb honedig,' atebodd Elin. Ceisiodd gofio'i enw. 'Roberto rhywbeth,' ychwanegodd, ond ni allai gofio'r cyfenw.

Gwyliodd Elin wyneb yr awdur wrth iddo edrych o un portread i'r llall. Roedd hi ei hun yn eu hoffi. Roedd y gwaith pensel fel cartwnau, neu'n hytrach yn debycach i frasluniau na phortreadau, mewn gwirionedd. Gallai

Elin ddychmygu'r arlunydd yn eu llunio'n gyflym heb i'r gwrthrych fod yn ymwybodol o'r hyn roedd o'n ei wneud. Roedd wedi llwyddo i ddal personoliaethau'r bobl, tybiodd, yng nghrychni'r croen o amgylch y llygaid a'r cegau, o'r wên faleisus ar wefusau un ohonynt i'r caledwch a'r creulondeb yn llygaid un arall.

'Maen nhw'n rhyfeddol,' meddai Lafont d'Aussonne o'r diwedd, gan roi'r portreadau yn ôl iddi. Ysgydwodd ei ben yn araf. 'Mae'r tebygrwydd rhwng y bobl yn y lluniau hyn a duc d'Orléans i'w ryfeddu ato. Ond dewch, ymlaen â'r gwaith!'

Gwyliodd Elin y dyn bach yn prysuro drwy'r holl bapurau. O'r ffordd roedd o'n eu hastudio, credai Elin nad oedd iaith dramor y dogfennau'n llyffethair ar M. Lafont d'Aussonne.

'Ydych chi'n deall Eidaleg, syr?' holodd yn gwrtais.

Trodd y dyn i edrych arni'n sydyn, ei dalcen yn rhychiog wrth iddo ffromi arni. Roedd ei chwestiwn yn amlwg wedi torri ar draws ei waith, ac roedd yn ddig am hynny. Ond daeth golwg mwy caredig i'w lygaid wrth iddo'n amlwg faddau iddi.

'Ydw, Ma'mselle,' atebodd. 'Ydych chi?'

Ysgydwodd Elin ei phen, ac edrychodd y dyn arni'n ddwys cyn troi'n ôl at y papurau. Disgwyliodd Elin yn amyneddgar, ac aeth peth amser heibio. Yn sydyn, daeth geiriau ei meistres i'w chof, a mentrodd ofyn i'r dyn bach od,

'Ydych chi am wneud nodiadau, syr?'

'Na,' atebodd gan ysgwyd ei ben. 'Wyddwn i ddim y byddwn i'n dechrau ar y gwaith yn syth. Ond mae gen i gof eithriadol o dda. Bydd mynd drwy'r rhain yn ddigon ar y dechrau.'

O'r diwedd, roedd wedi gorffen. Gwnaeth bentwr bach taclus o'r papurau a'u rhoi yn ôl ar y bwrdd. Trodd at Elin.

'Nid un o Ffrainc ydych chi, Mademoiselle Hélène?'

'Nage, syr. O Gymru.'

'Rydych chi'n siarad Ffrangeg yn rhyfeddol o dda.'.

'Diolch, syr. Cefais fy nysgu gan Ffrances pan oeddwn i'n ifanc iawn.'

'Felly wir? Ond does gennych chi ddim Eidaleg?'

'Nac oes, gwaetha'r modd. Mi fuaswn i wrth fy modd pe bawn i'n gallu deall y rhain,' atebodd, gan bwyntio at y papurau.

Edrychodd yr hanesydd yn ystyriol ar Elin, ac yna daeth i benderfyniad. 'Gadewch i mi egluro rhai ohonynt yn fras i chi.'

Ailgydiodd yn y papurau, a rhoi crynodeb byr o bob un iddi. Cafodd Elin y teimlad mai athro oedd o, wrth reddf os nad wrth ei alwedigaeth, ac roedd yn ddiolchgar iddo am gymryd y fath drafferth gyda hi.

Y papur cyntaf yn y pentwr oedd tystiolaeth y chwiorydd Bandini, oedd wedi bod yn forynion ym mhlasty'r Contessa Camilla Borghi pan ymwelodd cwpwl Ffrengig o dras uchel â thref Modigliani, ac aros yn y Palazzo Praetorial yno. Yn ôl y ddwy chwaer, roedd gwraig yr uchelwr Ffrengig yn feichiog, fel yr oedd gwraig ceidwad y carchar yn y Palazzo Praetorial, dyn o'r enw Lorenzo Chiappini, a'r ddwy i fod i roi genedigaeth i'w babanod tua'r un adeg.

Tad y ddwy chwaer, Nicholas Bandini, oedd stiward teulu'r Borghi, ac roedd y ddwy yn gweini ar y Contessa. Pan ymwelodd y Contessa â'i phalas yn nhref Modigiliana, fel roedd hi'n ei wneud bob haf, yn y flwyddyn 1773, roedd y cwpwl Ffrengig yno'n barod yn y Palazzo Praetorial oedd gyferbyn â'i chartref hi yn y sgwâr islaw'r castell. Pan ddaeth amser i'r ddwy wraig feichiog esgor, roedd cryn gynnwrf yn y ddau adeilad, a llawer o fynd a dod. Roedd un o'r chwiorydd yn bresennol pan wnaethpwyd y cyfnewid, ac yn ddiweddarach fe gadarnhaodd Chiappini wrthynt ei hunan fod y plant newydd-anedig wedi eu cyfnewid. Roedd y tad Ffrengig, eglurodd y ddwy, yn awyddus i gael bachgen yn etifedd iddo er mwyn sicrhau etifeddiaeth gyfoethog tu hwnt, ac wedi talu'n anrhydeddus i Chiappini am gytuno i'r cyfnewid. Byth ers y diwrnod hwnnw, roedd gan Chiappini ddigon o arian, ac fe dalai ar ei ben am ei rawn a gwin ac ati, yn hytrach na chadw cyfrif fel yr arferai ei wneud cynt. Roedd yn gydnabyddedig ar lafar gwlad fod cyfnewid wedi digwydd, a phawb yn gwybod nad merch Chiappini oedd y babi newydd, ond merch uchelwyr Ffrengig o'r enw *il conto e contessa de Joinville*. Un hawdd iawn i'w wneud ag ef oedd y comte, cofiasant, yn rhwydd ei ffordd gyda'r bobl gyffredin ac yn yfed yn gyson gyda Chiappini. Roedd yn ddyn golygus, meddent, a chroen ei wyneb yn weddol dywyll ei liw, a'i drwyn yn goch a phlorog. Pan gyfarfu'r ddwy chwaer ag Arglwyddes Newborough yn 1823, wrth iddi chwilio am dystiolaeth o'r cyfnewid, roeddynt wedi rhyfeddu pa mor debyg i'r comtesse de Joinville oedd hi o ran golwg. Tystiodd y ddwy fod gan yr hen contessa Camilla gydymdeimlad mawr â'r plentyn bach, a'i bod wedi gresynu llawer am y cyfnewid. Gwnaethai bob ymdrech i'w charu a'i choleddu nes i deulu Chiappini symud i Firenze pan oedd y fechan yn bedair oed. Rhoddwyd tystiolaeth y ddwy chwaer o flaen llys barn, ac llofnodwyd y dystiolaeth fel un ddilys gan swyddogion y llys yn Faenza.

'Ie,' meddai M. Lafont d'Aussonne yn feddylgar wedi darllen y dystiolaeth. 'Mae gen i gof o nhad yn disgrifio Philippe Égalité – dyna oedd enw duc d'Orléans ym 1793 – wrth iddo fynd i'r gilotîn, a'i ddisgrifiad o'r trwyn amlwg, coch, plorog wedi aros yn fy meddwl.' Ychwanegodd yn dawel, fyfyrgar, 'Mae gan yr arglwyddes drwyn amlwg iawn, yn rhyfeddol o debyg i drwynau teulu'r Orléans.' Rhoddodd y darn cyntaf o dystiolaeth i un ochr a gafael yn y nesaf. 'Dyma i chi un diddorol. Tystiolaeth Signore Giovanni-Maria Valla o Brisighella, oedd yn y militia ym 1773. Roedd newydd gael ei ddyrchafu'n gorporal, a derbyniodd orchymyn gan Lysgennad y Pab yn Ravenna i atal Ffrancwr oedd yn galw ei hun yn 'comte'. Gwnaeth hynny ger mynachdy Sant Bernard, ond ychydig ddyddiau'n ddiweddarach daeth Milwyr Swis y Cardinal a mynd â'r dyn i ffwrdd. Mae'n disgrifio'r Ffrancwr fel dyn o gorff da, er ychydig yn dew, a lliw ei groen yn frowngoch, a'i drwyn yn blorog. Ni wyddai'r corporal pam yr ataliwyd y dyn. Ond roedd yn adnabod Lorenzo Chiappini, wedi chwarae pêl-droed yn ei erbyn ar sawl achlysur, a gwyddai'r hanes amdano'n cyfnewid ei fab newydd-anedig am ferch rhyw uchelwr cyfoethog, a bod ganddo ddigon o arian wedi hynny.

'Dyma un arall,' meddai. 'Barbwr Brisighella, Signor Guiseppe Guezzani, yn tystio iddo eillio dieithryn oedd yn aros yn y mynachdy, uchelwr pwysig o Ffrainc. Ni wyddai ei enw, ac ni wyddai pam roedd y dyn yno, ond mae'n rhoi'r un disgrifiad ohono â'r lleill: braidd yn dew, yn weddol dal, ei groen yn frowngoch a thrwyn plorog, coch – a choesau da ganddo!

'A Signor Domenico della Valle, oedd yn ysgrifennydd y plwyf yn Brisighella. Roedd wedi clywed yr hanes am y cyfnewid, gan fod pawb yn yr ardal yn siarad am y peth, ac yna, wedi i filwyr Napoléon chwalu'r fynachlog, roedd yn un o'r rhai a geisiodd osod papurau'r myneich mewn trefn. Roedd yn gallu darllen Ffrangeg, ac roedd dau lythyr ymysg y papurau wedi tynnu ei sylw, gan eu bod yn yr iaith honno. Roedd y ddau wedi eu harwyddo gan Louis, comte de Joinville, a'u dyddiad oedd 1773, er na allai gofio'r diwrnod na'r mis. Roedd y llythyr cyntaf wedi ei anfon o Modigliana ac yn diolch i'r Tad am adael iddo gael lloches yn y fynachlog, a'r ail o Ravenna, yn adrodd hanes ei atal a'i ryddhau'n ddiweddarach.' Ochneidiodd yr ysgolhaig. 'Biti garw nad oedd neb wedi gofalu am y papurau hyn. Maent wedi diflannu bellach, mae'n siŵr. Mae'r dystiolaeth yna yn cyd fynd â thystiolaeth dyn o'r enw Signore Ludovichetti, cyfreithiwr yn Ravenna,' ychwanegodd, gan chwilota am bapur arall. Wedi cael hyd iddo, adroddodd ei gynnwys. 'Roedd y dyn hwn yn y llys un diwrnod, oddeutu un o'r gloch, pan glywodd fod dyn o wlad dramor wedi ei atal. Pan hebryngwyd y dyn i'r adeilad, gorchmynnodd Ei Arucheledd y Cardinal, oedd yn llywodraethu yn y llys, iddo gael ei arwain i'w swyddfa yn syth. Dilynodd Ludovichetti hwy, a gwelodd y Cardinal yn cyfarch y dyn yn wresog, a'i gofleidio, cyn ei wahodd i'w ystafelloedd preifat. O fewn hanner awr, roedd y dyn yn rhydd, ac yn gadael y ddinas mewn coets. Ni wyddai enw'r dyn, dim ond mai Ffrancwr ydoedd.' Rhwbiodd M. Lafont d'Ausonne ei lygaid yn flinedig cyn troi at Elin. 'Wyddoch chi rywbeth am foesau a defodau'r Eglwys Gatholig?'

'Na, syr.'

'Nid yw cardinal yn yr eglwys babyddol yn cofleidio pobl fel chi a fi, na hyd yn oed uchelwyr. Cyfrifir cardinal fel tywysog yr eglwys babyddol, ac felly dim ond dynion o'r un gradd fydden nhw'n eu cyfarch yn y modd hwn. Hynny yw, pobl o waed brenhinol. Felly, roedd y cardinal hwn yn gwybod nad comte cyffredin oedd y comte de Joinville, ond dyn o waed brenhinol. Roedd duc d'Orléans a'r brenin Louis XVI yn gefndryd, y ddau'n ddis-gynyddion i Louis XIII.'

Ceisiodd Elin roi trefn ar yr holl wybodaeth yn ei meddwl, yr holl dystiolaeth. Ond roedd un peth yn ei drysu.

'Syr, rydach chi'n sôn am comte de Joinville yn ceisio ffoi, ac yn cael ei arestio ac ati, ond pam roedd o'n ffoi?

Oedd o wedi torri'r gyfraith? Dydw i ddim yn deall.'

Chwiliodd Lafont d'Aussonne drwy'r papurau nes dod o hyd i'r un a geisiai, yna pwysodd yn ôl yn ei gadair.

'Ie, dyma ni,' meddai wedyn. 'Y gred oedd fod y fam, Vincenta Diligenti, yn ei dagrau, wedi dweud yr hanes wrth ei chyffeswr ar ŵyl y Pasg, ychydig ddyddiau ar ôl yr enedigaeth. Dealladwy, wrth gwrs, yn arbennig os oedd hi'n anfodlon â'r cyfnewid.'

'Ia,' cytunodd Elin yn feddylgar. 'Does neb yn sôn am deimladau'r ddwy fam, yn nag oes? Dim ond dweud bod y tadau'n fodlon iawn ar y trefniant busnes.'

'Yna fe bwysodd ei chyffeswr arni i ddatgelu enw'r tramgwyddwr i'r Swyddogaeth Sanctaidd, a'i thribiwnlys hi orchmynnodd ei atal, ond ffoi i'r fynachlog yn Brisighella wnaeth y comte, a gofyn am loches.' Rhwbiodd ei lygaid unwaith eto. 'Maddeuwch i mi, Mademoiselle Hélène, ond mae'r hen lygaid yn blino'n gyflym y dyddiau hyn. Alla i ddim astudio rhagor.' Cododd a gadael y bwrdd. 'Wnewch chi fynegi fy ymddiheuriadau i'r arglwyddes? Dywedwch wrthi fy mod yn llawn chwilfrydedd ynglŷn â'i hachos, ac y byddaf yn cysylltu â hi'n fuan er mwyn gallu astudio'i phapurau ymhellach.'

Moesymgrymodd yn gwrtais a hebryngodd Elin ef at y drws.

XVII

Teimlai Elin mor nerfus fel na allai eistedd yn llonydd
am fwy nag ychydig eiliadau ar y tro. Er mai bore Sul
ydoedd, roedd hi eisoes wedi trafod y bwydlenni gyda'r
gogyddes, wedi gwneud rhestr o'u hanghenion o'r *épicerie*
lleol, wedi rhoi gwers i Annette ar bwytho cudd, ac wedi
mynd drwy gwpwrdd llieiniau'r tŷ i gael golwg ar eu
cyflwr. Roedd hyd yn oed yr arglwyddes wedi gwneud
rhyw sylw gwamal ynglŷn â'i phrysurdeb. Ond mewn
gwirionedd, petai'r arglwyddes wedi gofyn i Elin beth
oedd ffrwyth ei llafur, beth oedd y bwydlenni ar gyfer yr
wythnos, neu faint o bethau oedd eu hangen o siop y
groser, neu a oedd angen prynu llieiniau newydd neu
drwsio'r hen rai, ni allai'r ferch fod wedi ei hateb. Roedd
ei meddwl wedi ei hoelio ar sut i ateb un broblem fawr: a
fentrai hi gyfarfod Christophe unwaith eto, yn ôl
cyfarwyddiadau'r gwahoddiad roedd ef wedi ei anfon ati
rai dyddiau ynghynt. Er ei bod eisoes, mewn munud wan,
wedi dilyn cyfarwyddyd ei chalon ac wedi derbyn y
gwahoddiad, roedd hi'n swp o ofn wrth i awr eu cyfarfod
agosáu.

Nid oedd wedi ei weld ers y Nadolig. Roedd wedi anfon
nodyn bach i ddiolch iddo am ei anrheg, wrth gwrs, ond
gwrthododd y gwahoddiad cyntaf a anfonodd yntau'n ôl.
Roedd ymateb yr arglwyddes i'w hances boced ar
ddiwrnod Nadolig wedi ei dychryn, ac wedi gwneud iddi
sylweddoli pa mor beryglus oedd ei chyfeillgarwch â

Christophe i'w bywyd ym Mharis. Credai Elin, neu'n hytrach fe obeithiai, fod yr arglwyddes wedi derbyn ei heglurhad mai merch oedd wedi anfon yr anrheg ati, ac nid dyn. Ar y cyfan roedd pethau'n dda rhyngddynt, ac eto roedd adegau pan sylweddolai fod yr arglwyddes yn ei gwylio unwaith eto ag amheuaeth ar ei hwyneb, fel y gwnaethai yn ystod y cyfnod pan oedd hi'n wael. Ofnai Elin y byddai hi allan ar y stryd, gyda dim ond yr hyn a ddaeth gyda hi o Gymru, pe byddai'r arglwyddes yn gwybod ei bod yn gweld dyn. Beth, felly, ddylai wneud gyda gwahoddiad Christophe?

Nid y gwahoddiad arferol i gario 'mlaen gyda'r gwersi Saesneg oedd hwn, ond gwahoddiad i gyd-gerdded ag ef ar y prynhawn Sul canlynol. Cofiodd y cyffro yn ei chalon wrth iddi ei ddarllen. Onid cariadon oedd yn cyd-gerdded â'i gilydd? Oedd Christophe, felly, am wthio'u cyfeillgarwch gam ymhellach? Roedd i fod i'w gyfarfod wrth ddrysau'r Comédie Française am un o'r gloch os byddai'r tywydd yn sych. Roedd rhan ohoni wedi dyheu am dywydd gwlyb, a'r glaw yn dymchwel i lawr, er mwyn osgoi gorfod gwneud y penderfyniad ofnadwy hwn. Ond gwyddai nad oedd hynny'n debygol. Tywydd eithriadol o rewllyd a gafwyd ers dyddiau bellach, ac nid oedd y bore Sul hwn yn eithriad: bore hyfryd o heulog ond oer, a haenen drwchus o eira'n gorchuddio'r ddinas. Pan agorodd gaeadau ei ffenestr ben bore, roedd wedi ei chyfareddu gan brydferthwch y gwynder glân a addurnai'r ddinas enfawr. Roedd pobman yn dawel, bron mor dawel â Phenbonc ar fore Sul, y ceffylau a'r certi'n ddiogel yn eu stablau, a dim un enaid byw i'w weld yn unman ac eithrio ambell i weithiwr stryd oedd eisioes wedi dechrau ar y dasg o glirio llwybrau drwy'r eira. Teimlodd bryd hynny fod ei thynged yn anorfod. Ni allai droi ei chefn ar ddiwrnod mor fendigedig, a hynny yng nghwmni ei chariad. Cariad! Roedd y gair yn anfon rhyw wewyr llawn cyffro drwyddi. Dim ond wedi iddi dderbyn y gwahoddiad hwn y caniataodd i'w hun feddwl am Christophe fel ei chariad.

Wedi cinio brysiog oedd bron â'i thagu, gwisgodd amdani'n ofalus. Dyma'r tro cyntaf iddi wisgo'i hanrheg Nadolig oddi wrth yr arglwyddes: y siwt felfed lliw castan a'r blew bele du ar ei hymylon. Roedd Annette wedi gwneud gwaith da, chwarae teg iddi, yn addasu'r dilledyn ar ei chyfer, ac roedd yn ei ffitio'n berffaith. Byddai'n falch o'r leinin ffelt ar dywydd fel heddiw, a thybiodd na fyddai angen clogyn ychwanegol arni. Gadawodd ei hystafell mor dawel ag y gallai. Nid fod raid iddi geisio llithro allan heb i neb ei gweld: roedd eisoes wedi derbyn caniatâd yr arglwyddes i fynd am dro, ond mynd allan am dro efo 'Christine', nid Christophe. Wrth iddi anelu tuag at ddrws eu hystafelloedd, fodd bynnag, galwodd yr arglwyddes hi'n ôl. Bu bron iddi lewygu. Oedd yr arglwyddes yn ei drwgdybio? Â'i chalon yn curo'n wyllt, aeth Elin i weld beth oedd yn bod.

'Hmm, mae'r wisg 'na'n edrych yn dda arnat ti,' meddai, gan astudio Elin o'i chorun i'w sawdl. 'A beth wyt ti wedi'i wneud efo dy wallt? Chdi wnaeth o dy hun?'

'Nage, Madame la baronne,' atebodd Elin yn frysiog. 'Mi gefais i Annette i fy helpu – meddwl y byddai'n ymarfer da iddi. Mae'ch gwallt chi mor hawdd i'w drin, nid fel y mwng sydd gen i – mop o gyrls fyddai Mam yn arfer ei ddweud. Mae gallu cadw rheolaeth arno, a'i gael i aros mewn unrhyw steil ffasiynol, yn brawf reit dda o allu'r trefnydd.' Sylweddolodd Elin ei bod yn siarad gormod, a thawodd.

'Hmm,' meddai'r arglwyddes drachefn. 'Mae'n dy siwtio di. Mi ddylet ti ei osod o fel 'na'n amlach. Wel, paid â sefyll yn hurt fan hyn! Gwell i ti gychwyn, neu mi fydd Christine yn gorfod disgwyl amdanat.' Trodd yr arglwyddes i ffwrdd ac yna arhosodd. 'Hélène!' galwodd wrth i Elin fynd drwy'r drws, 'Gwell i ti wisgo hon, rhag ofn y byddi di'n oer.' Estynnodd glogyn o ddwylo Annette a'i rhoi i Elin, clogyn *pelisse* â blew *chinchilla*, a mwff o'r un ffwr. Derbyniodd Elin hwy'n ddiolchgar.

Roedd rhywbeth yn od yn ymddygiad yr arglwyddes, meddyliodd Elin yn bryderus wrth iddi fynd i lawr y grisiau a cherdded allan i'r stryd. Oedd hi'n amau? Ond a fyddai ei llais mor gyfeillgar, ac a fyddai wedi canmol ymddangosiad Elin pe bai hynny'n wir? Ac a fyddai'n benthyca'i chlogyn i'w chydymaith pe bai hi'n ddig gyda hi? Cododd ei hwyneb at yr haul, a phenderfynu nad oedd pwrpas poeni bellach. Doedd dim troi'n ôl rŵan, yn arbennig a hithau'n ddiwrnod mor fendigedig.

Anghofiodd ei phryderon wrth brysuro tuag at y rue de Rivoli a'r Comédie Française. Oni bai fod y palmentydd mor beryglus o lithrig, buasai wedi dawnsio'i ffordd i lawr y stryd. Roedd hi'n mynd i weld ei chariad! Pa ferch fuasai'n benisel pe bai ganddi gariad fel Christophe? Ac am unwaith yn ei bywyd, teimlai'n hyderus ynglŷn â'i golwg. Roedd ganddi wisg ddrudfawr, ffasiynol, ac roedd ei gwallt hefyd wedi ei osod yn y dull diweddaraf, dull *madonna*, er bod ei phen yn annifyr lawn o binnau. Ac roedd hyd yn oed ei chap o'r ffasiwn diweddaraf: *beret* o'r un defnydd â'i gwisg, â phin arian a phlu ffesant yn addurn. Wir, doedd dim angen y clogyn arni, ond ni allai wrthod cynnig yr arglwyddes, er bod y mwff yn ffasiynol iawn. Edrychai cystal ag unrhyw ferch o deulu bonheddig, meddyliodd yn fodlon wrth gerdded drwy erddi'r Palais Royal. A dweud y gwir, edrychai cystal ag unrhyw un o ferched teulu'r d'Orléans!

Cafodd ei siom gyntaf wrth iddi droi'r gornel o'r rue de Rivoli tuag at fynedfa'r Comédie Française, a gweld dau ddyn yn sefyll yno: Christophe, oedd a'i gefn ati, ac Émile yn ei hwynebu. Felly, nid cyfarfod cariadon oedd hwn i fod wedi'r cyfan! Cododd ysfa gref ynddi i redeg i ffwrdd a chuddio'i chywilydd o fod wedi hel meddyliau mor wirion, ond erbyn hynny roedd Émile wedi sylwi arni. Dywedodd rywbeth wrth ei ffrind, gan roi ychydig o eiliadau gwerthfawr i Elin geisio rhoi trefn ar ei hwyneb a'i theimladau. Erbyn i Christophe droi a'i gweld, gobeithiai ei bod yn gwenu'n naturiol, ac y byddai'r ddau ddyn yn priodoli'r gwrid ar ei hwyneb i'r oerfel, ac nid i'w theimladau.

Moesymgrymodd Christophe yn isel a ffug-addolgar pan welodd hi'n dynesu.

'*Charmante,* Elin! *Très chic! Bravo! Ça va bien?*'

Wrth holi sut roedd hi, llithrodd ei fraich dan ei braich hithau a'i hannog i ddechrau cerdded. Ni chafodd gyfle i gyfarch Émile, ac nid oedd hwnnw wedi dweud gair wrthi hithau. Ond sylwodd fod ei lygaid wedi eu hoelio arni mewn rhyfeddod. Rhoddai hynny'r mymryn lleiaf o gysur iddi.

'*Allons-y, mes enfants!*' meddai Christophe. 'Mae gen i gerbyd yn ein disgwyl. Mae afon Seine wedi rhewi'n gorn, ac rydan ni'n mynd i sglefrio!'

Wrth i Christophe ei chodi i'r cerbyd hacnai, teimlai Elin fel beichio crio. Sglefrio? Doedd hi 'rioed wedi sglefrio yn ei bywyd! Ar yr ychydig achlysuron pan oedd afon Llifon wedi rhewi, roedd hi wedi ceisio dilyn y plant eraill allan ar y rhew, gan gerdded yn dindrwm fel chwadan, dim ond i ddisgyn yn glewt ar ei phen-ôl o fewn tri cham. Oedd hi i fod i wneud ffŵl llwyr ohoni ei hun o flaen y ddau ddyn yma, a phawb arall yn y ddinas? A beth am ei dillad bendigedig? Gallai ddychmygu'r olwg fyddai arnyn nhw wedi iddi syrthio nifer o weithiau: y ffwr ysblennydd yn socian, y melfed wedi ei ddifetha am byth! A'i chap crand! Duw a'i helpo! Sut gallai ei diwrnod perffaith efo'i chariad droi mor sydyn yn hunllef erchyll?

'Christophe,' dechreuodd brotestio, 'dydw i 'rioed wedi sglefrio o'r blaen. Mi wna i'ch gwylio chi o'r glannau ...'

'*Pas du tout*! Dydi hynny'n ddim hwyl o gwbl. Peidiwch â phoeni, Elin, mi wnawn ni edrych ar eich ôl chi, yn gwnawn Émile?'

Cliriodd Émile ei wddf.

'Ym, Christophe, dydw innau ddim yn sglefrio ... does dim rhew ym Marseilles ...'

Syllodd Christophe yn syn ar ei ffrind cyn dechrau chwerthin yn uchel.

'Campus! Am hwyl! Mae'n dda fod fy chwaer yn mynd i ymuno â ni wrth afon Seine. Rhyngddon ni'n dau, mi gawn ni chi'ch dau i sglefrio mewn dim amser!'

Daliodd Elin ac Émile lygaid ei gilydd, a sylwodd Elin fod cymaint o anobaith yn ei lygaid ef ag a oedd yn ei chalon hithau. Roedd Christophe ar ei fwyaf afieithus, a gwyddai'r ddau nad oedd pwrpas dadlau. Trodd Elin ei phen i syllu allan drwy'r ffenestr wrth i'r hacnai eu cario drwy erddi'r Tuileries at Place Louis XVI ac yna i lawr tuag at yr afon gyferbyn â'r Invalides. O dan amgylchiadau gwahanol, buasai wedi ei chyfareddu wrth weld y sglefrwyr gosgeiddig yn gwibio 'nôl a 'mlaen ar hyd wyneb yr afon gan greu patrwm lliwgar ar wyneb y rhew. Ni chodwyd ei chalon, chwaith, wrth weld eraill ar y cyrion yn symud yn ansad, simsan, ansicr wrth fentro ar y rhew, yn destun sbort i'r profiadol. Dyna fyddai ei ffawd hithau – ac un Émile. Ond roedd ei chalon wedi ysgafnhau'r mymryn lleiaf pan soniodd Christophe eu bod i gyfarfod ei chwaer ar y rhew. Tybed ai pedwarawd oedd ganddo mewn golwg, a bod ei chwaer i fod i gadw cwmni i Émile a gadael i Christophe a hithau fwynhau cwmni'i gilydd? Ofnai roi gormod o goel ar y syniad hwn rhag cael ei siomi drachefn.

Gollyngwyd hwy o'r hacnai ar Cours la Reine, ac aethant i lawr at yr afon. Roedd stondinau wedi ymddangos dros nos ar ei glannau, rhai'n llogi sgidiau sglefrio, capiau, menyg a sgarffiau, ac eraill yn gwerthu

179

bwydydd llaw a gwin sbeis cynnes. Anelodd Christophe am un o'r stondinau hurio sgidiau sglefrio, ag Émile ac Elin yn ei ddilyn yn arafach, y ddau'n fud, y ddau'n ysu am gael bod yn unrhyw le heblaw ar lannau afon Seine.

'*Voilà!*' meddai Christophe wrth ddychwelyd atynt, a'i ddwylo'n llawn esgidiau sglefrio. 'Mae gen i rai o wahanol feintiau i chi fan hyn. Dewch, mi gawn ni'n hunain yn barod tra byddwn yn disgwyl am Madeleine.'

Safai mainc ger y stondin, a doedd gan Elin ddim dewis ond eistedd arni a gadael i Christophe dynnu ei hesgidiau a rhoi'r sgidiau sglefrio yn eu lle. Roedd yn ymwybodol o gynnwrf rhyfedd wrth iddi deimlo dwylo Christophe yn cyffwrdd ei thraed, yn tynnu a gwthio ac yn gafael yn ysgafn yn ei fferau. A oedd hyn yn weddus? A ddylai hi ei rwystro? Yn bwysicach fyth, a oedd yntau'n teimlo'r un wefr? Bron nad oedd hi'n siomedig wrth orfod cyfaddef bod yr ail bâr yn gyfforddus iddi, fel nad oedd esgus iddo'i chyffwrdd rhagor. Gadawyd Émile i ymdrechu gyda'r sgidiau ar ei ben ei hun.

'Dyna ni,' datganodd Christophe ar ôl gorffen rhoi ei sgidiau sglefrio'i hun ar ei draed. 'Gwell i ni aros ar ein heistedd nes y daw Madeleine a'i ffrindiau. Alla i ddim cadw'r ddau ohonoch chi ar eich traed ar yr un pryd!' Chwarddodd yn braf cyn dechrau parablu 'mlaen yn ddi-dor, gan wneud sylwadau ffraeth ac angharedig am nifer o'r sglefrwyr llai dawnus. Erbyn hyn roedd stumog Elin yn corddi, a diolchodd i'r drefn nad oedd raid iddynt ddisgwyl yn hir. Cododd Christophe yn sydyn, a'i freichiau'n chwifio, wrth weiddi ar griw ifanc swnllyd oedd yn agosáu.

'Madeleine! Fan hyn!'

Gwelodd Elin ferch benfelen, brydferth yn troi ei phen ac edrych arnynt. Tra oedd y brawd a'r chwaer yn cofleidio'i gilydd, cerddodd rhai o'r criw yn eu blaenau ond arhosodd tri neu bedwar gyda Madeleine. Sylwodd

Elin wedyn fod criw llai yn dilyn yr un gwreiddiol, criw o forynion personol oedd yno i gynorthwyo'u meistresi.

'Rydw i am i ti gyfarfod fy ffrindiau,' cyhoeddodd Christophe. 'Elin Mair, Émile, dyma fy chwaer, Madeleine. Madeleine, dyma Elin Mair, Cymraes sy'n byw ym Mharis, ac Émile, newyddiadurwr ar y *National.*'

Aethant drwy gonfensiynau'r cyflwyno, gan furmur ystrydebau arwynebol wrth ei gilydd. Tu ôl i'r ffurfioldeb moesgar, synhwyrodd Elin elfen o wawd yn ymddygiad Madeleine. Cafodd yr argraff fod y ferch ifanc brydferth yn rhedeg ei llygaid yn feirniadol dros ffrindiau ei brawd, ac yn eu cael yn ddiffygiol. Cymerodd Elin yn ei herbyn yn y fan a'r lle, chwaer Christophe neu beidio.

'Ydych chi'n sglefrwraig brofiadol, ym ...?' holodd y ferch, gwên fach ar ei gwefusau a thinc amheus yn ei llais.

'Elin,' ychwanegodd Elin ei henw. Nid oedd y llall yn amlwg wedi trafferthu ceisio'i gofio.

'É-*line*?' ailadroddodd honno, â phwyslais gormodol ar y sill olaf, yn y dull Ffrengig.

'Hélène yn Ffrangeg,' clywodd Elin ei hun yn ateb, a gallasai fod wedi cicio'i hun am fod mor daeog.

'Hélène! Mi'ch galwaf chi'n Hélène, felly. Ydych chi'n gallu sglefrio, Hélène?'

'Nac ydi,' atebodd Christophe drosti. 'Nac Émile chwaith. Rydan ni'n mynd i roi gwers iddyn nhw, Madeleine. Wyt ti'n barod?'

'Ond Christophe, all Hélène ddim sglefrio gyda'r clogyn trwm yna, na'r mwff.' Yna trodd at Elin. 'Allwch chi eu rhoi i'ch morwyn, Hélène?'

'Does gen i'r un,' atebodd Elin yn stiff. 'Wyddwn i ddim ein bod ni'n mynd i sglefrio,' ychwanegodd gan deimlo'i gruddiau'n cochi. 'Gadewais hi adref ...'

'*N'importe!*' torrodd Madeleine ar ei thraws. 'Mi gewch chi fenthyg f'un i. Jeanne,' galwodd ar un o ferched y criw morynion, 'tyrd i gymryd gofal o ddillad Ma'mselle Hélène.' Yna, wrth i'r forwyn gymryd clogyn Elin, ychwanegodd, 'Mi rydw i *yn* hoffi'ch gwisg chi, a'ch *beret* hefyd. Rhaid i ni ofalu nad ydyn nhw'n gwlychu!'

Gyda thon o ryddhad, gadawodd Elin i Christophe afael yn ei braich, tra oedd gŵr ifanc o'r criw yn gafael yn y llall, a'i harwain i lawr at y rhew. Roedd geiriau Madeleine yn diferyd o ffalsedd, ac roedd Elin wedi deall arwyddocâd y ffordd roedd ael Madeleine wedi codi'r mymryn lleiaf pan oedd Elin yn ceisio esgusodi'i hun: roedd y gnawes yn gwybod yn iawn mai palu celwyddau oedd hi; nad oedd ganddi forwyn, adref nag unman arall.

Pe buasai rhywun wedi ei harwain i gerdded ar gols fflamgoch, ni allasai Elin fod wedi teimlo'n fwy ofnus. Roedd ei chorff mor ddi-ildio â delw, ac fe siarsiodd Christophe hi i ymlacio fwy nag unwaith, ac i beidio ag edrych i lawr drwy'r amser. Ond yn raddol, daeth i deimlo'n fwy hyderus. Sylweddolodd nad oedd bosib iddi syrthio pan oedd dau ddyn yn gafael mor gadarn ynddi. Mentrodd edrych i fyny o'r rhew a gwelodd fod Émile yn sglefrio rhwng Madeleine a merch arall, a bod y ddwy ferch yn chwerthin am rywbeth roedd Émile yn ei ddweud. Rhyfedd, meddyliodd wrthi ei hun, nid oedd hi wedi sylwi bod Émile yn un ffraeth. Ond wedyn, mi fuasai merch fel Madeleine yn chwerthin am unrhyw beth a ddywedai dyn wrthi, er mwyn ei seboni.

Cafodd eiliad o fraw pan gyhoeddodd y gŵr ifanc ei fod am eu gadael, gan fod Ma'mselle Hélène yn amlwg yn dod i ddygymod â'r rhew.

'Peidiwch â phoeni, Elin,' meddai Christophe yn ei chlust. 'Wna i ddim gadael i chi syrthio.' Rhoddodd ei fraich am ei chanol a'i thynnu'n glòs at ei ochr. Roedd yn deimlad mor gyfforddus nes bod Elin yn ymlacio'n braf, a chyn pen dim roedd y ddau'n mentro ymhellach allan ar y rhew, a Christophe yn mynd yn gynt. Nid oedd hi erioed wedi teimlo'r fath wefr. Disgynnodd eu coesau i rythmau cyson, a sŵn y llafnau wrth iddynt frathu i'r rhew fel miwsig yn ei chlustiau. Dyma beth oedd hapusrwydd! Dyma'r pnawn roedd hi wedi breuddwydio amdano! Na, gwell na hynny. Doedd hi erioed wedi dychmygu y byddai ym mreichiau Christophe, yn teimlo cynhesrwydd ei gorff yn erbyn ei chorff hithau, yn arogli ei bersawr. Roedd hyn y tu hwnt i bob disgwyl.

Daeth ei gorfoledd i ben pan sglefriodd un o griw Madeleine atynt.

'Hei, Christophe,' cyfarchodd hwy. 'Ydych chi am ddod i rasio? Rydan ni'n mynd i gychwyn o'r Course de la Reine mewn rhyw bum munud.' Yna sglefriodd ymlaen tuag at Madeleine.

Diflannodd hyder Elin, a buasai wedi disgyn yn hegar oni bai i Christophe ei sadio.

'Alla i ddim rasio, Christophe!' meddai mewn braw.

'Faswn i byth yn disgwyl i chi,' atebodd yntau. 'Dewch, mi awn ni'n ôl at y lan.'

Os oedd Elin yn siomedig fod Christophe mor amlwg o awyddus i ymuno yn y ras, ac yn fodlon rhoi terfyn mor ddisymwth ar ei gwers sglefrio er mwyn gwneud hynny, ni ddywedodd air. Gadawodd iddo'i harwain yn ôl at y fainc, a gwrthododd ei hanner cynnig i'w helpu i dynnu ei sgidiau sglefrio.

'Galla i wneud yn iawn fy hun,' meddai wrtho. 'Ewch chi, neu mi wnewch chi golli dechrau'r ras.'

'Fydda i ddim yn hir, gewch chi weld,' atebodd yntau.

Yn fuan wedyn, daeth Émile i eistedd wrth ei hochr a diosg ei sgidiau sglefrio yntau. Nid oedd Madeleine, yn amlwg, am golli'r ras chwaith.

Roedd hi'n braf gallu sefyll heb gymorth, ond cafodd Elin ei synnu bod ei choesau'n teimlo mor rhyfedd wrth gerdded ar dir cadarn wedi iddynt ddechrau arfer â'r rhew. Roedd fel petai hi wedi glanio ar ôl bod ar fwrdd llong mewn môr tymhestlog. Cododd Émile a chynnig ei fraich iddi.

'Awn ni i weld y ras?' gofynnodd yn gwrtais. Derbyniodd hithau ei awgrym.

Cerddodd y ddau at lan yr afon a gwylio Christophe a Madeleine yn lawnsio'u hunain dan chwerthin ymysg y criw o ffrindiau, y dynion yn bloeddio a'r merched yn sgrechian ac yn gwichian. Sylwodd Elin, gyda pheth cenfigen, fod pob un ohonynt yn sglefrwyr penigamp. O fewn eiliadau roedd yr haid wedi hedfan oddi wrthynt i lawr yr afon i gyfeiriad Champs de Mars. Arhosodd Émile a hithau ar y lan yn eu gwylio'n diflannu, ac yna disgwyl yn eiddgar iddynt ailymddangos. Ymhen hir a hwyr, daethant yn ôl i'r golwg, Christophe a dyn arall yn amlwg yn rasio'i gilydd, Christophe fymryn ar y blaen. Curodd Émile ac Elin eu dwylo pan gyrhaeddodd Christophe y man cychwyn ar y blaen i'w gystadleuydd. Chwarddodd Christophe arnynt, yn llawn o'i fuddugoliaeth. Cyrhaeddodd gweddill y criw dan chwerthin, pawb yn pwnio'i gilydd a phwyso yn erbyn ei gilydd ar y rhew. Tynnodd Elin ei llaw o fraich Émile, gan ddisgwyl i Christophe ddod atynt.

'Ras arall!' galwodd Madeleine. 'Dewch, fechgyn. Doedd honna ddim yn deg! Rhaid i chi adael i ni'r merched gael ychydig o flaen arnoch chi.'

Fel byddin yn ateb galwad yr utgorn, trodd y criw yn ôl am y rhew. Ymysg rhialtwch mawr, aildrefnwyd dechrau'r ras, y bechgyn y tro hwn yn sefyll rai llathenni y tu ôl i'r merched. Gyda bloedd, sglefriodd pawb i ffwrdd nerth eu coesau. Erbyn hyn, teimlai Elin yn oer, ac edrychodd o'i chwmpas. Gwelodd forwyn Madeleine yn sefyll ychydig bellter i ffwrdd, ac amneidiodd arni i ddod â'i chlogyn ati. Roedd yn falch iawn o gynhesrwydd ei chlogyn, ac yn arbennig o falch o gael rhoi ei dwylo yn y mwff. Stampiodd ei thraed.

'Hoffech chi gerdded o amgylch y stondinau tra ydyn ni'n disgwyl?' gofynnodd Émile. 'Mae hi braidd yn oer i sefyll, yn tydi? Neu beth am wydriad o win sbeis? Mi fyddai hynny'n ein cynhesu.'

Derbyniodd Elin ei gynnig, ac aeth Émile i chwilio am stondin win. Stampiodd Elin ei thraed drachefn. Wir, roedd hi *yn* rhy oer i sefyll o gwmpas. Dechreuodd deimlo'n ddig gyda Christophe. Pam roedd o mor ddifeddwl? Daeth Émile yn ei ôl yn fuan, yn cario dau wydraid bychan o win cynnes a sbeisys ynddo. Ar ôl cymryd y llymaid cyntaf, teimlodd Elin ei gynhesrwydd yn llifo i lawr ei gwddf mewn ffrwd esmwyth, a'i ddaioni'n creu gwres drwy ei chorff cyfan. Yna estynnodd Émile becyn o gnau castan wedi eu rhostio o'i boced, a chynnig rhai iddi.

'Cadwch y pecyn yn eich mwff,' awgrymodd Émile. 'Bydd yn cadw'ch dwylo chi'n gynnes.'

'Maen nhw'n hir iawn y tro hwn,' meddai Elin wedi iddi ddilyn ei awgrym. 'Sgwn i ydi rhywun wedi cael damwain?'

Ar y gair, daeth y sglefrwyr i'r golwg o gyfeiriad y Champs de Mars.

'Jean-Paul gafodd ddamwain,' chwarddodd Christophe wrth ddod atynt. 'Roedd yn rhaid i bawb ailddechrau yn y pen arall.' Ei gydymgeisiwr oedd wedi ennill y ras hon.

O'r diwedd, meddyliodd Elin, gawn ni fynd rŵan. Ond nid felly y bu hi.

'Christophe!' galwodd un o'r dynion. 'Tyrd i gael ras arall. Dynion yn unig. Wedyn gaiff y merched rasio, yna ras gyplau.'

Er mawr siom i Elin, gwenodd Christophe arni'n ymddiheuriol a throi yn ôl tuag at y rhew. 'Fydda i ddim yn hir' oedd ei eiriau olaf.

Gallai Elin weld bod Émile wedi cyrraedd pen ei dennyn.

'Dewch, Elin Mair,' meddai wrthi. 'Awn ni am dro bach o amgylch y stondinau. Mae'n rhy oer i sefyll fan hyn fel mam a thad yn disgwyl i Christophe orffen chwarae!'

Synnwyd Elin gan dôn ei lais, er na allai anghytuno ag ef, yn arbennig am yr oerfel. Roedd ei thraed bellach fel talpiau o rew, ac er bod yr haul yn dal i dywynnu, roedd yn prysur hwylio tua'r gorllewin, a'i wres pitw'n rhy wantan i wrthsefyll y gwynt rhewllyd a godai o'r afon. Sylweddolodd gyda siom ei bod hi'n amser iddi ddychwelyd at yr arglwyddes, ac eglurodd hynny wrth Émile. Penderfynodd yntau y byddai'n cyd-gerdded â hi i'w chartref.

Gadawsant Cours la Reine ac anelu am Place Louis XVI. Roedd Elin yn falch fod Émile mor siaradus, oherwydd roedd ei meddwl hi'n llawn teimladau cymysg. Pryderai ei bod yn hwyr yn dychwelyd at ei meistres, ond yn bennaf, teimlai'n ddig gyda Christophe am ei gadael mor ddi-hid. Pe byddai Christophe gyda nhw'n awr, mae'n debyg y buasent yn teithio mewn hacnai arall, ac fe fyddai'r siwrnai drosodd yn fuan. Ond roedd ganddynt gryn bellter i'w gerdded, ac roedd y golau eisoes yn diflannu o'r awyr.

Ar ddechrau eu siwrnai, rhyw hanner gwrando ar sgwrs Émile a wnai Elin, ond yn raddol daeth i sylweddoli bod ganddi ddiddordeb yn yr hyn roedd o'n ei ddweud. Disgrifiai ei waith ar y papur newydd iddi, y bwrlwm diddiwedd wrth geisio llenwi'r tudalennau bob dydd. Teimlai'n falch ei bod wedi prynu nifer o gopïau o'r papur, ac wedi mwynhau eu darllen. Cawsant drafodaeth ddifyr ar nifer o bynciau, a sylweddolodd Elin yn ddiweddarach eu bod wedi sgwrsio fel pobl gyfartal; nid fel meistr a morwyn, neu ddyn a merch, neu'n waeth fyth, fel dyn gwybodus a merch ffôl. Rhoddai Émile sylw gofalus i'r hyn roedd ganddi i'w ddweud, ac ymatebai'n synhwyrol.

Wrth groesi Place Louis XVI, cododd Émile ei ben yn sydyn a phwyntio at un o'r tai crand ar y sgwâr.

'Mi fûm i mewn cyfarfod yn y fan acw'r wythnos diwethaf,' meddai wrthi. 'Tŷ prince de Bénévent, er nad yw'n defnyddio'r teitl hwnnnw bellach, y comte Charles Maurice de Talleyrand-Périgord. Dim ond fel ysgrifennydd,' aeth yn ei flaen yn frysiog, a'i lais yn ddiymhongar. 'Gydag un o berchnogion y papur newydd oeddwn i, Louis-Adolphe Thiers, fy nghyflogwr. Yn trafod busnes y papur.'

Edrychodd Elin yn ôl dros ei hysgwydd ar y tŷ wrth iddynt gychwyn i fyny rue de Rivoli, a thybiodd iddi weld wyneb yn edrych i lawr arni o un o'r ffenestri. Brysiodd yn ei blaen, a sylwi bod Émile wedi aros am ennyd i brynu tusw o flodau'r lili wen fach gan blentyn a safai ar gornel y stryd a basged fechan o'r blodau ar ei braich. Cyflwynodd y tusw iddi'n swil, a chafodd ei chyfareddu.

'Maen nhw'n f'atgoffa o'm cartref,' meddai wrtho'n fyrlymus. 'Mi fydd lawnt y plas – a'n gardd fach ninnau – yn llawn ohonynt bellach! Diolch yn fawr iawn, Émile!' Er y gwyddai nad oedd persawr iddynt, daliodd y bwndel bach dan ei thrwyn ac anadlu'n drwm. Trodd Émile i edrych yn ôl ar y ferch fach oedd yn dal i sefyll ar y gornel, yn disgwyl am ei chwsmer nesaf. Syllodd Elin hefyd. Roedd y ferch fach yn ei hatgoffa o'r ferch honno yn y parc cyn y Nadolig, er ei bod yn sicr nad yr un oedd hi. Edrychodd y tu hwnt i'r ferch, a gweld yr hyn roedd wedi hanner ei ddisgwyl: bachgen ychydig hŷn yn cadw llygaid ar y fechan. Wrth droi at Émile i dynnu ei sylw at y ffaith ryfedd hon, gwelodd fod golwg ddwys, feddylgar ar ei wyneb, a mentrodd holi beth oedd yn mynd drwy ei feddwl. Ochneidiodd yntau cyn ateb.

'Rhyw chwilen wirion sydd wedi bod yn mynd drwy 'mhen i,' atebodd. 'Y plant hyn ... yr holl bobl sy'n byw ar ein strydoedd ... eu tlodi ... eu dioddef.' Edrychodd i fyny at yr awyr, lle roedd cymylau wedi dechrau hel yn y dwyrain. 'Meddyliwch am orfod treulio pob noson heb gysgod uwch eich pen yn y fath oerni.'

'Mi wn i,' atebodd Elin yn dawel. 'Rydw innau wedi bod yn gofidio am eu cyflwr sawl tro.'

Trodd ati'n eiddgar.

'Ydych chi wir?'

'Ydw. Dim ond Rhagluniaeth a charedigrwydd Duw sy'n ein harbed rhag bod yn yr un cyflwr â'r trueiniaid yna. Mor hawdd fuasai disgyn i'r un sefyllfa pe bawn i'n colli fy ngwaith, neu fod rhywbeth yn digwydd i'r arglwyddes, a minnau mor bell o'm cartref.' Atgoffwyd hi o'r perygl iddi hithau, a'r posibilrwydd pendant y byddai allan ar y strydoedd pe byddai'n hwyr yn cyrraedd adref. Cyflymodd ei chamau, ond ar yr un pryd adroddodd hanes y ferch fach a'i brawd yng ngerddi'r Palais Royal cyn y Nadolig, ac am yr arian roedd wedi ei dderbyn ar hap a damwain o law Mme d'Orléans, ac fel y trosglwyddodd yr arian hwnnw i'r teulu bach anghenus. Gorffennodd drwy sylwi ar y tebygrwydd rhwng y ddau hynny a'r ddau roeddynt newydd eu gweld. Trodd Émile i edrych dros ei ysgwydd, ond roedd y ddau fach bellach o'r golwg. Roedd Elin wedi sylwi ar y ffordd y cynhyrfai fwyfwy wrth iddi adrodd ei stori.

'Addysg!' cyhoeddodd wedi iddi orffen. 'Dyna'r unig ffordd ymlaen. Dyna'r ffordd i alluogi'r trueiniaid hyn i wella eu sefyllfa a chael gobaith am fywyd gwell!'

'Rydach chi yn llygad eich lle!' cytunodd Elin ar unwaith, a'r syniad yn tanio'i meddwl. 'Ble fuaswn i heblaw i mi dderbyn rhywfaint o addysg gan gymwynaswraig? Mi alla i ddweud wrthych chi – yn sgwrio lloriau'r ceginau cefn yn y plas yng Nghymru, heb obaith am ddim yn y byd ond blynyddoedd o lafur caled nes byddwn i'n rhy hen neu'n rhy wael i weithio, ac yna'r elusendai!'

Arhosodd Émile yn stond a syllu arni'n ddwys.

'O'r diwedd!' meddai'n dawel. 'Rhywun sy'n cytuno â mi! Rydw i wedi treulio noson ar ôl noson yn ceisio perswadio Christophe ynghylch yr hyn a deimlaf, ond i ddim diben.'

Er ei bod yn ddig efo Christophe, ni allai gytuno efo Émile heb deimlo'n euog. Ac eto, roedd yn rhaid iddi gyfaddef mai tipyn o blentyn yr haul a'r tywydd teg oedd Christophe. Pe byddai'n onest â hi ei hun, roedd hi wedi dirnad hynny o'r dechrau. Serch hynny, nid oedd wedi meddwl amdano fel person dideimlad.

Aeth Émile ymlaen i adrodd hanes ei gyfarfod â rhyw ddynion – myfyrwyr, credai Elin iddo'i ddweud – a'r effaith roedd eu sgwrs wedi ei gael arno. Dywedodd ei fod yn awyddus i sefydlu rhwydwaith o ysgolion nos i'r gweithwyr, neu i'r plant, neu i unrhyw un oedd ag awydd dysgu sut i ddarllen ac ysgrifennu, ond nad oedd wedi cael llawer o lwyddiant hyd yma.

'Ceisiais hyd yn oed ddwyn perswâd ar fy nghyflogwyr ar y papur newydd i gyfrannu rhywfaint o arian i gychwyn y fath fenter,' meddai'n drist, 'ond roedden nhw'n chwyrn iawn eu hymateb.'

'Wel, rydw i'n meddwl bod gennych chi syniad campus!' meddai Elin wrtho'n gadarn. 'A pheidiwch ag anghofio'r merched yn eich cynlluniau. Gall merched gyfrannu llawer mwy tuag at eu cymdeithas nag y mae unrhyw ddyn yn ei freuddwydio!'

Sylweddolodd Elin gyda braw eu bod bron yn rue Vivienne, ac ystafelloedd yr arglwyddes. Arhosodd yn ei hunfan: nid oedd am fentro cerdded ymhellach yng nghwmni Émile rhag i rywun o'r *hôtel* eu gweld, ac achwyn arni. Ond nid oedd taw ar Émile. Bu'n rhaid iddi sefyll yn siarad ar gornel y stryd am rai munudau, yn gwrando arno. Yna rhoddodd Émile naid fechan.

'Maddeuwch i mi, Elin Mair!' ymddiheurodd.

Edrychodd Elin arno mewn penbleth, nes i Émile egluro ymhellach.

'Wnes i ddim gofyn i chi beth yw hanes eich brawd. Ydych chi wedi clywed rhywbeth pellach amdano?'

Ysgydwodd Elin ei phen, a theimlodd y diflastod yn dod arni unwaith eto. Gafaelodd Émile yn ei llaw a'i gwasgu'n deimladwy. Cyffyrddwyd ei chalon gan ei dynerwch a'i gydymdeimlad, ond roedd yr amser yn diflannu! Gwrthododd ei gynnig i'w hebrwng hi at ddrws yr *hôtel*, a heb egluro ymhellach, dechreuodd gerdded yn gyflym oddi wrtho, ond galwodd Émile hi'n ôl.

'Maddeuwch i mi am ddweud hyn, Ma'mselle, ond peidiwch â digio gormod wrth Christophe. Un penchwiban ydi o wedi bod ers i mi ei adnabod. Dydi o ddim yn meddwl unrhyw drwg – difeddwl yn hytrach na dihidio ydi o.'

Bu bron i'r caredigrwydd yn ei lais ei thagu. Teimlai ei gwddf yn cau, a'i llygaid yn pigo gan fygwth dagrau. Oedd ei theimladau mor amlwg â hynny? Ond doedd ganddi ddim amser i hel meddyliau! Roedd yn rhaid iddi fynd. Nodiodd ei phen arno, heb yngan yr un gair, cyn troi'n sydyn a brasgamu i lawr y stryd. Roedd hi bron yn dywyll! Faint o'r gloch oedd hi? Roedd yn berffaith sicr ei bod hi'n hwyr. Beth fyddai ymateb yr arglwyddes? Roedd ei stumog yn corddi wrth i'r holl deimladau cymysg wibio drwy ei meddwl. Ar Christophe roedd y bai am hyn i gyd, penderfynodd yn chwerw. Pe bai ef heb fod mor blentynnaidd – ac anghyfrifol – buasent wedi gallu dychwelyd mewn da bryd. Buasai Christophe wedi llogi hacnai i'w gludo'n gyflym. Roedd hi wedi amau ers amser nad oedd gan Émile lawer o arian, mwy na hithau, ac ni allai ei feio am beidio galw hacnai. Ac oherwydd difaterwch Christophe, roedd hi wedi gorfod cerdded milltiroedd!

Wrth iddi ddynesu at yr adeilad, gwelodd gefn cyfarwydd yn dringo i mewn i hacnai ddu cyn i'r goets adael.

Ffrind yr arglwyddes, Madame Dumourrier, oedd hi, wedi bod yn ymweld â'r arglwyddes, mae'n debyg. Rhedodd i fyny'r grisiau i'r *hôtel*, ei gwynt yn ei dwrn, ac yn ei blaen i fyny'r grisiau i'w hystafelloedd. Pan agorodd y drws, roedd yr arglwyddes yno'n disgwyl amdani.

XVIII

Y gnawes fach iddi! Y gnawes fach dywyllodrus, anniolchgar, fradychus! Dyna'r cyfan y gallai feddwl amdano wrth droi a throsi yn ei gwely'r noson honno wedi ei ffrae â Maria. Ac i feddwl ei bod hi wedi rhoi enw crand iddi, *Mademoiselle Hélène*, yn y gobaith y byddai'r ferch yn ymddwyn yn gydnaws â'r safon y ceisiodd hi, Maria Stella, ei dyrchafu iddi. Melltithiodd ei hun am fod gymaint o ffŵl – unwaith eto. Dechreuodd y dagrau lifo. Onid oedd hi'n ceisio gwneud y gorau i bawb, yn ymddwyn tuag atyn nhw fel y gobeithiai y byddent hwythau wedyn yn ymddwyn tuag ati hi? Ond cael ei siomi roedd hi bob tro. Pawb yn meddwl y caent chwarae mig efo hi, yn meddwl ei bod yn rhy dwp i sylwi beth oedd yn digwydd. Roedd hi wedi amau'r ferch er dydd Nadolig, pan gafodd hi'r hances boced a llythrennau'i henw wedi eu brodio arnynt. Oedd Maria'n meddwl mewn difrif calon ei bod hi wedi taflu llwch i lygaid ei meistres gyda'r ffrind honedig yna, 'Christine'?

Gwibiodd ei meddwl am y canfed tro dros yr olygfa boenus rhyngddi hi a Maria pan ddychwelodd honno, o'r diwedd, o'i phnawn rhydd. Gwadu'r cyfan wnaeth y ferch ar y dechrau: taeru du yn wyn mai gyda 'Christine' yr oedd hi wedi treulio'r pnawn. Ond newidiodd ei thôn pan glywodd fod Madame Dumourrier, pan oedd honno ar ei ffordd i ymweld â'r arglwyddes, wedi ei gweld hi'n croesi Place Louis XVI gyda dyn, a'r ddau ohonynt yn amlwg yn siarad â'i gilydd nerth eu cegau. Ac ai 'Christine' oedd wedi rhoi'r blodau iddi? Cofiodd wyneb y ferch pan ofynnodd y cwestiwn hwnnw iddi yn ei llais mwyaf sarhaus. Roedd Maria wedi edrych i lawr ar y tusw bychan, ac wedi dechrau beichio crio, fel petai'r byd ar ben.

Wel, mi *roedd* byd bach y ferch ar ben. Fe fyddai hi, Maria Stella, yn gwneud yn sicr o hynny. Er gwaethaf yr holl bledio am faddeuant, a'r holl 'wna i byth eto!', roedd hi wedi rhoi'r hwi i'r ferch yn y fan a'r lle. Efallai y dylai hi fod wedi troi'r ferch allan i'r stryd yn syth, ond roedd yn rhy galon-feddal. Allai hi ddim meddwl am droi ci allan ar noson mor oer. Ond pan ddeuai'r bore, byddai'n rhaid iddi fynd – a fyddai hi ddim yn cael llythyr geirda, na'r un ddimai goch dros ben y cyflog oedd yn ddyledus iddi.

Ond o, roedd y cyfan yn brifo. Y brad oedd waethaf. Bradychu'r cyfeillgarwch roedd hi wedi ei ddangos tuag at y ferch, y dillad, y rhyddid, a dyrchafu ei safle mewn bywyd. Sut allai Maria fod wedi taflu'r cyfan yn ôl yn ei hwyneb fel yna? A sut oedd hithau'n mynd i ddioddef gweddill y noson yn troi a throsi fan hyn, ei phen yn hollti fel petai gordd yn ei guro oddi mewn? Dyheai am gael diod o lefrith cynnes a nytmeg. Ond ni fyddai'n gofyn i Maria'i baratoi iddi dros ei chrogi! Na, byddai'n rhaid i Annette ddysgu gwneud y cyfan.

Canodd ei chloch, ac anfon ei morwyn i'r gegin i baratoi'r llefrith. Wrth ei yfed, daeth syniad newydd iddi. Ai brad personol yn unig roedd y ferch wedi ei gyflawni? Pwy oedd y dyn oedd yn siarad efo hi? Ai dim ond cariad cyffredin oedd o, ynteu rhywbeth mwy sinistr? Oedd o'n asiant i Louis-Philippe a'i chwaer? Oedd Maria a'r dyn yn cynllwynio yn ei herbyn, yn bwriadu ei bradychu'n gyfan gwbl i'r dug? Rhedodd ias o ofn drwyddi. Fe fyddai'n rhaid iddi guddio'i phapurau i gyd! Roedd ar fin codi pan sylweddolodd nad oedd raid iddi, mewn gwirionedd. Byddai Maria wedi mynd yn y bore, ac ni châi gyfle i gyflawni unrhyw anfadwaith. Wrth iddi geisio tawelu ei meddwl, trawyd hi gan ogwydd wahanol ar y sefyllfa. Beth petai Maria, hefyd, wedi cael ei thwyllo? Beth petai hi'n meddwl bod y dyn mewn cariad â hi, tra oedd o mewn gwirionedd yn gwneud dim ond ei defnyddio hi? Beth petai'r ddwy ohonynt wedi eu bradychu? Nid bod hynny'n esgusodi'r hyn wnaeth Maria, wrth gwrs. Roedd Maria wedi ei gwerthu i'r dyn yna, heb feddwl am y canlyniadau.

Roedd hi'n dal mor effro wedi iddi yfed y llefrith cynnes ag roedd hi cynt. Nid oedd y llefrith yn blasu hanner cystal ag y gwnâi pan fyddai Maria'n ei baratoi. Ac nid oedd yn dod â chwsg yn ei sgil. Ochneidiodd mewn diflastod. Sut oedd hi'n mynd i ymdopi heb Maria? Byddai'n rhaid iddi hysbysebu am rywun arall eto, a mynd drwy'r broses o ddewis, a gwneud penderfyniadau, a'r holl amheuon ynglŷn â'r penderfyniad hwnnw. Sut gallai sicrhau rhywun o enw da a fyddai hefyd yn fodlon gweithio iddi hi?

A chael rhywun y byddai hi'n gallu cyd-fyw â hi, dyna oedd bwysicaf. Allai hi ddim goddef Miss Clarissa arall, rhywun nad oedd yn cydnabod ei theitlau, rhywun oedd yn ei gweld fel actores gyffredin oedd wedi priodi hen ddyn er mwyn ei arian. Roedd y gwirionedd mor bell o'r darlun oedd gan rai ohoni, ac eto nid oedd yn gallu argyhoeddi aelodau eraill o'i chyd-fonedd! Dyna oedd yn torri ei chalon. A beth am yr arian? Byddai'n rhaid iddi dalu mwy i ferch o deulu da nag roedd hi'n ei dalu i Maria, er bod honno'n fwy na bodlon ar ei chodiad cyflog ers ei dyrchafu'n gydymaith. Sut oedd hi'n mynd i allu fforddio talu cyflog uwch, a hithau'n dal i ad-dalu ei dyledion?

Erbyn i Annette ddod i'w hystafell ac agor caeadau'r ffenestri, teimlai Maria Stella'n isel iawn ei hysbryd. Doedd arni ddim awydd codi, er ei bod wedi hen 'laru ar orwedd yn ei gwely, heb allu atal ei meddwl rhag rhedeg yn yr un rhigol drwy'r amser. Edrychodd allan ar yr awyr, a gweld bod y tywydd, os rhywbeth, wedi gwaethygu. Er iddi chwipio rhewi yn ystod y nos, roedd hi bellach yn storm o eira. Gwyliodd y plu enfawr yn chwyrlïo heibio'r ffenestri, y gwynt mor gryf fel nad oeddynt yn gallu dod i orwedd yn unman. Ceisiai rhai o'r plu lynu wrth wydr y ffenestr, ond yn ofer. Er iddynt frwydro'n ei erbyn, fe'u gorchfygwyd gan y gwynt, a diflannnu unwaith yn rhagor. Dychmygodd Maria allan ynghanol hyn, yn unig ac yn amddifad, ac ochneidiodd.

'Dos i ddweud wrth Maria,' meddai wrth Annette, 'y caiff hi aros nes bydd y tywydd yn well. Ond dydw i ddim am ei gweld hi. Rhaid iddi aros yn ei hystafell, a chael ei bwyd yno.'

Yna fe ddioddefodd un o'r dyddiau hiraf, mwyaf diflas, a dreuliodd yn ei bywyd. Roedd Lafont d'Aussonne i fod i ddychwelyd ati, ond anfonodd neges yn ymddiheuro na allai ddod oherwydd y tywydd. Anfonodd Annette i siop Claudette i brynu ychydig o'r cacennau almwn a hoffai cymaint, ond pan geisiodd fwyta un ohonynt, roedd fel lludw yn ei cheg.

Maria. Roedd yn gas ganddi gyfaddef y byddai'n colli cwmni Maria'n fawr iawn. Arferai feddwl fod ganddyn nhw ddealltwriaeth arbennig, ac er gwaethaf yr hyn oedd wedi digwydd, ni allai gredu bod hynny wedi ei dinistrio. Fel yr âi'r oriau diflas heibio, dechreuodd ei hagwedd feddalu. Onid oedd o'n beth naturiol i ferch ifanc fod eisiau cwmni dynion? Onid dyna fwriad natur? Onid oedd yn beth annaturiol, felly, disgwyl i forwyn ym-wrthod yn llwyr â'i dyheadau? Ac a oedd ganddi hi, Maria Stella, unrhyw dystiolaeth mai cariad oedd y dyn hwnnw, ac nid ffrind, neu ryw gydymaith a gyfarfu Maria ar hap a damwain? A allai hi feio'r ferch am fod yn falch o gwmni – unrhyw gwmni – mewn gwlad estron? Gwyddai hi ei hun yn iawn beth oedd unigrwydd. Onid oedd hi'n dioddef ohono y funud hon? A phe byddai Maria'n ei gadael, onid unigrwydd fyddai'n ei hwynebu weddill ei hoes? Dyna'r ofn oedd yn ei chalon pan lithrodd i'w gwely i wynebu noson ddiflas arall.

Y tro hwn, pan agorodd Annette gaeadau'r ffenestri, glaw oedd yn cael ei hyrddio'n ddidrugaredd yn erbyn y gwydr. Roedd hi wedi cynhesu, er nad oedd y gwynt wedi gostegu. Diwrnod arall anaddas i Maria adael. *Os* oedd hi am i Maria adael. Erbyn hyn, roedd ganddi amheuon cryf. Roedd yn wir y dylid cosbi Maria am ei hymddygiad, meddyliodd, ond onid oedd ei hanfon i ffwrdd yn cosbi ei meistres yn fwy na'r ferch ei hun? Roedd gan Maria deulu cariadus i ddychwelyd atynt, tra oedd hi'n unig a diymgeledd yn yr hen fyd 'ma. Roedd yn rhaid iddi ddarganfod ffordd allan o'i phicil.

Ganol y bore, tra oedd hi'n gweithio ar ei hunangofiant, daeth y ffwtmon i'r ystafell â hambwrdd arian bychan yn ei law, ac ar yr hambwrdd yr oedd dau gerdyn ymweld. Cyflwynodd hwy i'w feistres, a darllenodd hithau'r enwau arnynt yn llawn chwil-frydedd. Nid oedd yr un o'r ddau enw yn gyfarwydd iddi. Christophe de la Tour oedd ar un ohonynt, a Madeleine de la Tour oedd ar y llall. Pwy oeddan nhw, felly? A beth oedd eu busnes â hi? Oeddan nhw'n bobl barchus? A ddylai hi ddweud nad oedd hi gartref? Daeth i ben-derfyniad sydyn.

'Tyrd â hwy yma,' meddai wrth y ffwtmon. Cododd oddi wrth ei bwrdd ysgrifennu a cherdded at ei chadair esmwyth. Cafodd ychydig eiliadau i'w pharatoi ei hunan cyn i'r gŵr a'r ferch ifanc ddod ymlaen i'w chyfarch.

Roeddynt wedi eu gwisgo'n dda, barnodd, wrth wylio'r gŵr ifanc yn moesymgrymu, a'r ferch yn gwneud cyrtsi bach. Ac roedd gan y ddau wynebau digon dymunol, meddyliodd. Bron na ellid galw'r ferch yn brydferth, a'r gŵr ifanc yn olygus.

'Madame la baronne,' cyfarchodd y gŵr hi, 'maddeuwch i ni am dorri ar eich traws fel hyn, a ninnau'n ddieithriaid llwyr. Gadewch i mi gyflwyno fy chwaer, Mademoiselle Madeleine de la Tour, a Christophe de la Tour ydw i.'

Nodiodd Maria Stella ei phen i'w cydnabod, a gwahodd y ddau i eistedd. Wedi iddynt wneud eu hunain yn gyfforddus, edrychodd arnynt yn ddisgwylgar. Erbyn hyn, roedd hi'n llawn chwilfrydedd. Pam ar y ddaear fawr oedd y ddau hyn yn ymweld â hi, a beth oeddynt yn disgwyl ei gael ganddi?

Cliriodd y gŵr ifanc ei wddf.

'Rydym ni wedi clywed cymaint amdanoch chi gan Elin Mair, eich *dame de compagnie*,' dechreuodd. 'Mae hi wedi eich canmol sawl tro fel meistres garedig a meddylgar.'

Teimlai Maria Stella ei gwrychyn yn codi. Pwy oedd hwn i ymyrryd yn ei busnes hi? Gallai ddychmygu beth fyddai ei eiriau nesaf: pledio ar ran Maria! Ai hwn oedd y cariad, felly? Roedd yn rhaid iddi gyfaddef na fyddai hi byth wedi dychmygu y byddai Maria'n bachu rhywun o deulu cystal â'r rhain. Roedd wedi tybio mai rhyw ostler neu ffwtmon oedd y cariad, rhyw ddyn o'r dosbarthiadau isaf oedd â'i fryd ar un peth yn unig! Ond os Christophe de la Tour oedd cariad Maria, nid oedd pethau cynddrwg. Serch hynny, doedd ganddo ddim hawl i ddod i'w chartref fel hyn, hyd yn oed os oedd o'n ceisio cadw pethau'n barchus drwy ddod â'i chwaer gydag ef. Cyn iddi allu ymateb i'w eiriau, daeth cnoc ysgafn ar y drws, a cherddodd Annette i mewn yn cario tusw mawr o flodau lili drudfawr wedi eu gosod mewn ffiol wydr. Edrychodd arnynt mewn syndod.

'Wedi dod i ymddiheuro ydan ni,' meddai'r chwaer yn frysiog, 'ac yn gobeithio y gwnewch chi dderbyn y blodau fel rhan o'n ymddiheuriad. Arnom ni roedd y bai fod Mademoiselle Hélène mor hwyr yn cyrraedd yn ôl nos Sul. Roeddan ni wedi bod yn sglefrio, ac yn ceisio dysgu Hélène i sglefrio hefyd, ac fe aeth yr amser heibio cyn i ni sylweddoli ...' distawodd ei llais, ac edrychodd y ferch ar ei brawd.

'Gyda chi oedd Maria, felly?' gofynnodd yr arglwyddes iddi. Edrychodd y ferch arni mewn penbleth, nes i'r arglwyddes ei chywiro'i hun. 'Hélène?'

'O ie,' atebodd y brawd. 'Mi gwrddais i ag Elin yn siop Claudette rai misoedd yn ôl bellach, ac mae hi wedi bod yn rhoi gwersi Saesneg i mi yn y siop. Roeddwn wedi sôn cymaint am Elin wrth Madeleine fel ei bod hi'n awyddus iawn i'w chyfarfod, felly mi wnes i wahodd y ddwy i ddod am dro ddydd Sul. Ac am ei bod yn ddiwrnod mor braf, ac afon Seine wedi rhewi, a phawb yn cael hwyl yn sglefrio, wel ...' Tro'r brawd oedd hi i dewi.

Roedd meddwl Maria Stella wedi drysu'n llwyr. Gwersi Saesneg? Maria'n rhoi gwersi Saesneg i hwn? Pam nad oedd hi wedi clywed am hyn? A faint rhagor o gyfrinachau oedd Maria'n eu cadw iddi hi ei hun? Ac wrth iddi feddwl am gyfrinachau, trawyd hi gan gwestiwn arall: sut oedd y ddau yma'n gwybod am yr helynt rhyngddi hi a Maria?

'Maddeuwch i ni am ymddangos mor fusneslyd,' meddai Madeleine, 'ond pan glywsom ni gan Claudette am Hélène yn colli ei lle, roedd y ddau ohonom yn teimlo mor euog fel bod yn rhaid i ni geisio achub ei cham, a dyna pam ...'

'Clywed gan Claudette?' torrodd Maria Stella ar ei thraws. *Mio dio*, meddyliodd yn wyllt, oedd y byd a'r betws yn trafod ei helyntion? Oedd hi'n destun sgwrs pob siopwr yn yr ardal?

'Ie,' atebodd y brawd. 'Mae'n ymddangos bod Claudette wedi holi am Elin pan aeth Annette, eich morwyn, draw i brynu cacennau ddoe, a'i bod hithau wedi dweud nad oedd Elin yn gweithio i chi bellach. Cafodd Claudette gymaint o fraw – mae hi'n hoff o Elin, meddai hi – fel iddi ddweud yr hanes wrthyf pan es innau i'r siop yn ddiweddarach yn y dydd. Rydw i – rydan ni – yn teimlo mor euog, Madame la baronne, fel i ni deimlo bod yn rhaid i ni ddod i egluro, ac ymddiheuro, y bore 'ma.'

Ni wyddai Maria Stella sut i ymateb. I guddio'i hannifyrrwch, canodd ei chloch a rhoi gorchymyn i'r ffwtmon ddod ag ychydig ymborth i'w gwesteion. Arhosodd yn fud wrth ddisgwyl i'r ffwtmon ddychwelyd, ond roedd ei meddwl yn corddi. Yn bennaf oll, teimlai'n ddig wrth Annette am ddweud ei hanes wrth bawb. Byddai'n rhaid iddi roi blas ei thafod i honno. Un camgymeriad fel yna eto, ac fe fyddai'n dangos y drws i'r forwyn gegog.

Sylwodd gyda boddhad fod gan ei gwesteion ddigon o gwrteisi i eistedd yn hollol ddistaw a llonydd er gwaethaf y tawelwch. Byddai llawer un wedi anniddigo, wedi ceisio cynnal sgwrs i dorri ar y tawelwch hwn. Ond roedd gan y rhain ddigon o hunanhyder i allu eistedd yno'n amyneddgar. Tybiodd ei bod hi ei hun wedi teimlo mwy o ryddhad na hwy pan ddaeth y ffwtmon yn ei ôl gyda'i hambwrdd, ac iddi allu fynd drwy'r ddefod o gynnig lluniaeth iddynt. Derbyniodd y ddau wydraid bychan o win *marsala*.

'Felly,' meddai Maria Stella o'r diwedd. Roedd wedi dod o hyd i ffordd o osod y ddau yn eu lle, ac i wneud ffŵl o Claudette am wrando ar eiriau ei morwyn. 'Rydych chi'n credu fod Maria – Hélène – wedi colli ei gwaith? Does dim ymhellach o'r gwir. Clecs morwyn wirion yw'r cyfan. Mae'n wir fod Hélène yn dioddef o anhwylder bach ar hyn o bryd, ac yn cadw i'w gwely, ond mae gen i berffaith ffydd ynddi hi. Mi rydan ni'n deall ein gilydd i'r dim. Doedd gen i 'rioed fwriad i'w throi hi o'i swydd, felly rydych chi wedi cael siwrnai ofer, mae arna i ofn – er i mi edmygu'ch teyrngarwch tuag ati. Mae hi'n ferch ffodus o gael ffrindiau cystal â chi'ch dau.' Cododd i'w thraed. 'A diolch yn fawr i chi am y blodau. Maen nhw'n hyfryd.'

Roedd yn rhaid i'r ddau ifanc godi hefyd, a gwnaeth y ferch gyrtsi bach arall iddi. Ond nid oedd y brawd am ildio mor hawdd.

'Madame la baronne, roeddwn i'n gobeithio eich darbwyllo i roi ei swydd yn ôl i Elin Mair, ond mae'n amlwg i ni gamddeall y sefyllfa. Maddeuwch i ni,' a moesymgrymodd iddi. 'Ond mi hoffwn i a Madeleine barhau â'n bwriad i'ch gwahodd i dreulio diwrnod gyda ni – ac Elin Mair, wrth gwrs – yng nghyfarfod nesaf y rasys ceffylau yn St Cloud. Mae gan fy nhad babell breifat yno, ac mae honno i'w chael ar ein cyfer yr wythnos ar ôl nesaf.' Aeth i boced fewnol ei gôt a thynnu ei waled allan. O'r waled tynnodd ddau gerdyn gwahoddiad a'u cyflwyno i'r arglwyddes. 'Does dim raid i chi benderfynu rŵan,' ychwanegodd. 'Mae'n cyfeiriad ni ar y cerdyn. Gallwch anfon eich ateb yn nes ymlaen.'

'Diolch yn fawr,' atebodd yr arglwyddes. 'Rydych chi'n rhy garedig.' Amneidiodd ei phen yn foesgar a chanu ei chloch. Daeth y ffwtmon i hebrwng y gwesteion o'r ystafell.

Roedd yr ymdrech i ymddangos mor bwyllog a synhwyrol o flaen y cwpwl ifanc wedi ei blino'n llwyr. Roedd pob tamaid ohoni wedi ysu am gael sgrechian arnyn nhw i adael ei hystafell a pheidio â meiddio gwthio'u trwynau hyll i'w busnes hi. Ond roedd yn falch ei bod wedi ymatal. Roedd gallu eu trechu fel hyn yn llawer mwy boddhaol na gwylltio a gweiddi. Mater arall yn llwyr oedd ei hagwedd tuag at Maria – ac Annette. Aeth i fwyta'i chinio gan ystyried sut y byddai'n delio â'r ddwy.

Doedd dim problem gydag Annette, wrth gwrs. Byddai'n dychryn yr enaid allan o'r ferch, fel na fyddai hi byth eto'n meiddio hel clecs am ei meistres. Ond beth am Maria – neu a ddylai hi gael ei henw crand yn ôl: Mademoiselle Hélène? Oherwydd os oedd ganddi ffrindiau mor gefnog â'r ddau yna, roedd y ferch wedi llwyddo i'w dyrchafu ei hun, ac yn haeddu canmoliaeth. Ac os oedd y chwaer wedi dod i'w chefnogi, roedd hynny'n arwydd fod y teulu'n gefnogol o gariadferch eu mab. Roedd hynny'n ei synnu braidd. Hwn fyddai'r tro cyntaf, yn ei phrofiad hi o deuluoedd bonedd, i rieni gymeradwyo'u mab wrth iddo gwrsio merch dlawd ddi-dras. Cafodd syniad arall wrth iddi ddilyn y trywydd hwn: rywsut neu'i gilydd, tybiodd nad oedd y bachgen yn ymddwyn yn union fel y dychmygai y byddai cariad yn ei wneud. Roedd rhywbeth ynglŷn â'i ymddygiad yn ymddangos yn ffals iddi, er na allai yn ei byw ddweud beth oedd o'i le. Ai ceisio taflu llwch i'w llygaid hi oedd o wrth honni bod Maria'n rhoi gwersi Saesneg iddo? Neu ai dyna'r cyfan oedd yn digwydd mewn gwirionedd? A beth am Maria'i hunan? Cawsai'r teimlad, rywfodd, fod y ferch yn edrych ar Christophe fel cariad. Gwenodd iddi hi ei hun wrth feddwl pa mor gyflym roedd y ferch wedi newid yr enw o Christophe i Christine, ac wrth wenu, diflannodd ei holl amheuon. Daeth i'r casgliad na fyddai Madeleine de la Tour byth wedi cefnogi ei brawd pe na byddai eu hymddiheuriad yn ddidwyll.

Roedd wedi hoffi'r brawd a'r chwaer ifanc, cyfaddefodd iddi ei hun, er gwaethaf eu haerllugrwydd yn ceisio ymyrryd â'r ffordd roedd hi'n rhedeg ei chartref. A phe byddai'n onest â hi ei hun, pan dyngodd wrth Christophe de la Tour nad oedd wedi rhoi'r hwi i'w chydymaith, roedd wedi teimlo'n gysurus am y tro cyntaf ers yr anghydfod. Roedd yn rhaid iddi gydnabod nad oedd hi, yn ei chalon, eisiau gweld cefn Maria, ac roedd y celwydd, er mai celwydd ydoedd ar y pryd, wedi troi'n wirionedd yn ei meddwl. *Doedd* hi ddim am anfon y ferch i ffwrdd.

Gorffennodd ei chinio a dychwelyd i'r *salon*. Anfonodd y ffwtmon i ofyn i Maedmoiselle Hélène ddod i siarad â hi ymhen yr awr. Roedd y penderfyniad wedi codi baich oddi arni. Ond roedd un peth yn sicr: nid oedd rhagor o gyfrinachau i fod. Ei hunig amod wrth gynnig ei gwaith yn ôl i'r Gymraes oedd y byddai'n rhaid iddi fod yn onest â'i meistres, a chyfaddef yn agored os oedd hi'n mynd i gwrdd â Christophe, neu Madeleine. Am y gwahoddiad i dreulio diwrnod yn St Cloud yn gwylio'r ceffylau rasio, wel, gallai benderfynu ar hynny yn y man.

XIX

'Ffrindiau, rhaid cael gwared o'r frenhiniaeth! Dim ond drwy adfer y weriniaeth fel o'r blaen y gall Ffrainc ddod yn rhydd o'r hualau sy'n prysur ei thagu unwaith eto!'

Lamarolle oedd yn siarad, neu'n hytrach yn areithio i aelodau'r gymdeithas yn y Café d'Auvergne. Gwrandawodd Émile arno'n traethu, a gyda phob gair teimlai ei wrychyn yn codi. Yn ystod yr wythnosau diwethaf roedd wedi cynorthwyo Thiers a Sautelet i gyhoeddi erthygl ar ôl erthygl danbaid yn cefnogi'r frenhiniaeth, ond yn gwrthwynebu'r tywysog Jules de Polignac, prif weinidog y Brenin Charles X. Yn dilyn yr erthygl gyntaf, oedd yn hynod boblogaidd a llwyddiannus, cymerwyd teitl yr erthygl honno fel arwyddair y papur newydd: '*Le roi reigne mais il ne gouverne pas*' – mae'r brenin yn teyrnasu ond nid yw'n llywodraethu. Roedd yntau o'r un meddylfryd â'i gyflogwyr: brenhiniaeth ym mhatrwm Lloegr oedd y ddelfryd; brenin yn bennaeth gwlad, ond yn atebol i gorff llywodraethol oedd wedi ei ethol gan y dinasyddion, ac a oedd yn rheoli'r wlad o ddydd i ddydd.

Nid oedd Émile wedi mentro siarad mewn cyfarfod o'r gymdeithas cyn hyn, ond yn wir, ni allai wrando ar eiriau Lamarolle ac aros yn fud.

'Does dim angen mynd i eithafion!' gwrthwynebodd, a gwridodd wrth deimlo pob llygad yn troi tuag ato. Teimlodd reidrwydd i'w egluro'i hun ymhellach. 'Mae cyfansoddiad gennym yn barod. Mae etholiadau wedi eu cynnal y llynedd, ac fe ddengys y canlyniadau fod llais y bobl yn cael ei barchu.' Hyd yn oed i'w glustiau ei hun roedd ei eiriau'n swnio'n rhodresgar a diystyr. Roedd yn edifar iddo fod wedi agor ei geg. Roedd yr ymateb i'w eiriau'n chwyrn.

'Ei *barchu*? Sut fath o *barch* mae'r brenin yn ei ddangos wrth benodi trefn weinyddol dan Polignac? Dyn a drodd ei gefn ar ei wlad a dianc i achub ei groen ei hun! Un o'r *émigrés* cyntaf, mab i un o ffrindiau pennaf yr ast Marie Antoinette!'

'A dyn sy'n cael gweledigaethau o'r Forwyn Fair!' gwaeddodd llais arall. 'Dyn yn yr oes hon sy'n dilyn cyfarwyddiadau rhith ynghylch sut i reoli'n gwlad! Wyt ti'n fodlon rhoi dy fywyd yn nwylo dyn fel yna? Bywyd a dyfodol dy blant?'

'A beth am Bourdonnaye?' dywedodd rhywun o gongl arall yr ystafell.

'Mae hwnnw wedi gadael y weinyddiaeth!' amddiffyn-nodd Émile ei hun.

'Ia, ond nid cyn galw am boenydio a dienyddio pob un o'n hogia dewr a ddilynodd Napoléon yn ystod y Can Diwrnod! Dyna'r math o ddynion mae'r brenin bondi-grybwyll sydd gennym yn eu penodi! Efallai fod Bourdonnaye wedi mynd, ond mae digon o'r un anian ag o ar ôl!'

'Gyfeillion, gyfeillion!' meddai Lamarolle, gan geisio galw'r cyfarfod i drefn. 'Peidiwch ag ymosod mor chwyrn ar ein cyfaill ifanc. Byddai'n fwy buddiol i ni ei addysgu'n hytrach na'i ddilorni.' Trodd ei sylw'n gyfan gwbl at Émile. 'Gad i mi egluro'r hyn sydd yn debygol iawn o fod yn mynd drwy feddyliau'r brenin a'i griw ar hyn o bryd. Mi ddywedaist dy hun fod etholiad wedi ei chynnal y llynedd, er nad yw'r senedd wedi dechrau ei sesiwn byth. Roeddet ti'n berffaith gywir wrth dynnu sylw at y ffaith fod nifer helaeth o'r dirprwyon etholedig – y mwyafrif, a dweud y gwir – o anian ryddfrydig, ond wyt ti wirioneddol yn credu bod y brenin yn fodlon gadael iddyn nhw ei reoli? Beth wyt ti'n feddwl mae ef a'i giwed yn ei wneud ar hyn o bryd? Mi ddyweda i wrthyt ti: cynllwynio! Cynllwynio i wyrdroi holl ymdrechion y Chwyldro ac ailsefydlu'r hen drefn!'

'Defnyddio Erthygl 14!' porthodd un arall o'r criw.

'Diddymu Siambr y Dirprwyon!' galwodd llais arall.

'Tynnu'r bleidlais oddi ar bawb ond y crachach!'

'Anfon pawb o'u gwrthwynebwyr i'r carchar a'r gilotîn!'

'Cau cegau'r papurau newydd! Lladd rhyddid y wasg!'

'Yn union!' cytunodd Lamarolle, gan wenu ar ei gefnogwyr. Yna edrychodd yn graff ar Émile. 'Gweithio i Thiers wyt ti, yntê? Ar y papur *Le National*?'

Nodiodd Émile ei ben yn cytuno.

'Yna mae'n hawdd deall dy safbwynt, a phob clod i ti am fod yn deyrngar iddyn nhw.' Dechreuodd Lamarolle ysgwyd ei ben yn drist. 'Fodd bynnag,' aeth yn ei flaen, 'y gwir amdani yw na wnaiff brenhiniaeth dan unrhyw label ddim o'r tro o gwbl.'

'Pam felly?' holodd Émile yn wyllt, er iddo glywed ambell 'clywch, clywch' yn yr ystafell. 'Ar ba sail ydych chi'n dweud hynny?'

'Natur brenhiniaeth,' atebodd Lamarolle, 'a'r hanes sydd ynghlwm wrthi. Edrycha ar y teulu brenhinol, yr olyniaeth, os hoffet ti. Beth sydd ganddynt i gyd yn gyffredin i'w gilydd?'

Edrychodd Émile arno mewn penbleth. At beth oedd ei gwestiwn yn anelu? Beth oedd ei fwriad? Pa fath o ateb oedd o'n ei ddisgwyl?

'Mi ddyweda i wrthyt ti,' aeth Lamarolle ymlaen. 'Maent i gyd yn feibion i'w tadau, neu'n neiaint i'w hewythredd. Hynny yw, maent i gyd o'r un gwaed, neu o'r berthynas waed agosaf posib, fel yn achos Louis XIV a

Louis XV.' Peidiodd â siarad, fel petai ei eiriau'n egluro'u hunain.

'Wel, wrth gwrs,' meddai Émile mewn dryswch. 'Dyna natur brenhiniaeth!'

'Felly!' llamodd geiriau Lamarolle ato. 'Felly, hap a damwain yw'r cyfan! Hap a damwain sydd yn y gorffennol wedi rhoi ynfytion, llofruddion, gwrywgydwyr a threisiwyr i lywodraethu drosom! Ai dyna'r drefn orau y gallwn ei hargymell yn y bedwaredd ganrif ar bymtheg, yn yr oes fodern hon? Pam na allwn ni am unwaith roi'r grym a'r arweinyddiaeth i'r bobl hynny sy'n eu haeddu, sy'n deilwng o'n parch a'n hymddiriedaeth?'

'Gwerinwladwriaeth, 'dach chi'n feddwl?' holodd Émile.

'Beth arall?'

'Ond, ond ...' dechreuodd Émile yn araf; yna cyflymodd ei eiriau wrth i'w feddwl ddechrau ymrafael o ddifrif â'r ddadl. 'Ond edrychwch beth ddigwyddodd i'r Weriniaeth Gyntaf! Sathrodd Napoléon hi i'r baw!'

'Hei, bydd yn ofalus be ti'n ddeud, ffrind!' galwodd llais yn fygythiol o'r cefn.

'Na, wir!' Nid oedd Émile am ildio. 'Meddyliwch! Pa wahaniaeth oedd yna mewn gwirionedd rhwng y frenhiniaeth a theyrnasiad Napoléon? Hyd y gwela i, nid oedd Napoléon yn talu sylw i unrhyw gorff etholedig, nac i unrhyw berson oedd yn meddwl yn wahanol iddo. Os ydych chi'n sôn am ynfytion, onid oedd Napoléon yn un, a'i chwant anniwall am diroedd eraill? Pam na fyddai wedi bodloni ar lywodraethu Ffrainc deg, yn hytrach na'i hamddifadu o'i gwŷr ifainc a thywallt eu gwaed ar diroedd estron?'

Roedd yn ymwybodol o furmur bygythiol yn cynyddu o'i gwmpas wrth iddo ladd ar Napoléon Bonaparte ond, yn rhyfedd iawn, Lamarolle ddaeth i'w amddiffyn.

'Rwyt ti yn llygad dy le, fy ffrind,' meddai. 'Pam, yn

wir? Na,' meddai wedyn, gan droi i edrych ar bawb yn ei dro. 'Rwy'n gwybod bod Napoléon yn eilun i lawer ohonoch chi, ond siaradwch â'ch mamau, â'ch chwiorydd, i weld a ydyn nhw'n cytuno â chi. Roedd Napoléon yn gawr yn wir, ond roedd ganddo'i wendidau.'

'Felly,' aeth Émile ymlaen yn fuddugoliaethus, 'sut allwch chi ddweud bod gweriniaeth yn well na brenhiniaeth? Onid ydyw'r ddwy ffordd o lywodraethu yn ddibynnol ar y dyn sy'n ei harwain? Oni all dyn o waed cyffredin sathru ar hawliau llawn cyn rhwydded â brenin?'

Ysgydwodd Lamarolle ei ben yn drist arno. 'Fy ffrind, fy ffrind, rwyt ti'n anghofio un peth. Llais y bobl! Ynghlwm wrth weriniaeth mae etholiadau – unbennaeth fyddai hi fel arall. Rwy'n cytuno'n llwyr â thi fod Napoléon wedi bradychu'r weriniaeth, ond rhaid gochel yn y dyfodol rhag i hynny ddigwydd eto. Rhaid llunio'r cyfansoddiad yn y fath fodd na all un dyn ei rheoli.'

'Ond rydan ni'n ôl yn y dechrau!' ebychodd Émile. 'Mae fy meistri ac eraill yn ceisio sicrhau na all y brenin reoli na bradychu'r cyfansoddiad sydd gennym!'

'Cyfansoddiad a luniwyd gan ei frawd – brenin arall!' meddai rhywun yn chwyrn, ond anwybyddodd Lamarolle y sylw.

'Na, na! Dwyt ti ddim yn deall fy nadl,' meddai wrth Émile. 'Rydw i'n sôn am etholfraint! Nid yr etholfraint sydd gennym ar hyn o bryd, ac yn sicr nid yr etholfraint gyfyngedig yr hoffai'n brenin ei sefydlu! Na, rydw i'n sôn am etholaeth fyddai'n cynnwys pob dyn rhydd yn Ffrainc gyfan, heb roi unrhyw ystyriaeth i'w gyfoeth na'r trethi mae'n eu talu, na faint o dir sydd ganddo. Dylai pob gŵr, unwaith mae'n cyrraedd rhyw oedran, gael yr hawl i bleidleisio. Dyna sut yr wyt ti'n mynd i sicrhau fod y cyfansoddiad yn cael ei barchu!'

Syllodd Émile arno'n fud. Roedd yn ymwybodol fod

eraill wedi cynnig a thrafod ehangu'r etholfraint, ond roedd hyn yn chwyldroadol o feiddgar. Tystiai'r distawrwydd sydyn yn yr ystafell fod y geiriau yr un mor syfrdanol i'r gweddill. Rhedodd y syniad newydd hwn yn wyllt drwy feddwl Émile. Er ei waethaf, ni allai anghytuno ag ef. Pawb! Pawb yn cael rhoi ei farn a'i bleidlais lle y mynnai! Sefydlu llywodraeth fyddai'n deg i'r gymdeithas gyfan, ac nid i ganran fechan ohoni yn unig!

'Ond André,' meddai un o'r myfyrwyr wrth Lamarolle, 'wyt ti am i bob *canaille* di-addysg, surbwch, bwystfilaidd gael yr hawl i ddewis ein llywodraeth?'

'Wrth gwrs,' atebodd Lamarolle.

'Beth, a gadael i'r werin anllythrennog ein boddi yn eu trachwant?'

'Ffrindiau annwyl, gwrandewch arnoch eich hunain!' ebychodd Lamarolle yn drist. 'Di-addysg medd Jean, anllythrennog medd Anatole. Beth mae hynny'n ei awgrymu i chi?'

Llamodd calon Émile. Sylweddolodd o'r diwedd fod André Lamarolle ac yntau o'r un fryd.

'Addysg!' gwaeddodd. 'Addysg i bawb! Dysgu'r bobl i ddarllen ac ysgrifennu, eu dysgu i feddwl yn ehangach na'r angen sylfaenol i gadw corff ac enaid ynghyd! Rydw i wedi credu hynny ers amser!'

'Wyt ti wir, fy ffrind?' meddai Lamarolle gyda gwên fach.

'Ydw,' atebodd Émile yn frwd. 'Credaf â'm holl galon mai addysg yw'r ffordd at oleuni! Wrth edrych o'm cwmpas ar y gweithwyr tlawd yn dioddef, y di-waith yn dioddef, y gwragedd a'r plant yn dioddef, alla i ddim llai na meddwl bod ffordd well i'w chael, ac mai addysg sy'n mynd i'n harwain at y ffordd honno! Ie,' ychwanegodd, wrth gyplysu ei syniadau ei hun â syniadau Lamarolle, 'ie, a thrwy addysg, yr etholfraint!'

'Mae gen ti weledigaeth fawr, fy ffrind,' meddai Lamarolle yn ddwys. 'Gwna'n siŵr dy fod yn dal dy afael ynddi. Paid â gadael i eraill dy droi oddi wrthi.'

'Ond Lamarolle, sut mae cyflawni'r fath waith? Lle mae dechrau? Mae'r broblem mor enfawr. Mae gen i syniad, ond wn i ddim a fyddai'n gweithio ai peidio,' meddai Émile.

'A beth ydi'r syniad hwnnw?' holodd Lamarolle.

'Wel,' dechreuodd Émile yn bwyllog, gan geisio gosod ei syniadau mewn trefn ddealladwy, ddestlus, 'roeddwn i'n meddwl, i ddechrau, wrth gwrs, y buaswn i, ac eraill o'r un argyhoeddiad â mi, os ydynt yn fodlon, a gyda'r amser a'r modd i'w cynnal eu hunain ...' Sylweddolodd ei fod yn hirwyntog ac yn dweud dim mewn gwirionedd. Wedi seibiant bach, ailddechreuodd yn gadarnach ei lais. 'Eisiau sefydlu rhwydwaith o ddosbarthiadau nos ydw i, yn cael eu cynnal gan wirfoddolwyr addysgedig, dosbarthiadau fydd yn dysgu elfennau sylfaenol darllen, ysgrifennu a rhifyddeg.'

'Ond mae'r eglwys wedi bod yn gwneud hynny ers canrifoedd,' dadleuodd un o'r criw.

'Ydyn, i raddau,' cytunodd Émile, 'ond cyfyng iawn yw'r cylch. Doedden nhw ond yn addysgu plant o rengoedd isaf cymdeithas os oedd ganddynt dalent arbennig – ac roedd hyd yn oed hynny'n ddibynnol ar i'r dalent honno gael ei hamlygu i offeiriad arbennig. Na, yr hyn sydd gen i mewn golwg yw dosbarthiadau fyddai'n cynnig addysg i oedolion yn ogystal â phlant. Dosbarthiadau fyddai'n rhad ac am ddim, ac yn agored i bawb. Yr unig amod fyddai fod y disgyblion yn awyddus i ddysgu ac yn ymroddedig i'w haddysg.'

Wedi i Émile orffen siarad, roedd yr ystafell yn ddistaw, ond yn raddol dechrewyd trafod yn dawel ymysg y byrddau wrth i grwpiau o'r dynion ystyried ei syniadau. I glust Émile, ymddangosai'r sgwrsio yn ddwys a chadarnhaol. Teimlodd ei frest yn tynhau. Cododd Lamarolle o'i sedd a mynd draw at Émile. Gwasgodd ei ysgwydd mewn cymeradwyaeth, a tharo cefn Émile â'i law.

'Rhaid i ni gyfarfod yn breifat un noson i gael trafod hyn yn ddyfnach. Rwy'n siŵr y gallwn ni gydweithio ar dy weledigaeth.' Yna aeth i nôl diod arall.

Cerddodd Émile o'r cyfarfod a'i ben yn berwi o syniadau. Cyd-gerddodd Christophe ag ef, a sylweddolodd Émile yn sydyn nad oedd ei ffrind wedi agor ei geg drwy gydol y noson.

'Rwyt ti wedi tanio rhywbeth heno,' meddai Christophe yn ysgafn. 'Gwylia nad wyt ti'n cael dy losgi.'

Syllodd Émile arno yn y tywyllwch, ond ni allai ddirnad yr olwg ar wyneb ei ffrind.

'Ia,' aeth Christophe ymlaen, 'mae Lamarolle yn troedio llwybr eithafol, a nid eithafiaeth yw'r ffordd orau o gael y maen i'r wal bob tro. Mae'n creu adwaith negyddol.'

Bu bron i Émile ofyn iddo beth oedd o'n ei olygu, ond newidiodd ei feddwl a cherdded ymlaen yn dawel. Bu distawrwydd rhyngddynt am beth amser cyn i Christophe ddechrau siarad eto.

'Wyt ti wedi meddwl o ddifrif lle mae'r llwybr yna'n dy arwain di?'

'Beth wyt ti'n feddwl?'

'Wel, meddylia am y peth. Pawb yn cael addysg, pawb eisiau gwella'i hun, mwy o gystadleuaeth am swyddi, llai o swyddi ar gael i bobl fel ni, y *bourgeoisie* is yn cynyddu ar draul yr hen *bourgeoisie* ...'

'Ond mae hynny'n beth iach!' torrodd Émile ar ei draws. 'Mae cystadleuaeth yn ffordd o gael y mwyaf dawnus i'r brig. Y person gorau i'r swydd, beth bynnag y swydd! Oni ddywedodd Napoléon yr un peth fwy neu lai?

Fod gan bob corporal ffon cadfridog yn ei sgrepan?'

'Dyna'n union beth sydd gen i,' atebodd Christophe. 'Dim ond llond llaw o gadfridogion sydd eu hangen arnon ni – beth mae'r gweddill yn mynd i'w wneud? Suro? Grwgnach? Codi cynnwrf a gwrthdaro?'

'Ond Christophe, dwyt ti'm yn gweld beth sydd gen i! Nid pob corporal sydd â'r gallu i fod yn gadfridog, na'r awydd chwaith. Mae synnwyr cyffredin yn dweud hynny! Y cyfle sy'n bwysig! Fod gan bawb gyfle i'w ddatblygu ei hun hyd eithaf ei allu! Dyna sydd gen i! Dyna beth rwy'n anelu ato! Dydw i ddim yn gymaint o freuddwydiwr ag i feddwl bod pawb yn mynd i lwyddo, siŵr iawn!'

Chwarddodd Christophe yn ysgafn.

'Tasa 'Nhad yn dy glywed yn siarad, mi faset yng ngharchar y Ronde ar dy ben!'

Rhedodd iasau i lawr cefn Émile. Cofiodd yn sydyn mai un o'r *ultras* eithafol oedd tad ei ffrind. Fyddai Christophe yn debygol o achwyn arno? Na fyddai, debyg iawn.

Yna dechreuodd Christophe siarad yn ysgafn am ryw ferch roedd yn ei ffansïo, a'r hwyl roedd y ddau ohonynt wedi ei chael yn y theatr y noson o'r blaen. Meddyliodd Émile am Elin Mair, ond unwaith eto, penderfynodd gadw'n dawel.

'Gyda llaw,' ychwanegodd Christophe, 'rwyt ti wedi gwneud argraff ar Madeleine. Wnaeth hi ddim byd ond sôn amdanat ti am ddyddiau wedi i ni fod yn sglefrio. Mae hi'n awyddus iawn i dy weld di eto.'

Brathodd Émile ei wefus. Roedd yn falch fod y tywyllwch yn cuddio'i wyneb. Nid oedd wedi cymryd at chwaer Christophe o gwbl. Oedd, roedd hi'n ferch brydferth, ond roedd hi'n ormod o beunes i'w chwaeth ef, ei phen yn wag ond ei thafod yn ddiymatal.

'Mi rydw i'n trefnu i ni fynd i St Cloud i weld y ceffylau rasio,' aeth Christophe yn ei flaen. 'Mae gan 'Nhad babell breifat yno, ac felly mi gawn ni ddiwrnod cyfan a bwyd yno, os dymunwn. Mae Elin Mair am ddod, a'i meistres. Rhaid i tithau ddod hefyd – does dim dadlau i fod. Dydd Iau nesaf. Gwna'n siŵr dy fod ti'n cael amser rhydd – neu dwêd wrthyn nhw dy fod ti'n dilyn trywydd stori ar y cae rasio! Mi fydda i mewn cysylltiad cyn bo hir i drefnu'r teithio.' Ar hynny, ffarweliodd ag Émile.

XX

Agorodd Elin ei cheg yn ddioglyd. Doedd fawr o awydd codi arni, ond penderfynodd na allai aros yn ei gwely lawer hirach, waeth pa mor gyfforddus a chlyd ydoedd. Mi fyddai'r arglwyddes yn sicr o alw amdani cyn bo hir, ac fe fyddai'n rhaid iddi fod wedi gwisgo erbyn hynny. Gydag ymdrech, taflodd y dilladau gwely oddi arni, a mynd i ymolchi.

Roedd yr holl helyntion wedi gadael eu hôl arni, ac er yn ddiolchgar na fyddai'n colli'i swydd wedi'r cyfan, a'i bod hi a'r arglwyddes yn ffrindiau unwaith yn rhagor, roedd ei hysbryd yn isel. Bron na fuasai'n falch o gael dychwelyd i Gymru, a bod ymysg ei theulu unwaith eto. Bron na fuasai'n fodlon bod yn forwyn cegin yn y plas, a chael anghofio'r holl ffwlbri o fod yn *dame de compagnie* a gwisgo dilladau crand.

Ni wyddai beth i'w feddwl o ymweliad Christophe a'i chwaer. Cawsai'r hanes i gyd gan yr arglwyddes, ynghyd â'r cerdyn gwahoddiad i wylio'r ceffylau yn St Cloud. Sut oedd Christophe wedi dwyn perswâd ar ei chwaer i ymweld â'r arglwyddes a phledio ar ran Elin? Roedd hi'n eithaf sicr fod Madeleine wedi cymryd yn ei herbyn hi cymaint ag yr oedd hithau wedi cymryd yn erbyn Madeleine, felly pam roedd Madeleine wedi cytuno i gymryd y fath gam? A beth oedd arwyddocâd ymddygiad y brawd a chwaer o ran y berthynas rhwng Elin ac yntau? A oedd yn arwydd, felly, fod ganddo feddwl uchel ohoni, ei fod mewn cariad â hi? Yn ystod y dyddiau pan oedd hi'n gaeth i'w hystafell treuliodd oriau lawer yn melltithio ymddygiad annerbyniol Christophe ar y rhew, ac nid oedd mor hawdd ganddi faddau iddo 'nawr. Ai fel hyn fyddai eu perthynas o hyd: fo'n ymddwyn mewn ffordd ffwrbwt, difeddwl a bachgennaidd, yna hithau'n pwdu, wedyn yntau'n ymddiheuro ac yn disgwyl iddi roi maddeuant iddo? Nid oedd yn sicr y gallai oddef y fath berthynas.

Wedi'r ymweliad, roedd Elin wedi derbyn nodyn oddi wrtho'n ymddiheuro am y cyfan. Taflodd y nodyn i'r tân. Ddeuddydd yn ddiweddarach, derbyniodd nodyn arall yn dweud yr un peth, ac yn gofyn hefyd iddi gysylltu ag ef. Taflwyd hwnnw, hefyd, i'r tân. Yna cyrhaeddodd blwch bychan o siop Claudette, ac yn y blwch yr oedd pedair – ie, pedair – *oreillette d'abricots*, ei hoff gacen. Achosodd yr anrheg gryn benbleth i Elin druan. Os oedd am aros yn driw i'w hegwyddorion, yna dylai'r cacennau dderbyn yr un driniaeth â'r nodiadau. Ond roedd meddwl am daflu'r fath drysorau o law meistres y *patissière* yn dilorni'r grefft o'u gwneud. Beth, felly, a ddylai hi ei wneud efo nhw? Roedd Christophe yn amlwg wedi eu hanfon yn y gobaith o'i hennill hi'n ôl, ac y byddai'r ddau'n cymodi. Roedd yn ceisio'i phrynu hi'n ôl, ymresymodd Elin, drwy wneud iddi deimlo dan rhyw fath o ddyletswydd tuag ato. Onid ffordd o ymarfer grym oedd hynny? Onid ffordd o wneud i dderbynnydd yr anrheg deimlo'n euog a diolchgar ar yr un pryd, a theimlo'n grintachlyd pe byddai'n gwrthod cymodi? Wel, doedd hi ddim am gymodi mor hawdd â hynny, a doedd hi ddim am deimlo'n euog chwaith: nid oedd hi wedi gwneud dim i deimlo'n euog yn ei gylch. Felly'r noson honno bwytaodd y gyntaf o'r pedair cacen, ac un arall bob nos wedyn nes roedd y cyfan wedi mynd, a'u mwynhau'n fwy nag unrhyw gacen roedd wedi'i blasu erioed. Ar ben hynny, ni theimlodd y mymryn lleiaf o euogrwydd.

Rhyfeddodd am y canfed tro at y ffordd roedd yr arglwyddes wedi gwirioni gyda Christophe a Madeleine, cyn sylweddoli ag euogrwydd ei bod hithau, ar y dechrau, wedi gwneud yr un peth yn union. Serch hynny, roedd yn siomedig pan gyhoeddodd ei meistres wrthi ei bod wedi derbyn y gwahoddiad i weld y ceffylau'n rasio, ac y byddai'n rhaid i'r ddwy ohonynt edrych eu gorau. Yr oedd am iddynt wneud argraff ffafriol ar gymdeithas fonheddig Ffrainc mewn man cyhoeddus, meddai. Nid oedd am lechu yn y cysgodion fel rhyw ddrwgweithredwr mwyach, roedd wedi cyhoeddi wrth Elin ddoe, ac felly bu'n rhaid i Elin ei chynorthwyo i chwilota drwy ei dillad a phenderfynu beth fyddai'n fwyaf addas – a ffasiynol – iddi ei wisgo. A nawr fe wnâi Elin yr un fath gyda'i dewis hi.

Estynnodd ei gwisg melfed a blew bele a'i dal yn erbyn ei chorff. A fyddai modd iddi wisgo'r un dilledyn eto? A fyddai Madeleine yn troi'i thrwyn arni? A dweud y gwir, a fyddai'r wisg yn rhy gynnes ar gyfer yr achlysur? Roedd yr eira wedi diflannu mor ddisymwth ag y daethai, ac erbyn hyn roedd arwyddion o'r gwanwyn yn dechrau ymddangos ym mrigau coed y parciau, a'r blodau cyntaf yn ymddangos yn y gwelyau yng ngerddi ffurfiol y Palais Royal. Serch hynny, roedd y gwynt yn dal yn fain, ac fel yr arferai ei nain ddweud, Mawrth oedd mis y meirw, a llwynog oedd yr haul. Gwell fyddai iddi wisgo'r dillad melfed cynnes â'r leinin ffelt, ac wfft i Madeleine. Daeth cnoc ysgafn ar ei drws i darfu ar ei meddyliau.

'Mademoiselle Hélène, mae'r arglwyddes am gael gair efo chi,' cyhoeddodd Annette. 'Mae hi yn ei hystafell wely.'

Gwisgodd Elin yn frysiog.

Eisteddai'r arglwyddes a'i chadair yn agos iawn at y tân. Roedd ei llygaid ynghau, a chroen ei hwyneb yn welw.

'Hélène, mae arna i ofn na fydda i'n ddigon da i fynd i

St Cloud fory. Mae gen i gur ofnadwy yn fy mhen, ac mae hynny fel arfer yn rhagflaenu annwyd trwm. Dos di dy hun, a dos ag Annette yn forwyn i ti.'

'Ond Madame,' dechreuodd Elin brotestio. 'Alla i ddim mynd hebddoch chi.'

'Gelli siŵr,' atebodd yr arglwyddes yn ddiamynedd. 'Mae'n rhaid i ti fynd: dyna'm dymuniad i. Rydw i wedi meddwl dros y peth, ac mae'n well i ti fynd dy hun nag i'r ddwy ohonom wrthod ar fyr rybudd fel hyn. Ac mi ro i ychydig o arian i ti, fel y gelli gefnogi rhai o'r ceffylau. Bydd disgwyl i bawb wneud hynny – mae'n rhan o'r hwyl.'

Teimladau cymysg iawn oedd gan Elin wrth iddi ddringo i'r hacnai roedd Christophe wedi ei logi ar ei chyfer, gydag Annette yn ei dilyn fel ci bach. Roedd wedi hanner gobeithio y byddai Christophe yno'i hunan i'w chroesawu, ond rhoddodd gyrrwr yr hacnai nodyn iddi oedd yn egluro y byddent yn codi Émile o'i swyddfa ar eu ffordd i St Cloud, ac felly na fyddai yna le i bawb yn yr un goets. Roedd gan y gyrrwr ei orchmynion, a byddai Christophe yn eu croesawu wrth babell ei dad ar y cae rasio.

Wrth i'r goets adael yr *hôtel*, meddyliodd Elin am ei sefyllfa. Sut fyddai hi'n ymddwyn tuag at Christophe? Sut fyddai yntau'n ymddwyn tuag ati hithau? Fyddai o'n ei gadael eto yng nghwmni Émile tra oedd ef a'i chwaer yn mwynhau eu hunain? Ychydig ddyddiau ynghynt nid oedd Elin wedi poeni ynglŷn â'r gwahoddiad, gan ei bod yn ffyddiog y gallai guddio'i hun, fel petai, yng nghysgod ei meistres. Roedd wedi rhag-weld mai'r arglwyddes fyddai prif westai Christophe, ac y byddai yntau'n gorfod treulio'r rhan fwyaf o'i amser yn ei diddori hi, gan roi cyfle i Elin asesu'r sefyllfa'n hamddenol. Ond yn awr byddai'n rhaid iddi ei wynebu ar ei phen ei hun. A beth am Émile? Nid oedd wedi anghofio'i eiriau olaf yntau y diwrnod hwnnw. Gwridai, bellach, wrth feddwl amdanynt. Oedd ei theimladau tuag at Christophe mor amlwg â hynny? Cywilyddiodd o gofio'r tosturi yn ei lais. Doedd hi ddim am i neb dosturio wrthi! Sut oedd hi'n mynd i'w wynebu ef?

Roedd cyfarchiad Émile wrth iddo ddringo i'r hacnai, fodd bynnag, mor naturiol a chyfeillgar nes i un pryder ddiflannu o'i meddwl. Sgwrsiai'n gwrtais gyda hi ac Annette, gan eu holi a oeddynt wedi bod mewn cae rasio o'r blaen, a phan ddeallodd mai dyma'r tro cyntaf i'r ddwy ohonynt fynychu digwyddiad o'r fath aeth ati i esbonio beth ddylent ei ddisgwyl.

'Rydw i'n hoff iawn o geffylau,' ychwanegodd Elin. 'Cefais fy magu, fwy neu lai, yn stablau plas Glynllifon gan fod fy nhad yn gweithio yno. A Wiliam, fy mrawd, wrth gwrs. Roedd yntau'n un arbennig am drin ceffylau.' Wrth sôn am ei brawd, daeth gobaith gwyllt i'w meddwl. Tybed a fyddai Wiliam yn St Cloud? Tybed a oedd o wedi cael gwaith gyda pherchennog ceffylau rasio, ac y byddai hi'n ei weld yno ymysg y dorf? Lliwiodd y syniad hwn ei hymddygiad drwy weddill y bore.

Wedi iddynt fynd drwy'r fynedfa i'r cae rasio, edrychodd Elin yn eiddgar drwy ffenestr yr hacnai. Roedd y lle yn drwch o bobl o bob disgrifiad. Arafodd y goets wrth geisio dilyn y rhodfa drwy'r dorf, ond o'r diwedd daeth i lecyn tawelach, lle roedd pebyll gwynion wedi eu gosod ar lethrau'n edrych dros y trac rasio. Roedd y llethrau wedi eu terasu, a gwelid rhesi o bebyll gwynion yn ymestyn ymhell i fyny'r bryn. Ychydig o bobl oedd i'w gweld yn y fan hon, a sylweddolodd Elin nad pawb a gâi fynychu'r rhan hon o'r cae: roedd wedi ei neilltuo ar gyfer y bonedd a'r cyfoethog. Arhosodd y gyrrwr o flaen un o'r pebyll, a neidiodd Émile allan o'r cerbyd.

Disgwyliai Christophe a Madeleine amdanynt yno, ac fe roddodd Christophe help llaw i Elin ddisgyn o'r hacnai. Edrychodd drachefn yn y goets, ac o'i gweld yn wag, trodd at Elin.

'Ble mae'r arglwyddes?'

'Mae hi'n ymddiheuro,' atebodd Elin. 'Mae hi dan annwyd trwm, ac wedi aros yn ei gwely'r bore 'ma. Mae'n wir ddrwg ganddi. Roedd wedi edrych ymlaen cymaint at gael dod yma.'

Cipedrychodd Christophe ar ei chwaer, ac er na ddangosai ei wyneb ef unrhyw emosiwn, roedd siom yn amlwg ar wyneb Madeleine.

'Dyna hen dro,' meddai honno. 'Roeddan ninnau wedi edrych ymlaen cymaint at gael ei chwmni hi. O wel, rhywbryd eto, efallai.' Yna sylwodd Madeleine ar Annette yn sefyll yn dawel fach wrth geffyl yr hacnai. 'Eich morwyn?' holodd yn siriol. Wedi i Elin gadarnhau hynny, galwodd Madeleine ar ei morwyn hithau i ddod a gofalu am Annette. Ni welodd Elin hi wedyn nes roedd yn amser iddynt fynd adref.

Nid Émile a hithau oedd unig westeion Christophe a Madeleine, sylweddolodd: roedd o leiaf wyth neu ddeg arall yn disgwyl amdanynt wrth y babell. Adwaenodd Elin nifer o wynebau o'r diwrnod ar y rhew, er bod eraill yn ddiethr iddi. Ychydig iawn o sylw a dalodd Elin wrth i Christophe gyflwyno pawb i'w gilydd, a'u hannog i edmygu moethusrwydd y babell, y cadeiriau teithio, y clustogau meddal, a'r bwrdd a'r lliain claerwyn wedi ei osod yn barod ar gyfer eu lluniaeth. Roedd un gornel o'r babell wedi cael ei chuddio y tu ôl i waliau cynfas, a dyna lle roedd y gweision i ddadbacio'r bwydydd a'r diodydd o'r hamperi cyn eu gweini. Ysai Elin am gael crwydro'r maes i chwilio am ei brawd, ac roedd yn ddiolchgar pan awgrymodd Christophe y dylent fynd i weld y ceffylau cyn y ras gyntaf.

Tra oedd y dynion yn llygadu a phwyso a mesur pob ceffyl oedd i redeg yn y ras, a'r merched yn chwerthin a mân siarad â'i gilydd, archwilio wynebau'r ostleriaid a wnâi Elin. Wedi sicrhau ei hunan nad oedd wyneb Wiliam yn eu mysg, ochneidiodd yn dawel a throi ei sylw at y ceffylau. Edrychent mor odidog a graenus, eu pennau'n uchel, a'u llygaid yn fflachio, roedd pob ceffyl yn llond ei groen o gryfder ac egni, ag ambell un yn peri trafferth i'r ostler a ddaliai'n dynn yn ei benffrwyn. Buasai ei thad wrth ei fodd yn eu gweld, meddyliodd. Roedd un ceffyl wedi dal ei sylw yn fwy na'r gweddill: ceffyl gwinau hardd a ddaliai ei ben fel brenin, ei symudiadau'n osgeiddig a rhydd, a'r cyhyrau yn ei goesau ôl a'i ystlysau'n amlwg o bwerus. Sylwodd mai rhif chwech oedd ar y clwt dan ei gyfrwy. Yna daeth y jocis yn eu sidan lliwgar a dechreuodd y dorf gynhyrfu. Roedd y ras ar fin dechrau.

'Pa geffyl hoffet ti roi dy arian arno, Elin?' holodd Christophe yn hwyliog.

'Rhif chwech,' atebodd Elin yn syth.

'Chwech?' Cododd Christophe ei aeliau mewn ffug syndod. 'Beth am rif dau? Hwnnw yw'r ceffyl gorau o ddigon. Edrych arno fo. Wyt ti ddim yn gweld mai hwnna sy'n mynd i ennill?'

Edrychodd Elin ar rif dau, a gweld ceffyl du ysblennydd. Rhy ysblennydd, tybiodd Elin. Roedd rhywbeth ynglŷn â'i lygaid nad oedd hi'n ei hoffi. Gormod o sioe a dim digon o sylwedd, oedd ei barn bersonol amdano. Ysgydwodd ei phen.

'Rhif chwech,' meddai'n gadarn.

Chwarddodd Christophe.

'O'r gorau. Dy arian di ydi o. Ond ar rif dau rydw i'n mynd i fetio.'

Rhoddodd Elin rywfaint o'i harian i Christophe, ac aeth yntau i osod y betiau. Wrth i'r jocis farchogaeth i lawr tuag at y postyn cychwyn, crwydrodd cyfeillion Christophe yn hamddenol tuag at bostyn terfyn y ras, ag Elin yn parhau i archwilio'r wynebau o'i hamgylch. Er bod pabell Christophe yn edrych dros y trac rasio, nid oedd modd gweld y postyn terfyn oddi yno, ac roedd pawb yn awyddus i fod ynghanol hwrlibwrli'r bobl gyffredin. Clywsant fonllef o'r dorf, arwydd fod y ras wedi dechrau. Rhuthrodd Christophe yn ôl atynt, a rhoi tocyn betio yn nwylo Elin.

'Dal d'afael ynddo fo – er mai'r ceffyl du sy'n mynd i ennill,' meddai wrthi.

Erbyn hyn roedd pawb yn torsythu i geisio gweld pa geffyl fyddai'r cyntaf heibio'r tro, pa un fyddai'n gallu dal ei dir ar hyd y darn syth olaf. Ni allai Elin weld dros y pennau o'i hamgylch, ond gallai deimlo cynnwrf y dorf. Roedd y bloeddio'n cynyddu wrth i'r ceffylau frwydro i fod y cyntaf dros y llinell, a sylweddolodd Elin fod y ras drosodd pan unodd y dorf mewn bloedd o fuddugoliaeth – a siom.

'Rhif chwech!' gwaeddodd Émile wrth ei hymyl. 'Rhif chwech sydd wedi ennill!'

'Da iawn ti,' llongyfarchodd Christophe hi. 'Ti oedd yn iawn wedi'r cyfan.'

'Beth ddigwyddodd i rif dau?' holodd hithau'n llawn cydymdeimlad.

'Byth wedi cyrraedd,' atebodd yn chwithig. 'Maen nhw'n dweud ei fod wedi cloffi ar ôl taflu'i joci oddi ar ei gefn. Tyrd â dy docyn yma, ac mi af i gasglu dy enillion di.'

Pan ddychwelodd Christophe, cafodd Elin ei synnu o weld y pentwr o arian a wthiodd i'w llaw. Siarsiodd hi i'w gadw o'r golwg yn gyflym, gan fod lladron a phigwyr pocedi'n frith yno.

Disgynnodd gweddill y bore i batrwm o gerdded i wylio'r meirch yn y cylch casglu, a dewis pa un i'w gefnogi cyn anelu am y postyn terfyn tra oedd un o'r dynion yn gosod eu betiau. Ar ôl iddi ddewis yr enillydd am yr eildro, dechreuodd y dynion gymryd sylw ohoni, a'i holi ynglŷn â'i dulliau o ddewis ceffylau. Dim ond ail a gafodd ei dewis yn y drydedd ras, ond dewisodd yr enillydd unwaith eto yn y bedwaredd. Yna, roedd yn amser iddynt ddychwelyd i'r babell am luniaeth. Erbyn hynny roedd y dynion yn tyrru o amgylch Elin, pawb eisiau gwybod pa ddewiniaeth oedd hi'n ei ddefnyddio i allu dewis yr enillydd bob tro. Er ei bod yn arbennig o hapus gyda'i chelc o arian, roedd gweld Madeleine yn syllu arni, ei hwyneb yn llawn cenfigen, yn fêl ar ei bysedd.

'Dewch i eistedd, bawb,' gorchmynnodd Christophe, ac aeth ati i'w hebrwng at y bwrdd. Roedd cardiau bach wedi eu gosod o flaen pob cadair, ac enwau'r gwesteion arnynt. Roedd sedd Elin ar ochr dde Christophe, a gosodwyd Émile i eistedd wrth ochr Madeleine, ym mhen arall y bwrdd. Wedi iddynt wneud eu hunain yn gyfforddus, gofynnodd un o'r dynion iddi unwaith yn rhagor a oedd ganddi ffordd arbennig o ddewis enillwyr.

'Dim byd ond llygad dda am geffyl,' atebodd hithau gan chwerthin. 'Cefais fy nysgu gan fy nhad.'

'Ydi'ch tad yn cadw ceffylau rasio, felly?' holodd y gŵr ifanc – tybiodd Elin mai Laurent oedd ei enw.

'Nac ydi,' atebodd Elin yn frysiog. Sylwodd fod Madeleine yn ei gwylio a gwên fach ar ei hwyneb. Oedd honno'n gwybod ei chefndir? Oedd Christophe wedi dweud ei hanes wrthi? Dechreuodd ei chalon guro'n gyflym. Nid oedd am ddatgelu ei hanes wrth y criw cyfoethog, ffroenuchel hwn. Gwyddai'n rhy dda beth fyddai'r ymateb pe byddent yn deall mai dim ond morwyn oedd hi mewn gwirionedd. Ond roedd Laurent yn dal i edrych yn ddisgwylgar, ac erbyn hyn roedd y bwrdd i gyd yn syllu arni. Roedd yn rhaid iddi ddweud rhywbeth. Croesodd fysedd ei llaw chwith o dan orchudd y bwrdd a pharatoi i raffu celwyddau.

'Na, does dim caeau rasio yng ngogledd Cymru. Ceffylau hela yw diddordeb fy nhad. Mae'r stablau'n llawn ohonynt.' Ceisiodd gofio pob manylyn am y ceffylau yn stablau'r plas a'u disgrifio i'r cwmni, ac yn ei dych-ymyg, gosododd wyneb ei thad ar gorff yr hen arglwydd wrth ddisgrifio'r ffordd roedd yn eu marchogaeth.

'Ond ydych chi ddim yn mynd i Lundain ar gyfer y "Tymor"?' holodd Madeleine yn ffals. 'Ydy'ch tad ddim yn cadw ceffylau yno, ac yn rasio'i geffylau ar rai o feysydd enwocaf Lloegr – a'r byd?'

Erbyn hyn roedd Elin wedi dechrau chwysu. Pam fod raid i bawb wrando ar y sgwrs? A sut ar y ddaear oedd hi'n mynd i ateb Madeleine? Achubwyd hi gan Christophe yn curo'i ddwylo ac yn galw am y cwrs cyntaf. Roedd y bwyd yn cael ei weini *à la russe*, gyda'r gweision yn gosod platiau llawn danteithion o flaen pob gwestai. Tywalltwyd siampên i'r gwydrau tal, a chynigiodd Christophe lwncdestun i'w westeion.

'I'n llwyddiant heddiw!' meddai. 'Boed i bawb adael y maes yn gyfoethocach nag y daeth yno!'

'Clywch, clywch,' ymatebodd pawb.

Dyna'r tro cyntaf i Elin flasu siampên. Gwin gwyn sych a gynigiai'r arglwyddes ar gyfer pob pryd bwyd. Ni hoffai unrhyw fath arall o win. Roedd blas y siampên yn hyfryd ym marn Elin, ac yn gweddu i'r dim gyda'r amrywiaeth o fwyd môr oedd ar y platiau. Anghofiwyd cwestiwn Madeleine wrth i bawb droi eu sylw at y bwyd, a rhoddodd Elin ochenaid dawel o ryddhad. Crwydrodd ei meddwl wrth i'r cwmni hel clecs am bobl na wyddai Elin ddim amdanynt. Er na chawsai gip ar ei brawd, roedd wedi mwynhau'r bore'n arw, ac yn hynod falch o'r elw sylweddol a wnaethai ag arian yr arglwyddes. Un ofalus fu hi erioed, ac nid oedd wedi mentro betio enillion un ras ar y ras nesaf, gan gadw at fet o swm bychan bob tro. Ac nid oedd ganddi le i achwyn am ymddygiad Christophe, chwaith. Roedd wedi bod yn hynod ofalus ohoni drwy'r bore, yn ei chadw wrth ei ochr ynghanol y dorf, ei fraich o dan ei braich hithau, ac er nad oeddynt wedi cael cyfle i siarad yn bersonol, roedd wedi mwynhau ei gwmni. Mwynhaodd hefyd gynnwys pob plât a roddwyd o'i blaen, roedd y bwyd yn hynod flasus, a'r ddiod yn fyrlymus. Rhywbryd yn ystod y pryd bwyd roedd wedi sylweddoli nad oedd ei gwydr byth yn wag, gan i'r distain ail-lenwi gwydrau pawb yn rheolaidd. Wrth i un plat gael ei glirio, deuai plat arall i'w ddilyn: pysgod, cigoedd, pasteiod, llysiau salad, cawsiau. Erbyn i'r cwrs caws gyrraedd, teimlai Elin fod ei bol fel casgen o dynn, er i'w phen deimlo'n hyfryd o ysgafn. Drwy drugaredd, bu seibiant cyn i'r melysfwyd ymddangos.

Edrychodd Elin ar y cwmni. Roedd wedi colli testun y sgyrsiau wrth y bwrdd, ond ni phoenai ryw lawer am hynny. Teimlai'n hollol fodlon ei byd. Sylwodd fod Madeleine yn sgwrsio a chwerthin efo Émile unwaith eto, fel ar ddiwrnod y sglefrio. Fel petai'n ymwybodol fod Elin yn syllu arno, trodd Émile ei ben i'w chyfeiriad, a rhoddodd wên fach iddi cyn troi'n ôl at Madeleine. Mor dlawd yr edrychai ei wisg, sylweddolodd Elin yn sydyn, ac mor wahanol i'r dynion ifainc eraill yn y babell. O leiaf roedd hi'n gwisgo dillad crand a ffasiynol. Os oedd hi'n teimlo'n gymaint o alltud yn eu plith, sut roedd Émile yn teimlo? Oedd o mor boenus o hunanymwybodol â hithau? Dechreuodd wylio'r ffordd roedd y cwmni'n ymateb i'w gilydd, a buan iawn y gwelodd nad oedd neb o ffrindiau Christophe a'i chwaer yn cymryd unrhyw sylw o Émile druan. Roedd fel petai ei gadair mor wag â'r gadair a osodwyd ar gyfer yr arglwyddes. Nid anelid unrhyw sgwrs tuag ato – heblaw am barablu Madeleine, wrth gwrs – ac wrth fynnu sylw Madeleine, llwyddodd pob un ohonynt i edrych drwy Émile fel pe na bai'n bod. Émile druan!

'Beth ddwedest ti?' holodd Christophe, a sylweddolodd Elin ei bod wedi yngan y ddau air diwethaf yn uchel. Cyn iddi orfod ateb, daeth un o'r gweision at Christophe a sibrwd yn ei glust.

'Gyfeillion,' cyhoeddodd Christophe wedyn wrth y cwmni, 'mae bron yn amser i'r teulu brenhinol orymdeithio heibio i ni. Dewch i ni fynd allan o'r babell – cawn orffen ein bwyd maes o law.'

'Teulu brenhinol?' holodd Elin mewn syndod.

'Ie. Mae'n arferiad iddyn nhw deithio mewn *landaus* o balas St Cloud i weld y ras am dri o'r gloch. Mi fyddan nhw'n mynd heibio fan hyn, felly mi gawn ni olwg dda arnyn nhw. Tyrd yn dy flaen, Elin.'

Cododd pawb yn ufudd a mynd i sefyll y tu allan i'r babell. Darganfu Elin, fodd bynnag, nad oedd sefyll yn waith hawdd. Gafaelodd yn ymyl y bwrdd i'w sadio'i hun, gan fod ei phen mor ysgafn a'i phengliniau'n wantan. Chwarddodd Christophe a rhoi ei fraich amdani. Tywysodd hi allan i'r awyr iach, a'i rhoi i sefyll mewn lle blaenllaw ynghanol y criw. Roedd Elin yn falch o bwyso yn erbyn corff Christophe. Ni allai ddeall pam roedd ei choesau mor anystywallt. Efallai na ddylai hi fod wedi yfed cymaint o'r siampên wedi'r cwbl. Ond dyna fo, os oedd o'n gwneud i chi deimlo mor hapus â hyn, pris bach i'w dalu oedd cael coesau gwantan.

Pan ddaeth y *landau* gyntaf i'r golwg, a honno'n cael ei thynnu gan bedwar ceffyl claerwyn, daeth ysfa drosti i ddechrau piffian chwerthin. Ceisiodd ei gorau i ymatal, ond wrth weld wyneb hir, dolefus y Brenin Charles X yn syllu arni wrth fynd heibio, ni allai reoli ei hunan. Rhoddodd ei llaw dros ei cheg i fygu'r chwerthin, ond roedd ei chorff yn ysgwyd. Teimlodd fraich Christophe yn ei gwasgu.

'Bydd ddistaw, Elin,' sibrydodd yn ffyrnig yn ei chlust. 'Beth sy'n bod arnat ti?'

Edrych ar y llawr wnaeth Elin wrth i'r ail *landau* fynd heibio, a cheisio'i rheoli ei hun, ond wrth i'r drydedd agosáu sibrydodd Christophe yn ei chlust unwaith eto.

'Edrych, Elin. Mae duc d'Orléans yn y nesa, gyda'i wraig a'i chwaer.'

Cododd Elin ei phen yn ddisymwth, a buasai wedi disgyn heblaw am fraich Christophe. Syllodd ar wyneb y dug, a thrawyd hi gan ddoniolwch siâp ei ben. Mae'n union fel gellygen, meddyliodd, ac roedd y syniad yn ormod iddi. Dechreuodd chwerthin yn agored, ac fel petai rhyw ddiafol yn ei rheoli, agorodd ei cheg a galw arno.

'*Bonjour,* Signor Chiappini!'

Gwelodd y pen yn troi'n gyflym, a syllodd y dug arni fel petai'n edrych ar dalp o faw.

'Elin!' hisiodd Christophe, 'cau dy geg! Tyrd o 'na, da chdi!' Gafaelodd yn dynnach ynddi a'i throi'n gorfforol cyn dechrau ei thywys yn ôl i'r babell.

'*Au revoir,* Signor Chiappini,' galwodd Elin yn hwyliog dros ei hysgwydd. 'Signor Alphonso Chiappini, neu Mario Chiappini, neu hyd yn oed *Luigi* ...'

Rhoddodd Christophe ei law dros ei cheg a'i thynnu i'r babell. Gosodwyd hi i eistedd yn ddiseremoni yn ei chadair wrth i'r criw eu dilyn yn gegrwth.

'Coffi!' gorchmynnodd Christophe wrth un o'r gweision. Roedd ei lais a'i lygaid yn llym.

Gwelodd Elin fod Madeleine yn anelu tuag ati, ei hwyneb yn llawn dicter. Wel, meddyliodd, a'i gwrychyn yn codi, doedd hi ddim yn mynd i adael i hon dra-arglwyddiaethu drosti. Roedd hi wedi cael llond bol ar y giwed ffroenuchel, benwag, ofer hon, ac roedd hi'n hen bryd iddi eu rhoi yn eu lle!

'Beth ar y ddaear fawr wyt ti'n feddwl rwyt ti'n ei wneud, Hélène, yn gweiddi ar ein teulu brenhinol fel yna? Rwyt ti wedi dwyn gwarth ar bawb ohonom ni! Mi rydw i'n fodlon goddef llawer er mwyn fy mrawd a'i fympwyon twp, ond mae hyn yn ormod! Beth alwest ti'r duc – Signor Chia ... neu rywbeth?'

'Signor Chiappini,' atebodd Elin yn ddiedifar.

'Ond duc d'Orléans oedd hwnna! Elli di ddim galw enwau ar ein teulu brenhinol ...'

'Dydi hwnna ddim yn un o'r teulu brenhinol mwy nag ydw innau,' torrodd Elin ar ei thraws yn goeglyd. 'Eidalwr ydi o, wedi ei gyfnewid pan oedd o newydd gael ei eni. Ganed merch i Philippe Égalité, ond roedd o eisiau bachgen, felly ...'

'Pa lol ydi hyn?' torrodd Madeleine ar ei thraws hithau. Trodd at ei brawd. 'Ble gest ti afael ar hon, Christophe? Yn y seilam?'

'Mae'r cyfan yn wir!' bloeddiodd Elin arni. 'Gofyn i'r Arglwyddes Newborough! Hi oedd y ferch gafodd ei chyfnewid! Mi all hi brofi'r peth. Mae hi'n sgwennu llyfr amdani hi'i hun, ac fe gewch chi ddarllen am yr holl hanes wedyn!'

Disgynnodd distawrwydd llethol dros y criw. Edrychai nifer ohonynt yn anghyfforddus, nes i Madeleine ymwroli.

'Twt lol! Chlywais i 'rioed y fath hefru! Dewch,' meddai gan droi at ei ffrindiau, 'mi awn ni i wylio'r rasio eto. Oherwydd hon a'i chyboli rydyn ni wedi colli'r ceffylau yn y cylch casglu.' Martsiodd allan o'r babell, a dilynwyd hi gan bawb ond Christophe, Émile ac Elin.

Yn y distawrwydd yn dilyn ymadawiad y gweddill, ni allai Elin edrych i wyneb Christophe. Roedd ganddi ormod o gywilydd o'i hymddygiad. I ble'r aeth y teimlad hyfryd hwnnw o allu cerdded ar yr awyr? I ble'r aeth yr ysgafnder yn ei chalon, y bodlonrwydd hapus a roddodd y siampên iddi? A beth feddyliai Christophe ohoni'n awr? Rhedodd deigryn i lawr ei grudd.

'Dwi isio mynd adref,' mwmialodd yn dawel.

Oedodd Christophe cyn ymateb.

'O'r gorau,' atebodd o'r diwedd. 'Mi af i chwilio am hacnai. Arhoswch chi yma.'

Roedd hi'n ymwybodol o Émile yn sefyll yn fud yn ei hymyl, yna fe'i clywodd yn estyn cadair ac yn eistedd wrth ei hochr.

'Elin Mair,' meddai'n dawel, gan afael yn ei llaw. Roedd hi'n ddiolchgar am y cyffyrddiad, ac ni thynnodd ei llaw yn ôl. 'Elin Mair, oedd beth ddywedoch chi am duc d'Orléans yn wir?'

Nodiodd Elin ei phen. Ni allai edrych i fyw ei lygaid. Roedd Émile, hefyd, yn fud. Daeth sŵn bloeddio'r dorf i'w clustiau. Roedd ras arall wedi cychwyn.

'Elin Mair,' ailddechreuodd Émile, 'a fuasai'r arglwyddes yn fodlon siarad â mi? A fuasai'n fodlon dangos unrhyw dystiolaeth sydd ganddi i mi? Ydych chi'n gweld, mae'n fy nharo i fod ei stori'n bwysig. Mae gan bobl Ffrainc hawl i wybod y gwirionedd.'

Trodd Elin ato'n ddiolchgar.

'Rwy'n siŵr y byddai hi! Mi wna i ofyn iddi heno, a gadael i chi wybod. Cafodd gynnig i ddweud ei stori o'r blaen, gan ddyn papur newydd o'r enw Laurentie, ond fe dynnodd hwnnw'n ôl heb unrhyw reswm, ac yn hytrach na'i chefnogi, ysgrifennodd bethau hyll a chas amdani. Fasech chi ddim yn gwneud hynny, na fasech Émile?'

'Mi fydda i un ai'n ysgrifennu'r stori fel ag y mae, neu fydda i ddim yn ei hysgrifennu o gwbl,' addawodd iddi.

Daeth Christophe yn ôl i'r babell, a gollyngodd Émile ei llaw.

'Dweud wrth Elin oeddwn i,' eglurodd yn frysiog, 'y buaswn i'n hoffi sgwennu erthygl i'r *National* am yr Arglwyddes Newborough a'i hanes. Wyt ti ddim yn meddwl fod y stori'n un gwerth ei hailadrodd?'

Cododd Christophe ei ysgwyddau heb ddweud yr un gair. Yna trodd at Elin.

'Rydw i wedi cael gafael ar dy forwyn,' meddai wrthi, 'ac mae hi'n disgwyl amdanat yn yr hacnai y tu allan. Gwell i ni frysio rŵan, cyn i'r teulu brenhinol ddod yn eu holau. Beth amdanat ti, Émile? Wyt ti am aros yma neu wyt ti am ddod efo ni yn y goets? Mi alla i fynd â thi adref ar ôl gollwng Elin yn yr hôtel Britannique.'

'Mi ddo i gyda chi,' atebodd Émile.

Tawedog iawn oedd Christophe wrth i'r hacnai adael y cae rasio. Doedd gan Elin ddim i'w ddweud, chwaith. Émile oedd yr unig un a deimlai ddyletswydd i geisio cynnal sgwrs, a gwnaeth ymdrech arwrol. Diolchodd i Christophe am y diwrnod, gan ganmol y bwydydd a'r babell a phob dim arall y gallai feddwl amdano. Yna diolchodd i Elin am ei chyngor wrth ddewis ceffylau. Synnwyd Elin ddigon i ymateb iddo.

'Fuoch chi'n betio hefyd, felly?'

'Do,' atebodd yntau. 'Pob ceffyl yr oeddech chi'n ei gefnogi, fe wnes innau'r un peth. Ac yn awr,' meddai, gan daro'i law yn ysgafn yn erbyn ei boced, 'mae gen i arian wrth gefn i ddechrau fy ysgol nos. Mi alla i brynu llyfrau a llechi sgwennu ac ati.'

'Rydych chi'n mynd ymlaen â'ch menter, felly?'

'Ydw. Dim ond i mi gael lle i gynnal y dosbarthiadau, ac fe alla i ddechrau.'

'Fydd hynny ddim yn hawdd,' ymunodd Christophe yn y sgwrs am y tro cyntaf. 'Does bosib dy fod wedi ennill digon o arian ar y ceffylau i roi blaendal ar adeilad?'

'Na,' cytunodd Émile, 'ond rwy'n gobeithio dibynnu ar gymwynasgarwch rhai dynion.'

'Hmm,' atebodd Christophe.

Erbyn hyn roeddynt yn y rue Vivienne, ac arhosodd yr hacnai wrth ddrws yr *hôtel*. Neidiodd Christophe i lawr, ac wrth iddo gynorthwyo Elin o'r goets, ymddiheurodd hithau am ei hymddygiad.

'Mae gen i gywilydd ohonof fy hun,' ychwanegodd.

Am y tro cyntaf ers yr helynt, gwenodd Christophe arni, ond rhyw wên fach gam, hiraethus oedd hi.

'Mi fydda i'n gwybod yn well y tro nesa,' meddai wrthi'n hanner cellwair. 'Mi fydda i'n cynnig gwin gwyn yn lle siampên!'

Os bydd yna fyth dro nesaf, meddyliodd Elin yn drist wrth ddringo'r grisiau i'r adeilad. Ceisiodd osgoi gorfod siarad â'i meistres, a llithrodd yn ddistaw i'w hystafell wely. Roedd eisoes wedi anfon Annette oddi wrthi er mwyn cael llonydd. Ond roedd y gogyddes wedi bod yn disgwyl amdani, a chyn i Elin allu diosg ei chlogyn cnociodd Suzanne yn ysgafn ar ddrws ei hystafell.

'Ma'mselle Hélène,' sibrydodd Suzanne ei henw drwyddo, 'mae gen i neges i chi, oddi wrth Jaques, yr ostler.'

Agorodd Elin y drws yn gyflym a daeth Suzanne i mewn.

'Mae'r arglwyddes yn cysgu,' eglurodd yn dawel, 'felly mae gen i bum munud bach cyn paratoi swper. Daeth Jaques ataf pnawn 'ma, eisiau i mi ddweud ei fod wedi derbyn newyddion am eich brawd. Na,' ychwanegodd yn gyflym wrth weld y gobaith yn gwawrio yn llygaid Elin, 'na, dydi o ddim yn gwybod lle mae eich brawd, ond mae o wedi clywed fod ostler *Anglais* yn gweithio i ddoctor – doctor plant, mae'n credu – rhywle ar y cyrion i'r gorllewin o Baris. Mi ddaw i ddeud wrthych chi os caiff o ragor o fanylion.' Aeth Suzanne allan o'r ystafell cyn ddistawed ag y daeth i mewn.

Tybed? Tybed ai Wiliam oedd yr ostler *Anglais* hwn? Roedd wedi dysgu eisoes nad oedd y Ffrancwyr yn gwahaniaethu rhwng Saeson, Albanwyr, Cymry a Gwyddelod. Gelwid pob un yn *Anglais*. Felly a ddylai godi ei gobeithion? Ond roedd siom a chywilydd ei diwrnod wedi torri ei hysbryd. Gobaith gwag arall fyddai'n cael ei chwalu'n greulon oedd neges Jaques. A ph'run bynnag, roedd cyn lleied o wybodaeth ar gael. Doctor plant rhywle i'r gorllewin o Baris! Faint elwach oedd hi o gael gwybod hynny? Na, doedd hi ddim am fod mor wirion â cheisio crwydro trefi a phentrefi ardaloedd mor eang heb yn gyntag gael gwybodaeth llawer mwy pendant.

XXI

'Llyfr? Mae'n mynd i gyhoeddi llyfr?'

Gwingodd yr ysgrifennydd dan lach yr hen ddiplomydd. Ond roedd yn rhaid iddo ateb.

'Ydi, syr. Mae'r llyfr yn mynd i adrodd ei holl hanes, yn ôl y Gymraes.'

Troediodd yr hen ŵr ei garped moethus wrth iddo ystyried y newydd diweddaraf hwn.

'Ydyn ni'n gwybod pa mor barod yw'r llyfr i gael ei gyhoeddi?' holodd ymhellach.

'Nid yw ein dyn ni'n gwybod, syr, ond mae am fynd ati i ddarganfod hynny.'

'Gwell iddo beidio oedi rhagor! Dydi o ddim wedi gwneud rhyw lawer hyd yma. Ac am y fiasco ar y cae rasio – wel, does gen i ddim geiriau i fynegi 'nheimladau! Edrych ar y bil hwn!' Cododd ddarn o bapur oddi ar ei ddesg a'i chwifio o dan drwyn yr ysgrifennydd. Roedd hwnnw'n gwybod yn iawn amdano eisoes, gan mai ef oedd wedi ei anfon ymlaen at yr hen ddiplomydd, ond ufuddhaodd i'w feistr.

'Edrych ar yr eitemau sydd arno,' aeth yr hen ddiplomydd yn ei flaen. 'Eog wedi'i gochi, wystrys o Granville, cregyn gleision, corgimychiaid a chrancod, a hyd yn oed caviar, a hynny ddim ond ar gyfer y cwrs cyntaf! A thri dwsin o boteli siampên. Tri dwsin! Mae'r bachgen wedi cymryd mantais, yn gwneud ffŵl ohonof! A beth ydw i'n ei gael am yr holl gostau hyn? Dim byd ond geiriau sychlyd gan y dug! Chafodd o ddim hyd yn oed gip ar y ddynes Newborough!'

'Na, mi roedd hi'n sâl, medden nhw.'

Croesodd yr hen ddiplomydd at y ffenestr ac edrych i lawr ar y sgwâr.

'Mi roddais fy mhabell yn St Cloud at ddefnydd y crwt, yn ogystal â rhyddid iddo archebu bwydydd ac ati, a'r cyfan i ba ddiben? Dim ond i'r Gymraes gael meddwi a sarhau'r dug yn ei wyneb. Roedd o wedi disgwyl cael gweld y ddynes Newborough yno, ac yn chwilio amdani ymysg y criw ifanc pan alwodd y Gymraes enwau arno. Roedd y dduges yn gandryll, ac am Mademoiselle d'Orléans ... well!'

'Ydi'r dug am iddi gael ei 'restio, syr? Mae ganddo achos cyfiawn.'

Syllodd yr hen ddiplomydd yn oeraidd ar ei ysgrifennydd.

'Meddylia am y peth, ddyn. Achos llys, y stori'n cael ei lledaenu ... Oes angen i mi ddweud rhagor?'

Ni feiddiai'r ysgrifennydd yngan gair. Aeth yr hen ddiplomydd yn ei flaen.

'Dyna oedd dymuniad Mademoiselle d'Orléans, wrth gwrs, nes i mi ei darbwyllo. Tynnu ei sylw at y ffaith mai'r Gymraes yw ein ffynhonnell agosaf at Newborough. Ar hyn o bryd, rydym angen iddi fod yng ngwasanaeth yr arglwyddes.' Ochneidiodd yr hen ŵr mewn diflastod. 'Rŵan mae'r dug am i mi drefnu cyfle arall iddo gael golwg ar Newborough, a hynny heb i neb sylweddoli ei fwriad. Unrhyw awgrymiadau?'

'Wel, syr,' atebodd yr ysgrifennydd yn araf, 'mi fydd y brenin yn ailagor y senedd yr wythnos nesaf. Mae'n arferol anfon gwahoddiadau at bersonau teilwng i fod yn bresennol yn yr oriel yn ystod achlysuron o'r fath. Oni fyddai modd i'n dyn anfon gwahoddiad iddi hi a'r Gymraes? Gallwn nodi rhifau eu seddau, a gadael i'r dug wybod ymlaen llaw ble y dylai edrych. Fel yna, mae'n siŵr o'i gweld hi.'

Cysidrodd yr hen ddiplomydd yr awgrym cyn cytuno iddo.

'O'r gorau. Ond rhaid i mi gael canlyniad boddhaol y tro hwn, neu mi fydd y bachgen yn gorfod talu'r bil hwn o'i boced ei hun!' Chwifiodd y darn papur unwaith eto.

232

Teimlodd yr ysgrifennydd reidrwydd i achub cam ei was.

'O leiaf rydym ni'n gwybod am fodolaeth y llyfr, syr. Gallwn weithredu ar hynny rŵan.'

'Ti'n iawn,' cytunodd yr hen ddiplomydd. 'Rhaid darganfod pwy sy'n mynd i'w brintio a'i gyhoeddi. Gorau oll pe gallem gael gafael ar y llawysgrif a'i llosgi. Os nad yw hynny'n bosib, rhaid meddwl am ffordd arall.'

Trodd yr hen ŵr oddi wrth ei ysgrifennydd gan wneud arwydd â'i law i ddynodi nad oedd angen ei bresenoldeb mwyach. Ond cliriodd y dyn ei wddf, ac roedd yn rhaid i'r hen ŵr droi'n ôl ato.

'Y Gymraes, syr, a'i hymdrechion i ddod o hyd i'w brawd.'

'Oes gen ti unrhyw newydd amdano?'

'Fe ddaeth rhyw wybodaeth am ei leoliad, syr, ond unwaith eto, dim byd pendant. Yn ôl ein dyn, roedd y ferch yn siomedig iawn gyda'r wybodaeth a gafodd gan yr ostleriaid. Roedd hi wedi disgwyl cael ei gyfeiriad, mae'n amlwg, ond y cyfan a ddysgodd ganddynt oedd fod ei brawd wedi gadael tafarn ei dad-yng-nghyfraith ac wedi mynd i weithio i ryw ddoctor, a hynny yn un o'r trefi ar gyrion Paris. Rhywle i'r gorllewin, rwy'n deall.'

'Rhaid gwneud ymholiadau ym mhob tref o fewn ugain milltir i Baris,' gorchmynnodd yr hen ŵr.

'Mae hynny wedi ei wneud yn barod, syr. Rydym yn disgwyl yr adroddiadau'n ôl. Ydych chi am i'r Gymraes gael gwybod am unrhyw wybodaeth a gawn ni am ei brawd, syr?'

Bu saib hir cyn iddo glywed yr ateb.

'Ydw,' meddai'r hen ddiplomydd o'r diwedd. 'Byddai gallu rhoi'r wybodaeth honno iddi yn selio'i theimladau tuag at y bachgen.'

'Mae'r garwriaeth wedi cael cryn ysgytwad ar ôl helynt y cae rasio, syr. Mae angen rhoi hwb ymlaen i'r achos.'·

'Wyt ti'n meddwl? O'm profiad i, ni all yr un forwyn wrthsefyll *sylw dyn ifanc golygus a chyfoethog. Maen nhw'n ddigon twp a diniwed i dderbyn unrhyw ddatganiad o gariad, waeth pa mor ffals ydi o.'*

XXII

Gadawodd Émile y swyddfa'n fore, wedi cael gorchymyn gan y golygydd i siarad â rhai o ddosbarthwyr y papur newydd. Roedd y gwerthiant wedi bod mor llwyddiannus yn ddiweddar fel bod angen trafod ffigurau argraffu. Byddai'r dosbarthwyr yn gallu rhoi amcangyfrif o'r gwerthiant gorau posib, credai Sautelet, a thrwy hynny byddai modd i'r bwrdd golygyddol benderfynu faint i'w argraffu. Gofynnwyd i Émile, felly, siarad â phob un yn ei dro, a chael y ffigurau ganddynt. Wrth gerdded o siop un dosbarthwr i'r nesaf, câi Émile ddigon o hamdden i bendroni ynghylch y digwyddiadau rhyfedd ym mhabell Christophe yn St Cloud.

Roedd i honiad Elin ganlyniadau di-ben-draw. Ar y naill ochr, gallai ddychmygu y byddai'r wybodaeth – sef nad mab Philippe Égalité oedd Louis-Philippe, y dug presennol – yn creu anghydfod mewn sawl man. Ond ar yr ochr arall, onid oedd gan y cyhoedd hawl i wybod y gwirionedd? Gwyddai Émile yn fras fod duc d'Orléans yn etifedd pell i goron Ffrainc pe buasai teulu'r Bourboniaid, sef teulu Charles X, yn dod i ben. Oni ddylai pawb wybod, felly, mai Eidalwr oedd Louis-Philippe, ac na ddylai fyth etifeddu coron Ffrainc? Byddai'r peth yn wrthun. Byddai'n gwneud Ffrainc yn destun sbort i weddill Ewrop.

Roedd hyn i gyd yn dibynnu, wrth gwrs, ar y dystiolaeth oedd gan Arglwyddes Newborough i gefnogi ei honiadau. Dyna gnewyllyn y mater. Ond am stori! Gallai ddychmygu'i hun yn cael y sgŵp fwyaf yn hanes newyddiaduriaeth Ffrainc! Roedd wedi anfon gair at yr arglwyddes y bore wedi'r cyfarfod rasio, ac wedi derbyn ateb ddoe. Cytunodd hithau i'w weld a dweud ei hanes wrtho, gan awgrymu dyddiad ymhen yr wythnos. Roedd yn dyheu am i'r bore hwnnw gyrraedd. Roedd ei feddwl eisoes yn ferw o syniadau sut i gyfleu'r stori yn y papur newydd, a pha fath o bennawd fyddai'n addas.

Dim ond un siop oedd ganddo i ymweld â hi eto: siop Therault, un o ddosbarthwyr mwyaf *Le National*. Wrth gerdded yno, cofiodd am ymddygiad Christophe yn y goets hacnai wedi iddynt ollwng Elin yn rue Vivienne. Roedd wedi awgrymu mai lol oedd honiadau Elin i gyd, ac na ddylai Émile gymryd unrhyw sylw ohonynt. Awgrymodd ymhellach na fyddai'r un papur newydd yn fodlon cyhoeddi'r stori gan ei bod yn ymylu ar fod yn deyrnfradwriaeth. Gwyddai, o'r hyn roedd ei dad yn ei adrodd wrtho, meddai Christophe, fod y Brenin Charles a'i lach ar y papurau newyddion. Roedd o'n eu gweld nhw'n anghyfrifol, ac yn achosi anniddigrwydd a drwgdeimlad ymysg y bobl. Wrth i'r hacnai aros yn stryd Émile, lled-awgrymodd Christophe ymhellach fod y brenin, gyda chymorth Polignac, ei brif weinidog, yn bwriadu gweithredu yn erbyn y newyddiadurwyr, ac y dylai Émile fod ar ei wyliadwraeth.

Roedd Émile yn tybio mai ymdrech gan Christophe i ymddangos yn bwysig oedd ei rybuddion, ac nid oedd wedi cymryd llawer o sylw ohonynt, yn arbennig yr awgrym mai lol i gyd oedd honiadau Elin. Nid oedd hi wedi taro Émile fel merch wirion. Roedd yn amlwg iddo ef fod Elin yn credu'n llwyr yn yr hyn a ddywedodd y pnawn hwnnw. Nid oedd yn ei hystyried fel merch gelwyddog chwaith, er iddo wenu wrth gofio'r ffordd roedd hi wedi creu rhiant newydd, cyfoethog iddi ei hunan. Nid oedd yn gweld bai arni am hynny. Onid oedd ef ei hun wedi cael ei fychanu gan ffrindiau Christophe a Madeleine? Roedd yn hollol ymwybodol o'r ffordd roeddynt wedi edrych i lawr eu trwynau ffroenuchel ar ei ddillad henffasiwn, er ei fod wedi mynd i drafferth y noson cynt i sicrhau bod popeth yn hollol lân. Pe byddai ef wedi derbyn yr un faint o sylw ag Elin, buasai wedi bod yn demtasiwn iddo yntau wneud yr un peth yn y cwmni dethol hwnnw, gyda Madeleine yn ceisio creu anghydfod a bychanu Elin. Na, doedd yr un ohonynt yn aelodau naturiol o griw Christophe a Madeleine. Haws dychmygu ei fod ef ac Elin o'r un anian na bod Elin a Christophe yn gweddu i'w gilydd – nac yntau a Madeleine, o ran hynny. Y syndod mawr oedd fod Christophe yn cyboli gydag ef ac Elin o gwbl.

Wrth adael siop Therault, sylwodd Émile ar nifer o fechgyn rhyw wyth i ddeg oed yn sefyllian y tu allan i'r drws. Roedd gan bob un ohonynt sach fel sgrepan yn hongian ar ei ysgwydd, a sylweddolodd Émile mai'r rhain oedd dosbarthwyr stryd Therault. Roedd rhyw fath o anghydfod rhyngddynt, ac un bachgen yn uwch ei gloch na'r gweddill. Ef yn amlwg oedd yr arweinydd, oherwydd wrth i Émile eu gwylio daethpwyd i benderfyniad, gyda'r arweinydd yn mynegi ei farn yn bendant, ac er gwaethaf ambell ysgwyd pen, dechreuodd y criw wasgaru'n araf. Gadawyd yr arweinydd yn sefyll ar y palmant yn edrych ar eu holau.

Daeth syniad beiddgar i ben Émile. Pam oedi? Pam disgwyl i eraill gymryd y cam cyntaf? Aeth at y bachgen.

'Bore da,' cyfarchodd ef.

Edrychodd y bachgen i'w wyneb ag elfen o ddrwgdybiaeth, ynghyd â'r hyfrdra hunanfeddiannol sy'n perthyn i blant y stryd. Roedd ganddo ben main ac wynepryd gwelw, â phob elfen ohono fel petai wedi cael ei chywasgu ar ei enedigaeth gan ryw efeiliau duwiol – neu gan newyn. Ond roedd y llygaid yn fwrlwm o fywyd, yn ddisglair, yn graff, yn ei asesu yr un mor fanwl ag yr oedd yntau'n asesu'r bachgen. Teimlodd Émile reidrwydd i egluro.

'Newydd fod yn siarad â M. Therault,' meddai. 'Deall mai chi'r bechgyn fyddai'n gallu dweud orau wrthyf sut mae gwerthiant Le National yn mynd.'

'Iawn,' atebodd y bachgen gan godi ei ysgwyddau'n ddifater.

Roedd yn amlwg nad oedd rhagor o eiriau i ddilyn y gair unsill hwn, felly ceisiodd Émile ddilyn trywydd arall.

'Ydi o'n talu'n dda – gwerthu papurau rwy'n feddwl?'

Yr ysgwyddau'n codi eto, ond dim gair y tro hwn.

'Yli, mi faswn i'n hoffi gofyn ambell i gwestiwn i ti? Fyddet ti'n fodlon? Mae tamaid o ginio i'w gael am dy drafferth.'

Am y tro cyntaf, roedd wedi hoelio sylw'r bachgen yn gyfan gwbl.

'Pastai?' bargeiniodd y crwt. 'A bara a chaws?'

'Ara' deg, 'ngwas i,' chwarddodd Émile. 'Dydw i ddim yn graig o arian, wsti. Ond mi gei di bastai beth bynnag.'

'Iawn, mistar,' cytunodd y bachgen. 'Mi wn i am charcuterie dda.'

Pan gyrhaeddwyd y siop, fodd bynnag, doedd dim pasteiod ar gael, ac roedd yn rhaid i'r bachgen, a elwid yn Grimpe (tybiai Émile mai enw'r stryd ydoedd, nid ei enw bedydd) fodloni ar selsig mewn rholyn o fara. Ond wnaeth o ddim cwyno. Cyn iddynt gerdded allan o'r siop roedd ei ddannedd eisioes wedi brathu'n awchus i'r bwyd. Sylweddolodd Émile nad oedd fawr o siawns cael gair call nes i'r bachgen orffen bwyta. Disgwyliodd yn amyneddgar, wrth i'r ddau gerdded yn araf tuag at afon Seine.

'Grimpe, ble rwyt ti'n byw?'

Cododd yr ysgwyddau eto.

'Lle mae dy rieni?'

Yr un ystum unwaith eto. Nid oedd y bachgen yn hoffi cwestiynau personol, yn amlwg.

'Faint o fechgyn sy'n gweithio i Therault – yn dosbarthu'r papurau newydd?'

Cododd yr ysgwyddau, ond y tro hwn atebodd y bachgen.

'Saith, wyth.'

'Wyt ti'n gallu cyfri, felly?'

Edrychodd y bachgen arno gyda diflastod.

'Dwi'm yn dwp!' ebychodd.

'Nag wyt, siŵr,' cytunodd Émile. 'Mi welais i ti'r bore 'ma efo'r bechgyn eraill. Roeddwn i'n cael yr argraff mai ti yw eu harweinydd. Roeddan nhw'n gwrando arnat ti.' Erbyn hyn roedd Émile wedi cynefino â'r ystum o godi ysgwyddau a allai gyfleu rhywbeth negyddol neu gadarnhaol. 'Fasan nhw'n fodlon gwneud beth bynnag rwyt ti'n ei ddweud wrthyn nhw?' Yr ysgwydd. 'Gwranda, Grimpe. Wyt ti'n gallu darllen?' O leiaf cafodd ymateb y gallai ei ddehongli y tro hwn. Ysgydwyd y pen yn bendant negyddol. 'Faset ti'n hoffi gallu darllen?' Yn ôl at yr ysgwyddau. Ochneidiodd Émile.

'Rydw i am ddechrau dosbarth darllen,' eglurodd wrth Grimpe, 'ar gyfer bechgyn fel ti. Faset ti'n hoffi bod yn ddisgybl cyntaf y dosbarth? Fasa'r bechgyn eraill sy'n gweithio i Therault yn hoffi dod efo ti i ddysgu darllen?'

Syllodd Grimpe arno'n ddwys.

'Fydd 'na fwyd?' holodd yn y man.

Nid oedd Émile wedi rhagweld y fath gwestiwn.

'Y ... wel, wn i ddim ... hynny ydi, doeddwn i ddim wedi meddwl ...'

'Os bydd 'na fwyd, mi ddown ni,' meddai Grimpe, ei lais mor bendant a chadarn fel na feiddiai Émile brotestio. Roedd yn hollol amlwg fod Grimpe yn gosod amodau: dim bwyd, dim gwersi.

'Wel, o'r gorau,' cytunodd Émile yn gloff, 'os galla i drefnu hynny.'

'Lle 'da chi isio ni fod?'

'Y?' Cwestiwn arall nad oedd Émile wedi ei gysidro cyn siarad â'r bachgen.

'Lle mae'r gwersi 'ma? A pha bryd?'

'Yli, tyrd i 'nghyfarfod i'r tu allan i siop Therault yr un amser yr wythnos nesaf, ac mi wnawn ni drafod y pethau 'ma i gyd.'

Syllodd Grimpe yn ddirmygus arno.

''Dach chi ddim yn un da am drefnu pethau, nag dach?'

Gan y gwirion y ceir y gwir, meddyliodd Émile yn drist, ond gwenodd ar Grimpe. 'Efallai y gelli di ddysgu hynny i mi,' meddai wrth y bachgen.

Cytunodd Grimpe, ac wedi addo cyfarfod Émile yn ôl y trefniant, diflannodd i gyfeiriad sgwâr y Bastille.

Ar ei ffordd yn ôl i'r swyddfa, roedd Émile yn cicio'i hun. Nid oedd eto wedi defnyddio'r arian roedd wedi ei ennill yn y rasys i brynu'r llyfrau ac ati, felly pam roedd raid iddo fod mor fyrbwyll? Pam na fuasai wedi trefnu'r pethau ymarferol yn iawn cyn chwilio am ddisgyblion? Sut berthynas fyddai ganddo â'r bechgyn hyn wedi iddo ddangos gwendid mor sylfaenol reit ar y dechrau? Doedd dim amdani ond ceisio dod o hyd i ystafell cyn gyflymed â phosib. Meddyliodd am adeilad y swyddfa. Roedd digon o stordai yn y cefnau, a dim defnydd yn cael ei wneud ohonynt, hyd y gwyddai. Rhaid iddo ofyn i Sautelet am ganiatâd. Ond am y bwyd ...! Ysgydwodd ei ben yn drist.

Cytunodd Sautelet i'w gais ar unwaith, gan ddangos diddordeb brwd. Roedd yn fwy parod i wrando ar syniadau beiddgar Émile nag yr oedd Thiers. Wedi iddynt ddod i gytundeb ar y mater, ac i Sautelet ddangos iddo'r adeilad yn y cefnau y gallai ei ddefnyddio, soniodd Émile am Arglwyddes Newborough a'i honiadau. Gofynnodd am ganiatâd y golygydd i holi'r arglwyddes, gyda'r bwriad o sgwennu erthygl amdani.

'Dos i holi'r arglwyddes ar bob cyfrif,' atebodd Sautelet wrth iddynt gerdded yn ôl i'r swyddfa, 'ond alla i ddim cytuno i gyhoeddi'r stori nes fy mod wedi ei darllen. Mae'n swnio'n stori beryglus i mi, felly gwna'n siŵr o dy ffeithiau. Hyd yn oed wedyn, efallai y byddai'n well i ni gael gair efo Thiers. Ef yw'r cyfreithiwr, wedi'r cyfan. Mae o'n gwybod yn dda am enllib ac ati ...'

Parhaodd y ddau i sgwrsio nes i ddyn gerdded i mewn i'r swyddfa, a thri phlismon y tu ôl iddo.

'Auguste Sautelet?' meddai'r dyn. 'Rydw i'n eich arestio ar gyhuddiad o annog gwrthryfel, ar wŷs y tywysog Polignac, Prif Weinidog ei Fawrhydi Charles X.'

'*Beth*?' dechreuodd Sautelet, ond cyn iddo ef nac Émile allu dweud rhagor, roedd dau o'r plismyn wedi gafael yn ei freichiau a'i lusgo allan o'r adeilad.

Rhuthrodd Émile ar eu holau, ond fe'i rhwystrwyd ef yn y drws gan fraich gadarn y dyn.

'Dydi hyn ddim byd i wneud efo chi, syr,' meddai hwnnw wrtho.

'Ond ... allwch chi ddim ...!'

'Émile!' galwodd llais taer Sautelet wrth iddo gael ei wthio'n ddiseremoni i mewn i *fiacre* ddu oedd yn disgwyl amdanynt. 'Dwêd wrth Thiers! Rhybu ...'

Collwyd gweddill ei eiriau wrth i ddrws y goets gael ei gau'n glep. O fewn eiliadau roedd y goets a'r plismyn wedi diflannu i lawr y stryd. Aeth Émile ar ei union i chwilio am Thiers, ond wedi cyrraedd ei gartref, clywodd fod Thiers hefyd wedi ei atal gan yr heddlu.

XXIII

Cymerodd Maria Stella'r bwndel llythyrau oddi ar
hambwrdd arian y ffwtmon cyn ei anfon o'r ystafell.
Byseddodd yr amlenni a sylwi bod un yn llawer mwy na'r
gweddill, ac o wneuthuriad da. Trodd hi drosodd yn ei
dwylo a gweld stamp brenhinol ar y cefn. Cyflymodd
curiad ei chalon wrth iddi rwygo'r amlen ar agor.
Tynnodd gerdyn swmpus allan, cerdyn ag aur ar ei
ymylon.

'Hélène, tyrd i edrych ar hwn!' galwodd ar Elin, oedd
wrthi'n sgwennu llythyr. 'Edrych!' Ni allai gadw'r
cynnwrf o'i llais. 'Gwahoddiad oddi wrth y brenin! Rydw
i – a chdi – wedi cael gwahoddiad i fod yn bresennol yn
agoriad y senedd newydd!' Wrth i Elin groesi ati,
gwthiodd y cerdyn i'w llaw a darllenodd hithau ef yn
gyflym. 'O Hélène, rydw i'n cael fy nghydnabod o'r
diwedd!' Curodd ei dwylo mewn llawenydd, a syrthiodd
gweddill y bwndel llythyrau i'r llawr. Rhoddodd Elin y
cerdyn gwahoddiad yn ôl iddi cyn plygu i'w casglu a'u
gosod yn ddiogel ar y bwrdd bach wrth gadair yr
arglwyddes. Daliai'r arglwyddes i syllu ar y cerdyn.

'Beth wisga i, Hélène? Rhaid i mi gael dillad newydd
ar gyfer achlysur mor bwysig.'

'Ydych chi am i mi ac Annette edrych drwy eich hen
ddillad am wisg y gallwn ni ei haddasu?'

'Hen ddillad? Na wnewch wir! Rhaid i mi gael
rhywbeth hollol newydd, rhywbeth yn y ffasiwn ddiwedd-
araf. O Hélène, mae hyn yn gwneud i'r atgofion lifo!

Rydw i'n cofio'r wisg a gefais ar gyfer cael fy nghyflwyno i Siôr III yn Llundain. Sidan glas lliw'r awyr, a'r peisiau o liw hufen. Mor falch oeddwn i o'r wisg honno! Ac roedd pawb yn ei hedmygu – hyd yn oed y brenin ei hun, a'r frenhines. Ac mi gymerodd y Dywysoges Caroline sylw arbennig ohona i. Fe ddaethon ni'n gryn ffrindiau ar ôl hynny, Caroline a minnau. Rydw i'n cofio un diwrnod, pan oedd fy ngŵr allan ar ryw fusnes, iddi anfon neges ataf yn gofyn i mi ei chyfarfod yn St James. Wel, ...'

Daeth cnoc ar y drws i dorri ar draws ei stori, a chyhoeddodd y ffwtmon fod Monsieur l'abbé Lafont d'Aussonne wedi cyrraedd. Ffromodd yr arglwyddes.

'Duw a'm helpo!' ebychodd. 'Mi anghofiais i'n llwyr fod hwnnw wedi trefnu i ddod draw heddiw. Richard, cadwa fo yn y cyntedd am ychydig funudau,' cyfarwyddodd y ffwtmon, cyn troi at Elin. 'Wnei di siarad efo fo? Does gen i ddim o'r amynedd ar y funud – mae'n rhaid i mi ateb hwn, ac mi rydw i eisiau gair efo Annette i drefnu gweld y wniadwraig. Dos â fo i'r stafell fwyta – mi gewch chi weithio wrth y bwrdd yn y fan honno.' Chwifiodd ei dwylo i hysio Elin o'r ystafell, ac wedi cael ei chefn hi, aeth i eistedd wrth ei bwrdd i ysgrifennu nodyn yn derbyn y gwahoddiad.

'Wedi bod yn ymchwilio fy hun ydw i,' eglurodd y dyn bach gan eistedd wrth y bwrdd, 'ac fe gymerodd fwy o amser na'r disgwyl. Nawr gadewch i ni ddechrau.' Tynnodd ei bapurau allan a'u gosod mewn tri phentwr taclus. Amneidiodd ar i Elin eistedd wrth ei ochr cyn dechrau egluro.

'Y broblem fawr yn achos yr arglwyddes yw ceisio profi symudiadau duc d'Orléans - neu duc de Chartres fel yr ydoedd bryd hynny – yng ngwanwyn 1773. Mae hynny wedi fy mhoeni'n arw, a dyna pam yr es ati i ymchwilio. Nawr, dyma beth rydw i wedi'i ddarganfod.'

Cododd un pentwr i fyny a'i fyseddu, fel petai'n chwilio am bapur penodol, ac o fethu dod o hyd iddo aeth yn ei flaen at yr ail. Cafodd ei fodloni'r tro hwn, a thynnodd dair neu bedair tudalen allan o'r bwndel. Gosododd hwy'n ofalus o'i flaen. Gwyliai Elin ef yn amyneddgar, roedd hi'n falch o unrhyw beth fyddai'n tynnu ei meddwl oddi ar ei phroblemau. Roedd y dyddiau diwethaf wedi bod yn ddiflastod poenus iddi a phenderfynodd y byddai'n canolbwyntio'n llwyr ar yr hyn roedd gan yr hanesydd i'w ddweud.

'Mae'n anodd iawn gwybod ble i ddechrau,' cyfaddefodd Lafont d'Aussonne. 'Efallai mai defnyddio trefn amser fyddai'r ffordd orau i ddangos fy nghanlyniadau. Mae hynny'n golygu dechrau gyda symudiadau Philippe Égalité – duc de Chartres bryd hynny – ym 1773. Rŵan 'ta.' Trodd at y papurau o'i flaen.

'Yn gyntaf un, ydych chi'n cofio'r erthygl ddiweddar gan Laurentie – yn honni nad oedd y duc a'r duchesse wedi gadael Paris drwy gydol 1773?'

Nodiodd Elin ei phen. Daliai'r arglwyddes i gyfeirio ati o bryd i'w gilydd.

'Wel, wrth gwrs, yn y lle cyntaf, at bwy mae Laurentie yn cyfeirio? Cofiwch mai duc de Chartres oedd Philippe Égalite bryd hynny, a'i dad, duc d'Orléans, yn dal ar dir y byw. Pwy oedd gan Laurentie dan sylw – y tad ynteu'r mab? Gwall sylfaenol yn yr arddull; dydi'r dyn yn amlwg ddim yn hanesydd.

'Bûm yn siarad â M. Dupin, sy'n gyfreithiwr i'r duc d'Orléans presennol, ac aeth yntau i holi'r dug ei hun. Adroddodd yn ôl i mi fod hanes teuluol yn dweud bod y duc a'r duchesse de Chartres yn Normandi drwy gydol gwanwyn 1773, yn aros mewn tref o'r enw Forges.'

'Oedd cyfreithiwr y dug yn fodlon siarad efo chi?' torrodd Elin ar ei draws mewn syndod. Roedd yn anodd ganddi gredu y byddai un o asiantau'r gelyn yn fodlon trafod tystiolaeth gyda rhywun oedd yn ceisio profi achos yr arglwyddes.

'Yn answyddogol, oedd,' cyfaddefodd M. d'Aussonne. 'Rydan ni'n aelodau o'r un gymdeithas hanes. Ond mae'n awyddus iawn i gael gwybod am unrhyw dystiolaeth a gawn ni.'

Ydi, mwn, meddyliodd Elin, ond heb ddweud yr un gair. Aeth M. d'Aussonne yn ei flaen.

'Wyddoch chi am dref Forges-les-eaux?' gofynnodd. Ysgydwodd Elin ei phen.

'Mae'r dref yn gyrchfan iechyd i ferched sydd yn dymuno beichiogi,' eglurodd. 'Bu'r frenhines Anne o Awstria, gwraig Louis XIII, yno'n gweddïo ac yn yfed y dyfroedd. Bu'r cwpwl yn ddi-blant am ugain a thair o flynyddoedd, ond ar ôl yr ymweliad â Forges, rhoddodd y frenhines enedigaeth i Louis XIV, ac yna i'w frawd, Philippe, sef sefydlydd teulu presennol yr Orléans.'

Gwyrth yn wir, meddyliodd Elin yn goeglyd, ond cadwodd ei anghrediniaeth iddi ei hun. Fyddai hi'n troi'n hen ferch sur, sinigaidd, tybed? Doedd y syniad ddim yn apelio ati, a gwnaeth ymdrech i fod yn fwy eangfrydig. Gofynnodd gwestiwn.

'A duchesse d'Orléans, ai dyna'r rheswm yr oedd hi yno?'

'Mae'n ymddangos felly,' atebodd M. d'Aussonne. 'Ond rydych chi'n symud yn rhy gyflym. Mi fûm yn holi yn y dref, ac mae'n ymddangos nad yw ffeithiau Dupin yn gywir. Ym 1772 y bu'r dduges yno, nid 1773, a hynny am ddau gyfnod cymharol fyr o ryw dair wythnos ar y tro. Gadawodd y dref am y tro olaf ym mis Gorffennaf, 1772, yn dangos arwyddion cynnar o feichiogrwydd.'

'Felly ...' cyfrodd Elin yn gyflym yn ei phen, 'byddai'r plentyn yn cael ei eni o gwmpas y mis Mawrth, mis Ebrill canlynol?'

'Yn union. Ond ym mis Hydref 1773 y ganed Louis-Philippe, y dug presennol.'

'Ond ...' crychodd Elin ei thalcen yn ceisio dyfalu goblygiadau'r gwahanol ddarnau o dystiolaeth oedd yn gwrth-ddweud ei gilydd.

'Yn union,' meddai M. d'Aussonne eto. 'Mae'n anodd cysoni'r ddau beth, ond ydi? Dyna fyddai'r bwriad, wrth gwrs, pe bai'r dug am geisio taflu llwch i lygaid pobl.'

'Ond ble byddai'r bachgen wedi ei gadw tan yr hydref?'

'Rydych chi'n dinistrio pob ymdrech rwy'n ei gwneud i gadw'r ffeithiau mewn trefn, Mademoiselle Thomas!' meddai wrthi'n biwis. 'Ond gan eich bod wedi gofyn, mi geisiaf eich ateb. Rŵan 'ta, i fynd yn ôl at symudiadau duc de Chartres. Rydw i'n gorfod neidio ymlaen mewn amser er eich mwyn chi!'

Plygodd ymlaen i afael yn yr ail bentwr a chwilota drwyddo. Gwenodd Elin yn ymddiheuriol arno, ond roedd o'n rhy brysur i sylwi.

'Mae gen i dystiolaeth dau bapur newydd sydd yn adrodd symudiadau'r dug yn ystod haf 1773.' Daeth o hyd i'r hyn roedd yn chwilio amdano. 'Dyma nhw. Mae'r cyntaf o gylchgrawn o'r enw *Gazette de Leide*, wedi ei ddyddio 23 Gorffennaf 1773, o dan y pennawd "Newyddion o Baris". Yn hwnnw, mae'n dweud bod duc de Chartres wrthi'n paratoi i ymweld â'r Iseldiroedd am dair wythnos, ac y byddai'n teithio dan yr *incognito* comte de Joinville.'

'Beth oedd pwrpas teithio'n ddirgel os oedd papur newydd yn cyhoeddi'ch bwriad – a'ch ffugenw?' gofynnodd Elin yn anghrediniol.

'Wel,' atebodd yn araf. 'Mae'r bobl fawr 'ma yn byw ar gael eu hadnabod, mewn gwirionedd. Fyddai dim yn waeth ganddyn nhw yn y bôn na chael eu trin fel chi a fi. Mae defnyddio ffugenw sy'n adnabyddus i bawb yn rhoi'r neges mai pobl bwysig ydyn nhw wedi'r cyfan, ac yn haeddu cael eu parchu felly, ond eu bod hefyd eisiau ychydig o lonydd. 'Ta waeth,' aeth yn ei flaen gan droi'n ôl at ei bapurau, 'mae'r ail ddarn yn crybwyll yr un siwrnai, mae'n debyg. Daw hwn o'r papur newydd *France*, dyddiedig 6 Awst 1773, ac mae'n dweud bod duc de Chartres, dan yr enw comte de Joinville, wedi ffarwelio'n ffurfiol â'r brenin a'r teulu brenhinol, wedi teithio i Metz, yna i Thionville, ac yn bwriadu mynd ymlaen i Luxembourg a'r Iseldiroedd Awstriaidd.'

'Ond mae'r dyddiadau hyn i gyd ar ôl y geni ym Modigliana,' gwrthwynebodd Elin, gan fethu gweld eu harwyddocâd.

'Ydyn,' atebodd M. d'Aussonne yn amyneddgar, 'ond beth petai'r plentyn wedi ei guddio rywle yn yr Iseldiroedd, a bod y dug yn mynd i ymweld ag ef nes deuai'r amser i ddatgelu ei "enedigaeth" yn gyhoeddus?'

'Wel, wir!' ebychodd Elin. 'Am sefyllfa! Ydych chi'n meddwl bod hynny'n debygol?'

'Does dim rheswm yn cael ei roi dros deithiau'r dug. Doedd dim rheswm gwladol iddo ymweld â gwledydd tramor, a does dim tystiolaeth ei fod wedi ymweld â'r gwledydd hyn na chynt nac wedyn. Ac mae rhywbeth arall diddorol ynglŷn â'r teithio.' Plygodd ymlaen i chwilota ymhlith y trydydd pentwr o bapurau. Tynnodd un daflen allan, a gallai Elin weld rhestr o nodiadau yn llawysgrifen M. d'Aussonne arni.

'Bu'r dduges yn feichiog un waith cyn hynny,' meddai, 'ond roedd y plentyn – merch fach – yn farwanedig. Roedd hyn ym 1771. Bryd hynny, roedd y dug yn ddarpar dad hynod o ofalus a meddylgar, byth yn gadael ei wraig, ac yn diwallu ei holl o'i anghenion. Mae'n anodd credu, felly, y byddai mor ddiofal a difeddwl yn ystod yr ail feichiogrwydd, yn arbennig o gofio canlyniadau trist y cyntaf. Gadael ei wraig a chrwydro'r Cyfandir a hithau mor feichiog, a hynny heb unrhyw reswm amlwg: mor wahanol i'r tro cynt. Yn ôl y sôn, roedd y dduges wedi torri ei chalon ar ôl marwolaeth ei phlentyn cyntaf, ac roedd y meddygon wedi rhoi plentyn byw iddi ei gofleidio nes y byddai'n ddigon cryf i wynebu'r gwirionedd. Pam, felly, ei gadael ar amser mor dyngedfennol?'

'Dyna'r agwedd sydd yn anodd gen i ei ddeall,' meddai Elin yn feddylgar. 'Soniais am hyn o'r blaen. Pam ar y ddaear fawr roedd y mamau hyn yn fodlon cyfnewid eu plant?'

'Plygu i ddymuniadau eu gwŷr, mae'n debyg.'

'Ia, ond wedyn ...' dadleuodd. Allai hi ddim dychmygu cytuno i'r fath beth dan unrhyw amgylchiadau.

'Fe welsom fod yr Eidales wedi gwrthwynebu gweithred ei gŵr ac wedi 'mofyn cymorth yr eglwys,' atebodd M. d'Aussonne. 'Gadewch i ni edrych ar gymhellion y dduges. Hi oedd yr unig blentyn i oroesi o blith saith a aned i'w rhieni. Roedd y teulu'n enwog am fod yn fyrhoedlog a gwantan eu hiechyd, a doedd hi'n ddim llawer o syndod pan fu farw ei phlentyn cyntaf. Ond ei thad oedd y dyn cyfoethocaf yn Ffrainc, medden nhw, a'i gŵr yn ddyn ariangar, trachwantus. Roedd si o gwmpas bryd hynny fod ei thad, oedd yn weddw, yn bwriadu ailbriodi merch oedd yn llawer iawn iau nag ef ei hun, merch a fyddai'n gallu rhoi etifedd gwrywaidd iddo. Dychmygwch y dug, felly, yn gweld ei wraig yn rhoi genedigaeth i blentyn marw arall – neu ferch – a thrwy hynny'n ei weld ei hun yn ddietifedd, a chyfoeth ei wraig yn diflannu o'i afael. Oni fyddai dyn mor ddi-egwyddor â'r dug – ac mae pawb yn cytuno mai un felly oedd o – yn fodlon mynd i eithafon i sicrhau'r olyniaeth? Efallai fod y dduges yr un mor uchelgeisiol, neu o leiaf yn gorfod plygu i ddymuniad ei gŵr. Cofiwch fod merched teuluoedd brenhinol drwy'r oesau wedi eu magu i dderbyn eu tynged yn ufudd, ac roedd y dduges hefyd yn ddisgynnydd i Louis XIII, dach chi'n gweld. Meddyliwch amdani'n derbyn y garwriaeth rhwng ei gŵr a Madame de Genlis am yr holl flynyddoedd, ac ar ben hynny'n gorfod dioddef ei gŵr yn rhoi ei blant dan ofal ei feistres yn hytrach na'i wraig!'

'Roedd y dyn yn hen ddiawl!'

'Mae'n rhaid i mi gytuno â chi, Mademoiselle Thomas, rhaid yn wir. Ond gyda'ch caniatâd, mi hoffwn fynd yn ôl at fy nhrefn amser.'

Roedd ei lais yn gyhuddgar, a phlygodd Elin ei phen yn wylaidd. Penderfynodd y byddai'n ceisio bod yn dawel o hyn ymlaen.

'Rŵan, rydw i wedi clywed si – o gyfeiriad gweddol gadarn – fod duc de Chartres, oedd yn un o'r Seiri Rhyddion, yn llywyddu dros y bwrdd cinio bob nos yn ystod y pythefnos cyntaf ym mis Ebrill 1773.'

'*Bob noson*? Ydyn nhw'n ciniawa bob noson o'r wythnos?' Roedd hi wedi yngan y geiriau cyn iddi allu rhwystro'i hunan, ond nid oedd M. d'Aussonne yn edrych yn ddig.

'Wn i ddim,' atebodd. 'Dydw i ddim yn aelod o'r Seiri Rhyddion. A dyna'r broblem, a dweud y gwir. Gan nad ydw i'n aelod, does gen i ddim ffordd o weld eu cofnodion i wirio'r ffaith.'

'Fasech chi'n gallu gofyn i rywun arall eu darllen ar eich rhan?'

Ysgydwodd ei ben yn araf.

'Mae hi'n gymdeithas ddirgel. Fyddai'r un o'r aelodau'n fodlon datgelu unrhyw wybodaeth i rywun o'r tu allan. Ond mi edrychais ar hen almanac am y flwyddyn honno, ac mae'r cyfnod hwnnw yn cynnwys penwythnos y Pasg. Rŵan, dydw i ddim yn credu bod y Seiri Rhyddion yn cyfarfod dros yr ŵyl honno. Felly, beth yw gwerth y dystiolaeth?' Cododd ei ysgwyddau'n awgrymog. 'Ond yn anffodus mae tystiolaeth ychwanegol o blaid yr ochr arall hefyd. Arhoswch funud.' Tyrchodd unwaith eto yn y pentwr cyntaf. 'Dyma ni. Yn ôl un papur newydd, roedd y dug yn bresennol yn y Chappelle Royale ar yr wythfed o'r mis, dydd Iau Cablyd, ac mae adroddiad arall yn nodi ei fod gyda'r brenin yn gwylio'r milwyr ar y trydydd ar ddeg o fis Mai.'

'Mae hynny'n ymddangos yn dystiolaeth gadarn iawn,' meddai Elin, a'i llais yn llawn siom.

'Ddim o angenrheidrwydd,' atebodd M. d'Aussonne yn rhyfeddol o siriol. 'Ydych chi wedi sylwi ar adroddiadau am y seremonïau brenhinol ym mhapurau'r Llys?' Ysgydwodd Elin ei phen. 'Maen nhw'n tueddu i gael eu hysgrifennu gan glerc bach y tu ôl i'w ddesg sy'n ysgrifennu enwau'r rhai sy'n bresennol ar sail adroddiadau blaenorol, heb iddo yntau fod wedi bod yn agos at y seremonïau hynny, ac heb unrhyw dystiolaeth yn dangos pwy oedd yno mewn gwirionedd. Gellir profi bod hynny wedi digwydd sawl tro. Efallai mai dyna sydd wedi digwydd yma.' Llonnodd ei wyneb fwyfwy. 'Mae gennym dystiolaeth i'r gwrthwyneb, cofiwch, ym mhapurau'r arglwyddes – papurau tri o'r tystion o'r Eidal.'

Cymerodd gryn amser iddo ddod o hyd i'r papurau perthnasol, ag Elin yn ei helpu. Hi gafodd hyd iddynt yn y diwedd, a'u hestyn iddo, gan eu bod i gyd mewn Eidaleg. Roedd sêl swyddogol llys o'r Eidal ar y tri phapur, ac roedd hynny'n dangos, meddai M. d'Aussonne, fod y dystiolaeth ynddynt wedi ei rhoi dan amodau llys, ac felly'n gyfreithiol dderbyniol. Roedd y darn cyntaf o dystiolaeth gan wraig oedd wedi bod yn forwyn ym mhalas teulu d'Este yn Reggio. Yn ôl hon, roedd teulu duc a duchesse de Chartres wedi teithio o Daleithiau'r Pab i Reggio yng ngwanwyn 1773. Roedd ei meistres, y dduges Maria-Teresa Cybo d'Este, wedi anfon gwahoddiad iddynt ddod i aros yn ei phalas, ond gwrthodwyd y gwahoddiad. Teithiai'r cwpwl dan yr enw de Joinville, ond roedd y dduges Maria-Teresa yn eu hadnabod yn dda. Yn ychwanegol at hyn, roedd y forwyn wedi gweld yr un ddynes eto pan deithiodd drwy Reggio unwaith eto ym 1776, ac wedi ei hadnabod. Unwaith eto roedd y ddynes yn teithio dan yr enw comtesse de Joinville.

Yr ail oedd tystiolaeth gan hen offeiriad o'r enw Carlo Brunone. Roedd yntau wedi gweld y cwpwl yn Alessandria, yn teithio o gyfeiriad yr Eidal tuag at Piedmont. Roedd hyn yn ystod haf 1773. Bu'r hen ŵr yn athro rhethreg i frenin Sardinia am ddeugain mlynedd cyn ymddeol, ac yn adnabod nifer dda o aelodau teuluoedd brenhinol Ewrop.

Roedd y trydydd tyst hefyd wedi dal swydd gyfrifol. Ei enw oedd Bernardin Grilenzone-Falopio, siambrlen i'w Fawrhydi Imperialaidd, Archddug Awstria. Pan welodd hwn duc de Chartres a'i wraig, roedd ym Modena yng ngwasanaeth Ercole III, sef taid y dduges ar ochr ei mam. Tystiodd fod y cwpwl yn teithio dan yr enw de Joinville, ond ni allai gofio'n iawn pa un ai gwanwyn 1772 ydoedd, ynteu 1773.

'Felly,' meddai M. d'Aussonne gan bwyso'n ôl yn ei gadair, 'mae'r ddwy ochr yn gallu cyflwyno tystiolaeth sy'n cefnogi eu hachos eu hunain. Pwy sy'n dweud y gwir?'

'Mae tystion yr arglwyddes yn bobl uchel eu parch,' atebodd Elin yn araf. 'Go brin y byddai hi wedi gallu eu prynu.'

'Gwir,' cytunodd, 'yn arbennig gan eu bod yn rhoi tystiolaeth ar lw. Rhaid cyfaddef mai tystiolaeth yr arglwyddes sy'n ymddangos gryfaf i mi. Oherwydd hynny, rwy'n teimlo'n berffaith dawel fy meddwl yn ei helpu gyda'i hachos.'

Dechreuodd gasglu'r papurau oddi ar y bwrdd, ond roedd rhywbeth a ddywedodd yn gynharach yn poeni Elin.

'Dwedwch i mi,' dechreuodd, 'roeddech chi'n sôn am ail daith y dduges i'r Eidal – ym 1776?'

'Cywir,' atebodd. 'Mae'r hanes wedi ei gyhoeddi yn hunangofiant Madame de Genlis. Ar yr ail ymweliad, roedd y dduges yn dal i ddefnyddio'r enw de Joinville, ond y tro hwn doedd fawr o gyfrinach ynglŷn â'r ymweliad, er na wnaeth y dduges ofyn am ganiatâd y brenin Louis XVI i adael Ffrainc nes iddi gyrraedd Antibes. Anfonodd lythyr ato o'r fan honno yn dweud ei bod wedi cael awydd sydyn i ymweld â'i thaid ym Modena. Ond nid mympwy oedd y daith, yn ôl de Genlis. Bu llawer o drefnu ymlaen llaw, ac roedd ganddi osgordd weddol helaeth yn cyd-deithio â hi. Y peth rhyfedd yw, yn ôl de Genlis eto, i'r dduges ddechrau beichio crio cyn gynted ag yr oedd wedi gadael yr Eidal. Pam, tybed?'

'Mi fyddai'r arglwyddes yn tynnu am ei phedair oed erbyn hynny,' cysidrodd Elin yn araf, 'ac onid dyna'r adeg pan y cafodd ei thad swydd newydd, llawer gwell, yn Firenze?' Teimlodd wefr o gyffro. 'Tybed a oedd y dduges yn poeni am gyflwr ei phlentyn, ac wedi mynd i'r Eidal i geisio sicrhau bywyd cystal â phosib iddi? Wedi gofyn i Arch-ddug Twscani am swydd dda i'r tad, a gofyn iddo gadw llygad ar y plentyn hefyd?'

'Rydych chi'n gadael i'ch dychymyg gael gormod o benrhyddid,' rhybuddiodd M. d'Aussonne. 'Ond mae'r peth yn berffaith gredadwy,' ychwanegodd gyda gwên. 'Rhaid cofio, hefyd, fod taid y dduges yn ddug Modena, dinas sydd yn rhyfeddol o agos at Modigliana ac at Firenze. Efallai nad oes digon o sylw wedi cael ei roi i'r dyn hwnnw. Ys gwn i ai ef yw'r allwedd i'r holl ddirgelwch?' Gwenodd eto wrth weld talcen y ferch yn crychu wrth iddi feddwl dros ei eiriau. 'Mae'n amser i mi fynd. Dywedwch wrth eich meistres y byddaf yn barod i weithio ar ei llyfr o fewn yr wythnos.'

Aeth Elin i roi'r neges i'r arglwyddes, a'i chael yng nghanol trafodaeth ddofn gydag Annette.

'Hélène, tyrd i roi dy farn,' meddai'r arglwyddes. 'Mae Annette wedi f'atgoffa o'r wisg hon a welsom yn un o'r trynciau. Beth wyt ti'n ei feddwl ohoni?'

Daliodd wisg yn erbyn ei chorff a'i throi ffordd hyn a ffordd arall.

'Mae'r sidan o'r un lliwiau ag y sonioch amdanynt yn gynharach,' atebodd Elin, 'ond ydych chi ddim am archebu un newydd?'

'Annette dynnodd fy sylw ar y ffaith fod yr amser mor fyr, a phrin y gallai'r gwniadwragedd gynhyrchu rhywbeth cymhleth mewn pryd. Beth ydi dy farn di?'

Astudiodd Elin y wisg yn ofalus, a gofynnodd i'r arglwyddes ei rhoi amdani iddynt gael gwell syniad. Cytunodd hithau. Wrth ei gwisgo, eglurodd mai ffrog wedi ei gwneud ar gyfer cael ei chyflwyno i'r Tsar a'r Tsarina yn St Petersburg ydoedd, ac felly roedd Annette yn berffaith gywir wrth feddwl y byddai'n gweddu i'r achlysur. Braidd yn dynn am y wasg oedd y ffrog, ac roedd hi'n ddi-lewys a'r gwddf braidd yn isel, ond o feddwl fod bron i ugain mlynedd wedi mynd heibio ers iddi gael ei gwneud, roedd yr arglwyddes wedi llwyddo i gadw'i chorff yn rhyfeddol o fain. Cerddodd Elin o'i hamgylch yn araf. Teimlodd y defnydd coeth, trwm rhwng ei bysedd. Roedd yn sidan o'r ansawdd gorau, â defnydd y sgert yn disgyn yn osgeiddig o'r wasg uchel i ffurfio rhyw lathen neu ddwy o gynffon.

'Mae digon o ddefnydd yn y gynffon i ni allu addasu'r wasg a'r breichiau,' barnodd Elin. 'Dydi cynffon fel hyn ddim yn y ffasiwn heddiw, felly bydd yn well hebddi. Ac os gwnawn ni'r llewys yn rhai *jambe de mouton*, mi allwn ni eu gosod wrth yr ysgwyddau gyda rubanau, neu les, i addurno'r uniad.' Camodd yn ôl i redeg llygaid beirniadol dros y wisg cyn dod i benderfyniad. 'Os gwnawn ni gwiltio ffelt ar waelod y bais, mi allwn ni newid siap y sgert fel ei bod yn sefyll allan yn hytrach na disgyn yn naturiol fel y mae ar hyn o bryd. Efallai y bydd rhaid cwiltio'r sgert ei hunan hefyd, ond bydd yn ddigon hawdd gwneud hynny. Bydd hynny'n rhoi siap cloch i'r sgert, fel sy'n ffasiynol ar hyn o bryd.'

'Wyt ti'n meddwl y gwnaiff y tro, felly?' holodd yr arglwyddes yn bryderus.

'Ydw,' atebodd Elin. 'Mi allwn ni wneud gwisg hyfryd ohoni.'

Roeddent wedi gorffen swper pan gofiodd yr arglwyddes sôn am lythyr arall a ddaethai'r bore hwnnw.

'Anfonodd y newyddiadurwr rwyt ti'n ei adnabod ... Émile ydi'i enw o? ... nodyn i ddweud nad ydi o'n gallu dod yfory wedi'r cyfan. Mae rhyw helynt gyda'r papur newydd. Wnaeth o ddim egluro'n iawn, ond mae am drefnu dyddiad arall pan fydd yr helbul drosodd. O ie, bron i mi anghofio,' ychwanegodd, 'mae nodyn i ti ar y bwrdd ysgrifennu.'

Aeth Elin i'w gyrchu, ond suddodd ei chalon wrth weld yr ysgrifen. Christophe oedd wedi'i anfon. Daeth ysfa gref drosti i daflu'r nodyn i'r tân heb ei ddarllen, ond roedd yr arglwyddes yn ei gwylio, ac yn amlwg yn disgwyl cael gwybod beth oedd ynddo.

'Llythyr gan Christophe,' eglurodd wrth ddechrau ei ddarllen. 'Mae'n dweud bod gwahoddiad ar ei ffordd i ni ar gyfer agoriad y senedd. Ei dad sydd wedi trefnu'r cyfan gan fod ganddo ddylanwad yn y llywodraeth.'

'Am fachgen caredig! Rwyt ti'n hynod o lwcus o gael "ffrind" mor dda, Hélène.' Ynganodd y gair ffrind mewn ffordd oedd yn awgrymu ei bod yn gwybod bod Christophe yn rhywbeth llawer mwy na ffrind, a throdd Elin ei hwyneb oddi wrthi rhag i'r arglwyddes weld y dagrau oedd yn cronni yng nghorneli ei llygaid.

Esgusododd ei hun yn gyflym, gan fwmial bod ganddi gur yn ei phen, ac aeth i'w hystafell wely i wylo'n dawel.

'Rhaid i ni ddewis ffrog i tithau fory,' galwodd yr arglwyddes ar ei hôl, ond nid atebodd Elin.

Pam roedd o'n trafferthu? Dyna'r cwestiwn a ofynnai iddi hi ei hun wedi i'r dagrau beidio. Onid oedd ei chwaer wedi dweud yr union eiriau yna, geiriau oedd wedi diasbedain yn ei phen ers diwrnod y rasys? Ac onid oedd Madeleine yn iawn? Pam *roedd* o'n traferthu efo hi? Doedd y peth ddim yn gwneud synnwyr o gwbl. Ond mewn ymdrech i geisio deall, aeth ati i wneud yr hyn a argymhellai'r hanesydd bach, Lafont d'Aussonne, sef gosod pethau yn nhrefn amser. Rhedodd ei meddwl yn ôl dros y misoedd ers eu cyfarfod cyntaf yn siop Claudette.

Eisiau iddi roi gwersi Saesneg iddo: dyna'r rheswm dros eu cyfarfodydd cyson. A bod yn deg â Christophe, nid oedd wedi ymddwyn mewn unrhyw ffordd nad oedd yn weddus, nac fel cariad chwaith, pe byddai Elin yn onest â hi ei hun. Oedd, roedd yn gyfeillgar a hwyliog, ond dyna'i natur. Ai hi, felly, oedd wedi gweld gormod o ystyr yn y pethau hyn? A oedd hi wedi gadael i'w hunan gredu mewn carwriaeth gan mai dyna'r hyn y gobeithiai amdani? Yr anrheg Nadolig, meddyliodd, oedd wedi rhoi'r arwydd pendant iddi fod eu perthynas yn fwy na chyfeillgarwch yn unig. Ond a oedd hynny'n wir? Yn ôl yng Nghymru, ac o fewn ei chymdeithas hi a'i theulu, roedd i fachgen roddi anrheg i ferch yn arwydd o un peth yn unig: cariad. Ond a oedd yr un peth yn wir yn Ffrainc? Efallai mai arferiad digon cyffredin oedd i ffrindiau o ryw gwahanol anfon anrhegion i'w gilydd, ac nad oedd arwyddocâd pellach i'r peth. Efallai fod hynny'n fwy tebygol fyth ymysg y gymdeithas ariannog y perthynai Christophe iddi.

Wrth feddwl am gefndir teuluol Christophe, bu bron

iddi ddechrau wylo drachefn. Dyna'r maen tramgwydd, wrth gwrs. Dyna lle roedd realaeth yn torri ar draws ei breuddwydion ffôl. Roedd wedi dod yn ôl at eiriau Madeleine. Gallai eu cofio'n eglur: Madeleine yn honni ei bod yn fodlon dioddef llawer o fympwyon twp ei brawd. Dyna sut roedd ei deulu'n edrych arni, felly, fel rhyw 'fympwy twp' ar ran Christophe. A beth amdano ef? Oedd o wedi sôn amdani wrth ei deulu o gwbwl – ar wahân i'w chwaer? Oedd honno wedi agor ei cheg wrth weddill y teulu? Oedd y tad yn ymwybodol fod morwyn o Gymraes ddisylw wedi eistedd fel gwestai wrth ei fwrdd yn ei babell ar y cae ras, ac wedi bwyta'r bwydydd drudfawr ac yfed yr holl *champagne* roedd ef wedi talu amdanynt? Ac os oedd Madeleine wedi cario straeon am ymddygiad cywilyddus Elin, pam ar y ddaear fawr fod y tad wedyn yn fodlon trefnu i'r arglwyddes a hithau dderbyn gwahoddiad brenhinol i agoriad y senedd? Doedd hynny'n gwneud dim synnwyr. Petai'r tad yn ei chyfarfod, buan iawn y buasai yntau'n gweld drwy Elin a'i ffug foneddigeiddrwydd. Pa dad o deulu bonheddig a chefndir ariannog fyddai'n hapus yn gweld ei fab yn ymgyfeillachu â morwyn dlawd?

Onid oedd Christophe wedi dysgu ei wers bellach? Onid oedd o'n gallu gweld nad oedd dyfodol i'w berthynas ag Elin? Roedd hi ei hun yn sicr wedi ei dadrithio, meddyliodd yn chwerw, ac roedd hi'n hen bryd iddi roi'r gorau i'w breuddwydion ffôl. A allai hi barhau i gyfarfod Christophe ar sail cyfeillgarwch yn unig? Wyddai hi ddim a allai ei chalon ddioddef y fath faich. Gwell o lawer fyddai torri'r cysylltiad yn gyfan gwbl na chwilota am gysur gwan yn ei gwmni a'i chystwyo'i hun bob tro y deuai wyneb yn wyneb ag ef, gyda'r siom o'r hyn a allasai fod.

Eto'i gyd, roedd rhywbeth yng nghefn ei meddwl yn ei hanesmwytho. Rhywbeth na allai roi ei bys arno'n hawdd; rhywbeth a ddigwyddodd yn St Cloud. Treuliodd amser yn crafu'i phen, ond ni allai yn ei byw â chofio. Gwyddai'n sicr fod Christophe yn flin ei bod hi wedi meddwi a gwneud ffŵl o'i hun gyda'r dug, er iddo geisio cuddio hynny. Ond roedd rhywbeth arall na allai ei ddwyn i gof yn ei blino, rhyw argraff a dderbyniodd ar y pryd ond a oedd bellach wedi diflannu o'i chof.

Daeth yn ôl at ei chwestiwn dechreuol: pam roedd Christophe wedi trafferthu i drefnu'r gwahoddiad hwn? A sut oedd hi'n mynd i'w wynebu ar ôl iddi wneud cymaint o ffŵl o'i hunan? Griddfannodd yn uchel. Fe roddai'r byd am gael osgoi ei gyfarfod unwaith eto.

XXIV

Ni fu Elin erioed mor falch o fod yn sâl. Fel petai rhagluniaeth o'i phlaid, y diwrnod ar ôl i'r arglwyddes dderbyn y gwahoddiad brenhinol dechreuodd Elin ddioddef anhwylder ar ei stumog. Pan nad oedd yr anhwylder wedi clirio erbyn y trydydd dydd, dechreuodd yr arglwyddes anniddigo. Ni allai fynd i agoriad y senedd ar ei phen ei hun – ni fuasai hynny'n weddus – ond os byddai ei *dame de compagnie* yn wael, beth allai hi ei wneud?

Elin feddyliodd am ateb i'r broblem. Nid oedd ei henw hi'n benodol ar y gwahoddiad, dim ond enw'r arglwyddes a'r geiriau *et compagnie* – 'a chydymaith'. Awgrymodd y gallasai ffrind yr arglwyddes, Madame Dumourrier, fynd yn ei lle hi heb achosi unrhyw dramgwydd i neb. Cytunodd yr arglwyddes ar unwaith, ac anfonwyd neges at ei ffrind. Cafodd Elin ac Annette lonydd perffaith i weithio ar addasu gwisg yr arglwyddes tra oedd y ddwy wraig hŷn yn clebran yn gyffrous â'i gilydd.

Bore'r diwrnod mawr, cyrhaeddodd Émile i gyfweld yr arglwyddes ar gyfer yr erthygl y gobeithiai ei chyhoeddi yn *Le National*. Rhoddodd yr arglwyddes ryw awr o'i hamser iddo, yna galwodd ar Elin i ddod i gynnig ymborth i'r newyddiadurwr ifanc. Nid arhosodd yr arglwyddes gyda hwy, gan fod ganddi gymaint o waith paratoi ar gyfer y prynhawn, felly gadawodd y ddau gyda'i gilydd yn y *salon*.

'Os bydd M. Martineau angen gweld unrhyw dystiolaeth,' meddai wrth Elin cyn eu gadael, 'mi elli di ei dangos iddo.'

'Oes unrhyw ddogfen yr hoffech chi ei gweld?' holodd Elin pan oeddynt ar eu pennau eu hunain. Roedd wedi cael yr argraff nad oedd llawer o frwdfrydedd yn osgo Émile.

'Wn i ddim,' cyfaddefodd wrthi. 'Efallai na ddylwn i fod wedi dod yma'r bore 'ma,' ychwanegodd, a'i lais yn ddiflas, 'ond roeddwn i wedi gwneud y trefniadau, ac, wel ...'

'Beth sy'n bod, Émile?'

Rhedodd ei law drwy ei wallt cyn ateb.

'Mae posibilrwydd cryf na fydda i'n medru cyhoeddi erthygl am yr arglwyddes yn y papur wedi'r cwbwl,' meddai gan ochneidio. 'Wn i ddim a *fydd* papur newydd gennym ni cyn bo hir.' Ysgydwodd ei ben yn araf. 'Mae popeth mor ansicr ar ôl yr arestiadau.'

'Arestiadau? Pa arestiadau? Pwy sydd wedi'u 'restio?' holodd Elin mewn braw. Edrychodd Émile yn syn arni.

'Dydych chi ddim yn gwybod? Roeddwn i'n meddwl y byddai Christophe wedi sôn wrthych chi ...'

'Dydw i ddim wedi gweld Christophe ers diwrnod y rasio ceffylau,' torrodd Elin ar ei draws.

'Mae'n ddrwg gen i,' mwmialodd Émile.

'Does dim raid i chi ymddiheuro,' atebodd Elin, a'i llais yn galetach nag y bwriadai. Nid oedd am drafod materion mor bersonol gydag Émile, ac yn sicr nid oedd yn chwilio am gydymdeimlad ganddo. 'Pwy sydd wedi'u 'restio?' gofynnodd eilwaith.

'Dau o'm meistri,' atebodd Émile, 'Thiers a Sautelet. Dau o olygyddion a pherchnogion *Le National.*'

'Ond pam?'

'Roedd Thiers wedi ysgrifennu erthyglau'n collfarnu'r brenin a'i weinidog, Polignac, a Sautelet wedi eu cyhoeddi yn y papur.' Ysgydwodd ei ben unwaith eto. 'Dydi o ddim yn deg!' ychwanegodd yn angerddol. 'Thiers ysgrifennodd yr erthygl, ond Sautelet sydd wedi derbyn y gosb waethaf.'

Deallodd Elin fod y ddau ddyn wedi cael dirwy o fil *franc* yr un, ond ar ben hynny roedd Sautelet wedi ei ddedfrydu i garchar am dri mis. Roedd Thiers wedi llwyddo i godi arian ar gyfer y dirwyon drwy danysgrifiadau yn y papur newydd, ond roedd ei farn am y brenin a Polignac wedi troi'n eithafol o chwyrn, a'i erthyglau'n fwy tanbaid nag erioed.

'Rydw i'n poeni am iechyd M. Sautelet,' meddai Émile mewn llais tawelach. 'Mae gen i barch mawr ato; mae'n ddyn mor ddiwylliedig a pheniog. Wn i ddim pa effaith a gaiff y carchar arno, ac yntau mor deimladwy.' Ysgydwodd ei ben yn araf. 'Rydw i'n dweud wrthych chi, Elin, nad oes cyfiawnder yn y wlad hon cyhyd ag y bydd pobl fel y Brenin Charles a Polignac yn llywodraethu drosom ni. Pan gyrhaeddais i Paris, doeddwn i ddim wedi meddwl llawer am wleidyddiaeth, ond mae byw yn y brifddinas wedi agor fy llygaid. Fe ddylech chi glywed rhai o fechgyn y gymdeithas rwy'n perthyn iddi – Cymdeithas yr Wyddor – yn areithio yn erbyn y frenhiniaeth a'r holl anghyfiawnder cymdeithasol sy'n bodoli yn ein gwlad! Fe fyddai'n agoriad llygad i chi!' Distawodd yn sydyn, a gwenu'n swil ar Elin. 'Maddeuwch i mi! Rydw i'n pregethu.'

'Dim o gwbl,' ymatebodd Elin yn gyflym. 'Mae gen i ddiddordeb mawr yn yr hyn rydych chi'n ei ddweud. Ydi merched yn cael dod i'r cyfarfodydd?'

Ysgydwodd Émile ei ben.

'Mae'n ddrwg gen i,' ymddiheurodd yn chwithig. 'Fyddai gen i ddim gwrthwynebiad, wrth gwrs, ond ...'

'Peidiwch â phoeni,' prysurodd Elin i'w gysuro. 'Rydw i'n deall i'r dim. Mi wyddwn yr ateb cyn gofyn y cwestiwn, wrth gwrs. Y fi ddylai ymddiheuro i chi am dynnu eich coes. Ond dwedwch i mi, sut mae'ch cynlluniau i gynnal ysgol ddarllen yn dod ymlaen? Fe sonioch chi o'r blaen fod aelodau o'ch cymdeithas yn gefnogol i'ch syniad?'

'Ydyn,' cytunodd Émile, 'ac mae un ohonynt, Étienne Lamarolle, brawd ein harweinydd, yn rhannu'r gwersi gyda mi.' Eglurodd sut yr oedd wedi cyfarfod y bachgen Grimpe, a bod hwnnw wedi dwyn perswâd ar ei ffrindiau i ddod unwaith yr wythnos am wersi darllen, rhifyddeg ac ysgrifennu. Funudau cyn iddo gael ei arestio, roedd Sautelet wedi rhoi caniatâd i Émile gynnal ei ddosbarthiadau mewn ystafell yn un o'r adeiladau tu ôl i swyddfa'r papur newydd.

'Efallai mai rhyw gegin moch oedd hi ar un adeg, neu olchdy. Beth bynnag, mae lle tân ynddi.' Wrth ddweud hyn, edrychai Émile mor isel ei ysbryd nes peri i Elin ofyn a oedd rhywbeth yn bod efo hynny.

'Fe osododd Grimpe amod wrth gytuno i ddod i'r gwersi,' cyfaddefodd Émile. 'Byddai'n rhaid i mi fwydo pawb fyddai'n dod. Alla i ddim fforddio hynny,' trodd ati'n daer. 'Rydw i wedi llwyddo i brynu bara iddyn nhw, ac ychydig o gaws, ond mae'r arian a enillais ar y ceffylau wedi mynd yn barod, wrth brynu llechi a llyfrau ac ati, a does gen i ddim syniad sut rydw i'n mynd i gael bwyd iddyn nhw bob wythnos!' Rhedodd ei ddwylo drwy ei wallt eto nes bod y cudynnau'n sefyll ar ei ben, gan roi rhyw olwg wyllt iddo. Dyna pryd y daeth yr arglwyddes yn ôl i'r ystafell. Cododd Émile yn frysiog a moesymgrymu.

'Rydan ni'n barod i gychwyn rŵan,' cyhoeddodd yr arglwyddes wrth Elin. Syllodd am eiliad ar Émile, a thybiodd Elin iddi weld braw yn ei llygaid, ond trodd yn ôl at Elin heb wneud unrhyw sylw cas amdano.

Cododd Elin hefyd, ac edmygu gwisg yr arglwyddes.

261

'Rydych chi'n edrych fel brenhines,' meddai Elin dan wenu. 'Mae'r wisg yna'n berffaith i chi.'

'Diolch yn fawr,' atebodd Maria Stella gan amneidio â'i phen. 'Mae'r goets yn disgwyl amdanom. Os gwnewch chi'n esgusodi ni, M. Martineau?'

'Wrth gwrs, Madame la baronne,' atebodd Émile yn frysiog. 'Mae'n bryd i minnau fynd ...'

'Dim o gwbl, M'sieur,' meddai'r arglwyddes. 'Arhoswch i gadw cwmni i Hélène. Dydi hi ddim wedi bod mewn llawer o hwyliau'n ddiweddar, ac mi fydd eich cwmni'n lles iddi.'

Moesymgrymodd Émile unwaith eto wrth i'r arglwyddes adael yr ystafell ac Elin yn ei chanlyn i hebrwng ei meistres at y goets i ddymuno'n dda iddi. Pan ddaeth yn ei hôl i'r ystafell, roedd Émile wedi eistedd unwaith eto.

'Dydych chi ddim yn mynd efo'r arglwyddes?' holodd.

Ysgydwodd Elin ei phen.

'Na, diolch i'r drefn. Doedd gen i ddim awydd mynd i weld y brenin yn agor y senedd. Ond ... ' petrusodd wrth i arwyddocâd ei bresenoldeb yno gyda hi ei tharo, 'dydych chi ddim yn mynd i agoriad y senedd? Dydych chi ddim wedi cael gwahoddiad gan Christophe?'

Ni allai Elin ddarllen yr edrychiad a ddaeth i lygaid Émile wrth iddo blethu ei fysedd yn anniddig.

'Na,' atebodd wedi saib hir, 'dydw i ddim wedi gweld Christophe ers y diwrnod yn St Cloud.'

'Chithau chwaith?' Roedd Elin wedi ei synnu, ac wedi iddi gymryd anadl fach ysgafn, ychwanegodd yn araf, 'Dydw i ddim yn siŵr a ydw i eisiau ei weld o eto.' Rhyfeddodd Elin ati ei hun yn cyfaddef y fath beth, a chyn gynted ag yr oedd wedi ynganu'r geiriau roedd yn difaru iddi wneud hynny.

Plygodd Émile ymlaen ac edrych i fyw ei llygaid.

'Elin, maddeuwch i mi os ydw i'n siarad yn blaen ond, wel, wn i ddim sut i ddweud hyn yn iawn ...' Daeth golwg boenus i'w wyneb. Edrychodd ar ei ddwylo a brathu'i wefusau. Yna, heb unrhyw rybudd, neidiodd i'w draed a cherdded at y drws.

'Maddeuwch i mi, Elin, mae'n rhaid i mi fynd,' meddai'n frysiog wrth agor y drws.

'Ond Émile,' protestiodd Elin, 'beth oeddech chi am ei ddweud?'

Ysgydwodd ei ben.

'Dim byd. Rhyw lol sy yn fy mhen i, dyna'r cyfan. Anwybyddwch fi.'

Doedd dim troi arno, felly hebryngodd Elin ef allan, gan wneud lled-addewid i'w helpu gyda'i ddosbarthiadau darllen, os gallai.

Pan ddychwelodd yr arglwyddes o'r senedd-dy, roedd hi'n llawn hanesion am yr achlysur, pwy roedd hi'n ei adnabod a phwy wnaeth ei chydnabod hithau (sylwodd Elin mai prin oedd nifer yr olaf), gyda disgrifiadau manwl o ddilladau holl ferched y llys brenhinol oedd yn bresennol, a chanmoliaeth am feddwlgarwch Christophe a'i gwrteisi tuag ati.

'Mae o am alw draw yn ystod y dyddiau nesaf i weld sut wyt ti,' meddai wrth Elin. Drwy drugaredd, roedd yn rhy afieithus i sylwi ar ddiffyg ymateb Elin i'r newydd hwn. Aeth yn ei blaen â'i hanes.

'A wyddost ti beth ddigwyddodd wrth i'r brenin godi i annerch y senedd?' gofynnodd, gan ateb ei chwestiwn ei hun â'i brawddeg nesaf. 'Roedd o'n gwisgo het emog yn lle coron – eisiau ymddangos yn llai ffurfiol, mae'n siŵr – ac fe syrthiodd honno oddi ar ei ben a rowlio ar hyd y llawr. Ond wyddost ti i ble rowliodd hi?' Unwaith eto ni chafodd Elin gyfle i ymateb cyn i'r arglwyddes orffen ei stori. 'At draed Chiappini!'

'A beth wnaeth hwnnw?' gofynnodd Elin yn llawn diddordeb.

'Ei chodi ac ysgwyd y llwch oddi arni cyn ei rhoi'n ôl i'r brenin. Wrth i ni gerdded allan, mi allwn i glywed rhai yn sibrwd ynglŷn â'r peth – rhai'n gweld arwyddocâd yn y digwyddiad ac eraill yn darogan gwae i'r brenin. Doeddwn i ddim wedi sylweddoli bod Charles mor amhoblogaidd,' ychwanegodd yn feddylgar.

Parablodd ymlaen yn hapus yn disgrifio beth roedd hi wedi ei ddweud wrth ei ffrind a beth oedd ymateb ei ffrind iddi hithau, y ddwy'n rhoi'r byd yn ei le, nes bod pen Elin yn troi. Roedd y sgwrs ag Émile wedi ei blino, ac felly, pan gyhoeddodd yr arglwyddes ei bod yn mynd i newid ei dillad ar gyfer swper, caeodd ei llygaid yn ddiolchgar a phwyso'n ôl yn ei chadair i fwynhau'r tawelwch.

Wrth y bwrdd swper disgrifiodd Elin sut yr oedd Émile yn ceisio rhoi addysg i blant tlawd, a'r trafferthion roedd o'n eu hwynebu. Gwrandawodd yr arglwyddes gyda diddordeb.

'Bwyd? Mae am eu bwydo? Am syniad campus! Mi wn i o'm plentyndod fy hunan fod newyn yn rhwystr i ddysgu.'

'Y broblem ydi, Madame, nad oes gan Émile y modd i brynu digon o fwyd i gynnal dosbarth o ryw ddeg o blant bob wythnos.'

'Dwêd wrtho am beidio â phoeni!' cynigiodd yn syth. 'Mi ofala i am y bwyd. Mi fyddai'n anodd meddwl am elusen fwy cymeradwy i'w chefnogi. Dos i gael gair efo'r gogyddes. Mi fydd hi'n siŵr o feddwl am rywbeth addas.'

'Mae 'na un peth arall hefyd, Madame,' meddai Elin yn araf, gan geisio dewis ei geiriau'n ofalus. 'Rydw i'n sylweddoli pa mor ffodus oeddwn i i gael ychydig o addysg gan Tante Sophie, a sut mae fy mywyd wedi newid yn llwyr oherwydd hynny.' Oedodd cyn ailgydio yn ei dadl. 'Mae addysg mor bwysig i bawb ...'

Cytunodd yr arglwyddes â hi, a'i hannog i fynd ymlaen.

'Meddwl roeddwn i, Madame, y byddwn innau'n hoffi gwneud rhywbeth i helpu'r plant, gwneud rhywbeth i dalu'n ôl am yr hyn gefais i ...' cymerodd anadl ddofn cyn gofyn ei chwestiwn mawr. 'A fyddech chi'n fodlon rhoi eich caniatâd i mi helpu Émile gyda'i wersi, neu gyda'r bwyd, neu'r plant ieuengaf neu rywbeth?'

'Wel wrth gwrs, Hélène! Dymuniad clodwiw. Yn wahanol iawn i'r rhan fwyaf o bobl, rydan ni'n dwy wedi cael y fraint o brofi sawl haen mewn cymdeithas, ac mae'n dda o beth nad ydan ni'n anghofio'r rhai llai ffodus na ni. Wrth gwrs y cei di ganiatâd.'

Deallodd Elin y noson honno gan Suzanne, y gogyddes, nad oedd poced yr arglwyddes mor ddofn â hynny, fodd bynnag, ac y byddai'n rhaid meddwl yn ofalus beth fyddai'n gynaladwy. Doedd dim pwrpas cynnig danteithion un wythnos, a chrystiau sych am fis wedyn, meddai. Ni phoenai Elin yn ormodol: un ddarbodus oedd Suzanne, ac onid oedd hithau o deulu tlawd, wedi hen arfer â gwneud i ychydig fwydo llawer? Y peth pwysig oedd gadael i Émile wybod y newyddion da, ac aeth ati ar unwaith i ysgrifennu nodyn iddo yn ei hysbysu am gynnig hael yr arglwyddes a'i pharodrwydd ei hun i'w gynorthwyo mewn unrhyw ffordd ymarferol a ddymunai.

Pan gyrhaeddodd Christophe i ymweld ag Elin rai dyddiau'n ddiweddarach, roedd yr arglwyddes a hithau ar fin dringo i'r goets, ar eu ffordd i ystafelloedd Madame Dumourrier. Bu'n rhaid i Christophe gyflwyno'i dusw o flodau'n frysiog, ac wrth iddi ddiolch, gofynnodd Elin iddo a fyddai'n rhydd i ailgydio yn y gwersi Saesneg ar ei diwrnod rhydd nesaf. Wedi derbyn ateb cadarnhaol, dywedodd wrtho y byddai'n anfon neges, yn ôl ei harfer, i roi gwybod iddo pa ddiwrnod fyddai hwnnw. Wrth i'r goets gychwyn ar ei thaith, roedd Elin yn fodlon iawn. Roedd wedi penderfynu'r noson cynt ei bod am gadw mewn cysylltiad â Christophe, ond dan amodau gwahanol. O hynny ymlaen, meddyliodd, y hi fyddai'n cymryd yr awenau. Y hi fyddai'n penderfynu pryd i'w gyfarfod, ac o dan ba amgylchiadau. Yn sicr, ni fyddai byth eto'n cael ei denu gan ffwlbri rhamantus.

Roedd wedi derbyn ymateb brwdfrydig gan Émile i'w chynnig i roi cymorth gyda'r gwersi, ac roedd yr arglwyddes, hefyd, wedi derbyn llythyr oddi wrtho'n diolch iddi am ei haelioni. Penderfynwyd y byddai Elin yn dechrau ar ei dyletswyddau newydd yr wythnos ganlynol, ac fe roddwyd Suzanne ar waith i baratoi'r bwydydd. Ateb honno i'r broblem o fwydo'r plant oedd paratoi cawl maethlon.

Caniataodd yr arglwyddes i'w choets gael ei defnyddio i gario Elin a'r cawl i'r ystafell ddosbarth. Er mawr syndod i Elin, roedd Annette fach wedi dod ati'n swil y noson cynt ac wedi gofyn a gâi hithau ddod i'r dosbarthiadau. Roedd yn awyddus i helpu'r plant, meddai, ond yn ddiweddarach sylweddolodd Elin mai gwantan iawn oedd gallu Annette i ddarllen ac ysgrifennu, ac roedd y forwyn am gael dysgu rhagor. Cytunodd yr arglwyddes i'w chais, ac roedd Elin yn falch o'i chwmni y noson gyntaf honno.

XXV

'Heddwch!' ebychodd Maria Stella wedi i'r ddwy ferch
ifanc adael yr adeilad, yn llawn ffwdan, ar eu menter
addysgol. Roedd y ddwy, chwarae teg iddyn nhw, wedi
ceisio gofalu am unrhyw fympwy a fyddai'n debygol o'i
tharo yn ystod eu habsenoldeb: roedd ei llyfr, a llond
hambwrdd o ddiodydd a chacennau bach, ar y bwrdd ger
ei phenelin, roedd carthen a siôl wrth law, ac roedd y tân
dan ofal y ffwtmon. Onid oedden nhw'n sylweddoli
bellach, gan mai hon oedd y bedwaredd wythnos iddynt
fynd i gynorthwyo'r bachgen Émile, ei bod hi'n berffaith
debol o oroesi am ychydig oriau heb eu cymorth hwy?

Caeodd ei llygaid a gadael i'w meddwl fynd yn ôl
unwaith eto dros ei phrynhawn yn y senedd-dy. Hwnnw
oedd y tro cyntaf iddi allu astudio Chiappini'n ofalus yn
y cnawd, a chymharu ei wyneb ag wynebau gweddill y
teulu brenhinol, neu o leiaf y rhai roedd hi'n gallu eu
gweld. Roedd Adélaïde, Mademoiselle d'Orléans, mewn
rhan o'r neuadd oedd o'r golwg i'r cyhoedd, meddai
Christophe wrthi, ynghyd â duchesse d'Orléans a
duchesse de Berry, merch yng nghyfraith y brenin,
gweddw ifanc y bu i'w phriod, ac etifedd y goron, gael ei
lofruddio flynyddoedd ynghynt ychydig fisoedd cyn geni
eu plentyn. Roedd Christophe wedi ei ddiddanu â phob
mathau o straeon a chlecs am nifer helaeth o'r enwogion
oedd yn eistedd oddi tanynt, a hithau'n ymestyn ei gwddf
i'w gweld nhw o'i sedd yn yr oriel. Pan holodd ef lle roedd

ei dad, pwyntiodd Christophe ei fys i lawr ac i'r chwith, at griw o aelodau'r senedd oedd yn eistedd a'u cefnau atynt wrth ddisgwyl am araith y brenin. Ni lwyddodd hi i weld wyneb y dyn.

Crwydrodd ei meddwl yn ôl unwaith eto at wyneb Chiappini. Roedd y tebygrwydd rhyngddo ef a'i dad yn yr Eidal yn rhyfeddol. Pam na allai pawb weld nad oedd o'n perthyn i'r gweddill ohonyn nhw? Pam nad oedd yn amlwg i bawb mai ganddi hi oedd yr wyneb Orléanaidd? Wrth gwrs, doedd hi ddim yn ddigon gwirion i feddwl y buasai hi, hyd yn oed wedi iddi gael ei derbyn i'r teulu, yn cael eistedd ar ddeheulaw'r brenin. Na, yn yr ystafell guddiedig gyda gweddill y merched y byddai ei lle hi. Ac am y lol yna gyda het y brenin, a'r darogan gwae! Chiappini yn frenin Ffrainc? Roedd y peth yn chwerthinllyd.

Cododd yn ddiamynedd a mynd i eistedd wrth ei phiano. Roedd wedi cael digon ar hel meddyliau. Rhedodd ei bysedd yn ysgafn dros yr allweddell, yna aeth ati o ddifrif i chwarae darn diweddar gan Beethoven. Mor wahanol oedd cerddoriaeth heddiw, meddyliodd, o'i gymharu â'r darnau a ddysgwyd iddi'n blentyn. Roedd modd dehongli llawer mwy ar y darnau modern, a mynegi llawer mwy o deimladau drwyddynt o'u cymharu â cherddoriaeth Scarlatti, Vivaldi a chyfansoddwyr pwysig eraill yr Eidal. Gadawodd i'w dicter lifo drwy ei bysedd. Roedd y darn wedi ei gyfansoddi yn y cywair lleddf, oedd yn gweddu i'r dim i'w theimladau. Daeth y darn i ben, ac eisteddodd Maria Stella'n llonydd yn syllu ar ei dwylo'n gorwedd ar yr allweddell. Roedd emosiwn y gerddoriaeth wedi ei llethu, ond yn hytrach na chael ei rhyddhau o densiwn, teimlai wacter, ac yn fuan iawn trodd y gwacter unwaith eto yn iselder ysbryd. Efallai, meddyliodd yn hiraethus, mai'r hen Eidalwyr oedd piau hi, wedi'r cyfan. Roedd yr elfen o ddawns yn gryf yn yr hen ddarnau, ac onid oedd hynny'n hyfryd i'r glust ac yn ysgafn i'r galon? Bron yn ddiarwybod iddi ei hun, dechreuodd ei bysedd ganu alaw ar yr allweddau, a gwenodd Maria Stella yn drist. Hon oedd y gân a ganodd yn gyhoeddus gyntaf erioed! Ffrydiodd yr atgofion chwerw-felys i'w chof wrth i'w dwylo amrywio'r alaw ac ychwanegu'r cordiau. Dechreuodd ganu'r geiriau'n dawel:

> 'Rugiadose, odorose, violette graziose,
> Voi vi state vergonose ...'

Daeth cnoc ar y drws ac ymddangosodd y ffwtmon gan gyhoeddi bod M. Christophe de la Tour wedi galw i'w gweld, os oedd hi'n rhydd. Dywedodd wrtho am hebrwng M. de la Tour i mewn. Tra oedd y gwas yn cymryd côt a het yr ymwelydd, ceisiodd Maria Stella roi gwên groesawgar ar ei hwyneb.

'Mae'n ddrwg gen i darfu arnoch chi heb rybudd,' esgusododd Christophe ei hun wrth foesymgrymu iddi.

'Dim o gwbl,' atebodd hithau, gan adael y piano. 'Eisteddwch. Mae arna i ofn nad ydi Mademoiselle Hélène yma heno.'

'Nac ydi, roeddwn i'n amau hynny,' atebodd Christophe. 'Yn anffodus, Madame, rydw i'n gorfod cychwyn ar daith ben bore fory, ac felly dyma'r unig gyfle i mi allu dweud wrthi na fyddaf ar gael ar gyfer fy ngwersi Saesneg am wythnos neu ddwy. Fyddech chi mor garedig â gadael iddi wybod?'

'Wrth gwrs,' atebodd Maria Stella. 'Does dim byd o'i le, gobeithio, fel eich bod yn gorfod cychwyn mor ddisymwth?'

Cododd Christophe ei ysgwyddau.

'Rhywbeth o'i le ar ein busnes yn Lorraine,' eglurodd Christophe, 'ac mae fy nhad am i mi fynd draw i hyrwyddo pethau.'

Cynigiodd Maria Stella wydraid o win iddo, a derbyniodd Christophe y cynnig, yn ogystal ag un o'r cacennau bach. Wedi iddi lenwi dau wydryn, a rhoi un i'w gwestai, ymlaciodd yn ôl yn ei chadair.

'Rydych chi'n feistres ar chwarae'r piano,' meddai Christophe wrthi.

'Un o bleserau mawr fy mywyd,' atebodd hithau.

'Ac yn canu mor hyfryd. Maddeuwch i mi, ond allwn i ddim peidio â'ch clywed. Rydych chi'n amlwg wedi'ch hyfforddi'n dda. Wnaeth Elin erioed sôn wrthyf eich bod yn canu.'

'Fydda i ddim fel arfer,' eglurodd hithau, er iddi gael ei phlesio gan ei sylw. 'Rhyw eiliad wan, hiraethus,' ychwanegodd yn ddiymhongar. Gan fod Christophe yn edrych arni'n ddisgwylgar, teimlodd reidrwydd i ymhelaethu. 'Dechreuais gael gwersi canu pan oeddwn i'n saith oed – yn Firenze.' Nid oedd am gyfaddef, fodd bynnag, ei bod wedi canu'n broffesiynol ar lwyfan yno. 'Credai fy ... roedd fy nhad wedi gadael digon o arian i mi gael addysg lawn.'

'Beth, a fu eich tad farw pan oeddech chi'n ifanc?'

'Wel, na, ond ...' oedodd cyn ateb ymhellach. Wir, doedd hi ddim yn teimlo fel mynd drwy'r holl stori heno, er y credai y byddai Christophe yn wrandawr llawn cydymdeimlad. 'Dydi Hélène ddim wedi sôn wrthych chi? Nac ydi?' Aeth yn ei blaen wedi iddo awgrymu nad oedd hi. 'Mae fy hanes i'n rhyfeddol,' meddai wrtho gan wenu. Ac wrth edrych i'w wyneb a gweld y diddordeb a'r parodrwydd i wrando, ildiodd i demtasiwn.

'Gwnaed cam mawr â mi,' meddai wrtho, 'pan oeddwn i'n faban newydd-anedig. Efallai eich bod chi'n fy ngweld yn gyfforddus fy myd, ac o radd uchel o fewn cymdeithas, ond gallaf eich sicrhau, syr, i mi gael fy ngeni i stad lawer uwch. Ond yn hytrach na chael fy nghydnabod a'm caru fel aelod o'r teulu hwnnw, taflwyd fi o'r neilltu i ddioddef plentyndod erchyll.' Roedd ei llais yn chwerw. 'Mae'n deimlad eithriadol o ddinistriol pan mae rhywun yn gorfod derbyn bod ei mam a'i thad wedi meddwl cyn lleied o'u plentyn nes ei gyfnewid am fabi cwpwl arall oedd o dras llawer is.' Roedd yn anodd ganddi gadw ei llais yn wastad, ac atal y dagrau rhag llifo. 'Meddyliwch am rieni sy'n gallu gadael eu plentyn – eu cig a'u gwaed eu hunain – heb feddwl ddwywaith am ei dynged ymysg dieithriaid diaddysg, anniwylliedig, creulon! Oni fyddech chi'n ffieiddio atyn nhw? Oni fyddech chi'n teimlo'r rheidrwydd i ddweud wrth y byd cyfan am yr hyn a wnaethpwyd i chi? Oni fyddech chi'n mynnu bod iawn yn cael ei wneud am eich holl ddioddef?'

Sylweddolodd fod ei llais wedi codi, a'i bod wedi siarad yn rhy blaen â'r gŵr ifanc a edrychai'n syn arni erbyn hyn. Trodd ei phen oddi wrtho mewn ymdrech i ymdawelu.

'Mi fuaswn i'n teimlo yn union fel â chi, Madame,' atebodd Christophe yn dawel a dwys. 'Mae'n anodd dirnad sut y gallai pobl ymddwyn yn y fath fodd. Ond, Madame, pwy oedd y rhieni gwarthus hyn?'

Ysgydwodd Maria Stella'i phen yn araf. Roedd ei ffrwydriad emosiynol wedi ei gadael yn llipa.

'Fe gewch chi ddarllen y cyfan pan fydd hanes fy mywyd wedi ei gyhoeddi,' meddai wrtho.

'Rydych chi'n sgwennu llyfr?' holodd Christophe yn awchus. 'Ga' i ei ddarllen? Ydi o gennych chi yma?'

Ysgydwodd Maria Stella ei phen unwaith eto.

'Na. Rydw i wedi gorffen ei ysgrifennu, ond mae o gan olygydd ar hyn o bryd. Wedyn fe gaiff ei gyhoeddi.'

'Pwy yw'r cyhoeddwyr? Maddeuwch i mi, Madame, ond mae gen i ddiddordeb mawr yn yr hyn a ddwedsoch chi! Rydw i ar dân am gael gwybod rhagor.'

Llwyddodd i wenu ar y bachgen, er bod ei phen wedi dechrau curo'n ddidostur.

271

'Does dim wedi ei drefnu eto. Rydw i'n disgwyl i M. d'Aussonne ddychwelyd y cyfan i mi.'

'd'Aussonne? Lafont d'Aussonne?'

'Ie,' cytunodd hithau. 'Ydych chi'n gwybod amdano?'

'Fe ysgrifennodd gofiant i'r frenhines Marie Antoinette rai blynyddoedd yn ôl,' atebodd yntau. Yna crychodd ei dalcen, a'i lais yn troi'n amheus. 'Roeddwn i'n credu ei fod o'n gweithio ar gofiant y duc d'Orléans a'i chwaer yn ystod blynyddoedd eu halltudiaeth yn Lloegr. Ond dyna fo,' cododd ei ysgwyddau, 'efallai ei fod wedi gorffen y gwaith hwnnw hefyd, neu wedi ei roi o'r neilltu. Beth bynnag, rydych chi'n lwcus o gael hanesydd mor arbennig i gydweithio â chi.'

Roedd geiriau Christophe wedi mynd fel cyllell drwyddi. Lafont d'Aussonne yn gweithio i'r gelyn? Oedd *hwn* wedi ei bradychu eto? Ffarweliodd y llanc â hi yn fuan wedyn, diolch i'r drefn. Mae'n rhaid ei fod wedi sylweddoli nad oedd hi'n talu sylw iddo bellach. Wedi iddo fynd, llwyddodd i'w llusgo'i hun i'w hystafell a dadwisgo heb gymorth ei morwyn. Dringodd i'w gwely'n llafurus a thynnu'r dillad dros ei phen. A fyddai diwedd ar ei hartaith?

Synnodd Elin o weld bod siop y llyfrgell ym mhen blaen adeiladau'r *National* yn dywyll pan gyrhaeddodd y goets, fel yr oedd y swyddfeydd y tu cefn iddi. Fel arfer, Émile fyddai'r cyntaf yno, ac fe fyddai wedi gosod popeth allan yn barod ar gyfer y plant, ac wedi cynnau'r tân ar gyfer cynhesu'r cawl. Yn ffodus, roedd ganddi oriadau ar gyfer dorau mawr yr iard gefn a drws yr ystafell ysgol, gan fod Émile wedi rhag-weld y posibilrwydd y byddai'n cael ei gadw'n hwyr yn ei waith ambell dro. Gyda chymorth y gyrrwr ac Annette, cafodd y celwrn anferth llawn cawl ei gario at ddrws yr ystafell a'i osod ar y rhiniog nes i Elin lwyddo i gynnau'r tân. Wedi iddo gario gweddill y bwydydd, y bara a'r caws, gadawodd y gyrrwr gan addo dychwelyd ymhen teirawr.

Gan nad oedd dim yn barod, aethant ati i osod y byrddau. Erbyn hyn, roedd ganddynt gwpwrdd bach defnyddiol i ddal y dysglau, y llwyau a'r platiau bach. Dechreuodd Annette dorri'r bara ac aeth Elin ati i dafellu'r caws yn dalpiau bach cyfartal. Gweithiai'r ddwy mewn distawrwydd cysurus, a chyn pen dim roedd y cyfan yn barod: y cawl yn ffrwtian ar y tân, a dau damaid o gaws a bara ar bob plât bach, yn barod i'r bechgyn. Bwyta gyntaf oedd y drefn, wedi i Émile sylweddoli bod gallu'r bechgyn i ganolbwyntio'n llawer gwell pan oedd eu boliau'n llawn.

Sylweddolodd Elin yn fuan iawn mai'r cyfarfodydd hyn oedd uchafbwynt ei hwythnos, ac edrychai ymlaen at y nesaf cyn i'r un presennol ddod i ben. Roedd hi ac Émile wedi dod i ddeall ei gilydd yn dda, ac wedi dechrau defnyddio'r ffurfiau ti a thithau yn eu sgwrsio. Roedd y fenter yn llwyddiant mawr, a'r bechgyn yn heidio i'r gwersi. Y trueni oedd nad oeddynt yn gallu bwydo pawb. Yn fuan iawn wedi i'r dosbarthiadau ddechrau, aeth y sî ar led ymysg plant amddifad y ddinas fod bwyd i'w gael am ddim yno, a bu'n rhaid troi llawer i ffwrdd, er i hynny fod yn loes i Émile a hithau. Buont yn trafod y peth am amser, ac wedi gorfod dod i'r casgliad mai dim ond ugain o fechgyn y gallent eu derbyn ar y tro. Gyrrwyd y gweddill i ffwrdd, ond gyda'r addewid y buasent yn cael dod yn yr hydref. Bwriad Émile oedd rhoi chwe mis o hyfforddiant i bob dosbarth, yn y gobaith y byddai'r rhan fwyaf wedi llwyddo i ddysgu darllen llyfrau sylfaenol erbyn hynny, a ffurfio'u llythrennau. Erbyn diwedd y chwe mis cyntaf, hefyd, roedd yn gobeithio y byddai eraill wedi ymuno ag ef yn y fenter, ac yn gallu cynnig hyfforddiant ychwanegol i'r rhai oedd yn dymuno, a gyda'r gallu i ddatblygu ymhellach. Gosodwyd yr amod canlynol ar y bechgyn a dderbynnid i'r dosbarth: rhaid oedd iddynt fod yn bresennol ym mhob dosbarth, a phetaent yn colli mwy na thair gwers, roeddynt yn colli eu lle.

'Oes 'na bobol?'

Cyfarchodd llais Étienne hwy yn siriol o'r cefn. Roedd wedi gwirfoddoli i'w cynorthwyo yn fuan wedi i Émile gychwyn ei ysgol nos, ac wedi ennill ei blwyf yn syth gyda'r plant â'i wên barod a'i lygaid llawn chwerthin. Doedd dim allai wneud iddo wgu, a gallai Elin ei ddychmygu'n gwenu'n siriol hyd yn oed ar Sant Pedr yn nrysau Paradwys ar ddydd y farn. Welodd hi 'rioed mohono'n colli ei dymer gyda'r bechgyn, ac roeddynt yn ei addoli. Weithiau byddai'n amau fod Émile yn genfigennus o'i lwyddiant gyda hwy!

'Dim ond y ni,' atebodd Elin, a cherddodd yntau i mewn yn cario'r gwerslyfrau a'r llechi ysgrifennu. Étienne oedd yn gyfrifol am ddysgu rhifyddeg i'r bechgyn, tra oedd Elin yn dysgu'r rhai ieuengaf i ddarllen, ac Émile yn gyfrifol am y rhai hynaf a mwyaf galluog. Roedd yn rhaid i Elin dderbyn, ar y dechrau fel hyn, nad oedd modd rhoi addysg i ferched, er y byddai hynny'n nod yn y man. O leiaf roedd wedi llwyddo i gynnwys Annette yn y dosbarthiadau, ac roedd hithau'n frwdfrydig a diolchgar, yn ymdopi â'r gwaith ychwanegol o baratoi'r bwyd a golchi'r llestri'n ddirwgnach.

'Émile heb gyrraedd eto?' holodd Étienne.

Ysgydwodd Elin ei phen. Gosododd Étienne ei faich ar y bwrdd gwag yng nghefn yr ystafell, a rhuthrodd Annette i'w helpu. Roedd yn amlwg ei bod hithau, fel y bechgyn, yn ei addoli. Cyn pen dim cyrhaeddodd y bechgyn fesul un a dau. Dyma ddosbarthwyr bychain Therault, y gwerthwr papurau newydd, a Grimpe ar y blaen, ei gerddediad yn deilwng o strytian yr arweinydd mwyaf rhodresgar. Yn syth ar ei ôl daeth ei frawd, yn cael ei dynnu gan ddau o ddilynwyr Grimpe ar gert bach garw wedi ei wneud o hen ddarnau o bren. Boîte oedd hwn, ac roedd ei gorff yn gam a'i goesau'n ddiffrwyth. Deallodd Elin iddo gael ei enw yn sgil y ffaith ei fod wedi gorfod dibynnu ar eraill i'w gario ar focs trwy gydol ei oes – ac roedd y gair *boîteux* hefyd yn golygu cloff. Yn eu hail gyfarfod, roedd Grimpe wedi erfyn ar Émile i dderbyn ei frawd i'r dosbarth, er nad ydoedd yn un o ddosbarthwyr Therault, a chytunodd Émile. Buan iawn y sylweddolodd Émile mai Boîte oedd seren y dosbarth. Llowciai ei addysg gyda mwy o archwaeth na'i fwyd. O fewn mis, roedd wedi dod i ddarllen yn rhugl, ac erbyn hyn, yn y gwersi darllen, byddai Émile yn rhoi cyfrol swmpus iddo i bori drwyddi, a'i osod yn dawel wrth ymyl y tân. Ni chlywid smic oddi wrtho, ac ni welid ei wyneb nes byddai Émile yn tynnu'r llyfr oddi arno ar ddiwedd y wers. Synnai Étienne at ei allu mathemategol. Ond roedd Boîte yn fachgen gwael ei iechyd. Roedd ei ysgyfaint yn wan, ac er nad oedd golwg un yn dioddef o'r diciâu arno, gwyddai Elin ei fod angen sylw meddygol.

Ar ôl i bawb orffen bwyta, doedd dim hanes o Émile byth. Penderfynodd Elin ac Étienne y buasai ef yn dysgu rhifyddeg fel arfer, a hithau'n cymryd y dosbarth darllen, o leiaf nes y byddai Émile yn ymddangos. Ond daeth y dosbarth i ben heb unrhyw olwg ohono, ac anfonwyd y bechgyn yn ôl i'w hofelau.

'Dydi o ddim fel Émile i golli dosbarth fel hyn,' meddai Elin, oedd wedi dechrau pryderu bellach. ''Sgwn i beth sydd wedi digwydd?'

Ceisiodd Étienne dawelu ei meddwl.

'Dim byd mawr, rwy'n sicr. Roeddwn i'n siarad efo fo'r bore 'ma, ac roedd popeth yn iawn bryd hynny. Wedi gorfod mynd i ryw gyfarfod neu'i gilydd efo'i waith mae o, gewch chi weld.'

Bodlonodd Elin ar ei ateb, er ei bod yn bryderus yn ei

chalon. Roedd wedi dod i edmygu Émile, a'i ffordd dawel, benderfynol, a'r tân oedd ynddo i wella cyflwr ei gyd-ddyn. Wrth orffen clirio'r ystafell, crybwyllodd Elin rywbeth arall oedd wedi bod ar ei meddwl drwy gydol y dosbarth. Roedd wedi sylwi bod pesychu Boîte yn llawer gwaeth nag arfer.

'Mae o angen gweld doctor,' meddai, 'ond pwy sy'n mynd i dalu? Alla i ddim gofyn am ragor gan yr arglwyddes: dydi hi ddim yn graig o arian. A bychan iawn ydi 'nghyflog innau, ac un Émile, rwy'n sicr. Mae'n gwario cymaint ar y dosbarth yma! Mi fydda i'n meddwl weithiau nad ydi o'n gwario digon arno'i hun i gadw'n iach.'

"Rhoswch funud,' meddai Étienne yn feddylgar. 'Rydw i'n siŵr i mi glywed am rhywun sy'n ddoctor plant, a'i fod o'n cymryd rhai plant tlawd yn gleifion di-dâl – fel elusen.' Ysgydwodd ei ben yn ddiamynedd wrth geisio cofio. 'Gadwch i mi holi, rhag ofn fod fy mrawd yn cofio. Mi fydda i wedi cael ei enw erbyn yr wythnos nesaf, gewch chi weld.'

Daeth y gyrrwr yn ei ôl, ac o fewn munudau roedd yr ystafell ddosbarth yn dywyll, y tân wedi ei fygu, a phobman wedi ei gloi.

XXVI

Ni ymddangosodd yr arglwyddes i fwyta'i brecwast y bore canlynol. Anfonodd neges drwy Annette i ddweud wrth Elin nad oedd hi'n dda ei hiechyd, ac na fyddai'n codi'r diwrnod hwnnw. Penderfynodd Elin y byddai'n gorffen ei bwyd cyn mynd i weld beth oedd yn bod. Ond eiliadau wedi iddi wneud y penderfyniad hwnnw, daeth y ffwtmon ati a sibrwd bod gŵr ifanc wedi galw i'w gweld.

'Monsieur Émile Martineau,' cyhoeddodd.

Cododd Elin yn frysiog a mynd allan i'r cyntedd lle roedd Émile yn disgwyl amdani. Dychrynodd o weld yr olwg oedd arno.

'Wyt ti'n rhydd i ddod allan am ychydig?' holodd yn frysiog. 'Mae'n rhaid i mi gael gair efo chdi.'

Gofynnodd Elin iddo aros am funud iddi gael gwisgo'i bonet a'i chlogyn, yna aeth i weld yr arglwyddes. Roedd yr ystafell yn dywyll, a phan alwodd ei henw'n ysgafn, ni chafodd ateb. Penderfynodd adael yn dawel heb dorri ar draws cwsg yr arglwyddes os oedd hi'n wael.

'Be sy'n bod, Émile?' holodd wedi iddi ddychwelyd i'r cyntedd. 'Be sydd wedi digwydd?'

'Gad i ni fynd allan yn gyntaf,' atebodd, gan ei harwain i lawr y grisiau ac allan i'r stryd. Cerddodd y ddau i gyfeiriad gerddi'r Palais Royal, ac wedi iddynt gyrraedd mainc wag, suddodd Émile i lawr i eistedd arni, gan amneidio arni hithau i wneud yr un fath. Roedd ei groen yn welw, a'i lygaid wedi suddo mewn cylchoedd glasddu fel petai heb gysgu ers dyddiau.

'Sautelet!' meddai. 'Mae Sautelet wedi marw!'

'Be?' ebychodd Elin yn anghrediniol. 'Ond beth ... sut ...?' Oedodd am eiliad wrth i'w meddwl geisio dygymod â'r hyn roedd Émile yn ei ddweud. 'Beth ddigwyddodd? Damwain? Neu oedd o'n wael? Doeddwn i ddim yn meddwl bod golwg iach iawn arno wedi iddo ddod allan o'r carchar, ond dydi hynny ddim syndod, nag ydi?'

Ysgydwodd Émile ei ben.

'Taw, Elin Mair, a gad i mi ddweud yn fy ffordd fy hun.' Cymerodd anadl ddofn cyn dechrau egluro. 'Doedd o ddim wedi dod i'r llyfrgell nac i swyddfa'r papur newydd bore ddoe, ac erbyn amser cinio roedd Thiers angen cael gair efo fo. Anfonodd fi draw i ystafelloedd Sautelet i ofyn iddo ddod i'r swyddfa.' Oedodd Émile, fel petai'n cael trafferth mynd ymlaen â'i stori. 'Cnociais ar ei ddrws, ond doedd dim ateb. Arhosais yno'n curo am rai munudau, yna daeth gwraig o'r ystafelloedd cyfagos i weld beth oedd y twrw. Dywedodd nad oedd hi wedi gweld M. Sautelet y bore hwnnw, ond nid oedd hynny'n annisgwyl, gan ei bod wedi mynd allan yn gynnar i'r farchnad a newydd ddychwelyd. Fel roedden ni'n sgwrsio, a minnau'n ansicr beth i'w wneud nesaf, daeth y sgrechiadau mwyaf ofnadwy o'r llawr islaw.

'Rhuthrodd y ddau ohonom i lawr y grisiau i weld beth oedd yn bod. Hen wraig oedd yno'n sefyll yn nrws ei hystafelloedd, yn sgrechian nerth ei phen ac yn pwyntio tuag at ei chartref. Roedd yr hen wraig yn fyddar bost, ac nid oedd yn gallu clywed fy nghwestiynau, ond roedd hi'n amlwg mewn gwewyr. Tybiais ar y dechrau bod lladron neu rywbeth yno, ond doedd dim smic i'w glywed. Mentrais i mewn i'r lle, a dyna pryd y clywais sŵn diferu, fel glaw yn disgyn yn araf o gargoel eglwys.' Aeth cryndod drwy ei gorff, a phrin y medrai yngan y geiriau nesaf. 'Yna fe'u gwelais nhw. Gwelais y dafnau gwaed yn diferyd drwy'r nenfwd ac yn taro'r llawr pren islaw.'

Teimlodd Elin arswyd yn rhedeg i lawr ei hasgwrn
cefn, ond ni feiddiai ddweud yr un gair. Wedi ysbaid fach,
aeth Émile ymlaen â'r hanes. Trodd ati a gafael yn ei
llaw. Roedd dagrau'n rhedeg i lawr ei fochau.

'Roedd o wedi lladd ei hun, Elin, wedi dal gwn wrth ei
ben ac wedi saethu'i hun!'

Rhoddodd Elin ei breichiau amdano a'i gofleidio a'i
gysuro. Teimlodd ei gorff yn ysgwyd, a gadawodd iddo
wylo ar ei hysgwydd. Wedi iddo ddod ato'i hun fymryn,
eglurodd ei fod wedi gorfod galw'r heddlu i dorri'r drws i
lawr, a'u bod hwythau wedi darganfod y corff yn eistedd
ar gadair wrth fwrdd, a'r bwrdd yn cynnal yr hyn oedd yn
weddill o'r pen a'r ysgwyddau.

'A'r gwaed, Elin! Fyddet ti ddim yn credu faint o waed
oedd yna. Ymhobman. Ar bopeth.'

Pan deimlodd Elin ei fod wedi ymdawelu ychydig,
mentrodd ofyn a oedd o'n gwybod pam fyddai Sautelet yn
gwneud y fath beth. Ysgydwodd ei ben.

'Bu'n rhaid i mi aros efo'r heddlu drwy'r dydd,' meddai,
'a thrwy'r rhan fwyaf o'r nos. Dyna pam nad oeddwn i yn
y dosbarth neithiwr. Does neb yn gwybod yn iawn. Rhai'n
dweud bod ganddo drafferthion ariannol, eraill yn dweud
mai ei gariad – ei ddyweddi – oedd y rheswm. Yn ôl yr
hyn maen nhw'n ei ddweud rŵan, mae hi'n ferch braidd
yn benchwiban, ac wedi achosi cryn ofid iddo.'
Ysgydwodd ei ben eto. 'Ond rydw i'n meddwl mai'r
carchar achosodd hyn. Doedd o ddim yr un person wedi
iddo ddod allan o'r carchar.'

'Gresyn fod hynny wedi digwydd,' ebychodd Elin. 'Ac
am reswm mor ddibwys. Pam na all person fod yn rhydd
i ddweud ei farn yn onest? Mae'n wrthun o beth fod
ysgolhaig fel Sautelet wedi ei roi mewn carchar gyda
lladron a llofruddwyr.'

Nid ymatebodd Émile. Cipedrychodd Elin ar ei wyneb,

a gweld ei fod yn syllu i'r pellter. Nid oedd am dorri ar ei ddistawrwydd. Bu'r ddau'n eistedd ochr yn ochr nes i Émile saethu cwestiwn annisgwyl ati.

'Elin Mair, wyt ti wedi gweld Christophe yn ddiweddar?'

'Nac ydw,' atebodd yn chwilfrydig, 'ddim ers y tro diwethaf iddo gael ei wers Saesneg. Pam? Oes rhywbeth yn bod?'

Oedodd Émile cyn ei hateb.

'Mae gan Christophe rywbeth i'w wneud efo hyn i gyd,' meddai'n ddig. 'Mae'n ddrwg gen i, Elin,' aeth ymlaen yn ddistawach. 'Rydw i'n gwybod eich bod chi'ch dau'n ffrindiau, ond ... mae gen i reswm dros feddwl ... mae gen i amheuon ...' edrychodd i fyny arni, a chafodd Elin siom o weld ei wyneb taer. 'Elin, mi geisiodd Christophe fy rhybuddio y byddai Sautelet a Thiers yn cael eu harestio, ar ôl i ti ein gadael yn yr hacnai ddiwrnod y rasio. Wnes i ddim sylweddoli beth oedd ganddo ar y pryd, a chymerais i fawr o sylw o'i eiriau. Ond wedyn, wedi'r peth ddigwydd, mi gofiais i. Elin, roedd Christophe yn gwybod beth oedd yn mynd i ddigwydd! Roedd o'n gwybod bod fy meistri'n mynd i gael eu 'restio! Sut oedd hynny'n bod, Elin? Rydw i wedi gofyn y cwestiwn hwnnw droeon i mi fy hun.' Gan na chafodd ymateb gan Elin, baglodd yn ei flaen. 'Mae'n wir ddrwg gen i, ac rwy'n gobeithio nad ydw i'n brifo dy deimladau di, ond dydw i ddim am i ti gael dy frifo na'th ddychryn chwaith.' Estynnodd ei law a gafael yn ei llaw hithau. 'Paid ag ymddiried ynddo fo, Elin.'

Tynnodd Elin ei llaw yn ôl, ond nid oherwydd ei bod yn ddig gydag Émile. Roedd wedi dychryn. Ac eto, sylweddolodd nad oedd hi wedi ei synnu cymaint â hynny. Clywodd Émile yn gofyn cwestiwn, mwy iddo'i hun nag iddi hi.

'Sut oedd o'n gwybod?'

Roedd y geiriau fel carreg ateb yn ei meddwl. Mewn amrantiad daeth yr atgof hwnnw'n ôl iddi, y brith gof fod rhywbeth o'i le yn ymddygiad Christophe ar ôl iddi wneud ffŵl o'i hun ddiwrnod y rasio.

'Rwyt ti'n iawn, Émile! Sut oedd o'n gwybod?'

Gan ei fod yn edrych yn hurt arni, prysurodd i egluro.

'Pan wnes i alw'r dug yn Signor Chiappini ac ati,' teimlodd ei gruddiau'n cochi wrth gyfeirio at y digwyddiad, ond roedd yn rhaid iddi wynebu ei chywilydd, 'roedd Madeleine wedi cael sioc, ac roeddet tithau, Émile, yn synnu ac am gael gwybod rhagor, ond ddywedodd Christophe 'run gair! Roedd o am i mi sobri, ac am fy nghael i o'r ffordd, mae'n wir, ond wnaeth o ddim mynegi syndod nac arswydo o glywed yr hyn ddwedais i. Mi wyddwn rywle yn fy nghalon fod rhywbeth o'i le gydag ymddygiad Christophe y diwrnod hwnnw, ond allwn i ddim yn fy myw â rhoi fy mys arno, nes i ti holi rŵan, "sut oedd o'n gwybod?" Dyna beth oedd o'i le! Doedd yr hyn a ddywedais i ddim yn syndod iddo am ei fod eisoes yn gwybod am y peth! Ond sut? Wnes i 'rioed grybwyll hanes yr arglwyddes wrtho, ac er i'r Laurentie 'na sgwennu ei erthygl hyll am yr arglwyddes, wnaeth yntau ddim cyfeirio at yr enw Chiappini.'

Syllodd Émile arni'n fud.

'Pwy ydi Christophe, Émile?' holodd Elin yn dawel. 'Pwy ydi o?'

Nid atebodd, a pharhaodd Elin ac Émile i eistedd yno'n dawel wedi ymgolli yn eu meddyliau eu hunain. Toc, fel petai drwy gydsyniad tawel, cododd y ddau a dechrau cerdded ar hyd llwybrau'r gerddi. Roedd mis Mai yn ildio'i le i Fehefin, a'r blodau yn llwyni llachar. Diwrnod i fod yn ddedwydd ynddo, meddyliodd Elin yn drist, nid i alaru. Roedd distawrwydd Émile yn ei phoeni, a gwnaeth ymdrech i greu rhyw fân siarad gwirion, gan sôn am yr adar, y blodau, y bobl yn y gerddi, unrhyw beth i ryddhau'r tensiwn yn Émile. Credai iddi lwyddo yn ei bwriad, a theimlodd ef yn ymlacio. Y peth mwyaf naturiol yn y byd oedd iddo gymryd ei llaw a'i rhoi dan ei fraich. Wyddai Elin ddim am faint y buont yn cydgerdded fel hyn, ond ymhen hir a hwyr roedd y ddau'n eistedd ar fainc arall. Sylwodd Elin ar fachgen ifanc yn cerdded tuag atynt, a blwch pren yn ei law: glanhawr esgidiau. Roedd yn chwilio am fusnes. Edrychodd Elin i lawr ar esgidiau Émile, a gweld bod golwg warthus arnynt.

'Ble rwyt ti wedi bod i gael y fath olwg ar dy 'sgidiau?' ceryddodd ef yn ysgafn. 'Tyrd, gad i'r bachgen eu glanhau.'

Roedd y bachgen wedi sylwi arni'n syth, ac wedi synhwyro cwsmer. Chafodd Émile ddim cyfle i wrthwynebu. Ildiodd heb brotestio. Wrth wylio dwylo'r bachgen yn rhwbio 'nôl a 'mlaen yn ddiwyd, sylwodd Elin ar graith ysgythrog yn ymestyn hyd cefn ei law o fonion ei fysedd ac yn diflannu dan lewys ei siaced.

'Sut gest ti honna?' holodd, gan bwyntio at y graith.

Cododd y bachgen ei ben o'r esgidiau a gwenu'n siriol arni.

'Syrthio,' atebodd. 'Syrthio oddi ar yr eliffant.'

'*Eliffant?*' Dychmygodd Elin weld eliffant mawreddog yn cerdded strydoedd Paris, a'r bachgen yn syrthio o dŷ bychan ar gefn y Behemoth. Ond eliffant? Yma ym Mharis? Yn y sw, efallai?

Torrodd chwerthin Émile ar draws y darlun od yn ei meddwl, ac roedd hi mor falch o glywed y sŵn fel nad oedd yn ddig mai am ei phen hi yr oedd o'n chwerthin.

'Yr eliffant haearn,' eglurodd, 'yn Place de l'Éléphante. Mympwy Napoléon! Mae'r creadur yn rhwd i gyd bellach, a'r plant yn crafangu drosto – er gwaethaf ymdrechion yr heddlu i'w cadw i ffwrdd.'

Gallai weld o wên y bachgen fod Émile yn llygad ei le, a'r ddau'n edrych ar ei gilydd cystal â dweud, *'Rydan ni'n gwybod – ond dydi merched yn gwybod dim!'* Teimlodd ei gwrychyn yn codi.

'Wel, mi ddylset ti fod yn fwy gofalus!' dywedodd y drefn wrth y bachgen. 'Rwyt ti'n lwcus na wnaeth briw fel yna droi'n ddrwg. Mi allet ti fod wedi marw!'

Chwarddodd y bachgen arni eto.

'Dim peryg, Madame! Mi ddaru'r doctor ei olchi'n syth a rhoi rhwymyn arno fo!'

Teimlai Elin fel petai hi wedi ei thrywanu. Roedd y cyd-ddigwyddiad yn anhygoel! Étienne yn sôn neithiwr am ddoctor plant na wyddai ei enw, a heddiw y plentyn tlawd hwn yn dweud yn siriol fod doctor wedi trin ei friwiau! Cyn iddi allu hel ei meddyliau at ei gilydd, fodd bynnag, trodd y bachgen i ffwrdd wrth glywed rhywun yn galw ei enw. Edrychodd dros ei ysgwydd yn gyflym, yna brysiodd i orffen glanhau'r esgidiau.

'Dyna chi, syr! Fel newydd!' meddai wrth Émile, a chymryd ei arian.

Roedd Elin yn ceisio gweld pwy oedd wedi galw ar y bachgen, a chafodd ysgytwad arall o sylweddoli mai'r bachgen a'r ferch fach a welsai yma'n y gerddi cyn y Nadolig oeddynt, y ddau y rhoddodd y *louis* aur iddynt. Galwodd 'Hei!' arnyn nhw, a chwifio'i braich, ond roedd hynny fel petai wedi dychryn y bachgen glanhau esgidiau, a brysiodd oddi wrthynt i ymuno â'r ddau arall. Dywedodd rhywbeth wrth y bachgen mwy, ac edrychodd y ddau dros eu hysgwyddau arni. Roedd Elin eisoes ar ei thraed yn rhedeg ar eu holau, ac yn ymwybodol fod Émile, ar ôl eiliad o betruso, yn ei dilyn. Effaith hyn oedd gyrru'r plant ymhellach oddi wrthynt, felly pwyllodd, ac aros yn ei hunfan. Ond daliodd Elin i wneud arwyddion â'i braich i geisio'u perswadio i ddod atynt. Gwelodd fod Émile yn gwneud yr un arwydd, chwarae teg iddo, heb wybod beth ar y ddaear fawr oedd yn digwydd.

Yn araf a phetrusgar, dechreuodd y bachgen mwyaf

ddod yn nes, er i'r ddau arall aros lle roedden nhw. Pan oedd yn ddigon agos i glywed ei llais, ceisiodd Elin dawelu'i feddwl.

'Mae popeth yn iawn,' galwodd arno. 'Peidiwch ag ofni. Wnawn ni ddim drwg i chi. Wyt ti'n fy nghofio i? Rhoddais *louis* i ti ar gyfer y Nadolig.'

Edrychodd y bachgen yn graff arni, ac yna gwelodd Elin ei gorff yn ymlacio. Cerddodd ati'n fwy hyderus.

'Dy ffrind – dy frawd bach? Mi ddywedodd fod doctor wedi rhwymo'i friw. Rydw i'n chwilio am y doctor plant. Mae gennym ni ffrind – bachgen bach tlawd – sydd angen triniaeth doctor, ac rydan ni wedi bod yn chwilio amdano.'

Roedd Émile a'r bachgen yn edrych yn amheus arni. 'Boîte,' eglurodd Elin yn gyflym wrth Émile, 'mae o'n waeth.' Ond i'r bachgen, mae'n siŵr fod ei chwestiwn yn un od. Os oedd dynes yn gallu fforddio rhoi *louis* i'r tlodion, pam na allai hi dalu am ddoctor? Daeth Émile i'r adwy.

'Rydan ni'n cynnal ysgol i fechgyn amddifad,' eglurodd yn gyflym. 'Mae hynny'n mynd â'n harian i gyd. Allwn ni ddim fforddio talu am ddoctor iddyn nhw hefyd.'

Arhosodd y bachgen yn fud, gan ddal i edrych arnynt yn ddrwgdybus.

'Ei enw a'i gyfeiriad,' ymdrechodd Elin unwaith eto, a'i llais yn daer, 'dyna'r cyfan rydan ni'n gofyn amdano. Mi gyfranwn orau gallwn at ei gostau.'

Daeth y bachgen i benderfyniad sydyn.

'Dr Pépineau,' meddai, a throi i ffwrdd. Rhedodd at y ddau fach oedd yn disgwyl yn amyneddgar amdano.

'Ei gyfeiriad?' galwodd Elin eto wrth iddi frysio ar ei ôl.

Gafaelodd y bachgen ym mreichiau'r ddau arall a dechrau eu hebrwng o'r gerddi.

'Rhaid i ni fynd,' eglurodd wrthynt. 'Rydan ni'n hwyr am y drol.'

Dilynodd Elin hwy, gydag Émile yn dilyn fel ci bach wrth ei sodlau.

'Allwch chi ddim rhoi'r cyfeiriad i ni?' erfyniodd unwaith eto ar y bachgen. Erbyn hyn roeddynt wrth giatiau'r gerddi, a gallai weld hen drol fferm yn sefyll ger y palmant. Roedd nifer o blant ynddi'n barod, a chododd y bachgen y ddau fach atyn nhw. Dringodd yntau ar eu holau cyn ei hateb.

'Rhaid i mi ofyn caniatâd gyntaf,' meddai wrthi. 'Dowch yma fory, yr un amser.'

Cyn i'r ceffyl gychwyn oddi yno, sylwodd Elin fod y ferch fach yn gwenu arni, ac yn dweud rhywbeth yng nghlust y glanhawr esgidiau. Chwarddodd yntau. Gwenodd hithau arnyn nhw.

'Beth mae hi'n ei ddweud?' gofynnodd i'r bachgen.

Dechreuodd y drol symyd, ond llwyddodd Elin i glywed ei ateb uwchlaw clindarddach cylchoedd haearn yr olwynion ar y cerrig crynion.

'Mae hi'n dweud eich bod chi'n siarad fel Oncle Guillaume!'

Roedd y ddau'n dal i wenu arni wrth iddynt ddiflannu yn hwrlibwrli'r drafnidiaeth ar y ffordd fawr.

Roedd meddwl Elin mewn gwewyr. Ai Wiliam oedd yr oncle Guillaume hwn? Dro ar ôl tro pendiliai'r ddadl yn ei phen o'r negyddol i'r cadarnhaol ac yn ôl. Trodd yn gynhyrfus at Émile a gofyn ei farn. Ceisiodd osod trefn ar yr wybodaeth: roedd Wiliam yn gweithio i ryw ddoctor; pam na allai hwn fod y doctor plant, yn gweithio gyda'r tlodion? Oni fyddai'n bosib fod Wiliam wedi cyfarfod y doctor yn Faubourg Saint Antoine, un o ardaloedd tlotaf y ddinas, ac wedi cael gwaith ganddo wedi i'w dad yng nghyfraith farw? Ac onid acen Gymreig oedd y ferch fach wedi sylwi mor graff arni? Ai dyna beth a olygai wrth ddweud ei bod hi'n siarad fel oncle Guillaume?

Ceisiodd Émile ffrwyno'i meddyliau gwyllt wrth i Elin ac yntau gydgerdded yn ôl i'r *hôtel*. Ceisiodd ei pherswadio bod Guillaume yn enw cyffredin dros ben, ac na ddylai godi ei gobeithion oherwydd bod plentyn bach yn ei chlywed yn siarad yn debyg i rywun arall.

'Ond does gen i ddim i'w golli drwy ddod yn ôl yma fory,' meddai wrtho'n gadarn. 'Hyd yn oed os nad ydw i'n iawn, bydd siawns i ni gael doctor ar gyfer Boîte.'

'Mae'n ddrwg iawn gen i, Elin,' ymddiheurodd Émile, 'ond alla i ddim bod yma fory. Rydw i wedi addo cynorthwyo M. Thiers i drefnu angladd Sautelet.'

Ni chododd yr arglwyddes y diwrnod hwnnw, ond pan aeth Elin i'w gweld y bore canlynol, roedd Maria Stella wrthi'n ysgrifennu llythyr. Pan welodd hi Elin, dechreuodd egluro'n wyllt.

'Rhaid i mi gael fy mhapurau a'm llawysgrif yn ôl yn syth gan y twyllwr 'na! Rydw i'n sgwennu ato rŵan yn mynnu ei fod yn eu hanfon yn ôl i ataf.'

'Twyllwr?' meddai Elin yn syn. 'Beth ydych chi'n feddwl, Madame? Sôn am M. Lafont d'Aussonne ydych chi?'

'Wrth gwrs! Ganddo fo mae fy llyfr i, yntê?'

'Ond pam rydach chi'n meddwl ei fod o'n dwyllwr, Madame? Dydw i ddim yn deall.'

Trawodd yr arglwyddes ei hysgrifbin i lawr yn ddiamynedd ar y bwrdd a throi'n flin at Elin.

'Wyddest ti fod y diawl yn gweithio i Chiappini? Ei fod o'n sgwennu rhyw gofiant am hwnnw yr un pryd ag mae o'n derbyn gwaith gen i?'

'Na wyddwn i,' atebodd Elin yn ddryslyd. 'Ydych chi'n siŵr?'

'Wrth gwrs fy mod i! Fe ddywedodd Christophe wrtha i y noson o'r blaen.'

'Christophe? Fuo hwnnw yma?' Roedd y newydd hwn wedi codi braw ar Elin, er na allai egluro pam.

'Do. Pan oeddet ti ac Annette allan efo Émile. Wedi dod i ofyn i mi roi neges i ti. Mae o wedi gorfod mynd i ffwrdd, ac felly fydd dim rhaid i ti fynd i'w gyfarfod ar gyfer y gwersi Saesneg.'

Bu'n rhaid i Elin eistedd er mwyn iddi allu ceisio hel ei meddyliau.

'Ac fe soniodd Christophe am Lafont d'Aussonne?' holodd wedyn. Roedd Christophe yn gwybod am yr hanesydd hefyd, meddyliodd Elin yn wyllt. Sut oedd hynny? Sut oedd o'n gwybod popeth am bawb?

'Trafod fy hunangofiant oeddan ni,' atebodd yr arglwyddes. 'Roedd o'n awyddus iawn i ddarllen fy hanes, ond roedd yn rhaid i mi ddweud wrtho fod y gwaith gyda d'Ausonne, ac yna fe soniodd yntau am d'Ausonne a Chiappini.'

Ni wyddai Elin beth i'w ddweud. Ni allai anwybyddu'r amheuon oedd ganddi hi ac Émile ynglŷn â Christophe, felly roedd yn rhaid iddi rybuddio'r arglwyddes amdano.

'Madame, allwch chi ddim credu popeth mae Christophe yn ei ddweud.'

'Pam?'

Adroddodd hanes Sautelet wrthi, ac fel yr oedd Christophe wedi rhybuddio Émile ymlaen llaw. Yna mentrodd gyfaddef y gwir am ei hymddygiad ar gae rasio St Cloud, a'r ffordd roedd hi wedi codi cywilydd ar bawb yn y cwmni drwy alw duc d'Orléans yn Signor Chiappini. Ceisiodd egluro'r diffyg ymateb gan Christophe, ac arwyddocâd hynny.

Syfrdanwyd hi gan ymateb yr arglwyddes.

'Cau dy geg, y gnawes fach gelwyddog!' sgrechiodd arni. 'Dwyt ti'm gwell na phawb arall sy'n ceisio 'nhwyllo i! Mae Christophe yn dangos mwy o barch tuag ataf na

287

neb arall ar wyneb daear! Paid ti â meiddio'i alw fo'n gelwyddgi!'

'Ond Madame, rydw i'n dweud y gwir ...'

'Cau dy geg ddwedes i!'

Roedd y ddynes fel petai wedi colli arni ei hun yn llwyr. Gan ddal i regi a sgrechian ar Elin, gafaelodd yn ei phot inc a'i hyrddio ar draws yr ystafell, a methu Elin o fodfeddi'n unig. Taflwyd yr ysgrifbin ar ei ôl; yna sgubodd ei braich ar draws wyneb y bwrdd ysgrifennu a dymchwel popeth i'r llawr. Cododd yn heglog a chychwyn tuag at Elin, ei breichiau'n ymestyn at ei hwyneb tra gweiddai arni mewn Eidaleg. Codwyd cymaint o arswyd ar Elin fel na allai symud nes i'w dwylo godi'n reddfol i'w hamddiffyn ei hun rhag ymosodiad yr arglwyddes. Roedd honno'n ceisio crafangu'i hwyneb ond llwyddodd Elin i afael yn ei garddyrnau i'w chadw draw. Roedd nerth yr arglwyddes yn ormod iddi, fodd bynnag, a theimlodd Elin ei hun yn cael ei bwrw i'r llawr a'r arglwyddes yn neidio arni. Bu'r ddwy'n rholio ac yn ymrafael â'i gilydd nes i Annette ruthro i'r ystafell a cheisio'u gwahanu. Hyd yn oed gyda chymorth Annette, cafodd Elin drafferth wrth geisio'i rhyddhau ei hun o afael ei meistres. Roedd ar fin galw am gymorth y ffwtmon pan aeth corff yr arglwyddes yn llac a diffrwyth. Rholiodd y druan oddi ar Elin a gwasgu'i chorff yn belen cyn dechrau wylo'n hidl.

Yn y diwedd llwyddwyd i gael yr arglwyddes i'w gwely a brysiodd Elin i baratoi diod o lefrith, nytmeg a *laudanum* iddi, ond bu'n rhaid iddi redeg yn ôl i ystafell yr arglwyddes pan glywodd yr helynt yn ailddechrau yno. Llais Annette a glywai'n sgrechian y tro hwn, a phan gyrhaeddodd yr ystafell gwelodd fod yr arglwyddes wedi codi o'i gwely ac wedi agor y ffenestr uchel. Roedd yn ceisio dringo allan drwyddi, ac Annette yn tynnu ar ei braich i'w hatal.

'Peidiwch, Madame,' erfyniai Annette ar ei meistres,

yn ceisio'i rhwystro rhag taflu ei hunan ar y palmant, ddau lawr oddi tani.

Cwffiai'r arglwyddes yn erbyn y ddwy ohonyn nhw, gan bledio ei bod eisiau marw, na allai oddef rhagor o frad, ond roedd ei nerth wedi pallu, ac unwaith eto llwyddodd Elin ac Annette i'w chael i'r gwely. Y tro hwn, gan fod y cyfan yn barod, anfonwyd Annette i gyrchu'r llefrith cynnes, a fesul llymaid araf, yfodd Maria Stella'r cyfan. Syrthiodd i drwmgwsg ac ochneidiodd Elin mewn rhyddhad.

Am weddill y dydd, a thrwy'r nos gyfan, arhosodd Elin gyda'r arglwyddes, gan gymryd ambell seibiant i gael prydau bwyd pan oedd Annette yn dod i gymryd ei lle. Cysgu a wnâi'r arglwyddes y rhan fwyaf o'r amser, ond pan oedd yn effro, wnâi hi ddim ond wylo a throi ei hwyneb tuag at y wal. Erbyn y bore, penderfynodd Elin y byddai'n rhaid iddi anfon am y doctor unwaith eto; roedd yr arglwyddes wedi gwaethygu ac mewn twymyn fel y tro arall hwnnw pan gafodd newyddion drwg, ac yn union fel yr adeg honno, roedd ei chorff wedi ei orchuddio gan frech gochlyd. Ni feiddiai hi adael yr arglwyddes i fynd i gyfarfod y bachgen yng ngerddi'r Palais Royal, ond ar y llaw arall nid oedd am golli'r gobaith o gysylltu â'i brawd drwy'r doctor plant. Penderfynodd yrru Annette yn ei lle, gan roi disgrifiad mor fanwl ag y gallai iddi o'r bachgen a'r ferch fach, â neges yn ymddiheuro nad oedd Elin ei hun yn gallu bod yno. Rhoddodd arian i Annette hefyd: un *franc* iddi hi am ei chymwynas, a *franc* arall i'r plant. Roedd ei rhyddhad yn enfawr pan ddychwelodd Annette â llythyr yn ei llaw.

Rhwygodd yr amlen a darllen yn gyflym.

Fy annwyl Madame,

Derbyniais eich neges gan Jacques, a phan eglurodd mai chi oedd ein cymwynaswraig hael dros y Nadolig, cymwynaswraig a roddodd wên ar wynebau ein plant ar fore'r ŵyl, ni allwn lai nag ymfalchïo yn y cyfle a rydd eich neges i mi eich cynorthwyo chwi. Bydd yn fraint ac yn anrhydedd i mi drin y bachgen claf hyd eithaf fy ngallu.

Cyn y gallaf wneud unrhyw beth, fodd bynnag, hoffwn gael ychydig mwy o wybodaeth amdano a'i afiechyd. A ydyw'n gaeth i'w wely, neu a fyddai'n bosib i chwi ddod ag ef ataf fi? Dyna fyddai orau gennyf, nid oherwydd ei bod yn ormod o drafferth i mi ymweld ag ef yn ei gartref, deallwch, ond oherwydd bod fy offer a'm meddyginiaethau wrth law gennyf yma, ac mae'r amodau gwaith yn llawer glanach.

Rhowch wybod i mi drwy lythyr beth fyddai orau, ynghyd ag unrhyw fanylion am y salwch y gallwch eu nodi. Bydd Jacques a Marie yng ngerddi'r Palais Royal bob bore tan amser cinio.

Braint yw cael cysylltu â chwi.

Yr eiddoch yn ddiffuant,

Dr L. J. Pépineau

Roedd Elin yn siomedig nad oedd y llythyr yn cynnwys cyfeiriad y meddyg. Nid oedd hi fymryn nes, felly, at ddarganfod lleoliad ei brawd. Ond o leiaf byddai Boîte yn cael sylw buan. Gobeithiodd y byddai'r arglwyddes yn gwella'n gyflym er mwyn iddi gael amser rhydd i drefnu sylw meddygol i'r bachgen cloff.

XXVII

Gwyliai Émile wynebau ei gyd-deithwyr wrth i'r goets fawr, y *diligence*, eu sgytian ar y daith i Neuilly sur Seine. Roedd Elin wedi bod fel plentyn bach a darn deg *franc* yn ei llaw yn ysu am gael mynd i'r siop deganau byth ers iddi dderbyn nodyn Christophe o fewn ychydig oriau o gael llythyr y doctor. Yn wahanol i'r llythyr hwnnw, fodd bynnag, roedd Christophe wedi enwi brawd Elin ac wedi rhoi ei gyfeiriad yn llawn, ynghyd â'r wybodaeth ei fod yn gweithio i Dr Pépineau. Ers hynny, roedd Elin wedi bod ar bigau'r drain, yn cael ei thynnu ddwy ffordd. Roedd yn ysu am gael rhuthro i Neuilly sur Seine, sef cyfeiriad ei brawd, ond eto teimlai'n gaeth i'r arglwyddes gan fod honno mor wael. Roedd Émile ei hun yn poeni am iechyd Elin Mair wrth iddi gael ei rhwygo rhwng ei dyhead a'i dyletswydd; gwyddai hefyd na fyddai hi wedi cytuno i fynd ar y siwrnai o gwbl oni bai fod doctor yr arglwyddes wedi mynnu ei bod yn cymryd seibiant o'i dyletswyddau ac yn cael diwrnod allan yn yr awyr iach. Ond y ddadl gryfaf a berswadiodd Elin i adael yr arglwyddes yng ngofal Annette oedd gwybod y byddai Boîte yn cael sylw meddygol o'r diwedd. Roedd yn bleser iddi gael ysgrifennu at y doctor a threfnu apwyntiad i'r bachgen.

Onid edrychai'r ddau mor hapus? Doedd y ffordd arw yn mennu dim ar eu gobaith: Boîte am gael iechyd gwell, ac Elin Mair am gael gweld ei brawd o'r diwedd. Roedd

Émile wedi benthyg arian oddi wrth André Lamarolle er mwyn gallu prynu'r tocynnau, er na wyddai Elin Mair hynny. Buasai'n siŵr o fod wedi gwrthwynebu, a mynnu talu ei ffordd ei hun, ond roedd am gael gwneud cymwynas â hi, rhywbeth bach i'w thalu'n ôl am yr holl gymorth roedd hi wedi ei roi iddo dros y misoedd diwethaf: cymorth a oedd cyn bwysiced yn ysbrydol ag ydoedd yn gorfforol. Hebddi hi, a chymorth bodlon Annette, y forwyn fach, gwyddai na fyddai byth wedi gallu sefydlu'r dosbarth, ac roedd ei hegni di-ben-draw a'i sirioldeb wrth ymdopi â'r gwaith caled yn ysgogiad iddo yntau ddyfalbarhau i godi arian a chenhadu ymhlith ei gyfoedion am gefnogaeth ymarferol ac ariannol. Dim ond Étienne, brawd André, oedd wedi ymateb i'r alwad hyd yma.

Crwydrodd ei feddwl yn ôl at Christophe, a'i ran yn hyn i gyd. Ai cyd-ddigwyddiad oedd derbyn gwybodaeth am leoliad y brawd o ddwy ffynhonnell hollol wahanol, ac eto o fewn byr amser i'w gilydd? A sut gebyst oedd Christophe wedi darganfod y cyfeiriad? Roedd yn anodd dychmygu hwnnw'n mynd allan o'i ffordd i helpu neb, ac eto roedd Christophe wedi llwyddo i wneud yr hyn na allai Elin ac yntau; dim ond amau mai ei brawd oedd yr 'oncle Guillaume' hwn a wnâi Elin, gan nad oedd unrhyw dystiolaeth i gadarnhau hynny. Gwyddai Émile o'r hyn a ddywedodd Elin wrtho mai ychydig iawn o amser roedd hi wedi ei dreulio gyda Christophe ers diwrnod y rasio, a dim o gwbl ers salwch yr arglwyddes, felly pam roedd Christophe wedi trafferthu? Pam yr aeth o allan o'i ffordd i wneud cymwynas â hi os nad oedd hi'n golygu unrhyw beth iddo? Roedd Émile ei hun wedi treulio llai fyth o amser gyda Christophe yn ystod y misoedd diwethaf, er iddo'i weld yn rheolaidd yng nghyfarfodydd y Café d'Auvergne. Roedd yn arferiad bellach gan Émile aros i ddadlau gyda'i ffrindiau newydd hyd oriau mân y bore, ond byddai Christophe wedi gadael ymhell cyn hynny. Felly prin eu bod wedi torri gair â'i gilydd yn ddiweddar.

Roedd y goets fawr yn llawn, a'r diwrnod eisoes yn boeth, er iddynt gychwyn ar eu taith cyn i'r wawr dorri. Gwasgwyd pawb at ei gilydd yn anghysurus, a gresynodd Émile ei fod wedi gwisgo'i siaced fawr. Gallai deimlo gwres corff Elin wrth ei ochr. Gobeithiai â'i holl galon na fyddai hi'n cael ei siomi, wedi'r holl ymdrechion i geisio dod o hyd i'w brawd. Sut y byddai hwnnw'n ymateb, tybed? Os nad oedd wedi gwneud ymdrech i gysylltu â'i deulu, oedd o mewn gwirionedd eisiau iddyn nhw wybod ei hanes? Beth petai o'n ei hanwybyddu, neu'n ymddwyn yn oeraidd tuag ati? Byddai hynny'n siŵr o dorri ei chalon.

Arhosodd y goets yn sydyn, a chlywyd llais y gyrrwr yn cyhoeddi eu bod yn Neuilly sur Seine. Edrychodd Elin yn betrusgar ar Émile, a gwenodd yntau'n galonogol. Yn y prysurdeb o gael Boîte allan o'r goets fawr, ni allai roi sylw pellach i'w theimladau, er iddo lwyddo i wasgu ei llaw wrth iddi ddringo o'r goets. Er mawr syndod i Émile ac Elin, a llawenydd i Boîte, roedd Grimpe yn disgwyl amdanynt, a chlamp o wên ar ei wyneb. Y noson cynt, bu raid i Émile egluro wrth y bachgen nad oedd ganddo ddigon o arian i brynu pedwar tocyn, felly byddai'n rhaid i Grimpe aros ym Mharis. Credodd Émile ei fod wedi ufuddhau.

Daliai'r gwalch i wenu'n ddireidus arnynt, a heb air o eglurhad, dechreuodd frygowthan wrth y gyrrwr i gael y bocs pren ar olwynion, cert ei frawd, i lawr o ben y goets fawr, lle roedd wedi ei chlymu gyda gweddill y llwyth.

'Wyt ti'n gwybod lle mae tŷ'r doctor hefyd?' holodd Émile, ond nid oedd yn hollol hapus o glywed yr ateb.

'I lawr wrth yr afon, y drydedd stryd ar y dde, yna'r ail ar y chwith.'

'Sut wyt ti'n gwybod hyn i gyd?' gofynnodd Elin Mair mewn rhyfeddod.

'Mi ddois i yma neithiwr,' atebodd Grimpe, 'a holi fy ffordd o gwmpas.' Edrychodd o'r naill wyneb i'r llall. 'Doeddach chi 'rioed yn meddwl y baswn i'n gadael Boîte ar ei ben ei hun, oeddach chi?' holodd wedyn, a'i lais yn anghrediniol.

Chwarddodd Elin Mair.

'Arwain y ffordd, 'ta!'

'Wnest ti ddim sôn am dy frawd yn y llythyr at y doctor, naddo?' gofynnodd Émile i Elin wrth iddynt ddilyn Grimpe i lawr y stryd. Ysgydwodd Elin ei phen.

'Na. Doeddwn i ddim am gymhlethu pethau. Cael triniaeth i Boîte sy'n bwysig ar hyn o bryd.' Nid atebodd Émile.

Trawai'r haul crasboeth eu pennau wrth iddynt gerdded, ac agorodd Elin ei pharasôl. Canai clychau'r eglwysi i alw'r ffyddloniaid i wasanaethau bore'r Sul, ond anwybyddwyd hwy gan y pedwar. Wedi iddynt gyrraedd pen y stryd a arweiniai i lawr at yr afon, pwyntiodd Grimpe a'i fys.

'Lawr fan'na mae'r adeilad,' eglurodd. 'Ar y chwith, wrth y coed helyg.'

Gwelai Émile wal gerrig uchel, henffasiwn, yn amgylchynu adeiladau oedd yn edrych fel ysguboriau fferm. Roedd dorau pren yn y wal, a'r rheini ar agor. O'r pen yma o'r stryd, nid oedd modd gweld ymhellach i mewn i'r cwrt a oedd tu draw i'r dorau, ond wrth iddynt agosáu'n raddol tuag atynt sylwodd Émile ar nifer anarferol o blant bach yn chwarae yno.

'Mae gan y doctor gartra i blant amddifad,' meddai Grimpe wedyn. 'Gynted maen nhw 'di gwella, ma'r plant sâl yn cael cynnig aros yno.' Nodiodd ei ben yn selog at Boîte. 'Rydw i a Boîte am ofyn a gawn ni aros hefyd.'

'A'r plant hynny rydan ni wedi'u gweld yn gwerthu pethau ym Mharis,' meddai Elin yn feddylgar.

'Ia', ategodd Grimpe. 'Mae'r doctor yn gorfod codi arian rywsut, ac mae'n well i'r plant weithio iddo fo na llwgu ar y strydoedd. Dydi plant y stryd ddim yn cael mynd i mewn i'r gerddi cyhoeddus,' eglurodd ymhellach. 'Faswn i na Boîte ddim yn cael mynd mewn iddynt, ond mae plant y doctor yn edrych yn daclus.'

Sylwodd Émile fod camau Elin wedi arafu, a'i bod yn disgyn y tu ôl iddynt. Arhosodd yntau nes roedd wedi dal i fyny gyda nhw. Cymerodd ei braich yn ysgafn a gwenu arni.

'Émile bach,' meddai wrtho'n dawel, 'mae 'nghoesau i'n crynu! Wyt ti'n meddwl y bydd o'n falch o 'ngweld i?'

'Paid ag amau hynny am un eiliad! Wrth gwrs y bydd o!' Nid oedd am ddweud wrthi ei fod yntau wedi teimlo'r un amheuon yn gynharach. Gafaelodd yn dynnach yn ei braich, ac aeth y pedwar i mewn i gwrt La Grange des Hauts Moulins.

Roedd gwraig yn sgubo'r llwch o ddrws un adeilad, ieir yn pigo o'i hamgylch, a thri phlentyn ifanc iawn yn chwarae gyda nythaid o gathod bach ar lain o welltglas difywyd wrth ei hymyl. Dechreuodd un floeddio crio, yn amlwg wedi cael sgriffiad gan un o'r cathod. Gollyngodd y wraig ei hysgub a phlygu i gysuro'r plentyn. Cerddodd Émile o flaen y gweddill.

'*Bonjour, Madame,*' cyfarchodd hi.

Edrychodd y wraig i wyneb Émile heb ei ateb, ac yna heibio iddo at y gweddill. Pan ddisgynnodd ei llygaid ar Boîte yn ei gert, cododd o'i chwrcwd a mynd ato, gan anwybyddu pawb arall.

'Eisiau'r Doctor wyt ti?' gofynnodd iddo.

Nodiodd yntau ei ben.

Trodd y wraig o'r diwedd at Émile, Elin a Grimpe.

'Chi sgwennodd y llythyr?' gofynnodd i Elin.

'Ia,' atebodd hithau. 'Rydym wedi trefnu i weld Dr Pépineau.'

'Dowch ffordd hyn. Mi fydd y Doctor yn ôl cyn bo hir.'

Arweiniodd hwy i gegin enfawr oedd wedi ei ffurfio o lawr isaf un o'r ysguboriau â'r plant bach yn ei dilyn, un yn llyfu ei law sgriffiedig. Roedd yn hyfryd o glaear yn yr ystafell, a'r ychydig ffenestri oedd yno wedi eu gorchuddio rhag yr haul. Wedi i'w lygaid arfer â'r gwyll, sylwodd Émile fod dau fwrdd hir yno hefyd, a meinciau wedi eu gosod bob ochr iddynt. Roedd merch hŷn, oddeutu deg oed, tybiai Émile, wrthi'n gosod y byrddau ar gyfer cinio. Roedd golwg lesg arni, fel petai newydd ddechrau gwella o ryw waeledd. Edrychodd i fyny o'i gwaith a syllu â llygaid enfawr ar y newydd-ddyfodiaid, ond ni chyfarchodd hwy.

Amneidiodd y wraig arnynt i eistedd ar un o'r meinciau, a chynigiodd ddysglaid o seidr iddynt.

'Ai chi yw Madame Thomas?' gofynnodd Elin yn betrusgar tra oedd y wraig yn tywallt y diod o biser pridd i'r dysglau.

'Ia, pam?'

Sylwodd Émile fod Elin wedi gwelwi dan bwysau ei hemosiwn, felly ceisiodd ei helpu.

'Ydi'ch gŵr adref?' holodd.

'Mae o allan efo'r Doctor,' atebodd y wraig. 'Mi fyddan nhw'n ôl cyn bo hir, fel y dywedais i.'

Nid oedd y wraig yn arbennig o gyfeillgar, meddyliodd Émile, er nad oedd modd dweud ei bod yn elyniaethus, chwaith. Oeraidd, efallai, fyddai'r disgrifiad cywir o'i hagwedd. Digyffro, diddiddordeb. Sut wnâi hi ymateb, tybed, wedi iddi ddeall mai ei chwaer yng nghyfraith oedd yn eistedd yn ei chegin?

Gosodwyd y dysglau seidr o'u blaenau, ond cyn iddynt allu cymryd llymaid ohonynt, daeth sŵn clip-clop pedolau ceffyl i'w clyw. Aeth y wraig allan heb ddweud gair, a manteisiodd Elin ar y cyfle i edrych yn ymbilgar ar Émile.

'Mae arna i ofn!' meddai'n daer wrtho mewn llais isel. 'Dydi 'i wraig o ddim yn groesawus iawn.'

'Hidia befo,' atebodd Émile yr un mor dawel. 'Does dim troi'n ôl rŵan. Mi fydd popeth yn iawn, gei di weld.'

Roedd yn amlwg fod y wraig wedi rhybuddio'r doctor eu bod yno, oherwydd daeth i mewn i'r gegin â'i law wedi ei hymestyn.

'Croeso atom, M a Mme Martineau,' meddai gan ysgwyd llaw â hwy.

Trodd Émile ei ben mewn syndod, a chafodd y pleser o weld bod Elin wedi cochi at ei chlustiau. Cododd ei aeliau'n ymholgar, a thaflodd hithau edrychiad taer ato, fel petai'n ceisio dweud y byddai'n egluro wedyn.

'A dyma'r claf?' meddai'r doctor, heb sylwi ar yr annifyrrwch rhwng y ddau, a phlygodd i ysgwyd llaw â Boîte.

'Ia, a fi 'di'i frawd o, Grimpe,' atebodd Grimpe yn feiddgar. Edrychodd y doctor arno â direidi yn ei lygaid.

'Ac rwyt ti yma i sicrhau nad ydi o'n cael ei gamdrin?' meddai gyda gwên.

'Ydw. Ac mi wna i bob dim i'w helpu o hefyd – a'ch helpu chi, os ydach chi isio.'

'Wel, Grimpe, well i ti ddechrau drwy fynd â'th frawd i'r ystafell driniaeth. Ffordd yma.'

Cerddodd y doctor allan o'r gegin, a gafaelodd Grimpe yn rhaff cert ei frawd i'w dynnu. Roedd meddwl Émile yn llawn cynnwrf. Ni wyddai pa un ai i ddilyn y doctor, ynteu aros yn y gegin. Pam roedd Elin wedi dweud wrth y doctor eu bod nhw'n briod? Beth oedd pwrpas hynny? Sylwodd fod Elin fel petai wedi ei hoelio i'r fainc. Gwelodd fod ei llygaid ar y drws, yn amlwg yn disgwyl i'w brawd gerdded i mewn. A fyddai'n well iddo aros efo hi, neu ei gadael ar ei phen ei hun i'w gyfarfod?

Atebwyd ei gwestiwn gan ben Grimpe yn ail-ymddangos yn y drws.

'Dach chi'n dŵad?' holodd yn ddiamynedd. 'Mae'r Doctor am i chi'ch dau ddŵad hefyd.'

Cododd Elin i'w thraed yn herciog fel pyped, a rhoddodd Émile ei law dan ei braich i'w chynnal. Allan yn y cwrt unwaith eto, fe'u dallwyd gan ddisgleirdeb yr haul. Nid oedd hanes o'r ceffyl, ond roedd cert fechan, ei llorpiau'n wag, yn sefyll ynghanol y cwrt. Deuai synau symudiadau anifeiliaid o adeilad cyfagos. Cerddodd Elin tuag ato fel petai mewn breuddwyd.

'Wyt ti am aros yma i weld dy frawd?' sibrydodd Émile yn ei chlust. 'Fyddai'n well gen ti fod ar dy ben dy hun efo fo?'

Roedd ei eiriau fel pigiad pìn iddi. Rhedodd cryndod drwy ei chorff a throdd ato'n wyllt.

'Na, paid â'm gadael! Mi ddo i efo chdi!'

Gafaelodd Elin yn dynn yn ei fraich a'i lusgo tuag at y fan lle roedd Grimpe yn disgwyl yn ddiamynedd amdanynt. Gwgodd arnynt cyn eu harwain i ystafell olau, wyngalchog, a phob tamaid o'r waliau wedi ei orchuddio â silffoedd llawn poteli gwydr o bob lliw a llun. Eisteddai'r doctor yn ysgrifennu wrth ei fwrdd, a Boîte yn gorwedd ar wely uchel ynghanol yr ystafell. Erbyn hyn, roedd ei wên wedi diflannu, a golwg bryderus yn ei lle. Aeth Grimpe yn syth ato, a sefyll yn warchodol wrth ei ochr. Cododd y doctor ei ben pan gerddodd Émile ac Elin i mewn, a'u gwahodd i eistedd ar gadeiriau cefn uchel wrth ymyl ei fwrdd. Dechreuodd holi hanes Boîte, gan anelu ei gwestiynau tuag at Émile, ond Grimpe a'u hatebodd bob un.

Pan ddaeth yn amser i'r doctor roi ymchwiliad corfforol i'r bachgen, gofynnodd i'r ddau oedolyn eu gadael – gwyddai nad oedd modd perswadio Grimpe i adael ei frawd. Caeodd y drws y tu ôl iddynt ac roedd Émile ac Elin unwaith eto yn sefyll yn y cwrt. Croesawyd hwy gan ddistawrwydd llethol - haul canol dydd yn ei anterth, roedd hyd yn oed y pryfetach yn fud. Wedi eiliadau yn unig o fod allan yn y gwres teimlodd Émile y chwys yn tasgu o'i groen.

'Mae arna i ofn, Émile!' meddai Elin, a sŵn dagrau yn ei llais. 'Ar ôl yr holl flynyddoedd o ofidio a gobeithio a chwilio, rydw i am gael gweld fy mrawd – ac mi rydw i eisiau rhedeg i ffwrdd a chuddio! Beth sy'n bod arna i, dywed?'

'Tyrd, mi awn ni'n ôl i'r gegin. Mae'n rhy boeth fan hyn.' Gafaelodd yn ei llaw. Wyddai o ddim ffordd arall o roi hyder iddi. 'Gyda llaw,' ychwanegodd, a thinc chwerthin yn ei lais, 'ers pa bryd rydan ni'n briod?'

Arhosodd Elin yn ei hunfan.

'O Émile, mae'n ddrwg gen i! Wyddwn i ddim ... doeddwn i ddim am roi fy enw iawn, rhag ofn ... rhag ofn ... doeddwn i ddim am roi gwybod i'r doctor ymlaen llaw ei fod yn delio â pherthynas posib i'w was. Hynny ydi, roeddwn i eisiau gwneud yn siŵr i ddechrau, peidio rhoi rhybudd ymlaen llaw i Wiliam rhag ofn nad oedd o am fy ngweld ...,' aeth ei llais yn ddim, bron. Ond cyn iddynt fynd i mewn drwy ddrws y gegin, ychwanegodd yn dawel fach, 'Mae'n wir ddrwg gen i! Wn i ddim beth ddaeth dros fy mhen i i wneud rhywbeth mor dwp! Martineau oedd yr enw cyntaf ddaeth i 'mhen i, ac roeddwn i wedi arwyddo'r llythyr fel E. Martineau cyn meddwl yn iawn – Émile oeddwn i'n feddwl, nid Elin!'

Ni chafodd gyfle i'w hateb oherwydd roedd Wiliam Tomos a'i wraig yn sefyll wrth y lle tân ac yn syllu arnyn nhw. Arhosodd Émile ac Elin yn llonydd am rai eiliadau, yna mentrodd Elin ofyn mewn llais llygoden,

'Wiliam?'

Syllodd y dyn arni'n gegrwth.

'Wiliam? Fi sy 'ma, Elin Mair ... dy chwaer.'

Ni allai Émile ddeall ei geiriau, ond clywodd y ddau enw ynghanol yr iaith ddieithr.

'Elin Mair?'

Roedd y llais yn anghrediniol. Gadawodd y dyn ochr ei wraig a chamu'n araf tuag at ei chwaer. Daeth llith o Gymraeg eto, heb i Émile allu deall dim wrth gwrs, ond gwyliai eu hwynebau'n astud. Y fath gymysgfa o deimladau oedd yn cael ei harddangos! Angrhediniaeth i ddechrau, yn cael ei dilyn gan ddryswch, yna drwg-dybiaeth, yna chwilfrydedd yn arwain at orfoledd. O fewn munudau roedd y ddau ym mreichiau'i gilydd, y dagrau'n powlio i lawr eu gruddiau, eu geiriau'n gymysg â chwerthin a chrio. Yn sydyn, cofiodd Émile am y wraig. Edrychodd tuag ati a gweld y benbleth llwyr ar ei hwyneb. Trugarhaodd wrthi. Aeth ati'n gyflym ac egluro'r sefyllfa, egluro mai chwaer ei gŵr oedd y wraig ddieithr, chwaer oedd wedi bod yn chwilio am ei brawd ers blynyddoedd, ac wedi dod o hyd iddo o'r diwedd. Torrodd gwên lydan dros wyneb y wraig, ac aeth at Elin Mair a'i chofleidio, gan ei chroesawu, yn Ffrangeg, i'w plith. Arhosodd Émile yn ei unfan, yn eu gwylio'n hapus, ac eto â rhyw ymdeimlad o dristwch a hiraeth am ei deulu ei hun. Roedd y tu allan i'r cylch bach hapus, a phawb wedi anghofio am ei fodolaeth yn anterth eu hapusrwydd.

Elin Mair a sylweddolodd nad oedd Émile yn rhan o'r dathlu. Galwodd arno i ddod atynt, a'i gyflwyno.

'Nid dy ŵr di ydi o, felly?' holodd Wiliam yn Ffrangeg. Cochodd Elin unwaith eto.

'Fi awgrymodd ei bod yn defnyddio f'enw i ar y dechrau,' atebodd Émile yn gyflym, 'rhag ofn nad ei brawd oeddech chi.'

Derbyniodd pawb ei eglurhad heb amheuaeth, ac

ymhen dim cariwyd cadeiriau o ystafell gefn at ddrws y gegin. Tra eisteddai Wiliam, Elin ac Émile, aeth Francine Tomos ati i hwylio potel o win a gwydrau o gwpwrdd preifat y doctor.

'Fydd o ddim dicach,' meddai hi wrthynt. 'A dweud y gwir, mi fydd wrth ei fodd, ac am i ni gael rhagor er mwyn iddo yntau gael dathlu.'

Gwireddwyd ei geiriau. Pan ddaeth y doctor yn ôl i'r gegin, a'r archwiliad ar ben, gwenodd y gwrda'n rhadlon ar bawb, ac anfonodd Francine i'r siop win agosaf i brynu rhagor o boteli. Eglurodd ei fod wedi anfon y ddau frawd i ystafell fechan ar eu pennau eu hunain, ond y byddai Grimpe yn dod i 'mofyn bwyd amser cinio. Roedd yn gwneud hyn gyda phob claf newydd, meddai, yn eu cadw ar wahân i'r plant eraill nes y byddai'n dawel ei feddwl beth oedd yr afiechyd. Roedd hyn er mwyn ceisio lleihau'r tebygolrwydd y byddai heintiau'n lledu o un plentyn i'r llall.

Erbyn i Francine ddychwelyd gyda'r gwin, roedd y drol yn llawn plant wedi cyrraedd adref o Baris, ac roedd yn amser cinio ar bawb. Aeth Elin i helpu ei chwaer yng nghyfraith i hwylio'r bwyd, ac arhosodd y pedwar ymwelydd i rannu'r pryd gyda'r plant. Daeth Marie, y ferch fach o'r Palais Royal, at Elin gan wenu'n ffyddiog arni a gafael yn ei llaw. Ni adawodd ei hochr nes i Francine ei hysio i olchi dwylo cyn bwyta.

Gadawyd Elin a Wiliam ar ben un o'r byrddau er mwyn iddynt gael siarad yn rhwydd yn eu mamiaith. Ni allai Émile dynnu ei lygaid oddi arnynt, er ei fod yn ceisio dal pen rheswm gyda'r doctor. Ond erbyn diwedd y pryd bwyd, trodd sgwrs y doctor tuag at waeledd Boîte, a rhoddodd Émile ei holl sylw iddo. Rhyw fath o lid ar yr ysgyfaint oedd gan y bachgen, yn ôl y doctor, er nad oedd yn credu mai'r diciâu oedd arno. Byddai'n cadw llygad gofalus arno dros y dyddiau nesaf, ac yn ei gadw ar i fyny

ar glustogau, ddydd a nos, er mwyn i'r dŵr gael cyfle i lifo
o'r ysgyfaint.

Daeth yn amser ymadael, a lliniarwyd rhywfaint ar y
broses boenus honno drwy roddi addewidion y byddai
Elin ac Émile yn eu holau o fewn yr wythnos, er mŵyn
ymweld â Boîte. Roedd Grimpe yn rhyfedd o ddagreuol
nes i Émile ofyn beth oedd yn ei boeni, a chael yr ateb
nad oedd ef a'i frawd am golli eu lle yn y dosbarth
darllen, ond na allai adael ei frawd ar ei ben ei hun, ac na
allai ei frawd deithio i Baris, ond os byddent yn absennol
deirgwaith, y byddent yn cael eu troi allan o'r dosbarth.
Siriolodd drwyddo pan sicrhaodd Émile – ac yr ategodd
Elin - fod achos y brodyr yn un arbennig, ac na fyddai'r
un ohonynt yn colli ei le. Addawodd Émile ddod â
deunydd darllen i'r ddau ar eu hymweliad nesaf.

XXVIII

'Nos da, Émile.'

'Nos da, Madame Martineau,' atebodd yntau, ond erbyn hyn roedd Elin wedi adennill ei hyder, a bu bron iddo dderbyn clustan fach chwareus.

'Yli, dwi wedi ymddiheuro filwaith am hynny! Gad dy gellwair!'

Chwarddodd Émile, a diflannodd Elin drwy ddrysau ei chartref.

Wrth gerdded yn hamddenol i'w ystafell ar noson mor fendigedig o haf, roedd yr enw'n atsain yng nglustiau Émile. *Madame Martineau*! Roedd rhediad naturiol, swynol i'r geiriau, a pha fwriad bynnag oedd gan Elin wrth ddefnyddio'r enw, nid oedd wahaniaeth ganddo ef. Nid oedd wedi ffieiddio wrthi, na hyd yn oed wedi teimlo'n flin, a phe byddai'n gwbl onest ag ef ei hun, byddai'n rhaid iddo gyfaddef ei fod wrth ei fodd gyda'r enw. Nid oedd ei anian na'i amgylchiadau wedi caniatàu iddo feddwl am briodi cyn hyn, ac eto, onid oedd o'n chwech ar hugain oed, a heb erioed syrthio mewn cariad ag unrhyw ferch?

Ac onid oedd Elin Mair yn ferch hynod i syrthio mewn cariad â hi? Rywsut neu'i gilydd, roedd wedi ei derbyn fel cydymaith bywyd ymhell cyn meddwl amdani fel cariad. Cofiodd y diwrnod y cyfarfu â hi gyntaf, yn y siop gacennau gyda Christophe, a'r ffordd roedd o wedi gobeithio nad oedd Christophe am ei brifo. Cofiodd iddo feddwl amdani fel chwaer, ond yn ystod y misoedd diwethaf roedd ei deimladau tuag ati wedi tyfu i fod yn llawer mwy na hynny. Ni theimlai yr hyn a alwai Christophe yn gariad tuag ati – yr hoffter o wyneb tlws a chorff deniadol, y gwres yn y gwaed, y chwant cnawdol a losgai'n ulw i fod yn lludw oer dros gyfnod o amser. Yn hytrach, teimlai fod Elin ac yntau'n perthyn i'w gilydd mewn ffordd hollol naturiol, fel maneg am law, fel asiad pren yng ngwaith saer crefftus, fel person a'i gysgod, fel dyn a'i anadl. Roedd Elin ac yntau fel dwy ochr i'r un darn arian, yn dra gwahanol ac eto'n ddibynnol ar ei gilydd er mwyn creu cyfanwaith. Oni fyddai'n hyfryd deffro bob bore gyda'r sicrwydd y byddai hi yno, i wenu arno, i gellwair, i ddadlau, i drafod, hyd yn oed i ddwrdio, ond yn bennaf oll i rannu holl bryderon a mwynderau bywyd gydag ef?

Eto i gyd, ynghanol ei freuddwydion cariadlon, galwai llais bach oeraidd arno o ddyfnder ei galon. Sut allai o feddwl am briodi a chynnal gwraig a chartref a theulu o blant ar ei gyflog pitw presennol? Gwir fod Sautelet wedi addo codiad cyflog sylweddol iddo o fewn chwe mis i ddechrau'r gwaith, Ac roedd y chwe mis hwnnw wedi dirwyn i ben rai wythnosau'n ôl, ond roedd Sautelet druan yn ei fedd. Penderfynodd y byddai'n rhaid iddo ofyn i Thiers am y codiad cyflog.

Yn y dyddiau dilynol, fodd bynnag, roedd y swyddfa bapur newydd yn fwrlwm gwyllt, ac ni chafodd gyfle i ddilyn ei fwriad. Roedd canlyniadau'r etholiad diwedd-araf ym mis Mehefin wedi dechrau cael eu cyhoeddi, ac roedd yn amlwg i bawb mai'r rhyddfrydwyr oedd ar y blaen. Y tebygolrwydd oedd y byddai mwyafrif cryfach nag erioed o'u plith yn Siambr y Dirprwyon.

'Wnaiff y brenin fyth oddef y canlyniadau hyn, gewch

chi weld,' meddai Thiers un bore wrth ei ohebwyr. 'Mae'n fwy tebygol nag erioed y bydd o'n defnyddio Erthygl 14 i gryfhau ei safle.'

Roedd aelodau o staff *Le National*, a rhai o'r perchnogion, gan gynnwys François Mignet ac Armand Carrel, wedi ymgynnull yn ystafell y golygydd i drafod y mater, a phenderfynu ar strategaeth y papur newydd.

'Wnaiff y bobl fyth gytuno i hynny,' rhuodd Cavaignac, un o'r gohebwyr diweddaraf i gael ei gyflogi gan y papur. Gwyddai Émile fod ganddo ddaliadau gweriniaethol cryf.

'Dydw i ddim yn anghytuno,' atebodd Thiers, 'ond rhaid peidio cael gwared ar Charles X heb allu cynnig enw arall i lenwi'r gofod. Un peth sy'n sicr: does wiw i ni gael toriad yn arweinyddiaeth Ffrainc, neu fe gaiff y wlad ei dinistrio.'

'Rydan ni wedi trafod hyn sawl tro o'r blaen, Adolphe,' meddai François Mignet yn dawel, 'yn breifat gyda'n gilydd. Efallai ei bod hi'n amser i ni fynd yn gyhoeddus.'

Rhoddodd Thiers ei ddwylo ynghyd a phlethu'r bysedd wrth iddo bwyso a mesur geiriau ei ffrind.

'Efallai dy fod ti'n iawn, François,' atebodd yn araf. Trodd i edrych ar y dynion ifainc eraill o'i gwmpas, a gwenu arnynt. 'Mae nifer uwch na'r cyffredin o haneswyr yn ein plith,' dechreuodd, 'ac mae'r rhan fwyaf ohonoch yn gwybod hanes Prydain.'

Gwyddai Émile beth oedd am ddod nesaf. Roedd wedi clywed y bregeth o'r blaen, sawl tro. Roedd yn un o hoff bynciau trafod ei feistri. Cyfeirio yr oedd Thiers at y Chwyldro Gogoneddus yn 1688, pan drodd senedd Prydain eu cefnau ar Iago II a gofyn i'w fab yng nghyfraith, Wiliam o Oren, ddod yn frenin yn ei le.

'Dach chi'n gweld,' eglurodd Thiers yn y man, 'fe weithiodd strategaeth senedd Prydain yn arbennig o dda. Fe gawson nhw wared o frenin trafferthus, ond drwy ofyn i berthynas agos i'r teulu brenhinol gymryd ei le, roedden nhw'n sicrhau dilyniant y frenhiniaeth heb greu rhwyg – a rhyfel cartref arall – yn y wlad. Fe weithiodd yn arbennig o dda ym Mhrydain – brenhiniaeth gyfansoddiadol lle mae'r brenin yn atebol i'r senedd, ac ewyllys y bobl. Dyna'r patrwm y dylen ni anelu ato yma yn Ffrainc.'

'Be dach chi'n ei awgrymu?' holodd Cavaignac yn ddrwgdybus. 'Gofyn i Louis-Philippe fod yn frenin yn lle'r un presennol?'

'Yn union,' cytunodd Thiers. Ond er i'w eiriau ymddangos fel petai'r ddau yn cytuno, roedd llygaid Thiers, a goslef ei lais, fel dur. Gwyddai'n dda am ddaliadau Cavaignac. Ni fyddai wedi cyflogi'r dyn pe byddai'r dewis ganddo ef yn unig, ond roedd gan Armand Carrel, un arall o sefydlwyr y papur newydd, feddwl uchel o'r dyn.

'Disodli'r gangen hŷn a gosod y gangen iau yn ei lle?' meddai Cavaignac, anghrediniaeth yn llithro i'w lais. Y tro hwn roedd ymateb Thiers yn llawer oerach.

'Mae Louis-Philippe, duc d'Orléans, yn ddyn sydd gant y cant y tu ôl i'r Siarter, ac yn credu'n llwyr mewn brenhiniaeth gyfansoddiadol. Ar ben hynny, mae'n boblogaidd yn y wlad, ac mae pawb yn gwybod iddo ymladd yn ddewr dros y Weriniaeth yn Jemmapes.'

'Brenin arall? Y peth olaf sydd ar Ffrainc ei angen yw brenin arall!' atebodd Cavaignac yn chwyrn.

'A phwy faset ti'n ei roi'n arweinydd ar y wlad – La Fayette, mae'n siŵr?' Roedd llais Thiers fel cyllell. 'Ie, arwr y bobol, digon gwir, ond roedd yr Americanwr Jefferson, a Talleyrand a Napoléon yn gytûn ar un peth: dyn diddrwg didda ydi La Fayette! Wyt ti am i ddyn felly lywodraethu drosom?'

Roedd Cavaignac ar fin ymateb pan dorrodd llais Carrel ar eu traws.

'Ffrindiau, rydyn ni'n trafod materion pwysig.

Byddai'n well i ni gael golygyddion rhai o'r papurau newydd eraill sydd â'r un daliadau yma efo ni er mwyn sicrhau cadernid ein gwrthwynebiad i'r brenin. 'Godefroy,' meddai wrth Cavaignac, 'ei di ar neges i'r *Globe*, y *Constitutionnel* a'r *Minerve*, a'u gwahodd i gyfarfod yma – beth – y pnawn 'ma?' Gorffennodd gyda chwestiwn i bawb. Nodiodd Thiers a Mignet mewn cytundeb, a gohirwyd y drafodaeth tan y prynhawn.

XXIX

Gadawodd Maria Stella i'r llythyr ddisgyn o'i llaw ddiffrwyth, ac ni wnaeth unrhyw ymdrech i'w godi o'r llawr. Syllai i'r lle tân gwag, gan dynnu ei siôl yn dynn am ei hysgwyddau. Buasai wedi hoffi cael tân, ond gyda phawb arall yn cwyno am y tywydd crasboeth, ni allai gyfaddef ei bod yn teimlo mor rhynllyd drwy'r adeg.

'Ydych chi'n barod am y gwely, Madame?'

Edrychodd ar Hélène, oedd newydd ddod i mewn i'r ystafell, ond nid atebodd y cwestiwn. Trodd yn ôl at y lle tân. Gwyrodd ei chydymaith a chodi'r llythyr o'r llawr.

'Pa newyddion sydd 'na o Gymru?' holodd y ferch wedyn, gan roi'r llythyr ar y bwrdd bach wrth ei hochr.

'Mae Spencer yn dweud bod Thomas John yn wael ei iechyd unwaith eto,' atebodd yn llafurus. 'Mi ddylai fynd i'r Eidal neu dde Ffrainc i gael clirio'i ysgyfaint.'

'Ydych chi am sgwennu i ddweud wrtho fo?'

'Wnaiff o ddim gwrando,' atebodd yr arglwyddes yn araf gan ysgwyd ei phen. 'Rydw i wedi awgrymu hynny droeon o'r blaen.'

Meddyliodd am ei brodyr, unig feibion Philippe Égalité, y ddau ohonynt yn marw'n ifanc o'r diciâu. Oedd yr afiechyd wedi ei drosglwyddo drwy'r teulu i'w mab hithau? Neu ai'r blynyddoedd o fod yn garcharorion yn ystod y Chwyldro oedd yn gyfrifol am gyflwr gwantan ei brodyr? Rhywle yn nwfn ei chalon gwyddai y dylai fod yn gofidio dros iechyd ei mab, ond roedd ei meddwl a'i theimladau fel petaent dan orchudd trwm neu mewn niwl nad oedd modd ei chwalu. Doedd ganddi ddim o'r nerth i deimlo dicter na gofid, pleser na phoen.

'Beth am gael dysglaid fach o lefrith cynnes a nytmeg?' torrodd llais Hélène ar draws ei myfyrdodau.

Wedi eiliad o betruso, nodiodd ei phen i'w dderbyn. Roedd hynny'n haws na gwrthod, ac fe fyddai'n siŵr o gysgu ar ôl llefrith cynnes Hélène: byddai cael dihangfa o'i meddyliau diflas yn fendith. Cyn pen dim roedd y ferch yn ei hôl yn cario hambwrdd a dwy ddysgl arno. Gosododd ef i lawr ar y bwrdd ac estyn un ddysgl i'w meistres. Cymerodd Maria Stella lymaid ohoni, a'i gael yn dda.

'Rydw i wedi gwneud peth i mi fy hun, hefyd,' meddai Hélène, 'er mwyn i ni gael ei yfed gyda'n gilydd.' Eisteddodd yn y gadair gyferbyn â'r arglwyddes.

Bu'r ddwy'n yfed mewn distawrwydd am sbel, yna amneidiodd Hélène a'i phen tuag at y pentwr papurau ar y bwrdd ysgrifennu.

'Ydych chi am i mi sgwennu llythyr at Lafont d'Aussonne?' holodd.

Anwybyddodd Maria Stella hi. Nid oedd am ddechrau meddwl am y dyn na'i drafod. Ond nid oedd taw ar Hélène.

'Mae o wedi anfon y cyfan ond y penodau olaf yn ôl atoch, ac wedi mynd drwy bopeth yn fanwl. Ydych chi wedi darllen ei awgrymiadau ar sut i wella'r gyfrol? Gobeithio nad oes ots gennych chi, ond rydw i wedi gwneud hynny.' Oedodd fel petai'n disgwyl ymateb gan ei meistres, yna, gan na chafwyd yr ymateb, aeth ymlaen. 'Mae'r llyfr yn darllen yn ardderchog yn fy marn i. Mae o wedi bod yn drylwyr iawn. Does dim llawer o newidiadau mewn gwirionedd, ond mae o wedi rhoi ambell ddyddiad i mewn lle nad oeddech chi wedi ei roi. Dydi o ddim wedi eich twyllo gyda'r gwaith, beth bynnag.'

Tawodd y llais o'r diwedd a rhoddodd Maria Stella ochenaid o ryddhad. Roedd ei phen yn dechrau teimlo'n ysgafn, fel petai cwsg ar ei ffordd, a dywedodd wrth Hélène ei bod am fynd i'w gwely.

Daeth y doctor fore trannoeth i ymweld â hi unwaith eto. Gadawodd iddo'i phrocio a'i phwnio, gan ymdrechu i ateb ei gwestiynau. Roedd yn rhaid iddi gyfaddef ei bod yn teimlo fymryn yn well y bore hwnnw, ac anogodd ef hi i godi o'i gwely a cherdded o gwmpas ei hystafelloedd. Roedd yn bwysig ei bod yn cadw'r nerth yn ei choesau, meddai wrthi, ac yn anelu tuag at fynd allan i'r awyr iach cyn gynted â phosib. Byddai'r haul yn gwneud mwy o ddaioni iddi, cyhoeddodd, na llond gwlad o ffisig a thabledi. Gwyliodd ef yn gadael ei hystafell ac yn mynd i siarad gyda Hélène yn y cyntedd.

'Wel,' meddai honno wedi i'r doctor eu gadael, 'dyna ffodus. Rydan ni wedi cael gwahoddiad i fynd i aros gyda Dr. Pépineau, cyflogwr fy mrawd, ar ei fferm yn Neuilly sur Seine, ac mae'r doctor yn meddwl y byddai'n syniad da i chi fynd allan i'r awyr iach. Wnaiff y siwrnai ddim drwg i chi, medda fo, ac mae o'n awyddus iawn i chi fynd. Fyddech chi'n fodlon? Alla i ateb y gwahoddiad a dweud ein bod ni'n ei dderbyn?'

Teimlodd Maria Stella eiliadau o banic.

'Dydw i ddim yn sicr a fydda i ...'

'Dydd Llun nesaf fyddai'n gyfleus,' aeth Hélène ymlaen yn siriol fel petai hi heb ei chlywed. 'Mi allen ni fynd yn eich coets a mynd ag Annette efo ni – mae'r doctor wedi cynnig ei ystafelloedd preifat i chi – ac mi rydw i'n siŵr y byddech chi'n hoffi gweld yr hen blant bach. Maen nhw'n ddigon annwyl i feddalu'r galon galetaf.'

'Ond ...' ceisiodd Maria Stella wrthwynebu eto, ond ni chymerai Hélène unrhyw sylw ohoni. Parablai ymlaen am ei brawd a'i wraig, a'r nithoedd a'r neiant roedd hi newydd eu darganfod, a'r fferm hyfryd ar lan afon Seine, a gwaith da'r doctor wrth iddo geisio helpu'r plant tlawd, digartref ym Mharis. Roedd y llifeiriant o eiriau'n ormod i'r arglwyddes, a chlywodd ei hun yn cytuno â chynlluniau Hélène er mwyn rhoi taw arni.

Pan adawodd honno'r ystafell yn orfoleddus er mwyn ateb gwahoddiad y doctor, sylweddolodd Maria Stella gymaint yr oedd hi wedi gadael i'w chydymaith reoli ei bywyd yn ddiweddar. Roedd wedi cydsynio â phopeth a awgrymai, wedi gadael iddi ddelio â phob mater busnes, wedi gadael iddi reoli'r morynion a'r gweision, a hyd yn oed wedi gadael iddi benderfynu pryd fyddai ei meistres yn codi ac yn mynd i'r gwely, a beth ddylai hi ei wisgo ar wahanol adegau o'r dydd. Roedd hi wedi gadael i'w hun ddisgyn i'r un lefel o ddibyniaeth â phlentyn bach, meddyliodd Maria Stella yn syn. Penderfynodd ei bod hi'n hen bryd iddi ddechrau cymryd yr awenau'n ôl i'w dwylo'i hun unwaith eto, ac y byddai'n well iddi wneud hynny'n syth.

Erbyn y nos Sul, roedd popeth yn barod: Annette wedi plygu a gosod y dilladau y byddai ei hangen mewn *portmanteau* bychan, gorchymyn wedi ei anfon i'r stablau i gael y goets y tu allan i ddrysau'r *hôtel* yn blygeiniol, a'r gogyddes wedi paratoi basgedaid fach o ddanteithion amheuthun i'w rhoi i'r doctor yn anrheg am ei garedigrwydd. Doedd dim i'w wneud bellach ond eistedd yn ôl ac ymlacio.

Er iddynt benderfynu y byddai'n well noswylio'n gynnar, dal i eistedd yn sgwrsio yr oedd Maria Stella a'i chydymaith ymhell ar ôl iddi dywyllu. Roedd cynnwrf eu hantur allan i'r wlad wedi gafael yn nychymyg Maria Stella, ac er gwaethaf ei holl amheuon blaenorol, roedd hithau, bellach, yn edrych ymlaen yn awyddus at y bore.

'Mae'n f'atgoffa o'r cynnwrf roeddwn yn arfer ei deimlo pan oedd hi'n bryd i ni adael ein tŷ yn Llundain a mynd yn ôl i Gymru, neu i'n stadau yn swydd Efrog,' eglurodd wrth Hélène.

'Doeddech chi ddim yng Nglynllifon drwy'r amser, felly?' holodd ei chydymaith. Edrychodd Maria Stella arni'n syn.

'Nac oedden, siŵr iawn. Yn Llundain roedden ni'n treulio'r rhan fwyaf o'n hamser, er 'mod i'n hoffi mynd i Bath am y tymor yno, neu i Tunbridge Wells.'

'Faint o amser roeddech chi'n ei dreulio yng Nghymru, felly?'

'Wel, roedden ni'n hoffi treulio'r Nadolig yno, a rhannau o'r haf. Ond wedyn roedd Thomas yn hoffi mynd i Efrog i hela adar ddiwedd yr haf a'r hydref.' Distawodd am ysbaid wrth iddi gofio'r blynyddoedd pleserus hynny. Daeth gwên i'w hwyneb wrth iddi ailddechrau sgwrsio. 'Ond y pleser mwyaf oedd cael mynd o Lynllifon i dreulio amser ym Moduan. Roeddwn i wrth fy modd yn cael marchogaeth yno, a chael mynd efo neb ond yr ostler yn gwmni, gan mai ar diroedd fy ngŵr y teithiwn yr holl ffordd o Lynllifon i Foduan.'

'Ysgwn i ai fy nhaid i oedd yr ostler hwnnw,' meddai Elin yn freuddwydiol, 'neu hyd yn oed fy nhad yn ŵr ifanc.'

'Alla i ddim cofio,' atebodd Maria Stella. 'Ond rydw i'n cofio'r pleser o allu carlamu ar fy ngheffyl ar hyd y gwastadedd ar lannau'r môr rhwng Glynllifon a Threfor, a neb i'm dwrdio nac i'm siarsio i gymryd gofal. Roedd yr ostler druan yn gorfod fy nilyn, doed â ddêl!' Chwarddodd yn ysgafn wrth gofio'r penrhyddid hudolus hwnnw. 'Roeddwn i'n hoff iawn o Foduan,' aeth ymlaen, 'lle mor gartrefol. Ac roedd cael trefnu parti yno'n wych. Roedden ni'n defnyddio'r oriel hir ar gyfer dawnsfeydd, a'r bwydydd yn cael eu gosod allan yn y neuadd i lawr y grisiau, ac yn yr haf, os oedd hi'n braf, byddai'r drysau ar agor i'r lawnt a'r gerddi, a'r garddwyr wedi gosod llusernau Tsieinïaidd ymysg y coed a'r llwyni. Roedd cael mynd allan i'r hwyrnos yno fel camu i fyd y tylwyth teg.' Caeodd ei llygaid cyn ebychu: 'Dyddiau mor ddedwydd oedden nhw!'

Bu distawrwydd rhwng y ddwy am gryn amser, yna agorodd Maria Stella ei llygaid a chyhoeddi: 'Tyrd, Hélène, mae'n amser gwely.'

XXX

Ar y bore Llun, roedd Émile ychydig funudau'n hwyr yn cyrraedd y swyddfa. Gwyddai fod Elin Mair a'i meistres yn bwriadu ymweld â brawd Elin y diwrnod hwnnw, gan gychwyn am Neuilly gyda'r wawr yng nghoets yr arglwyddes, ac aros y noson. Erbyn hyn roedd yr arglwyddes yn llawer gwell, er yn wantan, a'r doctor wedi argymell iddi fentro allan o'i hystafelloedd er mwyn ei iechyd. Roedd wedi rhuthro ben bore i rue Vivienne i ffarwelio â hwy ac i roi llyfr darllen ar gyfer Boîte i Elin, ond roedd yn rhy hwyr, a hynny'n bennaf oherwydd bod trafnidiaeth a thyrfaoedd anarferol ar y strydoedd. Aeth yn syth yn ôl i'r swyddfa heb dorri gair â neb, a chael y lle yn wag heblaw am Cavaignac, oedd ar bigau'r drain.

'Wyt ti wedi clywed y diweddaraf?' holodd hwnnw. 'Mae'r brenin wedi defnyddio Erthygl 14, ac mae o wedi ffrwyno'r wasg! Mae Thiers am i ti fynd ato fo ar unwaith!' Taflodd Cavaignac bentwr o bapurau newydd ar ei fwrdd a chodi'n frysiog. 'Dim ond disgwyl amdanat ti oeddwn i, Carrel wedi gofyn i mi roi'r neges i ti.' Wrth iddo fynd drwy'r drws, galwodd dros ei ysgwydd, 'Rydw i'n mynd i'r Palais Royal! Mae tyrfa'n hel yno, medden nhw!'

Roedd Cavaignac wedi diflannu cyn i Émile gael ei wynt ato. Dyna'r rheswm dros yr holl gynnwrf yn y ddinas, felly! Ond roedd angen mwy o wybodaeth arno. Beth yn union oedd y tywysog Polignac a'r brenin wedi ei wneud? Chwiliodd drwy'r papurau ar fwrdd Cavaignac, a chael copi o *Le Moniteur*, papur newydd y blaid *ultra*. Yno, ar y dudalen flaen, cyhoeddwyd pedwar deddfiad. Hoeliwyd ei sylw gan y cyntaf: roedd pob papur newydd, a phob cylchgrawn llai nag ugain tudalen, i gael ei sensro cyn ei gyhoeddi! Rhedodd ei feddwl yn gyflym dros holl oblygiadau'r ddeddfiad, a theimlodd ias o arswyd yn ei galon. Roedd y peth yn hollol annerbyniol, yn wrthun hyd yn oed! Ond yn waeth na hynny, sylweddolodd mewn amrantiad ganlyniad anhepgor y ddeddfiad: cau'r papurau newydd, ac yntau allan o waith! Pa obaith gofyn i Elin ei briodi wedyn?

Darllenodd y tri deddfiad arall yn frysiog.

'Does neb yn mynd i dderbyn hyn!' meddai wrtho'i hun yn dawel. Roedd yr ail yn diddymu Siambr y Dirprwyon unwaith yn rhagor, a'r trydydd yn gosod strwythur newydd i'r siambr, gan dorri nifer y dirprwyon i 258, ac yn cyfyngu ar nifer yr etholwyr ledled Ffrainc drwy godi trothwy'r gofynion etholfraint: maint taliadau trethi'r unigolyn. Yn y pedwerydd, cyhoeddwyd y byddai etholiadau i'w cynnal unwaith yn rhagor ddechrau Medi, a hynny'n dilyn y drefn newydd. Ysgydwodd ei ben yn syfrdan, yna cofiodd mewn braw am neges Cavaignac. Roedd Thiers yn disgwyl amdano! Er gwaethaf y gwres crasboeth, rhuthrodd Émile drwy strydoedd Paris unwaith eto.

Erbyn diwedd y dydd, teimlai wedi ymlâdd. Drwy gydol y pnawn bu'n gwneud nodiadau i Thiers mewn cyfarfodydd hwnt ac yma, ac yna dychwelodd i swyddfa'r papur, lle lluniwyd erthygl yn condemnio'r deddfiadau ac yn eu herio. Byddai'r erthygl yn ymddangos mewn pedwar papur newydd y bore canlynol. Bu'n dilyn Thiers o dŷ i dŷ wrth i hwnnw ymweld â'r ychydig ddirprwyon oedd yn dal ym Mharis. Cafodd ei esgusodi gan ei feistr rhag mynd i'r cyfarfodydd gyda'r nos. Gwastraff amser eto fyddent i gyd, yn ôl Thiers, gan fod y dirprwyon mor wan â chadachau llestri, yn ofni am eu bywydau os byddent yn gwrthwynebu'r brenin, rhag ofn i bethau fynd o chwith.

Penderfynodd gerdded adref heibio'r Palais Royal, lle roedd tyrfaoedd wedi ymgynnull. Yn anesmwyth ei feddwl, cofiodd ei waith gyda Thiers yn paratoi'r llyfr ar hanes y Chwyldro: yn y Palais Royal, ar y trydydd ar ddeg o Orffennaf 1789, y galwyd ar y dorf gyntaf gan Camille Desmoulins i ddechrau'r Chwyldro! Wrth gerdded o un twr o bobl i'r llall, gwelodd Cavaignac.

'Émile!' galwodd hwnnw. 'Wedi dod i weld yr hwyl?'

'Pa hwyl?'

'Wn i ddim eto,' atebodd Cavaignac dan chwerthin, 'ond synnwn i ddim na fydd teimladau'r bobol yn mynd yn drech na nhw erbyn diwedd y noson!'

Gwrandawodd Émile ar y dorf o'i amgylch. Roedd Cavaignac yn iawn. Gallai Émile, hefyd, synhwyro bygythiad yn yr awyr, rhyw deimlad annelwig o anniddigrwydd a allai'n hawdd droi'n fileindra. Pwysodd Cavaignac arno i aros gydag ef, a chytunodd Émile, er yn anfoddog. Nid oedd yn hoffi Cavaignac. Yn eiddil o gorff, a'i groen yn welw fel petai salwch angheuol arno, ni roddai Cavaignac fawr o bwys ar lendid personol; roedd ei gôt wlanen ddu yn dreuliedig, a rhychau o wyrddni arni fel petai wedi treulio blynyddoedd am gorff mewn bedd cyn dod i feddiant Cavaignac. Yn waeth na hynny, fodd bynnag, yr oedd personoliaeth y dyn. Roedd pawb a phopeth yn ei gythruddo. Ni allai sôn am ddim na neb heb weld bai, heb boeri llond ceg o fustl o'i enau. Roedd ei bresenoldeb yn unig mewn ystafell, hyd yn oed cyn iddo yngan gair, yn ddigon i greu hwyliau drwg ac anghydfod ymhlith ei thrigolion.

Erbyn rhyw wyth o'r gloch roedd yr heddlu wedi

cyrraedd i gadw trefn. Ymatebodd Cavaignac yn wyllt. Dechreuodd floeddio'n sarhaus arnynt, ac yn fuan iawn roedd eraill o'i amgylch wedi dilyn ei esiampl. Ceisiodd Émile gilio oddi wrtho, gan droi'n ôl tuag at erddi'r Palais Royal: gallai ddychwelyd i'w ystafell heibio i gartref Elin, er ei fod yn gwybod nad oedd hi yno. Ond roedd yn anodd iddo ymlwybro drwy'r dorf gan fod ffrwd o bobl yn ei rwystro wrth iddyn nhw gael eu hysio o'r gerddi. Roedd yr awdurdodau wedi penderfynu gwagio'r gerddi a chloi'r giatiau. Doedd dim amdani felly ond dychwelyd i rue de Rivoli a chwilio am ffordd dawelach am adref. Unwaith yno, oedodd i gloriannu'r sefyllfa. Roedd y dorf wedi cynyddu, a phobl ymhobman! Edrychodd i lawr y stryd i'w chwith, i gyfeiriad ardal y marchnadoedd, a phetrusodd. I lawr y ffordd honno roedd Faubourg St Antoine, ardal y tlodion a'r drwgweithredwyr. Gydag awyrgylch mor ffrwydrol yn y ddinas, ni feiddiai gymryd y ffordd honno, felly dechreuodd gerdded i fyny rue de Rivoli tuag at y Tuileries a Place Louis XVI. Gallai droi am Place Vendôme wedyn, yna anelu am y gogledd. O leiaf byddai digon o oleuadau stryd y ffordd honno, er ei bod yn siwrnai hwy o dipyn.

Ond roedd y rhan fwyaf o'r dorf wedi penderfynu cerdded yr un ffordd, ac o fewn dim cafodd Émile ei hun yn cerdded mewn gorymdaith swnllyd, llawn bloeddiadau herfeiddiol yn erbyn y brenin a'i lywodraeth. Roedd hwyliau'r dorf yn gwaethygu, ac yn fuan iawn wedyn clywodd dwrw gwydr yn torri yn dod o sawl cyfeiriad. Roedd rhai o'r dynion yn malu'r goleuadau stryd â cherrig! Dechreuodd Émile ddifaru iddo fod mor chwilfrydig. Gallasai fod adref yn ddiogel erbyn hyn, oni bai am ei ysfa i weld y dorf drosto'i hun.

Gwahanodd y dorf yn Place Louis XVI, gyda rhai'n mynd ymlaen i fyny'r Champs Élysées, a'r gweddill yn troi i rue de Castiglione gydag Émile ac yn anelu am

Place Vendôme. Dychrynwyd ef pan gododd bloedd o ben blaen yr orymdaith.

'Mae'r diawl ar ei ffordd!'

Daeth hisian a hwtian o enau gweddill y dorf, a cheisiodd Émile wthio'i hun i'w chyrion. Efallai y buasai'n gallu dianc drwy droi i rue du Mont Tabor, ac ar draws wedyn i rue du Faubourg St Honoré. Ond roedd fel brwydro yn erbyn llif afon Seine ei hun yn nhrobwll Pont Neuf. Roedd perygl iddo gael ei fwrw i'r palmant a'i sathru dan draed. Gwelodd ŵr ifanc yn ei ymyl wrthi'n wyllt yn rhwygo cwareli cerrig y palmant, ac yn fuan roedd eraill yn gwneud yr un fath. Yn ddisymwth, gwahanodd y dorf gan adael llwybr cul ynghanol y stryd. Daeth coets i'r golwg o gyfeiriad Place Vendôme, y ceffylau'n amlwg yn llawn dychryn wrth synhwyro'r awyrgylch bygythiol o'u hamgylch. Cafodd y gyrrwr drafferth i'w rheoli, ond pan daflwyd y cerrig cyntaf i'w cyfeiriad, chwipiodd nhw nes eu bod yn carlamu'n wyllt. Wrth i'r goets ruthro heibio Émile, gwelodd ben dyn oddi mewn iddi'n disgyn ymlaen yn ddisymwth wrth i garreg dorri drwy wydr y ffenestr a'i fwrw ar ei dalcen. Cafodd gip hefyd ar wyneb gwyngalchog prince de Polignac. Felly hwn oedd gwrthrych casineb y dorf!

Trodd y dorf ar ei sawdl a llifo'n ôl am y Louvre a'r Palais Royal, gan ddilyn y goets. Roedd yn rhaid i Émile droi gyda nhw neu gael ei foddi dan bwysau'r llif dynol. Teimlai ei ben yn hollti gyda'r holl floeddio.

'Vive la Charte! À bas les Bourbons! À bas les ministres! À bas Polignac!'

Dim ond cael a chael oedd hi. Carlamodd y ceffylau i gwrt adeiladau'r Weinyddiaeth Dramor a chaewyd y drysau'n glep eiliadau cyn i'r rhai ar flaen y dorf eu taflu eu hunain arnynt a'u hysgwyd yn llawn dicter.

Yn sydyn bwt, gan fod yr ysglyfaeth wedi dianc a bellach yn ddiogel o'u gafael, ysigwyd ysbryd y dorf.

Roedd fel petai rhywun wedi gollwng y gwynt o swigen. Pobol gyffredin oedden nhw unwaith eto - rhai yn edrych fel petaent wedi dychryn wrth eu cael eu hunain yn y fath sefyllfa. Roedd gan Émile bob cydymdeimlad â hwy. Trodd am adref unwaith eto, a'r tro hwn nid oedd dim na neb i'w rwystro. Wrth i'r nos fynd rhagddi, tawelu wnaeth y ddinas, yn hytrach na ffrwydro fel y bu i Cavaignac ddarogan.

Ar amser mor dyngedfennol, ni allai osgoi mynd i'w waith, felly'r bore trannoeth prynodd gopïau o'r holl bapurau newydd oedd ar gael, a'u darllen yn arwynebol frysiog wrth gerdded i'r swyddfa. Oedd, roedd yr erthygl yno ym mhob un o'r pedwar papur, yn ôl y trefniant. Rhedodd cryndod drwy ei gorff. Roedd ei feistr a'r papur newydd bellach wedi torri'r gyfraith, wedi anwybyddu'r gwaharddiad brenhinol, ac, yn waeth na hynny, yn galw ar eraill i'w wrthwynebu hefyd. Tybed a fyddent yn cael eu cyhuddo o deyrnfradwriaeth?

Cafodd yr ateb wrth iddo gyrraedd y swyddfa. Roedd y drws ar glo, a phan gurodd arno a galw mai ef, Émile, oedd yna, clywodd y barrau'n cael eu datod yn frysiog. Agorwyd cil y drws a daeth llaw allan i'w lusgo i mewn yn frysiog. Cavaignac oedd yno, yn edrych fel petai wedi treulio'r nos yn y swyddfa, a'r drewdod o hen chwys a hen fwyd yn waeth nag erioed.

'Tyrd, helpa fi i gloi hwn, yna mi allwn ni lusgo'r byrddau ar ei draws.'

'Ble mae pawb arall? Be sy wedi digwydd?' holodd Émile.

'Dim ond fi sy 'ma! Pawb arall wedi aros adref – heblaw ti! Mae'r heddlu ar eu ffordd! Brysia, helpa fi ac mi wna i egluro wedyn!'

Dros y munudau nesaf bu'r ddau'n chwysu wrth lusgo'r byrddau trwm yn erbyn y drws i greu baricêd oddi mewn. Yn bersonol, ni chredai Émile ei fod yn fawr o rwystr i ddynion penderfynol, ond roedd Cavaignac yn fodlon. Eisteddodd yn ei gadair, a gwên foddhaus ar ei wyneb.

'Gad iddyn nhw drio rŵan!'

'Mi wnes ti addo egluro,' atgoffodd Émile ef.

'Do. Wel, mae pennaeth yr heddlu wedi anfon ei weision allan gyda gwarantau i atal Thiers a golygyddion y tri phapur arall sydd wedi herio'r deddfiad, a mynd â nhw i'r ddalfa! Ond mae Thiers, yr hen gadno, wedi cael rhybudd o hyn, a welwn ni 'mohono nes bydd y gwaethaf drosodd, gei di weld!'

'Sut wyt ti'n gwybod hyn?'

'Gwthiwyd nodyn dan y drws yn gynnar iawn bore 'ma.'

'Ti 'di bod yma drwy'r nos, felly?'

Nodiodd Cavaignac ei ben, fel petai hynny'r peth mwyaf naturiol iddo'i wneud.

'Roedd y nodyn yn dweud hefyd fod yr heddlu'n bwriadu cau argraffdai'n papurau newydd ger y Palais Royal.'

Disgynnodd distawrwydd drostynt, Émile yn boenus a Cavaignac yn eiddgar ddisgwylgar, ond fu ddim raid iddynt aros yn hir. Daeth sŵn carnau ceffylau a chert, sŵn traed trymion ac un llais yn rhoi gorchmynion, y cwbl yn bwyllog, drefnus. Curwyd ar y drws yn ddigon parchus i ddechrau. Rhoddodd Cavaignac ei fys ar ei wefusau yn arwydd i Émile gadw'n dawel. Pan nad oedd ymateb i'r curo, daeth gorchymyn arall gan y llais. Eiliadau wedyn, hyrddiwyd rhywbeth yn erbyn y drws â'r fath rym nes bod y ffrâm yn gwegian, a theimlodd Émile ei gorff yn crynu mewn cydymdeimlad â'r drws. Daeth ail a thrydydd hyrddiad, ond daliodd y drws yn gadarn. Faint mwy allai'r drws ei wrthsefyll, meddyliodd Émile yn wyllt. Edrychodd yn frysiog ar Cavaignac.

Roedd hwnnw'n edrych yn union fel cath yn gwylio'i ysglyfaeth, a hyd yn oed ei gorff wedi cwmanu fel cath fel pe bai'n barod i neidio ar y plismon cyntaf fyddai'n meiddio camu dros y trothwy. Daeth syniad sydyn i ben Émile.

'Tyrd yn dy flaen!' sibrydodd wrth Cavaignac. 'Does dim diben aros fan hyn i gael ein dal. Allwn ni wneud dim i helpu'r achos os byddwn ni yn y ddalfa!'

'Ond mae'r cefnau wedi'u cloi, a does gen i ddim goriad!'

'Mae gen i un,' atebodd Émile, a diolchodd i'r nefoedd am fodolaeth ei ystafell ddosbarth fach yn yr hen stablau. Ond nid oedd Cavaignac wedi ei ddarbwyllo. Tybiodd Émile y byddai'n well gan Cavaignac ymladd yr heddlu a bod yn ferthyr i'w ddaliadau gweriniaethol. 'Tyrd!' galwodd eto, ei lais yn daerach. 'Mi awn ni i lawr i'r Palais Royal, i helpu'r argraffwyr yno!'

Fe weithiodd ei apêl, a dilynodd Cavaignac ef tuag at y cwrt yng nghefn yr adeilad. Doedd dim amser i'w golli. Wrth i Émile ymbalfalu â'r cloeon ar y dorau cefn, clywsant ddrws y swyddfa'n hollti, a lleisiau buddugoliaethus yr heddlu'n bygwth unrhyw un oedd yn yr adeilad.

'Brysia!' hisiodd Cavaignac arno. 'Mi fyddan nhw yn y cwrt mewn eiliadau!'

Doedd dim rhaid atgoffa Émile o hynny. Roedd ei frys yn rhwystr i'w fysedd, ond o'r diwedd llwyddodd i agor un o'r dorau, ac roeddynt allan yn y ffordd gefn gul. Wrth lwc, nid oedd yr heddlu wedi meddwl gosod gwylwyr yn y cefnau, ac felly llwyddodd y ddau ohebydd i ddianc.

Gan osgoi pob prif stryd, aethant i lawr tua'r Palais Royal. Unwaith eto, roedd y lle'n llawn pobol, a sŵn gweiddi a chwffio yn dod o'r arcedau.

'Tyrd yn dy flaen,' galwodd Cavaignac arno. 'I'r gad!'

Taflodd hwnnw'i hun i'r dorf, a gwelodd Émile ei ben

yn diflannu wrth iddo ddefnyddio'i freichiau fel melinau gwynt i wthio'i ffordd drwy'r dorf at weithdy'r argraffwyr. Petrusodd Émile. Nid fod ganddo ofn corfforol, meddyliodd, ond pa bwrpas oedd yna i lond llaw o ddynion herio holl rym yr heddlu? Onid gwell fyddai aros ychydig a meddwl am ffordd fwy effeithiol o'u gwrthwynebu?

Pan lusgwyd yr argraffwyr allan o'u gweithdy, cawsant eu rhyddhau gan yr heddlu. Eu pwrpas oedd atal yr argraffu, nid arestio'r gweithwyr. Wedi iddynt gael y dynion allan, aeth yr heddlu ati i gau'r drysau gyda hoelion a phren. Gwyliai'r dorf yn anniddig, a thybiai Émile fod mwy a mwy o bobl yn cyrraedd y sgwâr. Roedd perchnogion y siopau eraill yn yr arcedau yn amlwg mor wyliadwrus ag yntau, oherwydd sylwodd fod y rhan fwyaf ohonynt yn cau eu drysau ac yn rhoi estyll dros y ffenestri. Arwydd drwg, meddyliodd.

'Émile!' galwodd llais Cavaignac arno. Roedd criw o ddynion ifainc cythryblus yr olwg gydag ef. Myfyrwyr, tybiodd Émile.

'Tyrd efo ni i'r Halles. Rydan ni'n mynd i godi baricedau.'

Roedd golwg ogoneddus, wyllt ar wyneb Cavaignac, ac roedd hynny'n fwy o ddychryn i Émile na thwrw'r heddlu'n malu drws y swyddfa.

'Gwell i mi chwilio am Thiers,' atebodd Émile. 'Roeddan ni i fod i gyfarfod am dri heddiw.'

Cododd Cavaignac ei ysgwyddau fel petai'n dweud 'Dy ddewis di ydi hynny!' a diflannodd gyda'i ffrindiau newydd i fyny rue de St Honoré.

Ni wyddai Émile beth i'w wneud am y gorau. Efallai y dylai fynd i chwilio am Thiers. Esgus oedd dweud hynny wrth Cavaignac, y peth cyntaf a ddaeth i'w ben i osgoi mynd gydag ef. Ond roedd wedi dweud y gwir am y trefniant i gyfarfod ei feistr am dri, yng nghartref Casimir Périer, un o arweinwyr naturiol y dirprwyon.

Penderfynodd y byddai'n cadw at y trefniant. Ar ei ffordd yno, gwelodd gatrawd o *gendarmes* llym yr olwg yn mynd heibio iddo ar eu ceffylau, yn marchogaeth yn bwrpasol tuag at Place du Palais Royal. Diolchodd ei fod wedi gadael y lle.

Roedd Thiers yno fel y trefnwyd, ond daeth y cyfarfod i ben heb benderfynu dim byd mwy pendant nag y byddai tri ohonynt yn drafftio llythyr protest i'r awdurdodau. Ar ddiwedd y cyfarfod, tynnodd Émile i un ochr, a dweud wrtho na fyddai ym Mharis am ychydig ddyddiau, y byddai'r papur newydd ar gau am amser amhenodol, ac yn y cyfamser y byddai Émile yn rhydd i wneud beth bynnag fynnai â'i amser. O leiaf, addawodd dalu cyflog Émile am yr wythnos. Cyn ymadael, siarsiodd Émile i gymryd gofal. Roedd wedi clywed fod y duc de Raguse, milwr arall oedd wedi bradychu Napoléon, wedi ei benodi gan y brenin i oruchwylio'r milwyr yn y ddinas, a chadw llygad ar y bobl petai'r heddlu'n methu cadw trefn. Ofnai y byddai'r penodiad hwn yn cynddeiriogi'r bobl gyffredin.

Unwaith roedd yn ôl ar y stryd, dechreuodd Émile boeni am y merched. Penderfynodd fynd i rue Vivienne i weld a oeddynt wedi dychwelyd yn ddiogel o Neuilly. Cynyddodd ei bryder wrth i dwrw terfysg ddod i'w glustiau o gyfeiriad y Palais Royal.

Roedd Annette yn sefyll ar ben y grisiau y tu allan i'r drws, ac roedd hi mewn gwewyr.

'O syr!' cyfarchodd Émile, yn falch o weld wyneb cyfarwydd, wyneb a fyddai'n debygol o gymryd yr awenau oddi arni. 'Mae'r ceffylau yn eu holau yn y stablau, syr, a rhywun wedi rhwygo eu tresi.' Roedd bron a chrio. 'Ond does dim hanes o'r goets, na'r gyrrwr, na Hélène na'r arglwyddes! Mae dynion y stablau allan yn chwilio amdanyn nhw. Wn i ddim beth i'w wneud, syr!'

'Dos i'r tŷ ac aros yno,' gorchmynnodd Émile ar unwaith, wedi dychryn drwyddo. 'Mi af innau i chwilio, a dweud wrth yr heddlu. Aros di fan hyn, a phaid â mynd allan! Dydi hi ddim yn ddiogel ar y strydoedd,' ychwanegodd cyn prysuro i chwilio am yr orsaf heddlu agosaf. Wrth droi'r gornel i'r stryd nesaf, clywodd fwsgedau'r milwyr yn dechrau tanio.

XXXI

Y dydd Llun tyngedfennol hwnnw, roedd y goets yn eu
disgwyl ar doriad dydd, yn ôl y trefniant, ac yn fuan iawn
gwnaed yr arglwyddes yn gyfforddus ar gyfer y siwrnai i
Neuilly sur Seine. Penderfynwyd mai aros ym Mharis
fyddai Annette, gan adael i Elin gyflawni ei dylet-
swyddau fel morwyn bersonol. Er bod gwres yr haul
eisoes yn danbaid roedd Maria Stella wedi mynnu cael
carthen dros ei choesau. Wrth edrych arni'n gorwedd a'i
phen yn erbyn clustogau'r goets, sylweddolodd Elin fod ei
meistres wedi colli llawer o bwysau, a bod ei hwyneb yn
welw a main. Penderfynodd y byddai'n cael gair bach
tawel gyda Dr Pépineau i weld a oedd ganddo ryw
feddyginiaeth fyddai'n codi archwaeth ar yr arglwyddes.
Dim ond rhyw bigo a chwarae â'i bwyd a wnâi yn ystod
pob pryd.

Wrth iddynt groesi Paris sylwodd Elin fod nifer
anarferol o bobl allan ar y strydoedd. Diwrnod tawel
fyddai dydd Llun yn arferol, gan fod y rhan fwyaf o
Ffrancwyr yn ei gymryd fel diwrnod gŵyl. Ni ddeallodd
arwyddocâd y prysurdeb tan ddiwedd y dydd. Wrth
iddynt agosáu at y Porte de Champerret, fodd bynnag,
roedd y strydoedd yn dawelach, a chyn pen dim roeddynt
allan yn y wlad. Roedd y coed yn drwm o ddail llychlyd,
ac wrth iddi edrych yn ôl i gyfeiriad Paris, gwelai Elin
gymylau o lwch yn cael eu codi y tu ôl i'r goets gan yr
olwynion. Wrth iddynt deithio ymlaen, dechreuodd y

llwch dreiddio i mewn i'r goets nes i'r arglwyddes ddweud wrthi'n ddiamynedd i godi'r ffenestri. Wedi iddi wneud hynny, cododd y tymheredd oddi mewn nes ei fod yn annioddefol o boeth, ond ni feiddiai Elin agor y ffenestri drachefn. Gyda rhyddhad, teimlodd y goets yn arafu a chyn pen dim roeddynt yn troi i mewn rhwng dorau uchel cartref y doctor, La Grange des Hauts Moulins.

Siomwyd Elin pan welodd mai dim ond Francine a rhai o'r plant oedd yno i'w croesawu. Eglurodd hithau wrthynt nad oedd y doctor wedi dychwelyd eto o weld ei gleifion, ac mai Wiliam fyddai'n gyrru'r ceffylau iddo bob amser. Ond roedd Elin yn falch fod ei chwaer yng nghyfraith wedi paratoi bwrdd a chadeiriau ar eu cyfer yng nghysgod y coed ger glannau'r afon, a dyna lle buont yn eistedd ar glustogau a chadeiriau, yn sgwrsio'n braf ac yn cyfnewid atgofion, gan ddisgwyl i'r doctor a Wiliam orffen eu gwaith am y bore. Gwrando'n unig a wnâi'r arglwyddes ar y dechrau, heblaw am ateb unrhyw gwestiwn uniongyrchol a ofynnid iddi, ond yn raddol daeth i ymlacio a chymryd rhan fwy pendant yn y sgwrs. Roedd Elin yn falch o sylwi, fodd bynnag, fod ei llygaid yn sylwi ar bopeth: y plant lleiaf yn chwarae o'u cwmpas er gwaethaf y gwres, y symudiadau ar yr afon, a'r adar bach oedd yn esgyn a disgyn wrth chwilota am fwyd. Yn bennaf, roedd yr arglwyddes yn cymryd sylw o Boîte, oedd yn llawer gwell erbyn hyn, ac wedi cael dod i eistedd gyda hwy. Efallai mai dim ond awyr iach a bwyd maethlon oedd eu hangen arno wedi'r cyfan, meddyliodd Elin wrth ei wylio.

Pan aeth yntau ymhellach oddi wrthynt i chwarae gyda'r criw oedd yn ceisio tyrchu am bryfed genwair er mwyn pysgota yn y pnawn, plygodd Maria Stella ymlaen a gofyn yn ddistaw i Elin beth oedd hanes y bachgen. Atebodd hithau mai ychydig a wyddid am amgylchiadau

Boîte a'i frawd hŷn, Grimpe. Roedd eu rhieni'n dal yn fyw, eglurodd Elin, ond yn ôl yr hyn a ddeallodd, nid oedd yr un o'r ddau wedi cael gofal tad a mam, na'u cariad, ond roedd Grimpe mewn gwirionedd yn fam a thad cariadus a gofalus i Boîte.

'Pa un ydi Grimpe?' holodd yr arglwyddes.

'Mae o wedi dechrau mynd i Baris bob dydd fel gwarchodwr rhai o'r plant iau,' atebodd Francine. Eglurodd ymhellach mai dyna'r arferiad. Byddai gan bob plentyn oedd â hambwrdd i werthu nwyddau – genethod fel arfer – fachgen hŷn yn ei warchod, a hwnnw fyddai'n cadw llygad arno a'i warchod rhag niwed gan bobl neu blant eraill y stryd. Pwysleisiodd Francine wrthynt fod yn rhaid i'r plant fynd allan i werthu os oeddynt yn iach, gan fod costau bwydo pawb yn aruthrol, ac nad oedd gan y doctor fodd personol i'w cynnal i gyd.

'Ond mae pob un ohonynt yn drwsiadus,' ceisiodd Francine eu sicrhau, ei llais ychydig yn amddiffynol, 'a does dim un yn newynu. Fydda i byth yn gadael iddyn nhw gychwyn allan heb gael brecwast da!'

'Sylwais ar hynny'n syth,' atebodd Elin gyda gwên, gan adrodd hanes ei chyfarfyddiad cyntaf gyda'r ferch fach Marie yn y Palais Royal cyn y Nadolig.

Dechreuodd yr arglwyddes holi Francine am ei gwaith, gwaith ei gŵr, ac am y doctor, gan ddangos diddordeb ym mhob ateb. Roedd Francine wrth ei bodd yn canmol y doctor. Gwaith ei fywyd oedd cymryd plant amddifad y strydoedd o dan ei adain, eglurodd, gan eu gwarchod, eu cynnal a'u hamddiffyn nes y byddent yn ddigon hen i edrych ar eu holau eu hunain. Roedd yn amlwg o'i llais ei bod yn addoli'r doctor ac yn ei alw'n sant. Deuai o deulu cyfoethog, eglurodd, ond i'r teulu hwnnw droi eu cefnau arno pan ddechreuodd wario'i arian ar y tlawd.

Ymhen hir a hwyr, ymddangosodd y dyn nodedig hwn

gan groesi'r glaswellt tuag atynt, a Wiliam wrth ei ochr.
Pan ddaeth y doctor yn ddigon agos i weld wynebau'r
gwesteion yn dda, safodd yn syn. Cipedrychodd ar
Wiliam, cyn troi'n ôl i edrych yn fanylach ar yr
arglwyddes. Yna cofiodd ei foesau, a moesymgrymodd yn
isel.

'Madame?' meddai, ac roedd tinc cwestiwn yn ei lais.
Edrychodd tuag at Elin, yna'n ôl at yr arglwyddes. Roedd
yn amlwg mewn cryn ddryswch. 'Esgusodwch fi,
Madame, ond ... Nid chi ydi ... ?'

Cododd Elin yn frysiog a chyflwyno'r ddau i'w gilydd.

Ysgydwodd y doctor ei ben mewn rhyfeddod.

'Mae'r tebygrwydd yn anhygoel!' ebychodd. 'Mi faswn
i'n taeru mai Mademoiselle d'Orléans oedd yn eistedd
yma!'

Llamodd calon Elin i'w gwddf. Beth petai'r arglwyddes
yn syrthio'n ôl i'w gwewyr wrth i'r doctor diniwed sôn am
yr Orléaniaid? Ond atebodd yr arglwyddes ef mewn llais
gwastad, cyfeillgar.

'Ydych chi'n adnabod Mademoiselle d'Orléans,
Monsieur le docteur?'

'Ydw'n wir,' atebodd yntau. 'Hebddi hi, ni fyddai'r lle
'ma'n bod! Hi sydd wedi ariannu'r cyfan, wyddoch chi.
Mae'n dyled ni iddi'n enfawr. Gwraig arbennig o hael, a
Christion i'r carn! Eiddo duc d'Orléans yw'r tir a'r
adeiladau – a'r pentref – i gyd! Mae eu palas yn y wlad i
lawr y ffordd, yr ochor draw i'r pentref. Mae'r teulu i gyd
yno ar hyn o bryd, yn dianc o wres gormesol y ddinas.
Plygodd ymlaen a sibrwd fel petai'n rhannu cyfrinach â
hi. 'Siaradodd Mademoiselle d'Orléans â'i brawd ar ein
rhan, ac fe gytunodd i ni gael byw yma am ddim! Wir i
chi, mae'r foneddiges yn santes.' Gwenodd arni'n rhadlon
wedi gorffen ei gân o fawl, yna ysgydwodd ei ben unwaith
eto. 'Wir i chi, rydych chi'r un ffunud â hi! Pwy fasa'n
credu'r peth!'

'Mae pawb yn sylwi ar hynny,' atebodd Elin yn frysiog, gan ofni'r gwaethaf. Os oedd y doctor yn meddwl cymaint o Mademoiselle d'Orléans, beth fyddai ei ymateb petai'r arglwyddes yn dechrau egluro mai ei chwaer oedd y wraig nodedig honno? A fyddai'n dod i'r casgliad fod yr arglwyddes yn wallgo, yn llawn ffantasïau rhwysgfarw? A fyddai'n ei gwatwar? Ond na, cywirodd ei hun yn gyflym, roedd yn ddyn rhy garedig i wneud hynny. Edrychodd ar wyneb yr arglwyddes i geisio dyfalu beth oedd ei hymateb. Roedd Maria Stella mor llonydd â delw, ei llygaid ymhell, bell i ffwrdd, ac ni ddywedodd yr un gair. Roedd bron fel petai hithau'n sylweddoli'r perygl o ddilyn y trywydd hwnnw, meddyliodd Elin yn ddiolchgar. Wrth gwrs, yn ystod ei hymweliad cyntaf doedd hi ddim wedi sôn wrth Wiliam na neb arall am achos yr arglwyddes. Nid oedd hyd yn oed wedi croesi ei meddwl, a hithau mor hapus o ddarganfod ei brawd coll!

Manteisiodd Elin ar y distawrwydd i gyflwyno Wiliam i'r arglwyddes, ac wedi iddynt fynd drwy'r confensiynau arferol, awgrymodd y doctor y dylent gael gwydraid bach. Aeth Francine i 'mofyn y gwin iddynt, a dilynodd Wiliam hi i gynnig help llaw. Synhwyrodd Elin fod ei brawd yn teimlo braidd yn anniddig yng nghwmni aelod o'r crachach.

Ailgydiwyd yn y sgwrsio, â'r doctor yn egluro'i waith, a'r holl ofynion ar ei adnoddau prin, ac ymhen ychydig, cynigiodd yr arglwyddes ei helpu orau y gallai, o gofio'i adnoddau prin hithau.

'Rydw i'n gwybod yn rhy dda beth yw tlodi,' meddai wrtho, ac edrychodd yntau arni'n llawn chwilfrydedd, ond nid eglurodd ymhellach. 'Mae'n dda gwybod fod rhywun yn gofidio am y plant druan. Mae'n warth ar ein cymdeithas fod cyn lleied yn cael ei wneud! Faint o blant sydd gennych chi dan eich gofal, syr?'

Siaradodd y doctor yn helaeth, a sylweddolodd Elin

cymaint roedd yn ddibynu ar Wiliam a Francine. Erbyn hyn, roedd Francine a Wiliam wedi dychwelyd ac wedi rhannu'r gwin. Gwenodd Elin ar ei brawd, oedd yn eistedd wrth ei hochr, yn ysu am gael dweud wrtho cymaint roedd hi'n ei edmygu. Dyheai hefyd am gael siarad yn breifat ag ef yn eu iaith eu hunain, ond byddai'n rhaid iddi fod yn amyneddgar.

Yr arwydd cyntaf a gawsant fod rhywbeth o'i le oedd pan ddaeth y cert gyda'r plant hŷn yn ôl yn gynnar o Baris. Rhedodd Grimpe atynt, a'i wynt yn ei ddwrn.

'Maen nhw wedi cloi gerddi'r Palais Royal!' gwaeddodd ac yntau'n dal rhyw ddecllath oddi wrthynt. 'A mae 'na bobol yn cwffio'r heddlu! A dydi hi ddim yn saff i'r plant fod ar y strydoedd, a ...'

Daeth yn nes atynt, wedi colli ei wynt yn llwyr. Ymbalfalodd yn ei grysbais, a thynnu allan bapur newydd oedd wedi dioddef braidd o gael ei wasgu mewn lle mor gynnes. Cynigiodd y papur i'r doctor, a darllenodd hwnnw drwyddo'n frysiog.

'Wel, wir!' oedd ei unig sylw wedi iddo orffen. Cododd ar ei draed yn frysiog a chychwyn yn ôl am yr adeiladau, gan amneidio ar Wiliam i'w ddilyn.

Eisteddodd Grimpe ar y glaswellt yn ymyl Boîte, a gofynnodd Elin iddo beth oedd yn digwydd.

'Gwell i ni fynd adref ar unwaith!' meddai'r arglwyddes mewn dychryn wedi iddo orffen adrodd yr hanes.

'Na, arhoswch yma, cadwch at ein trefniant!' anghytunodd Francine. 'Mae'n dawelach yma, ac yn ddiogelach, rwy'n siŵr! A ph'run bynnag, rydw i wedi paratoi'r ystafelloedd ar eich cyfer.'

Wedi hynny, ceisiodd pawb ymddwyn yn naturiol. Aethpwyd ymlaen â'r cinio canol dydd yn yr awyr agored ynghanol suo'r gwenyn a phoendod y gwybed. Daeth y doctor a Wiliam yn eu holau, ac er i'r doctor geisio'i orau i'w diddanu, roedd cyfnodau o ddistawrwydd pan oedd ei feddwl yn amlwg ymhell i ffwrdd.

Wedi i bawb orffen, cynigiodd Francine i'r arglwyddes gael mynd i'w hystafell i orwedd allan o'r gwres, a derbyniodd hithau'r cynnig yn ddiolchgar. Dechreuodd Elin godi i'w helpu, ond amneidiodd Francine arni i aros lle roedd hi, ac y buasai hi'n cynorthwyo'r arglwyddes. Aeth y ddwy i'r tŷ. Diflannodd y doctor hefyd i gyflawni ei ddyletswyddau yn yr ysbyty bach oedd dan ei ofal. Gadawyd Wiliam ac Elin ar ôl - y plant wedi mynd i chwarae a Grimpe wedi llusgo Boîte i le mwy cysgodol.

'Ddoi di am dro ar hyd glan yr afon?' gofynnodd Wiliam. Cytunodd Elin ar unwaith.

'Rhaid i ti faddau i mi os ydi 'Nghymraeg i braidd yn chwithig,' ymddiheurodd wrthi. 'Alla i ddim dweud wrthyt ti pa mor braf oedd cael sgwrsio yn yr hen iaith y dydd o'r blaen!'

'Rwyt ti'n ei siarad cystal â minnau bob tamaid,' atebodd Elin, 'felly paid â chyboli. Mi sgrifennais i at Mam yn syth ar ôl dy weld di,' aeth ymlaen, 'er mwyn iddi gael gwybod. Mi fydd hi mor hapus o glywed dy hanes, a chael gwybod ei bod hi'n nain i bedwar o'r plant bach dela yn y byd.' Roedd hi wedi sôn wrth Wiliam am salwch eu mam yn ystod ei hymweliad cyntaf, a'r ffordd roedd hi wedi gwaethygu ar ôl marwolaeth eu tad. 'Mi fydd hi'n siŵr o wella o hyn ymlaen.'

Cydgerddodd y ddau'n hamddenol ar hyd glannau afon Seine, a phobman yn dawel o'u hamgylch, mor heddychlon, a'r awel ysgafn yn lliniaru ychydig ar danbeidrwydd yr haul. Cerdded o gysgod un goeden helyg i'r llall, a'r afon yn llifo'n llyfn ac yn llonydd islaw, nes y byddai'n hawdd dychmygu mai stribedyn hir o lyn ydoedd, a thrwy gydol yr amser bu'r ddau'n sgwrsio, yn hel atgofion, yn dysgu am fywydau ei gilydd yn ystod y blynyddoedd maith pan oeddynt ar wahân.

'Faswn i byth wedi dy nabod di,' cyffesodd Wiliam, 'pe bawn i wedi dy weld ar y stryd.'

Edrychodd Elin yn hir i'w wyneb, gan ei astudio o bob cwr.

'Wel, mi faswn i wedi dy adnabod di,' atebodd yn bendant wedi iddi orffen ei harchwiliad.

'Ia, mae'n ddigon hawdd i ti, yn tydi?' ffug gwynodd ei brawd. 'Roeddwn i'n ddyn yn gadael, a thithau'n ddim ond pwtan fach, fach!'

Ochneidiodd Elin yn sydyn, y gwamalu drosodd.

'Pam est ti i ffwrdd, Wiliam?' gofynnodd iddo'n dawel.

Nid ymdrechodd i'w hateb, ond cododd ei ysgwyddau mewn dull oedd mor Ffrengig ei natur.

'Dyna beth rydw i wedi methu ei ddeall dros yr holl flynyddoedd – a Mam hefyd,' aeth Elin ymlaen. 'Mi wnest ti'n brifo ni'n arw, wsti. Fu Mam 'rioed yr un fath ar ôl i ti fynd.' Nid oedd wedi bwriadu ei gyhuddo fel hyn, na throi'r sgwrs i gywair mor lleddf, ond roedd y geiriau wedi dianc o'i genau cyn i iddi allu eu hatal. Ac wedi'r cyfan, onid dyna'r gwir? Roedd yna adegau pan gredai na fyddai ei mam wedi mynd yn sâl fel y gwnaeth pe byddai Wiliam wedi bod adref, hyd yn oed os byddai wedi priodi neu symud i weithio ar fferm arall yn y cyffiniau. Y distawrwydd llethol, y farwolaeth dybiedig, dyna beth a'i lloriodd hi. Disgwyliodd am ateb, ac eto heb ddisgwyl hefyd. Roedd rhan ohoni'n edifar am ofyn y fath gwestiwn ar bnawn mor braf. Ond parhau wnaeth y tawelwch rhyngddynt nes peri iddi ofyn cwestiwn arall.

'Pam na faset ti wedi anfon gair atom ni?'

Llwyddodd i dorri ar fudandod Wiliam.

'Mi wnes i!' protestiodd ar unwaith. 'Mi dalais i fwy nag unwaith i sgwennwr cyhoeddus anfon gair atoch! Mi anfonais i ddweud fy mod yn priodi, ac wedyn pan gyrhaeddodd y plentyn cyntaf. Mi roddais fy nghyfeiriad yn y llythyr, ond chefais i 'rioed ateb!'

332

Edrychodd yntau'n gyhuddgar ar ei chwaer. Safodd Elin yn ei hunfan a syllu i'w wyneb.

'Chawson ni ddim un ohonyn nhw! Yn Ffrangeg oedd y dyn yn sgwennu?'

'Na, mi dalais i fwy o lawer er mwyn cael dyn oedd yn deall Saesneg. Mi ddangosodd o'r llythyr i mi!'

'Wyt ti wedi dysgu darllen felly?' gofynnodd Elin yn hapus, ond nid oedd angen yr ysgwyd pen iddi wybod yr ateb. Roedd yr olwg drist yn ei lygaid yn ddigon. 'Mi gest ti dy dwyllo, felly,' meddai wrtho'n bendant. Ailddechreuodd y ddau gerdded eto. Meddyliodd Elin yn ofalus dros ei geiriau am rai munudau, yna atgoffodd ei brawd am y gwaith roedd Émile a hithau'n ei wneud, y gwaith o ddysgu plant y stryd i ddarllen ac ysgrifennu. Ei bwriad oedd cynnig, yn ddistaw bach, yr un cyfle iddo yntau, ond nid oedd am frifo'i deimladau heb yn gyntaf geisio dyfalu beth fyddai ei ymateb i'r cynnig. Ond aeth Wiliam ar drywydd arall.

'Wnes i ddim deall yn iawn y noson o'r blaen. Émile ydi dy ŵr di, ia?'

Teimlodd Elin y gwaed yn codi i'w gruddiau. Am y canfed tro, melltithiodd ei hun am gael y syniad gwirion o arwyddo'r llythyr â'r enw Martineau. Beth oedd wedi dod drosti? Roedd wedi dioddef cellwair diddiwedd gan Émile, a doedd hi ddim am gyfaddef y cyfan wrth Wiliam eto.

'Nage,' atebodd, cyn ceisio egluro'r sefyllfa a'i dewis anffodus o enw. Hyd yn oed i'w chlust ei hun, roedd ei hesgus yn swnio'n wantan iawn. Erbyn iddi orffen siarad, roedd Wiliam yn gwenu fel ffŵl.

'Dy ddyhead di oedd wedi codi i'r wyneb! Dyna pam y defnyddiaist ti'r enw,' meddai'n hunanfodlon.

Rhoddodd Elin hergwd sydyn i Wiliam, gan ei fwrw'n beryglus o agos at ymyl glan yr afon.

'Cau di dy geg, Wiliam Tomos!' meddai gan gymryd

arni ei fygwyth, ond roedd o'n chwerthin nes bod y dagrau'n powlio. Daeth ati a'i gwasgu i'w frest.

'Mae'n braf cael chwaer fach i dynnu arni unwaith eto!' sibrydodd yn ei wallt. Pan dynnodd Elin ei hun oddi wrtho, sylweddolodd nad dagrau o chwerthin, o angenrheidrwydd, oedd yn ei lygaid. Cofleidiodd hithau yntau, a bu'r ddau ym mreichiau ei gilydd fel petaent yn ceisio gwneud iawn am yr holl flynyddoedd o fod ar wahân.

Wedi iddynt ddod at eu hunain, dechreuodd Wiliam siarad am yr un pwnc eto.

'Mi ddylet ti feddwl am ei briodi o. Mae o'n edrych yn ddyn da.'

Gwylltiodd Elin yn gacwn, a dechreuodd droi arno unwaith eto, ond yng nghefn ei meddwl clywai lais bach yn awgrymu mai'r prif reswm dros ei dicter oedd y ffaith fod Wiliam yn iawn, priodi Émile oedd dyhead ei chalon. Efallai mai dyna pam roedd hi mor ddig.

'Ia, a be dwi i fod i'w ddweud,' gofynnodd yn sarhaus, '"Émile, wnei di fy mhriodi i?"'

'Wel, os nad ydi o'n gofyn gyntaf, efallai y dylet ti!'

Ni theimlai Elin yn ddigon hyderus i'w ateb. Wyddai hi ddim p'run ai chwerthin neu wylltio eto y dylai ei wneud. Roedd y cyfan yn rhy agos at ei dyhead dyfnaf iddi allu gwamalu na dweud celwydd. Ond parhau i siarad wnai Wiliam, ac arbedwyd hi rhag gorfod dweud gair.

'Mi wnes i sylwi ar y ffordd roedd o'n edrych arnat ti'r noson o'r blaen, ond bryd hynny, roeddwn i'n meddwl mai dy ŵr di oedd o,' ychwanegodd yn frysiog. 'Roedd o'n edrych arnat ti fel mae dyn yn edrych ar wraig mae'n ei charu'n fawr.'

Allai hi ddim goddef rhagor o'i siarad. Gwelodd lwyn yn llawn blodau rhyw ugain llath o'r afon, a rhedodd atynt i ddechrau casglu tusw yn anrheg i Francine, a thusw arall i'r arglwyddes. Gwyliodd Wiliam hi mewn distawrwydd. Wedi hynny, aethant yn ôl tuag at La Grange des Hauts Moulins heb grybwyll y pwnc ymhellach.

Wedi noson o droi a throsi, a geiriau Wiliam yn rhedeg drwy ei phen fel tôn gron, deffrodd Elin gan deimlo'n ddiffrwt a blinedig. Clywodd dwrw plant yn chwarae a chwerthin yn y cwrt dan y ffenestr, a suddodd ei chalon. Byddai'n rhaid iddi ddangos wyneb siriol i'r byd, beth bynnag oedd ei theimladau personol. Cododd yn frysiog, a mynd i gynnig cynorthwyo Francine.

Roedd hi, wrth gwrs, wedi blynyddoedd o brofiad, yn berffaith debol o wneud y cyfan ei hunan, ac roedd wedi hyfforddi ei merch hynaf i'w helpu. Roedd y genethod eraill, y rhai hynaf ohonynt, hefyd yn dysgu cadw tŷ drwy ei helpu. Deallodd Elin mai cael gwersi gwnïo fyddai'r rhan fwyaf o'r merched wedi iddynt fynd yn rhy hen i werthu nwyddau. Sylweddolodd, wrth wylio'r merched wrth eu gwaith, fod rhywbeth oeraidd, ystumgraff yn y ffordd roedd meddwl y doctor yn gweithio: defnyddio'r merched bach diniwed, tlws, a'u gwisgo'n daclus ond yn dlawd, er mwyn dylanwadu ar deimladau'r bobl yn y stryd. Byddai'r gwragedd dosbarth canol yn fwy tebygol o brynu nwyddau gan ferch fach drwsiadus na chan blentyn oedd yn rhy boenus o newynog a charpiog yr olwg. Yna, wrth i apêl eu diniweidrwydd leihau gyda'r blynyddoedd, byddai'r doctor yn rhoi'r genethod hyn i weithio fel gwniadwragedd. Ond efallai'i bod hi'n rhy sinigaidd, ceryddodd ei hunan wedyn. Onid bod yn bragmataidd oedd y doctor da?

'Ydi'r arglwyddes wedi codi?' gofynnodd Elin i Francine.

'Ydi. Mae hi wedi brecwasta hefyd, ac wedi mynd i siarad efo'r doctor. Mae'r ddau yn ei swyddfa. Rydw i

335

wrthi'n paratoi diod lemwn iddyn nhw. Ei di â hi draw?'
gofynnodd i Elin.

'Ga' i fynd?' holodd Grimpe cyn i Elin allu ateb.
Penderfynwyd y noson cynt y byddai'r plant i gyd yn aros
yn Neuilly nes y clywid bod yr helyntion drosodd. Dyna a
benderfynwyd yn achos yr arglwyddes hefyd. Roedd yr
arglwyddes a hithau i aros yno nes y byddai'n ddiogel
iddynt ddychwelyd. Chwarddodd Elin ar ei frwdfrydedd.

'Tyrd, mi awn ni'n dau!' meddai wrtho.

Ond fu dim raid i'r un ohonyn fynd draw. Wrth iddyn
nhw gychwyn am y drws, a Grimpe yn cario'r hambwrdd
yn ofalus, cerddodd y doctor a'r arglwyddes i'r gegin.
Roedd golwg fodlon iawn ar wyneb y ddau, a dyfalodd
Elin eu bod wedi cytuno ar swm y byddai'r arglwyddes yn
ei gyfrannu tuag at yr elusen.

Wrthi'n yfed y ddiod lemon iachusol yr oedd pawb, yr
arglwyddes yn llawn hwyl ac yn amlwg yn mwynhau ei
gwyliau byr, ac yn trafod sut i dreulio'r diwrnod, pan
ddaeth dyn i'r drws â neges i'r doctor.

'Beth sy'n bod?' holodd yr arglwyddes mewn braw
wrth weld wyneb y doctor yn newid wrth iddo ddarllen y
nodyn.

'Fy chwaer, y *comtesse*,' eglurodd. 'Mae hi'n ofni am ei
bywyd ym Mharis, ac am gael dod i aros gyda mi yma.'

'Campus!' curodd yr arglwyddes ei dwylo. 'Mi fydd fel
parti yn yr hen amser!'

'Mae fy chwaer mewn oedran mawr,' eglurodd y doctor
gan ysgwyd ei ben. 'Wn i ddim a fyddai'n ddoeth iddi
deithio, heb sôn am deithio pan mae terfysgwyr yn
rheoli'r strydoedd. Ac nid yw'n cert bach ni'n addas iawn
iddi.' Cododd i'w draed. 'Rhaid i mi fynd ati. Wiliam, ddoi
di efo fi?'

Cychwynnodd y ddau tuag at y drws, ond galwodd yr
arglwyddes arnynt i aros am funud.

'Fyddai eich chwaer yn gallu teithio yn fy nghoets i?

Mae croeso i chi ei benthyg i'w chludo hi yma. Rwy'n siŵr y byddai'r foneddiges yn llawer mwy cyfforddus gyda ni fan hyn.'

Petrusodd y doctor am eiliad, yna derbyniodd y cynnig â gwên gynnes. Aeth Wiliam i lawr y stryd i'r stablau lle roedd y goets, y ceffylau a'r gyrrwr wedi aros dros nos, a chyn pen dim roedd ef a'r doctor wedi cychwyn am Baris, a Wiliam yn cario nodyn oddi wrth yr arglwyddes i adael i'w gweision wybod ei bod hi ac Elin yn ddiogel. Aeth Francine ati i baratoi ystafell arall. Pwysodd Elin arni i ddefnyddio'r ystafell wely a roed at ei defnydd hi y noson cynt, a derbyniodd Francine y cynnig yn ddiolchgar. Nid oedd cymaint â hynny o le ychwanegol ganddynt, eglurodd, yn arbennig ystafell a fyddai'n addas ar gyfer chwaer y dcctor. Penderfynwyd y buasai Elin yn cysgu gyda'r genethod hynaf.

Erbyn diwedd y pnawn, roedd pawb yn dechrau pryderu. Doedd dim hanes o'r doctor a'i chwaer, o Wiliam na'r goets.

'Ydach chi am i˙mi fynd i chwilio amdanyn nhw?' gofynnai Grimpe bob rhyw chwarter awr, a'r un fyddai'r ateb bob tro – na.

Erbyn iddi nosi, roedd hi'n amlwg fod rhywbeth mawr o'i le, a phawb yn cadw'i ofnau iddo'i hun er mwyn arbed teimladau'r gweddill. Doedd neb am gyfaddef maint ei bryder, neb am drafod y posibilrwydd fod damwain wedi digwydd neu waeth. Yn lle hynny, byddai un yn dweud, 'Mi fyddan nhw'n ôl cyn bo hir, gewch chi weld!' a phawb arall yn nodio'u pennau mewn cytundeb.

Pan glywyd curo trwm ar y drws, felly, roedd calonnau pawb yn eu gyddfau. Rhedodd Francine i'w agor, a bu bron i Elin lewygu pan welodd Émile yn sefyll yno, a golwg wyllt ar ei wyneb. Pan welodd yntau Elin, rhedodd i mewn i'r ystafell a'i gwasgu yn ei freichiau.

'Diolch i Dduw!' ebychodd. 'Diolch, diolch! O, 'nghariad bach i, rydw i wedi dychmygu pob mathau o bethau erchyll! Elli di ddim dychmygu ...!' Torrodd ei lais, ac ofnai Elin ei fod yn wylo yn ei gwallt. Gwthiodd yn ei erbyn yn dyner.

'Émile, be sy'n bod? Be sy wedi digwydd?' Sylwodd yr un pryd fod pawb arall yn y gegin yn syllu arnynt yn gegrwth, felly arweiniodd Émile at y bwrdd a gwneud iddo eistedd. Aeth Francine ati i baratoi *tisane* iddo, a rhedodd Grimpe o'r ystafell.

'Penderfynodd y doctor y byddai'n well i ni aros yma am ychydig ddyddiau,' eglurodd Elin wrtho, ond nid edrychai fel petai'n ei deall. Agorodd ei geg i siarad nifer o weithiau, dim ond i'w chau hi drachefn cyn i'r un gair ddod o'i enau.

'Ble mae'r doctor? A Wiliam?' gofynnodd o'r diwedd, wedi sylwi mai dim ond merched a phlant oedd yn y gegin. Rhoddodd Francine ddysglaid o'r *tisane* o'i flaen, a dechreuodd ei yfed wrth wrando ar yr atebion.

'Wedi mynd i Baris at chwaer y doctor,' meddai Elin.

'Rhoddais fenthyg fy nghoets a'r ceffylau iddyn nhw fel y gallen nhw ddod â'i chwaer yn ôl atom,' eglurodd yr arglwyddes.

'Ond dydyn nhw byth wedi cyrraedd!' meddai Francine, a'r pryder yn dechrau ei llethu. Syllodd Émile arni heb ddweud yr un gair. Daeth Grimpe yn ei ôl, a photel dywyll yn ei law.

'Brandi'r doctor!' cyhoeddodd dan wenu. 'Rydw i'n gwybod lle mae o'n ei gadw.' Estynnodd wydryn o'r silff a'i osod, ynghyd â'r botel, ar y bwrdd o flaen Émile. Tywalltodd Elin wydraid iddo.

'Wyddoch chi be sy'n digwydd?' ymbiliodd Francine. Cymerodd Émile anadl ddofn.

'Gadewch i mi ddweud yr hyn rwy'n wybod,' meddai.

Disgrifiodd sut yr aeth i rue Vivienne i edrych a oedd

Elin a'r arglwyddes wedi dychwelyd, a chael y newyddion gan Annette fod y goets a'i theithwyr ar goll, ond fod y ceffylau wedi dychwelyd yn reddfol i'w stablau, a golwg wyllt yn eu llygaid. O glywed hyn, dechreuodd Francine igian crio, ac aeth Elin ati i'w chysuro. Aeth Émile yn ei flaen.

'Mi es i'r stablau, a chlywed gan yr ostler fod y tresi wedi cael eu torri â chyllell. Erbyn hynny roedd pawb yn gwybod bod y baricedau wedi dechrau mynd i fyny ar strydoedd y ddinas, a'r dybiaeth oedd fod y goets wedi ei chymryd gan y terfysgwyr i'w defnyddio fel rhan o'u hamddiffyniadau.'

'Ond beth am Guillaume, a'r doctor?' holodd Francine yn dawel.

Ysgydwodd Émile ei ben.

'Fethais i ddarganfod dim. Rhaid i chi gofio mod i'n meddwl mai'r arglwyddes ac Elin oedd y teithwyr. Mi es i o un gorsaf heddlu i'r llall, ond doedd gan neb amser i wrando arna i. "Nid chdi ydi'r unig un!" roeddwn i'n ei gael ganddynt. Wrth gwrs, roeddwn i'n sylweddoli hynny. Mi welais i rai o'r baricedau – mae nhw tua wyth i ddeg troedfedd o uchder! Gwelais sawl pâr o lorpiau yn eu canol. Duw â wyr sawl cert a throl a choets oedd 'na i gyd.'

'Oes 'na lawer o helynt?' gofynnodd yr arglwyddes yn dawel.

'Dechreuodd y milwyr danio ar y dorf o tua phedwar neu bump o'r gloch. Gwnaeth hynny bethau'n llawer gwaeth, wrth sgwrs,' ychwanegodd Émile, a'i lais yn chwerw.

'Oes 'na bobol wedi brifo?' gofynnodd Elin. Nodiodd Émile ei ben.

'Mae nifer wedi eu lladd, ac mae'r terfysgwyr yn defnyddio'r cyrff i annog rhagor i wrthryfela. Maen nhw'n eu cario ar ddorau o amgylch y strydoedd yn bloeddio mai'r brenin sydd wedi llofruddio pobol ddiniwed, ddi-amddiffyn!'

'O, Guillaume!' Roedd Francine druan mewn trallod.

Cofleidiodd Elin ei chwaer yng nghyfraith, a dechreuodd honno wylo yn ei breichiau. Ceisiodd Elin atal ei dagrau hithau. Nid dyma'r amser i ildio, meddai'n ffyrnig wrthi hi ei hun. Nid dyma'r amser i ystyried y posibilrwydd ei bod wedi colli ei brawd wythnosau yn unig ar ôl dod o hyd iddo. Daliodd lygaid Émile dros ysgwydd Francine, a deall ei fod yntau'n meddwl yr un fath. Rhoddodd hynny hwb i'w hysbryd. Gosododd Francine i eistedd wrth ochr yr arglwyddes a gwasgu ei llaw yn dyner. Yna aeth at Émile.

'Allwn ni wneud rhywbeth, tybed?' gofynnodd yn dawel iddo.

'Ble mae chwaer y doctor yn byw?' holodd yntau wedi meddwl am ychydig.

'Yn ymyl rue St Honoré,' atebodd Francine, 'ar rue de la Sourdière, yn ymyl eglwys St Roch.'

Roedd ei hateb yn siom i Émile.

'Mae fan'no ynghanol yr helyntion,' meddai wrth Elin dan ei wynt.

'Dwi'n gwybod lle mae o!' gwaeddodd Grimpe yn llawn cynnwrf. 'Ga' i fynd i chwilio amdanyn nhw?'

'Na chei!' atebodd pawb yn un côr.

'Efallai fod Grimpe yn iawn yn un peth,' meddai Émile yn dawel wedyn. 'Mi ddyliwn i fynd i chwilio. O leiaf mae gen i fwy o wybodaeth rŵan. Mi allwn i weld a ydyn nhw wedi cyrraedd pen eu taith yn ddiogel, ac wedi gorfod aros yno gan fod y terfysgwyr wedi dwyn y goets. Dyna'r eglurhad tebycaf,' ychwanegodd, ei lais yn galonogol. 'Faint o'r gloch wnaethon nhw gychwyn?'

'Tua hanner awr wedi un', dyfalodd Elin, a chytunodd yr arglwyddes a Francine â hi.

'Dewch i mi weld,' meddai Émile, ei dalcen yn crychu

wrth feddwl am yr amseroedd. Yna gwenodd arnynt. 'Rwy'n siŵr eu bod nhw'n ddiogel!' meddai'n bendant. 'Mi fasen nhw wedi cyrraedd erbyn hanner awr wedi dau neu dri o'r gloch, a doedd yr helyntion gwaethaf ddim wedi dechrau bryd hynny.'

Er iddo siarad mor hyderus, penderfynodd Émile y byddai'n dychwelyd i Baris, a mynd â Grimpe gydag ef. Broliai'r bachgen ei fod yn adnabod pob twll a chornel o'r ddinas, ac y byddai'n gallu arwain Émile ar ffyrdd gwahanol pe baent yn cyfarfod terfysgwyr neu filwyr neu'r heddlu. Doedd Elin ddim yn fodlon iawn â'r syniad, ond ni allai amddifadu Francine o'r cysur roedd y cynnig yn amlwg wedi ei roi iddi.

Mynnodd Francine fod Émile yn bwyta rhywbeth cyn dechrau cerdded yn ôl i'r ddinas, a chytunodd yntau'n ddiolchgar.

'Dydw i ddim wedi bwyta drwy'r dydd,' cyfaddefodd yn dawel wrth Elin. 'Allwn i ddim meddwl am fwyd a thithau ar goll!'

Gwasgodd Elin ei law a geiriau ei brawd yn diasbedain yn ei phen. Dyna pryd yr ofnai y byddai'r dagrau'n ei llethu. Trodd ei chefn ar bawb yn gyflym nes iddi allu rheoli ei theimladau. Beth petai popeth yn mynd o chwith, a hithau'n colli ei brawd a'i chariad o fewn yr un diwrnod? Mygodd y syniad gwrthun hwnnw cyn gynted ag y daeth i'w phen, a llwyddo i roi gwên siriol ar ei hwyneb cyn troi'n ôl at y cwmni.

Wedi iddo fwyta, aeth Émile ati i helpu Grimpe i roi Boîte yn ei wely cyn iddyn nhw gychwyn allan. Yna daeth at Elin a rhoi cusan ysgafn ar ei boch.

'Rhaid i ni siarad yn nes ymlaen,' sibrydodd yn ei chlust. Nodiodd hithau ei phen. Wrth i Elin geisio meddwl am eiriau addas i'w ateb, clywodd dwrw o'r cwrt. Eiliadau'n ddiweddarach, agorodd drws y gegin, a daeth Wiliam i mewn.

'O Guillaume!' ebychodd Francine cyn rhuthro i'w freichiau.

Wedi i'r ddau gofleidio, aeth Francine ati'n llawen i baratoi bwyd i'w gŵr, a thra oedd hi'n gwneud hynny eglurodd Wiliam fod popeth yn iawn, fod y doctor wedi penderfynu aros gyda'i chwaer, a'i fod yntau wedi cerdded adref i dawelu meddyliau pawb. Ymddiheurodd i'r arglwyddes nad oedd wedi gallu mynd â'r nodyn am ei diogelwch hi ac Elin i ben ei daith, ac am ffawd ei choets. Roedd Émile wedi dyfalu'n gywir, fod y terfysgwyr wedi dwyn y goets ac wedi torri'r ceffylau'n rhydd o'r llorpiau. Roedd y doctor wedi mynnu bod gyrrwr yr arglwyddes yn aros gydag ef a'i chwaer dros nos, nes y byddai'n ddiogel iddo ddychwelyd i'w gartref ei hun.

XXXII

Cafodd yr hen ddiplomydd ei gario'n araf gan ddau ffwtmon i'r ystafell foethus yn y Pavillon des Flores, ystafell breifat Madame Adélaïde ym mhen draw gerddi'r Tuileries, a golygfa hyfryd o afon Seine drwy ei ffenestri. Moesymgrymodd yn barchus i'r brenin newydd a'i chwaer.

'Talleyrand, fy hen ffrind!' cyfarchodd y brenin ef. 'Tyrd i eistedd fan hyn.'

'Rydych yn rhy garedig,' murmurodd yr hen ddyn, a gosodwyd ef yn y gadair esmwyth gyda chymorth y ffwtmyn. Cerddodd y ddau'n wasaidd gerfydd eu cefnau allan o'r ystafell a chau'r drws heb smic.

Gwenodd y tri ar ei gilydd.

'O'r diwedd,' meddai'r hen ddyn yn fodlon. 'Rydw i wedi cyrraedd anterth fy ymdrechion, ac yn mwynhau ffrwyth fy llafur. Hir oes i'r frenhiniaeth newydd, Louis-Philippe!' Siaradai'r tri'n naturiol â'i gilydd fel hen ffrindiau.

'Ie wir,' meddai Adélaïde, 'mae ein diolch yn fawr i chi, Maurice.'

Plygodd ei ben i dderbyn ei diolch, cyn ychwanegu'n dawel, ei lygaid yn pefrio a'i lais yn llawn direidi, 'Mae llywodraethau'n methu ac yn syrthio, ond ni fethaf fi byth.'

Gwenodd y brenin arno'n rhadlon, gan gydnabod dilysrwydd y geiriau.

'Ac rydym yn awyddus i'th wobrwyo am dy gyfraniad i'r achos,' meddai. 'Mae Adélaïde a minnau am i ti fod yn llysgennad i ni yn Llundain.'

Plygodd yr hen ddiplomydd ei ben unwaith eto, ac unwaith eto atebodd,

'Rydych yn rhy garedig.'

'Ie, rydyn ni'n awyddus iawn i ddatblygu'r cysylltiadau rhwng Ffrainc a Phrydain,' aeth y brenin yn ei flaen. 'Rhaid i ni ffurfio undod cryf i wrthsefyll bygythiadau Rwsia a Phrwsia.'

Cododd Talleyrand ei aeliau.

'Rydych yn gwybod mai heddychwr ydw i bellach,' atgoffodd y cwmni brenhinol. 'Rydw i wedi gweld sut mae trachwant am diroedd yn arwain gwledydd – ac arweinyddion gwledydd – i drybini. Rydych chithau wedi gweld yr un peth.' Cytunodd y brenin a'i chwaer. 'Gwallgofrwydd politicaidd yw ymestyn ffiniau a dwyn tiroedd cenhedloedd eraill, ac i ba bwrpas? Er mwyn ennill ymdeimlad cwbl annilys o rym a chyfoeth, a'r cyfan a wneir mewn gwirionedd yw creu anawsterau gweinyddol anorchfygol i'r rhai sy'n arglwyddiaethu dros y gorchfygedig; chwyddo coegfalchder y concwerwyr ar draul hapusrwydd a diogelwch y bobl sathredig. Dydi hynny byth yn llwyddo.' Ysgydwodd ei ben yn drist. 'Gobeithio nad ydych yn bwriadu amddiffyn a pharhau ag ymosodiad lluoedd Charles X, a'u hymgyrch i orchfygu Algeria? Wnawn ni ddim ond creu trafferthion i'r cenedlaethau i ddod.'

Nid oedd y cwestiwn yn un y bwriadai'r brenin ei ateb, felly newidiodd drywydd y sgwrs. Trafodwyd nifer o faterion ymarferol ynglŷn â'r swydd yn Llundain, polisïau'r brenin tuag at wledydd tramor yn gyffredinol a Phrydain yn benodol. Cyn dirwyn y cyfarfod i ben, cododd y brenin un mater bach arall.

'Ac mae'n anhawster personol dan reolaeth?' holodd y brenin yn anuniongyrchol.

Deallodd Talleyrand ei gwestiwn yn syth. Gwyddai'r hen ddiplomydd fod gweld Arglwyddes Newborough yn agoriad y senedd wedi rhoi ysgytwad i Louis-Philippe, a bod Adélaïde wedi gorfod siarad yn llym ag ef i'w rwystro rhag drwgdybio amgylchiadau ei enedigaeth ei hun.

'Rydwyf wedi gwneud y cyfan a allaf,' atebodd. 'Mae gan

eich mawrhydi holl beirianwaith yr heddlu a'r wladwriaeth yn gefn i chi bellach. Fyddwch chi ddim angen fy nghymorth pitw i.'

'Ond mae popeth dan reolaeth?'

'Hyd yma, ydi. Rydw i wedi trosglwyddo'r holl wybodaeth sydd gennyf i'r heddlu, ac mae un o'm cyn-weision erbyn hyn yn aelod ohonynt.'

'Ie, ond beth yw'r bygythiad mewn gwirionedd?'

Anadlodd yr hen ddiplomydd yn ddwfn cyn ateb. Byddai'n rhaid iddo bwyso pob gair yn ofalus. Oedodd i dynnu ei hances les o'i boced a thagu'n ysgafn iddi tra oedd ei feddwl chwim yn pwyso a mesur pa ateb i'w roi. Oedd hi'n ddoeth iddo dynnu sylw at y ffaith mai'r bygythiad mwyaf oedd y dystiolaeth o'r Eidal? Ac nad oedd o'n bendant beth oedd natur y dystiolaeth honno? Defnyddiodd ei holl brofiad diplomyddol cyn ateb.

'Dim. Mae'r cyfan dan reolaeth.' Oedd, roedd wedi gwneud popeth o fewn ei allu i ddiogelu'r brenin. Rai dyddiau ynghynt, roedd wedi ysgrifennu llythyr at Cardinal Macchi, y Nuncio ym Mharis, fel rhan o'i strategaeth. Hen ffrind i'r cyn-frenin oedd hwn, chwaraewr cardiau penigamp, a hoff bartner Charles X wrth y bwrdd cardiau. Cytunodd y Cardinal ar unwaith i ysgrifennu at ei gyd-weithiwr, Cardinal Albani, yr Ysgrifennydd Gwladol yn Ravenna, i ofyn iddo guddio tystiolaeth y siawnswraig yn archifau cudd y Fatican, pe byddai'r angen yn codi. Nid oedd yr hen ddiplomydd, fodd bynnag, am ddatgelu'r ffaith iddo drosglwyddo'i wybodaeth i gyd i Gisquet, pennaeth yr heddlu cudd a mochyn o ddyn, gyda gorchymyn i gadw'r bachgen, de la Tour, ar yr achos, a'i gadw at un dasg yn unig, y dasg o ddarganfod y llyfr, a dinistrio pob copi ohono. Ac yn sicr nid oedd am ddatgelu ei fod wedi ystyried sut y buasai tystiolaeth (wedi ei chreu ganddo ef, wrth gwrs) fyddai'n cofnodi'n ddigamsyniol enedigaeth Louis-Philippe ym mis Hydref 1773 yn gallu cael ei chynnwys ymysg papurau pwysig eraill y deyrnas. Onid oedd y Chwyldro, a theyrnasiad Napoléon, wedi creu anibendod ymysg papurau swyddogol y deyrnas? Oni fyddai'n hawdd darganfod, maes o law, dogfen o'r fath mewn man annisgwyl, heb boeni'n ormodol sut y daeth i fod yno, heb ei ddarganfod am yr holl flynyddoedd? Byddai hynny'n rhoi taw ar unrhyw amheuaeth a allai godi ei phen yn y dyfodol – pell neu agos.

'Mae'r dystiolaeth am leoliad eich tad ym 1773 yn gadarn yng nghofnodion y Seiri Rhyddion,' meddai o'r diwedd, gan gyfeirio at ddarn arall o dystiolaeth y bu'n gyfrifol amdano. 'Ond a gaf i roi un gair o gyngor i chi?'

Amneidiodd y brenin â'i ben yn gyflym, ac aeth yr hen ddiplomydd yn ei flaen.

'Rhaid i chi sicrhau nad oes neb yn gwneud merthyr ohoni. Dyna'r perygl mwyaf, dybiwn i. Peidiwch â'i bygwth dan unrhyw amgylchiadau, neu mi fydd yn eilun i wrthwynebwyr eich brenhiniaeth o bob cwr. Anwybyddwch hi'n llwyr, ac os bydd unrhyw un yn meiddio dweud gair amdani, cymerwch yr agwedd mai hen wraig wallgof yw hi, ac y dylid tosturio wrthi yn hytrach na'i chosbi.'

'Ond dyna beth ydi hi,' dadleuodd Adélaïde, gan symud yn agosach at y brenin a rhoi ei llaw ar ei fraich. 'Gwraig ynfyd, faleisus, ddiegwyddor! Mae fy mrawd – ac rwy'n pwysleisio'r geiriau fy mrawd – eisoes wedi dioddef yn enbyd o'i herwydd.'

'Wrth gwrs,' cytunodd yr hen ddiplomydd yn syth. 'Drwy ei hanwybyddu'n llwyr, a gadael iddi fyw'n heddychlon ym Mharis, byddwch yn dinistrio'i hygrededd. Bydd pawb yn gwrando ar ei hanes â gwên fach oddefgar, heb gredu gair o'i stori. Na, peidiwch â phoeni: fel siawnswraig wirion y bydd hanes yn ei chofnodi – os cofnodir ei henw o gwbl! Pa hanesydd parchus fyddai'n fodlon peryglu ei enw da drwy adrodd – a derbyn – ei hanes? O bryd i'w gilydd, mae'n siŵr, bydd rhai'n ailgodi ei stori, ond testun sbort i haneswyr go iawn fyddan nhw, rwy'n sicr.'

'Da iawn, wir,' atebodd Adélaïde yn fodlon.

346

XXXIII

Wythnos yn ddiweddarach, roedd Maria Stella, Émile ac Elin yn ôl yn ddiogel ym Mharis, er bod digwyddiadau'r wythnos honno wedi newid eu bywydau'n llwyr. Prin y gwelodd Elin ei chariad yn ystod y dyddiau wedi iddynt ddychwelyd gan ei fod mor brysur yn ei waith. Ond llwyddodd i alw i'w gweld un noswaith, a dod â'r newyddion diweddaraf iddi.

'Wel, mae'r peth yn swyddogol bellach,' meddai wrthi gan ymlacio mewn cadair esmwyth yn y *salon*. Roedd yr arglwyddes eisoes wedi mynd i'w gwely. 'Mae duc d'Orléans bellach wedi derbyn y gwahoddiad i fod yn frenin ar Ffrainc, ac mae pawb yn hapus.' Roedd tinc chwerw yn ei lais. Wythnos ynghynt roedd y dug wedi derbyn y gwahoddiad i lywodraethu Ffrainc â'r teitl o Is-gadfridog y Deyrnas, newyddion a gynddeiriogodd Maria Stella.

'Wn i ddim sut y bydd yr arglwyddes yn ymateb i'r newydd,' atebodd Elin yn bryderus. 'Mae arna i ofn y bydd hi'n colli'i rheswm yn llwyr,' cyfaddefodd wrth Émile.

'Allwn ni wneud dim ond bod yn gymorth iddi,' atebodd yntau. 'Rwyt ti'n garedig iawn wrthi, Elin.'

Cododd Elin ei hysgwyddau, a bu'r ddau'n ddistaw am ennyd.

'Mae gen i un newydd da, beth bynnag,' meddai Émile yn y man.

'O, ia? Beth ydi o?' holodd Elin, a gwên yn dod i'w hwyneb. Roedd yn falch o allu rhoi ei phryder ynglŷn â'r arglwyddes o'r neilltu am y tro.

'Daeth Thiers yn ôl i Baris ddoe, ac mae o am roi'r gorau i redeg y papur newydd. Gwleidyddiaeth ydi popeth ganddo fo rŵan, gan ei fod o'n aelod o Dŷ'r Dirprwyon. Does ganddo fo ddim amser i redeg y papur, medda fo, ac mae Armand Carrel wedi ei benodi'n brif olygydd yn ei le.'

'Da iawn,' atebodd Elin, er ei bod wedi gobeithio clywed newyddion da mwy trawiadol na hynny. 'Rwyt ti'n hoffi gweithio gyda Carrel, on'd wyt ti?'

'Ydw,' cytunodd Émile, 'ond nid dyna fy newyddion, Elin. Mae gen i rywbeth gwell o lawer i'w ddweud wrthyt ti.'

Cafodd Elin y teimlad ei fod o'n chwarae â hi, yn ei goglais, a gwên fach chwareus yn crychu corneli ei lygaid a'i wefusau. Penderfynodd nad oedd am holi ymhellach am ei newyddion os oedd o'n mynd i chwarae triciau â hi. Arhosodd yn dawel nes iddo ildio, a dweud wrthi.

'Is-olygydd oedd Carrel, ac yn awr mae'r swydd honno'n wag. Elin, maen nhw wedi ei chynnig i mi, ac rydw i wedi ei derbyn!'

Curodd Elin ei dwylo mewn llawenydd. Rhedodd ato a rhoi clamp o gusan ar ei wefusau. Gafaelodd yntau ynddi hi a'i thynnu i eistedd ar ei lin.

'O, Émile, rydw i mor hapus ar dy ran di!' meddai Elin wrth bwyso'n ôl yn gysurus yn erbyn ei ysgwydd. Teimlai fel canu grwndi fel cath fach, mor ddedwydd oedd hi. Mwythodd Émile ei chlust â'i wefusau, a chododd hithau ei llaw i anwesu ei ben. Gallasai Elin fod wedi aros felly am byth, meddyliodd, ond pwniodd Émile hi'n ysgafn yn ei hochr.

'Elin,' sibrydodd yn ei chlust, 'mae'n golygu y bydda i'n derbyn cyflog llawer uwch.' Gwthiodd hi i ffwrdd nes bod raid iddi godi oddi ar ei lin, a syllodd hithau'n chwilfrydig i lawr arno. Cododd yntau a chlirio'i wddf. Yna aeth i lawr ar un pen-glin, gan afael yn ei llaw.

'Elin Mair Tomos, wnei di fy mhriodi i?'

Bu'r ddau'n trafod eu dyfodol gyda'i gilydd am beth amser, a daethpwyd i gytundeb y byddai'n rhaid iddyn nhw ddisgwyl am flwyddyn o leiaf cyn y gellid casglu digon o arian i gael lle i fyw eu bywyd priodasol. Ond yr hyn a boenai Elin oedd sut a pha bryd i dorri'r newyddion da i'r arglwyddes. A ddylid dweud wrthi'n syth, ond egluro na fyddai newid i'w bywyd hi am beth amser? Neu a fyddai'n well iddyn nhw gadw'n dawel am y tro, nes y byddai'r sefyllfa boliticaidd wedi tawelu a sadio? Cytunodd y ddau fod dyrchafiad y dug i'r frenhiniaeth yn ergyd andwyol i achos yr arglwyddes, ac wedi trafod ac ochneidio a phoeni, penderfynwyd mai gwell fyddai cadw'n dawel am y tro, o leiaf nes byddai'r arglwyddes wedi cael cyfle i ddod dros y sioc. Gadawodd Émile yn fuan wedyn, gan addo dod yn ôl fore trannoeth i fod yn gefn i Elin pan fyddai'n gorfod egluro wrth ei meistres pwy oedd brenin newydd Ffrainc.

Ymateb cyntaf yr arglwyddes pan glywodd fod Louis-Philippe bellach yn frenin y Ffrancwyr oedd chwerthin yn afreolus. Chwarddodd cymaint nes i Elin ddechrau teimlo'n bryderus yn ei chylch.

'Mae'r Ffrancwyr wedi gosod gwerinwr Eidalaidd uwch eu pennau!' meddai o'r diwedd, ac ailadrodd ei hunan dro ar ôl tro gan chwerthin fel petai hi'n methu dweud rhagor. Yna sobrodd. 'Ond pam hwnnw? Pam hwnnw o bawb? Onid oes gan Charles etifedd? Y bachgen bach?'

Ceisiodd Émile egluro'r sefyllfa wrthi. Roedd yn rhaid iddo gyfaddef mai ei feistr ef, Thiers, oedd un o'r rhai oedd yn bennaf cyfrifol am gynnig y goron i Louis-Philippe.

'Dach chi'n gweld, Madame,' meddai, 'nad oedd dewis arall yn bosib o dan yr amgylchiadau – o leiaf os ydi Ffrainc am osgoi gwrthryfel gwaedlyd arall, a chael ei gelynion yn ymosod ar ei ffiniau unwaith eto. Teimlad Thiers a'i gyfeillion oedd mai dyna'u blaenoriaeth – cadw'r heddwch ar bob cyfrif.'

Syllodd yr arglwyddes arno'n oeraidd, ei cheg yn llinell dynn o anghymeradwyaeth. Ceisiodd Elin ateb cwestiwn yr arglwyddes.

'Mae Charles wedi ffoi o Ffrainc, Madame, ac wedi mynd â'i deulu gydag ef. Roedd arno ofn cael ei anfon i'r gilotîn fel ei frawd hynaf, a gweld ei deulu'n cael eu llofruddio hefyd.'

'Mae Ffrainc wedi ei hollti'n sawl carfan,' eglurodd Émile ymhellach, a'i lais yn fwy taer. 'Mae angen ffigwr i arwain y wlad, rhag i anarchiaeth gymryd drosodd. Ond pa ddewis sydd yna? Mae llawer iawn o bobl yn dal i gefnogi Charles, er ei fod wedi ffoi, ac eraill, y gweriniaethwyr, am gael yr hen gadfridog La Fayette yn arweinydd arnynt. Byddai'r ddwy garfan yna'n sicr o wrthdaro yn erbyn ei gilydd o fewn dyddiau, felly penderfynodd Thiers a'i ffrindiau gynnig trydydd opsiwn – cael brenhiniaeth, ond heb un o'r Bourboniaid yn frenin. Wrth gynnig y goron i Louis-Philippe d'Orléans, roedden nhw'n cadw'r brenhinwyr yn dawel, ac yn bodloni'r gweriniaethwyr i raddau trwy roi amod ar y frenhiniaeth, sef fod Louis-Philippe yn arwyddo siarter newydd, ac yn llywodraethu'r wlad ar batrwm brenhiniaeth Lloegr.'

Roedd Elin yn falch nad oedd Émile wedi ychwanegu'i deimlad ei hun, sef mai rhyw gyfaddawd hanner-ffordd oedd y cyfan. Oedd, roedd yn ddigon diddrwg didda i gadw pawb yn dawel dros dro, ond roedd Émile wedi cyfaddef wrthi ei fod o'n rhag-weld rhagor o drwbwl yn y dyfodol.

Roedd yr arglwyddes wedi gwrando'n dawel ar eiriau Émile, ond nid oedd wedi ymateb iddynt. Cipedrychodd Elin ac Émile ar ei gilydd, a gwelodd ef yn codi'i ysgwyddau'r mymryn lleiaf arni. Cododd i'w draed a moesymgrymu i'r arglwyddes.

'Os gwnewch chi fy esgusodi, Madame la baronne, mae'n rhaid i mi ddychwelyd at fy nghwaith. Rydw i newydd gael dyrchafiad i fod yn is-olygydd *Le National*.'

Llwyddodd yr arglwyddes i'w longyfarch, a dymuno'n dda iddo. Ond cyn iddo adael yr ystafell, roedd hithau wedi codi ac wedi mynd. Ffarweliodd Elin ac Émile â'i gilydd yn frysiog ond yn gariadus, ac wrth i Émile adael yr ystafelloedd, prysurodd Elin at ei meistres.

Rai dyddiau'n ddiweddarach, galwodd ymwelydd arall i weld yr arglwyddes. Wrthi'n edrych drwy lawysgrif yr arglwyddes yr oedd Elin ar y pryd, i sicrhau ei bod yn barod ar gyfer ei phrintio. Roedd Maria Stella, er gwaethaf ei nosweithiau di-gwsg yn dilyn dyrchafiad Chiappini, fel roedd hi'n ei alw, i'r frenhiniaeth, yn fwy pendant nag erioed ei bod hi'n mynd i gyhoeddi ei hunangofiant a thaflu sialens i'r brenin newydd. Roedd yn warth, mynnodd, fod gwerinwr Eidalaidd yn cael smalio bod yn frenin, ac roedd yn ddyletswydd arni hi, Maria Stella, i oleuo'r werin Ffrengig ynglŷn â'r gwir sefyllfa.

Pan gyhoeddodd y ffwtmon wrthi fod M. Lafont d'Aussonne wedi galw i weld yr arglwyddes, a gofyn a ddylai adael iddo ddod i mewn ai peidio, cofiodd Elin yn sydyn am ei hesgeulustod, a suddodd ei chalon mewn euogrwydd. Yn dilyn yr helynt gyda'r arglwyddes, a'i salwch wedyn, yna'r wefr o gyfarfod ei brawd, roedd wedi llwyr anghofio am orchymyn yr arglwyddes ei bod yn sgwennu at Lafont d'Aussonne i ddweud wrtho fod ei gyflogaeth ar ben. Ac yn awr roedd y dyn yma, dan y gamddealltwriaeth fod croeso iddo o hyd. Meddyliodd Elin yn gyflym, a dod i benderfyniad. Gofynnodd i'r ffwtmon hebrwng yr ymwelydd ati hi. Wedi'r cyfan, roedd hi wedi cymryd at yr hanesydd bach, a heb deimlo'r un amheuaeth yn ei gylch ag a deimlai'r arglwyddes. Ni fyddai'r dasg o'i blaen yn un hawdd, ond roedd yn rhaid iddi dderbyn ei chyfrifoldeb ac egluro'r sefyllfa i'r dyn mewn ffordd mor gwrtais â phosib. Gwahoddodd ef i eistedd, a chynnig lluniaeth iddo, ond y funud honno, daeth yr arglwyddes i'r ystafell. Arhosodd yn stond pan welodd Lafont d'Aussonne. Syllodd arno fel petai'n gweld rhith. Cododd d'Aussonne a moesymgrymu, yn anymwybodol o'r effaith roedd ei bresenoldeb yn ei chael arni. Neidiodd Elin i'w thraed a chroesi'r ystafell yn frysiog at yr arglwyddes, gan ei rhoi ei hunan rhwng yr hanesydd a'i meistres fel petai'n disgwyl ymosodiad corfforol arno.

'Wnes i ddim anfon y llythyr,' eglurodd yn frysiog mewn llais isel. 'Mae'n ddrwg gen i, Madame, ond mi wnes i anghofio ...'

'Madame la baronne,' torrodd llais d'Aussone ar ei thraws, 'rydw i wedi dod yma heddiw i ymddiheuro, ac i gynnig cyngor i chi.'

Cododd yr arglwyddes ei haeliau. Cerddodd heibio i Elin gan ei hanwybyddu, a mynd i eistedd yn ei hoff gadair ger y lle tân. Wedi iddi gynnal sioe o'i gwneud ei hun yn gyffordddus, trodd at yr hanesydd, oedd bellach wedi aileistedd.

'Ia? A beth yw'ch ymddiheuriad a'ch cyngor, *monsieur*?'

Cliriodd yr hanesydd ei wddf a phlethu ei fysedd, fel petai'n rhedeg dros ei eiriau yn ei feddwl am y tro olaf cyn eu datgan.

'Madame, mi wyddoch fod gen i barch mawr atoch, a mod i'n credu yn eich achos cant y cant ...' pesychodd yn nerfus cyn mynd ymlaen, '... ond mae'r sefyllfa wedi newid yn llwyr. Mae duc d'Orléans bellach yn frenin Ffrainc. Mae'n ddrwg iawn gennyf.' Tawodd yn sydyn, fel petai hynny'n dweud y cyfan.

'Ie?' meddai hithau mewn ffordd awgrymog. Ai ddim yn deall arwyddocâd ei eiriau roedd hi, meddyliodd Elin, neu a oedd hi am orfodi'r dyn i ymlwybro'n drafferthus drwy'r holl broses ddiflas o esbonio?

Agorodd d'Aussonne ei ddwylo.

'Madame, yr amgylchiadau, y goblygiadau! Un peth ydi dod ag achos cyfreithiol yn erbyn duc d'Orléans, peth gwahanol iawn yw dwyn achos yn erbyn y brenin!'

'Wela i ddim fod yna wahaniaeth o gwbl!' atebodd yr arglwyddes yn siarp. 'Yr un dyn ydi o, ynte? Yr un yw'r ffeithiau. Yr un gwirionedd.'

Dechreuodd d'Aussonne edrych yn daer oddi wrth yr arglwyddes at Elin.

'Ond wnân nhw ddim gadael i chi! Mae holl beirianwaith y frenhiniaeth a'r llywodraeth y tu cefn iddo rŵan, ac yn eich erbyn chwithau! Does gennych chi ddim gobaith!'

'Beth sy'n iawn sy'n iawn!' atebodd yr arglwyddes. 'Dydw i ddim yn gofyn am goron Ffrainc! Mi gân nhw gadw'u coron, diolch yn fawr! Y cyfan rydw i ei eisiau ydi cyfiawnder! Cyfiawnder i mi a fy nheulu!'

Syllodd Lafont d'Aussonne yn hir ar ei ddwylo. Roedd golwg mor drist arno, meddyliodd Elin. Yna cododd ei ben ac edrych ar yr arglwyddes.

'Gwrandewch, Madame. Cyn i hyn oll ddigwydd, roeddwn i wedi cael syniad. Roeddwn i wedi gweithio'r cyfan allan.' Ysgydwodd ei ben yn drist. 'Roeddwn i wedi paratoi llythyr i'r dug ar eich rhan – mae o wedi bod yn garedig iawn wrthyf yn y gorffennol – gan i mi deimlo y byddai gan fy llais rhyw ddylanwad arno! Roeddwn am ofyn iddo ddod i gytundeb â chi, rhoi iawndal i chi am ...'

Tybiodd Elin am eiliad y byddai'r arglwyddes yn ei daro. Neidiodd i'w thraed a sefyll uwch ei ben yn ddramatig.

'Byth! Byth, byth, byth! Y cyfan neu ddim, dyna fy arwyddair o'r dechrau un! *Vaincre, ou mourir comme j'ai vécu; tout ou rien!* Wna i *ddim* cyfaddawdu.'

Cododd d'Aussonne yntau.

'Ond Madame, meddyliwch am y canlyniadau! Mi allasech gael eich cyhuddo o deyrnfradwriaeth!' Tynnodd ddarn o bapur o'i boced a'i gynnig iddi. 'Edrychwch, rydw i wedi dod â'r llythyr i chi ei weld, ac mi fuaswn i'n fodlon cael gair bach preifat yng nghlust Dupin, twrnai'r brenin, ac efallai yn ddistaw bach y byddech chi'n cael iawndal am yr hyn ddigwyddodd i chi ...'

'Dydd da, syr!'

Syllodd yn drist ar wyneb anghymodlon yr arglwyddes cyn troi tuag at y drws. Rhoddodd y papur ar y bwrdd wrth ei ochr. Oedodd wrth y drws a throi ei ben, yna'i gorff cyfan.

'Caniatewch i mi ddweud hyn, f'arglwyddes. Mae gen i gydymdeimlad mawr tuag atoch, ac mae'n loes calon i mi eich gadael fel hyn. Ystyriwch fy ngeiriau. Fydd yna ddim ond poen a thrallod i chi os dilynwch eich trywydd presennol. Rydw i'n sicr o hynny. Bydd pob drws yn cael ei gau yn eich wyneb, ac ni ddaw cyfiawnder byth i'ch rhan. Mae'r llwyfan wedi newid yn gyfan gwbl. Ewch yn ôl i Gymru, neu at eich teulu yn Rwsia. Ceisiwch ychydig hapusrwydd gyda'ch teulu. Mwynhewch weddill eich bywyd. Fydd 'na ddim cysur yn Ffrainc i chi bellach.'

Trodd yr arglwyddes ei chefn arno, a gadawodd M. Lafont d'Aussonne. Croesodd Elin yn gyflym at y bwrdd a chuddio llythyr d'Aussonne cyn i'r arglwyddes gael cyfle i'w ddinistrio. Ni allai esbonio pam y gwnaeth hynny, petai rhywun wedi ei holi, os nad oedd oherwydd iddi deimlo mai hi oedd yn gyfrifol am annifyrrwch y cyfarfod. Roedd hi hefyd yn llawn chwilfrydedd am gael gwybod beth oedd yr hanesydd wedi ei ysgrifennu at duc d'Orléans.

Cyn gynted ag y clywodd glep y drws allan, bywiogodd yr arglwyddes drwyddi.

'Iawn, mi wn i sut mae'r gwynt yn chwythu rŵan!' meddai hi'n selog. 'Tyrd, Hélène, mae gennym ni lythyr i'w sgwennu.'

'Llythyr, Madame?'

'Ie, at Spencer yn Llundain. Mae'r dyn yna wedi esbonio nad oes gen i obaith cael Ffrancwr i gyhoeddi fy llyfr, felly rhaid troi at Lundain. Rhaid i mi ofyn i fy mab drefnu popeth. Mi elli dithau orffen gwneud yn sicr fod popeth yn barod i'w bostio.'

Wedi i'r arglwyddes fynd i newid ei dillad ar gyfer cinio'r nos, dechreuodd Elin ddarllen y llythyr a adawodd Lafont d'Aussonne. Aeth trwyddo'n gyflym, a'i hargraff gyntaf oedd fod yr hanesydd yn feiddgar iawn os oedd yn fodlon anfon llythyr mor ddiflewyn-ar-dafod at y duc d'Orléans. Roedd hyd yn oed yn dweud, yn blwmp ac yn blaen, fod y brodyr Chiappini (oedd yr un ffunud â'u tad, yn ôl tystion yn yr Eidal) yn debyg ryfeddol i duc d'Orléans ei hun. Yn sicr, ystyriodd Elin wedyn, doedd dim yn y llythyr a fyddai'n rhoi'r argraff fod yr hanesydd yn gweithio i Louis-Philippe yn hytrach nag i'r arglwyddes. Pe byddai'r arglwyddes ddim ond wedi bod yn fodlon ei ddarllen, meddyliodd Elin yn siomedig, fe fyddai wedi gweld drosti ei hunan pa mor ddiffuant oedd d'Aussonne. Yn lle hynny, roedd wedi dewis gwrando ar eiriau ffug Christophe! Ond dyna fo, roedd popeth yn y gorffennol bellach.

Daeth Richard, y ffwtmon, i'r ystafell a chyhoeddi bod

M. Christophe de la Tour yn y cyntedd yn dymuno cael gair â hi.

'Christophe?' atseiniodd Elin mewn braw, ond cyn iddi allu dweud wrth y ffwtmon nad oedd hi gartref, brasgamodd Christophe i'r ystafell, ei freichiau ar agor led y pen a gwên fawr ar ei wyneb.

'Elin, llongyfarchiadau!' cyfarchodd hi gan ei hanwesu a'i chusanu ar bob boch. 'Newydd weld Émile ger Tŷ'r Dirprwyon – y fi'n ymweld â 'Nhad, ac yntau â Thiers – ac fe ddywedodd y newyddion wrthyf. Llongyfarchiadau. Pa bryd mae'r briodas?'

'Does dim wedi ei benderfynu eto,' atebodd Elin yn stiff. Roedd hi'n gandryll efo'r dyn. Sut feiddiai o gerdded i mewn fel hyn, fel petai'n ffrind mynwesol iddi? Doedd hi ddim hyd yn oed wedi ei weld ers misoedd, a dyma fo'n disgwyl cael croeso! Sut oedd o'n gallu bod mor wynebgaled a haerllug? A phrin mai cyd-ddigwyddiad oedd ei fod wedi gweld Émile, ac yntau wedi rhoi'r newyddion iddo. Dim ond neithiwr yr oedd Émile wedi gofyn iddi ei briodi! Sut felly oedd hwn yn gwybod yn barod?

Roedd Richard y ffwtmon wedi eu gadael yn dawel, ac er mawr siom i Elin, gwnaeth Christophe ei hun yn gyffordus yn hoff gadair yr arglwyddes. Penderfynodd nad oedd hi am gynnig ymborth i'r diawl, pa mor gartrefol bynnag roedd o am wneud ei hun. Felly arhosodd yn ei chadair ger y bwrdd, gan edrych arno'n ddisgwylgar. Gan ddal i syllu arno, gwthiodd lythyr d'Aussonne, mor ddiffwdan ag y gallai, dan bentwr o bapurau. Gobeithiodd nad oedd Christophe wedi sylwi. Syllai Christophe yn ôl arni heb ddweud yr un gair nes peri i Elin dorri ar y distawrwydd.

'Dydw i ddim wedi eich gweld ers amser. Eisiau gair â'r arglwyddes ydych chi?'

'Na, na! Rydw i mor ymwybodol â chi o dreigl amser, ac yn ymddiheuro am eich esgeuluso. Digwydd pasio roeddwn i gynnau fach, a phenderfynu eich llongyfarch. Rydw i'n siŵr y bydd y ddau ohonoch yn hapus iawn.'

Tybiodd Elin iddi glywed tinc sarhaus yn ei lais wrth iddo ynganu'r frawddeg olaf, ond penderfynodd ei anwybyddu. Sylwodd hefyd fod ei leferydd yn od o herciog, ac fe gâi'r teimlad fod Christophe yn ceisio arwain y sgwrs at bwnc arbennig, pwnc nad oedd hi eto'n ymwybodol ohono.

'Rhyfedd i chi weld Émile heddiw, ac yntau'n dweud nad ydi o wedi'ch gweld chi ers wythnosau yng nghyfarfodydd y Café d'Auvergne,' meddai wrtho.

'Na, wel, mi wyddoch sut mae pethau. *Tempus fugit* ac ati. Wedi bod yn arbennig o brysur, a dweud y gwir, gyda'r frenhiniaeth newydd ac ati.'

'Mae'n siŵr fod eich tad wedi ei lorio gan y newid.'

Cafodd Elin y pleser o weld Christophe yn edrych arni'n ddryslyd, cyn iddo gofio'i stori flaenorol am ei dad fel un o'r *ultras*. Roedd Elin wedi amau ers tro mai esgus oedd y tad eithafol o geidwadol hwnnw yr arferai Christophe gyfeirio ato a'i ddyfynu bob tro y byddai'n broffidiol iddo.

'O, ie, wel, mae'n rhaid symud efo'r oes, on'd oes?' atebodd Christophe. 'Mi ddaw i ddygymod mewn amser, mae'n siŵr. Na, fel roeddwn i'n ceisio'i ddweud, rydw innau wedi cael swydd newydd ...'

'Swydd newydd? Wyddwn i ddim eich bod yn gweithio o gwbl. Roeddwn i'n arfer meddwl mai gŵr bonheddig oeddech chi!'

Trawodd y saeth ei tharged. Cafodd Elin y pleser o weld ei gorff yn sythu, ond arhosodd y wên ar ei wyneb, er ychydig yn llai gwresog y tro hwn. Paratodd Elin i anelu ergyd arall.

'Dydi o'n rhyfedd fel mae pawb wedi elwa o'r newid yn y frenhiniaeth!' dechreuodd, ond roedd Christophe yn rhy gyflym iddi.

'Pawb ond yr arglwyddes, mae arna i ofn!' meddai, a'i lais yn llawn cydymdeimlad. Yn yr hen ddyddiau, buasai Elin wedi ei thwyllo ganddo, ond erbyn hyn roedd yn ei adnabod yn well. Nid atebodd ei sylw, ond yn hytrach bu'n dawel a gadael i Christophe lywio'r sgwrs, pob un o'i synhwyrau'n effro ac yn wyliadwrus.

'Beth mae hi am ei wneud rŵan?' gofynnodd Christophe. 'Ydi hi am roi'r gorau i'r achos?'

Felly! Eisiau gwybod bwriad yr arglwyddes oedd o, meddyliodd Elin. Wel, doedd hi ddim am ei oleuo.

'Wn i ddim,' atebodd, gan godi ei hysgwyddau. Gobeithiodd ei bod yn gallu dweud celwydd llawn cystal ag yntau. 'Dydi hi ddim wedi trafod y mater gyda mi hyd yma.'

Cododd ei aeliau fel petai'n awgrymu bod yn anodd ganddo gredu hynny, ond wnaeth o ddim o'i herio.

'Ydi hi wedi anfon y gwaith at argraffwyr neu gyhoeddwyr bellach?'

'Dydw i ddim yn credu,' atebodd Elin, gan ysgwyd ei phen yn araf. Y pnawn hwnnw roedd hi wedi anfon Annette gyda'r llawysgrif yn ddiogel mewn parsel i'w gludo i fanc Coutts. Fe ddylai fod ymysg eu llythyrau i Lundain bellach, meddyliodd yn fodlon. 'Allwch chi gymeradwyo argraffwyr da?' holodd yn ddiniwed.

Anwybyddodd ei chwestiwn.

'Mae M. d'Aussonne wedi gorffen ei waith, felly?'

'Beth sy'n gwneud i chi ofyn hynny?'

Am y tro cyntaf, edrychodd Christophe arni'n syn, fel petai hi newydd dynnu ei thafod allan arno. Syllodd arni am rai eiliadau'n hwy nag oedd yn gwrtais.

'O, dim ond diddordeb mawr yn yr arglwyddes,' atebodd o'r diwedd. 'Mae hi'n wraig unigryw – rydw i'n hoff iawn ohoni.'

Wyt rwy'n siŵr, meddyliodd Elin yn sarrug, gan roi

gwên fach dila iddo. Roedd hi wedi dechrau blino ar y cyfarfod.

'Ydi o'n fodlon dal ati i gynorthwyo'r arglwyddes? Ydi o'n dal i gredu ei stori?'

'Stori? Be dach chi'n ei feddwl, *dal i gredu ei stori*?' Gadawodd i'w llais galedu mewn dicter. 'Y gwir ydi o. Pob gair!' Brathodd ei thafod rhag iddi ddweud rhagor. Doedd hi ddim am dynnu M. d'Aussonne i unrhyw drybini drwy adrodd hanes ei ymweliad.

Ymadawodd Christophe yn fuan wedyn. Gwnaeth esgus fod yr amser wedi rhedeg drwy'i ddwylo, ac y byddai'n rhaid iddo fynd. Digon oeraidd oedd ymddygiad Elin wrth iddi ffarwelio ag ef, ac yn sicr ni wahoddodd ef i alw heibio eto.

Wedi iddo ymadael, teimlai flas drwg yn ei cheg. I feddwl ei bod hi ar un adeg – beth, prin flwyddyn yn ôl? – wedi credu ei fod yn ŵr ifanc deniadol, golygus, ac wedi tybio'i bod mewn cariad ag ef! Roedd rhywbeth tywyll-odrus ynglŷn â'r dyn. Daliai i deimlo'n anghyfforddus wrth feddwl am y ffordd roedd Christophe wedi darganfod lleoliad ei brawd, heb neb amlwg yn ei gynorthwyo. Ond yn bennaf, rhyfeddai at y ffordd roedd ganddo ddigon o ddylanwad i allu cael seddau mor arbennig ar eu cyfer – neu o leiaf ar gyfer yr arglwyddes – pan agorwyd y senedd. Po hiraf roedd hi'n adnabod Christophe, meddyliodd, y lleiaf roedd hi'n ei wybod amdano.

XXXIV

'Rydw i'n dal i ryfeddu! Alla i ddim anghofio'r olygfa!' meddai Armand Carrel wrth geisio paratoi erthygl i'w bapur newydd. Doedd ei feddwl yn amlwg ddim ar ei waith.

Cododd Émile ei ben o'i waith ei hun. Roedd ganddo syniad gweddol dda beth oedd yn mynd drwy feddwl Carrel – clywsai'r un ebychiadau ryw ben bob diwrnod ers dyddiau'r chwyldro. Taflodd Carrel y papur o'i law a gwthio'i fysedd drwy ei wallt nes roedd ei gorun yn edrych fel llwyn o ddrain, yna ymestynnodd ei freichiau a dylyfu gên.

'Pwy fasa'n credu y byddai'r dyn cyffredin, y gweithiwr yn y stryd, yn mentro'i fywyd dros achos y cyfansoddiad! Glywaist ti nhw? Yn bloeddio'u cefnogaeth i'r Dirprwyon! Alli di feddwl am griw llai rhamantus nag aelodau'r senedd i'r dorf eu addoli?' Chwarddodd yn ysgafn. 'Honni fod y Dirprwyon yn gwybod am eu hanghenion yn well na'r hen frenin.'

'Bosib fod hynny'n wir,' atebodd Émile, er gwyddai yn ei galon mai anwybyddu'r tlawd a'r anghenus wnâi'r Dirprwyon *bourgeoisie* hunanfodlon hefyd, os na roddid ambell broc i'w hatgoffa. Aeth y ddau'n ôl at eu gwaith.

Roedd y swyddfa wedi tawelu am ychydig, Thiers a Mignet wedi gadael y gwaith dydd-i-ddydd i Carrel ac yntau tra oeddent hwythau'n brysur yn cynorthwyo'r brenin newydd i sefydlu ei lywodraeth a'r cyfansoddiad.

Roedd Cavaignac yntau allan ar berwyl rhyw stori neu'i gilydd. A dweud y gwir, roedd y ddinas gyfan wedi tawelu erbyn hyn, ac eto gallai Émile deimlo, wrth gerdded ei strydoedd, mai'r tawelwch a geir ynghanol y storm ydoedd, ac y byddai'r dymestl yn anochel yn codi eto. Roedd y ddinas fel crochan o *bouillabaisse* yn ffrwtian yn dawel, ond pe byddai'r gwres yn cael ei gynyddu, unrhyw ddigwyddiad yn codi gwrychyn y bobl, yna byddai'r swigod yn codi ac yn ffrwydro i bob cyfeiriad.

Cofiodd Émile yn sydyn am y stori a glywsai gan y doctor wedi i hwnnw ddychwelyd yn ddiogel gyda'i chwaer i Neuilly rai dyddiau wedi i'r chwyldro ddod i ben. Aethai allan yn ystod yr ymladd, meddai'r doctor, i gynorthwyo'r cleifion, ac roedd wedi synnu o weld cymaint o ddynion yn gwisgo lifrai gwahanol, a hynny nid yn unig ymysg milwyr y brenin. Adroddodd Émile yr hanes wrth Carrel.

'Roedd dynion o bob oed wedi tynnu eu hen wisgoedd milwrol o'u cistiau er mwyn ymuno yn y chwyldro,' meddai. 'Gwelodd Dr Pépineau lifrai o gyfnod y Weriniaeth, yr Ymerodraeth, a hyd yn oed rai o oes Louis XVI! A thybiodd fod pob un o'r Gwarchodlu Cenedlaethol wedi cadw a chuddio'i lifrai a'i arfau ar ôl i'r hen frenin Charles eu dadfyddino'n gynharach eleni, ac wedi eu tynnu allan yn orfoleddus ar gyfer y chwyldro!'

'Cyfleus iawn,' atebodd Carrel yn sychlyd. 'O leiaf mae La Fayette wedi cymryd arno'i hun i'w hailsefydlu rŵan.'

Yn fuan wedyn daeth Thiers i'r swyddfa, a'i wynt yn ei ddwrn.

'Lle mae Cavaignac?' holodd.

'Allan yn rhywle,' atebodd Carrel. 'Pam?'

'Elli di gael gafael arno fo, Émile?' gofynnodd Thiers gan anwybyddu'r cwestiwn. Edrychai'n llawn pwysigrwydd, pob modfedd o'i gwta bum troedfedd yn datgan prysurdeb a chyfrifoldeb y gŵr y dibynnai'r wlad arno.

'Elli di roi neges iddo fo i'm cyfarfod yma ddiwedd y pnawn, gyda'i ffrindiau, Bastide a Thomas?'

Cytunodd Émile, ond cuddiodd y wên oedd yn bygwth ymddangos ar ei wyneb wrth glywed yr enw Thomas. Roedd y defnydd deublyg o'r enw wedi ei daro o'r diwrnod cyntaf iddo gyfarfod Elin Mair Tomos, y cyfenw'n gyfarwydd yn y ddwy iaith er iddynt gael eu sillafu'n wahanol. Gwyddai'n iawn nad brawd Elin y cyfeiriai Thiers ato.

'A tyrd tithau hefyd – a dwêd wrth Cavaignac am dacluso'i hun am unwaith!' ychwanegodd Thiers wrtho.

'O'r gorau, syr. Mae gen i syniad reit dda ble mae o,' cytunodd Émile, ac aeth allan i chwilio am Cavaignac.

Brysiodd yn syth tuag at fwyty Lointier. Byddai'r tri yno'n cael eu cinio gobeithiai. Wrth gerdded, cofiodd fel y pwysodd Cavaignac arno, wedi iddynt glywed fod y Dirprwyon am gynnig Is-gadfridogaeth y deyrnas i Louis-Philippe, duc d'Orléans, i ddod i gyfarfod rhai o'i ffrindiau yn yr union fwyty hwnnw. Dyna pryd y sefydlwyd La Société des Amis du Peuple, ac Émile yn un o'r aelodau cyntaf. A bellach, roedd y dug yn frenin, a Cavaignac a'r gymdeithas yn gandryll. Nid oedd yntau'n rhy hapus gyda'r datblygiadau, cyfaddefodd Émile wrtho'i hun, nid yn gymaint oherwydd ei fod yn weriniaethwr fel Cavaignac a rhai o'r lleill, ond yn hytrach oherwydd ei wybodaeth am Arglwyddes Newborough, a'i honiadau am y cyfnewid. Hyd yma, nid oedd wedi sôn am Elin a'i meistres wrth ei ffrindiau na'i gyflogwyr, heblaw am ei ymdrech fisoedd ynghynt i sgwennu am yr arglwyddes, pan ddywedodd yr hanes wrth Sautelet druan. Rhoddodd y gorau i'r syniad hwnnw wedi i Sautelet gael ei arestio, ac yn ddi-weddarach ladd ei hun. Bellach, a ddylai ddatgelu ei wybodaeth, neu gadw'n fud? Ta waeth, penderfynodd wrth gyrraedd y bwyty, digon i'r diwrnod ei ddrwg ei hun.

Doedd dim angen gwneud penderfyniad rŵan. Yn y cyfamser, taw piau hi.

Yn hwyrach y noson honno, roedd wrthi'n yfed gwydriad o win yn y Café d'Auvergne gyda'i ffrind André Lamarolle ac yn dweud yr hanes. Roedd Thiers wedi cadw'r cyfan yn gyfrinach, ac nid tan i'w *fiacre* droi i mewn i'r Palais Royal y dechreuodd Émile amau beth oedd i ddod. Roedd y lle, fel arfer, yn llawn pobl o bob haen o gymdeithas. Testun siarad Paris gyfan oedd ymddygiad annaturiol o naturiol y brenin newydd, ymddygiad cyfeillgar, agos-atoch oedd mor wahanol i ddull urddasol, rhwysgfawr y Bourboniaid. Ychydig ddyddiau wedi'r chwyldro, gwelodd – a chlywodd – Émile ef yn sefyll ar risiau ei balas yn canu'r 'Marseillaise' gyda nifer o weithwyr y ffyrdd. Roedd hyn, hefyd, wedi dod yn arferiad dros y dyddiau dilynol, pawb eisiau cael y profiad o ganu'r gân weriniaethol gyda'r brenin newydd. Pan soniodd am hyn wrth Thiers, roedd hwnnw wedi dweud ei fod wedi cynghori'r brenin i fod yn ofalus i beidio â chanu cymaint ar y gân arbennig honno; yna adroddodd ateb y brenin: "Syr, rwy'n canu, ond rhoddais y gorau i ddweud y geiriau ers talwm."

Hebryngwyd Thiers a'r dynion eraill i ystafell oedd yn debyg iawn i swyddfa, neu lyfrgell fechan, ac yno y daeth y brenin i'w cyfarch.

'Mi faswn i wedi taeru nad oedd y brenin yn ein disgwyl,' cyfaddefodd Émile, 'er bod Thiers wedi dweud wrthym mai'r brenin oedd wedi galw amdanom! Beth bynnag ...'

Tawelodd yn ddisymwth wrth weld Cavaignac yn dod drwy ddrws y caffi ac anelu amdanynt. Heb ddisgwyl am wahoddiad, eisteddodd wrth yr un bwrdd â hwy, a daeth y gwas â gwydraid arall ar ei gyfer. Roedd yn ddigon hawdd gweld bod Cavaignac yn dal i ferwi.

'Alli di ddychmygu hyfrdra'r dyn?' meddai heb unrhyw ragarweiniad, gan wagio'i wydr mewn un llwnc. Ond gwrthododd wydraid arall. Roedd yn rhaid i Émile gyfaddef nad oedd Cavaignac yn ddiotyn. 'Dweud y bydden ni'n dod yn ôl ato yn y diwedd, yn ildio i'w ffordd o!'

'Doedd o ddim yn hoffi dy bolisi tramor di, Cavaignac,' meddai Émile yn bryfoclyd, cyn troi at Lamarolle i egluro. 'Mae'r brenin am gael heddwch, ac yn anfodlon dilyn cyfarwyddyd Cavaignac y dylai Ffrainc geisio adennill y tiroedd a ddaliai yn oes Napoléon! Ond mi wnest ti hi'n berffaith eglur na fyddet ti byth yn ildio iddo,' ychwanegodd yn sychlyd wrth Cavaignac. Cofiodd fel y rhedodd ias drwy ei gorff wrth glywed Cavaignac yn siarad y fath lol. Bachgen tua deuddeg oed oedd o pan laniodd Napoléon ym Marseilles o Elba ar gychwyn y Can Niwrnod. Cofiodd y cynnwrf ymysg y bobl pan godwyd ei faner unwaith eto ar dir Ffrainc. Heidiodd y dynion i'w ddilyn, a'r bechgyn hefyd, o ran hynny. Roedd ei rieni wedi cadw llygad barcud arno, a'i wahardd rhag hyd yn oed meddwl am ymuno â Napoléon a'i griw, ond roedd Marcel, ei ffrind drws nesaf, wedi rhedeg i ffwrdd i'r fyddin. Cofiodd y galar pan ddaeth y newyddion am ei farwolaeth yn Waterloo, galar a dorrodd iechyd ei rieni. Cofiodd fod yr un galar i'w deimlo ym mhob stryd, ym mhob tŷ, bron, yn y dref wedi i Napoléon gael ei drechu am y tro olaf. Na, roedd o'n cytuno â'r brenin yn hyn o beth: roedd Ffrainc wedi colli gormod o'i gwŷr ifainc yn sgil trachwant Napoléon am diroedd a grym i allu meddwl am ryfela eto. Ond roedd Cavaignac yn ei ateb.

'Do, ac mi gadwaf fy ngair hyd at fy medd!' ategodd Cavaignac yn llawn angerdd. 'Rydan ni wedi cael ein twyllo, fechgyn! Mae'r bobl wedi cael eu twyllo! Maen nhw wedi dwyn ein chwyldro oddi arnom ni, y diawliaid

Dirprwyon yna, ac wedi gosod brenhiniaeth arall felltith i lywodraethu drosom ni.'

'Ond o leiaf mae'r frenhiniaeth hon wedi cytuno i gadw telerau'r siarter, a'i gwneud yn fwy rhyddfrydol,' ceisiodd Émile ddadlau yn ei erbyn, ond nid oedd Cavaignac yn fodlon gwrando.

'Hy!' ebychodd. 'Gwranda di arna i, 'ngwas i! Gei di weld! O fewn y flwyddyn – neu lai, hyd yn oed – mi fydd Louis-Philippe wedi symud i'r dde ac yn dilyn yr un llwybr â'i ewythr, yr hen frenin. Cyw o frid ydi o, wedi'r cyfan. Pam gebyst na fyddai La Fayette wedi sefyll yn fwy cadarn!'

'Ia,' ategodd André Lamarolle. 'Roedd ganddo'r cyfle i sefydlu gweriniaeth – a'r gefnogaeth hefyd.'

Ond ysgwyd ei ben wnaeth Cavaignac.

'Dyna'r drwg,' meddai wedyn, 'doedd dim digon o gefnogaeth gennym ni.'

'Roedd La Fayette yn gweld hynny, rwy'n credu,' meddai Émile, 'ac yn derbyn Louis-Philippe fel yr unig ddewis arall. A ph'run bynnag, mae La Fayette ei hun yn mynd i oed bellach. Efallai nad oedd ganddo'r galon i wynebu'r dasg anferthol o geisio cael pawb i gytuno ar ffurf o lywodraeth.'

Plygodd Cavaignac ei ben yn is, ei gorff yn symyd yn nes, yn gyfrinachol at y ddau arall. Ni allai Émile ei rwystro'i hun rhag pwyso ymhellach yn ôl yn ei sedd er mwyn osgoi'r arogl.

'Gwrandwch, ffrindiau,' dechreuodd Cavaignac mewn llais isel. 'Rydan ni am ffurfio cymdeithas arall, cymdeithas sy'n mynd i fagu mwy o ddannedd na'r Amis du Peuple.'

'O?' holodd Lamarolle gyda diddordeb. 'Pwy ydan "ni", felly?'

Ysgydwodd Cavaignac ei ben yn ddiamynedd.

'Dim ots. Gewch chi weld os y byddwch chi'n ymuno.

Ond y pwynt ydi, rydan ni'n mynd i fynnu bod pob cangen yn gwneud ymarferiadau milwrol bob wythnos, ac yn ymarfer saethu, yn ogystal â'r trafodaethau a'r sgyrsiau arferol. Rydw i'n rhag-weld mai cymdeithas di-ddannedd fydd yr Amis du Peuple, gormod o siaradwyr heb ddigon o weithredwyr.'

'Oes enw i'r gymdeithas newydd?' holodd Émile.

'Heb benderfynu eto. Efallai rhywbeth fel La Société de l'Homme et ses Droits – Cymdeithas Dyn a'i Hawliau.' Ysgydwodd ei ben yn ddiamynedd. 'Pa ots beth fydd yr enw! Ydach chi am ymuno? Rhaid i ni, weriniaethwyr, beidio ag ildio i'r llywodraeth a'r brenin newydd 'ma!'

'Wrth gwrs,' cytunodd Lamarolle ar unwaith, ond nid oedd Émile mor sicr. Drwy drugaredd, cymerodd Cavaignac fod Lamarolle yn ateb dros y ddau ohonynt, ac aeth allan, wedi cyflawni ei fwriad ac yn addo gadael iddyn nhw wybod pa noson fyddai'r cyfarfod cyntaf.

Buasai Émile wedi bod yn llawer hapusach yn ymuno â'r gymdeithas arall oedd newydd ei ffurfio, yr un oedd yn mynd i gynnig gwersi rhydd i weithwyr. Ond doedd ganddo ddim o'r amser i ymuno â'r un gymdeithas arall mewn gwirionedd, rhwng cymdeithas y Café d'Auvergne a'r Amis du Peuple a'i ddosbarthiadau nos gyda'r plant. A theimlai'n gryf fod cynnal y dosbarthiadau yn llawer pwysicach na mynychu cyfarfodydd. Gallai weld ffrwyth pendant ei lafur gyda'r plant: Boîte a Grimpe eisoes yn ddarllenwyr brwd. Roedd eu gwaith ysgrifennu yn datblygu'n dda hefyd, gan fod Elin yn rhoi gwersi iddynt bob wythnos pan âi i ymweld â'i brawd, ac un neu ddau arall, yn arbennig Annette, morwyn fach yr arglwyddes, wedi dysgu digon i allu bod o gymorth gyda'r rhai arafach. Byddai'n well ganddo dreulio'i amser rhydd yn trefnu rhagor o ddosbarthiadau. Roedd Étienne Lamarolle eisoes wedi cychwyn ei ddosbarth ei hun mewn rhan arall o'r ddinas, a'r ddau ohonynt yn cenhadu ymysg eu ffrindiau yn y gobaith o sefydlu rhagor.

Wedi gorffen clirio ar ôl y dosbarth un noswaith ynghanol Medi, anfonodd Annette adref yng nghoets newydd yr arglwyddes, gan ddweud y byddai ef yn cerdded Elin yn ôl. Derbyniodd Annette ei orchymyn gyda chwerthiniad bach: roedd hi'n amlwg yn meddwl mai eisiau cyfle i garu oedd ar y ddau. Ond ymddygiad Elin Mair yn ystod y dosbarth oedd yn poeni Émile. Roedd hi mor dawedog, nid fel hi ei hun o gwbl, ac roedd am ddarganfod beth oedd yn bod.

Roedd yn noswaith braf, a'r haf terfysglyd, oedd wedi adlewyrchu cyflwr y ddinas â'i ffrwydriadau o fellt a tharanau rhwng ysbeidiau o wres llethol, yn graddol lithro yn hydref mwyn. Wrth gerdded ar hyd y palmentydd i gyfeiriad Les Halles o dan wybren risial-aidd oedd yn dal ei gafael ar odre goleuni'r haul draw yn y gorllewin, ag ambell seren yn fflachio'n bryfoclyd, sylwodd fod Elin fel petai wedi sirioli o gael bod allan yn yr awyr iach. Gwnaeth sylwadau bach brathog wrth Émile, gan dynnu ei sylw at yr hyn a'r llall, a gwneud iddo chwerthin. Ond nid oedd am adael iddi ddianc oddi wrtho heb yn gyntaf ddarganfod beth oedd achos ei hymddygiad blaenorol. Ar y palmant y tu allan i'r farchnad fawr, gwelodd bentwr o flychau pren gwag, a gwnaeth iddi eistedd wrth ei ochr ar un ohonynt.

'Elin Mair,' meddai, 'wnei di ddweud wrthyf beth oedd yn dy boeni yn y dosbarth heno?'

Ar y dechrau, gwadodd fod dim yn bod, ond wrth i Émile bwyso arni, ceisiodd egluro.

'Wedi bod yn gweld Wiliam ddoe,' eglurodd yn araf. Dychrynwyd ef gan y tristwch yn ei llais.

'Mae popeth yn iawn, gobeithio? Pawb yn iach?' gofynnodd yntau'n sydyn.

'Ydi, mae pawb yn iach. Mae'r newid yn Boîte yn rhyfeddol.' Daeth tinc siriol i'w llais. 'Mi fasa'n werth i ti weld y ffordd mae o'n ...'

'Elin Mair,' torrodd ar ei thraws, 'paid â throi'r stori. Os ydi popeth yn iawn yn Neuilly, pam mae gweld dy frawd wedi dy wneud di mor drist?'

Dechreuodd Elin chwarae â defnydd ei sgert, gan ei bletio'n fân â'i bysedd ac yna'i esmwytho drachefn eiliadau wedyn. Gadawodd iddi gael amser i osod ei geiriau mewn trefn yn ei meddwl. O'r diwedd, roedd hi'n barod i agor ei chalon.

'Mi ddeudis i hanes yr arglwyddes wrth Wiliam. Hanes ei chyfnewid a'i brwydr yn erbyn duc d'Orléans.' Arhosodd am ysbaid, a bu'n raid i Émile ofyn cwestiwn arall i'w hysgogi.

'Beth ddeudodd o? Welodd o'r lluniau? Welodd o unrhyw dystiolaeth?'

Roedd lleuad newydd wedi ymddangos uwchben y ddinas, ac yn ei golau gwantan, gwelodd hi'n ysgwyd ei phen.

'Na, dim byd felly.' Ochneidiodd yn ddwfn. 'Ond roedd o wedi dychryn pan wnes i sôn am ei llyfr. Émile,' trodd ato'n sydyn, a chafodd fraw o glywed sŵn dagrau yn ei llais. Gafaelodd Elin yn ei ddwylo a'u gwasgu. 'Émile, mae o am i mi adael yr arglwyddes!'

'Pam?' meddai Émile yn syn. 'Beth ar wyneb daear sydd wedi dod drosto fo?'

'Wyt ti'n cofio – na, doeddet ti ddim yno ar y pryd. Pan aeth yr arglwyddes yno i gyfarfod y doctor, roedd wedi synnu at y tebygrwydd rhyngddi hi a chwaer y brenin. Mae'n digwydd bod mai hi, Mademoiselle Adélaïde, ydi noddwraig elusen y doctor. Ei brawd, y dug – y brenin, ddyliwn i ddweud – sy'n berchen y tir, ac mae hithau'n cyfrannu swm sylweddol o arian yn flynyddol ar gyfer ei gynnal.'

'Ond pa gysylltiad sydd rhwng hynny a gofyn i ti adael yr arglwyddes?' holodd, er i'r ateb ddod yn amlwg iddo wrth ofyn ei chwestiwn.

'Mae Wiliam yn ofni, pan ddeuai'r cysylltiad rhyngddom yn amlwg, y bydd pob un ohonynt, gan gynnwys y doctor, ar y clwt, a llafur blynyddoedd yn mynd yn ofer.'

'Fyddai hi ddim yn gwneud hynny, siawns!'

'Pwy a ŵyr? Ond mae Wiliam yn argyhoeddedig mai dyna sy'n siŵr o ddigwydd. Be wna i, Émile?' Gofynnodd y cwestiwn olaf hwn mewn llais isel, ofnus, oedd mor wahanol i'r llais roedd wedi arfer ei glywed nes iddo deimlo'i galon yn gwaedu drosti.

'Does dim ond un peth amdani,' atebodd yn bendant. 'Rhaid i ni ddod â dyddiad ein priodas ymlaen – gorau po gyntaf! Yna fyddi di ddim yn gadael yr arglwyddes oherwydd pryderon Wiliam, nac yn rhoi esgus i'r brenin a'i chwaer ddial ar y doctor.'

Wrth ddweud hyn, cymerodd hi yn ei freichiau a'i gwasgu at ei galon. Gallai deimlo'i hysgwyddau'n crynu'n ysgafn, ac ofnai ei fod wedi tramgwyddo mewn rhyw ffordd nad oedd o'n ei deall. Clywodd ei llais yn fyglyd yn erbyn defnydd ei gôt, a gwthiodd hi i ffwrdd yn frysiog rhag ofn ei bod yn tagu wrth wylo yn ei erbyn. Ond chwerthin yn ei dagrau roedd hi mewn gwirionedd, a chymaint oedd ei ryddhad nes iddo yntau ddechrau chwerthin gyda hi, heb ddeall pam.

'Émile, rwyt ti'n werth y byd!' meddai o'r diwedd.

Buont yno'n caru'n ysgafn am rai munudau nes iddynt glywed clychau eglwys St Eustache yn canu naw o'r gloch.

Neidiodd Émile i'w draed a'i chodi gydag ef.

'Tyrd yn dy flaen! Mi fydd siop Claudette ar agor am awr eto! Mi bryna i siocled poeth i ti, a dy ffefryn – cacen *oreillette d'abricots!*'

Wedi iddynt eistedd wrth fwrdd bach i ddisgwyl eu

bwyd, edrychodd Elin o'i chwmpas yn feddylgar, a gwên fach ar ei gwefusau.

'Rhyfedd meddwl mai yn fan hyn oedd ein cyfarfod cyntaf!'

Gwenodd Émile arni, a gafael yn ei llaw i roi cusan fach iddi.

'Wyt ti'n gweld Christophe o gwbl y dyddiau 'ma?' gofynnodd Elin.

Ysgydwodd Émile ei ben.

'Na, dwi ddim wedi ei weld ers oesoedd,' cyfaddefodd, 'ddim ers ychydig wedi'r chwyldro – y diwrnod ar ôl i ni ddyweddïo. Dydi o byth yn dod i'r Café d'Auvergne y dyddiau hyn. Mi wnes i amau i mi ei weld o bell y tu allan i'n cyfarfod yn Montmartre un noson, ond erbyn i mi ddod yn nes, roedd o wedi diflannu – os mai fo oedd o hefyd.' Cyfeirio roedd o at un o gyfarfodydd agoriadol La Société des Amis du Peuple yn neuadd y Pellier yn Montmartre. Roedd y cyfarfodydd yn boblogaidd, ac wedi dechrau denu eraill i wylio'r aelodau'n cyrraedd a gadael, ac ambell waith roedd aelodau o'r heddlu'n bresennol i gadw trefn. Ofnai Émile y byddai'r heddlu ryw ddiwrnod yn troi ar y gymdeithas. Roedd Thiers wedi ei fygwth yn barod, wedi awgrymu nad oedd yn syniad da iddo fod yn aelod ohoni, ond roedd Carrel wedi ei gefnogi, ac fe dawodd Thiers. Yn ôl dadl Thiers, roedd y deddfau cosbi, yn gwahardd cyfarfodydd o fwy nag ugain person, yn dal mewn grym, felly roedd y gymdeithas yn torri'r gyfraith drwy gyfarfod. Dadl Carrel oedd fod y chwyldro wedi diddymu'r deddfau hynny. Roedd yn well gan Émile wrando ar Carrel.

Bu'r ddau'n dawel tra gosodwyd eu bwyd o'u blaenau, yna sylweddolodd Émile fod golwg feddylgar ar Elin unwaith eto, ac onid oedd y pryder yn ôl yn ei llygaid?

'Wyt ti'n cofio i mi sôn am ymweliad M. d'Aussonne, a'r

arglwyddes yn ei yrru i ffwrdd?' gofynnodd iddo'n ddisymwth.

'Ydw,' atebodd Émile, gan ddisgwyl rhagor. Bu'n rhaid iddo ddisgwyl am rai munudau. Roedd Elin yn chwarae â'i chacen, yn ei thorri'n ddarnau mân â'i chyllell, ac yn cnoi ei gwefusau yn hytrach na'r crwst. Yn sydyn, cododd ei phen, fel petai wedi dod i benderfyniad.

'Émile, mae'r arglwyddes angen dy help di.'

'Wel fe gaiff, wrth gwrs, *ma chérie*, ti'n gwybod hynny heb ofyn.'

'Na, mae hyn yn wahanol, yn rhywbeth llawer dwysach. Efallai ei fod o'n dorcyfraith ... wn i ddim.' Edrychodd i lawr ar y briwsion ar ei phlât, yr *oreillette d'abricots* wedi ei dinistrio gan ymosodiad ei chyllell.

'Be sy'n bod? Be sydd wedi digwydd?' Unwaith eto, cynhyrfwyd Émile gan ei geiriau.

Roedd hi'n hwyr, a'r siop ar fin cau, a doedd neb ar eu cyfyl. Serch hynny, edrychai Elin yn ofnus.

'Wyt ti'n cofio i mi ddweud bod yr arglwyddes wedi anfon ei llyfr i gael ei gyhoeddi yn Llundain, gan ei mab Spencer?'

'Ydw.'

'Wel, bore 'ma, mi ddaeth y pecyn yn ei ôl. Dydi Spencer ddim am – dim yn gallu – ei gyhoeddi, medda fo. Mi fyddai'n costio gormod i'w brintio yn Lloegr ac yna'i allforio i Ffrainc, medda fo. Felly anfonodd y cyfan yn ôl i'w fam.' Roedd chwerwder yn ei llais. 'Y cyfan mae o wedi ei wneud yw rhoi print o lun Louis-Philippe iddi i'w roi yn y llyfr. Rhyw gwmni yn Llundain sydd piau'r hawlfraint, ac mae wedi rhoi caniatâd iddi ei ddefnyddio.'

'Hen dro!' ebychodd Émile, er na allai feddwl beth oedd a wnelo hyn ag ef.

'Ia. Gwranda, Émile,' meddai Elin wedyn, a'i llais yn gostwng yn is fyth nes y cai ei chariad drafferth ei chlywed, 'fyddet ti'n fodlon dod o hyd i argraffwyr yma ym Mharis, argraffwyr fyddai'n fodlon gwneud y gwaith?'

Ni allai Émile ei hateb yn syth. Rhedodd goblygiadau'r hyn roedd hi'n ei ofyn drwy ei feddwl. Roedd hi wedi awgrymu y gallai argraffu'r llyfr fod yn torri'r gyfraith – a oedd hynny'n debygol? A fyddai'r argraffwyr yn cael eu cosbi, fel yn yr achos diweddar gyda'r deddfiadau yn erbyn y wasg? A fyddai Elin ac yntau'n cael eu cyhuddo o dorcyfraith? Fyddai cyhoeddi'r llyfr yn deyrn-fradwriaeth, tybed? Neu o leiaf yn enllib ar y brenin? Ond wedyn, i ddod ag achos o enllib yn erbyn yr arglwyddes, byddai'n rhaid i'r brenin brofi ei bod hi'n dweud anwiredd, a phe byddai ei achos yn methu ... ni allai oddef meddwl am y canlyniadau!

'Wn i ddim,' atebodd o'r diwedd. 'Nid ddim yn gwybod a wna i ai peidio ydw i,' ychwanegodd yn frysiog o weld yr olwg ar ei hwyneb, 'ond wn i ddim a alla i ddod o hyd i argraffwyr! Ond mi wnaf fy ngorau. Gall gymryd diwrnod neu ddau, cofia, ond mi wnaf fy ngorau.'

Roedd y wên a roddodd iddo yn ddigon o dâl ynddo'i hun. Cusanodd ei llaw unwaith eto.

'O, ia, bron i mi anghofio! Mae'r arglwyddes am rannu pob tamaid o'r elw o werthiant y llyfr rhwng dy ddos-barthiadau di a gwaith Dr Pépineau.'

'Ardderchog! Chwarae teg iddi! Rŵan 'ta, beth am fwynhau'r cacennau 'ma!' meddai wrthi, ac ufuddhaodd hithau.

'Godefroy,' meddai Émile yn y swyddfa fore trannoeth, 'rydw i'n chwilio am argraffwyr.'

Cododd Cavaignac ei ben o'i bapur a syllu arno'n syn.

'Pam gofyn i mi? Rwyt ti'n adnabod cymaint o argraffwyr â minnau!'

Ysgydwodd Émile ei ben, ac ni allai rwystro'i hun rhag edrych o'i gwmpas yn llechwraidd rhag ofn fod un o'r dynion eraill o fewn clyw. Gwyliai Cavaignac ef gyda difyrrwch amlwg.

'Rydw i angen argraffwyr sydd ddim yn mynd i edrych yn rhy fanwl ar yr hyn maen nhw'n ei argraffu,' eglurodd mewn llais isel.

Chwarddodd Cavaignac yn uchel.

'Be s'gen ti felly? Lluniau anweddus?'

'Na! Paid â bod yn dwp,' atebodd Émile yn biwis. 'A cadw dy lais i lawr.'

Syllodd Cavaignac arno am rai eiliadau heb ddweud gair, ond gallai Émile weld yr olwg graff ar ei wyneb.

'Tyrd, mi awn ni am goffi bach,' meddai o'r diwedd, a heb oedi dim roedd Cavaignac wedi mynd allan drwy'r drws, ac Émile yn ei ddilyn yn frysiog.

'Rŵan 'ta,' dechreuodd Cavaignac wedi iddynt eistedd mewn cornel dawel o'r tŷ coffi. 'Eglura'r cyfan.'

'Alla i ddim,' atebodd Émile. 'Mae'n gyfrinachol – ac nid fy nghyfrinach i ydi hi chwaith, felly does gen i ddim hawl ei datgelu.'

Cododd Cavaignac ei ysgwyddau'n arwyddocaol.

'Felly alla innau ddim o dy helpu. Dealla, Émile, na alla i roi enw rhywun i ti heb wybod dy bwrpas. Sut y gwn i nad ydw i'n peryglu ei fusnes? Wyt ti am gyhoeddi rhywbeth fyddai'r heddlu yn ei wrthwynebu? Mae'n gweithio'r ddwy ffordd, wsti: rhaid i ti ymddiried ynof fi cymaint ag yr wyf innau'n gorfod ymddiried ynot tithau.'

Brathodd Émile ei wefus mewn cyfyng gyngor. Daeth i benderfyniad sydyn. Gan ddatgelu cyn lleied â phosib, amlinellodd hanes yr arglwyddes. Gwelodd lygaid Cavaignac yn gloywi.

'Gwych!' meddai wedi i Émile orffen. 'Mi gawn ni'r hen ddiawl – Eidalaidd – yn y diwedd! Mae hyn yn anhygoel, Émile. Pam na faset ti wedi sôn ynghynt? Meddylia'r defnydd y gallwn ni ei wneud o'r stori!'

'Dyna'n union pam y cedwais yn dawel,' atebodd Émile

yn sychlyd. 'Edrych yma, Cavaignac, rhaid i ti addo cadw'r peth yn gyfrinachol am y tro. Nid fy lle i oedd dweud wrthyt ti mewn gwirionedd.'

Oerodd ymddygiad Cavaignac wrth iddo sylwi nad oedd Émile wedi defnyddio'i enw bedydd, ond addawodd gadw'n dawel. Ysgrifennodd enw a chyfeiriad ar ddarn o bapur, a'i wthio draw at Émile. Edrychodd Émile arno:

Imprimerie de PIHAN DELAFOREST (Mornival)
Rue des Bons-Enfans, No. 34.

'Diolch, Godefroy!'

Taflodd arian i'r gwas i dalu am y diodydd cyn rhuthro am y drws.

'Cofia adael i mi wybod sut mae pethau'n mynd!' galwodd Cavaignac ar ei ôl, a chwifiodd Émile ei fraich i gydnabod hynny.

XXXV

Rhoddodd Elin ochenaid o ryddhad pan gyhoeddodd yr arglwyddes ei bod am fynd i'w gwely. Ddeuddydd ynghynt, rhoddwyd ei llawysgrif yn nwylo Émile, ac roedd yntau wedi ei rhoi i'r argraffwyr. Wedi hynny, doedd dim tawelu ar hwyliau da'r arglwyddes, a gorfodwyd Elin ac Émile i'w chynorthwyo i baratoi rhestr o lyfrwerthwyr a llyfrgelloedd Paris ar gyfer y diwrnod y byddai'r llyfr yn barod i'w ddosbarthu a'i werthu. Ni allai Elin fod mor ysgafn ei chalon, fodd bynnag. I ddechrau, nid oedd wedi sôn eto wrth yr arglwyddes am ei bwriad i briodi Émile, a hynny cyn gynted â phosib pe byddai ef yn cael ei ffordd, er ei bod yn gwybod y byddai angen caniatâd yr arglwyddes arni i allu gwneud hynny. Yn ail, roedd ganddi ofn ym mêr ei hesgyrn fod terfysgoedd gwleidyddol eraill ar eu ffordd, a chan fod Émile yn ei daflu ei hun fwyfwy i gwmnïaeth y gweriniaethwyr, ofnai ei fod yn cael ei arwain i drybini. Rai dyddiau ynghynt, roedd wedi darllen am yr helynt gyda phedwar o gynweinidogion yr hen frenin Charles, gan gynnwys y tywysog Polignac, a'r ffordd yr oeddynt wedi eu hatal wrth geisio ffoi o'r wlad. Bellach, roedd y pedwar wedi eu cyhuddo o deyrnfradwriaeth, a'r dorf yn galw'n ddidrugaredd ar iddynt gael eu hanfon i'r gilotîn. Bob tro yr âi allan o'r adeilad, roedd Elin yn gweld plismyn a milwyr yn cadw llygad gwyliadwrus ar bobl y ddinas. Roedd cythrwfwl yn anorfod.

Gwnaeth ddiod o lefrith poeth i'r arglwyddes, ond esgusododd ei hun rhag yfed ei llefrith ei hun yn ei chwmni. Roedd ganddi gur pen, meddai wrth ei meistres, ac am fynd yn syth i'w gwely. Ond y gwir reswm dros ei heiddgarwch i fynd i'r gwely oedd ei bod wedi derbyn llythyr y bore hwnnw gan Tante Sophie, ac roedd am ei ddarllen unwaith eto'n hamddenol yn nhawelwch ei hystafell ei hun. Dadwisgodd yn gyflym cyn gwneud ei hun yn gyfforddus, a thynnu'r llythyr o'i amlen.

Roedd ei chalon yn llawer ysgafnach wedi iddi glywed fod ei mam yn rhoi sêl ei bendith ar ei phriodas ag Émile. Roedd hyd yn oed wedi gwamalu a bygwth dod drosodd i fyw yn Ffrainc gyda'i phlant, yn ôl Sophie. Aeth Sophie ymlaen i ryfeddu at ffyrdd rhagluniaeth: hithau, yn Ffrances ac yn forwyn i'r arglwyddes, yn priodi Cymro, ac Elin yn Gymraes, yn forwyn i'r arglwyddes ac yn priodi Ffrancwr! Rhyfedd o fyd, meddai, a chytunodd Elin â hi.

Wedi iddi ddiffodd y canhwyllau disgynnodd i gwsg anesmwyth, gan ddeffro o bryd i'w gilydd, â rhyw drymder yn pwyso ar ei hysbryd, er na allai ei ddisgrifio. Nid oedd yn syndod iddi, felly, pan glywodd Annette yn curo ar ei drws ac yn galw'i henw'n ysgafn.

'Mae rhywun yn y stryd y tu allan,' meddai Annette wedi iddi godi, 'ac mae'n galw'ch enw chi.'

Rhedodd Elin at ei ffenestr ac agor y gorchuddion, ond ni allai weld unrhyw berson yn y stryd islaw. Roedd hi'n gwawrio, a'r adeiladau'n llwyd-olau. Gallasai rhywun yn hawdd guddio yn y cysgodion, meddyliodd Elin wrth gau'r ffenestr, a phenderfynodd y byddai'n well iddi hi ac Annette fynd i lawr i gyntedd yr *hôtel* i weld pwy oedd yno.

'Roeddwn i newydd godi i ddechrau ar fy ngwaith,' sibrydodd Annette wrthi'n ofnus wrth iddi wisgo, 'pan glywais i'r llais, a phan edrychais allan drwy ffenestr y *salon*, mi allwn i weld bod rhywun yn pwyso yn erbyn y *porte cochère*. Allwn i ddim gweld ei wyneb, chwaith,' ychwanegodd.

Aeth y ddwy i lawr y grisiau'n dawel. Roedd cyntedd yr *hôtel* yn wag, y ffwtmyn heb ddechrau eto ar eu dyletswyddau, ond roedd gan Elin oriadau i'r drysau ffrynt. Wrth iddi ymbalfalu i geisio eu hagor, clywodd y llais.

'Elin! Helpa fi!'

Dychrynodd am ei bywyd wrth iddi sylweddoli mai Émile oedd yna, ei lais yn wantan. Daeth Annette ati i'w chynorthwyo i agor y drysau mawrion, ac fe'i gwelodd ef. Pwysai yn erbyn y wal fel petai ei goesau am ei ollwng, ond yr hyn a'i dychrynodd fwyaf oedd gweld y gwaed, yn gymysg â budreddi'r stryd, a orchuddiai ei wyneb.

'Annette, cymer di un fraich, ac mi gymera innau'r ochr arall,' gorchmynnodd Elin, a chydag ymdrech llwyddodd y ddwy i gael ei freichiau dros eu hysgwyddau a'i godi. Yna, gan hanner ei lusgo, aeth y ddwy ag ef i mewn i'r adeilad. Buasai'r grisiau i'w hystafelloedd wedi bod yn drech na hwy, ond wrth lwc daeth un o ffwtmyn yr *hôtel* i'r golwg a syllu'n gegrwth arnynt.

'Lladron!' eglurodd Elin wrtho'n gyflym. 'Wedi ymosod ar M. Martineau. Wnewch chi ein cynorthwyo i'w gael i fyny i stafelloedd yr arglwyddes?' Ufuddhaodd y dyn ar unwaith.

Gosodwyd Émile ar gadair yn ystafell wely Elin, ac anfonwyd y ffwtmon ymaith. Yna aeth Annette i gyrchu dŵr cynnes ac olew lafant er mwyn golchi'r budreddi o'i wyneb a gweld tarddiad y gwaed.

Wedi iddi orffen, sylwodd Elin ei fod yn edrych yn welw iawn, ond diolchodd i'r nefoedd mai arwynebol oedd ei glwyfau i bob golwg. Roedd croen ei ben wedi'i rwygo, a thynnodd Elin ambell sglentan o wydr o'r croen, ond nid oedd y toriadau'n edrych yn ddwfn; roedd y gwaed eisoes wedi dechrau ceulo arnynt. Ar ei dalcen yr oedd yr anaf gwaethaf, ac ofnodd Elin y byddai'n rhaid galw'r doctor ato. I ddechrau, fodd bynnag, golchodd y cyfan yn ofalus â'r dŵr a'r lafant, rhag i fudreddi aros dan y croen ac achosi twymyn yn y man. Gwingai a griddfanai Émile gyda phob cyffyrddiad. Golchodd ei ddwylo hefyd, a chael braw o weld eu cyflwr. Roeddynt wedi chwyddo, yn ddu-las, yn gleisiau byw â sgriffiadau mân yn gris-croes ar draws eu cefnau. Anfonodd Annette i 'mofyn llieiniau glân a rhwygodd hwy'n ddi-lol i wneud rhwymau. Gwnaeth badiau ohonynt i ddechrau, yna gosod y rheini am ei ddwylo cyn eu rhwymo'n ofalus yn eu lle.

Nid oedd Émile yn fodlon diosg ei ddillad er mwyn i Elin allu archwilio gweddill ei gorff, a bu bron iddynt ffraeo. Mynnodd Émile nad oedd unman arall wedi ei anafu, ond nid oedd Elin yn fodlon derbyn ei air wedi gweld cyflwr ei ddwylo. Er gwaethaf ei brotestio, aeth Elin ati i dynnu ei gôt a'i rhoi i Annette i'w glanhau orau y gallai. Yna dechreuodd ar ei grys, ag Émile yn ceisio'i orau i'w rhwystro.

'Yli,' dwrdiodd ef. 'Dim o'r hen lol 'ma! Mi fyddwn ni'n briod ryw ddydd, felly paid â bod yn wirion! Meddylia amdana i fel dy fam!'

Tybiodd Elin ei fod wedi dechrau chwerthin, ond roedd wedi gwasgu ei freichiau i'w ochrau ac yn griddfan mewn poen. Roedd Elin yn fwy penderfynol byth, ac ni chymerodd unrhyw sylw pellach o'i brotestio. Dychryn-odd eto wrth weld cyflwr ei gefn. Mewn mannau, roedd cotwm y crys wedi glynu i'r croen â'r gwaed o'i friwiau. Wrth iddi lanhau'r briwiau'n dyner, gwelodd nad oedd y toriadau'n y croen yn ddyfn iawn, fel gyda'i ben a'i ddwylo, ac roedd yn falch o hynny. Roedd y cleisiau, fodd bynnag, yn fwy difrifol. Yn debyg eto i'w ddwylo, roedd ei gefn yn un cymysgedd arswydus o goch, du a glas. Teimlodd Elin ei asennau'n ofalus, a phan na chwynodd Émile o unrhyw boen ychwanegol wrth iddi wneud hynny, gobeithiodd nad oedd yr esgyrn wedi torri.

'Pwy wnaeth hyn i ti, Émile?' sibrydodd Elin mewn arswyd, ond nid atebodd ei chariad. Golchodd ei friwiau eto, a rhoi eli rhosmari a lafant arnynt cyn rhoi cadachau dros y cyfan. Dioddefodd Émile y driniaeth yn ddi-gŵyn, ac er bod Elin ar bigau'r drain am gael gwybod beth oedd wedi digwydd iddo, llwyddodd i gadw'i chwilfrydedd a'i gofid iddi ei hun nes iddi orffen ei gwaith. Aeth Annette o'r ystafell â'r ddysgl o ddŵr budr a'r dillad, a'r gorchymyn i ddod â *tisane* poeth i'r claf, a gosododd Elin ei gŵn tŷ dros ysgwyddau Émile. Wedi i Annette gau'r drws o'i hôl, dechreuodd Elin ei holi.

'Beth ddigwyddodd, Émile? Syrthio wnest ti?' Erbyn hyn roedd arni ofn meddwl, ac yn sicr fe wrthodai gredu, mai dyn neu ddynion eraill oedd wedi achosi'r anafiadau hyn. Pan ysgydwodd ei ben am eiliad cyn i'r boen ei atal, sylweddolodd Elin mor wirion oedd ei chwestiwn. Caeodd Émile ei lygaid a phwyso'i ben yn ôl ar gefn y gadair. Cynigiodd Elin iddo orwedd ar y gwely, ond gwrthododd y cynnig drwy wneud arwydd â'i law. Penderfynodd Elin y byddai'n well iddo gael amser i ddod ato'i hun, felly aeth i gael gair efo'r arglwyddes, a dweud wrthi beth oedd wedi digwydd. Galwodd ar Annette i ddod â'r *tisane* ati hi pan oedd o'n barod.

Pan glywodd am gyflwr Émile roedd yr arglwyddes wedi dychryn cymaint ag Elin, a mynnodd yrru am y meddyg. Pan gyrhaeddodd y ddiod lesol, cymerodd Elin y ddysgl oddi ar Annette a chychwyn am ei hystafell, a'r arglwyddes yn ei dilyn. Arhosodd yno wrth i Émile yfed y *tisane* gyda chymorth Elin. Sipiodd y rhan fwyaf o'r ddiod boeth yn araf, ac yn raddol daeth gwell lliw i'w ruddiau, ac eisteddodd yn sythach yn ei gadair.

'Diolch i chi,' meddai wrth y ddwy ohonynt.

'Wyt ti'n barod i ddweud yr hanes rŵan?' gofynnodd Elin yn dawel.

'Ydw.' Ochneidiodd yn ddwfn a cheisio gwneud ei hun yn fwy cysurus yn y gadair. Sylwodd Elin nad oedd yn pwyso'i gefn yn erbyn cefn y gadair, ond yn hytrach fe ddefnyddiai cefn ei ben i arbed y gweddill.

'Roeddwn i wedi mynd i gyfarfod yr Amis du Peuple fel arfer, ond heno – neithiwr bellach – roedd fel petai Montmartre gyfan wedi ymgynnull y tu allan i ddorau'r neuadd, rhai'n gweiddi ac yn bygwth, eraill yn bloeddio cefnogaeth. Ofnwn ar y pryd y byddai 'na helynt pe byddai'r ddwy garfan yn gwrthdaro. Ond dyna fo. Dechreuodd y cyfarfod fel arfer, ac yn fuan iawn wedyn daeth Cavaignac i mewn yn hwyr. Cerddodd yn syth i'r llwyfan a thorri ar draws y siaradwr oedd yno.

'"Ffrindiau," medda fo, "yr heddlu sydd wrth gefn yr helynt tu allan! Rwy'n deall bod ganddyn nhw *agents provocateurs* sydd wedi bod yn cynhyrfu'r dyfroedd ers y pnawn er mwyn tarfu ar ein cyfarfod."

'Achosodd hyn gryn gynnwrf, fel y gallwch ddychmygu, pawb yn siarad ar draws ei gilydd, rhai am fynd adref yn syth, eraill am aros i herio'r heddlu a gadael iddyn nhw wneud fel y mynnent.'

Cymerodd ysbaid i yfed ychydig mwy ar y *tisane*.

'Beth bynnag, fe alwodd y llywydd am drefn, ac ar ôl trafodaeth fer, penderfynwyd cau'r cyfarfod a bod pawb i adael yr adeilad yn drefnus a heddychlon. Ofnai'r llywydd mai pwrpas yr heddlu oedd honni bod y gymdeithas yn annog terfysgoedd dinesig, a byddai hynny'n rhoi'r esgus iddyn nhw ein gwahardd rhag cyfarfod. Wedyn anogodd bawb i adael yn dawel, heb achosi unrhyw gynnwrf na rhoi esgus i eraill godi twrw.'

Roedd yr ymdrech i siarad yn amlwg yn blino Émile. Caeodd ei lygaid, a chynigiodd Elin iddo gael llonydd i orffwys rhagor. Ceisiodd ei gael i orwedd ar y gwely a chael ychydig o gwsg, ond gwrthododd pob cynnig.

'Mi fydda i'n well yn y man,' meddai wrthi.

380

'Mi fydd y doctor yma cyn bo hir,' meddai'r arglwyddes wrtho.

'Doedd dim rhaid i chi alw un!' cwynodd Émile a thinc o fraw yn ei lais. 'Beth petai o'n dweud wrth yr heddlu fod terfysgwr yn llochesu yma?'

'Terfysgwr? Beth wyt ti'n feddwl?' holodd Elin, gan deimlo ton o arswyd yn llifo drosti. 'Émile, be ddigwyddodd?' Ond anwybyddu ei chwestiwn a wnaeth.

'Anfonwch ef oddi yma! Dydw i ddim am weld doctor!' meddai wedyn wrth yr arglwyddes. Roedd ei bryder cynyddol yn codi braw ar y ddwy ohonynt.

'Pam? Beth sy'n bod?' meddai'r arglwyddes, yn amlwg yn methu â deall ei agwedd ryfedd.

'Os ydi o'n fy ngweld i, mi fydd yn rhaid iddo ddweud wrth yr heddlu!'

'Wnaiff o ddim hynny, siŵr iawn!' atebodd hithau mewn dryswch. 'Fy meddyg i ydi o. Mi allwch chi ddibynnu arno fo i beidio ag achwyn.'

'Nid mater o achwyn ydi o! Os nad ydi o'n rhoi adroddiad i'r heddlu, mae o'n torri'r gyfraith ei hun! Mae'n ddyletswydd arno ddweud wrth yr heddlu am unrhyw un mae'n ei amau o fod yn gysylltiedig â thorcyfraith! Ylwch,' meddai wedyn, yn amlwg yn ceisio cyfaddawdu, 'mi wna i addo mynd at Dr Pépineau os nad ydw i'n gwella'n iawn.'

'Wyt ti wedi torri'r gyfraith, Émile?' Ni allai Elin ei arbed ei hun rhag gofyn y cwestiwn.

Edrychodd arni, a'i lygaid yn glwyfus.

'Naddo, siŵr iawn! Yr heddlu eu hunain sy'n torri'r gyfraith, dybiwn i!'

Adroddodd weddill ei hanes.

'Ufuddhaodd pawb oedd yn y neuadd, a dechrau gadael yr adeilad yn drefnus.' Daeth chwerwder i'w lais. 'Ond nid oedd yr heddlu'n fodlon ar hynny. Wn i ddim pwy ddechreuodd pethau'n iawn, ond o fewn eiliadau wedi i ni ddod allan roedd carreg wedi ei thaflu atom. Yna dwy neu dair arall. Roedden ni i gyd yn ceisio'u hosgoi, ac eto cadw'n urddas drwy beidio â rhedeg i ffwrdd. Mae'n rhaid gen i, fodd bynnag, fod un o'n cefnogwyr wedi'i gythruddo gan y taflu cerrig. Dechreuodd rhywun daflu cerrig yn ôl, a dyna pryd yr aeth popeth yn llanast.' Ysgydwodd ei ben yn araf wrth gofio'r gyflafan.

'Roedd yn esgus berffaith i'r heddlu. Mae'n rhaid fod byddin ohonyn nhw yn y cysgodion, yn disgwyl eu cyfle. Y peth nesa wyddwn i oedd fy mod i a'r aelodau eraill wedi'n hamgylchynu, a dynion – heddlu – wn i ddim yn iawn, efo pastynau yn ein curo'n ddidrugaredd. Ceisiais arbed fy mhen efo 'nwylo,' gwenodd yn gam ar Elin, 'ond syrthiais ar fy mhengliniau. Yna torrodd rhywun y ffenestr uwch fy mhen, a dyna beth achubodd fi mewn gwirionedd.

'Ffrwydrodd gwydr i bob cyfeiriad, ac fe gamodd ein herlidwyr yn ôl yn reddfol. Llwyddais i wneud fy hun yn belen fechan a rhowlio o'r golwg i'r gwter. Arhosais yno'n cuddio nes i'r cyfan orffen cyn dianc oddi yna. Mae'n rhaid 'mod i wedi drysu, achos sylweddolais ymhen ychydig fy mod yn cerdded o Montmartre yr ochr draw i Paris. Dyna pam y cymerodd hi gymaint o amser i mi gyrraedd yma.' Syllodd i lawr ar ei ddwylo yn eu rhwymau. 'Wyddwn i ddim ble arall i fynd,' ychwanegodd yn dawel. 'Roeddwn i'n hanner ofni y byddai'r heddlu'n disgwyl amdanaf yn fy stafelloedd fy hun.'

'Mi wnest yn iawn yn dod yma,' ceisiodd yr arglwyddes ei sicrhau. 'Rŵan, mi rydw i'n mynd i ddisgwyl y doctor a dweud wrtho fy mod i'n well o lawer ac ymddiheuro am ei alw allan i ddim diben!' Rhyfeddodd Elin at y pendantrwydd yn ei llais. 'Rŵan, Hélène, cyweiria wely yn ystafell y gwesteion. Rhaid i Émile aros yma nes y bydd o wedi gwella'n iawn.'

Wedi iddi adael, rhoddodd Émile ei law ar fraich Elin. Edrychodd hithau i'w wyneb a sylweddoli bod ganddo rywbeth arall i'w ddweud wrthi.

'Elin, pan oeddwn i'n cuddio,' meddai, 'gwelais rai o'n haelodau'n cael eu rhoi mewn coets gan yr heddlu. Rydw i'n ofni eu bod wedi cael eu restio, er nad ni oedd wedi achosi'r trwbwl. Roedd Cavaignac yn un ohonyn nhw.' Oedodd, a'r angerdd yn ei lygaid yn gwneud i'w gwaed fferru. Tawelodd ei lais.

'Elin, mi welais i'r dyn oedd yn rheoli'r heddlu, y dyn oedd yn rhoi'r gorchmynion. Elin, Christophe oedd o!'

Arhosodd Émile gyda hwy am rai dyddiau, ac anfonodd Elin lythyr at Armand Carrel ar ei ran, yn disgrifio'i waeledd ac yn ymddiheuro na allai fod yn bresennol yn ei waith. Cafodd ateb yn dweud bod Caviagnac a'r aelodau eraill a gawsai eu cipio gan yr heddlu wedi eu rhyddhau yn ddiweddarach heb i unrhyw achos gael ei ddwyn yn eu herbyn. Fodd bynnag, gwaharddwyd La Société des Amis du Peuple rhag cyfarfod yn gyhoeddus eto.

Dyddiau rhyfedd iawn oedd y rhain i'r ddau, ac eto'n ddyddiau pleserus gan eu bod dan yr unto, yn gallu treulio mwy o amser yng nghwmni ei gilydd nag y buasai'n bosibl fel arall. Serch hynny, bob tro yr âi Elin allan ar neges i'r arglwyddes, deuai'n ôl yn llawn pryder. Bob adeg o'r dydd a'r nos, roedd tyrfaoedd yn crwydro'r strydoedd yn barod i wrthryfela unwaith eto. Un diwrnod, cafodd fraw a rhedodd adref cyn gorffen ei neges. Rhuthrodd i ystafell Émile ac agor y ffenestri.

'Gwranda,' meddai wrtho. Daeth Émile ati a safodd y ddau wrth y ffenestr. Gellid clywed sŵn y dorf o bell.

'Maen nhw'n galw am waed Polignac a'r tri arall,' eglurodd Elin. 'Maen nhw'n martsio i fyny ac i lawr ger Notre Dame a'r Châtelet, a phlacardiau'n eu dwylo.'

Rhedodd cryndod drwy ei chorff. 'Maen nhw'n codi ofn arna i, Émile.'

Rhoddodd Émile ei fraich am ei hysgwyddau.

'O leiaf mae digon o heddlu i gadw trefn ar bawb,' ceisiodd ei chysuro.

'Ond y dynion druan,' atebodd hithau. 'Ysgwn i a ydyn nhw'n clywed pawb yn gweiddi am eu gwaed.' Aeth ei llais yn dawel. 'Y trueiniaid. Beth bynnag wnaethon nhw, ufuddhau i orchymyn y brenin roedden nhw. Ydyn nhw'n haeddu marw am hynny, Émile?'

'Eu carcharu am oes yw bwriad y llywodraeth,' atebodd yntau.

'Wn i ddim a ydi hynny'n well, wir,' meddai Elin â thosturi yn ei llais. Doedd yr un o'r dynion yn ifanc, meddyliodd, ac o'r hyn roedd hi wedi ei glywed am gyflwr y carchardai, roedd eu hanfon yno cystal â'u dedfrydu i farwolaeth.

'Mae unrhyw fath o fywyd yn well na dim,' barnodd Émile.

'Ond gwneud eu dyletswydd fel swyddogion y Goron roeddan nhw, Émile,' dadleuodd Elin. 'Roedd popeth wnaethon nhw'n gyfreithlon ar y pryd. Sut y gall neb ddweud eu bod yn deyrnfradwyr rŵan?'

'Fel 'na mae hi, Elin,' atebodd Émile gan godi'i ysgwyddau. 'Dydi tegwch ddim yn ystyriaeth. Mae'n rhaid cael rhywun i'w feio am bopeth. Dyna'r natur ddynol.' Gafaelodd yn ei hysgwyddau a'i throi ato. 'Elin, mae'n rhaid i ni siarad. Alla i ddim aros yng nghartref yr arglwyddes a ninnau'n celu'r gwirionedd oddi wrthi.'

Plygodd Elin ei phen. Roedd hithau'n teimlo'n euog; bob tro y ceisiai Émile godi'r pwnc o ddweud wrth yr arglwyddes am eu dyweddïad, roedd Elin wedi ei osgoi drwy ddweud nad oedd yr amser yn iawn i grybwyll y mater, y byddai'n well aros am amser gwell.

'Mi wna i siarad efo hi,' aeth Émile yn ei flaen, 'felly

384

does dim raid i ti boeni am hynny. Mi wna i ofyn am ei chaniatâd i ni briodi, fel petawn i'n gofyn i'th fam.'

Nodiodd Elin yn cytuno.

Gwyliai Maria Stella wyneb ei gwestai'n ofalus wrth iddo eistedd i frecwasta gyda hwy am y tro cyntaf ers yr ymosodiad arno. Roedd yn rhaid iddi gyfaddef yr edrychai'n llawer gwell, ond ni theimlai'n fodlon ar hynny. Nid oedd wedi cael archwiliad doctor, a phwy a ŵyr pa ddrwg a wnaethpwyd iddo'n fewnol. Penderfynodd nad oedd hi'n fodlon ar y sefyllfa, a bod yn rhaid iddo blygu i'w threfn hi.

'Émile, rydw i am alw'r goets y bore 'ma, ac rydan ni'n mynd i Neuilly er mwyn i ti gael gweld y doctor.'

'Ond Madame,' protestiodd Émile yn gyflym, 'rydw i'n teimlo'n llawer gwell a does dim ...'

'Na, rydw i wedi penderfynu. A ph'run bynnag, mi wnaiff ddiwrnod braf i ni yn yr awyr iach. Hélène, wnei di drefnu basgedaid o fwydydd gyda'r gogyddes? Mi gaiff Annette aros yma i gadw golwg ar y lle.'

Edrychodd Maria Stella'n ofalus dros ei choets newydd. Nid oedd mor grand â'r un flaenorol, ond hon oedd yr orau y gallai ei fforddio. O leiaf fu dim raid iddi brynu ceffylau newydd. Dringodd Hélène i mewn ar ei hôl a dechrau rhoi blanced yn ofalus am goesau'r arglwyddes.

'Paid â ffwdanu, Hélène,' meddai'r arglwyddes yn ddiamynedd. 'Eistedd i lawr dy hun, a gad lonydd i mi.' Yn ddiweddar, roedd ei chydymaith wedi dechrau mynd ar ei nerfau â'r holl ofal roedd yn ei ddangos tuag at ei meistres. Oedd Hélène yn meddwl ei bod hi'n wael? Neu ar fin torri ei chalon am fod Chiappini'n frenin bellach? Yn rhyfedd iawn, cyfaddefodd Maria Stella wrthi ei hunan, y gwrthwyneb oedd yn wir. Nid oedd wedi teimlo cystal ers amser maith. Bob bore ar ôl deffro, rhedai rhyw wefr drwy ei chorff, ac roedd yn eiddgar i wynebu'r diwrnod. Roedd gwybod bod ei llyfr yn nwylo'r argraffwyr, ac ar fin cael ei gyhoeddi, yn rhannol gyfrifol am yr egni newydd hwn, wrth gwrs. Edrychai ymlaen yn enbyd at y dydd pan fyddai'r cyfan yn cael ei ddatgelu wrth ddinasyddion Ffrainc, a phawb yn rhyfeddu ac yn gweld Chiappini am yr hyn ydoedd. Ond roedd mwy iddi na hynny. Y gwir amdani oedd fod Maria Stella'n mwynhau cynnwrf a chythrwfwl y gwrthryfel. Ac er mai gosod Chiappini yn ben oedd canlyniad arwynebol y gwrthryfel, roedd yr holl sôn am yr anfodlonrwydd yn y ddinas yn fêl ar ei bysedd. Bob tro yr âi Hélène neu Annette allan ar neges, a dod yn ôl gyda newyddion am yr holl heddlu'n eu gwylio, neu'r minteioedd o bobl oedd yn heidio yma ac acw drwy'r ddinas, teimlai wefr bleserus o gynnwrf. Pan fyddai'r bobl wedi cael digon, ac yn gwrthryfela unwaith eto, byddai Chiappini'n cael ei fwrw i'r llawr, a chymaint haws y byddai hi wedyn i'w lorio'n llwyr gyda'r cyhuddiadau yn ei erbyn a ddeuai'n amlwg i bawb cyn gynted ag y byddai ei llyfr ar gael i'r cyhoedd. O hyfryd ddydd! Bron na allai deimlo'r pleser corfforol o allu sathru Chiappini yn y llwch dan ei thraed, ei gicio a'i sathru nes bod ei esgyrn yn clecian a hollti, a'i gnawd yn bwdin, fel tâl am yr holl ddioddef roedd wedi achosi iddi drwy ei hoes.

Daeth yn ymwybodol fod Émile yn ceisio cael ei sylw wrth iddo besychu'n awgrymog wrth ei hochr.

'Ie, Émile?'

'Madame la baronne,' dechreuodd y gŵr ifanc ei chyfarch yn nerfus. 'Mi hoffwn i drafod mater personol, os ydi hynny'n dderbyniol gennych.' Cliriodd ei wddf, a sylwodd Maria Stella arno'n taflu cipolwg brysiog ar Hélène. Roedd golwg digon nerfus ar honno, a daeth rhagargoel sydyn iddi o'r hyn oedd i ddod. Felly'n wir!

Ailddechreuodd Émile siarad, a gwrandawodd

hithau'n amyneddgar wrth iddo ymlwybro'n hirwyntog drwy ei ddisgrifiadau o'i deimladau tuag at Hélène, a'i rhai hithau tuag ato yntau. Yna, pan ddechreuodd ddisgrifio'r ffordd roedd y teimladau hynny wedi datblygu, torrodd ar ei draws.

'Eisiau fy nghaniatâd i briodi ydych chi?'

Chwarddodd o weld wynebau cegrwth y ddau.

'Ydych chi'n meddwl fy mod i'n ddall?' fe'u heriodd. 'Roeddwn i wedi synhwyro'r ffordd roedd y gwynt yn chwythu ers amser. Mae'n anodd iawn i ddau ifanc gelu eu teimladau pan fyddant yn byw o dan yr unto – er fy mod wedi amau cyn hynny, wrth gwrs.' Oedd, roedd wedi bod yn ymwybodol o deimladau'r ddau at ei gilydd ers peth amser. O'r funud y dangosodd Hélène gymaint o ddiddordeb mewn addysgu'r tlodion, roedd wedi amau bod rhyw gymhelliad arall y tu ôl i'r diddordeb newydd hwnnw. Syllodd yn hir ar eu hwynebau, mor hir nes iddi weld y pryder yn ymddangos ar wyneb Hélène.

'Rydyn ni wedi bod yn trafod, Madame,' meddai honno. 'Mi alla i ddal i weithio fel cydymaith i chi yn ystod y dydd, os byddech chi'n fodlon i mi fynd i'm cartref fy hun gyda'r nos. Neu mi allwn i aros rai nosweithiau gyda chi, os dyna'ch dymuniad. Wna i ddim o'ch gadael yn llwyr.'

Efallai wir, meddai Maria Stella wrthi ei hunan. Efallai y byddai hynny'n gweithio'n dda, efallai na fyddai. Daeth i benderfyniad sydyn.

'Rydw i'n rhoi sêl fy mendith ar eich priodas,' cyhoeddodd wrthynt.

Roedd eu llawenydd mor amlwg nes iddi hithau gael ei thynnu i mewn i'w hapusrwydd, a threuliwyd gweddill y siwrnai'n trafod dyddiadau a threfniadau. Penderfynwyd y byddai'r briodas yn cael ei chynnal ddechrau Tachwedd, a mynnodd Maria Stella fod yn gyfrifol am drefnu'r brecwast. Wedi cyrraedd Neuilly, a rhannu'r newyddion gyda'r teulu yno, parhaodd yr hwyl, yn arbennig wedi i'r doctor dynnu allan potel o *champagne* oedd wedi bod yn ei feddiant ers blynyddoedd, a thywallt gwydraid i bawb. Cynigiwyd llwncdestun o hapusrwydd i'r pâr ifanc, a chododd pawb eu gwydrau. Yna, yn ystod y prynhawn, aeth Émile gyda'r doctor i'w ystafell breifat. Er mwyn tawelu cydwybod y doctor, roedd Émile eisoes wedi egluro mai syrthio i lawr grisiau cerrig serth ym Montmartre a wnaethai. Daeth y ddau yn eu holau dan wenu, a phwysleisiodd y doctor wrth yr arglwyddes nad oedd dim yn bod ar y llanc na fyddai amser a chariad (ychwanegodd gan roi winc) yn ei wella. Yn fuan wedyn, roedd yr arglwyddes a'i pharti ar eu ffordd yn ôl i Baris.

Pan gyrhaeddodd Maria Stella ei hystafelloedd, roedd Annette yn disgwyl amdani ac yn beichio crio.

'O, Madame, Madame!' meddai'n dorcalonnus, ond ni allai ddweud rhagor gan ei bod dan gymaint o deimlad.

'Edrych ar ei hôl,' gorchynnodd yr arglwyddes wrth Hélène. 'Rydw i'n mynd i weld beth sy'n bod.'

Edrychodd yn frysiog drwy ddrws pob ystafell, ond nid oedd dim i'w weld o'i le. Gan Suzanne, y gogyddes, y cafodd yr hanes yn y diwedd, wedi iddi alw Annette a hithau atynt yn y *salon*. Roedd Hélène ac Émile yno eisoes, ac eisteddodd y tri ohonynt i glywed beth oedd gan y ddwy forwyn i'w ddweud.

'Annette alwodd fi o'r gegin, Madame,' dechreuodd y gogyddes ar yr hanes. 'Roedd hi wedi dychryn, a ddim yn gwybod beth i'w wneud. Mi es i gyda hi i'r cyntedd, ac wedyn i'r fan hon.'

'Monsieur de la Tour oedd wedi galw, eisiau gweld Mademoiselle Hélène,' ychwanegodd Annette yn frysiog, fel pe bai arni ofn colli ei rhan yn y cynnwrf. 'Richard, y ffwtmon, atebodd y drws iddo, a dweud nad oedd Mademoiselle Hélène gartref. Mi welais i nhw. Roeddwn i wrth ddrws eich ystafell wely, Madame, ac mi es i sbecian.'

'Ble mae Richard?' holodd Maria Stella'n siarp. Sylweddolodd nad oedd hi wedi gweld y ffwtmon ers iddi ddychwelyd.

'Mae o wedi mynd, Madame,' atebodd y gogyddes. 'Wedi'i heglu hi.'

'Mi welais i Monsieur de la Tour yn rhoi ei law yn ei boced,' eglurodd Annette, 'ac yn tynnu bwndel o arian allan. Mi ddwedodd o rhywbeth yn dawel wrth Richard – allwn i ddim clywed ei eiriau – yna mi roddodd yr arian i Richard, a dyma hwnnw'n ei roi yn ei boced ei hun! Yna aeth y ddau i mewn i'r stafell hon, Madame, ac mi redais i at y gogyddes. Wyddwn i ddim beth i'w wneud.'

'Mi ddois yn syth i'r cyntedd,' ychwanegodd y gogyddes, 'a mynd ar eu holau i mewn i'r *salon*, Madame. Roedd y dyn – Monsieur de la Tour – yn chwilota yn nroriau eich bwrdd ysgrifennu, Madame. Roedd o wrthi'n tynnu pethau allan pan waeddais i arno i roi'r gorau i'w fusnesu.'

'Ie, Madame, mi ddywedodd Suzanne wrtho am fynd o'ma ar unwaith. Mi drodd ar ei sawdl wrth glywed ei llais, ac roedd golwg filain ar ei wyneb. Madame, roedd o'n codi arswyd arna i!'

'Dechreuodd ddadlau,' aeth Suzanne ymlaen â'r stori, 'a gweiddi ar Richard i'n hel o'r ystafell, ond doeddwn i ddim am gymryd unrhyw lol gan y llipryn hwnnw. Mi allwn i godi hwnnw a'i daflu allan drwy'r ffenestr ag un llaw, ac roedd y diawl yn gwybod hynny'n iawn.'

Ni allai Maria Stella lai na chytuno â'i chogyddes. Roedd gan y ddynes ysgwyddau a breichiau fel cigydd. Ond ni ddywedodd air. Aeth Suzanne yn ei blaen eto.

'Dyma fi'n gafael yn Richard gerfydd ei goler a dechrau'i lusgo tuag at y drws. Roedd hynny'n ddigon i'r ymwelydd. Diflannodd i lawr y grisiau fel petai'r diafol ar ei ôl, ac mi anfonais Richard i'w ddilyn.'

'Gyda chic yn ei ben-ôl,' ychwanegodd Annette gan ddechrau piffian chwerthin.

'Y dyn diarth,' torrodd Émile ar ei thraws. 'Wnaeth o fynd ag unrhyw bapurau efo fo?'

Edrychodd y gogyddes yn amheus.

'Wn i ddim, syr. Dydw i ddim yn meddwl.'

'Well i chi wneud yn siŵr, Madame,' awgrymodd Émile, a daliodd pawb eu gwynt nes iddi gadarnhau nad oedd dim i'w weld ar goll.

'Dydw i ddim am aros yma,' meddai'r arglwyddes y noson honno, wedi i bawb ymlacio ar ôl y cynnwrf. 'Rhaid i ni chwilio am ystafelloedd mewn *hôtel* arall, lle mae gwell trefn ar bethau, a gwell llygad yn cael ei gadw ar ddiogelwch y tenantiaid. Gwas i'r *hôtel* oedd Richard,' ychwanegodd, 'nid i mi. Dyna'r telerau. Roedden nhw i gyflogi ffwtmyn, a minnau i gyflogi unrhyw un arall a ddymunwn. Mae'n amlwg nad oeddynt yn gallu dewis yn gall. Bore fory,' cyhoeddodd wrth Hélène, 'rydyn ni'n mynd i chwilio am le newydd i fyw.'

XXXVI

Anfonodd Elin weddi fach daer i'r entrychion wrth i'r goets aros o flaen adeilad arall eto. Gobeithiai y byddai'r ystafelloedd hyn yn bodloni'r arglwyddes, fel y gallent roi'r gorau i'r chwilio. Gwelwyd o leiaf hanner dwsin o leoedd yn barod, pob un â'i fanteision a'i anfanteision, ond nid oedd yr un ohonynt wedi plesio'r arglwyddes yn ddigon iddi benderfynu mai yno yr oedd am fyw. Wrth ddod allan o'r goets edrychodd Elin i fyny, a gweld yr enw Hôtel de Bath uwchben y drws. Roedd hynny'n argoeli'n dda, meddyliodd, gan fod yr arglwyddes wedi sôn droeon cymaint yr oedd wedi arfer mwynhau'r ddinas honno yn Lloegr wrth iddi yfed y dyfroedd a mynychu'r Assembly Rooms. Roedd y cyfeiriad yn un da hefyd, ar rue de Rivoli, un o brif strydoedd Paris oedd yn rhedeg heibio'r Louvre, y Palais Royal, ac i fyny drwy'r Tuileries tuag at Place Louis XVI a'r Champs Élyssées i'r gorllewin, ac i'r dwyrain yn arwain heibio'r Hôtel de Ville at rue St Antoine a safle'r hen Bastille.

Ystafelloedd ar y llawr isaf oedd ar gael yma, oedd o fantais o ran symud y dodrefn, ac yn fwy diddorol ar gyfer gwylio'r drafnidiaeth a phobl yn mynd a dod bob dydd. Pan aethant i mewn, a'r arolygwr yn eu harwain yn wasaidd drwy'r ystafelloedd, penderfynodd Elin mai'r rhain oedd yr ystafelloedd crandiaf oedd ar gael. Suddodd ei chalon, fodd bynnag, pan holodd yr arglwyddes am storfeydd.

'Does dim digon o le yma i'm holl eiddo,' meddai'n ffroenuchel wrth yr arolygwr.

'Peidiwch â phoeni, *milady*,' atebodd hwnnw. 'Mae ystafelloedd ar gael yn yr atig i storio beth bynnag fydd dros ben. Dewch i'w gweld. Rydw i'n siŵr y cewch eich plesio.'

Dilynodd y ddwy ef i fyny pedair set o risiau nes roeddynt o dan y to. Cerddodd yr arolygwr ar hyd coridor llychlyd a datgloi drws yn y pen pellaf. Safodd i'r ochr er mwyn i'r arglwyddes ac Elin allu mynd heibio iddo. Rhyfeddodd Elin wrth weld ystafell mor braf oedd hi, er gwaethaf y llwch a'r diffyg dodrefn, a dwy ffenestr helaeth yn y to mansard. Croesodd yr arglwyddes at un ohonynt a'i hagor.

'Tyrd i weld, Hélène! Mae Paris gyfan oddi tanom.'

Wrth i Elin blygu allan a syllu mewn rhyfeddod i bob cyfeiriad, trodd yr arglwyddes at yr arolygwr.

'Ac fe fyddai'r ystafell hon at fy nefnydd i yn unig?' holodd. 'Fyddai neb arall yn cadw eu pethau yma?'

'Na fyddai, madame. Fe fyddai'r cyfan ar eich cyfer chi yn unig. Ac fe allaf ei chynnig i chi o fewn pris yr ystafelloedd islaw.'

'O'r gorau. Gadewch ni am ychydig, *m'sieur*, i mi gael trafod eich ystafelloedd gyda'm cydymaith.'

Moesymgrymodd y dyn cyn eu gadael a chau'r drws y tu ôl iddo. Trodd yr arglwyddes at Elin yn llawn cynnwrf.

'Beth wyt ti'n feddwl?' holodd yn eiddgar. 'Mi wnaiff y rhain y tro, rwy'n credu. Maen nhw'n ystafelloedd braf, yn tydyn? Mi alla i wylio'r *'teulu brenhinol'* (dywedodd y geiriau'n goeglyd) 'wrth iddyn nhw fynd a dod o'r Palais Royal – a chwerthin ar eu pennau.' Gadawodd y ffenestr a cherdded o amgylch yr ystafell. 'Mae digon o le yma i'r trynciau i gyd, beth bynnag,' meddai wedyn, ond wrth iddi siarad, hedfanodd aderyn y to bychan i mewn i'r ystafell. Curodd ei adenydd mewn braw wrth ei weld ei hun wedi ei ddal, ond yn ffodus llwyddodd i ddod o hyd i'r ffenestr agored heb wneud unrhyw niwed iddo'i hun, ac aeth allan eto.

'O'r peth bach!' ebychodd yr arglwyddes. 'Rhaid i mi ddod â briwsion iddo!'

Wedi hynny, doedd dim amheuaeth mai'r ystafelloedd yn yr Hôtel de Bath oedd dewis yr arglwyddes. Gwnaed y trefniadau gyda'r cyfreithwyr yn rhyfeddol o gyflym, ac ymhen tair wythnos roedd popeth yn barod ar gyfer y mudo.

Y trefniant oedd y byddai Elin yn mynd yn gyntaf gyda'r cerbyd oedd i gario'r dodrefn. Wedi hir drafod, roedd yr arglwyddes a hithau wedi penderfynu ar leoliad pob dodrefnyn yn yr ystafelloedd newydd, ac wedi gwneud nodiadau i'r perwyl hwnnw. Felly, gwaith Elin oedd arolygu'r dynion wrth iddynt ddadlwytho'r cerbyd, a gwneud yn siŵr eu bod yn gosod popeth yn ei le priodol. Yna, byddai gweddill eiddo'r arglwyddes yn cael ei drosglwyddo i'w chartref newydd. Gweithiodd y rhan gyntaf o'r trefniant yn ddi-fai, a dychwelodd Elin i rue Vivienne gyda'r cerbyd ar gyfer yr ail lwyth.

'Beth ar y ddaear fawr ...?' ebychodd pan welodd y llanast. Roedd Annette yn ei dagrau unwaith eto, wedi ei hamgylchynu gan y cistiau a'r trynciau oedd i fod yn barod ar gyfer y mudo, ond a oedd bellach wedi eu hagor yn flêr, a chynnwys pob un ohonynt wedi ei chwalu yn blith draphlith ar hyd llawr y cyntedd.

'Be sydd wedi digwydd?' holodd. 'Ble mae'r arglwyddes?'

Gan na allai Annette ei hateb, cerddodd Elin yn gyflym i'r *salon* a gweld ei meistres ar ei gliniau ynghanol mwy o lanast. Roedd hi'n brwydro am ei hanadl, a'r lliw rhyfeddaf ar groen ei hwyneb. Dychrynodd Elin drwyddi a brysio i godi'r arglwyddes ar ei heistedd.

Doedd dim cadair wrth law, wrth gwrs, ond llwyddodd i droi un o'r cistiau ar ei hochr a rhoi'r arglwyddes i eistedd arni. Tawelodd anadlu'r arglwyddes, a rhedodd Elin i'r ceginau i nôl gwydraid o ddŵr iddi. Wrth fynd drwy'r ystafelloedd, sylwodd fod pobman yn yr un cyflwr, a phob bocs, cist a thrync, oedd wedi cymryd oriau iddynt eu pacio, bellach yn wag, eu cynnwys yn gorwedd yn bentyrrau o bapurau, dilladau a chelfi. Sylwodd fod ambell blât a gwydr wedi torri, ac roedd hynny, rywfodd, yn ei chynddeiriogi'n fwy na dim.

'Pwy sy'n gyfrifol am hyn?' gofynnodd wedi i'r arglwyddes yfed ychydig o'r dŵr ac ymdawelu.

'Yr heddlu! A'th ffrind, Christophe!'

'Christophe?'

'Ie.'

'Am beth roedd o'n chwilio? Ddywedodd o? Oedd ganddo fo warant?'

'Oedd. Fe chwifiodd nifer o bapurau o dan fy nhrwyn, a dweud bod ganddo'r hawl i fynd drwy bopeth.'

'Ddaeth o o hyd i unrhyw beth? Aeth o â rhywbeth i ffwrdd efo fo?' Daeth ofn sydyn dros Elin. 'Gafodd o hyd i'ch papurau gwreiddiol?'

Ysgydwodd yr arglwyddes ei phen.

'Naddo, dim byd. A thrwy ryw drugaredd, roeddwn i wedi cuddio'r papurau pwysig yn y drôr cudd yn y bwrdd ysgrifennu. Roeddet ti wedi mynd â hwnnw'n barod.' Dechreuodd biffian chwerthin yn afreolus. 'Rydan ni wedi cael y gorau arno fo eto, Hélène!'

Rhoddodd Elin ei breichiau am ysgwyddau'r arglwyddes a'i chofleidio, yna mwythodd ei chefn i'w thawelu. Cymerodd yr arglwyddes anadl hir, a phan siaradodd nesaf, roedd ei llais yn dawel.

'Roedd o mor hyll efo fi, Hélène, mor ddigywilydd. Ddangosodd o ddim parch tuag ataf o gwbl. Roedd o mor wahanol i'r troeon o'r blaen. Alla i ddim credu ...'

'Mae arna i ofn mai rŵan rydan ni'n gweld y gwir Christophe,' torrodd Elin ar ei thraws yn chwerw. 'Mi ddywedodd ei fod wedi cael gwaith newydd. Mae'n rhaid mai gyda'r heddlu yr oedd hynny,' ac adroddodd yr hyn roedd Émile wedi'i ddweud wrthi am noson yr ymosodiad. Wedi iddi orffen siarad, sylwodd fod yr arglwyddes wedi dechrau crynu. Aeth i siarad yn llym ag Annette, a dweud wrthi am ymwroli, cyn ei hanfon at berchnogion yr *hôtel* i 'mofyn diod gynnes i bawb.

Daeth y perchennog ei hun â'r ddiod, a manteisiodd Elin ar y cyfle i gael gair ag ef. Trefnwyd i anfon yr arglwyddes ac Annette yn y goets i'w cyfeiriad newydd, ac y byddai'r gogyddes ac Elin yn aros i glirio'r llanast a chludo popeth o'r adeilad. Addawodd y perchennog y byddai'n anfon gweision i'w cynorthwyo, a dyna a fu. Yn y cyfamser, llwyddodd Elin i anfon nodyn brysiog at Émile i egluro beth oedd wedi digwydd. Gofynnodd iddo alw heibio i'r Hôtel de Bath y noson honno, os oedd o'n rhydd. Pan oedd popeth yn barod am yr eildro, a hithau wedi dechrau nosi, gadawodd Elin a Suzanne y gogyddes yr adeilad am y tro olaf. Wrth iddi ddringo i gerbyd y mudwyr dodrefn, sylwodd fod yr heddlu'n dal yno'n eu gwylio, er nad oedd hanes o Christophe. Teimlai Elin fel tynnu ei thafod allan arnyn nhw, ond sylweddolodd mai dim ond eu cynddeiriogi wnâi hynny, a'u tynnu i'w phen efallai.

Y noson honno, cyrhaeddodd Émile pan oeddynt yn bwyta'u swper. Roedd o'n gandryll, ond ymdawelodd wrth i'r arglwyddes ei wahodd i eistedd i lawr gyda hwy a chael tamaid o fwyd. Roedd wedi dychwelyd i'w ystafelloedd ei hun y diwrnod ar ôl yr ymweliad â Neuilly, ac nid oedd yr arglwyddes wedi ei weld ers hynny.

'Mae hi'r un fath gyda'r papurau newydd!' dwrdiodd

Émile. 'Prin fod 'na dri mis ers arwyddo'r siarter newydd a sicrhau rhyddid y wasg, ac eisioes mae'r diawl brenin 'na'n torri'i air! Cavaignac oedd yn iawn! Wyddoch chi fod nifer o'r papurau gweriniaethol wedi cael eu herlid yn barod, ac wedi cael dirwyon trwm?' Siaradodd yn daer â'r arglwyddes. 'Rhaid i chi gadw'ch papurau'n ddiogel! Does wybod i ba eithafon yr aiff yr heddlu!'

Wedi iddynt orffen bwyta a mynd i eistedd yn y *salon*, cofiodd Émile fod ganddo anrheg i'r arglwyddes, ac aeth i'w 'mofyn o'i gôt fawr.

'Meddwl y basech chi'n cael hwyl efo'r rhain!' meddai wrth roi nifer o gylchgronau iddi. Gallai Elin weld clawr un ohonynt: *La Caricature*. Dechreuodd yr arglwyddes chwerthin yn syth, a phasio'r cylchgrawn iddi. Gwawdlun oedd o, gwawdlun o Louis-Philippe, ei ben ar ffurf gellygen anferth, ac wrth edrych drwy weddill y cylchgrawn, gwelodd fwy ohonynt. Roeddynt i gyd mor glyfar, mor ddoniol, nes iddi hithau ddechrau chwerthin gyda'r arglwyddes.

'Émile!' meddai'r arglwyddes, 'rhaid i mi gael y cylchgrawn hwn bob wythnos! Mae'n werth y byd i godi calon!'

Gwenodd Émile arni, a'i sicrhau y byddai'n mynd ag un draw iddi yn syth o'r wasg. Yna sobrodd.

'Madame la baronne,' meddai, 'cefais neges heddiw oddi wrth eich argraffwyr. Mae eich llyfr bron yn barod – rhyw wythnos arall, efallai, i orffen ei rwymo. Ydych chi wedi meddwl am le i'w cadw?'

'Wel, nagydw. Roeddwn i'n meddwl mai'r argraffwyr fyddai'n eu cadw nes bydden nhw'n mynd allan i'r siopau llyfrau a'r llyfrgelloedd.'

Ysgwyd ei ben wnaeth Émile.

'Mae'n rhy beryglus, yn enwedig os ydi'r heddlu wedi dod i wybod am y llyfr. Digon hawdd iddyn nhw gael gwarant i chwilio gweithdy'r argraffwyr a chymryd y cyfan.' Yna ychwanegodd, 'Fyddai hi ddim yn deg, chwaith, i'r argraffwyr gael eu cosbi, a cholli eu trwydded argraffu oherwydd y llyfr.'

'Na fyddai, wrth gwrs,' cytunodd yr arglwyddes. 'Doeddwn i ddim wedi meddwl am yr agwedd yna ar bethau.' Meddyliodd am rai munudau cyn ysgwyd ei phen. 'Ond does gen i unman ar eu cyfer.'

'Émile, beth am yr adeiladau y tu cefn i swyddfa'r *National*? Mae digon o le yn fan 'no,' awgrymodd Elin.

'Wn i ddim,' atebodd yn anfoddog. 'Faswn i ddim am i'r papur ddioddef oherwydd y llyfr, chwaith. Efallai ...' petrusodd am eiliad. 'Efallai y gallwn ni ddefnyddio'r ystafell ddosbarth. Mae pantri bychan yn y cefn lle mae nifer o lyfrau ysgol yn cael eu cadw'n barod. Gallwn eu cadw yn y fan honno. Fyddai hynny'n iawn efo chi, Madame? Fy nghyfrifoldeb i yw'r ystafelloedd hynny, ac ni fyddai modd i'r papur gael ei ddirwyo, nac i'r golygyddion gael eu carcharu.'

Diolchodd yr arglwyddes iddo, a'i sicrhau na fyddent yno'n hir.

'Alla i ddim gadael i chi beryglu'ch hunan i'r fath raddau ar fy rhan i,' ychwanegodd. 'Mi ddechreua i chwilio am le diogel yfory – efallai na fydd raid i chi eu cadw o gwbl.'

Methiant fu ei hymdrech yn y tymor byr, fodd bynnag, ac fe drefnwyd i anfon y llyfrau gorffenedig i'r ystafell ddosbarth yng nghefnau papur *Le National*. Trefnodd Émile y cyfan gyda chymorth Godefroy Cavaignac, er nad oedd yr un o'r ddau nac Elin i gymryd rhan yn eu derbyn a'u storio, rhag ofn fod yr heddlu'n eu gwylio.

Roedd yr arglwyddes mewn gwewyr ddydd a nos. Treuliai bob bore yn bwydo'r adar y to gyda bara sych o'r diwrnod cynt, gan ddenu heidiau ohonynt i'r storfa, a phob prynhawn yn edrych dros ei pharatoadau ar gyfer

397

dosbarthu'r llyfr. Ei bwriad oedd ysgrifennu ymlaen llaw at y gwerthwyr, nes i Émile egluro wrthi y gallai hynny roi rhybudd i'r heddlu pwy fyddai'n dosbarthu'r llyfr, gan roi cyfle wedyn iddynt atal gwerthiant yr hunangofiant. Er iddi ddilyn ei gyngor nid oedd ei rybudd yn ddigon i darfu ar ei phleser, fodd bynnag, wrth i'w breuddwyd ddod gam yn nes tuag at gael ei gwireddu.

Wythnos yn ddiweddarach, daeth neges yn dweud bod y llyfrau wedi cyrraedd yr ystafell ddosbarth. Ceisiodd Elin anwybyddu'r pentyrrau o becynnau mewn papur brown wrth iddi baratoi ar gyfer gwersi'r wythnos honno, ond roedd yn ysu am gael gweld y llyfr gorffenedig.

'Mi gei di fynd ag un pecyn adref efo ti, i'w ddangos i'r arglwyddes,' addawodd Émile, a chadwodd ei air. Wrth iddi glirio a chario'r celwrn cawl gwag i'r goets, gosodwyd y parsel dan flanced teithio'r arglwyddes.

'Mi fydda i draw nos fory,' meddai Émile wrth ffarwelio, 'ac mi gawn ni ddechrau ar y dosbarthu. Gorau po gyntaf, yn fy marn i. Dydw i ddim yn hapus o gwbl i gael y llyfrau fan hyn.'

'Mae o'n edrych yn dda, Hélène!' ebychodd yr arglwyddes wrth droi'r copi cyntaf o'i llyfr yn ei llaw. Roedd yn rhaid i Elin gytuno â hi. Rhoddwyd cloriau o liw brown brith i'r gyfrol, a meingefn o femrwn lliw hufen. Darllenodd Elin yr wyneb ddalen:

MARIA STELLA

ou

ÉCHANGE CRIMINEL

D'UNE DEMOISELLE DU PLUS HAUT RANG

*

Se vend au profit des pauvres

*

A PARIS
et dans les departemens
CHEZ LES PRINCIPAUX LIBRAIRES
*
1830

Gyferbyn â'r wyneb ddalen roedd y print o Louis-Philippe, brenin Ffrainc. Nid oedd darlun arall ynddo o gwbl.

Ochneidiodd yr arglwyddes yn fodlon.

'O'r diwedd!' meddai'n dawel.

Fedrai Elin ddim cysgu'r noson honno. Roedd cuddfan y llyfrau'n rhy amlwg, a golygai lawer mwy o berygl i Émile nag roedd hi'n fodlon ei dderbyn, beth bynnag ei deimladau ef ynglŷn â'r mater. Wrth i'r awyr ddechrau goleuo ddechrau diwrnod arall, penderfynodd y buasai'n ymweld â Wiliam. Roedd ganddi'r esgus berffaith: ef oedd i'w chyflwyno ddiwrnod ei phriodas, a gallai smalio mai angen trafod un neu ddau o bethau gydag ef ynglŷn â hynny yr oedd hi. Cafodd le ar y *diligence* cyhoeddus, ac roedd hi yn Neuilly erbyn canol y bore.

Bu'n rhaid iddi dreulio peth amser gyda Francine a'r plant, wrth gwrs, cyn gallu awgrymu mynd am dro ar hyd glannau afon Seine gyda Wiliam. Esgusododd ei hun wrth Francine drwy ddweud eu bod am ymarfer eu Cymraeg.

'Rargian fawr!' ebychodd Wiliam wedi iddi gyflwyno ei chais iddo. 'Wyt ti'n gwybod be ti'n ei ofyn? Wyt ti o ddifrif yn disgwyl i mi beryglu popeth rydw i, Francine a'r doctor wedi bod yn gweithio arno ers blynyddoedd oherwydd rhyw lyfr twp?'

Erbyn iddo orffen, roedd ei lais wedi codi'n floedd. Ceisiodd Elin ei dawelu.

'Wiliam, rhywbeth dros dro fyddai o. Ychydig wythnosau fan bellaf. Faswn i ddim yn gofyn heblaw fod pethau mor anodd arnom ni.' Disgrifiodd fel y bu i'r heddlu chwilota drwy eu heiddo ddwywaith, a dywedodd y gwir am anafiadau Émile. Ond wrth iddi siarad a cheisio perswadio'i brawd, dechreuodd hithau deimlo cywilydd am ofyn y fath gymwynas ganddo. Sylweddolodd nad oedd hi, mewn gwirionedd, wedi meddwl o ddifri am y goblygiadau o safbwynt Wiliam, er gwaethaf ei holl droi a throsi'r noson cynt. Sut allai hi ofyn iddo beryglu gwaith ei fywyd fel hyn?

'Wel, wn i ddim wir,' meddai Wiliam wedi iddi dewi. Rhedodd ei ddwylo drwy ei wallt. Teimlai Elin mor anghysurus fel iddi fod ar fin dweud wrtho am anghofio'r cyfan pan ddechreuodd Wiliam ei holi.

'Oes 'na lawer ohonyn nhw?'

'Rhyw ddau gant,' atebodd.

'Sut fasech chi'n dod â nhw draw heb i neb eich gweld?'

Roedd Elin eisioes wedi datrys y broblem honno yn ei gwely, ond yn awr, yng ngolau dydd, gallai weld cymaint o berygl fyddai hynny'n ei olygu i'r doctor a Wiliam a'r plant.

'Meddwl defnyddio'ch cert oeddwn i, cario ychydig ar y tro yn ei gwaelod,' meddai, a'i llygaid ar y llawr. 'Mae honno'n mynd 'nôl a 'mlaen bob dydd rhwng Paris a Neuilly efo'r plant, a phawb wedi arfer ei gweld. Fyddai neb yn eich drwgdybio.' Cododd ei phen i edrych ar ei wyneb. 'Ond Wiliam, rydw i'n gweld rŵan pa mor wirion o beryglus oedd fy nghynllun. Alla i ddim rhoi pawb ohonoch chi mewn perygl er fy mwyn i. Anghofia'r cyfan ddywedais i. Mae'n ddrwg gen i.'

Nid atebodd Wiliam hi, a cherddodd y ddau yn eu blaenau heibio i bysgotwr gobeithiol oedd yn dal ei wialen yng nghysgod llwyn bythwyrdd. Bu tawelwch rhyngddynt nes iddynt gyrraedd y bont nesaf. Yno, heb ddweud gair, trodd y ddau'n ôl am La Grange. Rhyw ganllath o'r hen ffermdy, safodd Wiliam.

'Mae 'na hen adeilad allan ar y caeau sydd yn rhan o ddaliad y doctor,' meddai'n araf. 'Does neb yn ei ddefnyddio, decini, heblaw ambell gardotyn yn chwilio am loches gefn gaeaf. Mae o'n hollol sych.'

Syllodd Elin arno, yn ofni codi'i gobeithion.

'Mi faswn i'n gallu cario ychydig o lyfrau ar y tro dan dusw o wellt neu wair – mi rydan ni'n cadw porthiant gaeaf ynddo fo weithiau. Y broblem fydd sut i'w cael nhw o'ch ystafell ddosbarth i'r cert. Efallai y gallwn ni ddefnyddio Boîte a'i gerbyd.'

'Wyt ti o ddifrif, Wiliam?'

'Ti'n siŵr mai dros dro yn unig fydd o?'

Nodiodd Elin ei phen yn egnïol.

'Ac ydi Émile yn meddwl bod hyn yn syniad da?'

Diar mi, meddyliodd Elin. Y maen tramgwydd! Doedd Émile yn gwybod dim am ei chynllun, wrth gwrs. Tybiai y byddai ef wedi sylweddoli'r perygl i denantiaid La Grange yn syth, ac wedi wfftio at y syniad.

'Dydi o ddim yn gwybod, Wiliam. Ceisio'i arbed o ydw i. Dydw i ddim yn siŵr a fyddai'n cymeradwyo'r syniad.'

Yn rhyfedd iawn, roedd y newydd hwn fel petai'n calonogi Wiliam.

'Dyna fo, 'ta! Rhaid i mi weld beth alla i ei wneud i aelod diweddaraf y teulu! Ond gad pethau am ddiwrnod neu ddau, i mi gael cyfle i feddwl. Dydan ni ddim isio bod yn fyrbwyll a dinistrio'r cyfan. Wna i ddim sôn gair wrth Francine na'r doctor am hyn. Paid ti â gwneud chwaith.'

'Na wnaf, siŵr.'

Erbyn iddynt gyrraedd yn ôl, roedd Francine wedi paratoi bwyd ar eu cyfer, a theimlodd Elin yn ysgafn ei chalon am y tro cyntaf ers dyddiau. Allai hi ddim credu mor ffodus ydoedd o gael brawd fel hwn yn gefn iddi mewn gwlad dramor. Rhyfedd yw ffyrdd rhagluniaeth, chwedl Mam a Tante Sophie, meddyliodd yn hapus. Rhoddodd wersi ychwanegol i Boîte a Grimpe, gan ei bod hi yno, yna roedd yn amser iddi gychwyn yn ôl. Gwrthododd gynnig Wiliam i'w hebrwng at y *diligence*: roedd wedi cymryd gormod o'i amser yn barod, ac roedd ganddo gymaint o waith dal i fyny nes iddo orfod gofyn i Grimpe ei helpu. Wrth ffarwelio, addawodd Elin y byddai'n ei hôl ymhen deuddydd i siarad gyda Francine, i gael gwneud trefniadau pellach ar gyfer y briodas.

XXXVII

Sylwodd Elin ar y *fiacre* ddu ym mhen y ffordd i La Grange wrth iddi gerdded tua chanol y pentref, ond ni feddyliodd ddwywaith amdani. Daeth yn ymwybodol o bedolau'r ceffyl yn taro cerrig y ffordd, fodd bynnag, a sylweddolodd fod y *fiacre* wedi dechrau symud y tu ôl iddi. Yn raddol, daeth yn ymwybodol fod y cerbyd yn ei ddilyn yr holl ffordd i'r sgwâr lle byddai'r *diligence* yn codi ei theithwyr. Wrth baratoi i groesi'r stryd tuag at y sgwâr, edrychodd Elin o'i chwmpas a gweld bod y *fiacre* yn anghyfforddus o agos iddi. Cafodd fwy o fraw pan arhosodd y cerbyd o'i blaen, gan ei rhwystro rhag croesi'r stryd. Roedd y gyrrwr yn ei gwylio, a'r chwip hir yn ei law yn chwifio 'nôl a 'mlaen yn araf. Roedd bygythiad yn y symudiad, awgrym y byddai'r gyrrwr wrth ei fodd yn cael defnyddio'r chwip ar ei chefn. Hoeliwyd Elin i'r fan, ei llygaid yn dilyn symudiad hypnotig y chwip.

'Elin Mair! Pwy fasa'n meddwl y baswn i'n dy weld di yma!' meddai llais o gefn y *fiacre*.

Fferrodd o glywed y llais. Yn araf trodd i'w wynebu.

'Christophe!'

Roedd yn sefyll ar ris y *fiacre*, gan bwyso yn erbyn y drws agored.

'Mynd yn ôl i Baris? Alla i gynnig lle i ti yma? Llawer mwy cyfleus na'r *diligence*, a llawer mwy cyfforddus!'

'Dim diolch,' atebodd hithau'n chwyrn, a cheisio cerdded i ffwrdd. Daeth blaen ffon y chwip i lawr yn gyflym ond yn ysgafn a phwyso yn erbyn blaen ei hys-gwydd. Arhosodd yn ei hunfan.

'Rhaid i mi fynnu fy ffordd, mae arna i ofn,' meddai Christophe wedyn. 'Tyrd yn dy flaen! Rydan ni'n hen ffrindiau.'

Ni allai Elin ei ateb. Llanwyd hi ag ofn, ond doedd wiw iddi ddangos hynny i'r gelyn. Aeth ei cheg yn grimp, ond llwyddodd i wenu'n wantan, a derbyn y gwahoddiad oedd mewn gwirionedd yn orchymyn.

'Diolch yn fawr,' atebodd wrth i Christophe ei helpu i mewn i'r goets fechan.

Cyn gynted ag y caewyd y drws, cychwynnodd y cerbyd a sylweddolodd Elin eu bod yn anelu am Baris. Siaradai Christophe yn ddi-baid wrth iddynt droi o'r ffordd lychlyd a mynd drwy'r Porte de Champerret. Câi ei hysgytian yn ddidrugaredd wrth i'r cerbyd dramwyo ar hyd y strydoedd coblog.

'Sut mae trefniadau'r briodas yn dod yn eu blaen?' holodd, yna ysgydwodd ei ben yn drist. 'Mi dorrais fy nghalon pan glywais i'r newyddion am eich priodas. Roeddwn i mor sicr fod gen i obaith o ennill dy serch. Ond bellach,' ochneidiodd yn ddramatig, 'mae'n rhy hwyr!'

Roedd ei haerllugrwydd yn ddigon i beri i'w gwaed ferwi. Y diawl diegwyddor, damiodd ef. Roedd Elin wedi gwylltio cymaint fel na allai ddweud yr un gair. Ar yr un pryd, teimlai fel llygoden fach wedi ei dal mewn caets, a Christophe y gath yn ei phoenydio. Proc bach ysgafn fan hyn, trawiad sydyn fan draw cyn i'r ewinedd ddod allan a'i thrywanu i farwolaeth. Am faint fyddai hyn yn para? Beth oedd o am ei wneud â hi?

Ni pheidiodd y sgwrs unochrog nes iddynt gyrraedd canol y ddinas. Wrth weld y golygfeydd cyfarwydd yn dod i'r golwg, ymwrolodd Elin ddigon i ddiolch i Christophe am ei garedigrwydd, a gofyn iddo ei gollwng yn y Place Louis XVI.

'Rhaid i mi fynd â thi yr holl ffordd adre!' atebodd Christophe. 'Alla i ddim gadael i ti gerdded y strydoedd ar dy ben dy hun. Rydan ni'n byw mewn amseroedd peryglus!'

Pwysodd Elin yn ôl yn ei chornel a syllu allan drwy'r ffenestr. Ceisiodd feddwl am ffordd o ddianc. Oedd gobaith iddi allu agor y drws a neidio allan o'r *fiacre* wrth iddi symud? Roedd y ceffyl yn tuthian, a phe bai hi'n syrthio wrth lanio, fe fyddai Christophe a'r gyrrwr yn cael gafael arni ar unwaith. Doedd dim amdani ond gobeithio'r gorau, a gweddïo am weld dorau'r Hôtel de Bath. Pan sylweddolodd fod y gyrrwr yn troi oddi ar rue de Rivoli, fodd bynnag, ac yn anelu am Pont Neuf, dechreuodd ofni o ddifrif.

'Gad fi'n rhydd!' gorchmynnodd wrth Christophe. Pan wrthododd ei hateb, ceisiodd Elin agor y drws. Roedd yn bwriadu neidio allan doed a ddelo!

'Waeth i ti heb,' clywodd lais Christophe yn ei siarsio'n wawdlyd. 'Wnaiff y drws ddim agor o'r tu mewn – rhag ofn i garcharorion ddianc.'

Suddodd ei eiriau i'w hymennydd.

'Ydw i'n garcharor, felly?' holodd yn dawel.

'Nac wyt, wrth gwrs – neu o leiaf, ddim eto! Nid os wyt ti'n ein helpu.'

Roedd pen Elin yn troi wrth i'r goets fynd heibio swmp anghyfeillgar y Châtelet a chroesi Pont Neuf. Cafodd gip ar erchylltra'r Conciergerie o'i blaen, a bu bron iddi lewygu. Yma, ar Île de la Cité, roedd pencadlys yr heddlu, a'r carchar.

Wyddai hi ddim am faint y cadwyd hi yno. Collodd bob ymdeimlad o amser. Wedi holi ei henw, ei chyfeiriad a'i chenedl, rhoddwyd hi mewn cell lle roedd pum gwraig arall eisoes yn disgwyl eu prawf. Puteiniaid. Puteiniaid mewn oed, neu o leiaf rai a edrychai'n hen, yn esgyrniog o ddiffyg bwyd, yn hagr a garw, ac yn syllu ar Elin fel anifeiliaid rheibus yn synhwyro ysglyfaeth. Roedd ganddi fwy o'u hofn hwy na Christophe a'i ddynion. Efallai mai dyna oedd y bwriad. Dwy fainc oedd yn y gell, a gwnaethpwyd yn eglur iddi o'r eiliad gyntaf nad oedd croeso iddi arnynt. Ni allai Elin dynnu ei llygaid oddi ar y merched: y pump yn dreuliedig, yn arw a dychrynllyd, yn waeth nag unrhyw ddarlun o wrachod a geid mewn storïau plant. Haws oedd ganddi ddygymod â'r llygod mawr a redai wrth ei thraed. Ac, wrth gwrs, roeddynt hwythau'n ei gwylio hithau. Nid yn unig yn ei gwylio, ond yn ei gwatwar a'i sarhau.

Ar y dechrau, llwyddodd i sefyll ar y gwellt anghynnes a orchuddiai'r llawr carreg. Penderfynodd y byddai'n rhaid i bethau fod yn enbyd iawn arni cyn y buasai'n ildio i blygu'i chorff ac eistedd yn y budreddi hynny o flaen llygaid gwatwarus y puteiniaid. Ni wyddai sawl awr a aeth heibio, ond teimlodd ryddhad pan glywodd sŵn traed yn agosáu ac yn aros y tu allan i'r drws. Tywyswyd hi o'r gell i gael ei holi, ac fe'i rhoddwyd hi i eistedd wrth fwrdd treuliedig mewn ystafell fechan dywyll oedd yn ogleuo'n llawn cyn waethed â'r gell. Câi'r ystafell ei goleuo gan lamp olew fyglyd a daflai gysgodion bwystfilaidd wrth i'r fflam anwadal losgi. Ond o leiaf roedd Elin ar ei phen ei hun yma, ac yn cael eistedd.

Yn y man, daeth Christophe i mewn i'r ystafell ac eistedd yr ochr arall i'r bwrdd.

'Wel, Elin Mair, sut wyt ti'n dygymod â'r gell? Am faint fydd yn rhaid i ti aros yno, tybed?'

Pan nad atebodd Elin ef, aeth Christophe yn ei flaen.

'Mi gei di fynd adref cyn gynted ag yr wyt ti'n ateb un cwestiwn. Dim ond un cwestiwn bach syml. Ble mae'r copïau o hunangofiant Arglwyddes Newborough?'

Syllodd Elin ar ei dwylo yn ei harffed, ond nid agorodd ei cheg. Gofynnodd Christophe yr un cwestiwn eto, ac eto ac eto, gyda'r un canlyniad bob tro. Wedi hanner awr o holi diffrwyth, dechreuodd golli ei dymer. Galwodd ar geidwad y gell i'w hebrwng hi'n ôl yno.

'Yno y cei di aros, Elin Mair, nes y byddi di'n ateb fy nghwestiwn! Mae'r cyfan yn dibynnu arnat ti. Jaques, ewch â hi i'r gell!'

Y peth gwaethaf ynglŷn â'r gell, penderfynodd Elin wedi iddi fod yn sefyll yno am oriau eto, oedd y bwced yn y gornel. Roedd yr arogl a ddeuai ohoni yn ddigon i droi'r stumog gryfaf, ond nid dyna oedd yn ei phoeni. Wrth i'r oriau fynd heibio, dechreuodd natur fynd yn drech na hi, ond ni allai oddef y syniad o orfod ildio i alwad natur o flaen y pum putain, ac eto i gyd, yn y pen draw byddai hynny'n anochel. Roedd gorfod sefyll, ynghyd â'r artaith o geisio gwrthsefyll yr angen i ddefnyddio'r bwced, yn groes roedd Elin wedi'i rhoi ar ei chefn ei hunan, ac roedd canlyniad cario'r baich hwnnw mor effeithiol ag unrhyw boenydio ar ran Christophe. Pan glywodd y ceidwad yn dychwelyd unwaith eto, roedd yn rhyddhad iddi, ac aeth i eistedd yn ddiolchgar ar y gadair yn yr ystafell holi.

Llwyddodd i osgoi ateb cwestiwn Christophe eto, a chafodd ei hun yn ôl yn y gell. Yr eiliad y caeodd drws ei chell o'i hôl, ysai Elin am gael clywed sŵn traed y ceidwad yn dod i'w llusgo allan unwaith eto, a'i hebrwng i'r ystafell holi. Yn yr oriau hynny ceisiau ganolbwyntio'i meddwl ar un peth: llais Émile yn dweud ei henw. Roedd hi mor hoff o'r sain, a'r ffordd roedd ei acen Ffrengig yn newid yr enw Cymraeg cyffredin yn rhywbeth llawer mwy deniadol. Dro ar ôl tro, sillafodd ei henw yn ei phen fel y clywai ei lais yn dweud y geiriau: Élîn Maïrre, yr 'r' ar y diwedd yn para cyhyd ag atsain taran ar noson stormus.

Disgynnodd ei horiau i batrwm undonog yn rhyfeddol o sydyn. Awr neu ddwy yn y gell, yna'i galw i'r ystafell fechan, foel. Tra cadwai Christophe hi'n disgwyl yno, ysai

407

Elin am gael cyweirio wic y lamp fyglyd er mwyn iddi daflu golau glân. Yna, deuai Christophe i'r ystafell ac eistedd gyferbyn â hi. Christophe yn taflu cwestiynau ati, a hithau'n eu hanwybyddu. Cuddiai'r tu ôl i'w mudandod. Yn fwy na hynny, defnyddiai'r distawrwydd fel arf i herio Christophe a'i hawl i'w chaethiwo yno. A'r un oedd y cwestiwn bob tro: ble roedd y llyfrau?

Collodd Elin gyfrif o'r nifer o weithiau y bu hi 'nôl a 'mlaen o'r gell. Ni wyddai ai nos ynteu dydd ydoedd, ond rywdro yn ystod ei charchariad, pan oedd hi ar fin rhoi'r ysbryd i fyny, cafodd y pum hwran eu troi allan o'r gell. Wedi iddynt fynd, gorweddodd yn ddiolchgar ar y fainc â'i wellt budr heb boeni dim am lau na chwain, a cheisio gysgu. Gwyddai nad oedd ei nerth yn ddi-ben-draw, ac ychydig iawn o gwsg a gawsai'r noson cynt, hefyd.

Mae'n siŵr iddi lwyddo i gysgu am awr neu ddwy cyn iddi gael ei galw i'r ystafell fechan am y tro olaf. Fel o'r blaen, fe'i gadawyd yno'n disgwyl am amser maith, ond doedd y driniaeth hon yn mennu dim arni. Pan gerddodd Christophe i'r ystafell, roedd ganddo bentwr o bapurau dan ei fraich. Cymerodd ei le wrth y bwrdd a gosod y papurau allan o'i flaen. Aeth amser heibio eto wrth iddo'u hastudio mewn tawelwch. O'r diwedd, cododd ei ben a gwenu arni.

'Wel, Elin Mair Tomos, 'dwyt ti'n un fach styfnig!'

Doedd dim ateb i hyn.

'Rwyt ti wedi creu trafferth i mi, Elin Mair Tomos, trafferth i mi ac i Monsieur Gisquet, fy meistr.'

Distawrwydd eto wrth iddo ailedrych ar ei bapurau.

'Felly, oherwydd dy styfnigrwydd di, mae Monsieur Gisquet wedi penderfynu ar gwrs sydd mewn gwirionedd yn erbyn ei ewyllys. Os nad wyt ti, wrth gwrs, yn ailfeddwl, ac yn rhoi'r wybodaeth i ni.'

Ni wyddai Elin beth a olygai gyda'r geiriau hyn, ac roedd ei meddwl yn rhy gymysglyd iddi fentro gofyn beth oedd o'n ei feddwl. Erbyn hyn, hefyd, roedd yn anodd torri ar yr arferiad o fod yn hollol dawel.

'Mae'r llwybr hwn yn achosi gofid mawr i Monsieur Gisquet. Dydi o ddim yn hoffi gorfod dinistrio dynion sydd mor amlwg yn gwneud gwaith da gyda'r tlodion. Meddylia am ymateb y dorf! Darganfod bod y dynion oedd yn ymddangos yn saint iddyn nhw mewn gwir-ionedd yn fradwyr! Meddylia am y ffordd maen nhw'n bloeddio am waed Polignac a'r lleill! Meddylia amdanyn nhw'n gweiddi "I'r gilotîn! I'r gilotîn â Pépineau! I'r gilotîn â Martineau a Thomas!" A'r cyfan o dy herwydd di!' Ysgydwodd ei ben yn araf. 'Sut alli di fyw efo hynny, 'sgwn i? Yr holl waith da'n cael ei chwalu, a gwybod mai dy fai di oedd y cyfan!'

'Be dach chi'n feddwl?' sibrydodd yn floesg.

'Yn ei feddwl? Meddwl dim, Elin Mair. Gwybod. Mi allwn ni gael tystiolaeth i ddangos fod Pépineau, dy frawd ac Émile wedi cynorthwyo mewn achos o deyrn-fradwriaeth, ac mae gweithred o'r fath yn cario'r gosb eithaf.'

'Feiddiech chi ddim!' sibrydodd Elin wedyn. 'Celwydd noeth fyddai'r fath ensyniadau!'

Gwenodd Christophe eto, a throi yn ôl at ei bapurau.

'Gad i ni weld, rŵan. Sawl bywyd wyt ti'n mynd i'w ddinistrio? Dy fywyd dy hun, wrth gwrs, a bywyd Émile. Y ddau ohonoch yn y carchar – dydyn nhw ddim yn caniatáu i wŷr a gwragedd aros gyda'i gilydd, cofia!' meddai'n watwarus. 'Efallai na chewch chi eich anfon i'r gilotîn, ond mae'n sicr na welwch chi eich gilydd am flynyddoedd maith – a phwy a ŵyr? Efallai na fyddwch yn adnabod eich gilydd yn y diwedd!' Chwarddodd fel petai'r darlun yn rhoi pleser iddo. 'Yna mae'r doctor, dy frawd a'i wraig, heb sôn am y plant mae'r doctor yn eu gwella a'r rhai mae Émile yn eu dysgu.'

'Dydi Wiliam a'r doctor ddim wedi gwneud dim byd o'i

le!' protestiodd Elin. 'Wyddon nhw ddim am y llyfr! Allwch chi ddim o'u cosbi nhw!'

'Elin fach, paid â bod mor ddiniwed! Wyt ti'n meddwl mewn difrif y byddai'r brenin a'i chwaer yn caniatáu i'r doctor aros ar eu heiddio ac yntau â chysylltiadau mor amlwg efo'r bobol sy'n ceisio dinistrio'r frenhiniaeth? Mi fydd y doctor da allan ar y stryd o fewn eiliadau i'r newyddion dorri – os nad yn y carchar.'

'Ond dydi hynny ddim yn deg! Maen nhw'n ddieuog o bopeth!

Cododd ei ysgwyddau.

'Nid yn fy nwylo i mae'r modd i'w hachub! Ond dydw i ddim wedi gorffen rhestru'r enwau. Mae'n siŵr y byddai'n rhaid i ni roi Godefroy Cavaignac yn y ddalfa, ac Armand Carrel, a'r argraffwyr, wrth gwrs! Yna'r bobl fydd yn marw ar y strydoedd os bydd y llyfr yn ysgogi gwrthryfel arall! Onid ydi Paris wedi dioddef digon fel y mae hi? Bydd y carchardai – a'r mynwentydd – yn llawn, Elin Mair, a'r cyfan oherwydd dy styfnigrwydd di.'

Gwnaeth gamgymeriad drwy roi gormod o gyfrifoldeb ar ei hysgwyddau. Ymwrolodd ddigon i'w herio.

'Rydych chi'n anghofio un person,' meddai wrtho'n chwerw. 'Dydych chi ddim wedi sôn am yr arglwyddes.'

Daeth gwên fach gam i'w wefusau.

'O na, Elin Mair, dydw i ddim wedi anghofio'r arglwyddes! Ond yn ffodus iddi hi, mae rhywun llawer uwch na ni yn cymryd gofal arbennig ohoni! Bydd hi'n goroesi hyn i gyd heb farc yn ei herbyn. Allwn ni ddim gweld bai ar bobl wallgo, na allwn? Dydyn nhw ddim yn gyfrifol am yr hyn maen nhw'n ei wneud yn eu gwallgofrwydd. Ond meddylia am y gweddill: Émile a Wiliam – y ddau berson pwysicaf yn dy fywyd – yn cael eu dinistrio gennyt! Y doctor, Francine, y plant ...'

Gwasgodd ei dwylo ar ei chlustiau a chaeodd ei llygaid. Allai hi ddim goddef clywed rhagor. Roedd o'n dweud y gwir! Sut allai hi ddinistrio bywydau pawb? Oedd llyfr yr arglwyddes mor bwysig â hynny mewn gwirionedd? Pa wahaniaeth fyddai ei gyhoeddi yn ei wneud iddi? Atseiniai geiriau Lafont d'Aussonne yn ei phen: dim ond gofid ddeuai i'w ganlyn! Gofid i gymaint o bobl, gofid i bawb!

Camgymerodd Christophe ei distawrwydd fel arwydd ei bod hi'n dal i'w wrthwynebu. Rhedodd ei fysedd drwy'r papurau, a thynnu tri ohonynt allan o blith y gweddill. Roedd golwg ofidus, drist ar ei wyneb wrth iddo afael mewn ysgrifbin, agor y botel inc, gwlychu'r bin ynddo a rhoi ei lofnod ar bob un o'r tri phapur. Ysgydwodd ei ben yn ddigalon wrth daflu tywod dros yr inc i'w sychu, ac yna ei chwythu oddi ar y papurau. Yna edrychodd ar Elin.

'Does gen i ddim dewis, felly,' meddai, gan ddal y papurau allan iddi. 'Rwyt ti wedi fy ngorfodi i arwyddo'r warant i restio Émile, Wiliam a Pépineau ar gyhuddiadau o deyrnfradwriaeth. Petaset ti ond wedi cydweithio â ni, a'r llyfrau'n cael eu dinistrio, fyddai dim rhaid gwneud hyn. Mi fyddai pawb yn ddiogel, pawb yn rhydd.' Cododd o'r bwrdd ac anelu at y drws.

'Paid!'

Trodd i edrych arni.

'Paid â gwneud hynny,' sibrydodd, a'r dagrau'n rhedeg i lawr ei gruddiau. 'Mi ddyweda i lle mae'r llyfrau.'

XXXVIII

Gollyngodd y *fiacre* hi'r tu allan i'r Hôtel de Bath, y gyrrwr yn clecian ei chwip ar y ceffylau cyn gynted ag y cyffyrddodd ei thraed â'r palmant, gan ei gadael yn sefyll yno'n rhyfeddu at ei rhyddid. Edrychodd Elin o'i chwmpas fel petai wedi glanio ar y lleuad. Ychydig dros bedair awr ar hugain oedd wedi mynd heibio ers iddi sefyll yn yr union fan hon, ac yn yr amser byr hwnnw, roedd popeth wedi newid. Gwyliodd y bobl yn gwthio heibio iddi ar y palmant, pob un yn brysur gyda'i fywyd ei hun. Onid oedden nhw'n sylweddoli mai rhith oedd y cyfan? Nad oedd y ffasiwn beth â bywyd cyffredin yn bodoli? Y gallai'r digwyddiad lleiaf droi eu bywydau bach cyfforddus yn hunllef? Roedd ambell un yn syllu'n ôl arni fel petai hi'n wallgof, ac yn camu'n frysiog led braich i ffwrdd heibio iddi. Llais Annette yn galw ei henw ddaeth â hi at ei choed. Ar y dechrau nid ymatebodd i'r enw twp roedd yr arglwyddes wedi ei roi arni. Teimlai'n biwis. Pam na allai'r feistres fodloni ar ei henw bedydd, fel pawb arall? Maria gyntaf, yna Hélène! Beth ddiawl oedd yn bod efo Elin Mair? Roedd fel petai ei hymdrechion i gael newid ei henw'i hun yn ei gorfodi i newid enwau pawb o'i chwmpas. Ysgydwodd Annette ei braich.

'Hélène! Ble rwyt ti wedi bod? Mae pawb yn chwilio amdanat ti! Tyrd yma. Mae'r arglwyddes allan o'i cho yn poeni amdanat ti.'

Gadawodd i Annette ei harwain i mewn i'r adeilad, a

chyn pen dim roedd hi'n sefyll o flaen yr arglwyddes. O weld y siom a ymddangosodd am eiliad ar wyneb Maria Stella, daeth Elin yn ymwybodol o gyflwr ei chorff a'i dillad.

'Ga' i fynd i 'molchi?' oedd y cyfan y gallai ei ddweud, ond anwybyddodd yr arglwyddes ei geiriau. Dechreuodd ei chofleidio a ffysian o'i chwmpas.

'Hélène! Rwyt ti'n ddiogel! Diolch i'r Nefoedd! Ond beth sydd wedi digwydd i ti? Ble buost ti'r holl amser? Mae Émile a Wiliam allan yn chwilio amdanat ti'r funud hon. Rydan ni wedi bod yn poeni drwy'r nos! Annette,' trodd at y forwyn, 'dos i anfon negesydd i Neuilly, i ddweud bod Hélène adref yn ddiogel.'

'Ga i fynd i 'molchi?' gofynnodd Elin drachefn. Dyna'r cyfan y gallai feddwl amdano. Teimlai'n aflan, yn sathredig a halogedig, fel petai budreddi'r carchar wedi baeddu ei henaid.

Aeth yr arglwyddes â hi i'w hystafell a chyn pen dim roedd y gogyddes wedi cyrchu dŵr poeth i lenwi'r twb baddon. Tywalltodd yr arglwyddes ychydig o'i phersawr rhosynnau i'r dŵr, ond ysgwyd ei phen wnaeth Elin pan gynigiodd yr arglwyddes ei dadwisgo.

'Eisiau llonydd,' meddai, ac wedi ychydig mwy o ffwdanu, aeth yr arglwyddes oddi yno a'i gadael mewn tawelwch.

Wedi iddi suddo'n ddiolchgar i'r dŵr poeth persawrus, dechreuodd Elin deimlo'i chyhyrau'n ymlacio. Brwydrodd yn erbyn yr ysfa i syrthio i gysgu yn y fan a'r lle. Roedd wedi blino mwy nag a wnaethai ar unrhyw adeg arall yn ei bywyd. Ond roedd un ffaith yn sicrhau na ddeuai cwsg i'w rhan, er gwaethaf cynhesrwydd y dŵr a'r arogl hyfryd. Wrth i'w chorff deimlo'n fwyfwy esmwyth, roedd ei meddwl yn aflonyddu, fel petai'r hualau emosiynol a grëwyd gan y carchar yn disgyn yn rhydd, a hithau, bellach, yn methu osgoi'r gwirionedd: roedd hi wedi bradychu'r arglwyddes.

Roedd yr atgof fel tân dan ei chroen. Neidiodd allan o'r baddon fel petai'r dŵr wedi llenwi â nadroedd, a dechrau ei sychu ei hun yn wyllt. Ysai am allu hedfan i ffwrdd fel adar to'r arglwyddes, hedfan adref i Gymru fach a chuddio o olwg pawb. Unrhyw beth i allu osgoi wynebu'r arglwyddes a chyfaddef beth roedd hi wedi ei wneud. Ond sylweddolodd nad oedd dihangfa i'w chael, ac yn raddol fe arafodd ei symudiadau, a gorffennodd sychu ei hunan a gwisgo'n bwyllog cyn gadael yr ystafell i wynebu'i thynged.

Roedd Émile a Wiliam yn disgwyl amdani yn y *salon* gyda'r arglwyddes. Rhedodd Elin i freichiau agored ei dyweddi a chuddio'i hwyneb yn ei frest. Torrodd y llifddorau, a ffrydiodd y dagrau o'i llygaid. Bu'n wylo'n afreolus yn ei freichiau am rai munudau cyn i Émile lwyddo i'w thawelu a'i rhoi i eistedd ar y *chaise longue*. Eisteddodd yntau un ochr iddi, a daeth Wiliam i'r ochr arall, gan afael yn ei llaw yn dyner.

'Beth ddigwyddodd i ti, Elin?' gofynnodd ei brawd.

'Cymer dy amser,' ychwanegodd Émile. 'Does dim brys. Yli, mae'r arglwyddes wedi trefnu diod o de i bawb. Gwell i ti yfed ychydig ohono tra mae'n boeth. Mi wnaiff les i ti.'

Wrth i Elin ufuddhau i'w orchymyn, eglurodd Émile ei fod ef a Wiliam ar eu ffordd yn ôl i'r Hôtel pan ddigwyddodd y ffwtmon – yr un oedd wedi ei anfon gyda'r neges i Neuilly – adnabod Émile o'i ymweliadau blaenorol, ac aros i roi'r newyddion da iddynt cyn mynd ymlaen i ddal hacnai i gario'r neges i'r doctor a Francine yn Neuilly. Cadwodd Émile ei lais yn ysgafn a thawel wrth adrodd yr hanes, a theimlodd Elin ei nerfau'n ymdawelu.

'Rŵan 'ta,' meddai Émile wrth i Elin roi ei chwpan wag i lawr. 'Dwêd beth ddigwyddodd i ti.'

Dechreuodd Elin ei stori drwy ddisgrifio'r ffordd roedd y *fiacre* ddu wedi ei dilyn o gartref y doctor i sgwâr y pentref. Pan soniodd am Christophe, teimlodd gorff Émile yn tynhau wrth ei hochr, ond ni chymerodd sylw ohono. Gwyliai wyneb yr arglwyddes drwy gydol yr amser wrth iddi adrodd ei hanes yn y carchar, a'r ffordd roedd Christophe wedi ei holi. Ni fynegai'r wyneb hwnnw ddim o deimladau'r arglwyddes. Beth fydd ei hymateb pan ddatgelid y gwirionedd am y llyfrau, meddyliodd Elin yn bryderus. Collodd Elin ei hyder, a dechreuodd ei llais grynu. Gwasgodd Émile ei llaw a'i hannog yn dawel i fynd ymlaen.

'Dim ond un cwestiwn oedd ganddo,' meddai hi eto. 'Ble mae'r llyfrau?' Llyncodd Elin ei phoer cyn ymdrechu i adrodd y rhan olaf o'i stori. 'Mi roedd ganddo fo warantau ar y bwrdd o'i flaen. Roeddwn i wedi ei wrthsefyll bob tro cyn hynny. Pan fygythiodd Christophe daflu'r doctor a Wiliam ac Émile i'r carchar am deyrnfradwriaeth, allwn i ddim credu bod ganddo'r grym i wneud y fath beth. Allwn i ddim credu y byddai'n ddigon creulon a chïaidd.' Oedodd wrth iddi gofio'r ffordd y llofnododd Christophe y gwarantau, fel petai'n mwynhau pob eiliad o'i waith ac yn ymhyfrydu yn y grym oedd ganddo i anfon dynion mor dda a di-fai, dynion oedd mor wahanol iddo ef ei hun, i'r carchar. Ceisiodd fynegi hynny i'w chynulleidfa.

'Ond pan welais i o'n llofnodi'r gwarantau ... Madame ... mae'n ddrwg gen i, ond allwn i ddim ...' Gorchuddiodd ei hwyneb â'i dwylo. 'Mi ddywedais i wrtho fo! Maddeuwch i mi, Madame, ond doedd gen i ddim dewis ... allwn i ddim ...'

'Na, wrth gwrs,' atebodd yr arglwyddes. Pe byddai Elin wedi parhau i wylio ei hwyneb, buasai wedi sylwi ar y ffordd yr oedd pob cyhyr wedi rhewi, a'r geg yn llinell fain. Eto i gyd, pan siaradodd yr arglwyddes ar ôl oedi am amser hir, roedd ei llais yn llyfn a difynegiant. 'Wrth gwrs doedd gen ti ddim dewis. Beth yw gwerth ychydig o lyfrau o'i gymharu â bywydau cynifer o bobl?'

Cododd yn ddisymwth a gadael yr ystafell. Dechreuodd Elin godi i'w dilyn, ei chalon yn drwm o euogrwydd a chydymdeimlad, ond rhwystrodd Émile hi.

'Gad lonydd iddi am rŵan,' awgrymodd. 'Mae'n rhaid iddi hithau gael amser i ddygymod efo'r hyn sydd wedi digwydd.'

Suddodd Elin yn ôl i'r gadair, gan syllu i'r gwacter o'i blaen. Roedd yn ceisio encilio i'w byd bach ei hun pan dorrodd llais ei brawd ar y tawelwch.

'Ond Elin, beth sy'n digwydd rŵan?' holodd yn bryderus. 'Ydi'r dyn 'na am ddal i ddod ar ein holau ni? Ydi o am 'restio pawb? A gwaith y doctor? Ydan ni'n mynd i gael ein taflu ar y clwt?'

Ysgydwodd Elin ei phen.

'Na. Wrth fy hebrwng allan o'r carchar mi addawodd Christophe na fyddai dim erlyn pellach ar 'run ohonom os byddai'r llyfrau'n dod i'w feddiant. Rydw i'n credu ei fod o'n dweud y gwir y tro yna.'

'Wel, tasa rhywun yn gofyn fy marn i, byddai'n rhaid imi gyfaddef fy mod i'n falch fod y llyfrau'n mynd,' datganodd Wiliam. 'Wnes i 'rioed hoffi'r ffaith dy fod ti'n rhan o hyn i gyd. Doedd hi ddim yn iawn i'r arglwyddes dy roi di yn y fath berygl, nag Émile na'r doctor na neb arall chwaith. Doedd ganddi ddim hawl disgwyl ...'

'Bydd ddistaw, Wiliam,' meddai Elin wrtho'n dawel. 'Dwyt ti'm yn deall y cyfan.'

'Nag ydw, decini,' atebodd ei brawd yn siort. 'Ond mae'n well i mi fynd yn ôl i Neuilly, neu mi fydd Francine yn anfon pobol allan i chwilio amdana innau.'

Wedi iddo fynd, parhaodd Elin ac Émile i eistedd mewn tawelwch ar y *chaise longue*, eu dwylo ymhleth.

'Allwn i ddim gwneud dim byd arall, Émile,' meddai

Elin yn y man. 'Allwn i ddim gadael i chi i gyd fynd i'r carchar.'

'Hisht rŵan,' atebodd yntau. 'Ond mae rhan ohonof innau'n cytuno efo Wiliam,' ychwanegodd. 'Mae rhan ohonof yn falch nad yw'r llyfrau'n rhan o'n cyfrifoldeb ni bellach.'

Wedi ennyd arall o ddistawrwydd, siaradodd Émile eto.

'O leiaf mae'r arglwyddes wedi gallu cadw'r copïau a roesom iddi – faint oedd 'na? Rhyw ddeg?'

'Ia,' cytunodd Elin. 'Ac mae hi wedi rhoi un i mi.'

'Gwell i ti ei gadw'n ddiogel o'r golwg,' cynghorodd Émile, a chytunodd Elin.

'Pwy a ŵyr?' meddai hi wedyn. 'Efallai y bydd rhywun yn darllen y llyfr ryw ddydd, ac yn ei chredu.'

'Efallai'n wir,' cytunodd Émile gan blannu cusan dyner ar ei boch.

Ochneidiodd Elin.

'Wn i ddim beth wnaiff hi rŵan.'

'Wyt ti ddim yn meddwl y rhoith hi'r gorau iddi?'

'Mae rhan ohonof fi'n gobeithio y gwnaiff hi. Rydw i'n credu'r hyn ddywedodd yr hanesydd, Lafont d'Aussonne. Dim ond gofid ddaw i'w rhan os ydi hi'n mynnu mynd ymlaen â'i hachos. Ond wedyn, wyddost ti sut yr ymatebodd hithau? Meddai wrtho, fel petai hi ynghanol brwydr mewn ryw ryfel mawr: "Ennill, neu farw yn y frwydr! Popeth neu ddim!"' Ochneidiodd Elin wedyn. 'Brwydro 'mlaen wnaiff hi felly, mwy na thebyg.'

'Ond pam nad aiff hi at ei gŵr yn Rwsia?' holodd Émile, oedd yn methu deall y fath styfnigrwydd.

'Mae ganddi hi ofn y lle – neu'r dyn,' atebodd Elin gan grychu'i thalcen yn fyfyriol, 'neu dyna'r argraff rwy'n ei gael. Wn i ddim beth ddigwyddodd iddi yno, ond mae'n gas ganddi'r lle. Wnaiff hi ddim siarad am ei bywyd yno, dim ond sôn am ei hunllef gyson, yr un amdani hi'n

chwilio am Edward yn yr eira.' Closiodd Elin at ei
dyweddi, a rhoddodd yntau ei fraich amdani, gan ei
thynnu i'w gesail. 'Rydw i'n bendant fod rhywbeth mawr
o'i le rhyngddi hi a'i gŵr, ac na fydd hi byth yn dychwelyd
yno.'

'Beth am Gymru, 'ta? Pam nad aiff hi at ei meibion?'

'Wn i ddim,' atebodd Elin, gan grychu'i thalcen eto.
'Mae wedi sôn fwy nag unwaith pa mor hapus oedd hi
yno – neu o leiaf yng Nghymru a Lloegr. Mae hi'n sôn
byth a beunydd am ei hymweliadau â Glynllifon, yr hwyl
yn Llundain a'r llys brenhinol, a'r ymweliadau â
Chaerfaddon a Tunbridge Wells i yfed y dyfroedd. Ond
dydi hi ddim wedi gweld ei bechgyn ers blynyddoedd.
Wyddost ti fod ei mab hynaf wedi mynd i dde Ffrainc er
lles ei iechyd y llynedd, ond heb alw ym Mharis i weld ei
fam? Ac eto mae pawb yn anfon llythyrau cariadus iawn
at ei gilydd.'

'Efallai nad ydi'r bechgyn yn rhannu'i brwdfrydeddu
hi ynglŷn â phrofi eu bod nhw'n aelodau o deulu'r
d'Orléans.'

'Bosib iawn,' cytunodd Elin. Cofiodd yn sydyn am
rywbeth roedd Christophe wedi'i ddweud wrthi'n y
carchar. Gwthiodd ei hun oddi wrth Émile er mwyn gallu
edrych i'w wyneb. 'Émile, mi ddywedodd Christophe na
fyddai'r arglwyddes byth yn cael ei 'restio am sgwennu a
chyhoeddi'r llyfr, gan ei bod hi'n wallgof, ac na fyddai neb
am roi gwraig wallgof yn y carchar! Wyt ti'n credu ei fod
o'n iawn?'

'Be, ei bod hi'n wallgof?' Meddyliodd Émile dros y
syniad am rai eiliadau cyn ysgwyd ei ben yn araf. 'Dydi
hi 'rioed wedi fy nharo i fel rhywun allan o'i phwyll. Wyt
ti'n credu ei bod yn wallgo?'

'Nac ydw,' cytunodd Elin â'i chariad eto, gan swatio'n
ôl dan ei gesail. 'Mae hi'n gallu bod yn wyllt, ac yn mynd
dros ben llestri yn ei thymer, ond dydi hynny ddim yn ei

gwneud hi'n wallgof, nagydi? Mae pawb yn wahanol, mae gan bawb eu mympwyon bach, eu ffyrdd bach od, ond dydi pawb ddim yn cael eu cyhuddo o fod yn orffwyll o'r herwydd. Dydi o ddim yn deg.'

'Mi fydda i'n meddwl weithiau mai ffordd cymdeithas o ddiystyru merched sydd â syniadau – sut ddeuda i, anghyfleus? – ydi eu galw nhw'n wallgof. Un ai hynny neu'n hwrod. Beth bynnag, rydan ni'n dau'n hollol gytûn fod Arglwyddes Newborough yn ei hiawn bwyll.'

'Ydan. Ond dychmyga sut deimlad ydi o i wybod dy fod ti'n iawn am rywbeth, a bod pawb arall yn gwrthod gwrando arnat ti? Pawb yn honni dy fod ti'n ynfytyn am geisio profi dy fod ti'n iawn? Dyna sy'n digwydd i'r arglwyddes.'

'Druan fach,' meddai Émile yn dawel.

Bu'r ddau'n ddistaw am beth amser, yna dechreuodd Elin agor ei cheg yn gysglyd.

'Rydw i wedi blino fel na fuo'r fath beth,' cwynodd. 'Alla i ddim cadw fy llygaid ar agor.'

'Caea nhw, 'ta. Mi wna i afael amdanat ti wrth i ti gysgu, fel rydw i'n addo gwneud weddill ein hoes, ac mi fyddi di'n hollol ddiogel.'

Ufuddhaodd Elin, a chyn pen dim clywodd Émile hi'n chwyrnu'n ysgafn. Wrth eistedd yno, a'i fraich am ei gariad, addawodd Émile iddo'i hun y byddai'n dod o hyd i ffordd, rywfodd neu'i gilydd, o dalu'r pwyth yn ôl i Christophe de la Tour am yr hyn a wnaeth o i Elin Mair a'r arglwyddes, hyd yn oed pe byddai hynny'n cymryd gweddill ei oes.

Agorodd yr arglwyddes y ddwy ffenestr led y pen a chwalu briwsion bara hyd y siliau. Safodd yno'n syllu allan am beth amser cyn troi a thaflu rhagor o friwsion ar hyd pren y llawr. O fewn eiliadau, roedd adar y to wedi glanio ar y siliau a dechrau pigo. Ond hedfan i ffwrdd wnaethant pan symudodd yr arglwyddes drachefn, gan ei gollwng ei hun ar y llawr a gorwedd, ei hwyneb tua'r nenfwd, ei llygaid ynghau. Taflodd weddill y briwsion i'r awyr a gadael iddynt ddisgyn fel cawod euraid a glanio ar ei chorff a'i hwyneb. Arhosodd yn hollol dawel. Yn raddol, daeth yr adar yn eu holau i bigo'r bara. Gallai deimlo'r cyrff bychain yn glanio yma ac acw ar ei dillad, yn pigo'n nerfus cyn hedfan i lecyn arall. Ceisiodd ganolbwyntio ar y teimlad o'u cael nhw'n bwydo oddi ar ei chorff. Roedd yn deimlad rhyfeddol o esmwyth. Yn eli lliniarol i'r boen o gael ei threchu unwaith eto. Fyddai dim diwedd i'w thrallod? Ai siwrnai ddiflas o un boen i'r llall fyddai ei hoes gyfan?

Meddyliodd am y par ifanc yn ei *salon*, yn eistedd mor hapus ym mreichiau'i gilydd, a'r brawd 'na oedd fawr gwell na gwas ffarm. Oedden nhw'n ymfalchïo yn ei methiant, yn ymhyfrydu yn y ffordd y cafodd ei threchu? Oedden nhw'n disgwyl iddi ildio? Disgwyl iddi dderbyn yn wylaidd yr hyn a waethpwyd iddi, heb godi bys i ymladd yn ôl? Y ffyliaid di-asgwrn-cefn!

Pam nad oedd neb yn gallu deall sut roedd hi'n teimlo? O'r eiliad y cafodd ei geni, roedd pawb yn ei herbyn. Ei thad yn ei chyfnewid heb feddwl ddwywaith am ffawd y bod bach dynol a grëwyd o'i gnawd ef ei hun. Ei chyfnewid er mwyn cael arian. Ei gwerthu oherwydd ei ariangarwch. A'i thad honedig yntau'n ei derbyn er mwyn cael mwy o arian nag y byddai fyth wedi ei freuddwydio amdano. A fu hi 'rioed yn ddim amgenach na rhywbeth i'w fasnachu i bob dyn a ddeuai i gysylltiad â hi, rhywbeth i elwa ohono? Rhywbeth i'w watwar a'i ddilorni wrth gymryd ei harian?

Teimlodd gyffyrddiad aderyn bach wrth iddo lanio ar ei thalcen. Roedd ei ewinedd yn rhyfeddol o finiog, a bu bron iddi symyd wrth i'w big chwilota am fwyd ger ei llygaid. Ond roedd ei hanadlu'n ddigon i'w anfon oddi yno.

Gwae fi fy ngeni, meddyliodd yn drist. Meddyliodd am y boen fwyaf, y brad eithaf a gyflawnwyd y diwrnod y cymerodd ei hanadl gyntaf yn y byd trallodus hwn. Meddyliodd am ei bechgyn ei hun. Ni fyddai hi byth wedi gadael Thomas John a Spencer oni bai i'r cyfreithwyr creulon ei rhwystro rhag mynd â nhw efo hi i Rwsia wedi iddi ailbriodi. Ac onid oedd hi wedi torri ei chalon pan gipiodd ei gŵr Edward annwyl o'i ysgol, a'i gadw o'i gafael hi? Sut felly nad oedd ei mam hi ei hun wedi ei hamddiffyn? Wedi brwydro am gael ei chadw?

Teimlodd dyndra yn ei brest a'i gwddf yn culhau. Roedd ei gofid yn boen gorfforol, ac ni allai ei rhwystro'i hun rhag gweiddi.

'*Maman, pourquoi m'as-tu abandonée?*'

Dychrynwyd yr adar gan ei chri, a chodasant yn un haid a hedfan allan drwy'r ffenestri agored.

Epilog

Modigliana, Twscani, 15 Ebrill 1773

Eisteddai'r wraig ifanc fonheddig yn anesmwyth yn ei chadair ger y ffenestr gan redeg ei gleiniau rhwng ei bysedd. Er ei bod hi'n nos, roedd yn well ganddi eistedd wrth y ffenestr nag unman arall. Roedd yr ystafell, yr adeilad, y dref gyfan, yn gorthrymu ei henaid. Ochneidiodd unwaith eto. Roedd ei chefn yn boenus, a blinder yn gylchoedd tywyll o amgylch ei llygaid. Beth bynnag fyddai'r canlyniad, byddai'n falch o gael yr enedigaeth drosodd – gallai ddigwydd unrhyw ddiwrnod yn awr. Byddai'n falch o gael gadael y dref brysur hon, a'r adeilad tywyll, arswydus hwn. Rhedodd cryndod drwy ei chorff, ac unwaith eto roedd y dagrau'n bygwth ei gorchfygu. Ceisiodd ganolbwyntio ar ei gweddïau, ond er ei gwaethaf mynnai ei meddwl wibio'n ôl a phoeni ynglŷn â bwriad gwrthun ei gŵr, y dug. Pam na allai hi wrthsefyll ei gynlluniau? Ond dyna fo, merch wantan oedd hi, wedi ei magu i blygu i ddymuniadau tad a gŵr. Ac onid oedd hi'n caru ei gŵr, yn awyddus i wneud unrhyw beth i'w blesio? Ac yng ngwaelod ei chalon, er gwaethaf popeth, gwyddai ei fod yntau yn ei charu hithau, yn ei ffordd ei hun.

Agorwyd drws ei hystafell, a daeth ei gŵr i mewn.

'*Ma chérie*,' cyfarchodd hi. 'Sut wyt ti'n teimlo bellach?' Gwenodd arno.

'Fydd hi ddim yn hir rŵan,' meddai hi.

Daeth ati a gafael yn ei llaw.

'Rhaid i ti ymwroli. Bydd popeth yn iawn, gei di weld. Mae gen i fydwraig ardderchog i ti.'

Aeth poen sydyn drwy ei chorff, a daliodd ei hanadl gan wasgu llaw ei gŵr.

'Philippe! Mae'r poenau wedi dechrau!' ebychodd.

'Mi alwa i'r fydwraig yn syth!' Ceisiodd ei gŵr ei gadael, ond mynnodd y dduges ddal ei gafael yn ei law.

'Na! Aros funud! Mae hi'n hen ddigon buan. Gall gymryd oriau eto.'

Ildiodd yntau i'w chais, a phenlinio wrth ei hochr. Rhedodd ei law yn dyner ar draws ei thalcen, a mwytho'i phen. Caeodd hithau ei llygaid. Arhosodd y ddau fel hyn am funudau hirion.

'Philippe,' meddai'r dduges yn y man, a'i llygaid yn dal ynghau, 'rydw i'n derbyn yr hyn a all ddigwydd, ond wnei di addo un peth i mi?'

'Gwnaf siŵr! Beth ydi o?'

'Os merch ... os oes raid ...' roedd yn cael trafferth ynganu'r geiriau a chadw'r dagrau draw yr un pryd, ond llwyddodd yn y diwedd i ddweud y gair gwrthun, '... cyfnewid, wnei di addo un peth?'

'Rydw i wedi dweud eisoes y gwna i. Beth sy'n dy boeni?'

'Addo i mi y caiff y fechan ei bedyddio â'r enw Petronilla.'

'Petronilla?' holodd yntau'n syn.

'Ia. Mae'n rhaid i'r fechan gael ei bedyddio gyda'r enw Petronilla, am mai Petronilla yw nawddsantes teulu brenhinol Ffrainc. Mi fydda i'n dawelach fy meddwl os bydd Santes Petronilla yn gwarchod y fechan.' Daeth nodyn poenus i'w llais. 'Wyt ti'n cytuno? Wyt ti'n cytuno y byddai'n beth da i'n nawddsantes ni wylio drosti?'

'Rydw i'n cytuno,' meddai ei gŵr yn dawel, 'ac rydw i'n addo.'

Nodyn Hanesyddol

Bu farw Maria Stella Petronilla de Joinville[1], Arglwyddes Newborough a Barwnes Ungern-Sternberg, ar yr 28ain o Ragfyr, 1843, tair mlynedd ar ddeg ar ôl cyhoeddiad ei hunangofiant. Cafodd yr hunangofiant ei ail argraffu ym 1839,ac yna eto, ar ôl ei marwolaeth, ym 1848. Yr un oedd ymateb llywodraeth Ffrainc i'r llyfr bob tro, felly mae copïau ohono'n brin iawn.

Parhaodd i fyw yn yr Hôtel de Bath, 52 rue de Rivoli, Paris, am weddill ei hoes, a pharhaodd hefyd i fod yn ddraenen yn ystlys y brenin Louis-Philippe hyd at ei marwolaeth, er i haneswyr ein hoes ni dueddu i ddiystyru ei honiadau ar y sail na ellid profi i'r tad, Philippe Égalité, duc d'Orléans (neu'r duc de Chartres yn y flwyddyn 1773), fod yn yr Eidal adeg geni Maria Stella.

Ychydig flynyddoedd cyn ei marwolaeth, yn y flwyddyn 1838, derbyniodd wŷs oddi wrth y llywodraeth yn ei gorfodi i adael Paris gan ei bod yn aflonyddu ar heddwch y brenin, ac i adael Ffrainc o fewn wyth diwrnod o dderbyn y gwŷs. Ymatebodd Maria Stella drwy anfon llythyr at Weinidog y Gyfraith yn honni nad oedd hi wedi gwneud dim yn wahanol i'r hyn roedd wedi bod yn ei wneud dros y deng mlynedd olaf, ac yn nodi bod pymtheg mis ers iddi adael ei hystafelloedd, a naw mlynedd ers iddi dderbyn neb i'w chartref heblaw am ei ffrindiau agosaf. Mae'n debygol fod ei mab, Spencer, ym Mharis ar y pryd, oherwydd dywedir iddo achub ei cham drwy droi am gymorth at y Llysgennad Prydeinig, a'i fod yntau wedi dwyn perswâd ar yr awdurdodau i adael llonydd i Maria Stella. Dywedir mai'r rheswm dros yr wŷs oedd arferiad Maria Stella o osod lluniau tryloyw ohoni hi ei hun ochr yn ochr â rhai o deulu Orléans yn ei ffenestri ar lawr isaf yr adeilad, a'u goleuo bob nos fel bod pawb a deithiai i lawr y stryd brysur honno yn eu gweld yn eglur. Yn sicr, roedd yn ffigwr amlwg ym mywyd Paris, ac Alexandre Dumas yn disgrifio'r ffordd yr arferai ef gerdded i lawr y stryd yn gwylio'r miloedd o adar to a heidiai i mewn drwy ffenestr ei hystafell ar lawr uchaf yr adeilad i gael ei bwydo. Roedd nifer o bobl, meddai, yn dod yn unswydd i weld yr olygfa. Yn ôl Syr Ralph Payne Gallwey[2], roedd Alexandre Dumas (yr hynaf) yn credu'n gryf yn achos Maria Stella am iddo ddarganfod tyst-iolaeth ymysg papurau'r teulu, yn rhinwedd ei swydd fel un o gyfreithwyr y brenin, oedd yn cefnogi ei hachos. Ni wyddys beth oedd y dystiolaeth honno.

Yn syth ar ôl ei marwolaeth, aeth heddlu'r brenin Louis-Philippe drwy eiddo Maria Stella a dwyn i ffwrdd yr holl bapurau yn ymwneud â'i hachos, fel bod tyst-iolaeth werthfawr wedi ei cholli. Gwnaethpwyd nifer o ymdrechion, yn arbennig yn ystod yr 1880au, i ddar-ganfod copïau o'r papurau hyn, ond heb fawr o lwyddiant, yn ôl pob sôn.

Yn ystod deunaw mlynedd ei deyrnasiaeth, daeth Louis-Philippe yn fwyfwy amhoblogaidd. Bu sawl mân chwyldro yn ystod y blynyddoedd hynny, gan gynnwys chwyldro 1832 oedd yn sail i nofel odidog Victor Hugo, *Les Misérables*, hyd nes i chwyldro 1848 lwyddo i'w ddiorseddu. Cymaint oedd yr atgasedd tuag at deulu'r Orléans erbyn hynny fel i lywodraeth yr Ail Weriniaeth ysgrifennu at Spencer Bulkeley Wyn, Arglwydd New-borough, ym 1851 a chynnig ymchwiliad swyddogol i achos ei fam. Ni ddaeth dim o hyn, fodd bynnag – mae'n debyg oherwydd i Louis Napoléon ddwyn awenau'r wlad oddi ar yr Ail Weriniaeth a sefydlu'r Ail Ymerodraeth yn yr un flwyddyn.

Diweddglo rhyfedd iawn i'r stori yw'r ffaith fod Spencer, mab Maria Stella, wedi priodi â Frances (Fanny) de Winton o'r Gelli Gandryll, sef merch i'r Parch de Winton a'i wraig Maria Jacoba, oedd ei hun yn ferch i Lorenzo a Vincenta Diligenti Chiappini. Felly, pwy bynnag oedd rhieni Maria Stella, mae gwaed teulu'r Chiappini yn rhedeg drwy wythiennau'r Wyniaid presennol.

Wrth ysgrifennu'r nofel, cedwais at yr hanes personol a roddir yn hunangofiant Maria Stella, gan ychwanegu cefndir hanesyddol a gwleidyddol cyfnod y nofel. Mae llwyddiannau a methiannau ei hachos a ddisgrifir yn y nofel yn unol â'r disgrifiadau yn ei hunangofiant. Yr unig hyfrdra a gymerais oedd cywasgu amser ambell waith er mwyn rhediad y nofel, a gosod rhai digwyddiadau mewn trefn amser wahanol i'r hyn sydd yn yr hunangofiant. Ond ar y llaw arall, ffuglen bur yw cymeriadau Elin Mair, Christophe de la Tour ac Émile Martineau, ac nid oes tystiolaeth hanesyddol fod Charles Maurice de Talleyrand-Périgord wedi ymyrryd ym mywyd Maria Stella, er iddo'n sicr fod yn ffrind da i Louis-Philippe ac Adélaïde d'Orléans, ac yn gynllwynwr heb ei ail.

1 Dyma'r enw a ddefnyddiai ym mlynyddoedd olaf ei bywyd, gan fod llys yn yr Eidal wedi rhoi'r hawl iddi ddefnyddio'r enw de Joinville.
2 Gallwey, Sir Ralph Payne, *The Mystery of Maria Stella, Lady Newborough*, 1907, Llundain, Edward Arnold.

BRENHINOEDD A LLYWODRAETHWYR FFRAINC
1610 – 1870

1610   Louis XIII (1601-1643)

1643   Louis XIV (1638-1715) mab i Louis XIII, a'i frawd iau, Philippe, yn sefydlu teulu'r ducs d'Orléans.

1715   Louis XV (1710-1774) gorwyr Louis XIV

1774   Louis XVI (1754-1793) ŵyr Louis XV

1789   Y Chwyldro Ffrengig.
1789-91   Cynulliad Cyfansoddol Cenedlaethol
1791-92   Cynulliad Deddfwriaethol
1792-95   Confensiwn Cenedlaethol

1793   Louis XVI yn cael ei anfon i'r gilotîn

1795   Ei fab, Louis XVII, yn marw yn y carchar, heb ei goroni
1795-99   Y Weriniaeth Gyfansoddol (Y Gyfarwyddiaeth)
1799-1804 Napoléon Bonaparte (1769-1821) yn sefydlu'r Gonswliaeth, ac ef ei hun fel y Prif Gonswl
1804-14/15 Napoléon yn Ymerawdwr Ffrainc (gan gynnwys cyfnod y Can Niwrnod ym 1815, pan ddihangodd Napoléon o Elba a dychwelyd i Ffrainc fel yr ymerawdwr. Yn y cyfamser, yng Nghonfensiwn Fiena, sefydlwyd Louis XVIII yn frenin Ffrainc)
1815   Brwydr Waterloo, Napoléon yn cael ei alltudio i St Helena

1814/15   Louis XVIII (1755-1824), brawd i Louis XVI

1824	Charles X (1757-1836), ail frawd Louis XVI
1830	Chwyldro: Charles yn ymwrthod â'r goron ar ran ei hun a'i deulu, a'r goron yn cael ei chynnig i Louis-Philippe d'Orléans
1830	Louis-Philippe (1773-1850)
1848	Chwyldro; Louis-Philippe yn ymwrthod â'r goron ar ran ei hun a'i deulu
1848	Yr Ail Weriniaeth
1851	Louis Napoléon yn ei sefydlu'i hun fel ymerawdwr ac yn llywodraethu tan 1870 a Gwarchae Paris gan fyddinoedd Prwsia

DIOLCHIADAU

Carwn ddiolch i Catrin Wager am ddarllen drwy'r gwaith a chynnig syniadau gwerthfawr, ac i aelodau staff yr Archifdy yng Nghaernarfon am eu cymorth parod a siriol bob amser. Diolchaf hefyd i M. François Lemarchand am edrych dros y geiriau a brawddegau Ffrengig.